飞◎著

长篇历史小说

关学大儒系列

牛兆濂

清明在躬，气志如神。
学修道立，德厚行敦。
和而有节，恭而能温。
乾坤命脉，系此一身。

西安出版社

图书在版编目（CIP）数据

大儒牛兆濂/王晓飞著. — 西安:西安出版社,
2019.7（2021.5重印）
ISBN 978-7-5541-4058-1

Ⅰ.①大… Ⅱ.①王… Ⅲ.①传记文学－中国－当代
Ⅳ.①125

中国版本图书馆CIP数据核字（2019）第145144号

大儒 牛兆濂

DARU NIUZHAOLIAN

王晓飞 ◎ 著

出 版 人：屈炳耀
稿件统筹：李宗保
责任编辑：何　岸
出版发行：西安出版社
社　　址：西安市曲江新区雁南五路1868号影视演艺大厦11层
电　　话：（029）85210377
邮政编码：710061
印　　刷：永清县晔盛亚胶印有限公司
开　　本：720mm×1020mm　　1/16
印　　张：32
字　　数：310 千
版　　次：2019年7月第1版
印　　次：2021年5月第2次印刷
书　　号：ISBN 978-7-5541-4058-1
定　　价：78.00元

牛兆濂像

序

牛　锐

　　己亥年初夏，渭南作家王晓飞先生把他的长篇历史小说《大儒牛兆濂》书稿发给我，嘱我为本书作序，我震撼又敬佩。牛兆濂先生是我敬重的曾祖，是《白鹿原》中"朱先生"的原型，作为后辈的我，从何下笔呢？我思考了一段时间，觉得讲述与曾祖传记有关的事情，来作为解读这位关中大儒的钥匙，帮助读者透过作品，更好地把握大儒的精神风骨，权作书序。

　　2010 年 8 月，因筹办曾祖存世墨宝展，拜访陈忠实先生，这也是我们第一次见面。谈起曾祖，陈忠实先生动情地说，他从小就听过很多关于牛才子的故事，家里中堂挂的就是牛才子的字。天气好的时候，隔条灞河，站在西蒋村自家门口，可以清楚地看到华胥镇新街村牛才子的故居。陈先生说，牛才子已经刻印在自己心里，融入血管里，因此在创作《白鹿原》时，浮现的第一个人物形象就是牛才子。小说中 130 多个人物，朱先生是唯一有生活原型的人物，所以他创作这个人物时压力很大，而且倾注了很大心血。因为每个老百姓心目中都有一个牛才子、牛神仙、牛圣人，如果没有把朱先生写好，老百姓是不答应的。

　　2011 年 4 月，西安电视台做一期关学的专题片，我有幸结识了陕西师范大学刘学智教授。当我见到刘教授的时候，才知道他们正在整理编撰一套关学文库。他告诉我，牛先生不仅仅是民间传说中上知天文、下知地理、能掐会算的奇人，更是关学清麓学派的重要传人。早些年曾联系过我们的族人，但并没有提供可供学术研究的资料，所以研究上一直是空白。如果愿意提供资料，他力争将《牛兆濂集》作为关学文库收官之作。在我当年决定继家学、复兴书院的时候，就认定不能把曾祖的事情局限在家族文化传承之上，他作为优秀传统文化的人格象征，是全社会的精神财富。所以，我怀着感恩之情，毫不犹豫地就答应了下来。在刘学智教授和王美凤教授的指导帮助下，2015 年 1 月，《牛兆濂集》出版。学界盛赞牛兆濂先生研究空间大，在清末民初的大变革中，先生的治学、做事、人格等，堪称"传统关学的最后一位大儒"，并被学界所认可。那几年，王教授常常给我说，她和先生的诗文朝夕相处，先生的思想、事迹深深感染着她，可以说是魂牵梦绕，不能自拔。2015 年 11 月，在蓝田举办完"牛兆濂先生家书展暨《牛兆濂集》首发仪式"后，我带着二位教授专程到华胥新街村拜谒曾祖。当时已是深秋，塬上一片萧瑟气象，故居窑洞倒塌大半，人迹罕至。王教授眼泪刷刷地往下流，哽咽着说，先生身居这样的环境，能够不慕名利，寻孔颜之乐，而且心系百姓疾苦，每到民族危亡之际，总会挺身而出。这四年来，自以为懂得先生，今天站在这里，才认识到并没有真正走进先生的世界。

2015 年 9 月，在《白鹿原》电视剧剧组的安排下，我与朱先生的扮演者刘佩琦老师在白鹿原影视城"白嘉轩"家见面，原本安排的一小时时间最后竟聊了近五小时。他认真地看了我带去的家书、札记，听了这八年来我对家学研究的心得。佩琦老师坦言，20 世纪 90 年代初，看到小说时，朱先生就给他留下了深刻的印象，尤其是他赶着牛车铲除罂粟的场景，让人震撼。进入剧组后才得知有牛先生这样一个生活原型，加上之前陈忠实先生对电视剧版寄予很大的期望，并一再嘱咐"要把朱先生找回来"，因此他是怀着一份敬意和很大的压力来参演的。他觉得朱先生不仅仅是白鹿原上的精神领袖，更是中华民族文化的一个象征，能找到这个人物的"神韵"，能唤起大家对传统文化传承的思考。

2016年4月，我和省漫画协会主席宋黎明说起，能不能通过人文漫画的形式，讲好曾祖传奇的一生。他是曾祖的曾外孙，和家族其他人一样，这些年在弘扬曾祖思想文化上相互扶持、相互鼓劲。我们不谋而合，并拜访对曾祖颇有研究的《蓝田县志》主编卞寿堂先生，请他撰写故事文字。卞先生欣然答应，但是也一再提醒我们，这个创作过程是个不容易的事情，结果这种担心后来果真应验了。要在短短的五十个字左右讲完曾祖的一个故事，而且要生动、准确又不失文白韵味，着实难为了卞先生；画家宋黎明面临的最大创作难题则是曾祖的漫画形象到底应该如何创作？为此，在拿到卞先生的文字后，整整三个多月，不敢提笔，甚是煎熬。直到有次翻看丰子恺先生的作品时才有了灵感：将曾祖面部留白，给大家留下充分的想象空间，这样才顺利地完成了系列漫画作品的创作。

2012年我开始创办《发现蓝田》杂志时，曾转载过蓝田王向力先生的一些文章，他深深地乡土情怀和古雅的文风深深吸引了我。听旁人说过，他十多年来一直默默地搜集着曾祖的遗文著述，采访了很多当时健在的老人，记录了大量的口述历史资料。2015年6月，我们终于见了面。他告诉我，为牛先生写一本文学传记是他最大的愿望，但就怕写成了牛才子的传奇故事，不能真实地还原一个关中大儒的形象，所以迟迟不敢动笔。他的这种担心，我也有同感。因为如果不走进曾祖的思想和精神世界，对曾祖生活的那个时代有足够的认识，就不可能还原一个有血有肉的大儒风骨。这几年，王向力按照曾祖倡导的治学路径，潜心研读《小学》《近思录》《四书》等，《牛兆濂集》他不知翻过多少遍，晚清民国的关中文史资料也搜集了很多。有时我问起何时能动笔，总是用"战战兢兢""惶恐万分"作答。不过，我一直是相信厚积薄发这句话的。

我生在西安，长在西安，对我而言，故乡蓝田甚是遥远。关于曾祖的事情，也是从家族长辈口中零零散散听来的，没有一个浑全的认识，更谈不上入心。想起来和曾祖距离最近的一次是我上初中那会儿，小姑让父亲带三麻袋书回家，这些书一直藏在老家窑洞里，被虫噬鼠咬水浸，损坏得不成样子，都是些札记、文钞和古版书籍之类。少不更事，当时并没有在意，大多遗失了，今天想起来就心痛不已。2007 年前后，我的叔父牛象坤说有三个心愿：编修族谱、搜集曾祖遗文著述和保护曾祖故居及墓地，全家族人都很赞成并支持这个想法。2008 年初，在家族长辈的期许下，我停下原先的工作，全力投入到曾祖文献整理和书院复兴的工作中。那年 4 月，当我祭拜曾祖已经废弃的书院、墓地时，我的心才第一次落在这片古老的塬上，安静而踏实，认祖归宗的感触神奇而绝美。起初两年，我会在各种场合讲起曾祖，侃侃而谈。我有给曾祖上香的习惯。有天早上，敬完香，抬头看着曾祖，四目相接，我打了个激灵，沉浸在一种深深的诚静之中，彻心彻骨，感到了自己的渺小和浮躁。从那以后，关于曾祖的文化讲座，再不敢造次，唯有跟随曾祖足迹，潜心研习，亦步亦趋，涵泳着他的文字，感悟着他的精神。八年来始终谨记曾祖的家训："不走高山，不显平地。到艰难困苦时，便良心发现。"他的精神穿越时空，在我艰难困顿、身心疲惫时，会化为一股力量顶着我的后背，推着自己向前。在收获鲜花掌声时，曾祖威严的目光似乎告诉我："娃呀，不敢张。"直到 2018 年 4 月 28 日，为纪念陈忠实先生逝世两周年，应莲湖区文化局的邀请，我才有勇气走上讲台。可以说，在这一条文化传承的路上，从家族到民族到人类的文化遗产，从感知、理解、认知、践行传统文化，个中的心路历程丰富、丰满又有意义。

2017 年年初，渭南王晓飞先生和我在书院有了一面之缘，相谈甚欢。期间，他表达了准备撰写曾祖的文学传记的想法，语气坚定，决心很大。我先是惊讶，接着是感动，因为曾祖对我而言"仰之弥高，钻之弥坚，瞻之在前，忽焉在后"。回顾以往诸事，的确为王晓飞先生捏了一把汗，但是从他身上透出的创作激情，温暖和感动着我。记得当时我表达更多的是事缓则圆的想法。一年后，突然接到他的电话，说已经完成了初稿。他的这种开山辟路的精神和力量让我震惊，我心怀敬意，一口气看完。之后在两个多小时的通话中，我提出了不少问题，有些还比较尖锐，但电话那头，他的包容和谦逊让我对这件事有了更为客观的思考。随后的一年里，王晓飞先生几易其稿，终于即将付梓，嘱我写序。思来想去，我只能从这些年的相关经历谈起，因为完成曾祖的各种学术和艺术研究与创作确实是一件难事，而且会备受关注。在这种情况下，这部作品的问世难能可贵，用西大王美凤教授的一句话："能将牛夫子的学识人品以传记体的形式，鲜活地展现出来，填补目前研究的空白，是一件大喜事，也是一件大好事。"对我而言，不去妄谈作品得失，是想给大家更多的认识、想象和思考的空间。

（作者牛锐系西安牛兆濂文化研究会秘书长、蓝田芸阁书院院长）

2019 年 7 月 1 日于芸阁书院

目　录

第一章　托珠兆梦

文博还想再问，一转眼间，濂溪先生已化作一股清风，不知去向了。他似梦似醒正在疑惑，忽听隔壁窑里有婴儿"哇"的一声啼哭，四婶和三嫂跑出来喊："约斋——约斋，生了！生了——！你真的当大了！"

牛文博这一生最遗憾的两个事，一是略涉经史，读书却没能进学，一个是年过四十，膝下还没一男半女……

夕阳在往下沉，秦岭被涂抹成一幅精美绝伦的水墨画，鹿塬和灞河沐浴在落日的余晖里，格外的绚丽。新街村在横岭的南坡，街镇附近的村落，新街后面的鸣鹤沟，印在摊开的画布上。仔细看，鸣鹤沟在淡雅的水墨画里，还真像一个"歪把葫芦"，被晚霞着意地涂上了神异的色彩。

一个四十岁上下瘦瘦的男人，正在收拾街面上的店门，他漫不经心地回望这幅水墨画，脸上洋溢着淡淡的笑意。随即，他又像猛然想起了什么，快速锁上店门，头也不回地向新街后面的沟里急急走去。

中年男人叫牛文博，字约斋，家住在"歪把葫芦"的鸣鹤沟里。这时，整个塬坡岭沟的景色，在晚霞的沐浴下迅速转换色彩，景致渐渐暗了下来。走到沟口的他，匆忙的脚步逐渐放缓，他迟疑了一阵，细瞅落照中的秦岭，在霞光中正含蓄地绵延起伏。

季节在不知不觉中由夏入秋，这幅青绿主宰了几个月的山水画，被微微的金风一吹，色彩早已斑驳。川道和岭塬层次分明，秋的征候毫不迟疑地凸现，忙碌的乡下人也许没有在意。

新街不远就是华胥古镇，这里望得见洪清塬，距离西安城也就二三十里，昔日的通衢大道该有多么繁华热闹啊。时移世易，古镇眼下的萧条冷落，让漫步沟里的牛文博，心情久久不能平静，面对自然美景他没有闲情逸致，更没有心花怒放，隐隐然徒增了几分落寞。

沟里到西边坡上有自家的薄地一亩四分八，大部分种的是黄豆，有一小片糜谷。牛文博拐进沟里，想到自家的地里看看，他等着这些糜谷给老婆坐月子用。平点的地里豆子长得还不错，草也长得很泼势，他拔过好多次，过不了几天又冒上来了。拨开豆叶，见豆角儿已经滚圆，豆叶也微微泛黄，金风不断催促着，他心里明白，要不了多久，就可开镰收割。文博心里清楚，草除不净回种时犁铧拌磕，草根纠缠，又留下草籽，牛文博可没有被人笑话的习惯。

牛文博在自家的豆子地里弯下腰，一阵功夫头上就直冒汗。在岭坡抬头望一眼秦岭和鹿塬，山、川、塬、岭刚才镀上的金色，这会儿完全斑驳黯淡了。文博移开视线，继续弯下腰去，小心翼翼地拨开豆棵。没有草，他直起腰轻轻地念叨，怎么会有草呢？夏季里一有空就往地里跑，四叔都当面夸他几回了，每回他都是憨憨地一笑，"四叔甭夸，这是庄稼人的本分！"从地里退出来，牛文博心里更踏实了。

四叔是牛文博的远门族叔，一辈子没儿没女，父亲去世时当着族人的面嘱咐他："你四叔人好，给我好好照看他们！"四叔住在沟里边的土窑，只种了几亩地，一旦有个伤凉感冒，睡床卧枕，牛文博两口像自己亲人一样对待。四婶人很贤惠麻利，此时早已在牛文博家的土窑里，这是清同治六年九月二十六，四婶一边埋怨约斋还不回来，一边帮牛周氏收拾锅碗，牛周氏躺在窑里的土炕上，笑着对四婶说："婶，今晚怕是要生了。"

文博两口待自己越好，她越放心不下这孔土窑，丢心不下文博的事儿。大侄子约斋自从家道中落，读书没能进学，年轻英俊潇洒，四十出头却膝下无子，妻子周氏曾小产两次，生了一个"四六风"夭折……不管怎么说，无后为大呀。

地里没有几个草，牛文博直起腰不想再瞎转悠，站在半坡奢侈地看了一眼南山，就心急火燎地往回赶，妻子周氏快要生了，这回再有个一差二错，就真对不起祖宗了。文博贪婪地伸了一个懒腰，感觉谁从后面轻轻拍了一下他的肩膀，回头一看："四叔，地里还有草？""哈哈哈，没草！"两人说着话相跟进沟，文博忽然停住脚步，说："四叔，你头里走，我还有个事！"就独自拿着锄前边走了。

牛文博在沟口路上站立了一会儿，见两个人叽叽呱呱说着进沟，原来是堂兄牛守谦和侄子奉孝。守谦的大哥守仁本在新街开中药铺子，一次街上遭了土匪，药铺也未能幸免，守仁被土匪打死，老伴连惊带吓一病不起，临死把孩子托付给两个兄弟。守义接着开药铺，就把奉孝叫去学抓药，奉孝跟守谦住在沟里，晚上回来住在窑里，偷空学学叔父的药书。

打过招呼两人继续往沟里走，天色很快暗下来，文博朝沟外面走，紧走了一段路，见路上并没有熟人，就放慢了脚步。他极力梳理着心事，妻子周氏人不光能干，还贤淑明理，屋里大小事情不用多操心，自己才敢在街上开个小店。自从她又身怀六甲，要为牛家生养小主人，自己既高兴又担心。文博对屋里地里的活儿大包大揽，他怎能让她累坏身子呢？估摸着临盆的日子，应该就在这几天。小店里事再多，屋里也要多担待些，挑水、担粪、农活……太阳出来前就干了，吃饭不再斯斯文文，路上更是匆匆忙忙。要当大了，再紧张都值当，想到这，文博心里甜蜜蜜乐滋滋的。

转过一个弯，太阳已像一个倒扣的酒盅，凝固在西山梁上，里面盛满血红的葡萄酒浆，正被一双无形的大手倒扣下来，溅起了满天的火红的飞霞。文博又打开店门，把一包檀香和两根烛揣在怀里，转身锁了店门，顺着官道直接往西走。迎面过来一高一矮两个人，到跟前了，一个问："约斋，天黑了还弄啥呀？""寻人问个闲话。"另一个说："近来生意可好？"文博笑着说："唉，将就凑合。"那人从鼻腔里发出"哼——"的一声，就消失在夜色里了。

牛文博加快了步子，紧走一段平路，到坡路上又放慢了脚步。自己是一个即将当大的人了，牛家历来都耕读传家，到自己这一辈能不能继续传承，就看上天能不能眷顾了。牛文博是个读过书的人，遇到事儿从不慌乱，一番冷静地思考，会有自个儿独到的主见。他狠狠地跺了一下脚，哼，谁说不能传承下去呢，他还想生一个能顶乾坤的栋梁呢。

华胥镇西南方有一座古庙，起先叫圣母庙，今叫作羲母庙，牛文博神情庄重地走进了古庙。庙宇不怎么大，供奉的是华胥氏，听父亲说过，这华胥氏是华夏之根、民族之母。伏羲、女娲是华胥氏所出，从华胥到华夏，从华夏到中华，一个民族是同根同源，一脉相承，有血脉亲情。老父亲曾说，华胥文化是中华文化的源头。自己生在华胥长在华胥，羲母庙里祭拜远祖，借着祖荫的护佑，妻子生一个读书人，那不是给长眠沟里的先人争荣光了！

面对远祖华胥氏的塑像，牛文博十分虔诚地点烛燃香，然后三拜九叩默默祈祷："圣母在上，我牛文博妻周氏，祖系出宋司寇牛父，讳明杰，号过亭，妣氏孟，敕旌节孝；父讳必道，字正夫，妣氏王、氏李。少时略涉经史，曾读圣贤，年过四十，切切盼望圣母赐男，接续祖脉，重振我牛家……唯此愿，恳请圣母成全……"言毕，长跪不起。

土窑的炕上有牛周氏的说话声，"四婶，这会腹内有些疼痛，难道是冤家要来到世上，你把三嫂子也叫来，免得你一个人担惊忙乱！"三嫂子是牛守谦妻子，两孔窑距离不远，四婶出去不一袋烟工夫，两人就风风火火地赶来。这时，牛周氏说肚子又不疼了，于是三个人点着灯说话。

牛文博走出羲母庙天已黑严，地里秋虫叽叽，满天星斗闪烁。他脚步轻快，拐进沟里简直像跑一样。他轻手轻脚地推开窑门，牛周氏有点嗔怪地问："真是的，你咋回来这么迟的？"。

文博见四婶、三嫂在炕上，坐着说话，自己蹑手蹑脚热饭吃了，坐在炕边，不知该做些什么。四婶从炕上下来，一声不响地忙碌着。三嫂问文博："约斋，都要当大了，糖在哪放着？"文博说："三嫂子，有的是糖，够你喝的！"三嫂接过纸包，说："四婶，来，喝糖水！"回头对文博说："去，坐那边窑里去，不叫不准过来！"文博心思不宁地回到隔壁的窑里去了。

隔壁传来三嫂咯咯咯的笑声。他点上油灯，随手抽出一本书，漫不经心地翻着。灯焰扑闪着，土窑里静悄悄的，翻书页的声音能清晰地听到。他就着灯看清这是一本常看的《通书》，就放回原处再翻，突然翻到了《爱莲说》，濂溪先生的书，多日不曾翻阅，书上落了一层尘灰。文博掸去书页上的灰尘，用手帕小心翼翼地擦拭，这么贵重的东西咋能蒙上尘呢！

半躺在炕头上，他想起当初家父指着这本书，十分郑重地告诉过他：宋天圣二年，周敦颐才八岁，父亲病逝已三年，幼年丧父的他，和同母异父的兄长卢敦文，随母投靠衡州的舅父郑向。舅父是当世饱学之士，已是龙图阁学士，见敦颐聪慧仁孝深为喜爱。舅父因酷爱白莲，在凤凰山下的家宅前筑亭植莲，敦颐常负笈其间，参经悟道，天长日久，对莲花也情有独钟。时值盛夏之夜，莲花怒放而香气袭人，美不胜收。长期耳濡目染，敦颐渐渐受到启发，写下千古奇文《爱莲说》。时过境迁，郑家的故宅因外甥这篇《爱莲说》，改为濂溪周氏宗祠……文博不由手抚书本，深深感叹。

……予独爱莲之出淤泥而不染，濯清涟而不妖，中通外直，不蔓不枝，香远益清，亭亭净植，可远观而不可亵玩焉……

文博在灯下翻书，竟然默诵起来，他不但能背诵，还深悟这段文字的妙处，对莲花高洁形象极尽铺排，在品评菊、牡丹、莲之后，以莲自喻，写出的是内心深沉的慨叹，周敦颐，好一个濂溪先生，你好文才啊。

隔壁窑里除过四婶、三嫂和妻周氏说笑，一点别的声音也没有，文博当然不敢解衣入睡。他轻手轻脚地返回来，继续在书架上漫无目的地翻，这回翻出《太极图说》，还是周敦颐的杰作，无极、太极、阴阳、五行、动静、主静、至诚、无欲、顺化……夜深了，牛文博感到了困。合上书小心翼翼地放回原处，他只知道濂溪先生是宋明理学的开山祖师，都怪自己学问浅薄，无法参悟其中深意。

不能睡，他像一只要开窝生蛋的母鸡，一刻坐不宁了，忽地站起来，在房间里走动着……漫不经心地听着隔窑的动静，仍没有任何声响，心里愈加焦燎。他又走到伙房窑里，仍然半点动静都没有，四婶、三嫂和妻子叽叽呱呱地笑，见他绷着脸溜进来，一个个笑得前仰后合。

文博也跟着莫名其妙地笑，又一次踱出伙房门，在"书房"里重新坐下来，就着小油灯，假装斯文地看起了书。"寂然不动者，诚也；感而遂通者，神也；动而未形、有无之间者，几也。"他竟然大声诵读起来："动而无静，静而无动，物也。动而无动，静而无静，神也。动而无动，静而无静，非不动不静也。物则不通，神妙万物。"在灯下仔细一看，呀，还是周敦颐的书，奇怪了，今晚上翻的尽是濂溪先生的书，难道与濂溪先生灵犀相通了。

文博在"书房"里漫不经心地翻书，翻着翻着困意袭来，忽觉身体十分疲惫，一时间神志恍惚，昏昏悠悠竟睡着了。朦胧中一老者鹤发童颜，飘飘然而至，只见他精神矍铄，笑呵呵地喊他"约斋公——"。文博慌忙上前施礼，毕恭毕敬地问道："仙翁从何而来，光临我这寒舍，想必一定有所见教啊！"

老者笑道："吾乃大宋朝周敦颐也，大号濂溪先生。"文博想，原是理学大师光临，这厢有礼，慌忙俯伏在地，连连叩头。心想，濂溪先生周敦颐，乃是宋朝人啊，今是大清朝同治六年，难道真是神人到了？牛文博不敢怠慢，忙摆八仙桌请老者上坐，见礼毕忙沏茶敬献，对老者道："周老前辈，您既是前朝大学问家，何不指教晚辈一二呢！"说罢再次纳头行跪拜大礼。

濂溪先生说："约斋公，你起来吧，若问致力的学问事，儒家之学为根基，理学融合了道学，间杂了佛学，所谓太极而无极也"。牛文博朦朦胧胧中听得十分真切，见濂溪先生手捻飘飘长髯，接着说道："无极（无）生太极（有）。太极能动能静，动则生阳，静则生阴。动之极则走向静，静之极又回复为动，一动一静，互为其根。阴阳生两仪（天地）。再阴变阳合：生水、火、木、金、土五行。五行之气流动，推动春、夏、秋、冬四季运转。故五行统一于阴阳，阴阳统一于太极，太极本原于无极，无极是宇宙生成的根本。这就是宇宙生成之说，阴阳二气与五行之精妙凝合，又形成男女。变化无穷的万物中，人得天地之秀而为万物之灵。五行之性触感外物而动，则呈现恶与善，形成错综复杂的万物。"

濂溪先生声若洪钟，一口气说出一大篇言辞，口若悬河汩汩滔滔，开始舒缓继而激昂，让他如梦如幻，如痴似呆，如飘如飞。意犹未尽，不觉间已经说了几个时辰，忽然听得谁家的公鸡叫了一声。濂溪先生捋捋胡须，急忙起身告辞，文博苦苦挽留不住，濂溪先生对文博说："约斋公快去看吧，恭喜你家新贵人到了！""什么，新贵人，什么新贵人？"文博如堕五里雾中，还是不解其中之意。老者指着隔壁土窑说："这学问玄妙啊，哈哈哈，你今天喜得贵子，是个可造之才，他日必深得其妙，当世之大儒，岂不是你家的新贵人！"

文博还想再问，一转眼间，濂溪先生已化作一股清风，不知去向了。他似梦似醒正在疑惑，忽听隔壁窑里有婴儿"哇"的一声啼哭，四婶和三嫂跑出来喊："约斋——约斋，生了！生了——！你真的当大了！"

文博忽地从椅子上坐起来，揉揉眼睛已是四更时间，原来自己刚才确实是南柯一梦。本想再仔细回味奇妙的梦境，可是孩子的哭声真真切切，容不得细想。他回到主窑，四婶说："是个男娃！"三嫂子神神秘秘地说："总算顺利生下，母子平安！"文博推门时，刚好是同治六年九月二十七戌时。

"哇——哇——哇——"鸣鹤沟牛文博的土窑里，婴儿啼哭声十分响亮，他走近亮着灯火的火炕，见妻子身边放着一个婴孩，真的是一个白白胖胖傻乎乎的小子。"真正是个贵人！"

文博一句没头没脑的话，把几个人都惹笑了，"看把你高兴的！"他久久地端详着"新贵人"，顿时心生喜欢。猛然听到说话声，回过头原来是堂哥守义和四叔。守义说："四叔叫我来的，约斋，我摸一下脉，弄副药催催奶！"

三嫂子嚷着要约斋灌酒，四婶忙着给牛周氏烧汤，四叔说："约斋哪，今儿个开始，你是当大的人了，要称呼你的大号呢！你念过书，给娃取个响亮的名字吧！"

守义说，"先不要急，奶水自会来的。"文博不慌不忙地取出一个瓷罐儿，拔出塞子，逐个敬上一盅烧酒，笑着说："文博不知深浅，全凭四婶、三嫂子操心，生了个大胖小子，一切料理得顺顺当当。这娃确实生到我心上了，今天先敬几盅，满月时正式请酒！"守义接过喝了三盅，四婶、三嫂也不客气，接过酒盅连饮三盅。

鸡叫第五遍，文博放下酒盅，把自己刚才的梦境，一五一十详详细细地讲说一遍，守义递给文博一个药方，说："三日还没奶时再用。这孩子兆之于梦，可喜可贺啊。"文博接过单方，说："濂溪先生示兆于梦，这孩子就叫兆濂吧！"几个人都连连夸赞："好名字！"文博接着说："梦见的是理学祖师周敦颐，这孩子字就梦周吧!"众人哇的一声都说好。

三嫂看着周氏吃喝了，四婶收拾完锅碗，这才回家去歇息，文博给炕洞里塞进一把干柴，点燃，扇旺。几个户族中的女人拿着挂面、鸡蛋之类，看过了周氏母子，又向约斋两口道了喜，不觉天已大亮。

最后一遍鸡叫时，鸣鹤沟曙色已全亮，世代住土窑的沟里人，次第打开窑门，扛上水担先急忙挑水，又拿上农具准备下地干活，一阵阵婴儿的哭声，撞破鸣鹤沟黎明时的静寂。

第二章　聪颖少年

　　读书的少年是牛兆濂。他长得眉清目秀，身穿青色短褂，头戴一顶绣花的公子帽瓢儿，脑后系着一条尺把长的小辫子，一双圆溜溜的大眼睛，一闪一闪地放着亮光，显得格外有神。只见他左手拿书，右手指着书页上的字，迈着方步，一步一停，一句一顿，拿腔作调，读得有板有眼。

　　大清在位的皇帝是咸丰的独子，他的全名爱新觉罗·载淳，母后便是著名的慈禧太后。同治的登基是清朝最无争议的一个皇帝，他的弟弟生下来还没来得及起名字，就夭折了，同治悲悯皇弟，封为悯郡王。同治六岁时，父皇咸丰就晏驾了，咸丰临终生怕后宫干政，给同治留下载垣、端华、肃顺等八位顾命大臣，尽智竭力，辅佐年幼的同治治理国家。

　　夏历的"辛酉政变"后，同治废了八个顾命大臣，改"祺祥"年号为"同治"，开始独立理政。第二年即是同治元年，慈安、慈禧两宫"垂帘听政"的历史就此开始。同治正式掌权雄心勃勃，立即施行同治新政，进行机构改革。与前朝不同，他设立了总览新政的总理衙门，管理大清国的对外贸易、海关税务、边疆防务、海军建设、新式工矿、新式学校、兴修铁路、管理矿务……还设立同文馆，试着开办新式学堂，派人出洋办厂开矿，兴修铁路，学习西方，一步步走向开放……这些变革使清朝的经济和国力一定程度地得到提振，这就是史上所谓的"同治中兴"。

同治六年，陕甘总督左宗棠在西安开办军械制造局，机器局，西北地区机器工业的史页由此揭开。捻军起义的火还未熄灭，回民造反又搅得天地翻覆。左宗棠用"剿捻宜急、剿回宜缓"之策，全力对付入陕捻军，回军北撤，捻军南下出境，由宜川渡河入晋。陕西境内安康大旱，西安府大旱，地方当局在西安东羊市设立恤嫠（lí）局，办理地方赈务。

同治中兴并没给蓝田这穷地方带来什么好处，从同治元年到同治六年，蓝田的社会反而每况愈下。川道和岭塬，普通农人的光景极不如意，尤其横岭和山根下，庄稼人的生计更加举步维艰。住在鸣鹤沟土窑里的牛文博和大多岭上人一样，为吃穿愁肠，淹没了妻子生儿子带来的喜悦。

饥寒生盗贼，这里时有"山匪"出没，山沟沟酝酿着巨大的动荡与不安。残酷的现实击碎了牛文博重振家业的美梦，养家糊口像一根无情的鞭子，时时抽打着他。文博和妻子周氏起早贪黑，没日没夜地苦干，为了挨过这苦日子把孩子养大，他不敢掉以轻心。

鸣鹤沟不很深，沟坡梁上的土地都很瘠薄，遇到干旱总是歉收，自从儿子兆濂出生，两口子更不敢稍有懈怠。这一天，文博锁了店门，从街上回来，给水瓮挑满水，就不声不响地捞起镢头，到沟坡里挖地。预留麦地在半坡上，文博铆足了劲儿挥舞镢头，汗流浃背，额上的汗水流下来，眼睛都睁不开了。他端住盛凉开水的瓦罐，"咣咣咣"地灌了一气，挥起老镢头继续挖，一会工夫就气喘吁吁。"回！"文博扛起镢头准备回家，本村刘三娃这时也拿着镢头走过来。

"嗬，先生哥，啥时候了还在挖，过日子也太狠了点！"三娃高喉咙大嗓门地喊。

"兄弟，能有你狠呀，你都住瓦房呢，哥还是先人留下的土窑……唉，嫌热，回呀？"文博问。

"老哥，你卖酒呢，啥时给兄弟们喝一下！"三娃说着走到前边去了。

顶着头上毒花花的日头，文博走得很快，碰见本村的宋乾坤，一见面也嚷嚷要喝喜酒。文博说："老哥，兄弟过的光景，你又不是不知道，是心有余……"

"力不足……是吗，哈哈，老弟可不是那号一毛不拔的铁公鸡，做生意挣钱，要舍得给大家喝酒……"几个人扛着家具，一边谝着一边走。

牛周氏正在窑门口给孩子喂奶，文博放下撅头，洗了一把脸正要去店里，周氏把孩子递过来，自己上了织布机子。今天豁出去了，索性不到店里，他抱着兆濂在窑门外阴凉处玩了起来。四十大几的男人，抱起孩子倒乐起来，不高兴的事儿全置之脑后。

一只蝴蝶翩然飞过来，文博抱着兆濂追逐蝴蝶玩，小家伙居然笑出声来，两只大眼睛睁得滴溜溜圆。过了好一阵子，周氏从织机上下来，抱兆濂回去喂奶，文博竟舍不得把兆濂交给妻子。孩子吃奶后在怀里睡着了，脸上不时露出微笑，他望着孩子，看看自己从父亲手中继承下来的几孔窑洞，心里一阵酸楚。

多年来无时无刻不在想房子，可一直都是生计艰难，想再挖一孔土窑，也没有余力。刚才在地头，宋乾坤的一席话，深深地刺疼了他的心。看到兆濂在妻子怀里已经睡熟，他扛起镢头又冲进火辣辣的太阳底下，周氏喊："少挖一时，我放下娃就做饭！"牛文博已走出老远，似乎并没有听见。

正是日头最毒辣的时候，挖一会儿文博就汗流浃背，他一边擦着汗，扛起镢头又往回走。周氏见他下地去了，兆濂又甜甜地睡觉，索性再打几个线筒子。文博回来看见对周氏说："娃睡着了，你织布，我给你打线筒子！"周氏嗔怪说："大男人弄这，能行吗，叫别人看见会笑话的。"周氏是沟里最能干的女人，特别吃苦耐劳，又爱面子，自个儿纺线织布，又帮村里其他女人。她织的白粗布平整皮实，耐穿受用，套成花色粗布，往往独出心裁，一次变一个花样，让沟里的男人女人看得眼馋。

文博在纺车前盘腿坐定，一个线筒子很快成型，周氏笑着上了织机，"哐，哐——"织机又有节奏响地起来。文博居然乐起来，自打有了可爱的儿子兆濂，他像换了一个人，孩子哭了、笑了、拉屎撒尿，他都觉出无穷的乐趣。四平八稳的土窑，暮气沉沉的牛文博，在孩子的哭闹声中变了样儿。日子焕发了生机，窑里串门的也多起来，时常能听到说笑闲扯，逗孩子玩笑，四叔和四婶没迟没早都来，简直把文博家当成他们家。

门外有了脚步声，文博急忙起来，居然是四叔。四叔一进门就喊："约斋，回来了！""四叔，坐。"文博拿个小凳递过去，四叔在窑门口坐下，给烟袋装上旱烟，点着，问："兆濂睡着了？""嗯——"周氏也从机子下来说。"约斋哪，你思谋过没有，兆濂快一岁了，我看这家伙眼睛有神，豁亮着呢，将来准是个念书的料，应该为孩子的未来想想了！"

牛文博半天没有吱声，四叔这话戳到他心里柔软处了。周氏给四叔端来水，说："四叔，约斋啥事都瞒不过你，你最能揣透我两个人的心思！"四叔磕去烟灰，瞅着墙上挂着的列祖列宗，说："约斋哪，鸣鹤沟咱牛家可是大户，这代人翻不起来，就要指望下一代，你应当有个思谋。"文博点点头，四叔又继续说："咱住这半岭上，凭的是地里庄稼，一丝都不敢耽搁。叔不是外人，你在街上有店面，忙时地里有紧活，就叫一声，搭把手。"文博没有言语，周氏接过话头说："四叔，一家人不说两家话，约斋心劲大着呢，这一段洗衣烧饭，洗尿布片，还帮我打线筒子呢……"

"哈哈哈，这就好，这就好啊！"四叔磕着烟灰，高兴得胡子一翘一翘的，说："我看文博走路，每回都是小跑。""哇——哇——哇——"三个人还在闲扯着，兆濂的哭声却传出来，大家相视，窑门口又是一阵开心的笑声。

日子就像岭下的灞河，曲曲弯弯又吭吭哧哧，年复一年地往前行走，眨眼就到了同治十一年。这天，文博从街上回来，听到土窑院里传来奶声奶气、抑扬顿挫的念书声：

"学而时习之，不亦说乎；有朋自远方来，不亦乐乎！"
……

读书的少年是牛兆濂。他长得眉清目秀，身穿青色短褂，头戴一顶绣花的公子帽瓢儿，脑后系着一条尺把长的小辫子，一双圆溜溜的大眼睛，一闪一闪地放着亮光，显得格外有神。只见他左手拿书，右手指着书页上的字，迈着方步，一步一停，一句一顿，拿腔作调，读得有板有眼。

"哈哈哈，好啊，读得好啊，是大的好儿子！"文博边进窑门边大声说。周氏在机上织布，不无嗔怪地对丈夫说："又夸奖儿子了不是，不能总是夸，小心这家伙张狂起来，变成'仲永'，不知道自己姓啥叫啥了!"

"我姓牛,名叫兆濂啊!"兆濂见父亲回来,"噔噔噔"跑过来,冲着牛文博笑。文博一回来就在儿子兆濂身上苦费心思,从三岁多开始就教他识字,教他背诵《百家姓》《弟子规》《千家诗》……进而用毛笔写字。兆濂的确聪颖,教上两遍就记住了,一晌工夫很快就熟读成诵了。

一个六岁的童子,手捧书卷拿腔作调,诵读得有板有眼,他自然会满心欢喜。牛文博走上前,一下子抱起孩子,十分欣慰地举过头顶。《论语》中的句子,是故意教给他的,想不到他竟能声情并茂地诵读。

鸣鹤沟里牛文博的土窑变得亲爱起来,成为一个巨大的气场,越来越有力地吸引着中年的他,每次都舍不得离开。这天下午锁了店门他又去了地里,从地里往回走,明显比以往早。一路上,文博反复回味着一个事儿,只能属于他一个人的秘密。儿子兆濂读书看起来囫囵吞枣,仔细考察认字还挺扎实,一个人的启蒙,应该从操行起步,成才先要成人……也许是他过于多虑,就一个人不由自主地"扑哧"笑了。

又过了一年,牛兆濂到了上学年龄,这让文博犯难了,到底送他去哪儿念书呢?四叔提醒过几次,自己也思谋过,却始终没有确定,他纠结到着急上火。这天,文博去店里,前脚刚迈出门槛,后面什么东西挂住了衣襟。回过头来,兆濂死死拽着他衣服后襟。"大,带我到街上玩玩,去看看,好吗?"牛文博慌了,忙说:"兆濂,大是做生意卖货呢,没啥好玩的!"兆濂不依不饶,死死拉住他的衣服不放。

先来软的,文博千哄万哄,丢不开兆濂的小手,摇着头说:

"哎呀，让人总待在沟里，葫芦大个天，就要去么！"好说歹说，文博已经黔驴技穷，眼看无计可施，怕耽搁了时晌，瞅瞅牛周氏。周氏说："兆濂，你人太小，我都没去过，不敢去！""不么，我都八岁了，就要去！"眼看挡不住，文博只好说："那好吧，咱把话说清，去了，不到太阳捱山，可不准回来！"兆濂哪知高低深浅，痛快地应了一声："行！"

走出自家的窑门，顺着鸣鹤沟小路往外走，兆濂特别高兴，他跳跳蹦蹦，不时回过头问："大，对面那山好大啊，啥山嘛？""哈，那叫秦岭，那一段是终南山！""终南山。台台下面的河好大，啥河啊？"兆濂问。"哈哈，那台台叫白鹿原，也有人叫鹿原，河吗，叫作灞河！"兆濂扑闪着晶亮的大眼睛，神情特别专注，文博又说："兆濂，那个高台还曾叫霸陵原？"

"鹿原，白鹿原，霸陵原，这么多名儿？"兆濂睁大眼睛又问。这下把牛文博给难住了，想了一会，说："唉，好好走路，以后学堂的先生，自然会告诉你的！"兆濂头摇得像个拨浪鼓："骗人，你肯定知道！"

文博抬头看看日头，天色尚早，就和孩子拉呱起来：

"很早很早以前，这条河流进的大河是渭河，那个交汇的地方有个都市叫作长安，先后有十三个朝代在长安建立起都城。大约三千年以前，有个叫商的朝代到了后期，那国君叫作帝辛。帝辛荒淫残暴，浪费很多人力财物，修了一个很高的台子叫'鹿台'，又浪费很多粮食酿成酒，倒在一个大池子里，叫作'酒池'。帝辛还把许多动物的肉悬挂起来，叫作'肉林'。这个国君花天酒地，养了许多美女，整天吃喝玩乐，从不过问治国理政的事儿。忠臣良将劝说他，被他一个一个地杀掉了。有一个叫姬昌的人很有才

17

能，他是周族的领袖，帝辛怕他造反，就把他关在羑里，一关就是八年。

"姬昌在羑里被关的时日，为了安稳自己的心灵，并把自己的思想和学问传给后代，对伏羲氏的一本书《易》进行推究，依托阴阳八卦进行解释，最后他写成一部书叫《周易》。《周易》中有天地宇宙自然变化的规律，比如太阳为啥每天升起？日月为啥交替运行？姬昌认为人要学天的精神，不断充实自己，努力完善自己。人还要学大地的精神，大地容纳万物，养育生命，人也要包容万物，养成美好的品德。兆濂啊，不管面对多大的困难，要想到美好的前景，就会坚持下去，就会迎来光明，《周易》这书告诉你，人处在什么样的环境，应采取何样态度和方法应对，那可是一本奇书啊。"

"这个姬昌也太厉害了，《周易》这本书真是奇妙啊，大，我啥时能读这本书呢？"兆濂听得津津有味，瞪圆滴溜溜的眼睛，似乎出神入化，有点着迷了。"上学念书时就能读！"文博回头对给兆濂说。

打开店门时，文博告诉儿子，今年已经八岁，下半年就送进学堂，先生会给你讲。"不，大还没讲鹿原，白鹿原，霸陵原的来历呢！"兆濂不依不饶，文博再次拗不过，就一边整理店面，一边说：

"这个姬昌大智若愚，采取灵活的方法，帝辛以为姬昌不会再造反了，就安心地放他回去了。姬昌回到西岐，西岐就是现时陕西的凤翔，管理好他的周族发奋图强，他治下的人民安居乐业，老百姓越来越幸福。那个商王帝辛更加荒淫无耻，宠爱着一个叫妲己的狐狸精，忠臣良将不是被他杀了，就是被逼反了，老百姓活在水深火热之中。姬昌死后，他儿子中最优秀的姬发承袭爵位，四儿姬旦和五儿姬奭帮助姬发理政，管理周族。他们联合西方十一个小国家，在一个叫牧野的地方，打败了商朝的军队。妲己被杀了，商王帝辛在鹿台上引火自焚，商朝从此就灭亡，人们把商王帝辛称作纣王，这个纣字是说他很坏。

"姬发重新建立起一个朝代叫作周，追封他父亲姬昌为周文王，自己是周武王，姬旦封在一个叫作周的地方做公爵，叫作周公。姬奭封在一个叫作召的地方做公爵，叫作召公。伏羲氏的妈妈华胥氏，庙宇就有座始母庙，在咱街上不远处，咱这个镇就叫华胥镇，也在不远处。周武王临死前要把王位传给他弟姬旦，可姬旦不愿接受，而是保护武王襁褓中的儿子姬诵继位，这就是周成王。婴儿处理不了政务，管理不了国家，周公姬旦主动处理政务。想想，国家大事千头万绪，他打理得井井有条。周公还制礼作乐，颁布了《康诰》《酒诰》《梓材》文告，教人尊敬有品德有学问的人，用音乐让人们互相亲近，这就是后来的儒家思想，被孔子尊为元圣千古传诵啊。

"周平王时代天下太平。有一天他带着一队人马，沿对面的秦岭出猎，到达我们对面的高台台上，忽然发现了通身雪白的鹿，就把那个高台台叫作鹿原，或者白鹿原了。到秦朝末年，刘邦和项羽争夺天下，刘邦带兵十万，破咸阳后驻兵白鹿原上，项羽闻知刘邦要在关中称王的传闻，领兵四十万入关中欲灭刘邦。有名的鸿门宴就发生在咱这岭的北边。"

"后来又怎样啊？"兆濂见父亲要停下来，急不可耐地问。牛文博顿了一下，只好接着讲下去。"后来，自然是刘邦打败了项羽，夺得了天下，建立了历史上的西汉，都城还是在长安，咱们这里是都城的近郊，每个皇帝可能都到过。有两个皇帝死了，就埋在对面的白鹿原上。其中一个皇帝是汉孝文帝刘恒，他的陵墓叫霸陵，所以又把这原叫作霸陵原了。因此，这条从秦岭流出来的河，叫作灞河，灞河流入渭河有座石桥，就叫作灞桥，桥周围的柳树叫作灞柳，年久日深那个地方就叫作灞桥了。"

集市上的人慢慢多起来，听不到往常闹哄哄的市声，却有几个人露出头来，进店要买东西。牛文博打住话头，从就近的摊子给儿子买了几根麻花，开始忙店里的事儿。

兆濂一个人躲在小房间，新街集上的麻花新鲜，比小贩拿到村里的酥，他一口气就收拾了两根。他不想到街上乱逛，让父亲分心，便从上衣口袋里掏出一本《千家诗》。

窗台上有几支毛笔，店铺房间一角还有砚台，他聚精会神地读一阵，磨了墨，就把背过的默写一遍。他留意到窗台上还放着一本《小学》，拿起来，随手一翻，哎呀，还不好懂，就用毛笔在砚台蘸了墨，在纸上抄写，文博见他专注地练字，又去忙自己的事儿了。

第三章　鹰隼试翼

先生瞅着兆濂说："听润斋先生说你能指物作诗？"兆濂不知如何是好。潘先生从身后书架上拿出一个盒子，揭去上面蒙着的一层白布，里头是一些小蚕，正在微微蠕动，有铰碎了的嫩柘叶撒在上面，夫子说："牛兆濂，看看这些幼蚕，就以《咏蚕》为题作诗一首，如何？"

文博睁开眼时天已经完全黑了，这才猛地想起白天说的事儿，四叔说去打听娃娃念书的事儿，不知打听得如何，还有房东要给房租涨价的事儿。正在烧锅的周氏耐着性子听完，半天没支一声。文博说，兆濂上学堂的事不能再耽搁，街上的店不开也罢。周氏还是没有言语，窑门"吱"的一声响了，进来的正是四叔。

四叔在牛家户族中属"必"字辈，文博的父亲在同辈叫"必道"，四叔名叫必信，虽说他和牛文博的祖上宗支远点，但关系却近，四叔在牛家户族中极有亲和力，他被称"四叔"，鸣鹤沟的人都叫他"四叔"。周氏端来一碗开水，四叔掏出烟锅开始抽旱烟，土窑里霎时烟云缭绕。

"约斋，听说今领孩子去了新街？"四叔问。

"四爷爷，我要去的。"牛文博还没开口，兆濂抢先说。

"舌尖嘴快，大人说话，小孩子不要多嘴！"文博对四叔说："是的，四叔。"

"约斋哪，兆濂到上学堂的时候了！"四叔磕去烟灰说。"谁说不是啊，四叔，送他去哪个学堂，我正发愁呢！"牛周氏说。

"约斋哪，你们心思我知道，我今去了川道，思谋思谋再决定。"四叔喝着水，继续抽烟，若有所思地说。

"四叔，唉，还有一事，人家要涨房租呢，我不想开这小店了，生意现在没法做，挣的根本不够房钱，我想把店盘出去，逢集遇会摆个摊算了。"文博说："四叔，兆濂想看看汉帝陵，本想领他看一次，增广一下见识，为进学堂做个铺垫……唉，偏偏出这档子事……"文博叹着气欲言又止。

"约斋，是这，咱打听打听，看哪位先生更有名望，哪个学堂更合适……"四叔望一眼文博说。"着，着，着啊，四叔，你真是神仙……"文博舒展了眉头高兴地说。

"这样吧，明日一早，你去收拾你的店，千万不要急躁，我到川道再走走，你就放心吧。"四叔装上一锅旱烟，点着，吧嗒着回去了。

牛文博处理完了店里的事务，日头偏西时，背着一个鼓囊囊的袋子，放在南边窑里的土炕上，从怀里掏出一个账本，放进木盒子里。转身对周氏说："能处理的都处理了，处理不了的一点杂货背回来了，能结的欠账结清了，清不了的都写了欠条。"周氏热了饭端出来，牛文博已饿得咕咕直叫了，端起饭碗狼吞虎咽。

"哈哈，约斋啊，刚赶上吃饭！"一个熟悉的声音，四叔满面喜悦地出现在文博面前。周氏端来一个脸盆，递上一条手巾，说："四叔，看你累成啥了，赶紧擦擦，吃饭吧！"说着话就进窑里去盛饭。很快就端来了，是一碗调好的热面条，放在四叔面前。周氏说："四叔，趁热吃吧！"

四叔吃完饭，剜了剜烟锅，重新按上一锅点燃，抽得很香，抽完放下烟袋，说："约斋哪，我早就说过，你太实诚本分，不是做生意的料，蓝田候子头的李财东，就是从小生意发的家，后来在西安开了大铺子，买了峪里几条沟和方圆几十里的好地，还买了到渭南的一条路，那可是赚得锅满盆流的。唉，我扯到哪里了！"

周氏端来了开水，递给四叔。四叔一抹胡子，说："约斋啊，兆濂念书我打听好了，始母庙东有个小学馆，塾师姓沈，名嘉瑞，字润斋，是下川沈家河村的人，落第秀才，喜欢唐诗宋词，在方圆属于上乘。川道里的薛家寨子的潘云章是个夫子，也有些名气，他结识不少当今大儒，教授四书五经……"牛文博两股眼泪就要流出来了，周氏从旁说："我就知道，四叔这一趟不会白跑的。"

"老侄呀，你们抓紧准备，过了正月十五，咱就送兆濂去学堂吧！"四叔起身要走，文博和周氏点点头，不约而同地起来，一直把四叔送到他的土窑。

灞河川道里的春天姗姗来迟，过了正月十五，岭上还是天寒地冻，冷风飕飕，春寒料峭，迟迟不见回暖。兆濂对学堂和先生好奇，跟定四爷爷和父亲，迈开大步走出窑门。大家紧了腰带，浑身瑟瑟发冷，两手装进袖筒里，手仍旧冻得厉害。牛文博怀里揣着两块银圆，肩膀上担着一担硬柴，四叔背着二斗麦，走了一段路程，才渐渐地不觉得冷了。大家说着话顺着乡路走，好大工夫四叔说："到了。"拐进一条巷道向右一转，三间低矮的房子，出现在他们眼前。

"兆濂，快来拜先生吧！"四爷爷先一边朝里喊："沈先生——"听见里面应了一声，一双手撩起布门帘，回头招呼兆濂。

兆濂跟着父亲走进去，按照出门时的吩咐，嘴里说："沈先生在上，鸣鹤沟牛兆濂磕头！"他只顾忙着给先生磕头，却不敢抬头看先生。

"且慢！"沈先生从方桌后面站起来，用手势制止。兆濂略微抬头才看清了先生，先生不到六十岁年纪，个头挺高，方面大脸，没留胡须，面皮白净，目光炯炯，带着几分威严。沈先生指了指墙上的一幅画，兆濂看那画的上方，缭绕着祥云瑞气，下边是一只健硕的梅花鹿，正中一位胖胖的古人，心想一定是孔圣人了。兆濂不敢多问，趴下恭敬地磕了三个头，然后正对着先生行跪拜之礼。

先生问："你叫牛兆濂？"兆濂点点头。又问："在家都读过什么书？"兆濂回答："《百家姓》《弟子规》，还有《千字文》《千家诗》，《小学》也念过几段！"先生说："还读得不少，能背吗？"瞅着面前这个岭上少年，他心里还暗暗称奇。牛兆濂立正站直，抑扬顿挫地背了起来，沈先生点头微笑，说："好，背几首唐诗吧！"兆濂背的是杜甫《咏玉山》的诗。沈先生又问了几个字。先生一番测试，脸上终于露出灿烂的笑容，用手势示意兆濂也坐下来。

牛兆濂和同窗渐渐熟悉起来，见有的孩子辫子留的老长，背书和功课却不上进，被先生拿板子打了几回。几位年龄稍大的学兄，一首唐诗念几天，背起来还是结结巴巴，被沈先生多次责罚。沈家学堂房屋虽不怎么样，沈先生的学问让兆濂敬服，牛兆濂就安下心来用功念书。沈先生教读识字，紧接着用毛笔写字，牛兆濂很快适应了这里的节奏，一个月过去，总算没挨过先生的板子。

刮了一天一夜北风，刚暖和起来的川道，遭遇倒春寒又冷起来，像重新倒回了严冬。学堂在向阳的低洼处，院子的西北角有一片竹园，一树毛杏绽开了粉红的花儿，灿灿的像孩子的笑脸。快散学时，沈先生摇了铃，让大伙出学房观赏杏花。大伙毛毛草草地看完了，回到各自的座位上，先生并没有散学。

大家还正在纳闷，以为是谁背书过不了关，要打板子。出乎意料，刚才看到的杏花，先生让以《感怀》为题，每人作诗一首。先生说，平时给你们说，熟读唐诗三百首，不会作诗也会吟……大家读了那么多的唐诗，就学着作一首吧，只要四句，五、七言均可，先生还说了几句跟杏花相关的话。

孩子们都聚精会神，一个个微皱眉头苦思冥想。牛兆濂凝神静思，先是微微笑了一下，会意地点点头，有了一种前所未有的表达冲动。他提起笔来，蘸了蘸墨，在纸上写下了几句诗。先生走过来，见拟定的题目是"感怀"，下面写着这样几行：

竹外春寒出户迟，倚阑斜看杏花枝。
谁知一向销魂处，又见迎风微笑时。

沈先生凝神细看，"出户""销魂""迎风""微笑"，觉得这些字眼整体感觉不错，对这首诗给予了肯定。回头再看其他孩子，一眼一眼地细盯他们作诗，一步步走过去，再一步步走过来。有的孩子难为情地咬着笔杆，有的纸上还没落下一个字，先生微微点着头，说："牛兆濂作出诗来了，好样的，要向这个小同窗学习啊！"他拿起兆濂作的诗，大声诵读了起来。先生说，这是首七言绝句，首句"出户"二字平铺，第二句承接甚妙，末句是诗眼，妙就妙在"微笑"一语，境界全出来了。

兆濂真想不到，他会被先生当众夸奖。散学了，孩子们跑向各个村落，大家都在议论，牛兆濂作的诗被沈先生夸奖了。牛兆濂会作诗，传得街坊邻居都知道，不长时间又传向四邻八乡，灞河川道里传得沸沸扬扬，说沈家河学堂有个少年才子，住在鸣鹤沟，名叫牛兆濂。

光绪三年，牛兆濂在沈家河学馆念书，不只个子长高了一大截，明白了许多事理，他每次离家，母亲总重复着一句话，"学做好人"是咱牛家的祖训，这四个字已深刻进他的脑子里。兆濂回到鸣鹤沟，能帮着母亲干家务活儿，周氏心里虽然十分欣慰，口头还是语气严厉地教训他，背书掉了一句，被文博听出来，被母亲重重地扇了一个巴掌。

牛周氏瞅日头的时候，牛文博已经从川道的集市上回来，放下行李，他从项锅里舀了一碗温开水，咕嘟嘟灌了一气。周氏正在拉风箱，说："他大，四叔中午来了，说年上见到了沈先生。"

"四叔来过了？别急，别急，是不是沈先生又夸咱兆濂？"牛文博喝了水，端起饭碗，打断了牛周氏的话，又忙着加盐放辣椒，说："四叔都说啥来？"

"能说啥嘛，兆濂念书的事儿。"牛周氏不温不火地说。文博说："先生让咱给娃另换学校，是不是？读《四书》《五经》对不对？""对，正是这个意思！"文博两口话没说毕，一碗米儿面就下去了，四叔吧嗒着旱烟锅出现在土窑门口，笑呵呵地抽着旱烟。

"四叔来得正好，约斋赶集刚回来，先吃一碗米儿面，再作商量吧！"牛周氏揭开锅盖，米儿面已经熬稠了，给四叔盛了一碗。四叔说："约斋，你们快吃吧！叔知道你愁肠啥，兆濂去学堂为继续读书，还要读得体面，读得尊严，日后有大出息！"

牛文博站起来，在门口踱了几个来回，说："四叔，你说，像咱这住土窑的穷家，送孩子读书终究是少数，娃在这种环境里念书，也不能过于寒碜，你说对不？"周氏插话说："你们说的是吃穿，家染些蓝粗布，给兆濂缝一身上学穿的衣服，自己的尊严得靠努力读书去找？你们说是不是这个理？"

"还是你最了解我，最懂我的心思啊，这主意不错！"牛文博心里的疙瘩彻底散了，脸上露出开心的笑容，看来妻子的见识，和普通的乡下婆娘并不完全一样。

潘家学馆在村子最东头，门前有好几棵大楸树，一棵古槐十分高大，枝股一直伸到学馆的院子，兆濂想，夏季的荫凉保证能覆盖整个院子。学馆左边有座夫子庙，右边是几间低矮的房子，北边的一间用墙隔开，看起来是先生起居的地方，安了一副双扇门。旁边有一间不大的灶房，茅厕在后院的一处角落，跟前一小片青竹园。

走进潘夫子房间，牛文博慌忙上前施礼并搭话，"我是鸣鹤沟老者牛必信荐来的，名牛文博。"先生点点头，指着凳子让了座位。牛兆濂打量眼前这位夫子，个头没有沈先生那么魁梧高大，气质远比沈先生深沉，显得更加斯文。他穿一件对襟褂子，头戴一顶纯黑的瓜瓢帽，帽顶上和下沿边精工装饰着橘黄色纹理，脚穿一双圆口黑色布鞋。估摸他的年龄在五十以上，脸膛红润，面容看上去很慈善，两只眼睛晶晶发亮，透出一种少见的威严。

文博急忙把兆濂拉到面前，对先生说："潘先生，我这娃名叫牛兆濂。"又对兆濂说："快来给先生磕头！"兆濂深鞠一躬，刚要躬身下拜，先生摆摆手，微笑着说："且慢。"先生坐下来，收敛了最后一丝笑容，一眼一眼地细盯兆濂，直盯得牛兆濂心里发毛。先生瞅着兆濂说："听润斋先生说你能指物作诗？"兆濂不知如何是好。潘先生从身后书架上拿出一个盒子，揭去上面蒙着的一层白布，里头是一些小蚕，正在微微蠕动，有铰碎了的嫩柘叶撒在上面，夫子说："牛兆濂，看看这些幼蚕，就以《咏蚕》为题作诗一首，如何？"

兆濂起初真有点紧张，环视房间又瞅瞅父亲，再看看夫子。牛文博微笑的眼神中流露出自信，对他微微点了点头，却没有言语。兆濂看看蚕盒，仔细端详了一会，这些可爱的小生灵，瞬间给了他灵感，他不慌不忙，从先生桌子上拿起一支毛笔，在砚台上蘸了蘸墨，写出几句话来：

咏蚕

不妨草昧起经纶，十亩桑田未是贫。

莫笑传家唯一纸，故应散作万家春。

先生拿在手中端详良久，手捻着一撮花白胡须，回头又打量兆濂，脸上微露笑容，自言自语道："好啊，写得还很有气象，起句精彩，转承自然，末句彰显志气，也有所寄托！是首好诗，看来润斋先生所言不虚！"牛文博慌忙站起来，让兆濂给先生行礼。先生又摆摆手制止了，说："别忙。牛兆濂，读《四书》《五经》，句读是一个关节，润斋先生说你读过一些《论语》，给你一段文字，读读如何！"他顺手从桌上取过一本书，翻开一页递给兆濂。

兆濂一看，是《论语·泰伯》中的句子，眼睛骨碌碌一转便读道："民可使由之？不可！使知之。"先生接过书，脸上露出欣慰的微笑。牛文博又督促兆濂，这才恭恭敬敬地行拜师之礼。礼成，潘先生让他们父子坐下，轻捻着胡须说："《三字经》有'凡训蒙，须讲究。详训诂，明句读'之句，唐朝的韩愈曾说：'彼童子之师，授之书而习其句读者'。古代学童入学，优先关注句读的研习，这个基本功是为学之根基，讲经之先务，兆濂，你务必要记住！"

兆濂连忙点头。夫子接着说："句读，要在开讲之前，花费一定时间，在书上进行圈点，语义未完而需停顿之处，在两个字的中间点个'、'，表示句读停顿；在句终的地方，在字旁画个小圆圈儿，表示句读，读起来就省力多了。句读不明，会曲解文意；断句弄错，文意就走样，甚至完全相反，兆濂哪，切记切记。"

牛兆濂也忍不住笑了，初进门时的胆怯总算烟消云散。在夫子的指点下，牛文博见到了学董，安排妥儿子兆濂的食宿。一切安排妥帖，牛文博向夫子告辞，起身回鸣鹤沟去了。

农历二月过半，潘云章夫子讲学渐入佳境，他那副白片圆坨眼镜始终戴得端端正正，桌面放一把赭红色的楠木戒尺。《养蒙书》是夫子的起始课程，夫子采用的是三原贺瑞麟先生的读本，一共九卷。兆濂听父母亲都说过贺瑞麟这个名字，却听说他是渭南人氏。潘夫子的戒尺，看起来比沈先生的漂亮多了，他还发现，夫子从不轻易把它拿在手上，也很少见过先生拿戒尺责罚学生。

几个月读下来，牛兆濂渐渐适应了夫子的节奏，他觉得跟潘夫子学，不仅明理增长了见识，又极受启迪而获教益，脑子里就深刻进贺瑞麟这个名字。果然不出所料，《小学》仍是夫子规定的入门课程。夫子开始进课就很顺利，要求却愈来愈苛刻，一位学兄便受到夫子戒尺的责罚，他不放过一个句读，不放过一个字，只要入门成功，功夫会愈来愈深的。夫子责罚一次，要用毛笔在墙上的纸上记着，用以惩戒所有人。《小学》是一辈子的功课，夫子总这样说，但还没有正式地讲解，要把句读的基础做足，兆濂只能按着先生指点的路径，读书、背诵、默字、对字、强记……

夫子正式开讲，便是由《孝经》起始，学生读呀背呀，烂熟于心了，夫子慢慢地道来，大家正襟危坐，没人敢稍有动静。夫子讲，《孝经》被称作儒学经典，它是专讲孝道的书。你们知道吗，孝是上天所定的规范，孝是道德的基石。不能笼统说不孝就是忤逆，"孝"有具体内涵的，《孝经》对"孝"的实行，也有要求和方法。

"孝"的内涵越研越深，越究越细，夫子说，古代的国君用孝来治理国家，臣民用孝立身理家，从汉朝开始，就主张以孝治理天下。南宋以后，《孝经》就被列为儒家的"十三经"之一。开读《四书》《五经》，就必须从《孝经》起始，读《孝经》从读解起头。

这一天，夫子靠在椅背上，正襟危坐，说道："下面文句，悉心揣摩，体味句意。"于是诵读道："身体发肤，受之父母，不敢毁伤。"夫子说："就这三四一十二个字，谁能说说它的意思？"学堂里全是瞪圆的眼睛，刚才读书一丝不苟，声音非常洪亮，这会儿却摇头晃脑不知所云。

潘先生用手摸了一下戒尺，扫视每个学生的神情，先问了其中几个字，然后娓娓道来。他说：身体和头发，都是从父母那里得来的，不能随便损伤。夫子说，我们的生命是父母生命的延伸，父母含辛茹苦地养育儿女，看到儿女幸福健康，才会觉得快乐。《孝经》中说，要从考虑父母的感受出发，好好地珍惜自己的生命才对。

夫子始终严格关注着句读，第二天开课，先让温故后知新，他手执戒尺检查背诵，依然抽查默字，抽查文意的把握，拓展。轻则训导，重则用戒尺责罚，人人不敢稍有懈怠。

进入新课，开始诵读："夫孝，天之经也，地之义也。在上不骄，高而不危；制节谨度，满而不溢。"再三诵读之后互相检查。先生抽查时大家都能背得下来，夫子显得有点高兴。开始讲解，他不紧不慢地说，孝是天经地义的事情，我们都知道乌鸦反哺、羊羔跪乳的故事，"兽尤如此，人何以堪？"稍停又说，只有懂得感恩，才能懂得生活的美好，而父母，是最值得我们感谢的人。

夫子的手又摸着戒尺，目光对着每个人，继而说，位居高官的人不骄傲，才能不危险；懂得节制、把握好度，才能在水满以后不流出。人生的态度是生活的指针，谦虚的人才能安全前行，骄傲放纵的人则容易迷失。

夫子一步一步引导，弄明白文句的意涵，进入文字的境界，牛兆濂感觉这书其实并不枯燥，特别有味道。课后，他猛地想起，父亲常说的"读书明理"，就是要深明大理得好好读书。

学馆前头的大楸树，紫色的繁花刚刚谢，绿色的叶瓣就舒展了，和槐树枝上嫩绿的叶子一样，由小小的苞芽一下子舒脱得满眼绿色。兆濂在这里眨眼几个月过去了，场院边一树粉红色的花儿，在昨夜风中竟怒放了。这一天特别晴朗，川道里阳光明媚，柳丝已不再是初春的鹅黄嫩绿，鸟儿在树上叽叽喳喳，大家可着劲儿诵读，有的还边读边用树棍儿在地上画字。潘夫子自己也拿着书，背抄着手大声地读，读到得意处，身子摇来摇去，踱着碎步儿。

从课上退下来，先生穿一件崭新的蓝布长衫，他戴上眼镜，端坐在椅子上开始讲解。他说：孔夫子说，能够亲爱自己父母的人，就不会厌恶别人的父母。能够尊敬自己父母的人，也不会怠慢别人的父母。以亲爱恭敬的心情，尽心尽力地侍奉双亲，而德行教化施之于黎民百姓，使天下百姓遵从效法，这就是天子的孝道呀。

夫子说，"孝"不仅仅指孝敬父母，更代表国家治理，"孝"字的学问还深着，今天要讲的课已经讲完了，理解的关键在于去领悟。我就破例讲两个故事。一个故事：三皇中的舜帝，父亲失明

大儒牛兆濂

了，母亲有点愚钝，弟弟脾气暴躁，平时不争气。但舜仍然对父母很孝顺，对弟弟很友爱，设法避免祸害，但却毫不怨恨，并承担了全家的劳动，常在历山耕种。因为舜的孝行难得，感动了上天，在他耕种的时候，有象出来协助，有鸟帮他锄草。舜的孝行把帝尧感动了，他叫自己的九个儿子和两个女儿帮助舜，两个女儿也都嫁给了舜，这就是娥皇和女英。

另一个故事是唐朝的名臣魏征：有一次，唐太宗赏赐给他一顿豪华的盛宴，魏征吃了几口，就放下筷子了。太宗问他："你怎么不吃了，是不合胃口吗？"魏征说："这很好吃，我只是想到自己家中的老娘，她没有吃过这样好的饭菜，想恳请皇上允许我，带回家给母亲尝一尝。"太宗没有想到，魏征官居庙堂之高，还是这样地关心自己的母亲，就说："你快吃吧，你母亲有你这样的好儿子，她教育有方啊，我也赏赐她老人家同样的筵席！"就这样，魏征的母亲也得到了太宗赏赐的美食。

夫子的故事讲得十分动情，大家听讲聚精会神，窗外的鸟儿都屏住了呼吸听讲。夫子深感意外，两个小故事只是作为插曲调节课堂的节奏，对于理解这段文字的关键节点，居然对每个人有这么大的触动。夫子让学生自由谈谈，在家怎样孝敬父母的，对照《孝经》，那些是对的，对以孝治理天下，可以说说自己对《孝经》的习得。大家争先恐后，场面热烈，先生插话点评，对谈得很满意的，还给与表扬。末了，夫子说，读《孝经》，不是用来装潢门面，放到前面来读，就特别强调施行！学而不做，等于零，必须讲求知行合一，学以致用，这才算是真读懂了《孝经》。

第四章　初心不移

　　他的心猛的沉了一下，再看近处的沟渠，已经干涸断流，地里的麦子焦枯干死……他摸着头上的发辫，心里明白当地发生了严重的干旱，夫子的眼神忧郁起来，想说什么，却欲言又止。

　　灞河忽然瘦了许多，往日滔滔汩汩的气势没有了，牛文博从鹿塬买药回来，过河时忽然有这种感觉。清早起来担水，他的感觉得到了验证，桶下到泉里，半天吃不满水，吊上来的水很浑浊。四叔病了近十天，积攒的几个钱眼看花光了，守义开的一味中药县城的药铺都没有，文博跑到鹿塬的狄寨才算买到。

　　牛周氏翻箱倒柜没寻出一文钱，咋办？她加了愁肠。贤惠的周氏明白事理，照管四叔是父亲的托付，即便没托付她也不会眼睁睁地看着他卧床受罪。她从柜底翻出一个包袱解开，对牛文博说："他大，知道你为四叔的病正作难，这几丈白布是给咱家兆濂留的将来娶媳妇用。现在事急了，你就别瞎子夹毡胡扑了，明天把它拿到塬上卖了抓药，剩余的回来给兆濂把生活费交了……"

　　牛文博接过布卷儿，用衣袖擦着眼睛，正要出门，布卷被从后边夺了下来。"你反悔了？"文博回过头，原来是四婶，刚才说的话全被听见了。文博说："四婶，我自小就离了父母，你们早把我当亲人，四叔睡在炕上，我能有心思干别的事吗，你别挡我，我俩主意定了。"

牛周氏拉着四婶到土窑去了，牛文博这才拿着布卷，怀里揣了一个馍馍，匆忙出门向着"歪把葫芦"口走去。

牛兆濂和少年伙伴顺利地读完了《孝经》，这天，夫子脱下对襟短褂儿，穿着那件蓝色细布长衫，收敛了平日的威严，完全换了一个人，和颜悦色地要开新课了。先生语重心长地说："孩子们，在历史的坐标上，《孝经》是一条生命之流，它喧腾，潺湲，有时几乎要断流。但它一路流淌着，盘桓着，真实地映现着一个时代的风光，忍受着历史风雨的侵袭。我的孩子们，在这条历史的河流的两岸，仍然拥立着孝道的长林，它时而茂密葱茏，时而稀疏凋零，时而遭受肆意的砍伐……但是，你们一定要记住，阴霾过后，阳光总是不会忘记的，它将继续照耀后世"。

夫子拿着《孝经》的手抖着，随即放回桌面，神情比往日庄严凝重。兆濂看着夫子的神情，觉得十分的吃惊，孩子们惊呆了，往日严厉的先生今天怎么啦，喔，原来夫子本就慈祥和善。今个的课，是跟随先生以来最轻松愉快的课。一双双敬佩的目光，一下子拉近与夫子的距离，好像刚刚认识，全是服服帖帖的眼神，连胖子也不例外。

潘夫子的一番话，是为《孝经》向《四书》过渡做铺垫的。先生拿出《四书》进入新课，兆濂曾听夫子提到过一串大贤名儒，有些名字以前似乎听到过，必须凝神静听，不敢有一丝懈怠。夫子反复提到了多个孔门弟子，南宋理宗，周敦颐、张载、程颢、程颐，明代的朱熹……先生概述时一般不允许打断，他说，《四书》

包括《论语》《孟子》《大学》《中庸》四部著作，《四书》是四部书的总称。《论语》和《孟子》是孔子、孟子及其学生的言论集；《大学》和《中庸》则是《礼记》中的两篇。在朱熹之前的南宋，程颢、程颐兄弟大力提倡这几部书，朱熹把它们编在一起。不过，他们都认为，《大学》是孔子讲授"初学入德之门"的要籍，经孔子的学生曾参整理成文，里边都跟一个人的修德有关。

　　房间没有别的声音，大家都在凝神静听，夫子突然问，朱熹为啥把《论语》《孟子》和《大学》《中庸》编在一起呢？大家都埋下头去。先生说：四位都是儒家杰出代表，孔子、曾参、子思、孟子的书，最初叫"四子书"，"四书"是后来的简称。大家豁然开朗，又慢慢抬起头来。夫子继续说，明代的朱熹给"四书"作注，《大学》和《中庸》的注叫"章句"，《论语》《孟子》的注多有引用，故而叫作"集注"了。

　　兆濂和大家都感叹唏嘘，先生并没有停下来，他继续说：朱熹编定四书是有顺序的，按照由浅入深的序次，排列成《大学》《论语》《孟子》《中庸》，这个顺序自然合理。《大学》和《中庸》的篇幅都较短，为刊印方便，就把《中庸》提到《论语》前面，变成《大学》《中庸》《论语》《孟子》，这个顺序方便了学习，自然合理也很合情。

　　有小声议论和窃窃私语声，夫子出奇的和蔼，夫子说，前边读《小学》，《大学》相对《小学》而言，《小学》是学习文句的入门。天下的道理有大小，小道理服从大道理，大道理管着小道理。"什么是大道理呢？"胖子今天哪来的胆，竟敢大声发问。先生没有责备他，反而呵呵笑着说，治国安邦的道理是大道理！《大学》里就讲治国安邦的大道理、大学问。你们虽不是大人，也非幼童啊，少年人要有鸿鹄之翔，凌云之志，就要明白大道理！

大儒牛兆濂

夫子的课拨云散雾，水落石出，一步步显山露水，云过天晴了。潘夫子从学生的眼神里，窥见每个人的心思，他说：任何学问的难易，都在于人的努力用功，只要和以前一样，不畏难不退缩，敢于质疑问难，再难也转而为易了。一阵喊喊喳喳的轻微响动后，又迅速恢复了安静。在大家喜形于色的时候，夫子打开书本，让盯着上面的文字："大学之道在明明德，在亲（新）民，在止于至善。""物有本末，事有终始，知所先后则近道矣。""古之欲明明德于天下者，先治其国；欲治其国者，先齐其家；欲齐其家者，先修其身；欲修其身者，先正其心；欲正其心者，先诚其意；欲诚其意者，先致其知；致知在格物。"一阵琅琅的读书声，划破了潘家学堂清晨的静寂，在潘家村东头回荡着。一个拾粪老汉路过，居然放下粪笼和铁铲，仔细听孩子诵读。胖子突然大声惊叫，我读熟了，先生检查吧！先生让他读，果然读得流畅，不只读得流利，还能初悟首句的意思，《大学》中学习的原则，在于彰显人类本身所固有的光明德行，在于让民众革旧布新，在于达到最完善的境界。先生听罢，当众夸奖了胖子。

夫子问过几个孩子，便开始正襟危坐，一板一眼地讲解：在古代，要想将人固有的美好品德彰显于全社会，就必须先从治理国家入手；要想将国家治理好，就必须先治理、整顿各位士大夫家庭的秩序；要想搞好家政，就必须先提高自身的品德修养；要想提高自身的品德修养，就必须先端正自己的心态，使自己没有邪念；要想使心态端正，就必须先使意念诚实；要做到意念诚实，就必须先达到一定的知识储备；探索并且获得知识的关键，在于推究事物的本源……

夫子讲到这里，微闭的眼睛忽然睁圆了，他抬起头微微地笑着，慢慢地转悠着，然后说，儒家研究学问，格物、致知、诚意、正心、修身、齐家、治国、平天下，这八个条目是最要紧的，最要紧的啊！

正午的房间里闷热异常，夫子头上直冒汗，他用手帕擦着，取过一把纸扇子摇着，然后说，孩子们，屋里边确实太热，大家到大楸树底下读书吧。浓荫里马上响起琅琅的书声，树上一群鸟雀不知道发生了什么，喳喳喳地叫着，向西边的树上飞去。

一群孩子在读书，夫子摇着扇子四下里张望，他猛然发现，近处的柳树、榆树、槐树、楸树，叶子全都变黄，有的还一片一片地凋落下来。他手搭凉棚往近处的小溪望去，小溪已近断流，怪道灞河一天天消瘦。

他的心猛地沉了一下，再看近处的沟渠，已经干涸断流，地里的麦子焦枯干死……他摸着头上的发辫，心里明白当地发生了严重的干旱，夫子的眼神忧郁起来，想说什么，却欲言又止。

天上像下了火，潘夫子心里也像点着了火。县城周遭的富家孩子生活未受到大的冲击，像鸣鹤沟牛兆濂这样的穷苦孩子，自然让潘夫子揪心，更为重要的是兆濂有天分和灵气，是个有希望的孩子。夫子请来学董。学董叫任泰和，和县太爷过从甚密，让他和县太爷出面，富裕人家多担待一点，困难相帮，这些穷山沟的苦孩子，才有希望完成学业。潘夫子对学董说："任掌柜，眼下旱情蔓延，一些穷家已无力再拿出费用，孩子咋能安心读圣贤之书？"任泰和说："哈哈，夫子，咱这是私人学馆不是公益学校啊！"夫子立即变了脸色，说："任董，我难道不知道吗，像鸣鹤沟的牛兆濂，就是一块磨刀石，有超强的砥砺！"潘先生说完，甩门出去了。

泰和使了一个眼色，几个穿绸着缎的赶紧把夫子请了回来。一位庞姓家长说："我出个主意，离学堂近的把这几个拿不来钱粮的孩子领回吃饭，各位觉得怎样？"赵掌柜和郝掌柜交换了眼色，说："我也说个主意，街上有买卖铺子的，每户拿三块大洋、二斗粮食不成问题吧，学堂弄个临时灶房，雇个做饭的，直至灾情解除……"泰和说："这个主意可行，钱可以多拿，我拿十块，没有买卖铺子的，拿粮的就不拿钱了，没异议就这么定了，三日内粮钱两清，把锅灶盘好，大家看怎样？"大家都点头应允，三日内果然送粮交钱，都亲自送到学馆，又找人盘锅垒灶。潘夫子从房间走出来，眼睛红红的，说："难得大家深明大义，我替这些穷家孩子和大人致谢了！"说着深深鞠了一躬。

潘家学馆清亮的钟声又响了起来，伴随着钟声，琅琅的书声再度响了起来，枯干的大楸树底下，又有了孩子们活泼的身影。六月二十九，陕西巡抚冯誉骧亲临，督查蓝田赈灾，他在附近村镇察看灾情，无意中来到潘家学馆。县令对冯抚台说起夫子，如何及时组织积极应对，救济贫穷学生，抚台大人对夫子跷起拇指，大加赞赏。

潘夫子见孩子的吃饭问题有着落，鸣鹤沟牛兆濂又准时出现在眼前，悬着的一颗心终于落了地。这天，潘夫子检查背书叫到牛兆濂，兆濂低头走进先生的房间。夫子没有急着让他背书，先问鸣鹤沟和他家的情况，令他大感意外的是，他所指定的篇目，牛兆濂居然全背熟了。"孺子，可教也。"兆濂深深鞠了一躬，快步往外走，他听见潘云章先生说了这么一句话。三日后，夫子给牛兆濂单独开《四书集注》课程，要让他尽早进入《五经》。

陕西境内终于落下了一场透雨，西安城方圆的旱象解除，灞河川道、鹿塬、北岭、谷峪，降雨似乎更多一些。人们谈论着这场姗姗来迟的透墒雨，面对庄稼歉收或绝收，又要面对秋种黄金时间已过，横岭的农人更纠结。雨是救苦救难的活菩萨，往后风调雨顺还是大旱连着小旱，或者是由旱转涝，这种状况农人不是没有经历过。

鸣鹤沟种坡地的纠结又无奈，尽管笼罩在心头的阴云消散了，但究竟种什么能有收成，谁心里也没底；种子从哪儿来，种进去若收不了，连本都赔了。牛文博坐在窑前槐树下乘凉，四叔吧嗒着旱烟锅也来了。"四叔，快坐这凉一下！"四叔在石头上坐下来，问："怎么样，想好了吗？"文博笑说："啥想好了么，四叔，你知道我想啥呢？"四叔说："哈哈哈，你想啥能瞒过我吗，你的神态早已告诉我了！"

文博也笑了，打趣说："四叔能看面相，说说看，看你相面准不准！"四叔不客气地说："至少你现在想的是给地里种什么，都要种还要确保能有收获，你说对不对？""四叔厉害啊，算得一点不差。农谚说，'过了小暑，不种糜谷稻薯'，现在距离小暑还有一段时间。除了糜谷，咱蓝田半岭上还有一个最好的选项是种荞麦！"四叔接住话题说："你看得准，农谚说，'立秋一十八日，种荞麦一十八斗，打荞麦一十八石。'立秋的日子更远，种荞麦是稳当的。"

文博脸上的笑容收敛了，他愁肠的是种什么都没有种子。川和塬岭快速恢复着生机，等到能开犁下种，播种回茬秋一晌也不敢耽搁。四叔磕掉烟灰猛地站起来，说："做饭，吃了饭跟叔一块进峪，叔在峪里年轻时有个老相好，她是峪里的大户人家，糜谷和荞麦啥都不缺。咱买不起，只能借，现在借秋后还，或者明年麦收。""四叔，你怕是准备刘备借荆州，哈哈哈——"

四叔的确有个老相好，当家的死于土匪之手，她已是内掌家，八个虎子一个比一个厉害，个个都黑铁塔一般，老三文韬武略兼备，为人十分仗义，成为石门寨的新当家。当下他听母亲的说道，二话没说连声叫舅。一面让母亲陪着"舅舅"说话，一面着人从仓房装了荞麦、谷子、糜子，还有几样杂豆，收拾好挑子便吩咐伙房做饭。四叔领文博在山沟转了一会，谷中流水清洌，松柏森森，一股山风吹来，牛文博浑身一个激灵，又回到屋里。天色未明文博被四叔摇醒，当家的派了两个伙计，帮着四叔、文博担着挑子，一路翻沟过河，上坡下岭，出峪已是半早上。农时不敢耽搁，两人午饭时就进了"歪把葫芦"。

中午牛周氏从娘家拉回了一头大牛，先把四叔那片坡地给种了，文博就和四叔肩着耩子拉着牛，背着种子。牛周氏正要捐上锨头去地里搭一把手，见两个小子一个在前头嘟嘟囔囔地跑，一个手拿打牛的鞭子，囔囔闹闹追赶而来。"站住！你们两个不去种地，囔闹啥呢？"牛周氏喝喊了一声，两个后生见是牛婶，囔闹得脸红脖子粗，赶紧站住。周氏走近问道："你两个没有出息的，囔闹啥呢，嗯？"跑在前面的黑牛一脸委屈地说："牛婶啊，我正要找约斋叔说句公道，红牛他，他欺负人！"

"谁欺负你？"红牛也不示弱。牛周氏一把夺过红牛手里的鞭子，轻轻抽了每人一鞭把。骂道："这么忙的，不去种地，胡闹啥呢？"红牛说："牛婶啊，他家去年种麦，借我家的耩子，他家的山牛是个蛮蛋，烈倔（不听使唤），把耩辕弄坏了，没修也没给我还。现在都在抢种，我去问他，他竟然胡说，还说我欺负他，哼！"

牛周氏呵呵呵笑了，说："两个牛一对的蛮牛，力气不用来曳耩子种地！"周氏把手里的锨头放下来，说："咱鸣鹤沟村院中，还没有不讲道理的，也没有不服我说的。婶说一句话，你两个牛愿意听不?""愿意听!"红牛、黑牛都点点头说。周氏说:"常言说得好,回茬秋争时晌,争争吵吵耽搁种地都没理。咱蓝田人要记住乡约,村院邻里互帮互让,我看这样吧,我窑里有一个耩子,闲着,快拿回去先种地。地种完黑牛寻人把耩子修好送还红牛,记住,要向人家道歉,不能蛮牛一样胡抵,懂礼就要依礼为先,敬人就是敬己!"

两个牛听牛婶这么一说,都觉得不好意思,心服口服,相跟着找耩子种地去了。牛周氏这才肩起镢头,一边笑着,向沟坡自家地里去了。

潘夫子的脑海马上萌生了一个大胆的想法,何不利用假期在西安、三原访友的机会带上兆濂,出去走动走动,让他开阔一下眼界,增广一下见识,接触一些名儒,激发出更远大的鸿志。若此行能成真,也不枉师生一场,砥志砺行,为学业打下根基,岂不是甚好吗?

夫子雇车,兆濂跟定夫子,来到泾阳味经书院,夫子要找的朋友也是一位大儒。幽静的书院里有两个学生正在读书,用目光和夫子师徒打了招呼,兆濂凝神侧耳细听。这是什么书呢?兆濂感到听起来有点耳熟,正想问先生,见先生已经走远,快步追了上去。"先生,刚才读的书听来好耳熟啊?"夫子说:"《四书集注》。这可是朱熹倾注心血之书。朱子发奋攻读圣贤之学,日读《大学》《中庸》《论语》《孟子》从无间断,历四十多年终成《四书集注》。若通达了此四书,何书不可读,何理不可究,何事不可处!"

泾阳味经书院的气派,不亚于关中书院,山长刘光蕡先生,就是夫子要见的那位大儒。夫子向刘先生介绍兆濂,兆濂按夫子的叮嘱,给大儒行过见面之礼,刘先生一边打量兆濂,一边对着外面喊："幼农——"随着喊声进来一位学生，年龄已过二十，个子略高，目光和善地对兆濂笑笑，然后对先生说："先生，幼农出去了，有事吗？"

刘先生说："张晓山，这是蓝田来的牛兆濂，你陪他在书院走走，转转吧！"张晓山是兴平县人氏，字元际，他一把抓住牛兆濂的手，说："幸会啊，牛学弟！"兆濂看见他手里拿的书正是《通书》，自己家里也有一本同样的书。兆濂仔细看他，个头比自己还要高，浓眉大眼炯炯放光，眉宇间透出成熟。兆濂说："我住蓝田华胥，新街鸣鹤沟，名兆濂，字梦周，幸会学兄。刚才听见你们两个读书，现在咋是你一个人呢？"

晓山领兆濂来到一处假山把书放在石头上，双手拉住兆濂，有些相见恨晚，说："早听说蓝田有个神童，牛梦周，几岁就能吟诗，不知学弟因何到此？"兆濂说："老师访友相携，学兄跟随大儒研学，日后前程无量！""说来惭愧，"晓山说："梦周学弟，我住兴平县庄里头村，七八岁随父在墓庐读书，习孝爱之礼，二十岁入县学，为庠生，后授业于高兰亭先生。稍长在关中书院跟随柏景伟先生、史梦轩先生，如今又在味经书院求学，拜刘光蕡先生门下，让兄弟见笑了。"

兆濂说："名师出高徒，张兄必是光蕡先生的高足！"晓山说："哈哈哈，惭愧惭愧，光蕡先生的确当世大儒，唉，我更心仪程朱，本想和养之去正谊听讲，投奔贺瑞麟先生呢！"兆濂问："兄长喜欢贺先生的学问？"晓山点点头，说："学弟，张子之学，上承孔孟之志，下救来兹之失，如皎日丽天，无幽不烛，圣人复起，未有能易焉者也。瑞麟先生在三原清麓书院，与横渠学问一脉真传。"

两人在凉亭下坐着，足足谈论了一个时辰，约为生死之交。这时，刚才说的那位同学来了，晓山向他介绍兆濂，幼农说："先生唤你！"晓山告辞离去，幼农领着兆濂，两人边走边聊，王幼农成为兆濂在西安结识的又一个朋友，他也是刘光蕡先生的高足，和学兄晓山一样，深受刘先生赏识。

王幼农拉着兆濂一路走，向他介绍味经书院的掌故，两人打开了话匣子。说到他的家事，幼农说，他名王典章，本是从山西迁来，始祖明希圣公出仕于明末，因忤逆阉臣而遭罢官。天启年间，居住泾阳县的辘轳霸村。后迁到三原县的北原上，购得土地卜居，取名魏回村。村子地处偏僻，距县治四十里，出行不便，乾隆年间才迁到西安城内，你看啊，在城的西北角，叫西九府街陈家巷坊，巷内有王家的产业，人称金铺王家。

兆濂跟随幼农来到陈家巷，睁眼一看，宅院好气派啊！相跟着往进走，五进深，宅院错落有致，曲径通幽。前面是五间大厦房，还有门房，门楼上有一砖雕匾额，外带花边，上书"书香门第"，苍劲有力。走进庭院，一侧三间厢房，一侧是假山。假山有巨大的奇石，绿色如玉，气度不凡，有六尺见方的石桌，石桌旁有圆鼓形石凳。西面影壁墙，砖雕装饰着花卉图案，墙西边有一旁门，通向幽静的侧院，院内有两排厢房，各为三间，这儿是王幼农的书房和客厅。

兆濂算是大开眼界。从假山再往里，是五间一体的大厅，进深四丈有余，这是上房。大厅靠后墙有一道屏风，中间竖立着一个匾额，上书"厚德传家"四字。屏障两边的明柱上，悬一副楹联，道是："假貌与真情，莫闲看镜花水月；新声传旧事，须认作暮鼓晨钟"。屏障前是条案，中央照碑上挂一轴字画，乃是明代唐伯虎的山水图。大厅中一色紫檀家具，有条案、八仙桌、太师椅，八张太师椅摆放两排，前放茶几，十分排场。条案上的青花瓷大瓷瓶、将军罐、轴筒等物事，一律成双成对，一口中式大钟摆在桌子上，发出美妙的声响。

兆濂跟着幼农到大厅一侧的墙边，看见一排大书柜，高有丈五，幼农打开书柜，竟有上万卷的线装书，随手翻翻，多是明清典籍，珍贵的书储藏在紫檀木匣子，匣子上篆刻着铭文，古香古色。屏风后面，有一四尺左右宽的回廊，直通后院。上房再往后，是东西两侧厢房，一边都是三间，厢房与退厅间的夹道，有一旁门，西侧一个小院，有水井房和厨房四间。厢房再往后是退厅，内设祠堂，供奉先祖的灵位。退厅往后，又是东西两排厢房，一边都是三间。最后三间是两层楼，便是王典章起居之所。楼旁夹道通向后门，然后是后花园，蓝砖青石，砖墙和门窗上雕有图案：历史故事、山水人物、花卉草食、飞禽走兽……

令兆濂感到震撼的，不是幼农的家业，而是幼农的凌云鸿志，他惊人的禀赋，他刻苦治学的精神。课业他能一览成诵，先生讲解他能一字不落的复述，先生的提问他能对答如流，又反过来向先生提问，所问先生还要思考一下，才能回答。

离开幼农家时，他竖起大拇指说："兄长你家资如此厚实，尚自强而不息，志气不小，又是刘先生的高足，独一无二，我定当向你学习。"

第五章　三辅才子

　　红纸的最上方，"牛兆濂"三个墨字写得很显眼，也非常醒目，比其他名字的字略大一点，赫然映入每个人的眼帘，这表明"牛兆濂"名列蓝田县考的榜首，成绩是县考的第一名。

　　灞河川道、鹿塬和岭上灾后收获第一料收成，幸遇着风调雨顺，老天的眷顾给了个好年景。农人们紧绷的神经稍微舒缓，各处的街镇又恢复了集会，有了熙来攘往的市声。秦岭始终是一幅山水画，灞河吟唱着一首歌谣，而对于略读经史的农民牛文博，山、川、塬、岭给他带来了好心情。这时节，蓝田各学堂都忙碌起来，迎接一年一度的县考，学生们铆足劲儿温习功课，节奏明显地比平时紧张。潘家学堂并没有紧张的气氛，孩子们按部就班地学习，潘云章夫子似乎成竹在胸。

　　麦收后的"歪把葫芦"鸣鹤沟，回种秋田更加忙碌，牛文博不能耽搁时间，一回到沟坳里就考虑播种什么庄稼，想等回种地一毕，专门到学馆里去拜见先生。兆濂从光绪三年跟随潘夫子读书，惶惶然五年过去，数载工夫读完了《养蒙书》《小学》，又读《大学》《孝经》《论语》，后来读《四书集注》和《诗经》《书》《礼》《易》。

　　兆濂个子似乎又长了一截，辫子甩过去搭在肩上，一手拿书，另一只手捻着辫梢，神情特别专注，读得声情并茂。那眼神似乎是在记诵，似有所领悟，又似诵读之、玩味之、思索之，抑或兼而有之。只见他心无旁骛，如在无人之境，陶醉在书册之中，有种意会不可言传之神妙。

　　潘夫子坐在一棵大楸树底下，旁边的小桌上放着一个茶壶，他手中摇着一把纸扇，一脸难以言喻的得意神情。每个孩子的情形他都了然于胸，根据实际情形分别施教，按不同的要求检查，他对于县考已稳操胜券。夫子喝了茶背着手转过来，转到兆濂面前停住，接过兆濂手中的书，按要求让他背诵。

　　兆濂背完了，先生点点头，面露欣悦之色，然后接过书，指着书上的某一页问："兆濂，你怎么还念这些？"兆濂说："先生说过，《集注》《小学》《近思录》，要时常温习，早晚必读！"先生说："我问你，三纲领八条目你可记住了吗？"兆濂不慌不忙，答："三纲领是在明明德，亲民，止于至善；八条目格物，致知，诚意，正心，修身，齐家，治国，平天下。"夫子点点头刚要离去，兆濂忙上前问："先生，请教您修己和治人的关联？"潘夫子一听神气活现起来，对兆濂说："兆濂，记住，修己是治人的前提，正人先要正己，修己的最终目的，就是治国平天下。我可要告诉你，治国平天下和一个人的道德修养是相一致的，一个人仅有凌云鸿志，是远远不够的，必须通过修己的道德修养，达到治国平天下，这才最重要！"牛兆濂深深一躬。先生自语道，善学者学而能思之，有悟性的能顿悟，这就好啊。然后又自语着，不知道的就问，乃是有出息的。

　　这一天兆濂正在作文，收到两封书信，一封王幼农从泾阳寄来的书信，幼农说，一帮热血青年，胸怀鸿鹄之志，薛宝辰、李岳瑞、郭毓璋、孙澄海、王正枢等，都在光蕡先生的门下，中西并学刻苦勤奋，要实现救国图强的梦想，"望学弟县考之后径来味经……"一句，还特意给右边画上了圆圈。另一封书信来自三原正谊书院，至交好友张元际所写。元际说，他已和养之在正谊书院，正谊还有一个来自山东淄川的学子孙灵泉。贺瑞麟先生以程朱为宗，又尊朱子之学，尊孔子之道，他们读周、程、张、朱之书，致程朱之学，望学弟县考过后，千万不要他顾，直接来正谊相聚研学……

兆濂将信紧紧贴在自己胸口，心情久久无法平静，除了与二位学兄的友谊，脑海里翻来覆去的，还有"朱子"二字。朱子有《四书章句集注》，有《太极图说解》《通书解说》《周易读本》《楚辞集注》，名副其实的大学问家，《朱子大全》《朱子集语象》堪为代表。继续攻读圣贤之书，自己这住土窑的穷家能支撑得起吗，不去攻读又如何肯甘心呢？二位学兄都盼着，若父母亲真愿支持，到底该何去何从呢？

潘家学馆的围墙外，几株木槿花在不知不觉中绽开了，桃红色的花朵十分鲜艳，他们却无暇顾及。这天下午，兆濂读到"百姓足，君孰与不足"一句，跑去问先生。先生没有直接作解，他引用的是朱熹的原话："民富，则君不致独贫；民贫，则君不能独富。有若深言君民一体之意，以止公之厚敛也。为人上者，所宜深念也"。兆濂仔细一听，大眼睛一扑闪，会心地笑了，原来正是《论语集注》，朱熹所作的注解。

牛兆濂回到鸣鹤沟，村里回种秋田已近尾声，自家的坡地在沟垴上，村子周围一派播种的繁忙。他兴冲冲地来到地里，见男人们吆牛曳耩子开沟，妇女在后面点种。有种黄豆或者杂豆，或是谷子糜子，种子一撒男人吆着牛，循环往复，一垄耩完一番耙耱就完事了。

沟垴上谁家地里有人吼起了秦腔，"刘彦昌哭得两泪汪，怀抱着娇儿小沉香，官宅内……"悠长的托腔在黄土横岭上久久地飘荡。村里的长辈见了兆濂，忙和兆濂打声招呼："好家伙，几年不见都长这么高了，快娶得媳妇了！"也有人问："兆濂，今年十几了，问媳妇没有？"兆濂笑容满面，和大家一一打着招呼。到四爷爷的地头，他看见四爷爷头发更白了，拿个镢头打土块，一见兆濂，高兴地问："兆濂，想家了，还是想四爷爷？"兆濂笑着说："想咱鸣鹤沟，更想四爷爷！"

文博拉的是挑担家的老乳牛，老牛曳耧子稳健，周氏在后边点苞谷，两人正念叨着兆濂，兆濂就出现在地头。周氏愣了一下，方才回过神来，忙问："咋回来了？"兆濂笑着说："妈，要县考了，先生放假三天……"牛文博回过耧子，立住牛，停了一下，扬起鞭子又吆喝牛走。兆濂说："大，让我来捉耧子，你点种，让我妈回家做饭吧！""胡说啥呢，一茬庄稼是儿戏吗，你从来没捉过，敢叫你捉耧子呀？笑话。"周氏不放心地说。

牛文博瞅瞅儿子说："没事，都这么大了，地里墒情好有我给他指拨，让他试试吧！"两人说话间，兆濂已把耧子捉在手中，旁边干活的一齐投来羡慕的目光。文博提着小竹笼儿，跟在兆濂身后点种，一边给他讲说捉耧子的要领，一边帮他吆牛。几个来回下来，兆濂居然就捉得顺溜了，牛周氏就回家做饭去了。

父子二人就拉呱起来，文博问："快县考了，先生让读哪本书呢？"兆濂说："《大学》。""是吗？"到地头兆濂回牛，吆喝声响过后，"回来——"一声吆喝，回了牛。兆濂说："大，程颢、程颐兄弟，把《诗》《书》《礼》《易》《春秋》称作'大经'，把《大学》《中庸》《论语》《孟子》称作'小经'，尊崇儒家经学。

《大学》才是人德之门。"

牛兆濂晚上和父亲住在北边的窑里。文博磨镰刀时,兆濂手里拿着一本书就着油灯看。文博"沙沙沙"地磨了一会,试试刀刃,又给磨石上撩了水,问:"又看啥书呢,兆濂?"兆濂说:"《四书集注》。"文博问:"咋又是《四书集注》呢?"兆濂说:"我给自己定了个规矩,每晚上都要温习《四书集注》和《小学》,历来如此雷打不动。"

文博磨完了刀子,收拾好农具,准备脱衣睡觉,他坐在炕沿脱鞋,对兆濂说:"兆濂,朱子用毕生精力撰写,前后凡四十年时光,又经反复修改,到了临死之前,还在修改《大学章句》'诚意'一章的注,可谓孜孜不倦,《四书集注》是他传世的儒学经典!"兆濂从来没听父亲说这么多,也很少和他交谈过,他从内心里,对老农民父亲刮目相看。文博在灯下拿起《四书集注》随便翻了几页,说,这书最能体现朱子的治学风格,文字训诂字斟句酌,经过反复修改,洗练通达,学问做得通透深入,做学问必须有这种严谨态度啊。

牛文博拍打着鞋袜子里的土,他今天利用和儿子交流,有意识地大讲朱子,流露出对《四书集注》的极大兴趣,留意察看兆濂的反应。他慢慢发现,兆濂不仅说起来头头是道,而对道、理、性、命、心、诚、格物、致知、仁义礼智,有自己的准星。

夜已深沉了,鸣鹤沟里万籁俱静,几只夜游的鸟儿在沟里鸣叫,劳累一天的牛文博,早已进入梦乡,牛兆濂合上书,吹熄了油灯,迷迷糊糊地睡着了。

光绪八年七月,灞河川道刚下过一场雨,河川与岭塬被洗得眉清目秀,横岭和鸣鹤沟眉目清爽,一幅青绿山水画,在山川塬岭间突然飞起一道彩虹。彩虹映在灞水里，把岭和塬打扮得五光十色，也映照着少年牛兆濂的心空。相处了五年的学兄学弟，在潘老夫子的带领下，来到县城参加一年一度的县考。潘夫子显得格外的精神，他脸膛红润，穿了一件米黄色的绸衫，手里照例拿着那把精致的纸扇，出现在设立县考的县学校园。

考试即将结束，考场附近聚集了许多学生的家长，他们在一起大声谈论，眼巴巴地瞅着考场大门，巴望着自己的孩子喜滋滋地出现在面前。县考是高级别的测试，此一考试，预示着一些孩子的读书生活就此结束，而对另外一些孩子，也许真正意义上的读书才刚刚开始。

兆濂知道父母不可能来蓝田，他走出考场的那一刻，也没瞅见潘先生，自我感觉是前所未有的轻松。脑子里不断回旋着晓山的书信，幼农的书信，先生的暗示，父母亲的旁敲侧击……有心继续攻读，如何向父母亲开这个口呢，想到此，牛兆濂有点犯难了。

县考的榜文公布在县学门口，一群家长围在那里，吵吵嚷嚷，县城附近的一帮闲人一副痞子的架势，有的在那里咋咋呼呼，看热闹不嫌事大。大红的榜文一张贴，"哗"地就被人群围了个水泄不通，所有人都睁大了眼睛。他们使劲地挤着，挤不到跟前去的，视线努力穿过人缝，在红纸上搜寻。红纸的最上方，"牛兆濂"三个墨字写得很显眼，也非常醒目，比其他名字的字略大一点，赫然映入每个人的眼帘，这表明"牛兆濂"名列蓝田县考的榜首，成绩是县考的第一名。

"'牛兆濂'是哪个村的？这'牛兆濂'哪个学校的？"人群中有人议论纷纷。"啊，牛兆濂，考了个头名！""牛兆濂是华胥的新街村的，真牛！""牛兆濂是鸣鹤沟的牛人！"议论声此起彼伏，不断有人在夸赞："'牛兆濂'真了不起！""'牛兆濂'真是个才子啊!"从这一刻开始，"牛兆濂"这个名字不断被人提起，人群中甚至有人大声喊"牛兆濂——"名字在川道、北岭和白鹿原上匐传……有人不知道蓝田县令是何人，却记住了"牛兆濂"这三个字，甚至有人在人群中大声说，牛兆濂是个"神童"。

县督学费了好大的劲，终于找到潘云璋夫子，向他了解牛兆濂的家境。潘老先生说，牛兆濂家住新街村鸣鹤沟，这学生确实才华出众，又肯勤奋刻苦，才会学业精进，是我一生中遇到最好的学生，也是个可造之才啊。督学说："老夫子，祝贺你教出了一个好学生，牛兆濂是个才子!"围观的人跟着喊，"牛才子——"于是，"牛才子"三个字又很快在远近传开了，迅速传遍了整个蓝田。

自从兆濂在县考中拿下第一，都以为这下已替牛家三代祖宗挣足了面子，农民牛文博恐怕无力继续再供儿子读书了。牛文博的土窑里，四叔牛必信吧嗒着旱烟锅，牛周氏纳着鞋底，牛文博的表情波澜不惊，其实他们在权衡着同一件事儿。知道文博主意的只有一个人，那就是牛必信。别人捉摸不透牛文博，却瞒不过四叔的眼睛。潘夫子无意中的一句话，启发并打动了牛文博，聪明的农民牛文博像得到了某种暗示，脸上流露出前所未有的自信，他决定把儿子兆濂送进关中书院，这主意并没给四叔和周氏说破。

半天没有言语的牛周氏说："四叔，供兆濂继续念书是天下正道，咱家虽说不富裕，只要能让兆濂走正道，我就坚决支持。"四爷爷"梆梆梆"地磕掉烟灰，哈哈哈笑了。留给兆濂的选择余地并不多，他在心里默念着，张元际晓山，张元勋果斋，王典章幼农，兄弟们等着，牛兆濂来了!

当自己真的要离开鸣鹤沟时，牛兆濂的眼睛红红的，他深深感到这个沟坳的可爱。一道横岭的南坡，沟坳是独立存在的，灞河在南边平缓曲折地流过，雄浑的鹿塬布满历史的沧桑，和沟坳隔河相对，他读习《易经》那会儿，四爷爷和父亲曾问过，咱们的"鸣鹤沟"咋解说，他欣然翻开《易经》，从《易·中孚·九二》爻辞找到："鹤鸣在阴，其子和之"，他说，鸣鹤得其"君子相助，吉祥和谐"之意，令父亲和四爷爷高兴了很长时间。

牛兆濂清清楚楚记得，那次他和父亲去鹿塬，父子两站在塬塄畔上，目光久久地望着这个"歪把葫芦"，那沟道周边自然形成的塬台，简直就是一朵活生生的莲花，那溪流茂竹，和王维的辋川又有什么区别呢。出行的日子很快到了，兆濂穿上母亲缝制的粗布衣服，眼前浮现出母亲熬眼穿针引线的身影，平日里为自己的成人成才，父亲和母亲苦苦奔波，吃了多少苦。兆濂提着父母和四爷爷精心打理的简单行李，走到"歪把葫芦"鸣鹤沟口时，泪眼模糊竟至于哽哽咽咽说不出话来。牛周氏在兆濂脸上擦了一把，自己鼻子也觉得酸酸的，牛文博立得非常端正，说："兆濂，去吧，不要没出息！"

牛兆濂沿书院门往里走，街道是青石铺砌的，两旁建筑典雅雄伟，在蓝田是绝对没有的，他心想，省城第一大学府真是气势不凡。走进关中书院，兆濂感觉建筑气派宏大，中间讲堂六间叫"允执堂"，左右南屋四间，东西号房各六间，讲堂后边有假山，正是三峰耸翠，宛若一座小华岳。

讲堂前面有半亩方塘，竖亭立于正中间，砌石为桥，通过石桥，进入书院的两重门，大门二楹，二门四楹，悬挂郡丞刘孟直书写的"八景诗"，高雅且壮观。"关中书院"的匾额是用隶书题写的，仔细看，题写的人是学者王大智。兆濂生平第一次走进这样的大学府，觉得蓝田小县城和省城西安简直不能相比。他感到一切都特别新鲜，在乡下"小地方"生活惯了的他看来，关中书院就是省城这样的"大地方"的顶尖学府了。

关于关中书院兴衰的故事，他是那次和夫子来西安时，在闲聊中夫子有意无意告诉他的……明末著名学者冯从吾，官至工部尚书。为官清正又性情耿直，疾恶如仇，有次上书直言朝政，批评皇帝沉溺酒色、荒废朝政。不料触怒了皇帝，皇上龙颜不悦，他便愤然辞朝回归故里。冯先生在故里潜心经理之学，后在西安宝庆寺讲学。万历三十六年，陕西最高长官汪可授等人在宝庆寺"联镳会讲"，前来听讲的多达数千人。宝庆寺东边的"小悉园"遂改为"关中书院"，专供冯从吾先生等学者讲学。天启五年，阉党魏忠贤得势，诬陷并镇压东林书院的学人，关中书院及主讲者冯从吾先生，不幸遭遇牵累。天启六年，熹宗皇帝下旨降责，当年的十二月，好端端的一个关中书院被毁……

兆濂曾听夫子说，一代学者冯从吾先生，在这里讲学近十年，传承程朱理学，四方从学者五千多人，冯先生还亲自制定《学会约》和《关中士大夫会约》，并亲自撰写《关中书院记》。到了清康熙三年，巡抚贾汉复檄西安府叶承祧、咸宁知县黄家鼎，为关中书院扩建牌坊一座，大门一楹，设东廨为主讲寓所，又设西圃，北竖小坊及二门、三门各三楹，圃题"继往开来"。中间建"精一堂"五楹，置道统祠，专门祭祀黄帝、炎帝，左右之堂祭祀正学、理学名臣。清康熙十二年，总督鄂善重修书院，聘李颙为主讲。李颙登台讲学之初，一时间德绅名贤、进士举贡、文学子衿，环阶席而侍，听讲的人多至数千，就连总督鄂善、巡抚阿席熙，都不惜屈尊前来听讲。关中书院在本朝的再度勃兴是乾隆二十一年，乾隆帝御笔亲赐书院"秦川浴德"匾额，三十六年，巡抚毕沅再次重修书院，延请进士汪祖启前来主讲。到清同治十二年，布政使谭钟麟订《书院课程》五则："重躬行、辨经义、稽史事、通时务、严课程。"光绪七年，巡抚冯誉骥于书院之东附设"志学斋"，为书院购置图书，给生徒增加膏火。进住书院亲自为生徒讲习，每日都有札记。又过了数年，按察使黄彭年、布政使曾龢又给书院立了斋舍，购置图书。那时考课以诗、古文、词、八股试帖、策论、杂著等课目，每月官考一次，获超等、特等的诸生，获奖赏膏火，一等以下的生徒没有奖赏；每月堂考二至三次，书院山长亲自主持。获超等、特等的诸生，也可获得膏火，但是没有奖赏，一等以下的没有膏火。

牛兆濂自从一脚踏进关中书院，不由得心生敬畏，但也没有因穿戴寒碜出身卑微而自卑。他放下行李，想先熟悉一下环境，就小心翼翼地迈动脚步。十三朝古都的最高学府，到处都有文化遗存，他不肯轻易放过任何一个。迎面看见一副楹联，题写在"仁在堂"的八字墙上，兆濂仔细瞅，联曰：

> 士所尚在志，行远登高，万里鹏程关学问；
> 业必精于勤，博闻强识，三余蛾术惜光阴。

好一个行远登高、业精于勤、万里鹏程，志当存高远，读书用功可要惜取光阴啊！兆濂眉宇间有一种坚毅在洋溢。到"允执堂"前，那日跟夫子曾到此处，夫子说"允执堂"是讲学做学问的地方，为啥叫这名儿。但见门首一副对联映入眼帘：

> 竹柏翠环阶，总抱瓮非劳，培植须同佳子弟；
> 芝兰香满室，愿读书共勉，延陪莫作假师生。

"好联！"《陋室铭》里有"苔痕上阶绿，草色入帘青"，莲溪先生之句，正是此联韵味。兆濂猛然想起夫子说过冯先生的《关中书院记》，里面曾说："书院名关中，而匾其堂为允执，盖借关中之'中'字，阐允执厥中之秘耳"，心想，允执堂，允执堂，冯从吾先生"允执"二字，莫非就是培植须同佳子弟，延陪莫作假师生。

兆濂一边转一边想，这真是个名人荟萃的地方！一种强烈的新奇感驱使着他，又在书院四处走走看看。他慢慢地发现，所有的"允执堂"都是向南，形若翅翼，东西两面却是生徒的宿舍，这又有何寓意呢？这时，几个新同学也行到此处，大家静静地站在允执堂前，只见方塘半亩，碧水盈盈，有树有亭，好一个所在！沿石桥穿过曲径循着假山……兆濂和大家在惬意中交流着，方知书院的大门本来向南开着，后来才改为西巷。当时的新任陕西布政使汪道亨，为祭祀孔圣人，在书院中建造了一座"斯道中天阁"。大家把目光一齐投向清晰的碑文，从碑刻中不难看出，清雍正十一年，大清国如日中天，十分重视文化教育，拨给关中书院帑银一千两，作为经费补贴。乾隆二十一年，御赐"秦川浴德"匾额，时隔一十五载，到乾隆三十六年，巡抚毕沅莅任陕西，移风易俗广兴教化，划拨钱款重修关中书院，竣工之后延请江宁进士戴祖启来陕主持关中书院，选拔优秀的生徒来书院研学……同窗学友都感觉到关中书院不光是大，是更有学问、更有品位的学府！

在生舍里安顿了行李，兆濂决定先给元际和幼农写封回信，免得他们挂念。夜晚，兆濂对着天花板翻来覆去睡不着，钟鼓楼和明城墙、关中书院、"允知堂"，一幕幕映现在眼前，还有那汉未央宫、唐大明宫，大、小雁塔，存放玄奘舍利子的兴教寺……这一切，他还没有来得及亲眼目睹。兆濂思来想去地睡不着，西安这座城的神奇到底在哪里，钟鼓楼算不算这座城市的地标！如果算，钟楼立在西安城的正中间，秦川八百里，华夏文明几千年，钟楼和城墙，历经数千年完整无缺，合在一起，岂不是一枚偌大的印章，这钟楼不正是印把上的瑞兽吗？一颗方形金印落在华夏文明的史籍上，旁边的长安八水，难道不正是八盒鲜艳的印泥么！这时候，生舍里有了如雷的鼾声，兆濂想了很多很久，竟不知是什么时候才沉沉入睡。

大儒牛兆濂

第六章　仰德浴辉

　　贺瑞麟先生深入浅出，引经据典，联系实际，把周程张朱之学的精义演绎得淋漓尽致。兆濂听得仔细，内心升起无限的敬意，对贺先生拜服得五体投地。

　　一位穿戴整洁、身材高大的先生出现在牛兆濂的视线里，正是关中书院山长柏景伟先生。柏先生字子俊号忍庵，又号沣西先生，家居长安，光绪十一年受陕西学使之约，移讲关中书院。兆濂从夫子那里得知，柏先生是咸丰五年举人，后屡试不第，同治初年以举人二等授定边县训导，适逢回民起义未能赴任，到同治八年带父母避乱，隐居在南五台山竹林寺闭户读书。兆濂读过一首柏先生的《竹林寺深夜读书》的诗，能流利地背下来：

　　　　夜深群动息，涧水响琮琤。
　　　　吾性本无物，萧然万虑清。
　　　　偶向空中悟，非耶又是耶。
　　　　道心何处认，月照紫薇花。

　　先生作此诗时已任关中书院山长，诗中写的正是那时的心境，竹林寺里苦读，竹林涧水，山寺空寂，夜间多么的清冷。思想起去世的父母，自己受长安县令之意操办地方团练，随提督往湖北招募兵勇。后又随左宗棠西征，因于军前献计深得左大帅器重。左帅才保举他做地方知县，分往陕西等补，并加州衙同衔。谁知赴任不久，官场腐败，政令不通，柏先生耿介清廉不想随波逐流，愤然辞职回归故里讲学去了。

柏先生是个生性耿直的纯儒，又学问渊博，一出现在讲堂就令兆濂敬爱有加了。柏先生很快从众多生徒中发现了牛兆濂，兆濂常向先生请教学问，一来二去有了更多了解。柏先生推崇张载的关中理学，并且志在振兴，从前创办少墟书院，创设省垣官运书局，成立咸长崇化文会，重刻《关学编》，每一步进取都从容稳健。兆濂感觉柏先生对学问严谨，对学生温和也不失严厉，训导学生从不含糊。

兆濂有次请教学问，柏先生解答完毕，问道："牛兆濂，你喜欢程朱之学？"兆濂点点头。柏先生说："你来关中书院求学，经史、道学、政事、天文、地理、数学各门课程，还有品德操行，都得感兴趣呀！"兆濂又点点头。这天，柏先生讲完课业，威严地站在讲堂里，神情凝重十分严厉地说："士所贵者，品德为最；品不能治，虽才如卢陵，学如斑马，掇魏科，苟显位，人多訾之；行果无亏，居乡可为纯儒，如官可为纯臣，末世犹有余芳。这些文字，你们能背诵，不用讲解大意也能明白，记住圣贤之言，将来才能出个好官。"他顿了一下，又说："我告诫你们，做学问要多读书，勤于请教明公，才能增长见识，若去做官，就要有把纱帽提在手上的勇气和精神，该掷出去时，就毫不犹豫地掷出去。"

兆濂瞅其他同学，一个个眼睛睁得滴溜溜圆，不知道先生接下来要讲说什么。先生讲道：我给大家说一个陕西礼泉人，他名叫宋伯鲁，光绪年间官做到副督察御史，我曾勉励伯鲁，不要随波逐流，不能只做官不干事！还有一个赵舒翘，光绪初年任过刑部尚书，和刘光蕡先生是同科举人，河南王树汶临刑呼怨一案，舒翘处理得何其果断！我郑重告诫他，对成绩不可矜张，永世做个好官，做个清官！联系这两个实例，你就理解了上面这段话，能够理解得更加透彻！柏先生讲完这一课，把当年的"学规六事"又重复了一遍，说：这是我当年初在泾干书院主讲时制定的学规，后来由味经书院到关中书院，学规没有变。

有一天，兆濂亲眼看见，柏先生把一个不听从教育的学生，十分严苛地惩戒了一次，还有一个是官员子弟，他毫不客气，让他立刻离开关中书院。兆濂每日听讲都有所记，先生每月严格考核，检查一丝不苟，一个细小的疏忽也不能有，一连三个月堂考，兆濂都名列前茅，柏先生对这位补郡庠博士弟子员，一身粗布衣服的蓝田学生，投来赞许的目光，和另外几位先生一商量，补为膳善生员，聘为塾师，这样一来，他就可以自食其力，不用家里过大的花费了。

这是一个假日，下着蒙蒙细雨，家住西安的学生，领着同窗去莲湖、兴庆宫遗址或大小雁塔、西安城墙游玩。柏景伟先生来到生舍巡查，发现生舍里有一个人，是牛兆濂在读书。兆濂见先生进来，慌忙起身鞠躬，先生问："牛兆濂，放假，你怎么不出去玩啊？"兆濂说："家在蓝田，来过西安，时间还长着。"先生又问："读的是什么书呀？"兆濂把书递过去。柏先生翻了几页，说："好啊，你读《四书集注》，大家都喊你牛才子，你有实力还很勤奋！"兆濂只是一笑。

先生要离开，兆濂急忙起身相送，柏先生停住脚步回过头来，问："牛兆濂，正谊书院有位贺瑞麟先生，你听说过吗？"兆濂回答："我非常崇拜，读过他编的《养蒙书》。"先生说："对啊，他可是程朱理学的扛鼎人物，以后也要多读些他的著作！"柏先生回过身来在生舍的床上坐了下来，说到他在陕西振兴关学的宏图，两位在陕官员大力支持，一位是布政使李菊圃先生，一位是按察使黄小鲁先生，他们都在关中书院讲学，程朱理学是他们担任的课程。邑人李蓉镜在咸宁治东边的春明学舍旧址，复建鲁斋书院，署盐法道黄嗣东和邑令樊增祥都捐了廉资，重修鲁斋书院有些时日了。已商定鲁斋书院建成，竣工会讲时延请贺瑞麟先生前来讲学……兆濂哪，可以去听听大儒的讲课啊！

柏先生离开生舍后，牛兆濂真有点激动，西安不光有当世的大儒，还有像李菊圃、黄小鲁这样的大儒官员，他们都是有良知的读书人！贺先生，柏先生，黄先生和李先生，这几位关中理学鸿儒聚在一起会讲，那可是个难逢的大好机会。

当天晚上书院很静，夜已深沉了，生舍里能听到学生们均匀的呼吸，牛兆濂又一次翻来覆去睡不着觉，一种传承道脉的庄严使命，在他心里悄悄地升腾起来。早就仰慕的贺瑞麟先生，眼下有了听他讲课的机会，这回哪怕没有座位，老远地站着也行，就是听不十分仔细，远远地看上贺先生一眼，也觉得心满意足。

新落成的鲁斋书院南邻"八仙茶楼"，临街一个圆桌前，坐着一位先生，瘦高个，浓眉，方脸，神情严肃，他手拿着几张纸，一边看着文字一边向外张望，他就是山长柏景伟先生，审读校正的是他抄写的《鲁斋书院记》。这篇记是前朝大儒程钜夫作的，不能有任何出错。他一边喝茶校稿一边等着两位先生，他们是李用清布政使和黄小鲁按察使。

沏好的茶已放在桌上，校对几遍的文稿也放在桌上，鲁斋书院即将落成，柏先生喝着茶想着书院的兴废。鲁斋书院本是元代延祐朝为许衡讲学而建，后因种种原因一直荒废，光绪十三年乡贤李蓉镜在春明学舍旧址恢复重建，建成三楹正殿，内有文昌庙，这次重修，西安署盐法道黄嗣东，县令樊增祥，均捐出廉俸，鸿儒长安令焦云龙也捐巨资鼎力相助，诸多乡绅慷慨解囊，才成就善事一桩。本次竣工仪式想别开生面，延请巨儒贺瑞麟先生会讲，会讲故事将效仿白鹿洞会讲，集成《会讲记》。柏先生眼下虽不在庙堂，却和布政使深交，记得光绪三年，李用清还没有正式出道，就和他有了来往。那时候，他也只是个记名御史，恰遇山西奇荒，巡抚曾国荃、钦差大臣阎敬铭，奏请朝廷极力举荐，朝廷调派他襄办赈灾事务。

　　这个李用清多有能耐，他骑着一头毛驴，只带了一名仆从。两人不分寒暑，走遍了山西全境，一路走来举凡灾情的轻重、粮食转输的道路，悉数记录在册，画成图本。为深究穷困的根源，李用清渐渐发现了一个问题，山西的罂粟花田，弥望无际，必须把罂粟花田改种成五谷粮食，使生聚有期，方能恢复晋地元气。主意已定，就上书巡抚曾国荃，请他详论细察。曾国荃疑心山西刚闹过灾荒，禁烟效果缓慢，况全国未禁，一个省贸然禁止，恐白白招来抱怨，故未能施行。赈灾结束李用清受到朝廷褒奖，回到京城补为御史。法国于南方滋事，两广总督张树声奏请，朝廷调派李用清任广东海防鳌榷，奉职七年威震海疆，授予惠州知府。惠州境内盗贼多，人们多喜欢赌博好私斗，李用清以真诚感化，惠州风俗为之一变。八年后迁贵西道道台，九年超擢布政使，贵州署巡抚。李用清充实仓储、兴修农利、裁减冗员、劾缺额之提镇，擒粤匪莫梦弼等，绳之以法。巡阅所至，召士子讲说经传，将军官吏都来听讲，相与者动容。黔地种罂粟畅行湘、鄂、赣、粤诸省，李用清奏陈禁种之法，分区限年，自己亲自出巡各地，刈铲烟苗。有人上奏朝廷，说他操之过急。十一年秋，奉旨来京候简，朝堂以上，李用清痛陈罂粟疭国殃民，希望挽回万一，朝廷却任命他来陕西任布政使，感慨之余才把心思放在光大程朱之学上。

柏先生左等右等，不见二位大人的影子，他把这篇《鲁斋书院记》，又从头至尾已仔细看了几遍，觉得文字确定无误，重新放了下来，再倒了一杯茶，想到了黄小鲁先生。二人交往是在关中书院，小鲁出任陕西按察使，来往就更加频繁。黄先生出身仕宦之家，字澄斋号菊圃，山西平定州人氏，同治四年进士，后改庶吉士，出于大学士倭仁门，散馆后授编修。小鲁安贫厉节，日研四子书、朱子小学，旁稽掌故，于物力丰瘠，尤所留意。大婚礼成，加赐侍读衔。同治十二年，丁父忧，徒步扶榇返葬，入都后继续讲授生徒自给。他以儒道为立身根本，出淤泥而不染，为官清正俭朴廉明，博古通今又诲人不倦。咸丰初年，随父在籍办团练，得到保荐，后被陕西巡抚刘蓉聘请，主讲关中书院。李鸿章聘他编修《畿辅通志》，主讲莲池书院，到了光绪八年，他升任按察使。年余时间结案四十余起，平反冤案十数起，光绪十一年调陕任按察使、西安署布政使，洪水决堤堰，他慨然捐款修复，保住了一方百姓的平安，以干济之才立功立业，拒绝馈赠为官清廉，严禁胥吏勒索，惩办贪官污吏，减轻百姓负担，赈济灾荒，兴修水利，兴办教育，阅历极广著述较多，又擅长诗文，又工书画，可谓知识渊博多才多艺。

喝完一杯茶，还是不见二位先生的人影，柏先生起身想到落成的鲁斋书院看看，刚要出门迎面碰到李、黄二位先生。李用清说："柏先生，正要去请你，你倒先来了，让你一个人久等了！"柏先生笑着说："何劳二位大人相请，鲁斋竣工，贺先生都已应约，我焉敢怠慢哪！"李先生说："好，茶泡好了，咱边喝边聊。"两位先生落座，柏先生递上茶，把桌上的几页纸也递了过去，说："大儒的《鲁斋书院记》，我校对几遍了，文字准确无误，延佑二年十一月一日作，时间也没有问题！"

三位先生喝茶，李用清看完，仍旧放回桌上，大家相视一笑，对稀世佳作赞不绝口。李用清说："当年有白鹿洞会讲故事，这回咱就来个鲁斋会讲故事，二位以为如何？"柏先生说："甚好，甚好，鲁斋书院重修，几家书院合力，振兴关中理学延续道脉，刻不容缓啊！"黄小鲁说："贺瑞麟大师应约前来，咱就和白鹿洞一般了，《会讲记》书稿由我来编写，二位以为如何？"八仙茶楼传来爽朗的笑声，笑声吸引了茶楼里所有茶客惊奇的目光。

牛兆濂怀揣着一颗热噗噗的心，走出了关中书院大门，去鲁斋书院亲耳聆听贺瑞麟先生的讲课，哪怕远远地看上他一眼，这是他今天走出关中书院唯一的想法。从柏先生透露消息的那一刻起，这一念头潜滋暗长了好长时间，越来越强烈的想头，像一把腾着烈焰的火，在胸中熊熊燃烧。

鲁斋书院在长乐坊，这是向一位老者打听到的。长乐坊在东郭门，在他进出西安的必经之路上。他还打听到，长乐坊有八仙庵，家严曾经告诉过，八仙庵的北邻就是长乐坊。长乐坊街连接着不少巷道，北侧有北火巷、长乐巷、新庆巷……南侧有万庆巷、东新巷、景龙池、窦府巷……东郭城是西安府城四个郭城中最大的一个，也是城东边的门户，长乐坊街正是这东门户里的主干街道。东门外的大路到鸡市拐就向北折了，经过更新街，兆濂找到长乐坊。他在进出过多次的东郭门，站立了一会，想到康熙四十二年，皇帝西巡时驾临西安，那是何等样的派势啊。

　　新落成的鲁斋书院，一下子就在眼前了，牛兆濂在鲁斋书院找寻文昌庙，见已黑压压坐着一大片人，后边还许多人站着，已经座无虚席了。有人小声议论："著名理学大师贺复斋先生今天讲学，慕名特来听讲。"又有人窃窃私语，一个说："鲁斋收了不少穷学生，按察使大人积德行善，专门资助穷孩子！""按察使从盐法道俸金中取银一百镒，发商生息，补充书院经费，凡东关内外的穷孩子，都可以免费来书院读书！""听说还要请塾师，在书院教授幼童，按察使大人真是个好官！"

　　一位器宇不凡的先生出现在视线里，个头比其他先生高大，方正白净的脸略长，面色清瘦更显得眼睛大，浓眉毛略微上扬，两绺髭须从嘴角向下微曲，仪态大方。这正是大名鼎鼎的鸿儒，理学大师贺瑞麟先生，后面跟着的还有柏先生、黄先生、李先生，一个个气宇轩昂地走进了文昌庙，在讲台前的一把椅子上坐下来，面前有一张方桌。牛兆濂显然不可能有座位了，连靠近一点站着都不可能，他懊悔自己动身太晚，步子迈得太慢，问路又耽搁了些许时间。眼下只能远远地站着，能遥瞻德辉，就相当不错了。兆濂虽然远远地站着，心里想，看见贺瑞麟先生，亲耳聆听教诲，从此时此刻开始，我就是贺瑞麟先生的学生了。

　　他静静地站着胡思乱想，李用清先生走上前去，听讲的有认识的，大家立即安静下来。李用清简明扼要，讲说鲁斋书院的重建缘由后，会讲就直接开始。只见贺瑞麟先生要站起来，黄先生走过去，用手势示意让他坐着讲，贺先生就坐下来，用洪钟一样的声音开讲。贺先生说，先把今天讲课的主旨告诉大家，我一生追求的学问，就是重今世，重人伦，重实用，重实际，诚学务本，这就是我的处世之道，也是我的为学与育人之道。

　　文昌庙前静悄悄的，没有说话声。贺先生继续讲，来此间听讲的，不管是士人、学子，大家都知道，鲁斋书院今天竣工，柏、李、黄几位先生，都志在振兴关中张子的理学，我看过他们为鲁斋制定的学约，是经过反复斟酌的，仿照朱子白鹿洞条规，专为鲁斋书院量身定制，也作了十条学约，工笔书写，就悬挂在书院的墙上。我告诉大家，这不是装饰也不是摆设，这是做人的仪节，是用来检束每个人身心的。鲁斋书院将仿照分年读书的办法，循序渐进地安排课程，使经史文脉贯通，人人立品勤学，争自濯磨；注重内心修养，行为规范，己所不欲，勿施于人，最终脱俗成儒。读圣人书，力学致教，躬行鸿儒，撰书立说，才是根本。瑞麟先生继续讲道，书也者，亦即圣人体，所以尽事物之情，达伦常之理，发人心之奥，阐天命之微。如日月经天，如江河行地，如陶冶末秐之不可阙，如布帛菽粟之不可离。

……

牛兆濂站在后面，屏息凝神，一个字都不放过，听得如醉如痴，忘记了两腿发困，双脚发麻和两臂酸疼。要是在平日，他肯定要用笔，仔细记下先生讲课的要点，可是今天只能靠仔细听讲，用心去记了。贺瑞麟先生深入浅出，引经据典，联系实际，把周程张朱之学的精义演绎得淋漓尽致。兆濂听得仔细，内心升起无限的敬意，对贺先生拜服得五体投地。

贺先生讲完了，柏景伟先生随后讲课，再接着是李菊圃先生和黄小鲁先生，还有其他几位先生，都紧随其后，鲁斋文昌庙前，听讲秩序出奇地井然有序。

牛兆濂离开鲁斋书院时，觉得确实饿了。来时在长乐坊遇到一家徐家稠酒铺，今天何不为听贺先生的讲学，破费一次呢。他从八仙庵继续往东走，有花神社、太白庙、关帝庙，好些个庙宇，有香客进香的出入，但香客并不很多。东来的客商带动了这里的繁华，东关城是山货药材集散地，曾名噪一时。不管是京城货栈里的蜜饯点心，还是陕南出产的药材山货，抑或是沿海运来的稀罕海味，都在这里集中。兆濂细瞅这条街上，各种各样名目的商号、铺行极多，他发现这里的贸易集市真是不少，各种货栈遍布。兆濂继续往前走，就到了东关正街、东关南街、鸡市拐、长乐坊等处街衢，到处都能看到忙碌的身影。

街道两旁开满铺店，到处人头攒动，好不热闹。东头一个斜坡下边，有一个牲畜交易市场，砂土路的街面上，走过拉人驮物的马车队，把路面轧出一道道车辙，稍微跑得快点的，便扬起一带尘土。附近小巷的院落里，住着不同行当的商贾伙计。他们操着不同口音，一个个打院门口经过，能看到店铺里面，摆着酱菜缸和晾晒的药材等。

终于到了徐家稠酒铺，"来一碗稠酒！"兆濂说。店家马上端来了一碗。就近买了两个蒸馍，一边用餐，一边张望。除路边的徐家稠酒铺，还有一个王家茶铺，一家车马店。徐家稠酒在长乐坊中段的路北，用碗盛的，喝一口感觉味道挺正宗，果然名不虚传，也真的很甜。王家茶铺在西头路南，门外聚着一堆抽旱烟的人，在那里喝茶聊天，天南地北地神谝。

晚上，和初到关中书院一样，兆濂翻来覆去睡不着，让他辗转不眠的，不是白天在长乐坊的各种见闻，那些热闹景象，真正让他动心的，是见到了做梦都想见到的贺瑞麟先生。今天终于得以仰瞻浴辉，于是亲耳聆听他讲的周程张朱。他想，父母亲一再说，"欲学好人，必拜贤师"，就在心里酝酿着一个大胆的想法，如真有机会去正谊书院，一定要拜贺瑞麟先生为终身之师。

第七章　鸿志凌云

当年陕西巡抚冯誉骧倡导设立的"志学斋"，意在选拔培养顶尖人才。兆濂和其他有志才俊，顺利地跻身其中，招来一片羡慕的目光，从走进志学斋那一刻起，牛兆濂鸿志凌云，有了更远大的志向，并为心中的目标铆足了劲儿。

光绪十三年正月，年轻的光绪帝开始亲自问政，二月颁懿旨醇亲王以亲王世袭罔替，朝廷大事仍备顾问。光绪十四年戊子二月，改清漪园为颐和园，颁诏重修颐和园，六月颁下懿旨，来年正月举行大婚，立叶赫那拉氏为皇后，并开科秋闱。

自然灾害过后的灞河川道，街市逐渐恢复了生机，有了熙攘的市声，横岭的新街农贸交易却显迟缓，只牲畜市场率先活跃起来。牛文博已在川、塬赶了三次集会，生意虽不怎么景气，总归有了大灾过后的气象。川道最东边的玉山镇通往山峪，文博赶集收摊后，想到牲畜市场转转。若果牛市行情合适，沟坳里的草也不缺乏，弄一头小点的牛回去饲养，养大再捣换小的，也是个不错的选择。过去因地少供养不起大牛，自己种地总向亲戚邻居告借，不开那个小店了，弄头牛养也不是不行，再说，养牛拉出拉进、出圈晒土，可农忙时节使用起来方便，总比摆个小摊洒脱。

牛文博到牛市上一转，才知道自己是异想天开，牛价大得惊人，连个一头"山蛋"牛也买不起。令他感到十分意外的，在牲畜市场见到了本村的宋乾坤。宋乾坤居然拉了好几头尖犄角的"山蛋"牛。看起来鸣鹤沟盛传说他是革命党也未必真实。文博和乾坤搭讪了几句，问他在县城的玉器店，他说早盘给别人了……乾坤当着文博的面，说上了人的贼船，新街店面的事对不住兄弟，一直过意不去。宋乾坤说，如果兄弟有意开店，就把店面重新还给，如真要养牛，哥拉这些"山蛋"牛，拣一头拉回去喂养吧。

牛文博说："哪里哪里，乡里乡亲的，有啥对住对不住的，做生意不是咱的强项！"文博心想，乾坤还真不是想象的那么简单，他真在山里待着。就说："我没养过牛，是下了会来闲转的，自己的决定不开店的，不怨任何人，现在也不打算养牛，感谢老哥的好意。"

乾坤露出十分难看的笑容，文博转身要离开时，乾坤也转身走向他的牛，文博猛一回头，意外发现他的后襟下有个硬邦邦的东西，呀，那是一把手枪！文博不由得大吃一惊，这家伙绝对不是个牛贩子，一定另有身份，拉几头牛是掩人耳目的招牌。

"允执堂"第五次"堂考"，牛兆濂再拔头筹，他成为关中书院"志学斋"的一员。"志学斋"里全是三辅才俊，进入"志学斋"须经一次又一次地选拔，牛兆濂顺利地通过了五次"堂考"，最后一次轻松进入"志学斋"。当年陕西巡抚冯誉骧倡导设立的"志学斋"，意在选拔培养顶尖人才。兆濂和其他有志才俊，顺利地跻身其中，招来一片羡慕的目光，从走进志学斋那一刻起，牛兆濂鸿志凌云，有了更远大的志向，并为心中的目标铆足了劲儿。

这天早上，兆濂正在"允执堂"读书，忽听有人喊他的名字，出来一看正是山长柏子俊先生。兆濂走进先生的房间，见敬仰的李布政使、黄按察使也在座。兆濂恭敬地上前行礼问好，等候先生问话。柏先生说："牛兆濂，你住蓝田啥地方？"兆濂回答："华胥镇新街村鸣鹤沟。"黄先生问："蓝田华胥。我问你'蓝田'二字，当做何解释？"兆濂瞅了先生一眼，说："蓝田出产美玉，玉之美者谓之蓝，因玉种蓝田而故有此名。"

黄先生点头表示满意，李用清先生道："我这有一块蓝田玉，你看可是真的蓝玉？"说完从上衣口袋拿出一块玉来。兆濂端详这玉的成色，整体晶莹圆润无可挑剔，确实是蓝田玉无疑。玉面却有个小小的瑕疵，兆濂认真地说："先生，这的确是一块蓝田玉中的上品，些微的一点瑕疵算不了什么，瑕不掩瑜，它是美玉上的瑕疵，不失为一块好玉！"三位先生不约而同地点点头。

柏景伟先生向黄、李二位先生介绍牛兆濂："这就是学生常喊的蓝田'牛才子'牛兆濂！"先生想出个题目考考牛兆濂，故有此问。柏先生说："兆濂，志学斋是身负重托的地方，重躬行、辨经义、稽史事、通时务、严课程，重在躬行，你通过不懈努力已经进入，可要有所准备啊！"兆濂深鞠一躬，说："兆濂一定牢牢记住！"柏先生摆摆手，说："去吧，兆濂！"牛兆濂不敢多言，鞠躬后转身离去。

张元际跟随清麓先生研修课业期满，没等到牛兆濂，知道他去了关中书院，心里高兴又十分惋惜。元际在清麓书院跟随贺先生多年，得到先生言传身教指点迷津，对恩师情深义重，真有些恋恋不舍。清麓先生问："晓山，出去后打算继续做官，还是改弦易辙？"元际说："恩师，晓山已淡泊名利，一心传承先生的学问，想在桑梓兴学续脉，振兴关中张子之学！"清麓先生欣然道："但愿你仕途亨通，学问多有造诣！"元际遂拜别先生回兴平去了。

元际回到兴平还是惦记着兆濂，光绪十四年正是乡试之年，兆濂要在关中书院修习举业，一应秋闱。像兆濂这样的穷家，要改变命运只有科考。于是给牛兆濂修书一封，但不知他在蓝田还是西安。他主意已定，积极筹划兴办学堂，一边研读清麓先生给他的书单，不敢稍有怠慢。他广泛涉猎横渠先师的书，还有朱子全书，时刻不忘恩师的教诲，学问的造诣渐渐深厚。清麓先生反复强调的正学，元际时刻铭记在心，决然学宗朱子传承清麓之学，并和各地学人一道，振兴张子之学，并从兴办教育做起，肩负移风易俗文化传承的重任，遂决定开馆授课，躬行礼教。

元际选定城南城隍庙，邀村中贤达乡约商量，先在庙中办起学堂，再筹集资金在庙侧扩修校舍，设立正经的学堂，取名"爱知堂"，自己亲任主讲，方圆数十里，前来求学的人甚多，一时间门庭若市。

关中书院志学斋约束严厉，山长柏景伟先生亲自授课，黄小鲁、李用清二位先生也授课。其时进来的正是柏先生，天生的白净儒雅，穿一身纯黑色衣服，帽檐也是纯黑色的，没有镶饰花纹更显得庄重威严。先生极稳重地在讲桌前坐定，摘下眼镜，抑扬顿挫地读道：无极而太极，太极动而生阳，动极而静；静而生阴，静极复动。一动一静，互为其根。分阴分阳，两仪立焉。阳变阴合，而生水、火、木、金、土。五气顺布，四时行焉。五行，一阴阳也；阴阳，一太极也；太极，本无极也。

文字听起来怎么这样耳熟。柏先生读完顿了一下，又戴上眼镜，极威严地问道，这文章大家肯定也读过，懂得是说什么的吗？生徒一脸茫然。柏先生说：这就是《近思录》，我读的这几句，正是《太极图说》里的第一段话。《近思录》到现在700多年了，它是整个东亚文明经典中的经典。讲堂十分雅静，人人睁圆眼睛静听。柏先生说：编《近思录》的人，正是朱熹和吕祖谦。编进书里的是北宋五子的著述。这五子是五位大儒，周敦颐、程颢和程颐兄弟，张载，还有一个叫邵雍。这五位大儒，邵雍除外，朱熹和吕祖谦从他们的十四部著作里，摘录出了六百二十二条语录，分成十四卷，编成此书。

讲堂里一片唏嘘之声，有窃窃私语，也有啧啧赞叹，柏先生兴致极高刚要继续讲下去，一个学生大着胆子站起来问道："先生，为啥北宋五位大儒里不要那位邵雍呢？"柏先生笑着说："别急！""为什么要把这书称作近思录"？又一个问题提了出来。柏先生笑了笑说："《论语·子张篇》中子夏说：'博学而笃志，切问而近思，仁在其中矣。'什么意思？是说，一个有德君子，应该要广博地学习，让我们的心志足够诚笃，要'切问而近思'，从切身有关的问题来发问，从我们身边的事情来开始思考，子夏说的'博学而笃志，切问而近思，仁在其中矣'，就是只要这样做，你就是在行仁了。《近思录》就是鼓励每个人要从身边最贴近的事物入手，好好省思。用这个主旨来要求，这本书中的内容，邵雍就不在其中了，故而除外。"

"啊，是这样……"胆大的学生感叹出声。柏先生讲：朱熹编了《近思录》，被学界公认集理学之大成。这里要说的周敦颐，自号濂溪先生，两位程夫子常年居住在洛阳，只有张载一个人是纯粹的关中人，濂、洛、关、闽四大学派当中，"濂"就指濂溪先生，"洛"指两位程夫子，"关"是指张载横渠先生，"闽"指的是朱熹的闽学。朱熹的学问是闽学，却集濂、洛、关、闽之大成，那他就是个大学问家了。朱熹的先师杨时，号称龟山先生，有个程门立雪的典故。两个福建的学生来拜程颢作老师，程颢去世了，他们就去找程颢的弟弟程颐。第一次去拜师，程颐刚回到家正在午休，闭目养神，他不敢打扰，就在旁边站了半天，老师睁开眼说："啊！你们两个还在这里啊？天色黑了，明天再来吧。"两个学生要回去，睁眼一看，外面积雪已经一尺厚了。朱熹的老师杨时先生已开了闽学的先河，"濂、洛、关、闽"中闽学就指杨时，到了朱熹，把"濂、洛、关、闽"统合起来，集大成，这就是朱熹。

柏先生不紧不慢地讲解，不时插入一个小故事，或赞许，或惋叹，或惊奇……讲堂的气氛始终活跃，大家思考问题更积极，质疑发言也更大胆踊跃，谁也不甘落后。青年才俊们时而茅塞顿开，时而喜形于色，时而又十分安静……柏先生继续说：朱熹在历史上的地位如何？他的祖先在婺源，后来举家搬到了福建，他是在福建出生的，最后又终老于福建。他在文化史上发出莫大的声光，留下莫大的影响，除了孔子与孟子，没有第三个人了，前有孔子，后有朱子，这就是中华文脉！你们将来可以在孔庙的大成殿里看，孔门十哲都在，孔子的孙子子思也在，孟子也在，朱子也在！战国是一个风起云涌的时代，战国以后文化史上，最有影响的人物是谁，只有一个人，那就是朱子。康熙四十九年，康熙大帝正式把朱子的神位供奉进大成殿！

"先生，康熙大帝被追尊为清圣祖，他为啥独把朱子供奉进去？"牛兆濂突然站起来冒出了一句。"就是啊，先生。"后边有几个学生也跟着附和。柏景伟先生再一次摘下眼镜放在方桌上，他在走道里走动了几步，返身回到座位上，再次戴上眼镜，继续说：康熙把朱熹的神位一请进孔庙，就编了《朱子全书》，他亲自给《朱子全书》作序，他在序中说："集大成而绪千百年绝学之传，开愚蒙而立亿万世一定之规"，我问大家，康熙这样的评价，朱子是不是集诸儒之大成？皇帝是不是对朱夫子推崇备至？把千百年已经断掉的绝学接续上，开启愚蒙，立下亿万世一定之规，该不该对他推崇？该不该推崇到无以复加的程度？恐怕是无人能比、无人能敌啊！

柏先生的课给志学斋的才俊们留下美妙而深刻的印象。一日课后，先生又叫牛兆濂，这回是柏先生一个人，叫的也是牛兆濂一个人，他问："兆濂，我问你，'士所贵者，品德为最；品不能治，虽才如卢陵，学如斑马，掇魏科，莅显位，人多訾之；行果无亏，居乡可为纯儒，如官可为纯臣，末世犹有余芳。'你对这些文字读解如何，能否自圆其说？"兆濂冷不防被问及这样的问题，低头沉默不语，静等先生的训导。柏先生说："下去自己钻研吧！听圣贤之言，就要对你的品德修为有更高严的要求，先生现在就让你担任志学斋的斋长，每月课堂检测三次，你对此可有自信？"牛兆濂点头允诺。心想，柏先生对自己如此器重，又如此信任，我岂能辜负先生的良苦用心，给生徒们做点事，对自己也是一种莫大的砥砺呀。

光绪十四年科考的日子临近，先生不厌其烦地讲八股，指点策论，举子们夜以继日。别人都已火烧眉毛，牛兆濂尚沉浸在濂、洛、关、闽的学问里，一次又一次地回味柏沣西先生的讲课，那十分动人的情景，总是历历在目，尤其讲朱子《近思录》、张载先师的气本论……听起来很有味道。这时候他收到了挚友元际的来信，老朋友在信中给他不断鼓气，作策论他有足够的底气，也有十分的自信，但考场的情况也千变万化啊。有道是"真金子不怕火炼"，开考的日子临近，除了切磋交流，他蒙上被子睡了两晌，说是养精蓄锐，几位学兄学弟对他很不理解。

决定命运的日子如期而至。牛兆濂走出关中书院时，却心如止水，比当年进入关中书院时还要平静得多。他一个人步行，要找的地方是陕西"贡院"，根据印象穿过西城门洞，再往前走几步，路北边一条小街。只见街上绿荫匝地，古意盎然，抬头一看，赫然悬挂着一块门匾，原来这条街正是"贡院门街"。一进入街道，感觉到了浓厚的乡试气氛。

贡院门街在桥梓口。首先映入眼帘的有六座乡试会馆，街东侧是渭南乡试会馆，街东口是富平乡试会馆，三原乡试会馆在贡院门东大街。桥梓口西边是泾阳乡试会馆，桥梓口东路南是礼泉乡试会馆，桥梓口路东是咸阳乡试会馆。兆濂从桥梓口街折而北行，有一片宏伟的建筑群，正是陕西科考的贡院。兆濂站住，站在贡院门口，想到科考他又感慨万端。想当年，唐长安煌煌一统的国都，四方贡举所汇，各地的士子翘首，祈盼要来这里一试身手，那时候的礼部贡院多么的热闹。如今光绪一十四年，西安早已不是京城，风光不再了！西安作为西北重镇，却还在进行着科考乡试。兆濂看了一阵，移步往里边走，想仔细看看这个令许多举子高兴或者伤心过的地方。

牛兆濂从贡院坊进入大门，再进二门，又进三门，至明远楼，再到至公堂，就此止步，觉得这明目挺有意思，聚奎堂暗寓诸生早日及第。兆濂望见明远楼也悬挂着一副对联："楼起层霄，是明目达聪之地；星辉文曲，看笔歌墨舞而来"。联语不错，紧扣"明远"，表示监考的心地公正，应试者严守考纪，专心致志……有位朝廷官员巡视，他的视线里出现了一位布衣举子，略显高挑的个儿，方正白净的的面庞，学生制帽下露出一条不太长的发辫，梳理得匀称棱骨。干净整洁的一身粗布衣服，对襟褂儿穿出了一种特有的斯文。一双澄明如水的眼睛，微微蹙起的双眉间，透着超卓的睿智。他紧抿的嘴巴，向嘴角拉下清朗的弧线，显出一种少有的坚毅果敢与自信，又有一种倔强耿直的神态。移动脚步近前，"叫什么名字？"没有应答，一个监考在他的耳朵小声说："蓝田举子牛兆濂。"

这位巡视官没有马上离去。牛兆濂沉静地坐在号房里，不慌不忙地打开考"光绪科"考卷。只见他定了定心神，十分淡定地审视题目。接着是磨墨的声音。牛兆濂在思忖中已经磨好了墨，腹稿很快在脑子清晰起来。只见他提起笔来，虎虎生风，一段写完了，轻轻弹一弹笔，行云流水滔滔汩汩，继续写下去。

牛兆濂回到鸣鹤沟时彻底傻眼，敬爱的四爷爷不在了，沟后面的柏树林里又多了一座新坟。土还没有完全干，坟上插着几排纸棍儿当风抖着。兆濂在坟前"扑腾"跪了下去，趴在四爷爷的坟头上放声痛哭。燃着香烛，烧化了纸钱，兆濂一时间泣不成声。对着墓园说："四爷爷，你那么关心我、支持我仕进，皇榜还没有出来，你为啥要一个人悄悄离去呢……"

一只手轻轻地拉住了他。牛兆濂回过头来，是母亲。牛周氏对儿子说："你亲爷爷下世早，四爷爷就是你的亲爷爷，他临终前说，如果梦周回来，就给他说，进科场凭的是志气，做人凭的是骨气，一生就做个好人，夺魁了就做个好官……"兆濂手里的纸钱烧化了，眼睛哭得红红的，母亲拉着他的手，回到熟悉而亲切的土窑里。

父亲牛文博生病了，睡在土窑里的炕上，不停地咳嗽，原先壮实的身体，已日渐消瘦。问他，说感到浑身困乏无力，母亲说，你三伯守义调换了好几个处方，药用下去总不见奇效，牛周氏心里也乱糟糟的。当天晚上，牛兆濂要和父亲住在一起，文博说："你先在这儿陪我说说话，然后自个儿去睡，你晚上有读书的习惯，我咳嗽起来，会影响你读书的，一个好的习惯养成不易。"

西安的许多事儿，关中书院，柏先生，志学斋，鲁斋书院，清麓先生讲学，此刻只觉语塞……兆濂说："大，妈，这些年来，你们为我日夜操劳，我已被聘为塾师，能自食其力了……"

文博吃力地摆摆手，不要他再说下去，父子俩又说了一阵闲话，文博让儿子少看一会书，早点歇息。兆濂睡觉去了，牛文博却睡不着，当初就是想让儿子通过科考改变家境，这本来就是一步险棋，别人不敢走这一步，在新街村鸣鹤沟自己走了这步棋。文博想，清朝几百年，明君想自强，可国家积贫积弱……做一个好人有用的人没错。

蓝田县华胥镇新街村鸣鹤沟的牛兆濂，得到报帖，他如愿以偿地中了光绪科举人，一串鞭炮在土窑前燃放鸣响，这声音十分清脆响亮，立即划破了鸣鹤沟长久来的沉寂……

第八章　不赴公车

> ……所有人所看重的这一切，在他眼里猝然间变了，在严峻的现实面前消失，一切在生命面前都变了，一下子都变得微不足道，显得那么的不足挂齿，那么虚无缥缈。牛兆濂攥紧了拳头，他非常痛快地做出一个决定：放弃会试不赴公车，在家侍奉母亲！

牛兆濂科场扬名让鸣鹤沟洋溢着喜气，不只牛姓族人欢呼雀跃，整个华胥人都扬眉吐气，"牛才子"这名字又一次在川道沸沸扬扬。牛兆濂一个人却悄悄去了关中书院。他与钱家学馆的约定尚未到期，他还有诸多问题需要向先生请教。

兆濂兴冲冲去找山长和先生，得到的回答是黄、李二位先生有公事不在书院，柏先生因病已辞归故里去了。柏先生因病辞归，兆濂怔住愣在假山旁，低着头迟疑徘徊，这情况太突然了！忽听背后有人喊"牛才子——蓝田牛兆濂！"兆濂急忙回头，见是高陵学兄刘泽椿和甘肃秦安学兄安维俊。

"二位学兄好啊！"兆濂急忙上前抱拳施礼："唉，来找柏先生，惜乎他辞归了。"刘泽椿说："书院新到的主讲是我的同乡，白遇道五斋先生，他也是响当当的关中理学大家！""你和他相熟啊？"安维俊问。

刘泽椿说："不怎么熟，只听说他曾在翰林院任职多年，忙于国史编撰，光绪六年丁忧回高陵，期间曾在高陵景槐书院主讲，作《高陵县志序》，光绪八年刊成《课馆诗赋偶存》一书。""你很知根知底呀！"兆濂说。刘泽椿接着说："十四年家母去世，回乡丁忧，军机大臣阎敬铭重其才，推荐主讲丰登书院，深得巡抚鹿传霖器重，眼下应巡抚之约，由同州讲席移讲关中书院了。"

安维俊说："学兄，你是老师的同乡，何不领我和兆濂去拜访一下吧！"泽椿一拉兆濂和维俊的手，"好，走吧！"三人一路说说笑笑，向白遇道先生的住处而来。

灞河川道柳树萌出鹅黄，到处树木葱茏，鹿塬、横岭被濡染得楚楚动人，川道、塬坡和横岭的各种花儿姹紫嫣红。岭坡和沟坳的农人们不谈庄稼，也不讲自然风光，议论的话题是鸣鹤沟的"牛才子"，"牛才子"牛兆濂成了大家茶余饭后的谈资，也成了年轻一代争相效仿的楷模。人们津津乐道牛兆濂的聪明才学，称牛家祖坟的风水，夸牛文博有远见卓识，坚守初心的可贵，有人直接说，牛兆濂天生就有富贵之相……

"牛才子兆濂在家吗？"牛周氏抓药回来，一男一女跑几十里远道而来。牛周氏忙解释说："我家兆濂就是一个普通的农家子弟，哪里是什么牛才子，别听他们瞎咧咧啦！"来人喝了水，执意要见牛才子："我们跑这远路，就是要见一下你家的举人老爷，沾沾他的仙气呀！"牛周氏说："好姊妹呢，咱穷苦出身又住在穷乡僻壤，全凭娃娃发奋读书！"

好容易打发走这两个人，又来了县东关的两个，看衣着是富贵人家，领着一个白胖的后生。自称是牛必信老汉的远亲，"你家出了牛才子，又是新科举人老爷，是我们家孩子的楷范，请牛才子，不，牛老爷传授他进学的秘诀……"牛周氏费尽口舌，反复解释，直到晌午端才领着孩子离去。

牛文博的病情不见好转，多亏兆濂托人捎回点钱来，要不然眼下连抓药都困难了。牛周氏为治好丈夫的病，整天操劳奔波，可病情不减轻让她一筹莫展，好像生病不是约斋，而是她自己了。兆濂坚守做个好人必讲信用，这段时间捎钱捎信，已在替她分忧解愁担担子了。这天又有主动上门道贺的，沟坳里几位老者，甚至提议把鸣鹤沟改成"老爷沟"。此言一出，便有人跑来征询牛文博的意见。躺在炕上的牛文博，被人扶起来，听了大家的说辞，生气地摇摇头，毫不客气地拒绝了。

守义每天都来看望文博，奉孝在街上的药铺坐堂，看病抓药兼顾，守义每天出去给别人坐堂一晌。守义说，奉孝这孩子中医学得快，给村里的开个单方从来不取分文。守义刚走，守谦和四婶也来了，几个人都来看望文博，文博对大伙说："守谦兄弟，你给乡亲说，兆濂是给咱沟里赢人，约斋有病在身，娃子没辞人家的学馆，……大家的情，我约斋的病略有好转，灌最好的酒，好好请大家喝一回，咋样？"牛文博坐在炕上一鞠躬，"咳咳咳"个不停，众人看到这情景，这才怃惜地纷纷散去。

兆濂和同学兄刘泽椿、安维俊，还有山西文水的王学伊几个，一同拜访白遇道先生，交谈后才知先生少时家境贫穷，生活颠沛流离备尝艰辛。先生虽然官至朝廷二品大员，但大半生从事教育未曾一日废学，白先生才识广博深得同僚认可，令兆濂打心眼里佩服。兆濂见风度伟岸胸怀坦夷，他一个人拜访时问道："先生，听说您是清麓先生门下高足，此话当真？"

白遇道说："牛兆濂，我没来关中书院前就听到过蓝田'牛才子'的传闻，咱们一接触，甚觉你的悟性与此三字很相称，好好努力吧，当今圣上力主变法图强，非常爱惜人才，你来春参加会试，肯定会有个好结果的！"

兆濂说："先生，你把兆濂夸的无地自容了，我想听听您对理学中'变化气质'和'躬行礼教'的见解。"白遇道瞅了瞅兆濂，说："张子提倡'变化气质'，一个人只有通过克服自身的缺点，才能'存理''成性'，成为圣贤；张子同时强调'躬行礼教'的道德实践，倡导世人都应像古代的尧、舜、禹那样对待长辈，尊敬长辈，永不忘本。咱们都作为张子的后学，不但要传承这种为学精神，而且要身体力行才对。"兆濂又问："先生年岁那么长了，尚终事不怠，以身示教，让人感动！"

白遇道又瞅着兆濂，说："兆濂，你想想，清麓先生那么大年纪，会祭时犹躬身拜跪，为我辈率先垂范，我等焉敢怠慢啊！"兆濂说："同学兄安维俊说，'先生的祭先世诸文，字里行间都能感到一个"孝"字，贯穿在文中的忠孝读之令人泪下，至性至情有以相感也。'先生扶纲常、发潜德、励风俗、正人心，胥于是乎。先生艰苦备尝之身，而能永保令名，卒全臣节，以不愧显扬之孝者，则天之玉成先生，而先生至善承天意也。"

白遇道说："天地之物莫不有偶，即天地之文亦莫不有偶，其信然欤否耶。朱子家礼，就是不忘长辈懿德，就是永不忘本，就是终老不改初心，这就是张载所说的'一物两体'，这就是所谓的天人合一。"白先生一番话，说得兆濂眼泪流出来了，他擦了一把泪水，哽咽着说："先生，我今天单独来拜见您，正是家父卧病在床多日，辞馆又生怕有不守信之嫌，不辞馆又良心何安，与理不和，特来请教先生，请先生为兆濂指点迷津！"

白遇道站起身来，轻轻拍打着兆濂的肩膀，说："辞馆，必须辞，马上辞，事有轻重缓急，事父事大！"悟斋先生拉住牛兆濂的手，把他送到门外，又往前送了一段路程。

牛兆濂作为痴迷关中理学，一个读过《孝经》的人，决定不能在西安再待下去了，他必须尽快辞掉学馆，带上《四书集注》《小学》《近思录》，回到鸣鹤沟去。

土窑里弥漫着浓重的柴烟，浓浓的中药味进门就能闻见，母亲正在煎熬中药，柴烟呛得她直流眼泪。兆濂见过父亲，对母亲说："妈，让我来吧！"周氏抬头看见儿子，揉着眼睛站起来，说："兆濂，你咋回来了，柴不干，还是我来煎吧！"说着又要弯身下去。兆濂扶起母亲，从墙台上取来一个麦秆扇子，轻轻扇了几下，火苗冒出来了，窑里的柴烟小了一些。

土窑里的风箱响动起来，牛周氏揉揉眼睛给儿子做饭。兆濂煎好了中药，滤在一个大青花瓷碗里，端到父亲的炕前，并用湿手巾给牛文博擦洗一番。看到父亲已经骨瘦如柴，兆濂心如刀割，眼泪扑簌簌落下来。父亲转过身来，兆濂赶紧擦干眼泪。牛周氏走进来，母子俩把牛文博铺了多日的粗布床单换下来，泡在大木盆里。兆濂尝了一下药汤，热冷刚合适，就端着碗给父亲喝药。

吃完早饭，兆濂把父亲住的土炕打扫了一遍，里里外外的杂物也彻底清理，把放了好长时间的尿罐拿出去，在门前的菜地里倒掉，再从水渠里舀水，把那瓦罐彻底洗刷一遍。他在窑门外的树上拴起一根绳子，被子和褥子都晾晒过了，房间里的腥臊味和臭汗味一下子少了，整个窑里一下子变得清爽起来。他坐在父亲牛文博的身边，和他拉呱了起来。兆濂说："大呀，你一直是我的精神支柱，做人做事，你都是儿子的楷模，从现在起，我就在家里侍奉你，直到你的病完全好了，站起来能下炕了……"

牛文博打断了兆濂的话，说："兆濂，鸣鹤沟人都在看着你，等着你，新街村人都看着你……你必须参加会试，我要告诉你，做官也罢，做学问也罢，都要先学会做一个好人……"牛周氏插进话来，说："兆濂，你大说得对，学做好人是咱牛家的祖训……你大和我当年孝敬你爷爷，又把你叔伯父养老送终，把他的孩子当己出养大……你大，实实在在的好人……"牛文博感到极度困乏，他要躺下来，兆濂和母亲就帮他躺下，又是一阵"咳咳咳"的咳嗽。

这天晚上，兆濂似梦非梦地听到鹤鸣三声，那声音十分的凄厉，"哦"的一声把他惊醒，他坐起来才知是一个怪梦，吓出一身冷汗。早饭后他把熬好药端到炕前，牛文博摇摇手说不喝，窑门外一阵脚步声，进来的是守谦和奉孝，守谦没有言语，奉孝一进门就摸脉。牛文博说："奉孝，你别摸脉了，叫你三大来给我剃头吧。"牛守谦看了看文博，觉得他头发确实也长了，发辫早已披散凌乱不堪。

牛奉孝取来剃刀，四婶一声不响地舀了热水，守谦和兆濂扶文博到炕边，四婶和周氏扶着，守谦给他剃完了头，四婶把文博的辫子细细辫好。文博拧过身要给牛周氏叮咛什么，又坐着什么也没有说。牛文博示意他要睡觉，兆濂和母亲重新放平他去睡了。牛文博沉睡不醒，且比往常睡得更香，只是喉咙总有东西卡着，不能爽利。兆濂寸步不离。晚饭后，守义再号脉，神情凝重地摇摇头，眼里噙满了泪花。大家直坐到晚上戌时，听不到牛文博喉咙卡痰的声响，守义、守谦急忙一看，牛文博已停止了呼吸。

呼天抢地的哭声。被病痛折磨几个月的牛文博，在自己的土窑里平静地离去，享年六十一岁。这位落魄的读书人，走完了自己坎坷多难的人生，永远地离开了自己的亲人，驾鹤游仙去了，又是一阵撕心裂肺的哭声……

守义、守谦扶起牛周氏，说："人死不能复生，咱家兆濂已是新科举人，能把这个家撑起来的，约斋他活着苦大，死了享福去了。"牛周氏点点头。守义说："眼下，尽快把丧事先办了，让约斋兄弟入土为安……"守义说着，也哽咽着说不下去了……

按照鸣鹤沟的习俗，牛文博的墓穴在牛家祖坟，打墓的择日已经动土。兆濂让守义、守谦出面交涉，棺材、老衣是文博自己备办停当的。农民牛文博的葬礼十分简朴，虽是举人"老爷"的父亲，在兆濂的坚持下，没有吹吹打打，鸣鹤沟的松柏林中，牛文博终于得到了解脱，以土为安了。

中午烧完纸，亲戚乡邻相继离去，牛周氏一个人在坟前泣不成声，哭丈夫读书人的骨气，哭文博穷困的命运，哭文博半生惨淡地生意经营，哭文博自己福薄命浅，全部心思花在儿子身上，临死却看不到儿子会试的结果……守义、守谦送走亲戚及村院中人，和兆濂到坟地找周氏，见周氏一个人泪流不止，号啕大哭……让兆濂、奉孝搀扶着，大家回到土窑里。

牛周氏整天哭哭啼啼，以泪洗面，眼泪彻底流干了，双眼看不见任何东西，左邻右舍来劝她："人死不能复生，举人老爷大小要做个官的，你们家会有好日子过的，哭坏了身子咋弄！"有的说："约斋公在世是要强的人，啥事都难不住他，你要多替梦周老爷想啊！"四婶看看约斋的画像，不禁老泪纵横，牛周氏这才止住哭声，双目痴呆呆的，静坐在文博的灵堂前。

文博百天忌日已过，牛兆濂这才想起会试时间四月二十六，已迫在眉睫，怎么办？兆濂扶着母亲，在父亲的灵位前久久呆立。他心情烦乱，拿起一卷火纸，铺在地上展开，取出一枚"光绪元宝"，用右手拇指蛋儿，一下一下地按着。按完最后一次，兆濂收起纸，径往沟里父亲的坟墓去了。

牛兆濂跪在父亲坟前，点燃纸钱，对着父亲的亡灵，说："大呀，儿子不孝，但却记着《孝经》里的话，'夫孝，天之经也，地之义也。'您在世时，曾和儿交谈，'孝子之事亲也，居则致其敬，养则致其乐，病则致其忧，丧则致其哀，祭则致其严。'这是世间正'道'，我却一件都没做到啊！你费尽心思，想让我成人成才，这没有错，如今娘亲双目失明，我能放下她不管去参加会试，去做官当'大人'！那样我还算'学为好人'吗，还算是人吗？"

兆濂直起身拍打了膝盖上的土，一双脚立即有了力气，仿佛跑了很远很远的路程，刚从深沟里爬出来一样，十分艰难又非常费力，也许什么都不是。兆濂的视野之内，是洪庆原西侧的沟叉，鹿原是一座东西方向的原，洪庆原则是东北和西南走向，远远望去东高西低，逐渐下降，它不是土原，应该是西安城东的一座山，一座意蕴丰富的山，你看，那不是女娲的华胥陵，那不是伏羲氏的人宗庙，那不是项羽的灞上，那不是刘邦的芷阳坂，还有汉家的铜人原，好一部阅不尽的沧桑史。

牛兆濂突然从远处拉回了视线，仿佛冥冥之中受到某种启发，一下子看穿了世相，一下子明白了生命的真谛，自己所追随的是孔儒之说，所谓认真读书，求取功名，名题金榜，光宗耀祖，所有人所看重的这一切，在他眼里猝然间变了，在严峻的现实面前消失，一切在生命面前都变了，一下子都变得微不足道，显得那么的不足挂齿，那么虚无缥缈。牛兆濂攥紧了拳头，他非常痛快地做出一个决定：放弃会试不赴公车，在家侍奉母亲！

光绪十四年十一月，接替鹿传霖出任陕西巡抚的是岑春宣。岑春宣抚台这日正在公馆忙公务，一个下属跑进来，呈上蓝田周县令一封书信。岑抚台急忙打开，仔细一看，他的嘴角抽了几抽，眼睛登时瞪得滚圆，两边微翘的髭须也一颤一颤的，连出气都觉得不甚流畅。旁边有位官员问："抚台大人，因何事动气啊？"岑抚台道："吾尝谓古之三征七辟具文尔，当世竟有斯人！况国家求贤旷典诚不易得，而蓝田牛某人视之若敝屣……"说完，"啪"的一声，重重地把信拍在桌案上，从座位上忽地站起来。

　　"抚台大人，莫非生蓝田新举人牛梦周的气乎？"坐在旁侧的温生先生不愠不火地说："大人还是息怒吧，我早听说过，蓝田这个牛梦周，就学关中书院，深得柏景伟器重，黄布政使、李按察使经常提起此人，言称他才华出众，已为关中所看重，十八岁夺得翰林。自古忠孝难得两全，此人耿直，舍弃荣华富贵誓做孝子，这也难得，实属不易啊……"说完，瞅瞅抚台大人，旁边几位官员也跟着附和，岑抚台脸上神色渐渐复原，坐回太师椅，居然哈哈大笑起来。

　　是蓝田周县令呈报陕西巡抚的，闻听牛梦周守孝义之事，岑公春宣还是上呈两宫，光绪皇帝道下旨意，岑公赠银三百两，着蓝田县令周侣宣派人送鸣鹤沟，亲交新科举人牛梦周。兆濂在鸣鹤沟见到县衙来人，客气地退回银两，却因时间紧急，未能修封书信，顺致感激之意。周县令闻报大怒，派人带上自己的书信，想把这个不知深浅的牛梦周，狠狠地挖苦奚落一番。

　　下了一场蒙蒙细雨，天放晴了，川道里已经麦浪翻动，岭上的麦穗儿已经抽齐。牛周氏还不见兆濂收拾行李，心里极不踏实，不断催问兆濂会试的日子。这天刚吃过早饭，周氏让儿子扶她到画像前，兆濂准备洗锅，周氏说："兆濂，你过来，今天当着你大的面，说说你到底安的啥心？"兆濂说："妈，你说啥呢，什么'安的啥心？'"周氏说："今天都什么时候了，是不是会试已经过去了，我看这事好生蹊跷？"

兆濂说："妈，我大百天时就当着他的灵堂说了，我不参加会试，我父亲他是多么明智的人，他已答应了儿子，您难道还不知道！"周氏一个巴掌打在兆濂脸上，顿时泪流满面，哭着说："兆濂，难道你要活活气死我！你父亲去世，娘的话你可以忤逆了？"兆濂见母亲真的动怒，扑腾跪在面前，说："妈，儿读圣贤之书这么多年，难道不知'夫孝，天之经也，地之义也'；儿难道不知侍奉母亲是'孝子之事亲也，居则致其敬，养则致其乐，病则致其忧……'您如今双目失明，生活完全无法自理，兆濂放下母亲不管，自己去独享荣华富贵，既悖圣贤之言，又愧对九泉之下的父亲……"

"不要说了！"周氏仍在愠怒地斥责儿子，操起手里的拐杖，说："兆濂，你不听娘的话，看娘打断你的腿，你读圣贤书，难道不知自古忠孝难两全吗？"

兆濂说："母亲要打就打，只要您能消了心中的气，我就能更安心地侍奉娘亲，也好，你就多打几下吧！"牛周氏愠怒难消，说："哼，离了你大，兆濂你好糊涂啊，不听娘的话，我就不想活了……"兆濂喊："妈——""别叫我，我不是你妈……"周氏一边骂，一边拄着棍子，一跌一撞，踉踉跄跄过隔壁窑里去了。

陕西布政使端方任陕西巡抚，他对蓝田举人牛梦周不赴公车兴趣浓厚，此前他也听说过蓝田举人牛梦周，就是被传遍关中的"牛才子"。这天，端巡抚正在抚衙坐着喝茶议事，忽有人报说，街谈巷语都在议论，蓝田新科举人牛梦周出事了，已在西安城里传得纷纷扬扬。端抚台放下茶杯，随口问道："不就是那个不赴公车的牛梦周么，他不是在家奉养瞎眼老母吗，又会有何事体，值得大惊小怪呀？"

抚衙中的温官员对端公道："蓝田牛梦周不赴公车，在家伺奉瞎眼老母，推车到西安买米，路上放下自己的车子，帮他人挽车。结果他的车子挡住了道路，适逢军队通过，把他的车子撞翻了。这个文弱书生吭哧了半天，硬是把车子弄不起来……"说完哈哈大笑，带着几分幸灾乐祸的味道。

"有这等事！"端抚台睁圆了眼睛，从座位上站起来，说："我早听说这牛梦周是个大才子，十来岁就被称作'牛才子'，又是个大孝子，如今看来，还确实不假，我就喜欢孝义的人，他倒是个难得的人才！"几位幸灾乐祸的官员听了，见大人如此说，一个个显得尴尬，立即都闭了嘴。

端巡抚喝退众人，皱起眉头思考了一阵，急忙着人修道奏章，皇帝图强兴国正是用人之际，理当上奏两宫，为国家延揽人才。他在折子里盛赞牛梦周的才学与孝行，值国家用人之际，恳请两宫赦其不赴公车罪责，予以破格录用，让他尽忠尽智，为国效力。圣意称牛梦周不赴公车，当除其举人之名，念其才名昭著，孝义可嘉，拟保留举人身份，赐予孝养费五十金。暂代巡抚端方奉旨，于府库拨金五十，派两名得力官员，径往蓝田。

兆濂在土窑见到周县令。兆濂行过大礼，说："兆濂万分感谢巡抚和县令的偏爱，自古无功不受禄，黄金万不能受。孝敬自己母亲天经地义，乃是做人应尽的本分。若受此厚赠，兆濂难当真孝之名，万请大人转告抚台大人，兆濂断不能受……"众人见他如此坚决，只好将金收起。

农历四月十九早饭后，一辆驴车坐着一位穿长袍的先生，摇摇晃晃，走进鸣鹤沟兆濂家的土窑。来人叫张竹轩，是兆濂在蓝田学馆的朋友，又与周县令过从甚密。张竹轩先生落座，说："周县令实在是佩服梦周的才名和孝名，遂闻奏上宪，诚恐埋没稀世人才。前抚台岑公春宣大人曾奏请，今端抚台又呈送两宫，皇帝道下旨意，赐予牛举人会试盘费三百银，被如数退回，实在无法面见抚台复命。咱俩交往不浅，故而前来相劝，不知贤弟可否给个面子？"兆濂说："张先生为了兆濂，不顾路途艰辛，令兆濂感动，兆濂先谢过端公大人的恩典！"

张竹轩先生："梦周贤弟见银子丝毫不为所动，且如数奉还，周县令实在不好向端抚台交代啊！"张先生喝口水，接着说："抚台要是怪下罪来，这周县令可吃罪不起。"兆濂说："张先生，你是蓝田的名士，知礼明道，难道不知抚台大人意欲栽培兆濂，兆濂愚陋，敢不识抬举。兆濂却因家父去世，母亲失明，明知不去会试，却接受大人银两，有悖兆濂为人气节！"

张竹轩问："县令嘱托，'鄙人意欲先生为道养而出，大人已上奏，又赐费若干，大人待你至矣尽矣，而伊不见申候，吾甚恐之，请代为设法！'我看你目下处境果真艰难，也不能悖道，梦周先生书信申候如何？""好吧！"兆濂说。就对着父亲牌位，修书一封让竹轩先生带回。

第九章　守孝奉母

　　牛周氏在兆濂面前几次夸儿媳，让兆濂除了高兴，更觉得放心。窑洞小学堂书声依旧，散学时，兆濂过来给妻子当帮手，可秋菊总是说，一心一意教你的学吧，三个人吃饭，难不住我。

　　"歪把葫芦"的鸣鹤沟，兆濂在牛家土窑前搀扶着母亲，小心翼翼地一步一停，一步一停，在窑门外转悠了好大时晌。麦收时节，兆濂在母亲教导下，很快学会做饭蒸馍，一个人在自家地里割麦子，用扁担一担一担地挑回来，紧接着碾打和回种地。三哥守义和四弟守谦有时过来帮他，他很注意母亲平时的生活细节，每一样都要悉心做好。有时饭做好了，调好调料端到母亲面前，咸、淡、酸、辣，逐步掌握得恰到好处……

　　小时他很少主动去拿便盆，自父亲生病后，这件生活小事已责无旁贷。母亲失明，他不但自己亲自去拿，早上又亲自去倒，每次倒掉后，还要拿到水渠，仔仔细细地洗刷。母亲睡觉的土炕，窑里面的每个空间，他都要打扫得干干净净，收拾得清清爽爽……

　　一天早饭后，兆濂又扶母亲出来，坐在窑门口的一把椅子上，他想试探一下，母对他不赴公车的气是不是真消了，就说："妈，儿子不孝，不赴公车，让父母的心血付诸东流，如今只剩下这个举人身份，没被皇上剥夺。荣华富贵您未享上，每日照样还是粗茶淡饭，居住着祖上留下的土窑，没能让母亲过上盼望的好日子……"

牛周氏说："兆濂啊，娘当初确实无法接受这个结果，以至迁怒于你，拿栳棍要打你，娘后来跌倒了几回，昏天暗地的，翻来覆去细细想过了，虽说不出一大篇道理，但有一点娘敢肯定，兆濂，你在'学为好人'！"兆濂冲母亲笑着，周氏接着说："娘知道你是一片孝心，娘也知道，你为什么要这样做，你这样决绝，自有你坚持的理由，娘虽说不出来，但很欣慰！"兆濂说："每位苦劝过我的人，亲戚朋友，朝廷官员，都是出于一片好意，我绝不会怪怨他们。古代的圣贤和国君，为啥要以仁孝治理天下，以孝为首位，只求母亲理解兆濂……"牛周氏说："兆濂，你大如今不在了，娘的眼睛瞎了，你把咱家塌下来的天撑着，如今，你大的周年也过了，我打算让秋菊过门，你娶了媳妇，有人照管我了，你就干点自己该干的正事了！一个读书人，总不能老待在家里，围着锅台转了！"

牛周氏用拐棍轻点着地面，慢慢地站起来，说："兆濂哪，忘了告诉你，岭上你姑父前日新街赶集，给娘说，等你大的周年一过，准备给你完婚，秋菊那边也是穷苦出身，她贤惠懂理，把娘交给她，你会放心的！男子汉大丈夫，长久待在土窑里，如何能有个出息！"兆濂没吱声，牛周氏责怪儿子："听娘的话，秋菊一过门，你就出去干点别的，你大在世，不是常和你说三原的贺复斋先生吗！"

"贺瑞麟先生，他可是个当世的大儒，妈！"兆濂说。

"是的。你大曾说过，若你不愿出仕，可去三原拜贺瑞麟先生为师，'学做好人，需拜贤师'啊，娘希望你学做一个好人。"

牛兆濂抬起头，痴痴地望着母亲，像才认识的一样，他感到很惊讶，又感到十分震惊！鸣鹤沟的土窑里，兆濂打读唐诗认字那一天起，都是和父亲约斋公交流，他甚至觉得，母亲除了贤惠，能在家里和地里麻利地干活，和村里其他妇女没啥两样。家里大小事情，她能料理得井井有条，织布纺线，帮父亲打理地里的庄稼，母亲是一把好手，很少对家里的重大事体发表见解，意想不到，她居然有这样明智的见识！

兆濂想，父亲以前咬牙供自己读书，总以为这是父亲一个人的主意，想不到他们之间有着这么样的默契呀。如今，母亲的一番话，让兆濂长时间的震撼，对面前的慈母刮目相看了。兆濂想，母亲不是普通的乡下妇女，不只贤淑能干，更有不一般的卓见。她的眼睛失明了，心里豁亮着呢，大事不糊涂，又能洞穿儿子的内心。扶着母亲往窑里走，兆濂说："妈，儿一定遵从母亲的训诫，择善而师，一生学做好人！"

甘陕总督升允大帅来到西安，陕西巡抚端方出尚德门迎接。端方身为朝廷封疆大吏，红顶锦袍一身官戴，文官武将若干跟随，好不威风。升允在西安帅府公馆住下，一日端抚台来访，两人客套一番，茶端上来，便令从人退下。他们很快谈到了西安，谈到了蓝田。升允问："听说蓝田有个新科举人，名叫牛梦周，人称'牛才子'，不赴公车很有孝名，可曾是实？坊间风闻，牛梦周是否有真才实学？"端巡抚说："蓝田牛梦周，虽被称'牛才子'，只怕徒有虚名耳，十足的书呆子一个。其父去世，母双目失明，未进京会试，不赴公车，朝廷赐予孝银，居然拒而不纳！"

"哈哈哈，抚台大人，果有此等事！我在甘省也有风闻，不知备细！"升允大帅一边喝茶，一边嗟叹惋惜。端抚台说："总督大人，我着人见过此人，他的才学不假，果真是个才子。目下朝廷振兴国家，正是用人之际，姑念他是个难得的人才，国之栋梁，复奏两宫，亲自召见一下，不知可好！"

"坊间传闻，我人在甘肃省，只不知详细，端抚台可细细说来听听！"升大帅摸着一撮微翘的胡子，笑着对端巡抚说。端抚台说："升大人，您对这个牛梦周还挺感兴趣的，此人心如磐石，竟然对金子和圣宠毫不动心，多次奉旨赠银封赏，牛梦周居然拒不待招！"

升帅沉吟片刻，说："也许生性耿介使然吧，也许家境所迫，设身处地而想，父亡母眼睛失明，忠孝之间他既然选择了孝，想必到一定时间他会猛醒，也未可知。"端抚台有事，起身告辞，升帅送出府衙，拱手道别。

"牛梦周，哈哈，哈哈，我就不信你牛，你牛能牛过我吗！"升帅一个人在房间踱步，一边沉吟自语，一边思谋良策。他在回陕路上曾想，江南兴办起了洋务，办了不少新式学堂，要在陕甘任上弄出点名堂，须在西安这座古都兴办新式学堂。西安是西北重镇，历史文化名城，大有可为啊！像牛梦周这样的读书人，日后必是大儒，这种人做事一丝不苟，日后成大事正好用着……"

升允思虑一番，终于有了主意。当日即修一道奏章，上奏朝廷两宫。次日光绪皇帝正设早朝，文武群臣站立两班，商议军国大事。退朝后在御书房翻阅奏折，见有太后批阅的奏折，这才想起陕甘总督升允曾奏：陕西蓝田举人牛梦周，孝行可嘉事。升帅所奏详尽，牛梦周贤孝昭彰，所赐孝养银两坚辞不受，恐污孝名，真孝见忠，实属难得。皇帝嘉其贤孝，遂御笔一挥，准奏。赐予"加内阁中书衔"。诏命到达陕甘总督府衙，着升帅会同巡抚端方办理。

诏曰："端另片奏保举之人牛兆濂，孝行可风，著赏加内阁中书衔，以昭激劝，钦此。"

光绪皇帝圣旨下达。诏命传至陕甘总督升允、陕西巡抚端方府衙，又通过蓝田县令周侣宣，旨意传到新街村鸣鹤沟，让他到总督或巡抚衙门，听封候任。

鸣鹤沟静寂了半年多的土窑，又一次门庭若市，一派热闹景象。富贵荣华居然会这么轻易，再度降临牛举人的头上，有人几次参加会试，也未弄到个一官半职，有人待职数载空等一场，而牛兆濂未经会试，红顶官翎眨眼间说来就来了，顷刻间唾手可得，"加内阁中书"这个官衔也不小，对于牛兆濂来说，只消在家候旨择日去赴任便了。

牛兆濂守孝奉母，冷静异常，根本不为所动。亲戚、本家、邻里相劝，一拨接着一拨，登门苦苦劝说。连守义、守谦都坐不住了，他俩和户族中长辈，甚至想出两全其美之法。牛兆濂心如磐石，连一丝冲动都没有。

兆濂对众人说："既已铁心，只领了好意，不便多言。"最后一拨人摇摇头，十分惋惜地离开了土窑，兆濂送别亲友，向阙遥拜，磨好香墨，展铺一纸，取下毛笔，工笔正楷，一笔一画，工工整整书写，乃是《辞加内阁中书衔》：

……

濂闻命惊恐，罔知所措，当日望阙，叩谢天恩。讵伏念濂少愚失学，未克仰承庭训，以为亲忧。中闲妄意显扬愿期少供菽水，乃甫及释褐，而严亲已不及待慈闱亦积痛失明，衰病颠连，苦愁万状，此皆濂平日积愆所致，祸延尊亲。所赖圣恩高厚，未即正其不孝之罪，已出其逾格鸿施，况敢内欺其心而以自为孝乎？心不敢欺，敢欺人乎？欺吾亲以及吾君乎？即复试逾违，亦迫于势之无可如何。初非有奇节伟行足以表见孝行二字，何竟误达宸聪！而宪台爱才如命，不及加察，遽列荐章，又恭逢仁孝之主，将欲以爱敬自尽者教百姓、刑四海，遂立赐俞允，宠以京秩，树之风声，此故圣朝孝治天下之体，亦即大臣以仁事君之义，岂区区愚贱所得而较量、辞受于其间乎！然君子爱人之德，事欲其实，名欲其称，理欲其得，心欲其安。濂之不德，自知已审。若谬窃宠名，不惟心有未安，实与名实未副，……是用不揣微贱，冒昧陈请，欲望曲加矜察，转恩抚宪，俯鑑愚悃，特赐敷奏，收回成命，无使濂有声闻过情之耻以重不孝之罪。濂亦从此益矢志读书，以期永坚末路，庶他年粗有所就，当不第如寻常之感思图报已也。伏祈俯准转详施行。

总督西安升帅府衙桌案，呈放一封蓝田的书函，落款写的是"蓝田牛梦周拜伏"。升允大帅摸摸微卷的髭须，"牛梦周，哈哈！"一边笑呵呵地拆封，心里想着，精诚所至金石为开吧！升允大帅展开书札，赞叹"好字！"仔细一览，竟然是《辞加内阁中书衔》的辞呈，顿时勃然大怒。

升帅笑容一点一点在脸上消失，直到完全收敛去，脸上的颜色一阵铁青，继而一阵煞白，嘴角的髭须有力地向上翘了几翘。"都说些什么话，再仔细看看牛梦周到底有没有真才实学！"升帅在椅子坐定再次细看，读到"无使濂有声闻过情之耻以重不孝之罪。濂亦从此益矢志读书，以期永坚末路，庶他年粗有所就，当不第如寻常之感思图报已也"，升帅脸上的颜色又渐渐复原，笑容一点一点出现。他用手在桌子上敲打着，甚觉牛梦周的话，似乎字字入情，句句在理，找不出对圣上对本帅有大不敬之处，无可挑剔。

"耿介，实际就是一个犟牛！哈哈哈，牛梦周，犟牛，我就喜欢这种牛脾气！"升允对牛梦周的反感情绪，顷刻间烟消云散了，他甚至欣赏牛梦周的文笔。愈加予恩义，这位执着孝义的年轻人，定会知恩图报。升帅轻轻放下茶杯，抓起信又瞅一遍，继而点点头。"不错，不错，措辞也十分地得体！"他断定牛梦周会是个有为的读书人，日后若有机会，定要见见这个牛梦周。嘴里说："磨墨！"便有卫兵进来取文房四宝磨墨伺候。

墨磨好了，升帅食指和拇指抻抻那撮微卷的胡须，字斟句酌地修书一封。大帅装进信封，封口时，又放了下来，随手拿了斗方，提起笔来，挥笔写下四个楷书大字："学为好人"，停了片刻，又重新拿起笔来，落款写下"升允题赠"四个小字，再重重地盖上印章，方才封了信口。

牛兆濂的《辞加内阁中书衔》在川道、横岭和鹿塬引起一片惋惜声，终于甚嚣尘下，他家的土窑渐渐恢复静寂。这天晚上，守义来找兆濂，兆濂端来茶，守义说："卜定的婚期还有一段日子，想把对面闲着的土窑收拾一番，给你找点活儿！"兆濂问："啥活儿？"守义笑说："让牛举人教蒙学，不知嫌不嫌波烦？"兆濂问说："你的主意？"守义点了点头，说："明天我和守谦来帮忙，把窑洞拾掇拾掇，清理杂物，腾出来办学堂，可好！"牛周氏闻听，连声说好。

几个人花了两晌时间，土窑收拾出来，还挺清爽，守谦还给流水的水渠，搲了简易小桥，往来方便。鸣鹤沟和沟外陆续有十七八个孩子，率先被大人送来。新街人听说牛才子教学，一下子又来了十几个。沟坳里人听说兆濂娶媳妇，都过来殷勤帮忙。多年荒寂闲置的土窑，忽然间有了咿呀的书声，鸣鹤沟还是头一遭，牛周氏十分高兴。

孩子年龄不一，教什么呢，还有没念过一天书，不认得一个字，又怎么教，这可是个难题。兆濂想了想就给识字的读《诸子家训》，读《弟子规》，不识字的读《三字经》，读《百家姓》，让他们先认字……几个念过书又停下的，闻讯也送来，兆濂就让读贺先生编的书。牛才子大名在外，乡亲们乐意送孩子来，教学不影响照顾母亲，兆濂教得挺开心。

牛家娶媳妇简朴却极隆重。窑门外边搭起了简易的客棚，新媳妇张秋菊头顶红盖头，用极简易的轿子抬进了鸣鹤沟。洞房是真正的土窑洞，除过一个刷新的板柜，窑里没添啥新物件，一个土炕，席子是新买的，单子是新粗布的，一床新被子。守义主持简单仪式，先拜祖宗，再拜高堂，夫妻对拜，礼成，张秋菊就算过门了。

牛家没有多少亲戚，户族中有几位长者，作陪秋菊娘家的新亲，完全按照鸣鹤沟普通礼节举办仪式。牛兆濂和张秋菊，一对新夫妇，在土窑里的新炕上，无师自通地成就了夫妻，牛家生活的节奏完全就此改变。家里有了暖融融的氛围，兆濂重新找回了家的感觉，此刻鸣鹤沟的土窑洞，仿佛才真正像个家了。

秋菊娘家也在横岭不远的张家村，她人很贤淑，对牛周氏一句一个"妈"，牛周氏几回激动得眼睛潮潮的。周氏对秋菊说："兆濂早已不是什么举人老爷，以后他敢欺负你，就给妈说，看我怎么收拾他！"秋菊说："妈，我嫁给蓝田响当当的牛才子，害怕高攀不上呢，给他当媳妇，是几辈子修来的福分！"牛兆濂自己知道，秋菊在娘家住的是瓦房，不嫌弃自家的土窑洞，也不嫌有瞎眼的婆婆，能吃苦受累，就是鸣鹤沟的好媳妇。

张秋菊过门的当天，就入厨做饭，有空也做针线，第三天还下地干活儿。秋菊很快融入了兆濂的生活节奏，邻舍都夸她能干，和瞎眼婆婆相处融洽。牛周氏没有女儿，秋菊就像她的亲闺女儿。

牛周氏在兆濂面前几次夸儿媳，让兆濂除了高兴，更觉得放心。窑洞小学堂书声依旧，散学时，兆濂过来给妻子当帮手，可秋菊总是说，一心一意教你的学吧，三个人吃饭，难不住我。秋菊做的饭菜牛周氏觉得可口，咸淡酸辣稀稠软硬，总能把握得恰到好处，牛周氏说，儿媳对她体贴入微，照顾得细致，做饭的手艺自己也撵不上，这让兆濂完全放下心来。

光绪十五年过得好快，一眨眼间就到了年末。这一天兆濂收到了一封书信，写信人居然是他在西安的恩师白悟斋先生。这么长时间以来，关中书院结识的每一位先生，时常出现在他的睡梦中，柏景伟先生、李用清先生、黄小鲁先生；还有那么多朝夕相处的学兄学弟。他和这位家在高陵的白遇道先生，虽然接触较晚，但相交甚好，无论是张子的学问，还是做事做人，都堪称良师益友。据他所知，白先生曾改字"悟斋"为"五斋"，自号完谷山人。他自己说，是董白村人，同治九年中举，十三年进士，授翰林院编修，光绪六年应请编修《高陵县续志》，文笔不让前贤，光绪十一年为山东乡试副主考，十五年回陕讲学，才学人品誉满西北……

兆濂展开悟斋先生书信，细看才知，受恩师柏先生、黄按察使和李布政使相嘱，打听自己近况，遂感慨万端。令兆濂感到很意外的是，悟斋先生对自己一如既往地看重，对不赴公车侍奉母亲给予嘉赏。悟斋先生说，朋友让他给彭衙书院推荐一个山长，想来想去，就想到了蓝田牛兆濂，只有牛兆濂能担当此大任。白先生在信中还说，"梦周，我深知你心仪清麓，立志一定要坚，守道一定要严，若传承清麓学问，就立志做个纯儒，不合于清麓即不合于程朱，不合于程朱，即不合于孔孟。兆濂既已完婚，我隆重推荐你，出任彭衙书院山长，博览群书，打好根基，再去三原拜清麓先生……"

当天晚上睡觉前，兆濂先把白先生书信读给母亲，再单独读给秋菊。母亲闻听非常高兴，秋菊乃是个明理之人，娘儿两个都一口腔，坚决支持兆濂去当山长。兆濂心想彭衙离蓝田很远，母亲如今有了依靠，家里有秋菊一心一意操持，自己完全可以放心。就去找守义、守谦，向他们两个道明原委，到过了阴历年后，就到彭衙书院出任山长。

光绪十六年过了正月十五，牛兆濂二十四岁，给恩师白遇道先生写了回信，拜别母亲、辞别妻子毅然上路，径往古彭衙书院出任山长。一身粗布衣服，一双粗布鞋，背上一个粗布褡裢。走出老远回过头来，望见秋菊扶着母亲，还在路口站着，止手搭凉棚痴痴地望着……

第十章　兴学续脉

韩城生徒高凤临说，牛先生讲学中经常提到贺先生，这些都了然于胸。唐先生笑着问凤临："你觉得牛先生如何？"凤临答："敦厚质实，望之俨然！"又问："你觉得严厉吗？"凤临笑答："雍容和洽，即之也温！"唐先生和旁边几位先生听罢爽朗地笑了。

彭衙邑隶属左冯翊，南彭衙在关中东部渭北的台塬。牛兆濂一身布衣，肩上搭着褡裢，从灞河川道一路行来，到了彭衙县境，仔细察看这片台塬，远天远地的彭衙县，另是一方不同水土。这里的地形地貌，和灞河川道大不一样，视野旷远苍茫，山河形胜，是古代秦晋交接的地儿！北边崔嵬的黄龙山，南边洛水汤汤，西边衙石沟壑窈窕，东面矗立着字圣仓颉的庙宇。好一个彭衙邑！往西去沟壑纵横，的卢难越；往东走，一马平川，沃土绵延。从这儿北上鄜延南可下渭川，实在是河西的要冲，关中之辅弼。想当年秦晋争霸，多次在彭衙发生交战，后来胡人乱华，又在此地刀兵争锋，邓太尉勒石左冯翊，符坚屯兵夫蒙城。唐朝安史祸乱，杜甫在这里坎坷行走，"夜深彭衙道，月照白水山"的诗句犹在耳际。

牛兆濂感激恩师白遇道，让他初出茅庐就出任彭衙书院山长，在这离西安很远的地界砥砺磨炼，开始人生中新路程的跋涉。兆濂的褡裢里装的全都是要看的书，闲下来的时候，除了看书，一个人在彭衙这个地方，可以胡思乱想。春秋战国时代的秦晋之交，彭衙邑到处都有秦砖汉瓦。秦一统天下前，曾在这里与晋国打仗，《左氏春秋》和《史记》里记载：

周襄王二十七年二月，秦将孟明视请于穆公，欲兴师伐晋，以雪他在崤山战败之耻。秦穆公壮其志允许。孟明视遂同副将西乞术、白乙丙率车四百乘伐晋。晋襄公久虑秦有抱怨之举，经常派人远探，一得到秦国伐晋的确信，笑道："秦之拜赐者至！"遂派先且居为大将，赵哀为副将，孤鞠居为车右，迎秦师于晋境上。孟明视尚未至晋境，先且居说："与其候秦至而战，不如伐秦。"遂西行至彭衙，与秦兵相迎，双方排戈列阵。狼瞫请于先且居，说："昔先之帅以瞫为无能，罢黜不用。今日瞫自试，非敢乞功禄，但以雪前之耻耳！"言毕，遂与友鲜伯等百余人，直犯秦阵，所向披靡，砍杀秦兵无数。鲜伯为白乙丙所杀。先且居登车，望见秦阵已乱，驱大军掩杀，孟明视不能抵挡，大败而走。先且居救出狼瞫，瞫已遍体皆伤，呕血斗余，逾日而死。

同年冬，晋襄公复命先且居为大将，同宋公子成、陈大夫辕选、郑公子归生，率师伐秦，晋胜，取秦地彭衙及汪。周襄王二十九年五月，秦将孟明视集卒搜乘，训练已精，请穆公自往督战，并说："若今不能雪耻，誓不生还！"穆公说："寡人乃三见秦败焉，若再无功，寡人也无面目返国。"就选车五百乘，择日兴师，过河焚舟，一鼓胜之。晋国采取"四境坚守，毋与秦战"的对策，秦所到之处，无一兵一卒应战。乃二渡蒲津至东崤，收敛死骨，葬于僻坳处，宰牛杀马，大阵祭享，穆公素服，亦有沥酒，哀恸至极。汪及彭衙二邑百姓闻穆公伐晋得胜，哄然相聚，逐去晋之守将，还复归秦。秦穆公奏凯班师，以孟明视为亚卿，与二相同秉国政，西乞术、白乙丙俱得封赏。

……

洛水悠悠，一切都成为过去，灯下读这段历史，却能常读常新。牛兆濂注意书院所在的地方，正是当年的察院巷，乾隆四十二年，知县王希伊建成书院，构筑有募训堂、条教堂、藏修堂、敬受亭、厨茶房各三间，肄业堂一十六间。王希伊亲曾自任主讲，选刻《彭衙书堂丛编》，以朱子理学教授生员，一时文风大启，邻县有不少生徒负笈前来从师。咸丰元年，知县邓珏效仿前任，也在书院主讲。自王希伊去后，书院开始设山长，总管教养之事。咸丰二十三年，彭衙知县任执中，道光四年，署县事康节略有补葺。康节还为书院筹得膏伙三千缗。嘉庆二十七年，彭衙知县徐元润刷新这个数目，同治十三年知县李廷钰，见书院毁于兵燹，遂拨款重修，恢复旧观。刚过去的光绪十三年，知县武达材鸠工再修，书院达到今天的规制，这些读圣贤的官员，都是有功的，他们都是有担当的好官。

书院的教养步入正轨，山长牛兆濂的讲学也逐渐进入佳境，他讲学深入浅出，研学一丝不苟，教导生徒宽严相济，蔼然可亲。一幕幕动人的情景时常浮现眼前。白悟斋先生对他有知遇，县令和学董看得起自己，母亲和妻子秋菊的反复叮嘱，一定对要得起自己的良心……陆续有北三县的生徒慕名前来求学。

这日午后，兆濂与几位先生闲谈，一个家住韩城学生向他请教，手中拿着一本贺瑞麟先生的书，请教的问题出自《清麓文钞》，内中有几个句子不甚明白。有位唐先生说："韩城学生高凤临，读书善思肯用脑，这个问题正好请教牛山长，山长牛先生最推崇贺瑞麟先生的学问！"唐克正先生又转过身来，恭敬地对牛山长说:"牛先生,瑞麟先生传承横渠的宗脉,而您接续的正是贺先生的学宗,可谓一脉相承,这也是咱彭衙书院的理学传统,牛先生何不专门讲讲贺瑞麟先生的学问呢!""好啊!我答应。"兆濂爽快地答应下来。

阳春三月鸣鹤沟山桃花灿烂的时候,牛奉孝从街上的药铺快步往回走,听见身后一个脆生生的声音在喊他:"奉孝——"奉孝便站住。

猛地回过头来,是新姨张秋菊,掐了一把嫩香椿芽儿,正从自家坡地的毛路上往下走,一串"咯咯咯"的笑声伴随着。走到跟前,奉孝打趣道:"秋菊新姨,是不是想我梦周叔了?"

"去你的,没大没小的。"她笑着说:"嗨,你说给我妈买的好眼药,回来没有啊?""新姨可真贤惠,梦周叔有你如鱼之有水也,看,这不是!"奉孝从衣兜里摸出一个纸包递给秋菊。"咋用呢?奉孝。"奉孝依然调皮地说:"饭后我过来教你,你得交学费!"

秋菊说:"去去去,你不教我也能用,看我家三婆咋收拾你,非拿拐子打坏你的后腿不可!"奉孝说:"不敢,不敢,我平生最怕的人就是你家我三婆。不过——""不过什么?"秋菊敏感地问。

奉孝说:"不过,不过我这还有一样东西,你不买糖绝不给你!"奉孝从怀里抽出一封书信,得意地举过头顶,摇了摇炫耀一番。张秋菊明白,肯定是夫君兆濂从彭衙小县寄回来的,说:"新姨这里就有糖,现在就给你吃吧!"

秋菊一只手伸进衣兜里摸,然后那只手攥着伸向奉孝,奉孝急忙伸手去接,手是空的,信却被抢跑了。

张秋菊拿着兆濂的书信前边跑,奉孝也不去追,进沟的小路两旁,几树山桃花开得分外鲜艳,路上有张秋菊"咯咯咯"的笑声。

牛兆濂进入彭衙书院转眼过去几个多月，这是他担任山长以来首次担纲主讲。彭衙的天特别蓝，衙石沟和黄龙山都显得格外含蓄，牛兆濂今天的心情特别舒畅，因为他要给学生专门讲的是贺瑞麟先生……有几位别书院的慕名专程赶来听讲的。彭衙书院既然道脉接续程朱，有程朱正学的传统，兆濂作为书院山长，总管教养之事，独当一面就要守正，并且愈守愈严，只有学术纯正，才操履端确。想到程朱道统，兆濂想起了恩师贺瑞麟先生，柏沣西先生、李用清先生、黄小鲁先生，还有推荐自己来此任教的白悟斋先生……午时整，牛山长操着纯正的蓝田口音正式开讲：

　　"说来我也算是贺先生的学生，在鲁斋书院聆听贺先生讲课，恩师白遇道先生，说他自己也是贺先生的学生。贺先生住在三原县，因有孟侯原、丰乐原、白鹿原三个土原。而得此县名。县境有条清峪河，发源于耀县西北境，历经泾阳峨山，又经丰乐原东清凉原西，绕县城西南曲折而流，至交龙堡，汇入甘泉冶峪河，折而向东进入三原的丰乐原。丰乐原也叫清凉山，两县交界处犬牙交错。鲁桥镇就在泾阳县东北四十里处，距三原县正北十里，当延榆之要冲。有'下午'和'工进'两条渠，渠水穿城南向，渠上有桥，桥是元代黄冠道人鲁班所造，故而得名叫做鲁桥镇。"

　　"我的恩师贺瑞麟先生是位当世大儒，他祖籍陕西渭南，原名贺均，字角生，自号复斋又号清麓。贺先生生于道光四年，远祖清初迁居县陂西的响刘村，后又迁至县城北西谭巷。先生青少年时代，深得父亲的言传身教，弱冠聪颖嗜学，七岁即能对句，父亲出对：'半耕半读'，先生答对：'全受全归'。十六岁前，跟从王万适先生学习，他对先生疼爱有加，恩威并施，辑录诸史孝友传，为笃伦书数十册，想让他校订以便传世，谁知还没有完成，王先生却撒手人寰了……瑞麟手抄高陵吕泾野和眉县张横渠的书，不讲究吃穿，却对这些手抄书十分爱惜，把这件事告诉父亲，家严教导他：'不此之耻，当思其可耻者。'瑞麟先生立志发奋有为。"

"瑞麟先生十七岁补博士弟子，十八岁中秀才，二十岁时参加科考，一举夺魁，名播乡里。不料两年后，父母相继谢世，精神受到很大打击，心情沮丧到极点。先生主敬居丧一遵家礼，把家中一切打理得有条不紊，颇受乡人称道。道光朝以后，汉学逐渐式微，理学崇奉者活跃起来，程朱理学已成官方哲学。康乾盛世，儒家思想被推至高峰，随之又是一个低谷。到了嘉道朝，程朱理学又一次受到士大夫们重视，加之朝野鼓吹，各阶层儒士推波助澜，儒家思想又一次居于主流。清道光二十七年先生二十三岁，辞家求学，先拜朝邑名儒李元春为师，潜心攻读先儒经典，以程朱理学为圭臬，功力日渐深厚，羽翼逐渐丰满，至咸丰三年先生年届而立已成为当世饱学之士。"

"贺先生对仕途失去兴趣，在追求取舍中抉择自己的人生，他坚定了一个信念：修身、齐家、兴学、续脉。先生在鲁桥镇后面父亲的墓侧筑麻庐，取名'有怀草堂'。同治元年，回民在华州举义，数天之内连克大荔、渭南、临潼、高陵，直逼三原城下。贺先生生平首次挈家将雏，远赴山西降州亲戚家避难。颠沛流离中，先生依然读教不辍，不失时机地培养后学。在窘境中结识了同为天涯沦落人的朝邑杨树椿、山西芮城的薛于瑛。三人一见如故，相见恨晚，合力开办丽泽学舍。一为糊口谋生，二为排遣寄人篱下的苦闷，三为求得一时苟安。同治三年，三原县令余庚阳致书贺先生，邀请他重返故里，同襄家乡兴教大业。贺先生结束了难熬的流亡生涯，于学古书院坐馆，执鞭主讲，按照朱熹庐山白鹿洞书院的理念，明确审途、立志、居敬、究理、反身、明统的宗旨，开宗明义而举步思齐。"

"同治九年贺先生年届四十七岁，理学造诣已趋关学之首，声名远播全国。先生不满足坐馆授徒，开始实施筹划多年的兴学计划。在门生刘东初的协助下，购置清凉山的坡地数十亩，在鲁桥镇北门外建成窑洞十余孔，从次收授生徒，命名'清麓精舍'。以董仲舒的话作为兴学为宗旨，'正其谊不谋其利，明其道不计其功'，一改重功名的沿袭。抚军谭云觐命名'正谊书院'，巡抚冯誉骥题写匾额，门人刘升之捐银两千两，发商生息，作为书院常年修脯之资。焦云龙县令亲自为书院主讲洛闽义理之学，对书院鼎力支持。

这样，精于理学的贺先生与阐于经学的刘古愚先生，共举关学两面旗帜，均成为关学的领军人物，贺先生与朝邑杨树椿先生、山西芮城薛于瑛先生，被称为'关中三学正'，他们都是李元春先生的高足。"

讲起贺先生的故事，山长牛兆濂慷慨激昂，韩城生徒高凤临说，牛先生讲学中经常提到贺先生，这些都了然于胸。唐先生笑着问凤临："你觉得牛先生如何？"凤临答："敦厚质实，望之俨然！"又问："你觉得严厉吗？"凤临笑答："雍容和洽，即之也温！"唐先生和旁边几位先生听罢爽朗地笑了。休息片刻，凤临和另外的学生送茶上去，牛先生喝茶休息，谈笑风生，接下来开始讲贺先生的文章，大家都说如浴春雨如坐春风，都感觉时间过得太快。

转眼到了光绪十七年，牛兆濂在彭衙书院已是第二个年头，令他欣慰的不只是先生对他很敬畏，生徒非常爱戴他，更有学董和县令不以衣帽取人，他虽一身粗布衣服，却以自己的才学和践行，使彭衙书院远近扬名，临近的几个县常有生徒慕名而来，同高凤临一起来彭衙的，还有几个韩城学生。兆濂作为彭衙书院山长，经常有先生与他切磋学问，更有学生和他就广泛的问题进行交流，高凤临和他有了深度交往，甚而超出师生之谊，讨论的问题不限于理学。"先生，我又来了。"刚过了晚点时间，高凤临准时出现在牛兆濂住处，这一次是他一个人。兆濂说："凤临，今晚拿什么问题请教？"

凤临说："先生，凤临自从去年九月来彭衙，跟着先生学坐、学立、学走，视思明，听思聪，当验心地。初如窗棂缩小而间有段者，今则当中白纸，没有格子而有透孔，这是为什么呢？"牛兆濂说："凤临，能做功夫，则须有效验，否则决然无向上之理，愿继续不忘，久自有收效验。还有何问题，快拿出来吧！"凤临说："先生，对您所说的'笃信'，想再听听先生的宏论。"

兆濂说："凤临啊，我经常讲，'三代而上折衷于孔子，三代而下折衷于朱子。'学者能笃信此语，则路途不差；能死守此语，则功力不枉。孔子决不会错，朱子也决不会错。既有此信好之诚心，确守之定力，以此去做，所至何可限量。但不加好学，则规模狭隘，义理孤单，或有自以为是的偏颇，而不能得天理之正。好学则日新不已，可以无远不至矣。圣人言语，字字着力，学者当时时检点，处处省察，以期深造其极，不可稍有所偏，少有所欠，则庶乎其近之矣！"

凤临茅塞顿开，兴奋地点点头，又问了几个问题，都得到满意的解答，想继续再问，欲言又止，想起身告辞，先生说："说吧，别吞吞吐吐。"凤临说："怕影响先生读书和休息。"先生起身，自己加火烧水，凤临起来盛水给先生，然后说："凡人读书当以身做，徒勤口耳则左矣。"

"哈哈哈，此处水比灞河川道差多了。"先生喝了一口水，说：

"善矣哉，凤临，你听着。书而以人体之，则道在我矣。孟子说：'合而言之，道也。'程子说：'中庸言率性之谓道'，也是这个意思。"凤临满意地笑了，说："先生一点，凤临完全明白了，时候不早，您早点歇息吧。"

彭衙县境阴历年将到时，天气已十分寒冷，兆濂收到白悟斋先生的书信，信中转达了黄、李二位先生的关心和问候，令他十分开心。刚过三天，又收到兴平同学兄张元际的书信，一别数年早已想念，元际信中说，四弟元勋去了正谊，正谊的一帮朋友正在翘首等待着梦周！信中还透露，清麓先生督修的朱子祠即将竣工，来年三月十五举行盛大会祭，是个不能错过的好机会！希望兆濂利用此时拜师，共承关中理学道脉……

北塬上的冬夜十分寒冷，兆濂坐在学校的热炕上，就着油灯，再次拿出元际的信，学兄言辞恳切，叮嘱再三，勾起了他的乡情。连续几个晚上，他梦见了年轻的妻子张秋菊。秋菊嗔怪他："梦周，把我一个人扔在土窑里，你心安理得了！这一去大半年，放得下我难道放得下老母亲吗？"他梦见了父亲牛文博赶集回来，汗都顾不上擦，抱起孙子满村转悠，母亲眼睛重见光明，她也争着要抱孙子，说："长得这么白，和他大一个样！"孩子笑了，母亲喊："兆濂——兆濂——"他想答应，却喊不出声来，使劲地一叫，惊出一身冷汗，原来是南柯一梦……

不能违拗学兄的美意，牛兆濂此刻改变了主意。他决定先给恩师白悟斋先生写信。第二天一早，他找到彭衙县令和学董，表达了自己的去意。旧历腊月二十二，兆濂辞掉了彭衙书院山长，收拾好行李准备天不亮离开，可到了真要离开的一刻，他才感到已和这个书院融为一体了。他在岔路口默默站了一会，要转身离去，

"牛山长——"耳边传来一个熟悉的声音。

牛兆濂转过身来，只见书院的先生、生徒站立了一大片，彭衙县令和学董跑得气喘吁吁，大家都来相送。兆濂急忙取下褡裢，拱手和大家话别。学董已宣布唐先生为新任山长，兆濂希望书院发扬光大学宗，把书院办好。"兆濂没有什么行李，你们请回吧！"县令和学董坚决不依，硬是雇了一辆驴车把他的书放上去，年轻的山长牛兆濂眼睛潮潮的，坐着驴车沿着官道径往西南而去。

牛兆濂一脚踏进土窑，妻子张秋菊急忙拍打着围裙迎上来，一边取下他身上的褡裢，兆濂拍拍秋菊的衣服，便急忙上前给母亲请安，喊："妈——"妻子张秋菊说："都当山长呢，还像个孩子一样！"家里被秋菊收拾得井井有条，母亲容颜气色也好多了，他悬着的心就放下了。牛兆濂吃完饭逗妻子："嗬，你做饭的能耐比我那两下子高多了！"说完目不转睛地盯张秋菊，一直瞅得秋菊的脸红红的，说："瞅啥呢，不认得我了！"周氏告诉他："秋菊托人给我买了眼药，虽还看不见东西，心里亮堂多了，吃饭不用人再喂，不用搀扶，自个挂上拐棍能去茅房了。"几句贴己的话，说得兆濂喜滋滋的，倍感欣慰。

晚上兆濂告诉母亲和妻子，过完年就不再去彭衙了，他打算去三原。秋菊说："那里太远，在鸣鹤沟教学就好着。"周氏问："兆濂，去三原拜清麓先生？"兆濂说："妈，学兄张元际相邀……"牛周氏说："你认为对你就去三原吧，你大在世常说，瑞麟先生是关中的泰山北斗，他品行高洁，心术纯正，是位良师，学为好人先择贤师，你就得跟他没错，娘支持你！"兆濂又要离家远行，妻子秋菊惊得目瞪口呆，当了山长又回过头来又当学生，兆濂的决定，母亲也很支持，她就无话可说了。

张竹轩先生要兆濂开春先到蓝田，王家学馆在县东关，兆濂回信告知了执教的时间。当天晚上，兆濂半夜披衣起来，在他们的窑里出声诵读，惊醒了酣睡的张秋菊，秋菊问："深更半夜，你还诵读什么书啊？"兆濂放下书，说："《四书集注》《小学》《近思录》三书，十三经，这是我的终身常课，从未间断！"秋菊问："晚间温习，有何妙处？"兆濂说："日间不能读此清明之气，诵此天地不绝之经，只能晚上读啊！"说罢拨亮灯焰，继续高声诵读。

光绪十九年三月春暖花开，鸣鹤沟早已暖和起来，"歪把葫芦"的沟口，几树山桃花开得灿烂。这天，秋菊拿着锄头，扶着牛周氏到门前，让母亲坐在凳子上，兆濂从王家学馆回来，没有进门就帮秋菊锄麦，太阳还没有落山时，又和秋菊搀扶着母亲，在小路上走了一段。回到家，兆濂从褡裢掏出一个布包，对秋菊说："你刚过门不久，我成天往外头跑，家里真亏欠了你！""家务常理，何必挂在嘴上！"秋菊说着打开布包，里面竟是一只玉镯，有点不好意思地说："我是你媳妇，理应管好家里的事儿么！"吃饭时，周氏吃完放下碗筷说："这是我让他买的，秋菊是个好媳妇，节俭勤快，贤惠明理，打个灯笼都难找！"

兆濂顾不上陪母亲说话，也顾不上帮妻子干活，一个人在"书房"里，把一些书捆了又解了，解了再捆上，捆着解着，解着捆着，又在写着什么，秋菊见了便问："牛山长，你写字还有啥讲究吗？"兆濂瞅了秋菊一眼，说："字须方正，字若不方正，心术因之而偏！"秋菊说："有那么严重吗！你这两天成了热锅上的蚂蚁，明天改善一下伙食，你想吃点什么？"兆濂不假思索地说："素食！"

次日果然是朔望日，兆濂一连三天都是素食，不要一点点荤腥，还兢兢业业地沐浴更衣，然后梳头整理发容，他告诉秋菊：

大儒牛兆濂

"今日不会客，不亲笔墨，正座设孔孟程朱吕之牌位，西座设先祖之牌位。他亲自上前把牌位、香炉、烛台等，擦得干干净净，秋菊觉得好生奇怪，问他"却是为何？"兆濂说："音容笑貌，听于无声，视于无形，宛然如生，哀痛悲切！"秋菊便不再多言，兆濂一脸庄严肃穆，对着几位圣贤行礼毕，又对着祖先牌位行礼，礼毕，就忙着整理剳记、日记，又忙了几个时辰。

兆濂对秋菊说："我在彭衙当了两年山长，如今又要去三原再当学生，你不觉得生气吗？"秋菊说："不管你当先生还是当学生，也不管是彭衙还是三原，不要忘了秋菊就好！"兆濂点点头笑而不答。牛周氏走过来说："娘有一句话，兆濂你给我记住，不管啥时候，都不准忘了秋菊，拜大儒为师，是为了'学做好人'！"兆濂点点头。

第十一章　问道清麓

兆濂端着酒杯，百葳斟满了酒，他双手呈上，说："学生牛兆濂，自在鲁斋书院聆听先生讲学，遥瞻浴辉，一心要做先生的学生，却一直无缘拜见，延于今日，幸遇会祭朱子祠，特来拜先生为终身良师，请先生饮了这杯拜师酒，收下学生兆濂，早晚聆听先生教诲，荣幸不胜感激！"

三原新落成的朱子祠，增扩了旧有的规模，坐落在县城的北边，有赖地方乡绅和三原县衙多方的鼎力资助，扩修工程顺利完工。此番扩修，大儒贺瑞麟先生亲自督建，所有匠工都不敢怠慢，使出平生最好的手艺，尽心尽力装修，不惜倾注心血，此刻已近尾声，从内到外装扮一新。

张元际谨遵恩师嘱咐，三月初九就从兴平动身，赶到三原，一来帮恩师准备大祭祀事项，二来约定蓝田牛梦周来三原，想必此时他已接到书信从蓝田动身启程。所有忙忙碌碌的身影中，有一位山东大汉，名叫孙灵泉，他来三原已整整三个年头，三年中他的脚步不曾踏出书院大门半步，他勤苦用功贺先生早就看在眼里；还有个米岩是蒲城人，个子瘦高，平时话语极少，研学却肯用功，往往语出惊人；还有马养之，与晓山兄弟同是兴平乡党，又同时从味经书院一起投奔正谊的张元勋果斋是他的四弟，来正谊已有些日子了。所有学兄学弟当中，年龄最小要数贺百箴，他是恩师的亲侄子，又过继给贺先生，先生一直视如亲生。

张元际遵照恩师之托，和百箴一起领着大家，按照之前列出的清单，仔细检查各项祭祀事宜，一个细小的环节也不放过。检查完毕，大家正在歇息喝水，贺先生走过来，元际说："先生，我们已经检查数遍，一切祭祀事项均已妥当。"先生说："那就好。"百箴问："伯父，往常祭祀朱子，也这么隆重吗？"瑞麟先生说："哪能如此啊！百箴，你们记住，世道人心，端由学术潜移默化，以德为本，依礼化俗。如今之世，非毁正学的人不少，却未见他们写的书啊。风气转移得靠正学的书，以程朱为宗，以后咱们要拿出时间，筹措资金，把这些正学的著作整理刻印，以便代代传承下去。"大家不约而同地点点头。

元勋过来，说："先生，我们几个从味经书院过来，就是要跟着先生坚守学宗，传承正学，发扬光大！"先生说："对，宗朱者为正学，不宗朱者即非正学，不宗朱者，亦当绝其道，勿使并进。"孙灵泉问："先生，咱们书院所存周程张朱之书齐全吗？"先生说："不全。正因为残缺，才要筹钱刻印，只有尊朱子之学，然后孔子之道，尊周、程、张、朱之书，有的学士往往直到老死，也不能见其全，真是惋惜啊。这些书在北方的流传更少，孩子们，这就有赖大家齐心协力，把它发扬光大！"先生说完一席话，似乎想起了什么，转身匆匆离去。

从正东方向走过来一个人，走近了才看清此人生得浓眉方脸，高大个儿，瘦瘦的却显得棱角分明，两眼冷峻放光，粗布裤子粗布对襟夹袄，肩头搭着一个漂亮的白粗布褡裢。张晓山手搭凉棚一望，大声喊："牛梦周——蓝田牛才子！"对方没有应声，先向大伙招手。

"同学兄——同学弟——"说话间兆濂就到了书院门口，向大家一抱拳施礼。"兆濂！"大家"哗啦"一下把兆濂团团围住，有叫梦周，有叫兆濂，有喊牛才子，像早就认识似的。晓山已取下梦周的褡裢，说："各位学弟，梦周已在彭衙书院当了两年山长，咱今后就一律称他梦周，先领到生舍洗漱，喝水，歇息闲聊吧！"

光绪十九年三月十五，正谊书院一派忙碌景象，朱子祠重修落成，三原县举行隆重祭祀活动。会祭规制盛大是多年未有，各种事项有条不紊准备着。贺瑞麟先生已年过七十，这次亲自督建朱子祠，看着一切准备就绪，整个人显得格外精神。

瑞麟先生是坚守程朱的一面旗帜，关中理学学宗朱子，得到社会各界出资相助，工程从头到尾他都十分满意，就连对联都是亲自撰联，又亲自援笔书写，崭新的对联已被能工巧匠镌刻，镶嵌在正门两侧，营构出庄严肃穆的氛围。联曰："奕奕乎仁义之府，礼法之场，造诣从兹进步；潺潺兮半亩之塘，有源之水，徘徊须此入门。"各种祭礼、祭品都已采办摆放停当，瑞麟先生嘱咐学生，说："祭祀圣贤朱子，祭祀典礼要格外庄重简朴，更要合乎礼制。"众多弟子谨遵先生教导去做。

癸巳阳春三月十五上午午时，北原静穆，花香四溢，所有参加祭祀的及早斋戒沐浴，瑞麟先生在前，关中书院白悟斋先生紧随，李用清先生、黄小鲁先生没有官戴，紧随其后，清麓先生的学生张元际、张元勋、米岩、马养之、孙西昆等，贺百箴陪着初来乍到牛兆濂，紧随诸位学兄弟一同参加祭祀典礼，其余生徒数十人随其后。司仪一声"举乐！"一时鼓乐齐奏。众人身穿汉服，佩明黄绶带，一步，一步，一步一步走向朱子祠前。

大儒牛兆濂

朱子祠前，桌案整洁一尘不染，上铺干净的红布，一字儿摆放着各样祭器祭品。祭器擦拭得洁净明亮，摆放有条不紊。未时到，鼓声再次响起，鸣钟、击磬，随之祭祀仪式正式开始。牛兆濂对礼记多有研究，对《吕氏乡约》中的祭祀之"礼"也烂熟于心，心想祭祀圣人之礼倒究若何，还尚未亲见，今日有幸大开眼界。

司礼宣布"祭祀开始"。先为初献：主祭人贺瑞麟先生、陪祭人白悟斋先生、李菊圃先生、黄小鲁先生等进香、酹酒，奏怀德之章，起怀德之舞；接着是亚献。按官员、先生、生徒、乡绅次序，分批次进香，奏明德之章，起明德之舞；终献开始：主祭人贺瑞麟先生奠帛、恭读祝文，乐奏《敬神曲》。身着礼服的布政使李菊圃先生，庄重地恭读祭文。依次分别向朱子塑像跪拜，行三叩九拜之礼，祭酒。学子齐声诵读《朱子家训》。所有参加祭祀的，肩披祭奠绶带，手持桂枝，庄重凝注朱子塑像，敬献桂枝，行跪拜之礼，祭酒。慎终追远，祭奠先贤，传承关中理学，道追横渠、程朱。礼成。众皆席地而坐，请关中大儒贺瑞麟复斋先生训导。

贺瑞麟先生身材高大，他站起来正正衣冠，气宇轩昂地大步走上前去。先向朱子塑像行礼，然后转过身来，神情凝重。前番鲁斋书院会讲，牛兆濂只是远远地挤着站着看，这回近在咫尺，他看得十分真切，见先生脸相方正端庄，洋溢着微微笑意。

仰慕已久的理学大师真的出现在他面前，牛兆濂显得格外激动，他深知贺先生是以程朱为学宗，坚定笃信横渠，言出力行，为此番盛大会祭，重修朱子祠亲督，七十岁的年纪，看上去尚老当益壮，浩气干云。瑞麟先生端坐祠前，目光炯炯，下边坐着的官员、先生、生徒及参加祭祀的所有人，都静悄悄的。贺瑞麟先生再次正了仪容，说："我叫贺瑞麟，同治七年应三原知县余庚阳之邀，在县城学古书院做过主讲，手定《学要》六则，哪六则呢？

一曰审途，一曰立志，一曰居敬，一曰穷理，一曰反身，一曰明统。如今年纪大了，主讲正谊书院快二十年，被拥戴做山长，若问我所致那家学问，我仍学体兼用，尊崇闽洛义理之道，不以时文为务，编著《朱子五书》，以此作为治学之要。今天的正谊书院，自国朝钦定的诸经，周、程、张、朱之书、历代之史，大略已具，成为道脉所系。"

朱子祠前，在座官员、乡贤、生徒一大片，都静悄悄地听讲。贺瑞麟先生字字铿锵，震撼有力。先生说："我受业于同州府朝邑县关学大儒李桐阁先生，同治初年返回三原县，在南李村设'有怀草堂'，后来长安令焦雨田先生鼎立资助，开办清麓精舍，这才有了今日的'正谊书院'，'正其谊不谋其利，明其道不计其功'，这就是正谊书院的宗旨。"

贺瑞麟先生说："有人问我，为学之法，我告诉大家，为学亦无他法，第一要路脉要真，第二功夫要绵密。正谊书院做学问的根基，是《养蒙书》！《养蒙书》是我自己所编；次之，有《小学》和《近思录》，再有周、程、张、朱，以至'六经'。我一直主张，《小学》《近思录》当与四子书并读，尤加亲切。希望各位学者，能笃信并谨守之，则一生受用必多。"

贺瑞麟先生一连讲了几个时辰，毫无倦意。李用清先生走过来，在贺先生的耳边小声说了几句。贺瑞麟先生又说："自己所辑的《朱子五书》《信好录》等，为的是力倡正学！何为正学？我讲过，世道人心端由学术，世之非毁正学者，未见其书也。风气转移全在正学之书，当以程朱为学宗，宗朱者为正学，不宗朱者即非正学，不宗朱者，亦当绝其道，勿使并进，尊朱子之学，然后孔子之道尊。瑞麟先生越讲越来劲，越讲越激动，一直到未时，才结束自己的讲学，主祭宣布祭礼结束。

大儒牛兆濂

　　兆濂在过道上和李先生、黄先生打了招呼，并说了一些别后情况，问道恩师柏景伟先生，黄先生神情肃穆地告诉他，柏先生离开西安就再没有返回，已于光绪十七年不幸病逝，牛兆濂感到一阵天旋地转转。两位先生还有重要公务，祭祀已毕，牛兆濂和二位先生话别，他们就返回西安去了。午后的朱子祠前，仍然春光明媚，莺莺燕燕，近处有好几树桃花，开得灼灼艳艳，元际、百篪、元勋、灵泉一干学兄学弟，领着牛兆濂仔细瞻仰朱子祠，张元勋已经和他十分相熟，拉呱在一起，一路向他介绍，一个个都有不尽之言，大家相见恨晚。

　　下午饭后兆濂去拜见先生。和当年拜沈先生不同，那时蒙童，父亲和四爷爷领着，而今日是拜见宗师，且是自己一个人前来，如今已娶妻，当过两年书院山长，但此刻心里还有点紧张，应该说这不是紧张而是非常激动。兆濂正一正衣冠，面对贺瑞麟先生跪倒在地，说："贺先生在上，蓝田牛兆濂久已仰慕先生德才，今日专程前来拜师，在此先给您磕头，请先生收下兆濂，不胜感激涕零！"贺瑞麟先生定睛一瞅，跪着的牛兆濂器宇轩昂，虽一身粗布衣服，但气质的确不凡，笑着说："你就是蓝田才子牛兆濂，哈哈哈，抬起头来！"牛兆濂微微抬起头。说："先生，我就是牛兆濂。"先生说："站起来吧！"牛兆濂说："谢过先生！"就站了起来。

　　贺瑞麟先生仔细端详这位蓝田书生，个头还挺高，身段也挺匀称，面部棱角分明；再仔细瞧瞧，是位眉清目秀的后生，发辫和帽子十分端正，着一身粗布衣服，穿得十分得体，尤其是那一双眼睛特别有神，炯炯透出亮光，射出锐利的光芒，隐隐中透着聪明睿智。

兆濂端着酒杯，百箴斟满了酒，他双手呈上，说："学生牛兆濂，自在鲁斋书院聆听先生讲学，遥瞻浴辉，一心要做先生的学生，却一直无缘拜见，延于今日，幸遇会祭朱子祠，特来拜先生为终身良师，请先生饮了这杯拜师酒，收下学生兆濂，早晚聆听先生教诲，荣幸不胜感激！"

贺瑞麟先生淡淡地笑了，端起酒杯一仰脖子，干了，一连饮了三杯，都是"拜师酒"。兆濂说："谢过先生！"又赶去给白悟斋先生敬上三杯，白悟斋先生也不客气，端起酒杯一饮而尽，说："贺先生也是我的先生啊，我和梦周在关中书院已有师生之谊，也有朋友之情，可谓亦师亦友，彭衙书院两年山长，是我推荐去的，哈哈哈，对我就不要再拘那么多礼节了。"拜师礼已成，贺百箴走过来，拉住牛兆濂的手，说："我也正式自我介绍一下，贺伯箴，字箴甫，号笑竹山民，本是先生亲侄儿，现已认先生做父亲了；这位是阎君幹卿，张元际晓山、张元勋果斋二位兄长，马鉴原马养之兄，他们都是三原县人氏，孙西昆灵泉乃是山东淄川人氏，米岩兄，蒲城人氏……"

贺瑞麟先生端坐在圈椅上，呵呵笑着。箴甫说："父亲又收了一个高徒，蓝田才子牛梦周，相见恨晚啊，我们经常在一起议论你呢，不赴公车，守孝奉母，任彭衙书院山长，现又回来再当学生，其志不小啊……这样吧，咱们几个共同给先生敬上一杯。"就斟上酒，各自也斟满一杯，然后一饮而尽。箴甫接着说："大家共同为牛梦周学兄今日拜师和大家共聚，干了此杯！"朱子祠前传来一阵爽朗的笑声。

当日下午，元际、元勋兄弟和孙西琨、贺百箴等领着牛兆濂，在丰乐原上转了一个下午，听他们介绍正谊书院的各种掌故，又到书院的各处走走看看，一路谈论清麓先生的学问，谈论他的人生经历和脾性，回到住处太阳已经落山。牛兆濂情不能自已，他自己说早就是清麓先生的学生，而从今日开始，就要早晚聆听先生教诲，朝夕相处了。躺在生舍床上睡不着，就着灯光写下一首七言绝句，记写的正是清麓书院问学拜师：

杏园春霁

莺声十里杏初红，过雨园林淡霭中；
白发当年二三子，重来犹是坐春风。

光绪十九年三月十六日清晨，三原丰乐原上，又是一个难得的晴天，正谊书院内的花花草草，红红绿绿，显出浓浓的春意。按书院规程，他得一个人亲自再到瑞麟先生府上，再次拜谒先生，首次向先生问学。

贺瑞麟先生在兆濂眼里和心里就是一位巨儒，初学之人在巨儒面前，怎敢随便放肆。兆濂怀里像揣着小兔子，总有些惴惴不安，虽任彭衙书院山长，自觉根底浅薄，朱子的书，横渠先师的书，清麓先生的书，虽广有所涉猎，要寻道问途，辨清正道，还需在这里生根，根扎深才能叶茂花繁。兆濂硬着头皮，大踏步走进清麓先生的书房。他不敢四下里打量，更不敢东张西望，行过大礼之后，跪着对先生说："牛兆濂再拜先生！请清麓先生赐教！"

瑞麟先生让他起来，给予他座位，他不敢坐。先生道："牛梦周，大家称呼你牛才子，你以前都读过哪些书？"兆濂就把自己在关中书院前后所读、在彭衙书院所读之书，一五一十地告诉先生。贺瑞麟先生正襟危坐，说："梦周呀，读书要有所选择，不可过于随意。程朱是孔孟的嫡派，合于程朱即合于孔孟，不合于程朱，即不合于孔孟。你可明白吗？"兆濂说："学生记住了！"先生又问：

"能熟读《近思录》吗?"兆濂点点头,说:"常读,能背一些!"先生说:"若能熟读《近思录》,则自见得其玄妙。"兆濂想到自己在志学斋时,就读到《近思录》,经常温故书中内容,深有默契,甲申年肄业关中书院时,但凡所读过的,都能过目成诵。就说:"谢先生指点!"

贺瑞麟先生接着问:"牛梦周,我再问你,居常动念,非全无所知,往往明知明昧,不能自克,如之何?"

兆濂忽然想到了朱子之语,就随口答:"先生,盖即朱子知得如此,是病不如此,便是药之意,既知是自欺,便不要自欺。"先生点点头,对回答表示满意。又问学规,兆濂说了关中书院的学规,自己在彭衙书院也制定了学规,先生说:"正谊书院有正谊的学规,共是七种,你当知晓。"兆濂点点头。先生忽然接着问:"兆濂,听说你中过光绪科举人,何以不赴公车?"

兆濂万万没有想到,先生会问他这个问题,即答道:"先生,慈亲之命,但欲兆濂学为好人,他非所望也。"

贺瑞麟先生忽然站起身,喟然而叹,然后说:"牛兆濂,你真幸运,遇到了一个好母亲,贤哉母也!"贺瑞麟先生又重新坐回圈椅里,对兆濂说:"梦周啊,你学识底子相当的不错,学问渊博厚实,现在开始,你就可以读《太极》和《通书》了。你要记住,大莫大于《太极》一图,精莫精于《通书》四十章,子其勖诸!"兆濂点点头,他深知从现在起,可以读《太极》一图和《通书》四十章了,必须弄清这图和这书的精要,就再向先生深深三揖,再拜,行了跪拜礼。先生说:"你做过彭衙书院山长,你昨日已拜过师了,从今日始,我就称你梦周,不再叫兆濂,我已经收下你这个学生了,以后见面,就不必再行大礼了。你是块读书的好料,希望你好好读,我会尽我所学,倾尽平生所有来施教,教好你这个学生！"

癸巳三月十六，牛梦周正式成为正谊书院一名生徒，他可以聆听瑞麟先生的教导，用正谊书院条规来约束自己。来正谊前是听晓山讲说，凭自己猜测，无缘由地臆断，先入为主，想象瑞麟先生的严厉几近于苛酷。现在看来，瑞麟先生的确是一位严师，但又是一位品性严正、博学多才的好先生，面孔看上去严厉，实则也挺和蔼，甚可亲平易近人的……

兆濂还不到半月时间，就给鸣鹤沟家里捎回了书信，现在挣不到一分钱酬劳，他前边所挣的都交给了秋菊，她会安排好家里的用度，而不至于让她们为难。其实，秋菊也说过，万一有了急难，她娘家是不会袖手旁观的。一天散学回到住处，兆濂取出笔墨纸砚，撮要为自己写下座右铭："欺慊须问自心"。他给自己立了规矩，从此刻始手不释卷，专心攻读圣贤之书，每日须早起，熟读更精思，身体力行，毅然亦道。

清晨起来得早，梦周在小径上诵读，迎面撞上了同学兄孙灵泉，他来得更早。灵泉问："梦周，前日晚上，清麓先生都问你了什么？"梦周说："问到学规，学兄可知道详细？"灵泉说："我来三年了，没出过校门半步，当然知道，学规是先生亲手制定，《学古书院学约》六条，《传心堂学要》六条，《学要》大略是：审途以严义利之辨；立志以大明新之规；居敬以密存察之功；究理以究是非之极；反身以致克复之实；明统以正道学之宗。"梦周说："兆濂记住了，谢谢孙学兄，先生这几个六条，精辟实用！"灵泉说："梦周学弟，谨记，切记！"

牛梦周的身影不时出现在瑞麟先生的书斋，有时也出现在恩师的家里。梦周总能把自己的问题，逐条梳理出来，恰如其分地条理，不失时机地向先生请教。瑞麟先生很欣赏他的孜孜不倦，适时一点拨，就拨亮了他心中的一盏明灯。先生让梦周从《诚意》第六"纯疵止争"入手，接着去读《近思录》。先生把他们领进书院藏书阁，指着书架上的书说："你们看，这里已有图书千余卷，朝廷钦定的诸经，循序而读，周、程、张、朱之书、历代之史，大略具备，逐一条理，这样去读，学术就形成完整体系了。"

端午节前，瑞麟先生把果斋、梦周、灵泉等再次领到藏书阁，说："商之诸君，得捐金若干，起阁于敬义堂后，空壁为厨，分经、史、子、集、杂类而列庋焉"。又指着另外的书柜说："这些都是宝贝啊，除了这些，还要补充新的藏书，你们都要整理出自己的著作，印行以流传后世啊。"

牛梦周按照先生的吩咐，先温习了先生自编的《养蒙书》，又温习了《小学》《近思录》等书，接着再读周、程、张、朱的书，一卷一卷地读，先生又教给他自己辑成的《朱子五书》《信好录》等。他觉得按这个顺序读甚好，自己从前读书太杂乱，随意性太大，故而难成体系。想到这里，梦周心里特别高兴。

正谊书院的规矩逐步兑现，每日晨昏要会食、会讲，吃喝和说话都有仪矩。训词诸生，自斋长、纠仪、纠业、值日、值食、值厨，须轮流交代，左右门帘、寝阁，俱有条规铭刻，必须铭记在心切实执行。梦周看在眼里，记在心里，寻思，先生这样严格，关中自横渠先师以来，真是鲜见，先生不愧为真儒哪。

不知不觉间，在正谊几个月匆匆过去，元勋、灵泉、养之、幹卿、米岩等，还有百箴，都成了形影不离的朋友。他们觉得，和恩师常在一起，无拘无束，如坐春风如浴春雨。一日午后，梦周正和元勋、灵泉在一起议论，元勋拿出梦周的小本子，一翻看，忽然大叫起来："快来看，同学弟写的诗！"大家围上来看，一共十首：

凉宵夜话

幕天席地坐层岗，课罢相偕趁晚凉；

前有千秋后万古，几人曾此话牺皇。

倚栏观华

壮怀曾度两峰高，回首云月入望遥；

愿借西风寄征雁，梦回犹自作松涛。

……

刚看了两首，听见贺百箴在喊，大家一溜烟相跟着回去了，路上留下一串惬意的笑声。

第十二章　道脉薪传

为恩师瑞林先生守灵，已有些时日。大家问灵泉去留，他说本想回乡自立学堂授徒，传播恩师学问，家乡岭子南有座青云寺，可在那里建一所灵泉精舍。果斋说，梦周也在蓝田找到"四献祠"，他自己想改造草堂寺，传承先生的学宗，我们还要担当起书院和印书的大业，大家以为言之有理。

兆濂帮秋菊回种完晚秋庄稼，就匆匆离开鸣鹤沟去了三原，他并没有仔细留意到妻子张秋菊的精神状态，只是心里隐隐觉得，她一个人在家挺辛苦，农活，伺候母亲，还怀着自己的骨肉。

川道里已经很热，横岭上的天气是一年里最爽快的时候，秋菊让婆婆周氏坐在窑门口的树荫下。她看见自家的两只老母鸡已经卧在窝里，看样子晌午准生两颗鸡蛋，就去了自家的坡地里，他要寻些菜蔬回来做午饭。掐好了嫩嫩的菜叶儿，正要起身往回走，猛然感觉腹部隐隐作痛，接着便是剧烈的痛，痛得让她难以忍受。

秋菊挪动着沉重的步子，头上豆大的汗珠往下滚，脸色苍白，手里的菜叶洒了一路。她手按着小腹，咬着牙直起腰来，又是一阵剧痛，霎时间天旋地转，倒在了路上。牛四婶从地里掐菜回来，大声喊："秋菊——秋菊——"没应。扶她起来，使了好大劲拉不动，快步跑回去对周氏说了，周氏一着急被小板凳跘了一跤，再拉，却站立不住。

四婶急了，正好奉孝从街上回来。奉孝和四婶扶起周氏，让她仍旧坐在凳子上，急忙和奉孝去看秋菊。四婶急急火火，奉孝还没弄清咋回事，只好跟在后面追。张秋菊已经自己起来了，四婶和奉孝把她送回窑里，把周氏也扶回窑里。四婶烧水，奉孝先给秋菊号脉。

锅上的汽冒出来。四婶端来开水给秋菊喝，一边问："怎么样？奉孝。"奉孝说："哈哈，梦周叔有喜了，新姨这一段肯定活路太忙，劳累，动了胎气。"周氏听得清楚，急忙说："奉孝，他娘的个脚，还愣着做什么，赶紧开药给调理嘛！"奉孝说："二婆，你先别着急吗，我这就开方子，一会我把药亲自送回来！先看看您老刚才栽跤怎样。"

奉孝走近周氏，一边说，"二婆，你别怕疼，我摸一摸。"四婶把周氏的衣裤挽上去，奉孝开始摸，摸完了，说："二婆，没事，骨头没有损伤，我这有自己熬的膏药，我给你敷上，三天保证让你不疼，以后走时拿拐棍先试探。"奉孝贴了膏药，拿着开的单子回街上去了。

秋菊的脸色已逐渐复原，四婶让她躺着不要动，自己舀面做饭，周氏说："刚才听见鸡叫，可能生下蛋了，收回来给秋菊吃了。"四婶说："哎呀，这么大的事情，用不用给梦周打个信说一声？"秋菊说："四婶，不用，他忙他的正经事儿，就别让他分心。"周氏说："秋菊说得对，读书明理，秋菊认了字，也读了些书，明理更贤德，牛家的好儿媳啊！"

"妈——"秋菊在炕上躺着说："我读的还没有梦周遗（丢掉）下的多！"

梦周走出生舍，听见有人喊他，"牛才子——蓝田牛才子——牛梦周！"谁会这样喊，他正在想，正谊书院只有同学弟呀。转过房间的拐角，果然是兴平同学弟张果斋。梦周便问："同学弟，你在乱喊啥呢？"果斋大声说："梦周，你才来几天，我都看到恩师已经器重你了！"梦周一把拉过果斋，说："同学弟，你胡说啥呢——"两人走出树荫，回到书院。果斋说："先生让我找你！"两人边走边聊起来。

梦周顺便问起果斋家里的情况，果斋告诉梦周，祖父为人正直刚方豪爽，父性情浑厚，两代皆诰封武德骑尉，母亲张杨氏诰封宜人。长兄元际受家庭濡染，学养深厚，二哥元惠、三哥元熙，都在朝为官。唯有他与长兄热衷程朱之学、横渠之道，无意功名富贵。果斋说到这里，紧拉住梦周的手，说："你我之间已胜过亲兄弟了，如今既已跟随清麓先生，就把先生所宗之学发扬光大！"两人走进大门，见其他学兄学弟一派忙碌。灵泉学兄走过来，对梦周说："梦周，先生找你。"牛梦周急忙去见瑞麟先生。先生说："梦周，《学生书院杂文》第一辑已经编好，共二十篇文章，里面有你的文章，叫你再看一遍，若没有要改动之处，就刻刊印出了。"

梦周小心翼翼地接过来，翻到"牛梦周"字样的一页，仔仔细细地看了一遍，双手呈递给瑞麟先生，瞧着恩师编辑自己的文章，心里还真有点得意。就对先生说："老师校对仔细，没有啥问题了。"瑞麟先生拿在手中再次翻看，觉得这些文章在正谊篇篇都是精华，它都出自门生之手，可谓心血之作，让他感到特别欣慰。梦周正要离开时，先生又说："梦周，你拿去全部再看一遍。"梦周"嗯"了一声，站着静待先生教导。瑞麟先生问："梦周，我想问你一个问题，你家住近蓝田，距离终南山最近，秦岭号称龙脉，儒释道三教共同的祖庭，你对此有何看法？"

这个问题大出牛梦周的意料，他思考了一下，回答说："先生，我觉得三教当中，儒学是根脉，重在于经世致用，先生您看呢？"瑞麟先生说："我最近发现释老之学，有些地方荒诞不经，道家所诠释的羽化成仙，哪是无为之举！那些'仙'们，不食人间烟火，分明是消极遁世的表现；'佛'教只求六根清净，这也是无所作为的表现。"梦周说："'儒'学是为人所需，为时所用，儒学就是经世致用，不过道家关于人与自然、佛家关于人与社会，倒还有可取之处，若能融为一体，为世所用，那也是一门大学问呢。"

贺瑞麟先生说："看得出梦周明白经世致用，也反对故弄玄虚、华而不实，今后就好好把张子的学问融会贯通吧。""是呀，谨遵老师教诲。"梦周不好意思地搓搓手，说："恩师，儒释道三教确有和而不同的地方，值得细究。"先生说："嗯，好。我编选的文章，大都态度鲜明，笔法不拘一格，或信马由缰，有感而发，很是精到，编你写的那篇，笔法不拘一格，令人游目骋怀啊！"牛梦周见先生当面夸奖自己，更有点不好意思，谦虚一番连忙起身告辞。

正谊书院里瑞麟先生特别忙碌，他除了亲自登台讲学，腾出大量时间编辑书籍，编印书院刊物，生徒每天看到他忙碌的身影，一个个不敢懈怠。夫人多次劝他注意休息，百箴也说过多次，七十多岁的年纪，像这样著述不辍，小心劳碌出毛病。瑞麟先生看着编成的《朱子五书》《信好录》《诲儿编》《养蒙书》，很是高兴，这些书是专为教学而编辑的，有些已在书院使用多年，不断得到充实完善。《女儿经》《清麓文钞》《清麓年谱》《清麓文集》也编成二十三卷，《清麓日记》五卷和《清麓问答》四卷，已经编辑成书。《三原县新志》《三水县志》同样凝结着先生的心血。梦周那次看到的三万六千余册藏书，非常震惊与振奋。

一日课后，瑞麟先生再次把梦周、灵泉、果斋、养之等领到藏书阁。先生问："梦周，近来在正谊读书有何感想？"梦周说："先生，我是按照您说的，围绕一个命题，列出一个书单，自己规定出时间，划出每日读书的页数，不间断地去读，这样读书效果非常好！"先生说："读书前就有想法，这很好，读书才不能当书袋，知道吗！"大家都说："记住了，先生。"瑞麟先生交流完读书，脸上的表情凝重起来，说："元际今天不在这，告诉你们，本县刘映菁、刘升之父子很勤谨，刊刻了周敦颐、程颐、张载等人的全书，这些先儒们的绝学孤本有四十多种，好样的。还有三原的刘质慧、岐山的武文炳、乾州的王梦堂、泾阳的柏森、凤翔的周宗钊和富平的强济川等，都是勇于担当的人，也同样呕心沥血，刊刻了贤儒的经典！他们不辞辛苦奔波劳顿点校刻板，善莫大焉！有一天我不在人世了，为往圣继绝学的鸿业，就全靠你们这些门生了！"果斋说："我回去转达给兄长，先生以身示教，我们都要像先生一样勤谨做事。"

梦周翻着精彩的序文，猜测着先生此番话的深意，先生曾说过，还有一些书版没有弄回来，只有把先儒绝学的孤本重新刊印，发行，让道脉大放光明，才算是为天地立心，为往圣继绝学。陪着先生离开藏书阁，牛梦周感觉到肩头的担子是沉重的。

光绪十九年端阳节，受元际嘱咐，果斋拉了梦周、灵泉一起到兴平过节。梦周和灵泉也十分想念同学兄，自那日祭祀朱子结束，半年过去了，除过书来信往，还真没有见过一面，就毫不客气地跟随果斋，拜别先生。张元际听说两位学弟来了，喜不自胜，从爱日堂抽身，赶回来招待两位学弟。

当天下午喝茶闲谈，果斋对兄长说，先生在藏书阁叮嘱，赎回书版刊印先儒孤本，说得语重心长，就像交代后事一样。元际、梦周和灵泉议论，关中理学一度式微，振兴张子之学，不能单枪匹马，投入精力兴学育道，广交各路同道，形成合力才对。元际说："泾阳办过一个'辅仁社'，后来又有个'临泾社'，西安还有个'岳云社'，现在泾阳又搞起了'槐里社'。'槐里社'里有名学者云集，'关洛学社'的刘镜湖、寇立如、许世衡都是名士。"灵泉说："对，以文会友，广泛结交同道，学宗方能大振！"果斋说："可不是么，河南白寿庭，浙江夏灵峰，青岛张范卿，朝鲜的李习斋……再加上你们诸位，就可谓兵强马壮了！"

五月初五端午节，元际在家略备几个小菜，果斋从兄长的柜子拿出白酒，几只杯子碰在一起，碰出一阵开心的笑声。饭后一起去"爱日堂"，爱日堂的规制不小，堂前分立八斋，以朱子"立志、居敬、明理、反身"命名，左右为经义和治事二斋，经义斋是藏书处，转到学堂后面，梦周说："同学兄，你这爱日堂厉害呀！"元际说："同学弟，你少夸我，咱俩忘年交也是生死交，多提不足！"梦周问："同学兄，爱日堂课程注重的可是小学？"元际说："是的，同学弟。小学培其根，大学达其支，根深才能枝繁叶茂。"梦周和灵泉都点头称赞。元际说："我给经义斋藏书处题写的楹联，学弟也看看。"梦周和灵泉一看，见写着：拥书天假百城福；种树人为万户侯。梦周问："学兄若需梦周、灵泉帮忙之处，就不必客气！"元际说："哈哈，还真有一事，需学弟帮忙，你牛才子早有文名，恩师都常夸赞你，就作一篇《爱日堂记》，如何？"

梦周说："同学兄不嫌兆濂笔拙，兄弟我情愿献丑，哈哈。"午饭后，灵泉、梦周、果斋告别元际，回正谊书院去了。

梦周的身影出现在灞河川道已是初秋。挂在南山的风景画看上去愈加秀丽含蓄，让人捉摸不透。川道里毕竟视野不够开阔，梦周听到灞河哗哗的流水声，便快步来到灞河边。河水好清，他停住脚步，从远处拉回视线，多么熟悉的灞河啊，滔滔声正像他此时的心事。惦记着鸣鹤沟的家，梦周不敢在川道里多逗留，心里不断回响着先生的谆谆教导。立心立命，勇于造道，崇礼贵德，经世致用，孝义嘉行，这一切如不切切实实地躬行，还会有用吗？从张横渠到他的弟子蓝田吕大临，他们都在注重躬行，教化风俗，以文化育，他们都做到了极致，我牛梦周嘴上也说振兴关中理学为己任，自己究竟如何为天下担当！

　　牛梦周并没有接到任何家信，他是恩师特许，让他回家看望母亲和妻子的，他内心里十分感激，他不能对老师和学兄学弟坦白，说"我想年轻的妻子了！"这样说太没有出息。但他毕竟还是放心不下，他怕过多的劳作累垮了她的身体，也怕年迈的母亲行走不便，或有个一差二错，让他如何去践行自己的许诺。

　　梦周在河边的一块大石头上坐下来，听着哗哗哗的流水声，想中华儒学不也像这条河源远而流长么！一千多年前的北宋年间，大儒张载独主"气"本论，开创了关中理学一脉，经过几百年岁月，还有着这么旺盛的生命力，他感到眼前的秦岭是伟大的高深的。张子是太白山下走出来的巨儒，一个终南山，又出了多少儒学宗师呢！蓝田的"四吕"，一门四进士，户县的三杨（杨天德、杨恭懿、杨寅），祖孙三代鸿儒，长安的冯存，周至李二曲，富平李因笃，眉县李雪木，终南山宗脉传承延续，八百年才蔚成洋洋大观啊！

　　"啪"的一声，把一个小石块扔进河水里，梦周"嚯"地站了起来，望着溅起的雪白水花，沿川道向东大步流星。过了一个村子，他的脚步又慢下来，灞河雪白的浪花翻卷着，滔滔的水声激荡着他的思绪。过了三里镇挨近蓝田县城，梦周又想到了四吕。四吕当中，吕大临是一个勇于造道者，《吕氏乡约》代表了一个时代的乡村治理，而今，这个道却有式微之势。隔着一河一川，北岭与南塬，一座玉山，沉甸甸的蓝田历史，绚丽多姿。薪传道脉就需要敢于造道的人，理学宗脉才会绵延不绝。

梦周一边走一边在心里细数川道八景，"辋川烟雨""石门汤泉""玉山并秀""鹿原秋霁""秦岭云横""蓝桥仙窟""绣岭春芳""灞水环青"，自然景观与人文景观匹配，才是蓝田恒久的魅力。一个偌大的村子引起梦周的兴趣，这不是汉武帝刘彻住过的焦岱吗，这地方在秦汉隋唐时期应该是都城近郊，那位皇帝修建的"上林苑"别宫，不是就在这儿。若真是上林苑鼎湖宫旧址，刘彻应该在这里养过病，他曾改名为鼎湖延寿宫。梦周继续往上走，山清水秀的佛教圣地在树荫中隐现，明朝秦藩王朱怀埢，把它改为水陆庵，奉为家祠，供养他的母亲，诗人梁宝赏曾经作诗："终南之秀钟蓝田，掘其英者为辋川"。"辋川烟雨"可谓蓝田一景，那时候，奇秀幽恬的辋川山水，吸引了诗人兼画家的王维，王摩诘在这里半官半隐了二十余年，诗中有画地辉映过大唐诗坛，画中的诗《辋川图》奇秀动人。王右丞在此间聚友会道，崇佛修身，才使这片山水名声大噪，名士们来此探幽凭吊，李白、韩愈、柳宗元、杜甫、欧阳修、苏轼，蓝田的川道肯定留下了他们的足迹，也留下了脍炙人口的诗赋文章，为灵秀的山川增添了光彩。

梦周在县城的茶棚坐着喝茶，听见两个老者在闲谝。一位老者说："赵家峪兄弟三个，父亲去世了，没有人管母亲，兄弟三个轮流管，月底老大给老二送去，老二却躲起来，门上了锁，把母亲放在门前的路口……"另一位老者说："唉，孙家河村兄弟五个分家，母亲病了没人请大夫，却因分家不公打起架来。架还没有打完，老娘悬梁自尽了……"梦周喝了茶才感觉饿了，买了几根蓝田麻花，坐着吃麻花时，他的主意却改变了，他想看看蓝田的"四献祠"。

"四献祠"究竟在啥地方，作为土著的蓝田人，县城王家学馆的先生，这不是叫人贻笑大方的吗！不说教化一方风俗，弘扬关中理学道脉，化育淳朴民风，连基本的方位都弄不清，这不是要让人笑掉大牙？他曾想着在这里兴办学堂，他甚至想编写一本训蒙教材，书名叫作《教子语》，所以一定要打听出"四献祠"的准确位置。

出街刚拐过弯，两个小伙子在打架，列的都是公鸡斗狠的架势，个儿低点的横扫个子高的下三路，个子高的挥动老拳，个儿低的已经鼻青脸肿。一个老者追上来，喊："五成，你疯了，打人命呢，是不？"又对另一个说："六成，住手吧，你亲哥呢！"不停。也不听劝。长者上去搧了一人一个巴掌，两人这才护着脸停了下来。

"看样子你们是兄弟打架！"梦周说："下手这么狠，拉还拉不开，禁还禁不住，加起来超过十成，我看，你们加在一起不到八成，都不够成色！"兄弟两都捂着脸抬起头来，不约而同地说："你是干啥的，于你啥事？"那位长者也打量了半天，问："你莫非就是蓝田鸣鹤沟的牛才子？"梦周笑了笑说："牛梦周，那是什么牛才子！"

长者自我介绍他姓孟名诚，这两个东西是本家的侄子，都未成家却有赌博的习惯，输急了都想回来偷东西卖……梦周把他们教训了一番，两个家伙道了歉，都跑了。孟诚听说是牛才子，愿意为他带路，很快找到了"四献祠"。"四献祠"在三里镇北面的桥村，明以前叫"吕氏庵"。孟诚领他走近细看，就一座小寺并一片墓地。孟诚说，这里荒颓已久，梦周感慨万千，一门四贤如今成了这个样子。梦周知道，明成化十九年，陕西巡抚、右副都御史阮勤实，曾在废墟上重新建祠，明万历十七年，知县王邦才，拆除其他庙宇，只重新修葺了"四献祠"，在祠内演习吕氏乡约，以振兴地方风化。

梦周回到鸣鹤沟自家的土窑，一轮红日已经西坠，他见过妻子张秋菊，向母亲问了安，又到自己的地里转了转。晚上守义和守谦走后，牛周氏把兆濂叫到跟前，扬起枴棍要动家法，兆濂忙问缘由，母亲说："你装的什么心，把家里这么重的担子撂给秋菊一个人，连一封书信都不捎，你不心疼我还心疼啊！"

梦周摸不着头脑，又不敢多问，正在左右为难时，四婶过来了，就把周氏跌跤，秋菊怀小孩呕吐反应等，一五一十说了。秋菊收拾完锅碗，过来说："兆濂从三原刚回来，是我不让告诉，不知者不为过，一见面就诉说，他难为情。"四婶说："我知道，梦周已经认错了，以后多照应就行了！"梦周说："都怪我，事儿一忙就把啥都忘了……"

夜深了，兆濂的窑洞还亮着灯，也不时传出"咯咯咯"的说笑声。第二天早上离开鸣鹤沟，走到"歪把葫芦"的出沟路口，梦周意外碰到在街上开门面的潘掌柜，潘掌柜把他拉到路边，非常神秘地告诉他："宋乾坤果真是革命党，在外边带了兵，全是银盔银甲一产的白……"梦周瞅了瞅潘老头，哈哈哈地笑了。

梦周回到正谊书院，不知为何，一连三天不见恩师前来讲学。梦周问了同学兄养之，又问同学弟果斋，他们说："梦周，你已经是先生的关门弟子，你装什么傻，你若不知都不知啊！"去问同学弟百箴，却到处找不见百箴，这就奇了……不会有什么应酬吗，正谊书院也没看见来过谁！会不会是出去讲学，先生外出讲学从不瞒着大家……难道是病了，或者是别的事儿……

先生会有什么事呢？梦周犯疑了，说与同学弟果斋，元勋也感到有些蹊跷。大家又赶到书院藏书阁，一齐上前拉住百箴。灵泉说："先生一身之外，别无长物，全部的家当都是书，唯有这数千卷书籍，他看得比命还重要，会不会在这里又拼命呢？"梦周问百箴："先生终日劳累，虽余勇尚佳，毕竟七十开外，近来健康状况到底如何？"百箴一拱手说："多谢学兄为家父操心！"大家七嘴八舌，养之说："先生讲学和编书，身体透支严重。兴办义学是他毕生的愿望，修筑朱文公祠，又亲自督修，亲自主祭，亲自授课……""咋会忘呢，"梦周说："时时言犹在耳，上承洙泗，下启洛闽，绵圣傅于不坠，振道统于中兴！难道他……"牛梦周不愿再往下猜想。

张元际是三日后从兴平过来，梦周、果斋、米岩、养之见到了伯箴。他身穿重孝，悲悲戚戚，红肿着双眼，出现在众多亲友视线里，正谊书院传出痛彻心扉的哭声。"家父过世了……"大家一时愣住，养之、米岩搀扶着伯箴，来到先生起居间，元际、元勋、梦周、灵泉泣不成声。

瑞麟先生安详地躺着，像是睡着了，慈祥睿智的眼睛微微闭着，似乎要教导如何样为往圣继绝学。伯箴哭泣着说："家父不堪劳累，终至积劳成疾，突发脑中风，已经昏睡三日，一句话也没来得及说，家母不让告诉你们，让他静静休息几日……孰料他竟撒手人寰，离我们而去了……家父走完了自己的人生旅程，走完了自己近乎完美的七十余年……"

大儒牛兆濂

　　正谊书院所有先生都来了，房间里容纳不下，部分生徒站在外间，大家都同样沉痛，伤悲，都说贺先生一生学行优赡，清介不取，一生既清贫又富有，清贫的是一身之外，别无长物；富有的是桃李天下，学贯古今。梦周等挽扶着林师母坐下，她悲痛地说，先生辞世以后，我从桌上的书中发现一封书信，是他生前写给一个刘姓学生的，夫人喟然说："余承夫志。"说罢眼泪汪汪。

　　刘家的儿子刘嗣曾已闻讯赶来，贺林氏代表丈夫，将书全部交给刘嗣曾。嗣曾接过书籍，悲痛欲绝，放声大哭，在场的人无不潸然泪下。刘嗣曾含泪说："书籍属于天下明道之人，爱书之人！就把它分别藏在正谊书院藏书阁和北城朱文公祠吧。"刘嗣曾言罢，跪在贺先生的灵堂前，哭祭道："贺先师啊，书已放好，您老就放心吧，这些圣贤之书，是用来资助天下好学之士的，是让他们观览的，您就放心一路走好吧！"众人急忙扶嗣曾起来，坐在椅子上，他哭着说："吾师生平以兴起斯文为己任，忘其身家，异日必有匮乏之虞，我遵照家父遗言，送钱接济我林师母！"

　　刘嗣曾说着拿出一袋子钱给贺夫人。林氏哭着说："先生在世时，不妄受别人一钱，岂其死而背其教乎？"刘嗣曾苦劝，众人也从旁劝，师母林氏只是拒而不肯接纳。

　　刘嗣曾哭着说："恩师育人一生有恩，承传程朱之学以传承道脉，叫吾辈如何报答……"晓山、果斋、梦周、灵泉等在灵堂悬起皇帝诏书。光绪皇帝十六年九月二十二日降诏："赏给三原县贡生国子监学正贺瑞麟五品衔。"悬起大清德宗皇帝褒奖先生品学的诏书：贺瑞麟先生和山西芮城薛于瑛先生、朝邑杨树椿先生，三位贤儒并称"关中三学正"。

　　百篴、晓山、果斋、梦周、灵泉、养之、米岩等，已经身着孝服，跪守先生灵前，师母林氏端坐在灵侧。接着，便有地方官员、学界名儒、生前好友等前来吊唁。白悟斋先生作为门生也先行到达，李按察使、黄布政使着便装前来祭奠。李、黄两位先生安慰林氏夫人，黄先生说："瑞麟先生当世巨儒，我辈的楷范，饱读诗书，经纶满腹，门徒云集，藏书汗牛充栋，身后两袖清风，囊匣萧然……应该为他骄傲，节哀吧！"李先生安慰道："贺先生研理弘道，授徒解惑，鸿业享誉三秦，名奢关中，是关中理学一面猎猎旗帜。记住先生的一句话，'道必有理，无理即非道，学以穷理为先'！夫人节哀顺变吧。"白悟道先生祭奠毕，安慰师母说："恩师瑞麟先生是我终身之师，他与我脾气相投，是为至交，良师益友，先生穷理终生，道法自然，多有建树，五岐永远只能望其项背也！师母请节哀吧。"

贺先生突然去世，陕、甘学界及关中名士均来吊唁，吊唁持续时间比预计多整六天，百箴、晓山、果斋、梦周、养之、米岩等，一直跪守先生灵前。陕、甘学使吴大澂奏请朝廷，朝廷即派人来陕，亲赴三原参加安葬仪式，称贺瑞麟先生为当世"逸才"。

孙灵泉是刚刚回到山东，得知恩师贺先生已去世，痛哭不已，一路哭着步行而来，来到三原哭于灵前，哭得死去活来。众皆劝他，一路长途跋涉，先去歇息，梦周等也都潸然泪下。灵泉痛哭不止，执意要一起为先生守灵。

为恩师瑞麟先生守灵，已有些时日。大家问灵泉去留，他说本想回乡自立学堂授徒，传播恩师学问，家乡岭子南有座青云寺，可在那里建一所灵泉精舍。果斋说，梦周也在蓝田找到"四献祠"，他自己想改造草堂寺，传承先生的学宗，我们还要担当起书院和印书的大业，大家以为言之有理。

这日逢先生忌日，晓山、果斋、梦周、灵泉等陪同百箴，来到后山顶上先生的坟茔，再次祭奠恩师，烧化了纸钱，拜祭于师墓。

回来后一同看望师母林氏。林师母见瑞麟这些忠实的门生，方欣然开颜。元际说："师母保重，恩师之正谊，我和学弟们共同担当。"林师母说："瑞麟有你们这些高徒，死后也能瞑目，我更放心了。"元际说："整理先生的遗著，我和梦周责无旁贷，书院暂且由我一肩承当，希望灵泉学弟，留书院主讲，梦周和果斋全力照应。"

梦周、元和勋一帮学兄学弟，共商维护师门，百箴不胜感激。林师母过意不去，让厨房准备饭菜，大家一起用餐。那日饭后，梦周准备离开三原回蓝田，接到黄按察使书信，恩师嘱咐："老师近日太忙，你可先在学馆，后去鲁斋书院主讲。"遂决定先回一趟蓝田，再去鲁斋书院。

第十三章　梦启芸阁

梦周说："我确实是想在'四献祠'旧址兴办学堂，润生若有兴趣，日后就跟我一道，梦启芸阁。"孟诚满心欢喜，说："牛才子，我早就看出来，你答应我外甥跟着你，办学有啥为难处，日后尽管开口，我老汉没钱，跑个路出个力呀，我孟诚绝不含糊！"

牛梦周回到鸣鹤沟，才知道自己已经当了大。他走进土窑，感觉到窑里浓浓的烟火气息。还没给母亲请安，就先听到婴儿的哭闹声，他知道秋菊已经生了，急忙到炕上一看，嗬，是一个白白胖胖的小子。自父亲去世以来，土窑里一直笼罩着沉闷，孩子又一声哭闹，一扫四平八稳的空气，这个家一下子有了活力。

秋菊生孩子没出月就下了地，牛周氏的眼睛看不见，秋菊的娘家妈只待了十几天，四婶年纪大了，她只能自己想办法。平常伺候婆婆无微不至，汤药、饮食、便溺，她总是周到又细致。周氏虽然看不见，毕竟养过孩子，就日夜相伴在身边，非常殷勤地问这问那。让梦周深感欣慰的，母亲虽不能照顾秋菊，觉得这样下去太拖累秋菊，托人把姑姑的女子叫来，母子平安后，在家精心照管母子几天，真是难为。母亲周氏看不见孙子的模样，却能听见小家伙的哭声，心里自然十分地欢喜。

梦周回来终于可以眉头舒展一下，把家里各样事儿安排妥帖，总算缓过一口气了。当天晚上，秋菊就催他快给孩子取名，牛周氏也从旁说："是呀，也该给孩子取个名了！"梦周心里甜蜜蜜的，这种感觉只有在真的当了大之后。他悄悄地出去转了一圈，回来翻出厚厚的牛家族谱，上面几代人的姓名，清清楚楚明明白白。自己这一支牛姓，到自己还是四代单传，下面这一列，目前还是空白，该如何给儿子取名呢？

父亲当初给自己取名"兆濂"，字"梦周"，那是因为他梦见了濂溪先生，名字取得很脱俗。自己非但没有奇异之梦，连想也没有想过，如何取名呢？秋菊说："还牛才子呢，给娃取个名还难场的！"周氏也催逼："还没有想好啊！"梦周一边思忖，一边加水磨墨，猛然郑重地取下毛笔，不慌不忙地在纸上写下一句话来："山下清泉，静而清也。渊泉如渊，乃以时行也。时止则止，时行则行。动静不失其时，其道光明。随时之义大矣哉！"

梦周写好，拿去给张秋菊看，秋菊怀里搂着孩子躺着，就说："取个名字还神神秘秘的，快念给母亲听吧！"梦周念了一遍，再看了一遍，秋菊说："文绉绉的，不好懂啊，你就直接说叫个啥名！"梦周说："这是取名，名和字的释义，他是长子，取名牛伯时，字清渊，咱这窑门正对着的唯有青山，龙脉秦岭，故而单字为'山'，你觉得如何，以为此名字妥否？"

张秋菊"嘿嘿"笑个不停，冲梦周说："不就是个名字么，有这么大的学问吗？"牛周氏和秋菊的姑姑也只是笑，未置可否。姑姑在灶上忙着，说："这个名字好，挺有学问的！"其实她并没有明白梦周的释义，觉得起名是牛家的家事，外人不便掺和。牛周氏却听明白了，她对梦周说："这名字挺好，牛伯时，清渊，好！

我很满意，满意。"秋菊说："牛先生，咱妈满意，我也没意见，就牛伯时吧！"说罢，就"清渊，清渊"地叫了起来。

这夜梦周在北边的窑里睡不着，他想到了另一件事，在村学编了《教子语》，其实早在彭衙书院时，他就有了草稿。于是，拿出来斟酌推敲，再做些必要的删减改动，最后，只剩下五百五十个字。这是他将来教导清渊用的，也想在办蒙学时作为训蒙教材。

梦周把《教子语》给秋菊看，说："一个人的成人，无非长大立德、立功，或者是立言，这个过程十分漫长，需要循序渐进，教导咱家清渊，以后就全靠你了，要从小做起。"秋菊说："看把你急的，才生下来几十天，距离读它还远着呢！"他告诉她，这本册子是费了心血的。全是从朱子《小学》中精选，吸纳经史子集，很用心存意的行为准则和处世之道，也有待人接物之礼，都选其精髓，精编先贤语录，五百五十个字，这可是立德树人的根基。

秋菊笑着点点头。孩子睡着了，张秋菊翻着《小学》问丈夫："梦周，这本书不厚，看你多年来从不离身，它对你真有那么要紧吗？"梦周说："这你就不懂了。潜心其中的道理，努力躬行圣贤之道，时时都要读此书。"他又说："从小就用仁、义、礼、智、信滋润，咱们大人吗，要在行为上做出榜样，这叫润物无声，才可砥砺奋发啊。"

秋菊不再言语，梦周合上族谱，重新包好，又磨墨，手抄了十则联语，十一则祖训，工整地另抄在一张纸上，按"礼义""治家""读书""父子""夫妻""朋友"的门类。然后对秋菊说，言传身教，父母做出楷模，树起一座精神丰碑……张秋菊听着才子丈夫的这些话，十分佩服又想笑，真是个另类的丈夫，她望着牛梦周放射亮光的双目，一脸得意的神情，荡漾着幸福的笑意。

在兴平和三原来回奔波的张元际，整天忙得不可开交，他的爱日堂学风之正、研习之熟、讲说之深，日见功夫，一时间学风愈浓。元际先生这日从正谊书院回来，正在爱日堂坐着喝茶休息，忽然收到牛梦周的一封书信。拆开看时先是报喜，学弟有了儿子，名字叫作清渊，真是可喜可贺。随信还有一篇大作，毛笔正楷的《爱日堂记》，抄写得工整漂亮。张元际喜不自胜，戴上眼镜，仔细读来：

茂陵张仁斋先生值学绝道丧之日，慨然以孔、孟、程、朱之道与介弟果斋及一二同志结社讲习，以起绝学、明斯道，一时学者翕然宗之。且遍交海内知名之士，相与偕力，以倡宗风。其识其力，诚有大过人者。一旦山颓木坏，远近闻之靡不失声悼欢，痛天下人不爱道也。其行事之实，既详于果斋之述与其门人之所记录，而褒称文字见仁见智，各道其闻，言之不啻详且尽矣，濂复何言？

张元际先生读到这里，脸上洋溢着得意自豪，梦周这家伙可谓妙笔生花，这些话是专往我心里写的。如果机会成熟，请梦周、灵泉几位来爱日堂，好好会讲一次。作为作记，何不把爱日堂意解说一番，他继续读下去：

爱日堂者，仁斋先生讲学地也。取"孝子爱日"之义，传之先世，有历年不改，先生志也。先生之志在于仁，故以仁名其斋，而行之自孝弟始。大学者将以求道也，道莫大于明伦，不能尽伦则反身不诚，不顺乎亲矣。学而首篇言务本之义，首以时习，次以为仁，继以日醒，可知非孝不足以言仁，非时习不足以成学，非爱身不足以爱亲者也。本爱亲之心以自爱其身，则由爱日之诚以践时习，日醒之实。由内及外，由小至大。力于己兼取于人，得于己不求于人。本之以诚，持之以敬，节之以礼，行之以义，庶几乎学之正、习之熟、说之深而不已焉。"

"好家伙，妙呀！"元际一拍桌子，有点忘乎所以地大声说："妙呀！真是写到我心里去了，不愧牛才子之笔！"兄弟果斋进来，晓山递给他看，果斋看了几遍，说："梦周之才和文笔，我不及也，难怪先生选他做关门弟子，真是好文笔呀，出手果然不凡！"果斋还要大声诵读，元际让他拿去读给生徒听。

梦周惦记小鲁先生的托付，又放不下秋菊母子，还有"四献词"兴学之事。这日他出鸣鹤沟往蓝田去，心里还在念叨，笃信必须力行，维护师门要力行，传承道脉也要力行，把瑞麟先生的学问发扬光大，还是在力行，一切都不是说空话，兴学梦要从"四献祠"做起，从兴办芸阁学舍做起，这一切全在力行，牛梦周遂决定再去"四献祠"旧址。

天气晴朗，山川塬原映入他的眼帘，整个蓝田都在他的视野之中，灞河发源的秦岭谷峪，从这儿到古长安，蓝田县城正在中游，白鹿原面对横岭背靠秦岭，玉山左峙，灞水西环，一条官道穿过其间，"好地方啊！"梦周情不自禁地说。《元和郡县志》里县城叫尧柳城，正说明这儿当时柳树很多。转过一个慢弯，路渐宽畅，梦周思想起那日见到孟诚，是个热心人，何不找他帮忙。就到桥村直接找到孟诚，两人再到"四献祠"旧址踏勘。此刻，牛梦周脑海里的北宋"四吕"故事，已经连成一片了……

一个姓吕名贲的河南汲郡人，官居刑部四司北部郎中，父吕通也曾在朝为太常博士。刑部郎中吕贲从河南去长安公干，从武关一出山就到了蓝田，一片有灵性的蓝田川道，一下子把他迷住了。吕贲看这一片山、川、塬、岭，地貌各不相同，田野有白鹿跳跃，欢快地奔驰，风光秀丽宜人。灵秀的山水让河南人心动了，长安办完公事返回，鬼使神差地又到了这儿，吕贲托故在蓝田县城小住。

吕贲住在县城，一有空就到周围转悠，在川道里四处奔走，又从川道上原、上岭、进峪、钻山……县城西北五里有个村子，让他一下子拉直了视线。一打听村名叫桥村，吕贲第一眼就看中了这片地方，地形、地貌、地脉，样样都让他十分上心。经过一番仔细打听，他愿意花大价钱，把这片地买下来。托人说话协商，三下五除二，就购得了这片土地。吕贲置办了房舍，有了土地和房产，立即把他父亲吕通的骨骸从河南移葬到桥村。吕贲在蓝田桥村定居下来，落地生根，娶妻生子。日子一年年过去，吕贲的妻子共生下五个儿子，五个儿子当中，有四个儿子中了进士，这便是后来著名的"关学四吕"，吕大忠、吕大防、吕大钧、吕大临。吕大防官至宰相，四吕在经学、史学、金石、地理、文学方面，著述宏富。一门"四进士"，在蓝田乃至整个陕西地面，都很鲜见，四吕去世后，后人修"四吕庵"以祭祀他们的功德，后改为"四献词"。

孟诚离开后，梦周一个人在"吕氏祠"前转悠了一会，他看这里只有这一座小寺和一片墓地。当初的吕氏庄呢？也许吕氏家族后来迁走，也许吕氏后人躲避兵祸逃亡他乡，或许……无从知晓更多详细。"我知道！"背后一个熟悉的声音。

梦周回转身，见是张竹轩先生，身后还有一个浓眉大眼的后生。张先生说："牛才子，这是我的外甥铭诚，姓陈，在县城做生意，方才听说你来了，非要我引见引见！"梦周说："啊，幸会幸会。张先生，刚才你说知道什么呀？"张先生说："牛先生要知道的是吕氏庄，对吗！明成化十九年，陕西巡抚、右副都御史阮勤实途经蓝田，也曾慕名寻访吕氏后人，只找到这片荒废已久、破烂不堪的'吕氏庵'，遂奏请朝廷，下拨银两，在废墟上修建'四献祠'，说明族人迁走，庄园已废。你无非想在'四献祠'旧址兴建学舍，这可个好主意，我非常赞成！"

梦周说："知我者，竹轩兄也。我牛梦周家里只有土窑数孔，一贫如洗，拿啥兴办学堂？真是谈何容易啊！"竹轩先生说："何事能难住你牛梦周啊！"陈铭诚插话道："先生名望极大，铭诚虽不才，愿意全力支持您兴办学堂，若有举动早晚告知，我和朋友刘允臣等，一定鼎力协助！"梦周说："那就先谢过你和你的朋友了。"

于是在蓝田县城小聚，大家谈的十分投缘，送走竹轩先生，梦周看看天色不早，加快了脚步。转过一个丁字街口，听到有人喊："牛才子——"回头一看竟是孟诚。就问："你咋在这？"孟诚一将胡子，笑呵呵地说："哈哈，我学诸葛孔明，能掐会算，专门在此候你！"梦周说："我不信，你能掐会算，先算一下我来蓝田干啥？"孟诚老汉神秘地说："我知道你想做什么，兴办学堂！""哈哈哈，神，真神，说来听听！"孟诚笑而不语，一把将身后的后生推到面前，说："快磕头吧，他就是蓝田牛才子，牛梦周先生！"

兆濂连忙挡住，上下打量这个后生，中等个子，人长得倒很敦实，生就浓眉大眼，清秀文雅，目光很有灵气，像是个读过书的。孟诚说："他叫邵润生，字泽南，住县西的邵家寨子，我的亲外甥。他读四书五经，却无意举业，醉心理学，苦无良师可投，我要他在此专门等你……"说话间来到孟诚家里。

梦周说："润生，不，泽南，这么好听的名字，嗯，真是个好名字！"润生端来茶水，让先生和舅舅坐下说话。梦周问了读书的事儿。孟诚说："我外甥暂时在邵家学馆，学馆就在这条街上。"梦周见润生读书不少，乐学善思，是个做学问的苗子，人也很正直本分，忙说："好啊，我随后也在东关的王家学馆，我来了就找润生，你也可以来找我拉呱。"梦周说："我确实是想在'四献祠'

旧址兴办学堂，润生若有兴趣，日后就跟我一道，梦启芸阁。"孟诚满心欢喜，说："牛才子，我早就看出来，你答应我外甥跟着你，办学有啥为难处，日后尽管开口，我老汉没钱，跑个路出个力呀，我孟诚绝不含糊！"

梦周回到鸣鹤沟，一进门就倒在炕上，不知不觉睡去，迷迷糊糊中，看见恩师贺瑞麟先生站在面前。先生双手背抄，一脸严肃，用右手指着牛梦周说："梦周啊，我错看你了，当初把你当作我的关门弟子，深得我学问的精髓，谁是你笃信而不力行，太让我失望了！"说罢头也不回，起身甩门飘然而去。梦周连忙喊："恩师——先生——贺先生——"却喊不出声来，使劲一喊叫，猛然惊醒，一身虚汗，才知刚才做了一梦。难道是先生真的到蓝田来了，一看秋菊和孩子睡得正香，就独自走进自己的土窑，洗手，焚香，对空遥拜！

陕甘总督升允大帅再度莅临西安。在甘省筹办新式学堂，已经有了眉目，他一到西安也有新的思谋，求得运作起来顺达，务必尽早延揽人才。从书院门回来，升允在帅府坐着喝茶，猛然想起了蓝田牛梦周。问及在陕知情的官员，才知朝廷新颁旨意，将设立经济特科，并从非科举士子之中广选精英，为国笼络各类人才。

作为朝廷重臣，吾皇力图强国爱惜人才，倒也是个不错的时机，升允思虑了半天，觉得上次牛梦周没给面子，算不了什么，再上奏折以达天听，再度启用牛梦周，不信他就这么执拗。升允主意已定，当即修一道奏章，上奏两宫，推荐蓝田牛梦周入经济特科，言称像牛梦周这等当今大儒，虽未进身出仕，称得上世之奇才，日后必为国家栋梁。

牛梦周此时已拜别母亲，离别妻子张秋菊和儿子清渊，从鸣鹤沟土窑来在西安鲁斋书院。梦周接到圣旨，正坐着喝茶纳闷，鲁斋书院樊先生说："公卿不下士久矣，这位升帅大度不易，真是难得的忠臣呀！"梦周说："公卿以下士为贤，士以不自失为贵呀！"樊先生瞅瞅梦周，两人心照不宣地笑了。

当天晚上，梦周在鲁斋书院读书至更深，桌上铺开一纸，磨墨取笔在手，眉头微皱，双目圆睁，冷静思忖，正楷书写，工工整整地写下《辞经济特科书》：

顷奉明论，并赍到抚宪札，以濂滥尘荐牍，恭应特科。濂闻之且惊且愧，靡识所措。窃闻国家当需材之日，激励奋发，下旁求之诏凡有血气，宜如何感激图报，以冀少补万一。虽至愚陋，无所肖似如濂者，沐浴清化二百余年，亦具有天良颇尝读书，略识忠、孝之字，自少以科名进身，继复叨承恩命，捧读诏书，未尝不感激泣下，恨学无实得，不能以犬马微生为国家效涓埃矣。

……

伏念濂以愚下之资，少攻学业，未及潜心经史、经济之书，复以材非所长，未敢旁涉。近始略知读书，然以心气耗损，艰于记诵，加之人事素绊，作辍不时，虽稍知祈嚮程、朱，亦不过略涉先儒之绪论，实未有一知半解发明经旨可以见诸行事。万一临轩召对，不惟修撰大计不敢轻赞一词，即询以道学源流，亦恐有迷乱失次，不能举其彷佛者。濂实不敢自昧以冒重特达之知，累宪台知人之明，重为父母之邦之羞……

牛梦周洋洋洒洒，自己之衷曲全在笔墨之下奔泻，写完掷笔于桌，从头至尾斟酌一番，觉得意已达情安妥，遂装入信袋，仔仔细细封了，在封皮上恭敬地写下"宪台升亲鑑"，这才放下心来喝茶，茶已彻底凉了。

大儒
牛兆濂

总督升允收到牛梦周书信《辞经济特科书》。先是喜出望外，那一撮微卷胡须向上一翘一翘的，他喝着茶并不急于拆封，脱去上身戎装，另沏一壶正宗的西湖龙井，拿来一把八仙庵买来的纸扇，摇着扇子心里喜滋滋的，心里说，牛梦周啊你这个大犟牛，到头来还不是更看重功名利禄么，只是这次或许正对了你的胃口……

"嘶"的一声，信的封口被升允撕开，信书写得如此工整，内文放在桌上，升允只看了标题，右手在桌子的信上重重地拍了一下，茶壶里的水马上淹了出来，溅在桌面的信封和信纸上。"犟牛！不知天高地厚，一个不知好歹的犟牛！"升允右嘴角的胡须往上翘得更厉害，左眼连续闪了四五下。

他忽地站起来，"妈的，臭硬！"升允在房间踱了一会，怒气渐渐散去，脸上的气色逐渐复原，拿手巾擦了桌上的水，"吱儿"很香地喝了一口茶，重新坐下来，再次拿起牛梦周的来信，仔细读完了信，已经怒气全无了。升允又摇着扇子想，牛梦周这个读书人还算有良心，懂得知恩图报，只是他说自己心在学术，不在功业，说得倒还入情入理，罢了，人各有志，那就等着日久见人心吧。

梦周上书《辞经济特科书》的事，很快传回蓝田和整个川道，传回新街村鸣鹤沟，川道和鸣鹤沟又是好长时间的惋叹，牛家族人中鼓动守义几个年长的，一起到西安去规劝梦周，当面向他晓以利害，不信他对功名富贵能无动于衷。守义拿不定主意，把此事告诉周氏和秋菊，被她们婉言阻止了。

一拨接着一拨的乡亲，登门劝说周氏和秋菊，这么轻易到手的荣华富贵，梦周怎么能这样冷淡，把这等好事拿脚踢呢。牛周氏表现得很冷静，秋菊更了解丈夫的秉性，甚至连一丝冲动都没有。

第十四章　阴晴圆缺

张秋菊拉住梦周的手，用微弱的声音，让他不要再说，也不要哭。她又断断续续对母亲说："他大对我很好，嫁给他我很满足，病已得到身上，吃了那么多药不见效果，恐怕难好了。如今，说什么也都是无益的。"

光绪二十二年，春风已在川道里奔走，驱赶河川和岭塬的寒气，河边和塬坡上开始萌动莹莹的绿意时，横岭的北坡依然没有春回大地的感觉。梦周觉得学堂的事必须务实，把学堂先办起来。若能筹到一个可观的数目，就在"四献祠"的旧址，建成一所像样的学舍。有了这样的想法，他在家里一刻也坐不住了，出来进去反复搓着两只手，最后，从鸣鹤沟出了"歪把葫芦"向县城走去。

梦周来到先前来过几次的"四献祠"。祠堂里站着一个人，破旧的供桌上不知谁放上了香炉，香炉中三炷香正在袅袅燃烧，浓浓的檀香味笼罩了整个祠堂，祠堂的显眼地方还放着一本书，梦周近前一看，竟是一本《吕氏乡约》。梦周从背面看到一个高大的背影，头上的发辫纹丝不乱，一举一动大方稳健，看来绝对不会是附近的普通村民。"来者莫非鸣鹤沟牛梦周乎？"梦周还在疑惑，那人却认出了他，虽算作是打招呼，头却没有拧过来。

好熟悉的声音，梦周的脑海里立即闪过一个人，蓝田县令周侣宣。他的脑子立即有了一连串问号，当初曾因不赴公车，周县令冷嘲热讽，狠狠地挖苦过自己，天下哪有这样的巧合？县令今天也来祠里上香，该不会是专门来祭祀四吕吧。"周大人也在这里！"梦周问，周侣宣县令祭祀礼毕，回过头来，正迎着梦周冷峻的目光。"正是的，祭祀四吕嘛！"县令是一副和颜悦色的面孔，说："哈哈哈，牛才子，想不到吧，我们会在这里相遇！本县前头刺激你前去会试，不会耿耿于怀吧！"梦周说："哪里会啊，周大人为的是梦周的前程，也是出于一番好意，有心成全梦周，梦周怎能不知好歹恩将仇报啊！"周县令说："我就知晓，你果然是一个明理之人，故而在此等候多时了。"梦周说："你怎么知道我今日要来这里？""张竹轩，张先生，村民孟诚，哈哈哈，不是他们告知的，是我自己推算出来的。"周县令说："既然梦周先生不介怀，县衙已沏好茶了，正宗的西湖龙井，咱们边喝边聊，如何？"梦周说："那就恭敬不如从命了，周县令，请吧！"周侣宣从供桌上拿了《吕氏乡约》，两人一边走一边说着闲话，不一会工夫就来到蓝田县衙。

蓝田县衙坐北向南，县令的公馆在西南角。茶刚端上来，梦周说："周大人也在研究《吕氏乡约》？"周县令为难了半天，感觉话无从开口，刚要说是或者不是，门外进来了两个鹿塬的乡丁，把一份书信交给县令，说："我们乡长让把这个交给大人！"周侣宣接过一看，上报的是鹿塬狄村和汤峪昨晚被盗，被盗的有牛羊，也有金银细软……据村民提供的线索，嫌疑犯也有本村人的浪荡子。县令摆摆手说："下去吧，我知道了，通知村上加强联防，各家各户注意谨慎门户……"送走来人，周县令又"唉"了一声：

"牛先生，你看这世风日下呀！"

梦周说："县令何必如此悲观，这是偷窃而非抢劫，大人读《吕氏乡约》，可有心得？"县令说："欲在县邑讲约习礼，有无成效心中没底，故而向先生请教！"梦周说："梦周以为，《乡约》德教化民，风习肯定能够好转。"县令说："梦周啊，北宋四吕中有张载的弟子，出了当朝的宰相，都是大儒，讲习《吕氏乡约》，教化蓝田风俗，贵在兴办学堂！"梦周喝着茶，说："周大人，吕大临是张载的高足，关中理学鼻祖，张子去世，他到洛阳师从二程，张子乃是二程的表叔，吕与叔虽在程门，仍严守张子之学，互相砥砺发展，朱熹在武夷山也读吕大临，学问才有寸进！"周县令瞅着梦周说："以前只知先生的孝行，未闻先生的高见，今日听君一席话，奇节伟行，博学多识，让不才登高望远了！但不知梦周对兴学的设想？"

梦周喝着茶说："周大人，我一介书生，碌碌无为又一贫如洗。不过想在'四献祠'兴办学堂，与前辈先贤朝夕相依，茫茫天地同此心，得天地之仁心，必厚德载物，生生不息，如此吾愿足矣！"周县令笑问："牛先生，这茶怎么样啊？"梦周说："你说呢？我才开始喝。"周县令再瞅瞅牛梦周，说："我喝的早了点，现在味才出来，你再品，这是正味儿！"

梦周和周县令谈论了两个时辰，把放在板凳的褡裢拾起来往肩上一搭，指着周县令桌上的《吕氏乡约》，说："这书是治理蓝田的良药，周大人好好研读吧，蓝田风化的整饬，奥妙全在这本书中，兆濂告辞了！"

周县令要留梦周在县衙用饭，梦周执意要走，就送出县衙，说："好你个牛梦周，牛才子，这茶刚喝出味道了，你却要走，什么时候再来县衙喝茶！"梦周走出老远说："周大人你慢慢喝，下次来就不喝这茶了，大人得另换好茶啊，哈哈哈。"

梦周走出县衙，没有径回鸣鹤沟，直接去了张竹轩先生家，本想去一趟清麓书院，可是时间来不及了，按照小鲁先生的吩咐，要在鲁斋书院主讲，就直接去西安鲁斋书院了。

牛梦周在鲁斋书院开讲已经第七天，他一改往日的讲学风格，慢条斯理地讲张子的学问。他讲道，张载"为人志气不群"，作为关中理学的鼻祖，少时就有强烈的担当意识，立志向学而又无所不学。早年喜谈兵法，西夏犯境，宋兵常有不敌西夏兵者，他"慨然以功名自许"，立誓为国建功。二十一岁他远赴延州，见到了"军中一范"的范仲淹，他向范公倾吐自己保卫边疆的宏志。范仲淹身居两职，任招讨副使兼延州知府，"一见知其远器"，但绝不适合带兵打仗的心声。文正公说他："儒者自有名教可乐，何事于兵！"文正公劝他读《中庸》，张载读了《中庸》后并不满足，又读释、老之书，知无所得，再读六经，最终归向儒学，在孔孟那里找到了安身立命之所。

他接着讲，张载系统地读完了《易》《孟》《庸》《礼》等儒学经典，常常危坐一室，俯而读，仰而思，有得而识之，或中夜起坐，取烛以书，勇于造道，艰苦力学，精思力践，穷神研几，终成当世大儒！《正蒙》《横渠易说》《经学理窟》等等的著作，其所得之者够成穷神化、一天人、立大本、斥异学体系，王夫子说，"张子之学，上承孔孟之志，下救来兹之失，如皎日丽天，无幽不烛，圣人复起，未有能易焉者也。"

牛梦周讲学，不习惯满堂"灌"，他和生徒的互动很有趣，曾得到小鲁先生赞赏。这天天气晴朗，梦周讲学即将结束时，猛然发现同学弟张元勋，居然坐在生徒当中听讲。这个同学弟，是什么时候来鲁斋书院的，又是什么时候溜进讲堂来的，是怎样悄悄坐在下面的，他这么不声不响诡秘地进来，自己竟然没有发现！梦周走到果斋面前，果斋说："好一个崇礼贵德，勇于造道！由你来讲张载最好，理学史上的丰碑，学兄讲才讲得透彻啊！"

"同学弟何时来西安的，怎么会在这儿？"梦周和果斋来到自己住的房间，不解地问道。"哈哈哈，同学兄，当然不是为专门来听你讲课的，家兄晓得你学贵力行，知而必力行，又临事果决，恐怕兴学之事已做了铺垫，张罗得差不多了，果斋受家兄之托，特往蓝川一行，谁料到西安一打听，你先我一步，已人在西安了。"果斋说。

梦周问："同学兄元际曾说，学弟在兴平草堂寺兴学，不知进退如何，办得怎么样了？"果斋说："学兄啊，滕子京重修岳阳楼，请范仲淹为之作《岳阳楼记》，文名留在史册，今天听你大讲范文正公，受到启发，不瞒同学兄，草堂寺改学已成，愿借你牛才子的妙手，也来一篇'草堂寺改学记'，想来同学兄该不会有意推辞吧！"

"哈哈哈，学弟取笑了，只要不揣冒昧，梦周哪敢推辞呢！"梦周说："不知著名的'办学县令'焦雨田大儒先生，家兄可曾拜见？"果斋说："我专为此事而来，焦县令云龙先生已支持兴办诸多书院，梦周在'四吕祠'兴办学舍，为天地立心，他愿意全力支持！"梦周说："我已决定，把校址由羲母庙迁到'四献祠'，邀学兄学弟三月三日前来蓝田捧场！"

"那还用说吗，不是我一个，还有兄长，哪能不到场吗！哈哈哈，今晚我就不走了，今晚住在你这儿。""正合我意，今晚聊个通宵！"梦周留住同学弟张果斋，当天没回兴平，两人交流了一些学问的事儿。一说到出去玩会儿，同学弟别提有多开心，两人一溜烟来在鸡市拐，一人吃了一碗馄饨，回来又是一番高谈阔论。

夜已深沉，话题又回到张载，自然又联系到蓝田四吕，看看已过了午夜，掀开窗户，微风送来一阵花香，于是伴着幽幽花香，迷迷糊糊入梦。

光绪二十二年三月初三，灞河川道风和日丽，天气显得比往年暖和得要早。出蓝田县城往西三里，折而往北到了桥村，荒草萋萋的"四献祠"前，孟诚领着他的五成、六成两个侄子，整理出一片开阔的场地。祠堂的正面朝向西南，放了几张方桌，围绕方桌有几把椅子，还有几条板凳。

树木已完全放绿，向阳的各色杂花已经开绽，天空中莺莺燕燕，也有蝴蝶蜜蜂在花丛中飞舞，川道里空气格外清新，太阳从东山上一升起来，官道和田间小路上，就有了三三两两的行人。年轻人已经脱掉棉衣，开始三五结伴往"四献祠"来，他们从前似乎并没有来过，有人甚至连听说都没听说过。年龄大的人虽然行动迟缓，他们穿戴整齐，有的人甚至把发辫重新梳理一番。有个青年问一位老者："这里过去真的出过大儒？"老汉瞅了一眼不屑地说："这还用说，不是一个，是一门出了四个大儒，不是一般的大官，而是当朝的宰相，娃呀，这都是咱蓝田的人啊，明白吗？"几个年轻人为自己的无知吐了一下舌头。

"四献词"所在的三里镇桥村，距离县城有点距离，许多人没有听说过，知道的人也只是知道皮毛，就是县城北关有个"吕氏庵"，至于"吕氏庵"如何变成"四献词"，那就知之甚少了，或者说压根儿就不知晓。有的人甚至从来就没有听说过。只是这个"牛才子"的名字在蓝田太响亮了，他不仅要在这里兴学，今天还要在这里讲约，在这里习礼，听说还邀请了本省的几位大儒，还有好些个朝廷的官员，本县周侣宣县令今天也要亲自前来观摩。哈哈，比唱大戏还热闹的事儿，怎能放过呢！

沉寂了多少年的"四献祠"前，今天人声喧闹，打破了这里长久以来的寂静，许多人都抱定看热闹的心理，也有人早就听说过蓝田牛才子，虽说传得神乎其神，甚至被称作"牛圣人"，却一直没有见过他，到底长什么模样，他们也想一睹风采。孟诚今天也穿戴整齐，早就坐在人群的最前头，他此刻正东张西望，瞧见外甥郝润生和本县的书生阎儒林，他们早就和牛先生一起在羲母庙教学，还带了几十个学生，这些蒙童穿戴十分整齐，他们来这里干什么呢。

村民们平时不大接触，认识的不认识的，孟诚大声和熟人打着招呼，猛然看见张竹轩先生也来了，身后还跟着眉清目秀的后生，对了，他就是在县城做生意的陈铭诚，张先生的外甥。有乡民问："先生弄啥咋选这个祠庙？"孟诚指着张竹轩先生，对几个说："你们问这位先生吧！"立即围拢来不少人，竹轩先生说："你们看那个祠庙，'四献祠'是供奉吕氏的祠堂，他们是北宋时的大儒。他们本是河南人，这里的地脉风水好，吕氏一门出了四位进士、四个大儒，咱蓝田兴学选这儿最合适！你们看现在荒凉成啥了，建个学堂聚聚人气，让咱家后辈也一门出四个进士，出个当朝宰相，你们看这地方怎样？"

"风水宝地，当然再好不过了！"竹轩先生身后的小伙子，站到前面来了，附和着说："牛才子兴办学舍，自然挑选有灵气的地方啊！"孟诚老汉今天显得特别忙，一会和人热烈谈论，一会在人群中穿梭往来。人群中议论纷纷，有位县城乡绅找到陈铭诚，对众人说："在咱蓝田，我最佩服的人就是牛才子，他是三原贺瑞麟先生的关门弟子，二十出头就当了山长，要是他回来办学，我首先带头捐献支持，这个地方是最好不过的地儿！"听了这话，许多人都坐着窃窃私语。

孟诚在人群中没找到牛先生，梦周今日没穿粗布短褂，穿了一件藏蓝色粗布长袍，这是他第一次在鲁斋书院讲学，妻子秋菊特意给他做的新长衫。牛梦周出现在人们的视野里，方正的脸膛上两道浓眉，瘦削又棱角分明，骨骼显得格外精神，眼神豁朗冷峻，放射出烁人的亮光，眉宇间凝聚着睿智。这时有人喊"周知事到！"大家急忙去看，只见县令周侣宣一身官戴，陪同着两位先生，周县令大声介绍道："这两位是兴平来的大儒，张元际先生、张元勋先生，都是我省著名的教育家！"所有的视线投向两位先生，元际、元勋连忙向众人拱手。又是一阵喧哗，人群波动，祠堂前出现一位身穿官服的陌生人，有人窃窃私语，周侣宣连忙上前迎接，随之介绍道："这位是长安知事焦雨田先生，也是当世大儒。"焦县令连忙向大家拱手，两位县令和大儒坐在一起。

巳时已到，牛梦周快步走上前去，彬彬有礼地向大家问好，说道："我叫牛兆濂，字梦周，咱蓝田新街村鸣鹤沟人。"有人小声议论："他就是牛才子！"他向大家一一介绍了来宾："蓝田周县令、长安县令焦云龙先生，教育家张元际先生、张元勋先生……"梦周说："这个地方是四吕居住过的贵庄，是一片仙地，吕氏一门出过四位进士，出过当朝宰相，《吕氏乡约》就是在这儿诞生的！北宋过去千年了，吕大临创制的《吕氏乡约》，仍然没有过时！明代蓝田有位王县令，就是在这儿讲约习礼，开了一代良好的风习！风气是可以变好的，《吕氏乡约》以德为本，以礼化俗，所谓德业相劝，过失相规，礼俗相交，患难相恤，无非劝人向善，不兴学不践行不培根，怎么化入我辈的血液，变为我们的自觉行为！"周、焦两位县令和竹轩先生、孟诚都不约而同地站起来，为梦周的开场白喝彩，许多人啧啧地夸赞"牛才子是真才子！"

"大家听蒙童诵读一段《吕氏乡约》！"梦周说。阎儒林先生和泽南领出孩子，列成队形，诵读《小学》选段，诵读一段《朱子家训》，这当然是梦周、儒林、润生精选，学童经过训练的。"四献祠"前人群安静，大家在专注静听，有伸拇指夸赞孩子诵读的，站得较远的往前踊，人们无不伸颈踮足，视线从每个孩子脸上扫过。诵读一毕，梦周环顾左右，接着说："这本来是咱蓝田的荣耀，最宝贵的财富，可惜多少年里被丢掉了，我主张在四献祠兴学，就是要把丢失的财富找回来，讲约习礼为的就是传承道脉！"有人带头拍起了手，梦周一瞅，竟然是孟诚。"一定要重新找回来！"陈铭诚和在座的许多人大声附和着。

"习学入泮之礼！"一群孩子在"四献祠"前举行入泮礼，儒林和泽南都换上汉服，孩子们也都换上一色的服装，所有人都看得目瞪口呆，似乎已经重新找回了蓝田人的荣光，朋友和乡亲窃窃私语："在'四献祠'兴办教育，沾一沾这些先儒的气息，兴办一座蓝田头等的学舍！"梦周说："羲母庙那边确实地方太小，要求入学的孩子很多，难以满足需要，梦周住的是几面土窑，要办学堂，需要各位社会先达，各位乡亲大力支持！"人群沸腾起来，议论声空前地高涨。

梦周挥挥手，人群安静了一些，梦周说："铭诚贤弟鼎立支持办学舍，慷慨解囊，已经拿出了钱款，一个可观的数目，我在此鞠个躬表示感谢，下面请长安县令大儒焦雨田先生给大家说几句话！"焦县令站起来，大声说："蓝田出了个牛才子，全省都很有名，我历来鼎力支持兴学，梦周的义举可敬，我愿捐上两个月的薪俸，支持梦周先生兴办学堂，造福桑梓！"说完，把一张银票放在桌子上。孟诚走上前去，面向人群鞠躬，捋着那一绺胡须，对大家说："我孟诚不会说话，最敬重有学问的人，我家三代没出过读书人，牛才子就是现时的吕大临，我捐献出我的养老钱，盼我们孟家能出个读书人！"说完，把一个红布包儿当众绽开，双手交给牛梦周。梦周接过包儿，让润生当众做个登记。

张元际站了起来，说："梦周是我的同学弟，才学远胜我十倍，我们兄弟两个全力支持他办学，愿意捐钱三千！"两个浓眉大眼的小伙子走上前，一个年长者说："我很崇拜牛梦周先生的才德，捐钱五百！"县令周侣宣这时也站起来，说："牛先生兴学义举，令我非常感动，作为蓝田父母官，我也十分汗颜，我捐一个月薪水，后面从府库中再拨银两，支持梦周先生兴学！"人群像烧开了锅，乱嚷嚷起来，"周大人都捐我也捐！""我先捐！""我后边补足！""我也捐！""我捐……"梦周拱手表达谢意，说："各位大人、先生、乡亲，梦周承蒙大家鼎力相扶，感激不尽，在这里给大伙鞠个躬！大家捐的钱要花得明白，推举竹轩先生为学董，管理钱物督办工程，推举邵泽南先生管理账目，随后逐笔公布！助学人士的名字，后边勒石为记，流传后世！"更热烈的掌声持续了很长时间。

梦周从西安回到鸣鹤沟，先去向母亲周氏请安，母亲头也不抬，说："兆濂，哼，还知道回来，你来，到娘跟前来！"梦周不敢违拗，走近火炕见母亲满脸怒容。忙问："儿子不孝，让母亲惦记了。"周氏说："你心里还有这个娘吗，你把娘说的话，全忘光了！"梦周说："妈，你有话就慢慢说，打我也行，是不是秋菊惹您生气了？"周氏说："哼，秋菊才贤惠着呢，她一个女人带着孩子，忙了地里的农活，回来做饭洗锅，给我熬汤药，照顾得无微不至，日夜陪伴！她在娘家有人疼着，嫁到咱这土窑里……对我比亲闺女还要好，你却把她给忘了！"

梦周说："妈，你到底是咋啦？"牛周氏愠怒地真扬起拐杖，说："咋啦，活儿把秋菊的身体累垮了，你去看看她，现在病恹恹的样子，娘恐怕……恐怕她病得不轻。"梦周急忙跑过去，发现贤惠的妻子秋菊确实病了，而且真病得不轻。秋菊看到梦周成天忙的正经事，不想给他添乱，从来也不提起，一个人悄悄地忍着。其实牛清渊一出生，她就感到腹疼得有点厉害，自己想，也许是生第一个孩子吧，她不敢确定，这到底是常态还是病态，直到碰见了奉孝，一经号脉，才确定是病，奉孝开单方时，她还再三嘱咐，不要把生病的事儿告诉梦周，人吃五谷，谁还没个小病小灾的。

梦周立即叫守义回来，守义诊脉后开了方子，走到外面对梦周说，产后抽风这么久，为啥不抓紧治疗？这可不是什么好的兆头，这在妇科病中可算是大病！得抓住治疗，十副中药如无好转迹象，恐怕是无力回天了。简直是晴天霹雳！牛梦周一听立即慌了神，赶紧抓回十副汤药，跟着熬药喝了，赶忙到县城打听，那里有专治的大夫。十副中药煎熬中用尽，梦周赶到鹿塬，找了个大夫开了方子，又赶紧抓了十副药，清渊在母亲身边，一个劲地哭闹。

张秋菊的病仍不见回头，换了几个大夫，喝了几十服汤药，她反而彻底病倒了。家里一时间天塌地陷，四婶不时地前来协助。梦周听人说鹿塬有个王先生大夫是个名医，有药到病除之能，就雇驴车请了来。王大夫摸了脉，回头瞅着梦周，摇摇头做无奈状。梦周说："开药吧！"王先生说："我也并非华佗，只治能治病，无法治命，你还是另请高明吧！"他没开方子，饭也没吃就离开了。牛清渊哭得声音沙哑，使劲地喊："妈——妈，你起来吧！"周氏摸索着过来，哄孩子，清渊还是大哭大闹，自己就抽泣起来。

又过去十几个日夜，梦周越来越心烦意乱，跌坐在炕沿上，一脸阴云，暗自伤神落下泪来。牛守义走进土窑，说："梦周，你过来哥有话说。"梦周到窑门外面，守谦也在，守义说："兄弟，这个家里你是撑天的柱子，撑就必须硬撑，事到如今，你必须冷静地面对，不要弄个措手不及……"梦周问："事到如今，难道一点办法挽救了吗？"守谦说："三哥，你是明白事理的人，我哥的意思，就是要你往好处想，等待微乎其微的奇迹出现，做最坏的打算，凡事当以礼而行！"守义说："我和守谦随时会来帮你的……"他说到此处，背过去擦了一把眼泪。

晌午守谦媳妇过来，和四婶帮着照管孩子、做饭。梦周到了秋菊娘家，说与母亲和兄嫂，一同来鸣鹤沟土窑。秋菊的兄嫂一脸怒容，当面责问梦周："你家那么多的事情，撂给秋菊一个人，累都累出病来！"秋菊的姑姑也来了，没有言语。秋菊母亲想要说话，被秋菊用手制止了。守义慌忙上前说："都太年轻不懂医道，咱这沟里川里半岭上，这样的病治不好的也多……"梦周说："是她撑持着这个家，怪我照管不够细，我这个家离不开她，清渊更离不开她娘呀……"梦周说着放声大哭，满屋的人无不落泪。

张秋菊拉住梦周的手，用微弱的声音，让他不要再说，也不要哭。她又断断续续对母亲说："他大对我很好，嫁给他我很满足，病已得到身上，吃了那么多药不见效果，恐怕难好了。如今，说什么也都是无益的。"她又一把抓住梦周的手，说："我不是个……穷家的……女子，却嫁了个……真正的穷家。公爹和婆婆含辛茹苦供他……让他有了学问，嫁给他，是我前世修来的……福分，我很知足……"梦周给她灌下一勺子水，用手势让她不要再说话，她却拉住梦周的手不放，说："他大，我从没有直呼过你的名字，今天当着我妈……我哥和我嫂子……的面，我把话说在这里……我死了，你们……不能……不能为难……梦周……帮他把清渊抓养成人……"

牛周氏失声痛哭，张家的兄长和嫂子也在哭，张母点点头，秋菊说："……他大，清渊……还小，但他是我在世上的根，母亲看不见……我不忍你分心，我……死了，尽快托人另找一个，能……疼孩子的人……把家重新撑起来……"牛清渊"哇——"的一声大哭，所有人无不落泪。

光绪二十二年四月初十，牛张氏秋菊离开人世，永远地闭上了眼睛，时年仅三十一岁。按照族中规制，安葬在牛家祖坟。丧事简朴隆重。秋菊姑姑、母亲和梦周商议，由她把清渊接回家去照管。守义和守谦及族人商量，对他们明理仁义表示感激，要梦周每季送些孩子的花费。

时令已经进入九月，鲁斋书院却还是燥热异常。小鲁先生交给梦周主讲的课程，已告一段落，前一天晚上，他和恩师黄先生交谈学问，一直谈到更深才睡，迷迷糊糊中，又听见了鹤鸣，他听得真切，好生地凄厉，惊出一身冷汗，刚好三更时间。

灞河川道里已经凉爽了许多，有几处稻子已经收割，稻茬儿一撮一撮的，田野里有人吆喝着牛，正曳着耢子回种麦子。梦周惦记着蓝田，一路走得很快，褡裢都溜下来几次。竹轩先生在"四献祠"，也见到了润生，所有的房舍建造进行得有条不紊，竹轩先生告诉他，川道的玉山和鹿塬上，读诵《乡约》已经率先动起来，各处学堂都有了诵读，周县令也积极推动，梦周感到十分欣慰。

儿子清渊放在他姑奶家，有人照管着，他比较放心，他最惦记的是母亲周氏。梦周一路小跑，一脚踏进土窑的门，见炕头放着一个药碗，地上有一个熬药的砂锅，母亲在炕头上坐着，听到脚步响，喊道："兆濂——"。梦周急忙上前，说："妈，儿子不孝，东奔西忙，把你一个人放在土窑里，让你孤苦伶仃，这回兆濂不走了，留在家里陪你……"

周氏听到儿子的声音，转过身来，问："兆濂，你刚才说什么？"梦周说："妈，你病了，我远在西安，一点都不知道。"牛周氏说："人活在世上，谁能没灾没病的，谁能没有个伤凉感冒，头疼脑热，那也叫病吗，你竟是胡说！"奉孝在沟口见到了三叔，就和二爸守谦赶过来，媳妇也来了。梦周问起母亲病情，奉孝说："我婆身体本就虚弱，这回感冒引起咳嗽，经不起这么重的磕碰，有些心力不济……"

几个人坐着说了一会话，奉孝两口离去后，梦周对母亲说："妈，你想吃什么，就给我说，我会做饭你是知道的，想吃什么你就说，什么饭我都会做……"

周氏说："兆濂，你如果放下手里的正事，在家里伺候我，妈就死给你看！"梦周给母亲端来水，双手递上，说："从前我大有病，朝廷的会试我都说不去就不去了，如今你有病，又没人照管，我怎么能放下不管；你是我妈，我做人做事是有原则的，这是'天之经地之义'的事，我敢撒手不管吗，你不要再说了。"

牛周氏说："就算是天经地义，兆濂，我问你，眼下咱这家里最要紧的事，你知道是什么？"梦周说："当然是给你治病！"。周氏说着又捞起了拐棍，说："你又想找打。这回你彻底错了！大夫能治得了病，却治不了命！"周氏把举起的拐棍放下来，说："办学堂。你读过圣贤书，知道怎么做人，该怎样做事，妈不管了……这家里的事你得有个主意，秋菊的百天已过了，清渊不能总是放在他姑奶家里，办法只有一个，另找个人……这才是妈最大的心病！"牛周氏说完泪如雨下。

梦周半天不再作声。守义来窑里，坐在炕沿上。周氏问："守义，三妈给你说的事，办得有眉目吗?"守义说："梦周回来了也好，离咱鸣鹤沟十里支川河村，进村看病认识姓支的富家，虽非大户，断文识字颇识大理。"周氏和梦周都在仔细听。守义说："这支家人丁不旺，只有一个男娃，闺女支蓝玉，人很水灵，父亲教她念书，婚姻挑来拣去，已经长过二十，至今尚无着落，家中大人十分着急，托我在街上找个人家，我就提到了梦周。"

"哎呀，三哥，这事恐怕不成，人家是富家，咱是土窑，再者，人家女孩是黄花闺女，咱还有个清渊，咋高攀得上呀!"未等守义说完，牛周氏抢先说。守义说："婶子，支家的闺女二十有五，读书识字，是个十足的小家碧玉，据我的接触，她通情达理，活泼泼辣，看起来是个挺能干的姑娘。她放出话来，非要嫁个读书的先生，如此媒人不敢登门……延迟至今，未找到合适的人家。"

梦周端来茶水，守义接过喝了一口，说："前日又去了支川河，给人家说到咱家梦周，并说明有个孩子，住的是土窑。"守义放下缸子，说："不料你猜咋着，那支蓝玉一听'牛才子'三个字，被完全迷住了，非常乐意满心欢喜。当着她父母的面说，就要嫁给鸣鹤沟的'牛才子'，孩子和土窑她不嫌……听了这话，我就赶紧跑回来，和你娘俩先做商量，恐怕夜长梦多。"

梦周说："三哥，咱家穷，除了土窑和孩子，还有老娘呢，老娘看不见，我在外边事多，几亩地……"守义说："这些给支川人都说清白了，人家姑娘不嫌，你的名气太大了，人家大人也很乐意……哪有这么顺情顺意的事呢!""这还有啥说的，守义，我心疼清渊，订，就这么定了……"牛周氏插进话来，梦周点点头。

"你们都同意了，其他人也就没啥意见，咱再找个媒人，把这事给定妥，收了庄稼就让她过门。"守义放下缸子，说，"我不久坐了，明晚等我回话吧！"牛梦周把守义送出了窑门。

　　家里的事儿终于理出了头绪，梦周已在琢磨学舍建成，究竟取什么名字，叫"四吕学舍"吗？也不妥，他觉得不甚契合自己的初衷，需要再琢磨琢磨。母亲喝了中药躺下后，他挑亮油灯，想在四吕或清麓先生的著述里找寻到满意的答案。梦周翻着书，一边思忖着，竟迷迷糊糊趴在桌上睡着了。忽然，清麓先生站在面前，梦周啊牛梦周，离开清麓都过三年，我嘱咐你们的事儿，难道当成耳边风了，算我当初看走眼了，认你做了关门弟子……只见清麓先师满面怒容，向自己一步一步走来，梦周猛然惊醒，却又是南柯一梦。

　　次日清早，梦周给四婶做了交代，拜别母亲背了褡裢，径直来到三原。清麓同门师兄弟像有约定，同学兄元际早在书院，年长的白悟斋先生先一步到达，随后是张果斋学弟，省垣李用清、黄小鲁几位先生陆续到来，灵泉先生因事回鲁，已在返程的路上。百箴知道梦周刚刚遭遇不幸，居然前来祭奠家父，十分感激，一面招呼各位老师和兄长，喝茶休息闲聊，一面和梦周拉呱。

　　清麓恩师三周年祭奠，百箴和元际相商，祭奠之礼依照规程，大致从简，邀请各位先生会讲，振兴书院传承学宗，并商定恩师遗著编印事宜。学兄学弟久别重逢，欢聚一堂，共同看望了师母贺林氏。林师母和百箴邀请到后堂叙话，大家正在叙谈，孙灵泉就到了，百箴着人准备了便宴。

　　大家久别重逢开怀畅饮。百箴举杯说："几位前辈和同学兄面前，我的年龄最小，在座有家父的挚友，二位大人老师，其余俱是家父门生，我先饮此杯为敬，大家就不要客气。"黄小鲁先生说："慢着！"他端着酒杯来到清麓牌位前。先生的画像俨然端庄威严，黄先生放下酒杯，燃上三柱檀香，行跪拜之礼。众位慌忙居于先生身后，屈膝而跪，黄先生一樽酒醑在地上，大家一并作揖，百箴还礼。

酒过三巡，梦周斟满酒，给黄、李、白三位先生敬上，再与同学兄同学弟碰杯，大家饮酒畅谈，好不愉快。饭后，三位先生在前，百箴，元际、元勋兄弟，梦周、灵泉、养之、米岩等，带了祭品随其后。来到正谊书院后山，清麓先生墓园，摆上香案，铺排祭品，点燃香烛，按照祭礼，逐一祭拜，李用清先生宣读祭文，礼成。

大家在坟前久久默立，清麓先生音容再现脑际，一个个表情凝重，情绪十分低落。李先生转过身来，说："大家都请回吧！祭拜清麓先生就要传承他的道统，像清麓先生那样，不遗余力地弘扬正学。你们作为后学，都是好样的，不管是出来做官，还是在家乡兴办教育，都在把先生之学发扬光大，先生会放心你们的。不过，为天地立心，任重道远，望大家恪守正道，勇于为天下担当！"大家肃立，再鞠三躬，礼毕，默默离开清麓先生墓地。

李、黄二位先生回西安去了。白悟斋先生答应留下会讲，林师母着人准备好了午饭，百箴殷勤招待，学兄学弟毫不客气，大家一起用饭，气氛开始活跃起来。饭后喝茶聊天时，白悟斋先生先去厢房歇息。元际说："我算大家的长者，梦周远近才名最大，先生遗著的整理印行之事，已不能再迟缓，我们作为清麓同门，光大先生之正学，是恩师生前遗愿，维护师门，是我等弟子的职责！"

梦周说："同学兄言之有理，筹款事项由我来牵头，仁斋学兄负责书稿整理，并赎回散失书版事，有劳百箴学弟帮着操心，图谱、墓志表及书稿统合校斟有赖灵泉学兄，书名遵清麓恩师遗愿，就叫《清麓丛书》……"元际说："文丛书序，由蓝田牛才子撰写，你可当仁不让！"

林师母进来，听见大家筹划十分妥帖，安排得井井有条，对瑞麟这帮得意门生甚感欣慰。百箴给学兄们深鞠一躬，表达谢意。大家又陪林师母说会闲话，直到太阳西斜。

大儒牛兆濂

第十五章　讲约习礼

　　牛梦周给村民讲解《吕氏乡约》，在各村祠堂演习周礼，一连忙碌了好几个月，简直成了蓝田讲约习礼的总顾问，整天忙得马不停蹄。好在玉山、鹿塬等处的书院先生，也一股劲地加入进来，使讲约和习礼同步展开。

　　给支川河支蓝玉家准备的彩礼，只有一点点布料，由守义送去，东西少得出乎守义的意料，牛周氏和梦周都感到轻微。问守义，守义说："支川河的事就是女子蓝玉做主，她对父母说，不是我把自己看得不值钱，我看中的是'牛才子'这三个字。她家有孩子，有瞎眼婆婆，住土窑，我都不在乎，若要许多彩礼，我就真的不值钱了。"守义还笑说："那女子厉害，她大她妈说，给你个贼女子不陪嫁妆，其实就是要给多陪嫁妆呢！"守义临走说，"已和人家商量妥当，定于十月初八黄道吉日，迎娶蓝玉过门，咱也得早做个准备么。"

　　梦周娶支蓝玉过门，虽没打算让任何人知道，但还是没有不透风的墙，这事意外地惊动蓝田县城，陈铭诚见到梦周，执意要给梦周请台大戏，不行的话小戏皮影也行，均被梦周当着竹轩先生的面，坚决地谢绝了。陈铭诚撵到四献祠工地，软磨硬泡，盛情难却，最后儒林和润生一块出面，商定用四个乐人。支家河好歹是个富裕人家，不能让人家觉得过于寒碜。唢呐一吹起来，一路吹吹打打，热热闹闹的气氛中，梦周披了红戴上花，前去迎接打扮得花枝招展的支蓝玉，抬进了"歪把葫芦"的鸣鹤沟，迎进了牛家的土窑。

土窑里收拾出"新房"，梦周前一天把清渊从他姑奶家接回来，蓝玉过门当天，在席棚里，梦周郑重地把清渊交给蓝玉，让他叫妈，牛清渊居然十分响亮地"妈——"了一声，眼睛却不在支蓝玉脸上瞅。如花似玉的新娘子接过孩子，众人很是捏了一把汗，不料她大大方方地"唉——"了一声。牛周氏坐在椅子上，听见一叫一应答，清清楚楚，显显亮亮，当时高兴地流出了眼泪。

牛清渊在大人的授意下，怯怯地又叫了一声："妈——""唉——"蓝玉答应得十分大方利爽，而且语惊四座："人家女孩二十岁就生几个孩子了，我二十五六了，还没有个孩子，现在有现成叫妈的，我很开心很高兴，会视为亲生！"牛梦周听到这里，鼻子一酸，差点要流出眼泪，他紧紧地拉住了新娘子的手。

新婚已经过去第五天，按照新街的礼俗规程，所有繁文缛节才基本结束，梦周并没有轻松下来。压在牛周氏心中的一块石头落了地，但日见衰弱的身子，她的病却丝毫看不出转机，越来越感觉胸闷、气短、呼吸紧促。历经劫难的牛梦周，在自己的土窑里呆坐着，一筹莫展，心里说不出是何滋味。

十月十三早上，牛周氏彻底睡倒在土窑的火炕上，起不来了。她不停地咳嗽，一声紧似一声，咳嗽起来扯心扯肺，昏天暗地。咳嗽气短，越咳嗽喉咙越不爽利，呼吸越是困难。梦周和蓝玉日夜陪伴周氏身边，熬药、端汤、倒便溺……牛周氏拒绝喝药，说什么也不顶用。梦周一下慌了手脚。四婶来劝，守义、守谦，左邻右舍，都劝她喝药，她已说不出完整的话，断断续续地说："都吃了那么多中药，又苦又涩，我决定不喝了，你们就不要劝了……

牛周氏的病情迅速加重。梦周和蓝玉都束手无策，治疗已到山穷水尽的地步。这天，蓝玉父母着人送来一些东西，送走已到这天午后，牛周氏前半天一直处于昏迷，午后才清醒过来，对梦周说："兆濂，你过来，妈有话说。"梦周走过来，蓝玉抱清渊也来了，坐在牛周氏身边。周氏说："妈这辈子就兆濂一个，心里……很满足，秋菊她是……好样的，能寻到蓝玉……这样的……好媳妇，是你……修来的福分。妈虽……看不见，心里……清白着，蓝玉把清渊……当亲生，我就完全……放心了……梦周，蓝玉，妈怕是……快不行了……亲眼看到你们……走得端行得正，学为好人，妈也……心干了，就到那边……陪你大去了……"

梦周和蓝玉坐在炕头，眼泪长流不止，大声号啕，清渊也挤坐在前边。牛周氏声音越来越低，气息越来越弱，气喘得越来越厉害，呼吸短促……

光绪二十二年十月二十三日子时，牛周氏在鸣鹤沟的土窑里仙逝，时年七十又一岁。牛梦周谨遵母命，丧事从简，在牛氏家族主持下，请了梦周的舅家，一切礼数完全与父亲约斋公悉同。

鸣鹤沟后面的松柏林里又添了一座新坟，父亲约斋公的墓穴旁，梦周的母亲周氏的墓就安置在这里。一生受苦受累多灾多难，但又非常满足的牛周氏，撇下她的儿孙，自己在这儿心安理得的和约斋公团聚了……

远处的终南山肃穆，灞河水滔滔，蓝天白云，梦周和支蓝玉，穿白戴孝，抱着不懂事的清渊，在坟前跪着，烧化了纸钱，眼泪如同断了线的珠子，不停地滚落下来……

这难道就是命运？牛梦周在问自己。刚娶回贤惠的支蓝玉，要重新撑起鸣鹤沟土窑里的天地，让瞎眼半生的母亲重新有人照管，让失去母爱的清渊再次找到母爱，让自己腾出手来，做更多自己想要做必须做的事儿，难道有什么不应该吗？梦周在母亲的"五七"忌日之后，一点一点地梳理自己的心绪。白天他到地里干会儿农活，天黑了清渊跟着蓝玉睡觉去了，他在着手编写梦周版的《诲蒙书》。

先前拟定的《诲蒙书》，有好些语段来自《礼记》，孩子诵读这些经典语段，必须研习入泮之礼，他认为只有合于礼才行。好久不曾写字，手都生疏了，他饱蘸浓墨写一会行草。支蓝玉过来悄悄在旁边看，小声念着，"明月几时有？把酒问青天。"写到"人有悲欢离合，月有阴晴圆缺，此事古难全。但愿人长久，千里共婵娟。"小声问："他大，你不是说'字写得端正，人才能端正'，今天怎么写起行草来了？"

梦周瞅了一眼蓝玉，见她并没有开玩笑，是特别持重认真的，也就认真地说："这你就不懂了，平时我是站在教导孩子角度看，其实书有书道，行草是我的特长！"蓝玉白了他一眼，说："你什么都有'道'，若论起道来，真说不过你，我不和你辩了！"说着陪清渊睡觉去了。

梦周放下笔，视线却收不回来，东坡先生这两句诗，已成为千古名句，此时却一下子触动了他心中的柔软之处。家里接二连三出了这么多事情，命运就这样一次又一次用无情的鞭子抽打他，无情岁月增中减，有味诗书苦后甘。苏轼是一代词宗，经受那么多坎坷磨难，依然百折不回，为天下担当，写出的词作浩气干云。和东坡先生相比，自己要振作起来，尽快走出悲痛，才能对得起长眠地下的亲人和师长。

梦周手中的《诲蒙书》，前十五条注释完毕，等墨迹干了，收拾起来。他觉得眼下最紧要的事，恩师瑞麟先生三周年已过，同学兄灵泉先生已动手整理先生墓表等，他牛梦周不仅让先生的遗著印行，还要让先生的遗愿尽快实现，这才能够得上"为往圣继绝学"。笃信《吕氏乡约》能正民风，也要力行，这是关中学人的风骨。在各书院推开讲约习礼，儒林和泽南已捎信来，自"四献祠"讲约习礼，可谓已开了局，学舍建修到了尾声，把《乡约》的推行融入各种礼仪当中，循序渐进又刻不容缓。

东方还没有大亮，梦周早就醒了，如何向贤惠的妻子开口呢？说实话，他不忍心把她和孩子扔在土窑里，但他必须收拾好行李出发。对蓝玉说："子曰，仁远乎哉？我欲仁……"支蓝玉也早醒了，说："子曰，斯仁至矣。"梦周说："原来你也醒了，唉，把你和孩子留在这寒窑里，心里很不是滋味……"

蓝玉说："你认为是不仁的，对吗？你号称牛才子，人家都认为是大儒，做自己该做的'仁'事儿，不能总婆婆妈妈的'不仁，不忍'，难道留在寒窑里陪老婆孩子，就'仁'了！"

梦周说："难得你如此明白，家里刚遇过事，钱不多，全给你留着，有事找三婶，或是三嫂子，不要过于劳累……"蓝玉说："走吧走吧，好我的牛大才子，怎么还变得儿女情长的！"梦周已经收拾停当，回过头还想说什么，又觉得多余，背起褡裢就匆匆上路了。

学舍修建工程已基本完工。张竹轩先生领他到"四献祠"东、西两边，每边新建了四间厢房。邵泽南已把账目明细，公布在新墙上，梦周走近一一过目，收支分明，一分一厘钱都记得清清楚楚，每位学董都在上面签字画押。

梦周对润生暗暗欣赏，觉得孟诚这个外甥不错，人很诚实，纯朴质实又耿直坚韧，和他舅一个样，才华也相当的不错，好样的！就问泽南："润生，学舍开学，你来任教愿意吗？"润生瞅瞅先生，腼腆地说："我已辞了学馆，乐意跟着先生！""那好吧，从今天起，你就是学舍的先生了。"

儒林也过来了，梦周给他们交代，把各位学董都悉数请来议事。确定学董职责，选定山长，聘任先生，卜定二月二十，举行竣工典礼，典礼就搞个入泮大礼……

众位学董很尊重先生意见，商议的各种事项很快议定下来，最后，学董们问梦周："学舍叫啥名字？"大家议论纷纷，有说叫"四吕学舍"，也有说"吕氏学舍""四献学舍"……不一而足。儒林和泽南瞅瞅梦周先生，又把印好的《弟子规》《吕氏乡约》拿给先生看，梦周说："好啊，这不是有名字了吗，吕大临先生字芸阁，咱就叫'芸阁学舍'如何？"大家齐声叫好，遂决定下来，儒林说："先生，开学举行入泮之礼，要提前做准备。"梦周说："到时，要请周县令来观摩！讲约习礼要他来推动，这样吧，周县令我来亲自请！"

邵润生磨好了墨，梦周欣然命笔，要为学舍正门题写匾额。只见他浓墨饱蘸，双目炯炯透着睿智，力注手腕一气呵成"宋四献祠"四个大字。梦周说："学舍完全修成，请工匠刻碑勒石，镶进祠堂门上，如何？"泽南说："甚好。应该再配一副对联。"梦周提起笔来，又题写对联，他凝神思忖一番，欣然命笔，写下："伯仲四贤，宋室协奎光之瑞；宫墙一亩，明时颁祭典之荣。"放下笔，说："泽南，如何？"泽南说"好极了。另一边应该镌刻吕氏四贤生平事迹，一边镌刻捐款者的姓名，你觉得怎样？"几位先生都赞同。

梦周提笔写下"芸阁学舍"四个字，端详片刻，正要收拾笔砚，猛然一眼瞅到泽南，就对泽南说："泽南，你舅把你托付与我，耿介脾气和我刚好相投，你前日作诗一首，我就依其韵作一首，书赠予你，磨墨展纸吧！"梦周用笔在砚台蘸墨濡笔，一挥而就：

赠润生

此次督工，用力尤多，再次韵赠之，时冬至日也。

烦君辛苦费差排，夙夜兼旬事必偕。

安宅厚培墙外土，长梁近取院中柴。

炎凉不到神仙府，出入祇须上下堦。

欲问天心何处是，春风常在读书斋。

润生受宠若惊，说："'欲问天心何处是，春风常在读书斋'好！我先谢过先生栽培，能为先生督工，已十分荣幸，先生对我器重信任有加，跟着先生我很高兴啊！"邵润生收起字。大家谈论了芸阁举行入泮大礼，加紧推行《吕氏乡约》。

农历二月二十已过了立春，天气慢慢暖和起来，在芸阁学舍举行入泮大礼。梦周学宗程朱道追清麓，又翻开了崭新的一页，紊乱如麻的思绪，终于被他打理得有了头绪。习礼从各个学堂做起，当然要先从芸阁学舍做起，知礼明理，推行《乡约》才是正确路径。太阳还没有跃出东山，芸阁各位学董、受邀的蓝田社会贤达，陪同周侣宣县令坐在前面，梦周、儒林、泽南等学舍先生，身着青色汉服，道貌俨然。一群新招来的生徒，也着青色汉服，穿戴一丝不苟。还有不少桥村和附近村庄的村民，自带凳子坐着观看。

邵泽南看看时辰已到，就和梦周、儒林交换一下眼色，站了起来，做了一个手势，只见"四献祠"前鞭炮齐鸣，"芸阁学舍"的匾额被悬挂起来。他说，请芸阁学舍山长牛梦周先生致辞！梦周先生站在"四献祠"前，神情庄严，说，北宋年间以来，蓝田四贤以承继张子之学、弘扬国学为宗旨，践行躬行礼仪、经世致用，以求崇礼、笃学、执善、为实，遵循礼、乐、射、御、书、数的六艺，倡学君子的六艺，养君子的品格。君子六艺是修身养性的途径，学礼而勤思学、明师恩；学乐而致中和、养正气；学射而重谦和、求自省；学御而勇担当、尚合作；学书而树自信、养审美；学数而善思辨、擅创新。芸阁学舍从今日起传承四吕这些品格，作为通向成功的桥梁，唯有涵养了高贵的生命气质，才能抵住岁月的洪流，唯有精神的收获才有滴水穿石的力量。

梦周先生致辞完毕，深深地鞠了一躬，站立一边。坐在下面的有人带头拍手，梦周一看，正是泽南的舅舅孟诚。泽南先生高声说："芸阁学舍落成典礼举行入泮大礼，现在正式开始。正衣冠！"衣着整齐的学童站成一排，几位先生走上前去，为学童们依次整理衣冠。

孩童们整齐地站在芸阁学舍前。泽南先生宣布："入泮开始。"先生和生徒恭立片刻后，生徒在先生的引领下，跨过一个半圆形的泮池。泽南说："行拜师礼。"生徒恭敬地拜祭孔子，礼成。再拜先生。孩童向先生赠送六礼束脩。哪六礼，观礼的也感觉好奇，定睛观看：芹菜，寓勤奋好学；莲子，寓苦心教育；红豆，寓红运高照；枣子，寓科考早中高魁；桂圆，寓功德圆满；干瘦肉条，表达弟子心意。之后，孩童间互相鞠躬，表示互爱互帮。

礼成。泽南高喊："净手！"孩童将手放入水盆之中，正洗一次，再反洗一次，然后擦干。净手净心，去杂存精，希望能在日后的学习中心无旁骛。泽南接着高喊："亲供！"孩童在纸片写下自己年龄、籍贯，并注明身中（身高）、面白、或有须、或无须。

完毕，泽南宣布："入泮礼成。"他让儒林先生向众人解释。阎儒林也是一派道貌俨然，他说，入泮礼已演习过数次，步骤都据《礼记》和《弟子规》而确定，经过梦周先生推敲，多次演习，逐步完善。仪式之后，标志这些孩童从此刻起，正式成为孔门弟子，踏上自己的芸阁求学之路。

泽南瞅瞅梦周先生，先生说："周县令，蓝田的父母官，百忙中来观摩芸阁的入泮大礼，请大人给大家训导训导！"拍手。周县令站起来，说："首先祝贺芸阁学舍在'四吕祠'正式诞生，训导谈不上，不说也不算知礼。不学礼无以立，今天有幸看到几位大儒搞的习礼，通过这个入泮礼，大家明白了礼是什么，为啥要遵礼。习礼就要把礼变作行为的自觉，习礼培养勤思学、明师恩，成为尊师重道的良好品格。芸阁学舍今天的盛典，就是要大家明礼，我提议向全蓝田推广，践行《吕氏乡约》，人人修养致中和、养正气的君子之风。"

入泮大礼结束，各学董相继告辞，众人也逐渐散去，梦周与学舍先生送周县令回衙，孩童开始"芸阁诵读"等习礼环节。

牛梦周给村民讲解《吕氏乡约》，在各村祠堂演习周礼，一连忙碌了好几个月，简直成了蓝田讲约习礼的总顾问，整天忙得马不停蹄。好在玉山、鹿塬等处的书院先生，也一股劲地加入进来，使讲约和习礼同步展开。梦周本想在芸阁待上几天，也极想尽快回鸣鹤沟看望老婆孩子，最让他放心不下的，妻子支蓝玉已怀身孕，而且距离分娩的日子日益临近。

已是光绪二十四年的八月初八。早上，梦周先生推开鸣鹤沟土窑的窑门，从土窑门迎出来的，不是妻子支蓝玉，而是牛家四婶和三嫂。他们一见面就嗔怪，四婶说："梦周，我可再说你这个大侄子，要是你妈在，得领教领教拐杖家法的滋味，你把蓝玉给忘了吧！"

梦周说："好四婶，哪能忘啊，这一段实实脱不了身！"三嫂说："没忘最好。蓝玉带着清渊，自己又身怀有孕，你难道不心疼吗？"梦周用手挠挠头，说："三嫂子，我妈不在了，你们说的和她说的一样，咋回事呀？"四婶故作神秘地说："啥事？大事，天大的好事……"话还没有说完，窑门里边传来婴儿的啼哭声。"听见了吗，蓝玉已经顺利分娩，给你又生了一个小子！"三嫂说着，就拉住梦周的胳膊去看。

支蓝玉睡在窑里的火炕上，盖着崭新的被子，炕是热乎乎的，蓝玉十分幸福地微笑着。看见先生回来，静躺着没有言语，只用眼神表达着问候。窑里的土炕收拾得干净清爽，窗户和门缝都被糊得十分严实。四婶说："兆濂，你赶紧到支川河去给他舅家报喜，锅盔我烙好了，鸡蛋和挂面是蓝玉娘家早几天送来的！你这个娃他大，马马虎虎，当得多么的轻省自在！"

梦周连忙说："唉，好我的四婶、三嫂子呢，事一忙把这大事给忘记了，老侄我在这里先谢过四婶，谢过三嫂子了！"梦周显得很腼腆，像个不懂事的孩子。四婶说："这样谢，恐怕不行，你三嫂子昨日就闹着要喝梦周的酒呢！"

四婶给梦周端来一杯水，说："牛才子，全蓝田都这样叫你，婶子今个也叫一回，喝了水，赶紧给娃起名字！"四婶说话火辣辣的。

"四婶，不喝水也能起个好名儿，名字早都起好了。"梦周喝着水，从书页中翻出一片纸，纸片上写着："二子牛清谧，单字覃，叫牛清谧！"

三嫂说："哎呀，文绉绉的，是个好名字，快让我给才子兄弟烧饭去！"三嫂说着话，风风火火地生火烧饭去了。梦周坐在炕边，和支氏蓝玉说了一会话，对四婶说："四婶，你和三嫂好人当到底，如今我妈不在了，往后还劳你多操心，帮我多照顾蓝玉吧。"

四婶说："梦周，看你又说见外话了，你大在世，把你四叔和我当作亲人，养老送终，婶管蓝玉理所当然，你不说我也得管，你记着心疼蓝玉和牛清谧，家里你只管放心吧！"清渊去窑门外边玩了，四婶洗完锅碗，又去照看孩子了。

支蓝玉出了月子，被支川河村的娘家接过去照料，蓝玉让把清渊一块带过去。梦周这才松了一口气，他到蓝田后才知道，周侣宣已经离开蓝田，这位广西苍梧县的南方人，名叫之济，任蓝田县令已经五载，官声尚好，不知道他是升迁还是调离，他转了一会，磨墨，取笔展纸，写下一首《送邑候周告归》，写完念道："此去湖山千里月，念公西望几迟回"，说句心里话，他对这位好官还挺留恋的。

不管来谁当父母官，讲《吕氏乡约》是他认准的正道，他决定锲而不舍地进行下去。祠堂里读《乡约》，有识字的，也有不识字的，不识字的念一遍两遍，尚不知所云，梦周让儒林、泽南几位先生，多给他们讲解，要结合蓝田的实例，尽量讲得通俗明了。

东川玉山书院山长姓许，推行《吕氏乡约》先让先生教读，再逐条逐句耐心讲解，村民易于接受，这天书院请来了蓝田牛才子。方圆几里听说牛才子来讲《乡约》，许多人放下手中的活儿，街上的店铺甚至关门。梦周见大家能这么重视，十分欣慰。他讲道，我国西周初期就有了乡约，在乡下成训习俗，向来都是世代相续，口头相传，虽没有见诸文字，见之于契约，但它真实地存在着。自从咱蓝田出了四吕，才让《乡约》成文。吕大临创制《吕氏乡约》是历史上的首创，就像学舍的学规，《吕氏乡约》是北宋熙宁九年成文的，可谓源远流长。《吕氏乡约》不仅是蓝田的乡规民约，更是中国的乡约，中国乡约之祖！

梦周说，《宋史？吕大防传》里说，凡同约者，德业相劝，过失相规，礼俗相交，患难相恤。这是日常生活中的规范，是交往、处事的原则。这个"劝"字就是鼓励，一个人生在世上，要多做好事善事。过失相规，意思很明白，有过失互相批评，从中受到教育提升自己的品德。礼俗相交是指相互来往要讲礼仪，农村中的婚丧嫁娶，都要讲究礼仪。患难相恤的"恤"，就是怜悯和救济，发生了天灾人祸，遇到灾难，应互相关怀帮助，互相扶持提携。

梦周联系到蓝田和玉山一带的实例，讲了三个时辰，最后说，前一段都在读《乡约》，读的目的是为了更好地知，讲解便于深刻地认知，行才是更加重要的，必须做到知和行的高度统一，把它变成一代又一代人的自觉。

梦周被请到自己曾经就过学的沈家河村，也是在学堂里讲《乡约》，讲学后他在当年同学的引领下，到沈润斋先生的坟头去凭吊，天快黑的时候才回蓝田。走到蓝田县城东关，碰到了孟诚。孟诚的身后跟着一高一矮两个大汉。两个后生见梦周连忙趴在地上磕头，梦周有点莫名其妙，连忙挡住他们问孟诚："咋回事？"孟诚捻着胡须，说："我的两个侄子你还认得不？还记得第一次见面，在街上打架的那两个家伙！"梦周说："哈哈，那是两头牛犊仗，孟五成，孟六成！"

"好记性，正是的。"孟诚说："那日你教训了他俩，从此改过自新，现在兄弟合伙街上开了羊肉馆子，生意不错，芸阁建校还捐过钱呢！"梦周说："好样的，学做好人学做善事，这就对了。"孟诚说："今天是朔望日，我请您去讲解《吕氏乡约》，祠堂都收拾好了，就等您去开讲，不知您可有时间？"梦周问："几时？"孟五成说："先生叔，就现在啊，驴车就在附近路边……"先生说："那好吧，我跟你们去！"。

孟家寨离县城八里，驴车"嘚嘚"地慢行，孟诚对梦周先生说："唉，侄子学了《乡约》，再不赌博了，一心学好做好人，我才答应来请您。先生没拨擦就来了，已给足了我面子了。"梦周问："今晚要听哪些呢？"

孟五成说："先生叔，你就讲劝善的那些……德业……什么来着？"孟诚从旁说："德业相劝。"

孟家祠堂不大，里边人坐得密密麻麻的，好几位年长者都坐好了，有的妇女还领着孩子坐在凳子上，有的人没带凳子，从外头摸了一块顽石坐着，连门外边都坐着几个人。

孟诚对众人说："大家看谁来了？我给大伙请来的不是别人，是芸阁先生，他是新街鸣鹤沟人，创办芸阁学舍的牛才子！"目光齐刷刷投过来，梦周看见他们兴奋又很期待，就坐到祠堂前头一张方桌前，说："看得出来，咱孟家寨子，老孟家的家族如此兴旺！大家族只有美行贵德，才能更加地兴旺发达！我看孟家寨子人笃实敦厚，勤劳简朴，崇礼尚德，践行《乡约》积极性高，今晚专门腾出工夫，来讲传承《乡约》，让孟家更兴旺！"

孟氏家族成员个个兴高采烈。梦周说："德操不是先天生就的，也不可能与生俱来，都是后天的习染与陶冶，日积月累，逐步熏陶，慢慢就养成了。《乡约》中《德业相劝》一节，'德'指的不是别的，就是见善必行，闻过必改。我前头在县城见到五成、六成兄弟两个，为赌博在大街上打架，被他舅扇了几下，如今变好了，这就很好嘛。能治其身，能齐其家，能事父兄，能教子弟，能御僮仆，能事长上，能睦亲故，能择交游，能守廉介，能广施惠，能受寄托，能救患难，能规过失，能为人谋事，能为众集事，能解斗争，能决是非，能兴利除害，能居官举职，凡有一善，为众所推者，皆书于籍，以为善行。孟五成、孟六成兄弟两个，以前行为不好，如今愿意改好，这就对了……"

梦周先生一口气列举蓝田几个村里好些事例，把德业相劝讲得十分切实生动，孟家寨听讲的个个心服口服。梦周先生最后说："德业的业是什么，居家事父兄，教子弟，待妻子，在外事长上，接朋友，教后生，御僮仆，至于读书治田，营家济物，好礼乐，射御书，数之类皆可为之，非此之类，皆为无益。"

……

梦周先生讲了两个时辰，孟诚带头拍手叫好，众人也跟着拍。看看太阳西斜天色向晚，孟诚亲自赶驴车送梦周。在驴车摇摇晃晃中，梦周居然昏昏睡去，猛然睁开眼睛，四吕祠已在脚下。他发现四吕的父亲当初发现这块风水宝地，的确不简单，南、北是山，从高处往下看，村子所在的就是个小盆地，这道原就像一只展翅东南的凤凰。他想，山顶上若是下雪，村子里落的肯定是雨，最饥荒的灾年，这村子灾情肯定轻，若风调雨顺五谷丰登呢，好眼力占了好风水，他们岂止是懂风水，应该对易理也是高手。

第十六章　里衙移风

里衙局里悬挂起了"横渠四句",是冯学彦找人装裱,亲手张挂起来的,他对属下只说了一句话:"这是关中大儒牛兆濂书写的,他能用《乡约》教化蓝田的民风,也能用这四句话治好蓝田的官风!"

光绪二十四年北京两宫刀光剑影,维新与守旧的搏杀逐步走向台前,步步暗藏杀机,六月十一皇帝颁布诏书"明定国是",维新变法正式开始,光绪帝发上百道诏令,以除旧布新,兴利除弊,徐步图强。十六日,慈禧太后迫使光绪连下三谕,控制朝廷的人事和京津地区的军政大权。

二十一日凌晨,慈禧太后突然从颐和园赶回紫禁城,直入光绪皇帝寝宫,将光绪皇帝囚禁于中南海瀛台,发布训政诏书,再次临朝训政,下令捕杀在逃的康、梁,逮捕谭嗣同、杨深秀、林旭、杨锐、刘光第、康广仁、徐致靖、张荫桓等。二十四日,刚毅奉太后谕令,搜捕变法人士。二十八日,北京菜市口鲜血淋漓,维新派改良失败,付出了血的代价,谭嗣同等六人被杀,所有新政措施,除京师大学堂,一律废止。

大儒牛兆濂

庙堂之上你死我活，江湖之远的士子为民担当，冯学彦调任蓝田县令，走马上任。人还在西安就风闻县邑在讲约习礼，蓝田倡行《乡约》的人正是闻名省垣的牛才子。冯县令还听闻，县邑倡行《吕氏乡约》，乡风民俗为之纯朴，他当时还有些不以为然。一个不赴公车的举人，做了教书先生能有多大的能耐？冯学彦上任一进县衙，便对县衙官员懒散大为光火，他看到有个办差的回来，衣着不整说话流里流气，真像街道上的混混……学彦冲着里衙局发了一通脾气，托词府衙有事，离开蓝田到西安去了。

冯县令便装回到县邑，县衙里并没有人知道，他出现在县城北关。牛才子开办了一个芸阁学舍，听说就在小县城的北关，新办的学舍正在讲约习礼，何不暗访一下虚实，借此也能观摩一下如何习礼。便轻装简从一个人都不带，往县城北关芸阁学舍而来。

可惜迟到了一步，冯学彦到达芸阁学舍时，村民已三三两两离去，他们一边走，一边称赞牛才子，倡行乡约演习礼仪，教化民风正当时。顺路打问村民，回答均大同小异，乡村风习向好，年轻人懂礼守孝，粗俗风习开始儒雅起来。还听说尚家寨村的二流子尚三已经浪子回头，人不但变勤快了，还把从前的穷日子过成了好日子……倡行乡约有这么大的教化作用吗？冯学彦想，自己既然来了，听听又有何妨呢，看这个牛才子究竟都讲说些什么。

村民离去后，生徒仍然端坐着，微丝未动，前边站着一位先生，穿一件粗布对襟短褂，布鞋也是粗布的，谦和温雅而又端庄威严。冯县令要了条凳子坐在后面，听先生给生徒训导：大家须明白，芸阁学舍本于程朱，根据清麓；以鹿洞规则，正谊训词，遵守无遗。课程以《小学》《近思录》《四书集注》作命脉。各位学子立志要坚，守道要严，不合于清麓，即不合于程朱；不合于程朱，即不合于孔孟！咱们蓝田的吕大防、吕大忠、吕大钧、吕大临，恪守张子之道，思想之精深，境界之高远，节操之高尚，皆为尔等楷模！我的恩师贺瑞麟先生、刘古愚先生、柏景伟先生等，一个个都立志弥坚……

冯学彦索性未回县衙，直接离开县城顺着川道往东走，来到川道尽头的玉山书院，山长许发梦先生说："蓝田才子梦周先生倡行《乡约》，演习礼仪，曾亲自到书院首讲乡约，礼仪教化身体力行，真是当世的大儒！"冯县令离开玉山书院，从官道拐入一条小路。路边有几个老者，他上前去很礼貌地问道："听说你们这儿讲约习礼，能说说《吕氏乡约》吗？"一位老者说："六岁小儿，见天都念《吕氏乡约》，乡下妇女满脑子都是蓝田四吕！"学彦说："能说说详细吗？"另一位老者说："吕大防官至宰相，主持元祐政坛八年，吕大忠、吕大钧、吕大临从学于张载、二程，与濂洛关闽都有关联。吕大钧制定的成文乡约，吕大忠始创西安碑林，吕大临精于金石之学，是考古界的鼻祖，四人都入《宋史》传记。"一个老头接住话题："牛才子倡行《吕氏乡约》，我们这里村风家风变好了，子弟品行端庄，聪慧好学，牛梦周，可真是当今的大儒！"

县令转过一个弯顺小路拐进沟里，忽然传来一阵读书声，他放慢了脚步，心想，这儿没有学堂，怎么会有读书之声？村头一座不大的祠堂，里面聚集了不少村人，他找了个凳子坐下来，庄稼汉们用粗浑的声音在诵读，听起来这书声确实有点粗野，但仔细一听，正是《吕氏乡约》。学彦问一位长者，说道，梦周先生倡行《乡约》，村里人不仅读，还照着去做，村里偷鸡摸狗、摘桃掐瓜的丑事，早已绝迹，摸牌九搓麻将抹花花掷骰子的，也早没有了，几个月以来，没出现过一个打架斗殴、扯街骂巷、指桑骂槐的丑事，村风正了，多亏这位大儒牛才子！

冯县令沿川道又访了几个村子，得到的答案基本一致，令他意想不到的是，人们对牛梦周这个大儒，居然好评如潮，引起了他浓厚的兴趣。自己堂堂举人出身，一惯崇赏焦雨田的官德，心仪横渠先生的关中理学，像牛才子这样的人物，还是第一次见到，真是少见。他决定回到蓝田，见一见牛才子本人，要医治县衙里的歪风邪气，他想从整肃里衙局下手，治理蓝田这个小县，还真离不开关中理学，离不开像牛才子这样敢担当的大儒。

冯学彦没有官戴，也没带一个随从，从县衙径到芸阁学舍，一连跑了三趟，芸阁看门的朱氏说，梦周先生去各处讲约习礼后，赶回鸣鹤沟老家去了。冯学彦决定撵到鸣鹤沟去，定要找到这位大儒——牛才子。

从县衙出来，在县城北关吃油条，他开始打问当地的村民，讲习乡约是咋样的情形，此地的乡风民俗发生了哪些变化，他还问，大儒牛才子到底长什么样儿。根据食客们的形象描述，县令在心里努力猜想着牛先生的样子，反复勾画着牛才子的肖像。他想，大儒一定面容清瘦，手掌瘦长，拄一根竹杖，青色或蓝色的长袍及脚……一双澄明如水的睿智眼睛，微微蹙起的双眉，紧抿的嘴巴，或形成向嘴角拉下的弧线，或者是一种坚毅果敢的神情，又有些耿介倔强的样子……冯学彦从川道拐进北沟时，还在不断地猜测。

上到一片整齐的街衢，继续往前，走入一个"歪把葫芦"样子的沟里，冯学彦望见一片茂密的松柏林，沟里的土地还算平整，两边依着土岩，都是一绺儿排着的窑洞。数一数窑门人家，近乎三十个窑门。窑门外鸡在觅食，几户的窑门外，还拴着一只两只奶羊，羊儿仪态安详，卧着琢磨着。冯县令走进鸣鹤沟口，太阳已经升起老高，几个农人扛着农具从地里往回走，瞅了他一眼，就走进自个的窑门去了。

大多数窑里已经冒起了炊烟，炊烟袅袅升到高处，跟白云混在一起。冯学彦猛地回过头来，鹿塬烘托下的秦岭，确是一幅绝好的水墨画！农村人吃早饭的时间到了，他快步走进这个"歪把葫芦"沟里的村子打问，这才打听到了牛才子的土窑。

屋里有两个小男孩，一位精干漂亮的年轻媳妇。冯县令问："请问，这是牛先生的府上吗?"年轻媳妇说："是的，土窑。"县令问："先生不在家?"支氏点点头说："嗯，刚回来的，下地去了。"县令甚觉惊奇，牛才子堂堂举人，大儒，亲自去锄地……自己刚才在沟口见的那个人，布鞋，对襟短褂，精瘦却挺斯文，也很精神，目光犀利又很和善……他驻足打量时，人已拐进庄稼地瞅不见了。

冯学彦走进庄稼地里，和干活的村民交谈起来。问及《吕氏乡约》，这些庄稼汉当即就能背出一些，还说得头头是道。

拐到小路上往回走，学彦对岭上的村风印象不错。他感觉前任周侣宣是个有作为有眼光的官儿，这里民风淳朴，讲约习礼已遍地开花结果，牛才子功不可没。冯县令迈着小步，从内心佩服未见面的牛才子。若让他出来主持整肃县衙局，他会不会去呢？这人不赴公车，全陕西尽人皆知，又违拗圣旨，不给抚台和升帅的面子……自己一个小小的县令，道出口来容易，他会痛快答应吗？县令寻思，回去得好好开动脑子。

冯学彦再次走到了牛兆濂家的窑门口，正遇见梦周拿着工具准备出门。

"先生请留步，足下莫非梦周先生乎?"梦周抬眼，见一位身着便装，器宇轩昂的中年男子，昂然站立在窑门口。

"正是。请问，您是哪位？"梦周放下镢头，笑着问道："先生莫非新任县令冯学彦先生乎？"县令去了几次学舍，又去过鸣鹤沟，岂能瞒过梦周的一双眼睛。

"正是在下，冯学彦，幸会，幸会。"冯县令爽朗地笑了，说："鄙人对先生慕名已久，讲约习礼，倡行《乡约》，教化民俗，乡风民俗为之一振，蓝川新风蔚然，本人深表钦佩，牛先生善莫大焉！"

"不敢当。此地沟深岭峻，县太爷不避路途遥远，想您前来必有见教，梦周愿洗耳恭听！"梦周领县令进屋，走进自己"书房"，媳妇蓝玉端上茶。两人谈了岭上的农事，川道人情风俗，又由乡约说到兴教，四吕，儒学，张载，朱子，贺瑞麟，程朱理学……

冯学彦说："极崇拜瑞麟先生，只是无缘亲受教诲，先生幸为大儒复斋的关门弟子，学问多有建树，当得牛才子之盛名！"

"县令过誉了，我哪是什么牛才子，普通读书人而已！"梦周说。

"先生重礼仪教化，身体力行，'敦善行而不怠'，具关中学人的风骨气节，不过……倒想给先生提点意见！"冯学彦县令瞅着梦周说。

"县令大人，你刚到蓝田，你我素昧平生，何以见得啊？"梦周先生闻言，有点坐不住了，站起来说。

"好一个素昧平生，钟在庙里，声在庙外，我一到蓝田，微服出访一个多月，川道，鹿塬，横岭，耳朵都灌满了！"县令喝着茶，不慌不忙地说。

"梦周倒想听听，我在哪些方面有所欠缺？愿闻过则改啊。"梦周先生再重新坐下，表情有点窘迫。

冯县令说："关中学人哪个不勇于担当，学而经世致用，注重躬行。先生清高耿介，具谦谦君子之风，芸阁兴学，力推乡约，演习礼仪，教化民风，可谓得天地之心。力主印行清麓遗著，可谓承继绝学。眼下清廷已如一棵老树，外族欺侮于外，官员腐败在内，您作为一代大儒的关门弟子，难道不打算为国为民有更大的担当吗？"冯县令不紧不慢，梦周几次欲张口，又把到口边的话咽了回去。

梦周终于坐不住了，又站了起来，在房间来回踱了几步，又重新坐下，说："冯大人，梦周实不知哪些地方做得不合时宜，不是大的担当，愿县令大人明示，我定洗耳恭听！"

"实不相瞒，眼下县衙官员风气怠惰懒散，急需整肃，让他们把百姓放在心里、记在心上，就这么一个要求。我欲从里衙局开刀，先生识见才德过人，只要你能出山，当此大任，鼎力相助，不难风清气正！先生如若不肯，本县令不惜五顾土窑，若先生再要推辞，那先生所说的程朱张子正学，就值得怀疑了！"冯县令是有备而来，条理清晰，没给梦周留下足够的退路。

梦周先生被县令激得热血奔涌，彻底坐不住了，说："好啊，冯县令，我答应你，整肃完你的里衙局，你得答应我，事毕即返回芸阁！"县令说："一言为定，绝不食言！"

梦周磨墨，在"书房"书写 横渠"四为"之句一幅，落款盖了印章，郑重送予县令。

里衙局里悬挂起了"横渠四句"，是冯学彦找人装裱，亲手张挂起来的，他对属下只说了一句话："这是关中大儒牛兆濂书写的，他能用《乡约》教化蓝田的民风，也能用这四句话治好蓝田的官风！"这话好像并没有被属下入耳，这几个下官依然轻描淡写我行我素。

大儒牛兆濂

时隔三天，牛梦周到县衙里衙局上任。里衙局的几位官员仍旧衣衫不整地往进走，被梦周当下喝住。一个问："嘿，你算是个弄啥的，蓝田县衙的里衙局，用得着你来管吗？"梦周反问道："你说呢，我不是朝廷的官员，我是芸阁学舍的先生！我来就是先让你们正一正衣冠，再去公干！听话了照着去做，不听了卷铺盖走人！"几个人还横眉瞪眼，想继续狡辩，冯县令走进来，狠狠地教训了他们一顿。

县令说："梦周先生是我请来的，让他专门来立局规！"梦周当众宣布了拟定的局规。冯县令说："他就是牛才子，陕西当世的大儒，难道在蓝田做事还不知道吗！我请他整肃里衙局，就赋予了他生杀予夺大权，谁不想要这个饭碗，现在就说出来！"没人再吭气，都瞅着梦周先生。牛梦周一脸威严，眼睛射出剑一般寒光，几个衣服不整的当即正了衣冠。

梦周正色道："局规是章，四句是典，如今挂在墙上不算啥，不是图好看，我率先垂范，你们各自约束，违犯那一条就按规处置。办差须按规向我请示汇报，不依规、不合规、违规的，均按规处置，返工重做。凡有处罚张榜，公之于众。你们都听清楚了？"

里衙局属下皆微微若若，答道："牛先生，听清楚了！""清楚了，先生。"梦周说："清楚了就好，那今天就先从正衣冠开始！"众官员立即动手，穿戴整齐，互相对正，然后再对镜子。

当天，两官员从鹿塬和东川回来，汇报收缴款项事宜，呈上清册钱款。梦周问："可曾核实？"答："花户很多，不好逐个核实。"梦周说："你们要身着便装，入户核对，多收的要退，少交的要补，不准张扬，务必查对准确！"

几个办差的当日至晚才回来。他们到芸阁学舍找到先生，汇报说："先生真是神人，果然有几个管事的富户，自己少交，几家穷百姓被多收！"梦周夸奖了这两个人。第二天找到县令，冯学彦闻听大怒，立即派人去塬上和上川查办，撤换了几个里长。

梦周住在芸阁学舍，随时又出现在县衙，随时又在讲学；随时又在里衙局坐定，或者和冯县令交谈。各项交办的事项，随时听取汇报，酌情处置。一个月过去，官员居然没一个重大违规。里衙局官风大变，县衙其他部门官风也为之一振，官员个个敬畏冯县令，更敬佩梦周先生。

这一天，有个办差的回来汇报说，横岭几处去年天旱歉收，山里有些人家揭不开锅，乡里下的派款收不上去，民众怨声载道。先生问："哪些村？哪些乡？多少户？多少人口？"一个个目瞪口呆，回答不上来了。梦周拿出一个册子说："你们看看。"几个人拿在手中一翻检，正是他们所说的乡、里、村。梦周说："此事我已知晓，你们明天拿去，逐户核查，看看有无遗漏，有无瞒报，明白吗！"

梦周这日正在芸阁，这几个派出去的官员找到他，说："牛先生，你真是牛神仙，各地所造册子果然都有出入，一一做了核实。"梦周找到冯县令，对生活真正困难的农户，减免款项，拨出救济钱物，逐户发放到手，并对弄虚作假欺下瞒上的里长，视其情节轻重加以处罚。蓝田里衙局景象为之一新，风清气正。有人问冯县令的治理之道，他笑而不答，最后蹦出了两个字"四句"。陕西巡抚魏光焘闻听，说："蓝田冯学彦当县令，不知用了啥魔法，竟然请动了牛才子，帮着他理政。"

这日冯县令扳指头一算，梦周辅政刚好三个月时间，便想设宴招待他，派人找，先生已离开县衙，早已独自回芸阁学舍，正在给生徒讲学。里衙局官员十分惋惜。冯县令对他们说："尔等不舍，本县令更不想让先生离去，只是他心在教育，魂在程朱，名和利他不为所动啊！"县令带了一个从人送来礼物，先生坚持不受，最后只好带回，从人连声赞叹，冯学彦说："记住啊，先生不只教给怎样做官，更教给了怎样做人！"

牛才子整肃里衙局，县令送礼拒收，冯学彦甚觉不可思议，牛才子这人耿介得出奇。冯学彦自有自己的办法，县令亲自协调，拨给芸阁学舍好地十亩，作为学舍养校之用。

冯学彦在蓝田治理官风之事，很快传到总督升允耳朵，他先前对牛梦周的那点心思，忽然又复活起来，想找个机会，亲自登门说服，也许会精诚所至，金石为开呢。

这天，牛梦周回到鸣鹤沟已经很晚，两个孩子都已睡熟了。他先走进自己的"书房"，里面有圣人牌位，柏景伟先生、瑞麟先生去世后，这里又增加了两个牌位，他一次又一次地梦见先生，冥冥之中，总感觉先生到沟里来过，或说先生的英灵就在这里。

梦周净了手，燃香，先祭拜圣人，再祭拜先生，然后静静地站立在先人灵位前，默默地检讨自己，反省自己。自从遇到柏景伟先生，白悟斋先生，精研程朱，兼习举业，到后来得中举人，不赴公车，出任彭衙山长，拜清麓为终身之师……创办"芸阁学舍"，从讲约习礼到整肃里衙……始终践行着"学做好人"的信条。不管俗世如何，也不管维新还是守旧，他认定必坚守道脉，延续学宗。

他从柜盖上发现了清渊读的书，写的字，还有捎回家的书信，整整齐齐地码放着，纸虽陈旧，保存完好，说明妻子蓝玉不只贤惠，细心，还是个有心人。他看看盛粮的瓮，里面居然还有不少粮食，一定是她娘家人在暗暗接济，蓝玉从来不对他说起，怕伤了他的自尊，唉，又亏欠了人家支家河人。一个富裕人家的女子，知书达礼又懂得节俭，能干又会理家，真是难为她了。

挑亮灯仔细看清渊写的字，念的书，梦周感觉儿子的禀赋不错，牛家还算有希望。还有《文钞》第三卷的篇目已编定，内文有待校雠，不少诗作是在芸阁写的，有一首咏物诗，是他从蓝田里衙局回到学舍，看见祠前的一片薄荷，有感而发，甚感有趣，竟小声念了起来：

薄荷

清芬异凡卉，遥从少华来。

有茎方且绿，白花叶底开。

朝饮胜月团，风味足清冷。

可以涤诗肠，晨夕发深省。

其实这些诗作是即兴而写，往后要编集子还需再去推敲，留给后世的东西要耐品味，有嚼头。

夜已很深了，梦周推开窑门，静静地望着"歪把葫芦"的沟，心事浩茫，这沟里不光有自己的手稿，还有童年的苦乐，有土地和庄稼，有贤惠的妻子蓝玉，两个可爱的孩子，沟里边还有长眠着自己的亲人，所以才牵肠挂肚……关上窑门，收拾了书籍和书稿，吹熄了油灯，梦周回到火炕上。

这一年初秋，黄小鲁先生从西安来信，梦周再次收到老师的邀请，又到鲁斋书院讲学。讲学刚刚结束，三原同学兄张元际，亲自到西安盛情邀请，梦周盛情难却，应约到爱日堂会讲，然后又到宋濂学舍、学古书院会讲。一连几个月的会讲，梦周在几处书院与各位大儒讲学，切磋，交流。关中理学学界，渐渐发现和推崇梦周，认为他深得清麓之学的精髓，尤其对张子、大临的学问，传承发扬，对《易经》的见解，不在孙灵泉先生之下。

梦周诚惶诚恐，自己觉得还相差甚远，愧不敢当，他对同学兄同学弟说："你们休要再胡言乱语，梦周几斤几两，我心中有数，恩师贺瑞麟先生是座高山，是一座梦周永远都难逾越的高山，以后可不要再提这话。"

从鲁斋书院回到芸阁学舍，一连两个月讲学，再回到鸣鹤沟，已经是深秋了。他脱掉长衫，穿一件粗布夹衣，在地里整整干了三天农活。站在坡头上，面对灞河和川道，直起身伸一个懒腰，浑身的筋骨顿觉舒坦。又是讲学，又是会讲，一提草堂寺改学之事，同学兄仁斋先生便逼着问他索要文章。

茂陵兄弟是生死之交，他不敢轻慢，白天干活思考，晚上挑灯落笔。当夜已经更深，梦周放下笔来，仔细端详着落在纸上的文字"《草堂寺改学记》，为兴平张仁斋先生作……"梦周觉得这篇记初稿已具，斟酌增删几次，可以对得起同学兄了。再次推开窑门，已至丑时，此刻竟然睡意全无。就翻出会讲前的诗作，《四献祠题白菊》，他对这几首诗特别上心，斟酌推敲，提起笔来重新抄写，他铺纸在桌案，挥笔重写。梦周猛回头，是妻子蓝玉悄悄过来，清渊也没有睡踏实，一起跟过来了，问："他大，深更半夜，在这写的啥呀？"梦周笑而不答，支蓝玉念道：

> 亭亭玉立对秋风，一笑相逢野寺中。
> 君是何年归旧隐，可怜霜雪满飞蓬。
>
> 三径归来已白头，桃源近在帝王州。
> 何因又上芸香阁，晚节寒花许唱酬。
>
> 白莲落后雁飞声，别有奇花照眼明。
> 瘦影偏宜秋水共，冰心澈底印双清。

蓝玉读罢，说："他大，你这诗写的是菊，菊中又有寄寓，你想起前妻了，却以菊自况，我看这是好诗！"从未对诗作过任何品评的支蓝玉，竟说出如此在行的话来，让牛梦周吃了一惊，连忙说："你别多想，我写菊就是写菊，原来共有六首，这是其中第一、二、六首，其余稿纸都在学舍里，夜深了，赶紧睡觉吧！"于是收拾笔墨纸砚，回到火炕，熄灯安歇。

第十七章　道尊清麓

　　牛梦周拗不过升巡抚的盛情，此时此刻，若再继续推辞，就有些不近人情了，梦周说："既如此，毓大人，升大人有言在先，梦周仍致程朱之学，在学堂里关中理学仍居正学之位，否则……"毓观察点头应允。

　　横岭上的回茬秋播种结束，川道里一天天变得凉爽起来，夏季快完的时候，梦周的挚友陈铭诚来芸阁叙茶，看到梦周东奔西跑，又要回鸣鹤沟照管妻儿，来回折腾很是辛苦，心想送些钱款，待梦周回种秋田结束之后，收拾出一些地方，把蓝玉嫂子和孩子一同搬来芸阁居住，生活起居也就方便一些。此言一出，不料被梦周婉拒，盖芸阁精舍乃是兴学，自己起居纯属个人私事，怎能公私不分，此事断不可为。

　　这一天闲着无事，梦周把正在整理的《芸阁文钞》（卷一）取出来，聚精会神地校斟，竟忘记蓝玉端来的茶已放凉了。"大儒好勤奋哪！"梦周闻声猛地抬起头来，见是蓝田县令冯学彦不请自到。忙放下手中书稿和笔，沏茶招待。冯学彦落座，免不了恭维一番，又问了老婆孩子近况，梦周唤来蓝玉领着清渊、清谧，跟冯大人见过礼。

冯县令说："升总督这回出任陕西巡抚，盛赞先生志虑忠纯，规模宏远，学问淹通，洞达时务，实为朝廷栋梁，做个乡间先生，实在大材小用，时常念叨牛才子，欲拔擢先生为省谘议局任职！"梦周说："升抚台偏爱，先前极力向朝廷举荐，兆濂浅陋，多次让大人失望，承蒙大人错爱，真是愧不敢当，愧不敢当啊！"。

学彦说："抚台大人深知先生志在兴学，传承弘扬程朱学宗，道尊清麓先生，已从府库拨下专款，增扩芸阁修缮学舍，并为先生专修书房，供牛先生饮食起居，便可接来妻小，早晚有个照应，也便于抚台请教！"

"冯大人，梦周有何建树，何敢劳动抚台大人如此费心，更不敢说'请教'二字，快快致函升允大人，抚台的大恩大德铭记于心，好意兆濂心领了，此事万不可为！"梦周说。

"梦周先生，我冯学彦这个县令是个下官，品级实在轻微，升大人乃也算是朝廷重臣，他的话下官只能照办，哪有顶撞回去的道理！芸阁修缮事项有我妥善安排，你就在学舍专治程朱，早晚为生徒讲学，像在彭衙书院那样，依旧苏胡之风，等着贤妻幼子早来蓝田吧！"

"……"梦周先生还要分辨，冯县令摇摇手说："你这回的龙井茶哪里弄的，味正！"说着已起身告辞，回县衙去了。

冯学彦对升巡抚拨下的专款岂敢怠慢，县令一改往日习惯，一身官戴频繁进出"芸阁学舍"，亲自到工地督工，修缮非至一日，所建"书房"盘锅垒灶又起了土炕，放置桌案书架，书桌等，摆置了桌椅板凳，更有文房四宝等物。只等梦周选择吉日，从鸣鹤沟迁来眷属。

这段时光很是清静，梦周除在芸阁讲学，再无外出，陆续有毕业学生来访，早先的学生已经成器成才，刚刚送走的杨仁天、刘守中、王执中、王元中等，不仅才学出众，品德也是最优秀的。《吕氏遗书辑略》四卷已经编辑校斟完成，送走了学生，他得抓紧撰写书序。这日午后，梦周先生磨墨挥毫，写下一段文字：

蓝田吕氏遗书辑略序

自羲、文作易，姬公定礼，天下之文明，肇于秦雍……庶穷乡晚出，藉以识乡贤之梗概，因是而奋厉焉，以为仁德先路至导。安在关学坠绪不于是复振，而图书之奥、礼教之隆，不再昌明于今日之天下，固区区之望也……

开始气韵贯注，文思泉涌，顺着思路一气呵成，他不想再有打搅，就把门闭上。《吕氏遗书辑略》是牛梦周最在乎的一部书，也是他作的最顺手的一篇序，居然一气呵成，无有一字改动。放下笔来，梦周走出房间，望望川道，太阳已经落下，梦周一个人悄悄来到"四献祠"，净手，燃香，恭谨地行礼，点上三炷香。烟雾缭绕，梦周默默地说，先贤遗著编辑已成，可以大放光明了！他像放下肩头一个重物，一瞬间轻松愉悦。离开"四献祠"时，梦周想，应该把《芸阁礼记传》计划辑成一十六卷，眼下先放一放，《近思录类编》计划辑成一十四卷，还有《秦观拾遗录》也整理出了眉目，应该着手先行辑成。

梦周先生往回走，猛然又想到《清麓丛书》，一种紧迫感和强烈的使命感，又一次在心中升起，他只轻松了一会，感到自己肩头的担子，再次变得沉甸甸的，无论如何不能推卸。梦周先生回到房间，刚坐在椅子上，毕恭毕敬地走进来三个学生。梦周回头一看，正是他的几位门生：高凤临，李铭诚，陈敬修。梦周先生问："哈哈哈，前日刘树庸、王海珊、扬大乾来，说你们几个要来，想不到来得这么快呀，铭诚，还站着干什么，快自己弄茶喝！"

铭诚也不客气，取来茶壶缸子，给大家沏茶。先生问："凤临家在韩城，一路走得辛苦，先打水洗一洗吧！有疑难喝了水再说吧。"高凤临开口就说："先生，还是先说说，再喝茶吧！您在讲张载程朱时，讲到本体论和心性论，您对孟子只提'性善'而不及'气禀'，把'性'剖析为'天地之性'与'气质之性'，是不是从解决性气纷扰出发的？""对呀，先生，就是这个难题。"铭诚倒着茶说。

梦周瞅一瞅满脸虔诚的几位学生，说："娃们呀，喝茶，喝茶。我是讲过，曾子是孔门中德行科的后劲，他在孔子在世时全身心致力修身之道。子曰：'参乎！吾道一以贯之。'曾子曰：'唯。'子出，门人问曰：'何谓也？'曾子曰：'夫子之道，忠恕而已矣！'《论语？里仁》是历史上诠释极多的一章，在宋明儒者的诠释下，几乎成为孔子传道曾子的铁证，朱子即认为'圣人之心，浑然一理，而泛应曲当，用各不同。'关中理学是实学，笃本尚实，精思力行。你们的问题问得好，若要论性之说，程子三言两语就说完了：'论性不论气不备，论气不论性不明，二之则不是。'孟子发明性善，本于孔子所谓'继之者善也，成之者性也'，子思'中也者，天下之大本也'。朱子所谓'未是论圣人，众人都一般'等语，此主理而言，言性之本然者然也。"三学生俱会意，微笑着点点头。

先生喝一口茶，继续说："张子、程子发明气质之性，原本于孟子'君子不谓性也'，孔子'性相近也'，朱子语类所答'未发而不中'等语，此主气而言，言性之坠于气质者然也。从主理与主气两种理论入手，我认为，夫朱子之言性，他无论已，即以中庸章句言之，则性道虽同而气禀或异，一也；盖人之性无不同而则有异，二也；均善而无恶者，性也，人所同也；昏明强弱之禀不齐者，才也，人所异也，三也。"

先生一讲完，瞅着三个学生的神情，铭诚说："经先生一说，开启愚蒙，豁然开朗！"敬修说："先生说得准确凝练，又提纲挈领，顿觉耳目一新！"风临恭敬地说："先生拨散了'性''气'之间的迷雾，与张子、朱子心性论相同，又高屋建瓴，我等只有敬佩！"

先生说："气质害不了性之本善，所以学以变化气质为要，变化气质，存养善性，张子、朱子的气质之性与变化气质，与孟子的性本善论，一点也不抵触！铭诚、风临远道而来，喝茶，喝茶！"

光绪二十七年，八国联军攻入北京，两宫号称"西狩"，实则仓皇出逃，先到热河，后至太原，随之逃往西安，大清国颜面彻底扫地，皇帝和太后失去往日的威严。尊贵的慈禧和光绪初到热河，筋疲力尽，往日的赫赫圣威丢弃，君臣相视苦笑。地方来不及准备食品，就在农户家里，给慈禧和光绪奉上小米粥、玉米面、窝窝头等家常吃食，一尽孝心，平时养尊处优的大清帝王与西宫太后，吃完后还非常高兴，夸赞变乱中尚能迎驾，忠心耿耿，心生感激。

升允在变乱中领兵拼死护驾，得到太后的欢喜和重用，满足了洋人的要求后，辛丑条约签订，太后和皇帝"西狩"回京。次年巡抚升允奏请朝廷，开办陕西大学堂，很快获得御批。光绪二十九年，升抚台又奏请朝廷，将关中书院改为陕西师范学堂，又获得恩准。

接二连三的风云变幻，让三十有七的牛梦周内心很不平静，有国家之耻民族之恨，也有新旧碰撞，庙堂之高与江湖之远，朝中各派势力倾轧，清廷难道病入膏肓了……梦周听到要改关中书院的消息，心中十分震动，又十分迷茫，此刻，他正坐在房间纳闷。忽然朱老头送来巡抚衙门一封加急书信，他认得这是升允的亲笔。

梦周把信重重地放在桌上，半天说不出话来。他听说过南方的新式学堂，也听说升允在甘省改办的新式学堂，孔孟程朱被抛置一边，正学何存，正道何求？关中书院是自己正途的起始，也是关中理学传承发扬的旗帜，柏景伟先生的训导还响在耳际，白悟斋先生的话言犹在耳，为什么非改不可呢？陕西师范学堂，他对这个名字连听都听不顺耳，升允这个人，曾经有恩于己，巡抚升允此番来信，究竟是什么事呢！

梦周拆封展信一看，自己先是吃了一惊，升大人要自己去师范学堂，出任学堂总教习，这怎么可能呢！他要做的是经世致用的真学问，他要学宗朱子道追清麓，他要为天地立心为往圣继绝学，岂有去任什么总教习之理！他的头脑此刻实在难以冷静下来。他并没有忘记，升大人多次提携栽培，他并没有忘记升大人拨款兴学，也没忘给自己所盖的安居之所，这倒该怎么办……于情于理，都让人左右为难。梦周闭上门走出芸阁，来到灞河边上转悠，他苦苦地思虑，整整思考了一个晌午。巡抚升允重权在握，谁也阻止不了他，但他可以选择不去，牛梦周决定回书一封，婉言予以推托。于是铺纸磨墨，捉笔在手，眉头紧蹙，字斟句酌，给升抚台写了一封回书。

巡抚升允是在实施新政不彰的情况下，把心思全放在办新式学校上，早有筹谋的他，全面铺展开各项办学事宜，延揽各种人才也在着手之列。牛梦周关中大儒声名鹊起，就关中理学界而言，才名似乎超过了他的老师，有一种不争的说法，张载后关中理学第一人！牛才子名望之大如日中天，岂能不收揽在自己麾下呢！日后天下有变，不正需要这样的治世精英吗！升允在府衙翘首以待，他以自己对待牛梦周的宽容和恩惠，以自己的权势和威望，对于关中书院的聘任，不，应该是陕西师范学堂，他对牛梦周的到来充满了自信。

一封书札放在升允的案头，封面上洋溢着士子气节的字迹多么熟悉，"蓝田芸阁精舍牛兆濂百拜"。升允喜出望外，并没有立即展信观览，他摘下羽翎官帽，脱去锦绣官袍，仔细挂于衣架，捻着嘴角微卷的胡须，沏一壶龙井茗茶，这才拆封披阅。升允双眼忽然睁圆了，起身掷信于地，一时间怒从心起，骂道："娘的，牛梦周你姓牛，真是一头十足的犟牛！"升允转着圈发泄过后，坐下来的时候又冷静了，他自言自语地说："哈哈，牛梦周啊牛才子，我就喜欢你这种牛劲，牛筋，拗劲，哈哈，这就是我最对路的犟牛脾气！"升允从地上捡起书信，一边欣赏着牛梦周的书法，脸上的怒气慢慢消失。升允摘下挂在门首的鸟笼，在巡抚府衙院内逗了一会鸟儿，这才回衙修书。

一封婉言谢绝的回书，推掉了师范学堂"总教习"的聘请，牛梦周庆幸又轻松，心情舒畅了好长时间。他本不想驳回升允大人这个面子，与他在学问上的追求大相径庭，越来越远了，现在总算把它推脱，可以长长松一口气，舒展一下了。他决定编完《近思录类编》这本书，就开始过问《清麓丛书》的编撰，自己的《文钞》可以先放一放，为《清麓丛书》撰写书序，他已经当仁不让地应承了，也该着手考虑动笔。

梦周正心花怒放的时候，又收到升允的亲笔回信，这是他万万想不到的事情。令他深感意外的是，世上竟有这么执着的巡抚。梦周把书信拿到灯下，仔仔细细地比对，绝对是升巡抚的亲笔，这每一笔每一画他都十分熟悉。梦周把信看了好几遍，看不出恩公有一丝恼怒，相反的，他们本以师生相称，升大人自称是光绪科陕西乡试的主考，梦周和张凤翙都是本科的举人，只是张凤翙在升帅的支持下去日本留学，回来后在新军做事，如今，他已是升大人的死对头了。

梦周再看书信，有点哑然失笑了，升大人在信中竟把自己称"老弟"，真是哭笑不得。他把信放在桌上，一眼看到手头正在编的《近思录类编》书稿，一股子牛劲忽地又上来了。恩公也罢，抚台也罢，"兄弟"也罢，豁出去了，继续具书固辞，看谁的耐性和定力更好。牛梦周给砚台里加了水，他一边磨墨一边考虑着这封信的措辞，一定要让他彻底死了这份心，他断没有去陕西师范学堂任总教习的可能。

这真是个牛人，牛人碰到了更牛的人，陕西巡抚升允的耐性也是惊人的，任你牛梦周如何恳切，认你牛才子如何百般辩白，我决定开办陕西师范学堂，就认定了你这个总教习，不信你能死硬顶牛到底！如此书来信往公牍往返，竟至拉锯了四五次。一晃又是数月过去，牛梦周的软磨硬泡，并没有让升抚台回心转意，升抚台的拗劲反而丝毫未减。不过要让牛才子屈从，他明白必须变通，他不是要心系程朱道尊清麓吗，那好，就满足他这一心愿，他就在书信中明确告诉梦周，虽然改为师范学堂，学堂里还遵道脉，仍可致程朱之学，周程张朱和贺瑞麟先师之学，在学堂里仍尊为正学。

升恩公话已至此，梦周觉得如果再强辩下去，不仅有伤恩公器重的美意，也有悖于自己践行的正道。距离师范学堂正式开办尚远，再写一封又有何妨，牛梦周思想了六七日，直到把《近思录类编》编成，又斟酌词句写了《答升中丞》的书函：

……

以濂愚陋，……仰见体恤迂拙，所以委屈保全者，可谓天高地厚，又闻各大宪同心一志，力尊程朱，实事求是，正学之明，将拭目可俟。维宪台宏此远图，终始一意，如程子所谓：'以圣人之训为可必信，以先王之治为可必行。不狃（niǔ）滞于近规，不迁惑于众口。'朱子所谓：'上不敢鄙其君，以为不足与言仁义；下不敢愚其民，以为不足以兴教化；中不敢薄其士大夫，以为不足以共成事功。'如濂者，虽末学浅识，无所肖似，然以夙所有志，敢不勉竭疲钝，敬承下风，以期少补尺寸。伏己垂怜梼昧，不吝镌诲，更能俯鉴愚悃，不罪迂执，俾濂得以一得之愚，从容自効（xiào），不使少有得罪程、朱，以上辜宪台力扶正学之雅意，则岂惟濂实幸，将天下咸依赖之。

蓝田芸阁学舍 牛梦周

升抚台耐心惊人的，梦周书札送出，人在芸阁忙于《文钞》，又意外收到升允信函。梦周想，以升抚台的脾气，这回肯定要雷霆震怒，大发一通脾气了。出乎意料的是，升大人在信中一如既往，苦口婆心地劝导。梦周并不在乎升大人的允诺，仍致程朱之学，仍继瑞麟之道脉……他对关中书院被改至今都难以接受，新式学堂里，周程张朱被放置在什么位置，寻思良久，梦周又修《再答升中丞》，这回他不做过多的辩解，只是决然地推辞不就。

梦周从正谊书院讲学回来，蛰伏在芸阁精舍，讲学之余，编辑《芸阁礼记传》一卷已经大致完成，和辑成的几卷放在一起，堆成高高的一摞，数一数共一十六卷，他打算让敬修、凤临、铭诚几个，帮着他进行校勘。《芸阁礼记传》倡行隆礼重教，这是张子极力宣导和推行的，从吕大临到冯从吾先生，还有恩师瑞麟先生在内的关中三学正，哪一个不以礼为教！"先王之所以缘情制礼，以养廉耻于匹夫匹妇，而峻名教之大防也。"梦周于是给砚台加水磨墨，纸上落下"吕氏礼记传序"一行小楷字，梦周正在得意，老朱急急跑来，说："有陕西师范学堂总办、省垣观察毓俊大人到！"

梦周出去回避已经来不及了，连忙以礼出迎。见面免不了一番寒暄，走进芸阁学舍，毓观察落座，说："奉升抚台之托，登门拜访陕西第一大儒牛才子梦周先生，为大儒才子赍书携币，迎以肩舆，先生这回就不必再推托了。"梦周说："大人谬赞错爱，梦周有何德望？"毓观察说："抚台大人叮嘱，今日务必请到梦周，用轿子给我抬回来，不然他就亲自七顾茅庐了！"

梦周说："观察大人来，就是抚台大人到了，兆濂实为才学平庸，蒙大人错爱，诚惶诚恐，难以当此大任，滥竽充数，生怕辜负大人兴新学强邦国的一番心意！"

毓俊道："梦周先生已是当世关中名儒，天下兴亡匹夫有责，梦周先生誉满三辅，如今省中大献，同心一志，力尊程朱，先生以正学之名，拭目可俟。车仗就在外面，乃请收拾行李随我等一行吧。"

牛梦周拗不过升巡抚的盛情，此时此刻，若再继续推辞，就有些不近人情了，梦周说："既如此，毓大人，升大人有言在先，梦周仍致程朱之学，在学堂里关中理学仍居正学之位，否则……"毓观察点头应允。遂收拾书籍、行李，告别芸阁诸先生，别过妻子支蓝玉和儿子清渊、清谧，跟随毓观察一行，乘车往西安去了。

一身布衣的牛梦周出现在陕西师范学堂。如今这里的房舍没有变，而"关中书院"的牌匾找不到了，换成了"陕西师范学堂"，这块牌子在他看起来不仅陌生，更有几分抵触情绪。这种情绪在他心里潜滋暗长，他从这里参加乡试中举，在这里结识大儒柏景伟先生，李用清先生，黄小鲁先生，白悟斋先生……自从彭衖书

大儒牛兆濂

院出道，苏胡安定之风被同行称道。有志治实用之学，治周程张朱之学，清麓先生之学……不是没有掌管过教习，他也不想管新式学堂里的教习，他要为天地立心，为往圣继绝学。

陕西师范学堂学生来自省垣各地，十分敬畏关中理学大儒，尤其敬畏他特立独行的气质，三个月时间，他的牛才子之名已无人不晓，学堂的老师中有不少他的弟子，敬重他的学问建树，一个个对他心悦诚服、敬佩有加。梦周利用晚上的时间，校订完了《秦观拾遗录》全稿，他想自己动手，写一篇满意的书序，就对得起蓝田先儒王秦关先生了。

又是一个夜深人静的夜晚，纸上的墨迹渐渐干了，牛梦周的视线落在一段话："……二曲称其'学足以明道，才足以应世。粹德卓品，朝野钦仰，光重史册，彪炳无穷。洵矣！为关学之后劲矣'"。梦周觉得这样的评价很中肯，也比较得当。到了最末一句："使关学由吾身而绝，如先生何？尚其以先生之心为心，而勉进于吾学，以无为乡先正先贤羞焉，则山川与有荣矣，此吾若当共勉者耳。"牛梦周的目光久久停留在这句话上。书序墨迹粘住了他的目光，似乎使劲也拉不回来，蓝田的两位贤儒，王秦观和吕大临，对牛梦周几乎形成一种巨大的威压，让他在这新式学堂里喘不过气来。

梦周一个人走出了"关中书院"，他在努力找寻旧时的影子，找寻曾经留在这里的每一个足印。一切都那么熟悉，又都那么陌生，一切都远去了的，已不复存在，又一切都历历在目，只是那种亲切感，再也找不回来了，时也，命也。牛梦周觉得此时，他的心里空落落的。当年创办"关中书院"的冯从吾先生，堂堂一个工部尚书，被革职回家后潜心易理，从而在宝庆寺收徒讲学，他在与汪可受"联镳会讲"中，才有了这座名闻遐迩的关中书院。贺瑞麟先师在这里传承关学，柏景伟先生继之讲学，他们都深追书院的宗旨，"天地万物一体为度量，出入进退一丝不苟为风操"，曾经的关中书院兴学的宗旨呢？道脉还依然绽放光彩吗？只有光影摇曳，一切都成了过往。孔孟程朱之学，张子、冯从吾之学，贺先生之学……这一切都遭遇空前的冷落，而自己，却心安理得，静静地守候在这里，继续当什么总教习，让先贤、先儒们怎么原谅"关中理学横渠后第一大儒！

梦周痴呆呆地站在书院的树荫下，眼中全是关中书院往日的影子，就是在这个有名的书院，一群有担当的文化人，在这里进行文化远征，他们不崇空谈心性的象牙塔，也不是钻营苟且的名利场！梦周心潮起伏激荡，他看到了一个神圣的祭坛，一群有血性的文化人在这儿讽刺朝政，裁量人物，针砭时弊，在风雨飘摇中为一片明朗的天空大声疾呼。他们躬行实践，高标独立，研究着经世致用的关中理学，在万马齐暗中，开启关学思想的先河！如今程朱之学在被束之高阁，自己又无可奈何，在这里做总教习，恩师清麓、子俊先生能在地下安心吗？

走在校园的曲径上，梦周漫无目的地走着，心情久久不能平静，家事国事天下之事，芸阁精舍的事，桩桩件件，件件桩桩，每一件都煎熬着他的心。三个月时间不算长，对他来说，比熬过三个年头还要长，竟至于让他寝食难安啊。三个月中，片纸尺牍总勾起他沉重的心思，一种强烈的担当意识，在他的心里又一次升腾起来。不能在这里再迟滞下去！梦周五内沸腾，片刻也不能再宁静，江山有代谢，往来成古今，那些力挺关学的大师们，一个个站在他的面前，清麓先生用异样的目光盯着他……他走出"书院"大门，书院北面的钟楼，书院东边的碑林，南边的明城墙和大南门，西边的唐宝庆寺塔，到处都有他的足印，雕梁画栋的书院校舍，一座文化渊源深厚的园林，他要努力找回传承关学道脉的凌云鸿志！

牛梦周站立在御赐"秦川浴德"的匾额前，夜已深沉，他默诵冯从吾先生《关中书院记》里句子："书院名关中，而匾其堂为允执，盖借关中之'中'字，阐允执厥中之秘耳。"穿过方塘半亩，从树亭跨过石桥，又登上假山，他真想放开喉咙喊一嗓子，但他知道自己不能这样做，他猛地拾起一块石头，狠狠地砸在假山石上……

第二天梦周一大早就巡查，叫来十几个学生背诵《四书集注》，没有一个能按要求背诵，这种情况在学堂已经有几次。三个多月积攒的怒气，一下子喷发出来，梦周让他们当面认错。有一个学生竟然公开顶撞他，说："先生，《四书集注》算什么课，这个课不是主学，老师又没有明确要求背！"其他几个学生也跟着附和。梦周训导说："孔孟程朱，中华之文脉不是正学？那我问你们，什么才是正学？"学生充满敬畏，毕恭毕敬，不再违言。梦周领着被训导的学生去见学堂校长，冲着校长大发雷霆，心里甚觉委屈……

牛梦周去意已决，一份字斟句酌的辞呈，呈上升抚台的府衙。升允望着辞呈半天说不出话来，眼睛都将要滴血，他明白此时陪梦周去看名胜古迹，或与牛梦周促膝长谈，一切都是多余的，他是一头犟牛，一牛也拉不住的大犟牛！升允在辞呈上"批"了一个大大的"准"字，执定梦周的手，目不转睛地瞅了他半天。

升允安排车子相送时，牛梦周已在三日前雇了车子，拉着书籍和行李，回灞河川道去了。升允叹道："牛才子乃是松柏之节，唉，难进易退，于斯为盛，概可见矣！"

第十八章　自号蓝川

……梦周说："'蓝川先生'，这个大号好！好极了。牛兆濂，字梦周，自号蓝川先生，好好好，我已经是'蓝川先生'了！"大家在马车上高喊："蓝川先生——"山谷回应"蓝川——先——生！"

　　梦周回到蓝田芸阁学舍，他的心情渐渐恢复了平静，妻子支蓝玉对他百般体贴，心总算回归心窝。蓝玉告诉他，清渊念书又有长进，还说，别人对你离开师范学堂，多有闲言碎语。他说："只要你理解就好，其他人不解我不在乎……"这时，学生陈敬修、李铭诚陪高凤临前来辞行。凤临说："先生，学生欲回韩城闭关三年苦读，然后再来见先生。"梦周说："这样也好。凤临你记住，当年复斋先生教导，《小学》《近思录》《集注》勿离身，以便尽早形成体系！""凤临记住了，先生。"先生又对铭诚、敬修说："你两个，代我送送凤临！"几位学生刚走，泽南拿来山东孙灵泉的书信。
　　拆开书信，同学兄在信中说，已从淄川来陕现在三原，关于太极通书，有几个问题，须向学弟梦周先生请教，务必尽快作复，并请为书稿作跋……他想立即给学兄作复回信，邀请同学兄灵泉先生、兴平张氏兄弟等，一并到"四献祠"会讲。梦周先生对泽南说："孙先生从山东来，欲请兴平二张，鉴元、米岩几位来蓝田芸阁精舍会讲，你早做准备吧！"

泽南出去后，梦周开始看灵泉先生的文章。孙学兄的这些关于《太极通书》的文章，篇幅精短，读起来很上口，又气韵流动，说理说得十分精到，越读越佩服学兄，易理的学问功底和才情俱佳，再加上十分勤奋，品性纯朴。意想不到会这么顺当，四天时间，读稿释疑，连跋也写成了，梦周盯着桌上墨迹未干的文字，还散发着墨香，《题孙灵泉先生太极通书答问》作《跋》：

"太极一图周子乃手一授程子者，程子初不轻以示人，盖难乎其人也。通书本名易通，究不外太极之旨。程子尝谓：'语学者所见未到之理，不惟所闻不深彻，反将理低看了。'濂赋性愚昧，多年于上达处不敢过问，故于易象、太极通书至今茫然，不敢强不知以为知也。淄川孙灵泉先生学长学易数十年，熟读逾数万遍，用力亦綦勤矣。晚乃以学子之问，举其生平辛苦所仅得者，历历然如数家珍，辨白黑而倾倒出之。然冲怀谦德，复不惜问道于盲。濂校阅之余，窃喜其以浅近之言明奥妙之旨，以程子而下所不得闻者，一旦而后生小子乃等闲闻之，斯何如情形欤！然而传之之广，得之之易，则又惧其易视此图与书，而启其蹭等凌节、妄意高远之弊也。此则非先生著书立言之本意，而区区所不能无过虑者尔。"

仔细校审完毕，梦周用晚上的时间，再仔细推敲斟酌一番，觉得这篇《跋》虽短，却思路清晰，语词得当，言之已尽，就收拾起来，以备送与学兄。

兴平同学兄元际、元勋轻车熟路，率先到达蓝田，三人见面喜不自胜，都要拥抱梦周。正在喝茶闲谈，学兄孙灵泉从三原赶到。去蓝田会讲芸阁，梦周还有个别出心裁的安排，进秦岭辋川，游玩蓝关古道。秦岭博大精深，文化底蕴深厚，学兄学弟回去都能写出好文章。久别重逢，先说到印行恩师遗著，又说梦周的"总教习"，谈笑风生中，会讲就开始了。

第一次在梦周的芸阁学舍的会讲，元际为尊长，他提议先祭拜蓝田先贤四吕，梦周让泽南准备了祭品。当日午时，来到"四献祠"祭奠先贤。由梦周亲自司礼，依次祭奠，兴平张氏兄弟、孙灵泉、米岩、马养之，最后牛梦周，元际诵读祭文，礼成。果斋说："瑞麟恩师祖籍渭南，下次会讲渭南酒西书院，如何？"灵泉说："学弟之言有理，恩师遗著出版，正适合在渭南会讲！"

这天会讲刚结束，果斋就嚷着，"牛梦周，学弟几时领大家游一下辋川？"灵泉说："今天好好歇息，明日进秦岭，游辋川。我提议，不论诗、文，每人都要写一篇出来，如何？"

天色不亮打点吃了早饭，梦周领着学兄学弟，来到县城东边一个古关峪口，说："这里进去，就是王维的辋川。"一行人行走在蓝关古道。元际问："这里究竟是'古关道口'还是'古关峪口'？"大家目光一齐投向梦周。牛梦周放慢了脚步，笑着告诉大家，说："两种说法一样，不就是蓝关古道的隘口吗！"

这天天公作美，晴空万里阳光灿烂，蓝关古道充满了诗情画意，比平时更具魅力。梦周作为本地人，自然不只去过，对于遗落在蓝关古道的故事，也多有了解。他告诉说，这条古道早在商周时已有雏形，秦统一六国后，以咸阳辐射天下，大修驰道，蓝关古道在当时，更是通往荆楚东南的驰道，蓝关古道离咸阳最近，是古道上一段险道。梦周说，若从县城南折七里上峣山，登七盘，经乱石岔、蟒蛇弯、鸡头关、风门子、六郎关、下十二缯坡，就到了古蓝桥。再由蓝桥经新店子、牧护关，就进入商州，而出武关，就可到达秦岭东南地面。唐代以后，这条道失去了特殊地位，不再是沟通都城的枢纽，但交通上仍发挥着重要作用。

古道曲曲弯弯，从峣山到蓝桥，是一道绵亘起伏的山岭脊梁，梦周说，这里古称"青泥岭"，古蓝关的另一个名字更可爱，叫"青泥关"。大家听梦周如数家珍，开始感叹古人，在峣山之下设此关门。大家上前摸摸门柱，门柱的石槽印迹很有质感。门柱似打量着这些匆匆过客，默默地留存着历史。大家喝水休息，感叹一番，元际说："好一道蓝关古道，雄伟险峻，气势吞云呀！"果斋大声诵读起了皮日休的《蓝关铭》："天辅唐业，地造唐关。千岩作锁，万障为栓。难图其形。莫状其秀。双扉未开，天地如斗。轧然副启，人济入济。似画秦国，铺于马底。险不可侵，惟王之心。矧夫兹关，独可规临。"众人笑他，年龄不小，竟聊发少年狂了。

灵泉先生虽然来过一次蓝田，还是那时与梦周讨论《易经》，到蓝关古道还真是生平第一次，他大叹秦岭的气象万千。元际也是第一次到蓝关古道，涉足秦岭山峪，转身对梦周说："同学弟，秦岭每步都有一个美丽的传说，这一带秦岭你比我熟，我代表学兄学弟要求，牛梦周先生就讲一个，给大家开开眼，如何？"于是，梦周先生边走边说。七盘古道有个蟒蛇湾，其所以叫"蟒蛇湾"，相传是神仙斩蟒除害，死蟒幻化形迹；山谷中有个卵形巨石，被分成两半，传说是斩蟒时的试刀石。古道旁还有一"鸡头关"，那是一处山崖形似鸡头。这故事还有点来历，传说天上的神鸡私自下凡，在此地居住，她消灭了害人的蝎妖。因违反天规，被天庭永镇于此，化为石鸡了。大家啧啧赞叹，说话间来到一个高处，青泥岭。

上到青泥岭的最高处，梦周说："众位学兄，找一块石头坐下休息吧，吃点干粮，喝些水。"马养之提到了一个地名，"风门。"大家都感兴趣，问梦周，梦周说："'风门'又叫'封门'，大家细观之！"大家定睛看时，只见两峰对峙，形如双扉。梦周说："其口多风，故曰'风门'也。"

一行人从峣山登古道后，一路走走停停，回头眺望时，只见秦川尽收眼底。同学兄元际发起了感慨："过了此门，再也看不到了，风门，'封门'也，好奇特的名字，遥想远古的一辈辈古人，每行到这里，一定会落下思家怀乡的眼泪呢！"古道的脊梁上有一处关隘，米岩问："梦周，这是何关？"梦周说："此关名曰六郎关。"灵泉先生问："何以叫六郎关？"梦周说，传说北宋名将六郎杨彦景，率兵在这儿驻扎过。你们看，六郎关东面的半山坡上，有一块平滑的石头，石面上布满红色的石纹，红得像血迹一般。石面上还有一个凹痕，如同一双小脚女人脚印。传说天上王母娘娘下凡私妊。还有一个说法，是华胥氏在此生下小孩，遗下的"衣胞"，故而叫作"衣胞石"。众人点头称奇，望着山崖良久，淡淡地窃笑。

众人又赶一程，站在古道上，养之先生问："同学弟这里可是韩愈先生当年去潮州的路啊？""正是。"梦周说："马学兄崇拜韩愈，你来说说吧！"养之说，昌黎先生进谏宪宗迎佛骨，激怒了圣颜，被贬往潮州。韩愈行至蓝关，被大雪拥阻，马不能前行；适遇蓝桥洞中修道的侄孙韩湘子前来迎接。昌黎先生感慨之际，当晚住在韩湘子的洞中。那个不眠之夜，写下流传千古的名诗："一封朝奏九重天，夕贬潮州路八千。欲为圣朝除弊事，肯将衰朽惜残年。云横秦岭家何在？雪拥蓝关马不前。知汝远来应有意，好收吾骨瘴江边"。好一个韩文公！大家肃然站立，对空作揖遥拜。养之说，韩湘子自幼喜研道术，韩愈劝其求取功名，并令作诗一首，以试其才，湘子当即作诗一首："青山云水窟，此地是吾家。后夜流琼液，凌晨咀绛霞。弹琴碧玉调，炉炼石朱砂。宝鼎存金虎，元田养白鸦。一瓢藏世界，三尺斩妖邪。解造逡巡酒，能开顷刻花。有人能学我，好去看仙葩"。曾经居庙堂之高的爷爷韩愈，听罢不高兴了。湘子见韩愈生气，便说："人各有志，事有定数"。说罢，取出一盆土，覆上一块布，顷刻揭起，长出一株鲜花，花瓣上有两行字："云横秦岭家何在，雪拥蓝关马不前"。韩愈看了不解，湘子说："事久必应。"韩愈尊崇孔孟，决然到岭南去了，侄孙湘子遂到石窟中修道，多年以后，此事后来果然应验。

梦周领着大家开始往川道走，不时回头，望着蓝关古道，一个个心潮翻卷，不能平静，到山下后坐在路口歇息时，还问这问那。梦周说，蓝关古道，本是一条用白骨筑成的古道，秦始皇在这崇山峻岭之上，大规模修筑驰道，死人无数呀，唐中宗重开武关道，役徒数万人，死者十之三四。在旌旗猎猎的震天喊杀声中，谁能计算出有多少生命，永远停止在这山崖河畔！从皇帝战蚩尤开始，发生在这条道上的战争，有史可查的数以百计。秦昭王经这条古道伐楚，一次"斩首五万"，汉高祖刘邦引军设疑兵、绕峣关、逾篑山，大胜秦军于蓝田，迫使秦子婴降轵道上。东汉时刘秀讨伐王莽，三国时夏侯渊败马超，都在此留下了难以抹去的痕迹。

梦周先生和众人歇息一会，起来加快了脚步，他说，魏、晋、南北朝，蓝关古道是南北争夺的要冲，晋桓温北伐前秦，前秦苻坚南下击晋，刘峪入关讨后秦，西魏俘杀梁元帝，你往我来，混战不息。古道右侧有个"官上村"，古时曾有一座城堡叫"思乡城"，是刘峪的屯兵之地。南人久驻北地，思乡情切，故得此名。唐广德初，吐蕃攻陷长安，郭子仪遣将逾越绝涧、登上七盘、趋于商州；北宋时金将撒离喝，两次率兵入蓝关陷商州。梦周说，你们看那石刻，秦末陈涉，汉末绿林，唐末黄巢，元末刘福通，明末李自成，还有本朝的白郎，无不出没于眼前这条蓝关古道。大家定睛细看，见那崖壁上依稀有摩崖石刻，记载着几次复修古道、便利商民的事。梦周说，众多的驿站让人记住了蓝桥，它是古道中最重要的驿站，也是秦岭深山中最负盛名的地方。

　　不一会就到了蓝桥。梦周让大家坐下休息，喝水，张果斋竟诵起杜甫的诗句："蓝水远从千涧落，玉山高并两峰寒"，便说："各位快看，那不是'蓝桥仙窟'！"大家望蓝桥南面，半山腰上果然有个大石窟。梦周说："正是'蓝桥仙窟'，还叫'碧天洞'或叫'湘子洞'，传说韩湘子在此洞中修道成仙，山后还有一个岭，名叫'成仙岭'。果斋来了兴致，说："明李本固的作诗《蓝桥道中》，吟咏这里的山清水秀，诗曰：'不尽青山水绿，都来鸟语花香。揽辔蓝桥幽处，浑忘身在他乡'。唐诗人杜牧在从长安去岭南途中，于蓝桥驿也留下诗句，'早入商山百里云，蓝溪桥下水声纷。流水旧声入旧耳，此回呜咽不堪闻'，元际和灵泉都说，诗是写得不错，米岩说："杜牧的心境，却是无限的凄凉啊。"

　　不觉已到了官道上，大家还要梦周继续讲说秦岭的蓝关古道，梦周正说"尾生抱柱"，忽见一辆马车，从上川疾驰而来，车上传出苍凉的秦腔。能听得出来，唱的是杨业金沙滩哭儿的唱段。走近了，车子走到跟前停下，"梦周先生——"听见有人喊，一看是蓝田的孟诚。孟诚说："吆车进山送货，老远瞅见梦周先生，就赶来了。"梦周说："这些都是我的老朋友！"孟诚说："认得，这两位就是兴平的大儒二张，梦周的朋友就是我的朋友，上车吧！"众人两腿酸疼，一下子喜出望外。看看红日西坠，也确实已经乏困，一个个就都上了马车。孟诚一挥鞭子，马车顺着川道飞奔。

马车走在灞河川道行驶，元际提议："梦周你听着，你们蓝田这个川道吗，走起来这么畅快，你是正宗的蓝田人，送你个大号叫'蓝川先生'，我代表学兄学弟提议，从今日开始，梦周的大号就叫'蓝川先生'，你们看怎么样？"梦周说："'蓝川先生'，这个大号好！好极了。牛兆濂，字梦周，自号蓝川先生，好好好，我已经是'蓝川先生'了！"大家在马车上高喊："蓝川先生——"山谷回应"蓝川——先——生！"

第二日清早，鉴元、米岩最先起来，随之张家兄弟也起来了，洗漱完毕，灵泉尚未起来。就让泽南到街上弄了豆腐脑，狗舌头烧馍吃了。元际感到昨日爬山劳累，虽然体力恢复，但脚力实在不济，就近雇了一辆马车拉着他们四人，与灵泉作别，又辞别梦周及芸阁诸位先生，沿川道向西而行。

梦周站在县城路口相送，同学弟在车上高喊："蓝川——先生——请留步，快回去吧！"车子驶出蓝田县城，渐渐离开蓝川先生视线，这才回到精舍。梦周刚刚坐定，学生铭诚来和先生告辞。铭诚来蓝田已有些时日，按照先生设定的课业，已经修业完毕，要离开蓝田回乡，特来向先生辞行。

铭诚向梦周深施一礼，说："恩师，跟随恩师亲炙先生调教，非常荣幸，您所讲的张子与程朱，本体论与心性论，使学生获益匪浅，今日我就要告别，临行愿再聆听先生教诲！"梦周说："铭诚，你与敬修、凤临所作的学问，总能肯动脑思索，这点非常重要。我告诉你，理和气本来就不相离，无气则理无所寓，昏则俱昏，明则俱明；铭诚啊，你必须知道，理之于气本不相杂，亦不相离。气昏理明，却是离而二之，理无不善，而气则有善有不善，所谓本同而末异，理一而分殊也。记下了吗？"铭诚说："恩师，铭诚记住了。"梦周说："铭诚哪，如今举业已废，你回去以后有何打算啊？"铭诚说："恩师，铭诚愿以先生为楷模，恩师继清麓先师正学，倡道关中，使孔孟程朱之传，不绝如线，铭诚愿与恩师一道兴学续脉。望恩师多多保重！"梦周送铭诚至芸阁门外，说："铭诚，但欲兴学续脉，你记住三个字，一个是'理'，程朱之学；一个是'礼'，三代之礼；一个是'实'，实学在于躬行，去吧！"铭诚又施大礼，依依不忍举步，先生说："铭诚，一路保重，慢，我让敬修送你。"陈敬修拿起铭诚的行李，师生依依不舍，洒泪而别。

梦周在椅子坐下来，有句话憋在心里，已经整整五天，同学兄灵泉是真的爬山累坏，还是故意留下来有话要说。阎幹卿维翰，与我和孙学兄是清麓同门，谊同生死，恩师离去后，同是清麓的柱石，何以未见来蓝田？学弟百箴，多次要来蓝田写生，怎么也没见到他的身影？

"蓝川先生——"隔壁有人喊他。梦周听到里间的说话声音，知道灵泉学兄已经起床，正逗着清谧玩耍。梦周走进里间，支蓝玉已烧好早茶，准备了蒸馍和小菜，就和同学兄边吃边聊。梦周问："这回芸阁会讲，很想也见到幹卿、百箴学弟一面，咋不携同而来呢，怕梦周管不起这顿饭吗？"灵泉把正送往嘴边的蒸馍停住，脸上的笑容也敛去了大半，喝了一口水，嘴动了动却没有说话。梦周说："学兄啊，你与维翰读书同笔砚，睡觉同榻眠，谊如骨肉啊，有啥不好说的！"灵泉说："谁说不是啊，蓝川学弟，你来清麓虽晚，咱三人情同手足，同得恩师器重，生死至交啊！"

"孙学兄，快吃吧！你知晓咱三个在恩师心中的分量，恩师去世以正谊相托，同为清麓书院柱石。四方同仁一心，张氏兄弟鼎力，维翰和你互为股肱，同心力挽危局，怎能不一块来蓝田游玩啊？"

灵泉吃完最后一块馍头，喝一口水说："唉，牛学弟，我就给你说实话吧，幹卿学弟经常念叨的正是你牛梦周，也很想来蓝田和你见上一面，只是……"梦周忙问："只是什么……"灵泉说："幹卿，维翰他病了，正在调治之中，你就别再问了。临走他反复叮嘱我，千万不要告诉梦周，你家中屡遭变故，精神频受打击，他调养一下不久就好了，不用操心……至于百箴，你就大可以放心好了！""百箴可好，为啥不来蓝田看我啊？"梦周疑惑地说。灵泉喝着茶，脸上现出兴奋的神色，说："好我的蓝川先生，百箴学弟，出去写生已有数月，他现在的画工突飞猛进，山水虫鸟花卉人物，已具大家气象，可喜可贺了！"

"这就好，这就好啊！"梦周说。两人又聊了一会"性气说"，灵泉起身告辞要回三原，梦周取出黄小鲁先生的信，说："小鲁恩师来信，我又要去鲁斋书院讲学，咱们结伴而行吧！"小鲁恩师嘱托，关中书院已改师范学堂，程朱之学的发扬，清麓之学的光大，鲁斋书院，还有正谊书院……责无旁贷。

牛妻支蓝玉领孩子出来，梦周取出一个纸片，郑重地交给蓝玉，又是一番嘱咐，灵泉问："你那纸上写的啥呀？"梦周说："书单。"转过脸给儿子清渊严厉地说："这是大（父亲）编的书，大（父亲）认为还不错，你不可让它睡大觉，不读好书，不好好读书，你就会俗气入骨，永无出头之日，大再余无别嘱。"

背上褡裢走到门口，又对妻子蓝玉叮咛说："他妈，小孩子读书，经常要多管束，他不是你亲生，你能管住吗？"蓝玉看出他的心思，说："放心走吧，清渊懂事听话，比清谧乖多了！"又喊来泽南、敬修，对他俩说："清渊读书，交给你们，早晚帮着管严一点！"

　　泽南、敬修都笑了，妻子蓝玉也笑了，只有清渊吐了一下舌头。梦周背起褡裢，和同学兄灵泉匆匆往西安去了。

第十九章　　心系苍生

蓝川先生半天没有说话，在房间踱着步子，坐下后说："陈大人，你是一个心里装着饥民生命、装着天下苍生的好官，我如果在此时拒绝你，你也肯定不会相信！"

庚子年的光绪朝，可谓多事之秋，一次次都灌进耳朵，一桩桩都令他辗转难眠。正月，知府经元善联名上疏，奏谏皇帝立嗣，闹得籍家治罪，皇帝降诏，通缉康有为、梁启超，销毁他俩所著之书。四月，义和团进入京师，接着焚烧正阳门城楼，杀死德使克林德。清廷发布诏书，向列强正式宣战，嘉奖义和团为"义民"，并令各省督抚招募义民成团，以抵御外侮。慈禧太后召王公大臣入见，咨询众论。盛怀宣致电李鸿章等，策划东南互保。接下来圆明园遭劫，国家被欺，民族受辱……梦周心里明白，朝廷拿银子和屈辱条约，换来表面上的安宁，这个国家的老百姓水深火热。

梦周从三原回到鲁斋书院，打算和小鲁先生见过面后，尽快回一趟蓝田。在西安他听到了一个消息，陈尚礼新任蓝田县令，此人不是翰林出身，却读过不少的书，生性耿直，正在应对严重的旱灾。这天，他破例午休了一阵，起来感到精神不错，就到外边转转。碰到一个讨要的咸阳农民，就把袋里的一块干粮给了他，问道："老人家，听说咸阳遭灾，灾情到底咋样？"，老汉啃着干粮回答："春夏两季，没滴一滴雨星，全境歉收，地里多种的是罂粟！"梦周又问："老人家，能多种到啥程度呀？"老汉吃完了干粮，说："唉，说起来一言难尽呀，好比家有一顷地，必种五十亩罂粟，家有三十亩地，必种二十亩，有五六亩地，要种三亩……"梦周气愤地往回走，心里说，难怪来凤县一个学生对他说，百姓吸食鸦片的很普遍，竟然拿超过半的良田种罂粟，真是丧尽天良造孽呀。

蓝田境内的干旱，比他预想的严重得多。前一年的局部干旱，蔓延到整个川塬峪岭，持续的干旱，眼睁睁看着庄稼干死。等到一开春还是不见落下一星雨，麦子没有孕穗，就大片大片枯焦而死。进入夏季，直干旱到秋庄稼一颗没有播种进去，紧接着一连几天的暴雨，持续整整四十八天的大雨，眼睁睁看着最后一点希望彻底破灭，穈谷、荞麦都种不进去。平地的积水排不出去。岭上和塬坡的土地，表土被雨水冲成沟渠，陡一点的坡地，熟土被全部冲走，硬板瓷硬瓷硬，不断地往外浸水。靠山一带，成片的土地没有了……村庄的土窑塌陷，草棚和房屋的土墙被泡倒塌，生产和生活一塌糊涂，好几个村子塌死了人，威胁最大的依然是饥饿。

盘查了府库，陈尚礼县令觉得，灾难来临不积极应对，自己还当什么父母官？必须拿出一点钱粮，派官员下去赈灾，尽管杯水车薪，这些钱物却落入私人腰包，怨声载道。饥民数量有增无减，已经出现在县衙门口，他们吵着嚷着："要求让牛梦周先生主持赈灾！"尚礼问："牛梦周是什么人？"县衙里有人给县令进言："大人有所不知，他是芸阁精舍的先生，关中的当世大儒，前任县令让他整肃里衙局，担当得起赈恤之事相的重托。"有的说："芸阁的牛先生就是牛才子，为人耿介廉洁、约己甚严，把赈灾事务托付，绝对可靠！"众口一词，陈县令点了点头，没有言语。

陈县令决定亲自到芸阁，拜见这位关中大儒牛先生，他来蓝田前听说过关于牛才子很多传闻，饥民都这么要求，县衙里有这么多好评，先生一定是德高望重，想必不是一般的读书人。赈灾之事体重大，先见见他再说。

梦周把鲁斋书院带回的《芸阁礼记传》成稿最后三卷，放在一起共计一十六卷，让兴平同学兄元际和学弟果斋作了仔细校审，又由合阳人雷立夫先生作了最后详校。这部书各地都在关注，临潼县令张瑞玑先生前日已答应拨款，供刊印的资费已不是问题。要尽快刻版，自己就得斟酌字词，早点动笔撰写书序，让喜欢这本书的人尽快见到它。

蓝川先生白天零敲碎打，已做了一些准备，晚上关紧房门，纸上落下一段文字：

……

濂幸生先生之乡，不揣固陋，辄思踵而成之，积十余年于兹矣。近始借得通志堂本卫氏礼记集说，即十六篇首尾完具，粹然成一家言……

蓝川先生写到此处，停下笔来，在房间来回转了一会，继续写道："茂陵张晓山昆仲曾加是正，将以公之同好而未逮也。今春临潼张候，访先生之书……"

"嘭嘭嘭——""谁——"蓝川先生重重地放下笔，心里想，什么人竟如此缺德，眼看要写成的书序，只能违心地放下来。梦周极不情愿地打开房门，进来的是一位高大个子，略黑的脸膛，有一些络腮胡子的人。蓝川先生打量来人，硬生生地问："你找我？""我等您好多天了，等得实在有些心焦，听说你回到蓝田，当即就不请自到，打断了先生的文思，实在抱歉，抱歉！"梦周没有吭声，陈县令说："鄙人叫陈尚礼，新到蓝田就职，先生外出讲学，故不曾登门拜访，惭愧呀。"梦周说："你就是陈县令，新到的父母官，失敬，失敬，请坐下喝茶叙话！"县令说："哪里哪里，先生乃当世大儒，名闻三辅，县邑讲约习礼，无人不晓，学子翘首芸阁，才俊来我县邑……荣幸呀！"

"陈县令，喝茶吧，你黑夜来芸阁，不会是来专门夸奖梦周，咱们边喝边聊。"蓝川先生递过茶，重新坐下。

"我初来县邑，看到里衙局墙上您的墨迹，才听说你给县衙立过规矩，此事风闻全省。"陈县令喝了一小口茶，放下缸子，言归正题，说："牛先生，我是个直肠子，杠人，也不太会说话，说话也从不拐弯，我今天拜访先生，是要请先生再度出山！"蓝川先生急忙说："陈大人，我只是一介书生，也就是个教书的先生，做不了什么！"

县令站了起来，痴痴地瞅着梦周，说："主持赈恤局，负责县邑的全部赈灾事务！"梦周说："陈大人，赈灾事体重大，你不要为难在下了！"尚礼说："梦周先生，连续十几个月干旱，庄稼由歉收到绝收，眼下又遭遇洪水侵袭，县邑全境都是饥民，有的背井离乡逃荒要饭，有的房屋倒塌无处容身，官员私吞救灾钱款，先生能忍心苍生受难而置之不理吗！"

"陈大人有救灾良策了？"蓝川先生也站了起来，略微迟疑了一下，问："陈大人，我在西安听说，咸阳、凤县等地，除却干旱，种罂粟占去大量田亩，蓝田可有此事？"陈县令说："有。我暗访了一些地方，不过眼下灾情紧急，如同救火，我还暂时苦无良策，特来登门求教，恳请先生出来主持赈灾，先生就不要再推辞了！"

牛梦周此时已神情肃然，刚坐下去又站起来，说："陈县令，陈大人，我从西安往蓝田赶回来时，联系过江南义赈会，让学界同仁帮忙想想办法，筹集到了一些救灾的银两和粮食！大人，眼下县邑的现状，大人必须把社会各界的力量动员起来，让人人都行动起来，把县邑有限的钢，都能用在刀刃上！"

"牛先生，我能来找你，就是因为我深知你有担当，你可以放弃功名，不计利禄，证明你心念苍生！"县令说："县邑的钱粮极其有限，下拨的一些钱粮，中饱了一些人的私囊，我很痛心。一颗一粒的粮食非常宝贵，把它都送到灾民手中，只有先生能够做到！"

蓝川先生半天没有说话，在房间踱着步子，坐下后说："陈大人，你是一个心里装着饥民生命、装着天下苍生的好官，我如果在此时拒绝你，你也肯定不会相信！"

县令起身告辞，说："我首先代表灾民感谢先生！我有一个初步的设想，这段讲课奔波劳累，您今晚上好好歇着，明天一早直接来县衙，您负责赈恤局，咱们详细谋划，您就全面主持县邑赈恤救济事务！"

蓝田赈恤局端坐着大小办差人员，牛蓝川先生也正襟危坐，一脸肃然。县令训示："今日起，赈恤局事务由牛梦周先生主持，一切赈灾事务全权酌办，不听先生调用或办事不力者，任由先生酌量处罚，无须呈报；若作奸犯科、于己谋私的，就地定罪。"陈县令训示完，蓝川先生说："我还是在里衙局立的那四句，记牢了。送给大家几句诗《察赈勉诸同志》：'此行煞要费工夫，只把无才愧腐儒。十万灾黎齐待汝，晓寒霜露敢踌躇。'救灾急于救火，人人要有吃苦的准备！人手分成组，四天时间，峪、岭、原、川，都要跑遍，摸底造册，弄准房毁屋塌实际，缺粮实情，谁出错谁兜着！"有人偷偷吐了舌头。

蓝川先生一组四人进峪。山峪里的灾情比听到的状况更可怕。好些户房倒屋塌，伤筋动骨，家里已无一粒粮食，有几户拖儿带女，出外讨要去了。谷峪里的基本情况是，倒房的多，揭不开锅的更多，需要先稳定情绪，安置生活再自己缮棚……当晚回到玉山书院，蓝川先生要求连夜造出清册，反复核对，把能拿出来的粮钱物资，尽快发放到重灾户手上。

峪道根本没有路。刚一进峪，先生的鞋就不能再穿，过了一道河，小腿被刺藤划了一条口子，鲜血直流，随行的劝他不要上去，他没有吭声，用石头砸烂一条葛藤，把鞋绑好，从衫袖撕下一绺布条，把受伤处扎紧，驻上一根木棍，大家便不再多言。转过一个山垭，仄路被水彻底冲毁，河水咆哮着，震耳欲聋，浊流撞击着山岩，掀起一丈多高的大浪，"小心！"蓝川先生投下一块石头，一试水的深浅，一人一根木棍，几个人手拉着手，一小步一小步，终于淌过了河。

一条沟住着十七户人家，三户的房屋勉强容身，他们正在想法修复，只是眼下没有一粒粮食……六岁的小男孩胳膊骨折，哇哇地哭喊着"疼……妈，我饿……妈……"蓝川先生摸摸衣袋，把自己仅有的一块干粮掏出来，递给孩子。孩子接过来，狼吞虎咽，眼泪"当当"地掉下来，几个随行的人眼睛也湿湿的。靠山岩的一户，是位七十一岁的老者，被草棚上掉下的木头塌伤，肩膀和面部严重肿胀。先生摸了脉搏，摸了骨头，还好全是外伤，无性命之忧。老者听说是牛才子，喊出声来："你就是蓝田牛圣人！"诉说灾情时感激涕零。

从峪里回到玉山书院，天已快黑了，玉山书院临时腾出了两间房子，一间存放救灾粮食，一间专供东川赈灾之用。里边预备了一口小锅，凡官员到此，一律自己生火做饭，不得扰动地方。先生在书院意外碰见孟诚，孟诚称自己是自愿加入，奉陈县令之命送粮上东川。马车到了东川，一群饥民要哄抢粮食，他跳上车子高喊："赈恤局是蓝田牛才子，牛蓝川先生，你们谁敢抢！"你说怪不怪，他们不抢了，齐刷刷的跪倒在地，说："牛圣人公道，我们心服！"就"哗"地散了。孟诚说，我对他们说，那就回去吧，明天照着册子，到玉山书院领粮。孟诚就到了书院，给先生几位做饭，苞谷糁已熬好了，大家也饿了一天，赶紧咥吧。

天麻麻亮开始发粮，蓝川先生端坐着，孟诚几个按照各组提供的清册，顺利发放出去。灾民领到一点粮食，情绪逐步平稳下来，后续的发放交由书院。蓝川先生又拄着棍子，领着人直接从玉山书院出发，目的地是上横岭。临上路，先生反复叮嘱，山外边要逐户核实，尤其是缺粮问题，还要搞清那些富户家里的存粮，那个村子种植罂粟，弄清实际面积，不要急躁，要耐心疏导……

蓝川一行刚刚上路，一个官员来报说，簸箕掌村三面是沟，一面是山，进村的道路全都冲毁，没法上去。蓝川先生回头瞅了瞅这几个，笑着说："那好吧，你们往西边，我正想去簸箕掌，看看这个簸箕有多大的掌！"

孟诚赶车到玉山书院，揭开锅盖，准备生火做饭，见锅里放着一个袋子。拿起袋子掂一掂，沉甸甸的，里面放着五百个银元和一封书信。孟诚不识字，打开书信看字写得很不一般，悄悄又放了进去，盖好锅锁了房门。

钱和信是陈县令放的，钱是犒劳蓝川先生的，先生注重名节，不辞劳累跋山涉水，这回必饿肚子，不要弄垮大儒的身体。尚礼还有一个小心思，大儒注重名节，到底是真是假……陈县令一行往县城以西，看到救灾在有序推进，就留下五个人，自个带人从塬上返回东川。通过一个深沟，木桥被冲垮了，河水势大又没列石，望着发疯怒吼的河水，涌着浑黄漫过川道，一头冲进灞河，看得他眼花缭乱。

一个说："大人，您别过去了，我们几个蹚水过去算了！"县令挽着裤腿说："蓝川先生一个大儒都进谷峪，我过不了河，就拔根球毛勒死去！"大家扶着县令终于过河。尚礼坐在一块大石头上，胆战心惊了半天喘不匀气来。稍微平静后又想到牛才子。来蓝田任职前，听到的传说简直是神乎其神，民众中有人称他是牛圣人，先生守身如玉，才学超群，能预知祸福……简直就是个神仙！尚礼已经信到七成，有心酬劳先生，也验证一下传闻有几分神奇，让人跟随孟诚，把钱和信悄悄放在锅里。

尚礼一行磕磕绊绊，跌跌撞撞，走走停停，到达玉山书院时，太阳已经西斜。问书院许山长，说蓝川先生一个早上岭，大概去了簸箕掌村。县令喝了水，询问了粮食钱物的发放，山长打开先生房门，床头放着一个账本，一村一账，一户一栏，明细清晰，一目了然。每一页的记事栏内，赫然签着负责人的名字，每一事标记写得清清楚楚，每一笔都有详细注明。

县令揭开锅盖，眼睛发呆了，他拿起袋子数了数，五百个现大洋原封未动，一个不少，信却是另写的，墨迹已干："收入捐赠银圆五百，拟用二百二十个买粮赈灾，余下二百八十为鹿家沟修筑便桥，不足部分募捐，一并计入救灾账本。牛梦周。"尚礼看傻了眼，难道世上真有这样的圣人！蓝川先生就是个牛圣人！尚礼不敢怠慢，离开玉山书院时，问同行的："你们当中有没有牛先生的学生？"一个说："我听过先生讲学，但没有跟随先生，我最佩服先生的博学，耿直又世事洞明！"县令由衷地点点头。

去簸箕掌村的路确实不通，几处的仄路都被泥水冲毁，蓝川先生和几个伴当动身时，就估计到问题的严重。先生说，观察一下哪条道可上，簸箕掌村三面为沟，背后靠着大山，地形酷似一只倒扣的簸箕，几个人看来看去，商量的结果是从正面上去。正面是泥水漫过的，没有太大断裂之处，几个人拉拉抻抻，就过了女娲湖。过湖有一棵大槐树，干旱时落光的叶子已萌出新绿，洒下薄薄的阴凉。树下有几个大石头，被雨水冲洗得十分干净。

大家就坐在大石头歇息。一个问："先生，您说正要来看这儿，看什么呢？"先生手抚着胡须笑了，说："看吗，确实没啥看头，就是这个湖。听吗，故事倒是有。"几个一齐围了上来，说："先生，能跟您在一块，是我们的荣幸，请先生给我们讲讲！"先生说："真要听！哈哈，就说给你们听。相传华胥氏族曾遭遇一次灭顶之灾，只有伏羲、女娲兄妹幸免，为让氏族得以延续，伏羲、女娲得到女娲娘娘允许，结为夫妻繁衍后代，他们俩团土和泥，捏泥成人，泥人捏多了就用簸箕来端，用完又把簸箕放在坡梁边。久而久之，放簸箕的坡梁变得有高低，有了坡度，上边宽下面窄，成了一个簸箕形状，这个地方就叫'簸箕掌'了。女娲用手指一划，就划出了环绕在村畔的这个女娲湖！"

几个人听得津津有味，却见先生东倒西歪，昏昏欲睡，就倒在了大石头上，很快沉沉睡去。几个人用手势交流，先生连日来太过劳累，不要惊动先生，让他好好歇歇，用衣服给先生盖上，自己到村子里去了。

梦周在朦胧中，见一仙人从空中翩翩而来，猛然定睛一看正是女娲娘娘，慌忙施礼道："娘娘吉祥！"娘娘看看他问道："你就是人称牛才子的大儒牛兆濂？"梦周答："正是华胥鸣鹤沟的牛兆濂。"娘娘问："你不在芸阁精舍致学授徒，怎么跑到我这个地方？"梦周回答："娘娘有所不知，听说你这里也闹饥荒，我们来看看究竟。"娘娘笑着说："哈哈，我在天上已经看到，特前来告诉你们，此处乃我弄物造人之地，乃是一块风水宝地，物产还算丰富，若干年后，这里将是人间天堂……"

梦周还要再问问清楚，只见女娲娘娘说完，便化作一阵清风而去，不知所踪。梦周心里一急，欲要起身追赶，要问个究竟，却怎么也跑不动，猛一使劲就把脚磕在石头上，自己疼醒来了，惊出一身冷汗。梦周才知原来是南柯一梦，回想梦里情景，娘娘的仙灵前来托梦，不要让这里的人搬走！他对空施礼，心中默念，借着娘娘的灵气，全县邑的人都能安居乐业，永不离开故土。

梦周一行再次回到玉山书院，已是次日晚上子时。午饭是在岭上一户人家吃的，先生吃野菜糊糊，碗里吃得干净见底。他查看明细账目，发现二百二十个银圆已买了粮食，按名册发给了灾民，录入当日明细账本，另二百八十个银圆，已由他的一个学生领走，备注栏写着"两月后查验便桥"。银圆一个也没有留下，同行的目瞪口呆，全看傻了眼，一个说："先生，那是县令给您的补贴……"蓝川先生没有吭声，脸上却有几分欣慰，几个人还想说什么，先生已拄着棍上路，就赶紧跟了出去，哪有这样的读书人，他就是个牛圣人。

县邑赈灾事务夜以继日，穿行在山川塬岭之间，这天晚上，梦周又住在玉山书院。夜特别静，几个小伙子几乎马不停蹄，此刻早已睡熟，蓝川先生审阅完全部明细账目，把账目中的数字村名人名，一一做了核对，账目是要见天日的，任何一个疑点都不能留下。末了，又看了一段《易经》，这是主持赈恤局以来每日的功课。

先生熄灯躺下，已是午夜子时。迷迷糊糊中，突然听到门"嘭，嘭"响了几下，像是敲门声又似乎不像，很轻很轻，仔细侧耳又听不见了。睡意蒙眬中似乎门响了几下，轻，但这回听得清楚就是敲门声。蓝川先生立即惊觉起来。"嘭，嘭嘭嘭——"这一回他听得很真切，厉声问："谁？""是我。"外面应了一声，声不大但很熟悉，又说不清是谁，先生披衣起来开门。"是我啊！大。"声音这么熟悉。"进来吧！"

老木门"吱"的一声开了，随着一阵风，进来的不是别人，是长子清渊和他的亲娘舅。他吃了一惊，"清渊，家里有急事？"蓝川先生板着脸孔问。

"没有……大，我舅，我舅……"清渊支吾着。

"你舅好好的咋啦，半夜三更找我干啥，吓死大了？"蓝川先生一脸疑惑地逼问："到底咋回事？快说！"

"唉，大，我舅听说你掌管蓝田赈恤局……他想……想让你给他谋个……一般的差事，灾荒之年，只求挣几个薄薪，救济家用！"清渊见父亲脸色特别难看，连忙跪下，泪流满面，清渊舅舅也点着头说："姐夫，是我自作主张的，不怪清渊！"

"我说清渊啊，你和你舅，一对的大木头，你们以为我在这做大官吗，错了！我这是救人命，救人命啊，孩子。"

"……"两人无语。清渊的舅舅也怔在了那里，他早就知道姐夫的脾性，所以临走时叫上了外甥清渊。

蓝川先生扶起孩子，严厉地说，"清渊，大我平时怎么教导你的，大并不是神仙，也根本不是圣人，大灾之年，人人都想活命，家家的日子都很艰难，你们给我记住，大为啥给你取名清渊？"先生转过身来，对前妻娘舅说："姐夫做人做事，向来原则如铁，你就打消容身赈局的念头吧，救灾很快过去，我也要回芸阁学舍的！"

先生从墙上的褡裢里摸出两块银圆，塞在他们手中，说："夜深了，你们回去吧，我说的话都牢牢记住，赶紧回去吧。"先生把儿子和妻弟一直送出巷道。一路上，他把君子固穷安贫乐道，又讲述了一遍，把他们诉说了一番，清渊和舅舅默默无声，走出牛梦周的视线，拐进鸣鹤沟方向去了。

这一天正午，蓝川先生带人从玉山书院出发，顺着川道向西，拐到一个叫杨家寨的村子巡查。村里的乡约姓杨，向他汇报赈恤事务，该村人户无外出讨要，村子临近官道路上外来灾民不少，就从本村筹措的赈灾粮中拿出一点，村中富户捐出一点，在路口搭棚支锅，给他们烧粥吃。

蓝川先生对杨家寨村的做法表示满意。杨先生说："恩师尽职尽责，令人敬仰，在玉山书院聆听过先生的讲学，也算得上是您的学生，今日碰巧来到本村，就请到家中吃一顿便饭，以表敬慕之意。"蓝川先生板起了面孔，断然谢绝说："放到平常年景，我就直接去你家，吃顿便饭没有啥问题，赈灾期间决然不行，绝对不行！"

这时，灾民吃舍饭时间已到，开始排起了长队，蓝川先生要了一副碗筷，他和从人各自拿着，跟着灾民去排队，和他们围在一起吃饭。杨先生同其他人，也都一人拿着一个碗，跟在蓝川先生后面，一起走向舍饭锅。

又过了一些时日，蓝川先生再次带人进山。沟峪里水小了许多，也清了许多，沟沟岔岔，岭岭凹凹，先前断了的路已被村民修好。谷峪里虽户数不多，路程却很远，他们逐家逐户查看，询问核实，一一记录在案。白天查看，做记录，晚上归类整理，一直忙了三天三夜，所有参与人员没有合眼。到达桐树峪，在一户人家的场边，想坐在石头歇会，突然感觉天旋地转，头重脚轻，一个趔趄跌倒，昏晕过去。大家七手八脚，扶他回玉山书院，梦周睁开眼的第一句话问："还有多少户房屋还没修好？"一个小伙子递上账本，他翻看着，不时地指着询问。

川道里到了麦子播种的时候，蓝川先生把所有赈灾账目全部审核完毕。陈尚礼县令在县衙一身官戴，拿着一个纸包，到赈恤局找先生。县令说："蓝川先生，辛苦了！"先生说："陈大人，赈恤局所有赈恤账目清册，全部在此，今日就向大人移交，为生民请命，梦周从不言苦！"

县令哈哈大笑，说："蓝川先生，不，关中大儒，我身为父母官，为我蓝田县邑有您这位大儒而骄傲，这回赈灾，被你彻底征服了！"县令说："这次赈灾，我对之前的疑虑，全找到了正确答案！您出言必信，行举必果，正人先正己，令我惭愧汗颜呀！"县令又说："先生从前不愿出仕，苍生有难时，却能挺身而出，廉洁、刚正、耿介，重气节不慕名利，你这鸿儒到底，我也说不清你是入世，还是出世，是进还是退？我真的说不清啊！"

蓝川先生淡淡地笑着，说："说不清就不去往清说了。"陈县令把纸包递给蓝川先生，说："难怪人称您是圣人，你也真是个奇人，我心中敬佩，没有别的东西为敬，这包西湖龙井，送于你牛才子，千万要给个面子！"

蓝川先生接过纸包，说："哈哈哈，我也还给你个纸包！"就把全部账册郑重地移交给县令，内夹一首《赈恤局述怀》，便自动告辞，回芸阁精舍去了。

第二十章 路遥道近

恩赓先生看到梦周先生辞呈，悔恨万分，正待赶出来阻止，喊道："请各位先生留步！容高某道歉再作商量！"众人怒气冲冲，头也不回，大步径直走了。

正谊书院会讲一结束，蓝川先生不敢耽搁，当天就回到了芸阁。妻子支蓝玉说："守谦前几日来过。"梦周问："守谦来说啥了吗？"蓝玉说："两件事，沟里宋乾坤确系革命党，他的家人已悄悄被接走，街上的店铺被官家查封，县城里贴出告示，正在悬赏抓捕他……另一件，四婆生病了，我前日赶回沟里伺候了几天，听说你回来，才赶回蓝田的……"梦周听着，竟迷迷糊糊睡着了，后面的话似乎并没有听见。梦周没有午休习惯，也许是实在太累了，支蓝玉没有叫醒他，给他盖上了被子。

梦周一觉醒来，感觉精神一下子好起来，就磨墨取笔，把自己赈灾中随口所吟，一一整理出来，以志纪念。先是《江南义绅郑渭滨见访口占志喜》：

> 屋倒墙倾水压田，救生幸得几千圆。
> 祗愁就地来筹款，马后还加铁线鞭。

大儒牛兆濂

全部写完了，梦周放下笔来，泽南急急跑进来，说："先生，刚得到一个不好的消息，一代大儒刘光蕡先生，八月十三在兰州去世了，见到了讣告。"蓝川先生跌坐在椅子上，半天没有说话。光蕡先生是他遇到的第一位大儒，虽与恩师清麓先生门户各异，都是关中理学的旗帜人物。梦周没跟刘光蕡先生读过一天书，也没听过光蕡先生一堂课，也只是见过一面，未曾亲耳聆听先生的教诲，只是读过不少光蕡先生的书。关于大儒刘先生，潘夫子给他说过，听同学兄幼农和元际他们说的更多，先生的学问毕竟和瑞麟恩师同属一脉。泽南说："先生莫要过度悲痛，多保重吧！"说完就出去了。

蓝川先生心情沉重，一个人静静地站着……作为关中理学的一脉，光蕡先生一边教书，一边著书立说，在礼泉的烟霞洞、咸阳天阁村、马庄镇、魏家泉、西阳村、扶风午井镇，都兴办过义学，白天登堂讲授，晚上彻夜批答，夜以继日，劳累致疾，医治不愈而终……柏先生和黄先生、李先生都经常称赞他论史谨严、识高义远、治经精透。光蕡先生的《烟霞草堂文集》书稿辑成，还没来得及印行，就匆促而去了……梦周翻出乙巳年九月四日的几首诗稿，那是光蕡先生题画菜绝句二首，次韵作诗二首，也算是对光蕡先生的悼念：

一

冒冷黄芽簇雪团，萧萧败叶退余干。

天然风味原清淡，且喜不因变后酸。

二

洗尽尘埃傍雪澜，瓜壶隙地老来宽。

御冬剩有松筠操，不怕西风透骨寒。

光蕡先生突然去世的不仅让梦周悲痛，先生的书稿未能印出，他的弟子门生一定也很焦急，梦周情动于衷，眉头凝成了疙瘩。他怎能不焦虑呢，恩师瑞麟先生的遗著，不是至今也没能印行吗，他觉得真是愧对先生的在天之灵。斯人已矣，作为理学的后学者，定当勉力。梦周正在为印书筹钱的事发愁，却翻出了灵泉学兄的一封书信，灵泉在信中对多难家帮担忧，真是和自己一个秉性，得给学兄回封书信，免得他憋出病来。梦周急忙磨墨铺纸，写下："仲玉同学兄，变难以来，愈加颓废，茫茫风云，伊于胡底？既而思之，死生命也。伏尸遍野，生者自生；浪息风平，死者自死。人各有命，顾吾命何如耳，世之平陂，非所虑也。拟又思之，世虽万变，死不重经，无穷之变，庸胡为者，顺受之而已！"

　　梦周写到此，放下笔来，在房间踱了几步，神情凝重，又拿起笔来，濡墨，继续写道："唯读书修行，益励此身，为斯世留读书种子，万一天心悔祸，剥极而复，不患无硕果之仅存，则区区之志谅尊兄当无少异也。"他瞅着这几句话，是在勉励兄长吗？是自己的心语，算是在相互砥砺吧。

　　蓝川先生放下笔，细细斟酌一番，装入信封坐着喝茶，妻子蓝玉说："他大，那日我给你说，守谦说四婆身体不好，我回去照顾了几天，那日告诉你时，你好像睡着了，不知还记得不？"梦周闻听大惊失色，失声道："怎么不叫醒我！你可知道，我平生最痛恨的是什么，忤逆不孝之人，不孝不义之行，唉，我已无地自容，赶快收拾收拾，跟我回鸣鹤沟，四婆年纪大，我要伺候在她的床前，以尽人子之道，许能挽回颜面于万一。"

　　梦周和妻子蓝玉带上孩子，第二天就回到鸣鹤沟。梦周把四婆背到自家土窑的火炕上，尽自己家里的可能，好好伺候老人家。守义和奉孝都给号过脉，熬过中药，梦周亲自给她喂……

四婆只坚持了十八天，她劝梦周："兆濂，快去做你该做的事吧！"梦周说："这就是我该做的事！"四婆说："那死鬼，你四爷必信没有走，他一直在窑里等着，我不能让他等得太久。"说完，四婆在土窑中安详地闭上了眼睛，享年八十三岁。四婆婆一生没儿没女，父亲约斋公在日，已给他预备了棺木，依照族中规格，埋在鸣鹤沟里四爷爷身边，同样四时享受祭祀。

忙完葬埋四婆的事儿，梦周回到蓝田，让他不能安心的是正谊书院他的学弟斡卿生病已有一些日子。蓝川先生赶到三原，自从灵泉回山东后，正谊书院的担子几乎全压在斡卿一个人的肩上，虽有兴平张氏兄弟关照，但书院千头万绪的事儿太多，担子很重。终于见到学弟阎斡卿，才知道他已经完全康复，总算放下心来，两人还谈到筹款的事儿。这日，恩师黄小鲁又来信相邀，梦周又从正谊匆匆赶到鲁斋书院，遵照师嘱继续担任主讲，这样冬去春来，转眼间又是数载。

除过会讲，梦周在芸阁精舍、正谊书院、鲁斋书院来回奔波，他只有一个坚守，持守瑞麟恩师的路径，坚守恩师的道脉，坚定地维护师门。梦周守道愈守愈严，近承师清麓远绍程朱，讲学中不断地强调："立志要坚，守道要严，不合于清麓，即不合于程朱，不合于程朱，即不合于孔孟！"这是清麓先生说的，也是重复白遇道先生反复强调的。要恢复纲常名教，要为往圣继绝学，教育与教养，一动一静，必教给他们致学的良方，由小到大由浅入深，渐渐蔚成苏湖安定之风，梦周谆谆教导学生："知之易，行之难啊，学而必须注重躬行实践，必须以身做出表率，言论次之……"

牛梦周最担心的事还是到来了，前次咸宁令到鲁斋书院，已经明白告知他，拟将鲁斋书院也改为新式学堂。他当即致书小鲁先生，多亏端方大人一句话，舒县令只好暂且罢手。后来舒县令又来协商此事，梦周给在省教育总会的幼农学兄致书，给恩师小鲁致书，求他们快拿主意决断。蓝川先生真有点生气了，真是岂有此理，省垣之大，关中之大，为什么就不容传承关学道脉，而独不给孔孟程朱之绪留咫尺讲习之地，这究竟是为什么，这是为什么呀！

蓝川先生真的愤怒了，他在房间里气得捶胸顿足，怒不可遏。书院一位先生和山长急急跑进来找他，说："咸宁令又要来。"蓝川先生忙问："咸宁令还是那个舒某人吗？"山长说："咸宁令还姓舒，此人城府极深，谈吐深藏不露，牛先生可要当心啊！"蓝川先生问："他何时来？"说话间，外边一位先生说："咸宁令到！"只见咸宁令撩起长袍，径直走了进来。

书院山长与舒令一番客套，蓝川先生余怒未消，阴沉着脸在一边坐着喝茶，并未上前答话。舒令坐下来，气氛稍微和缓，谈话迅速进入正题。舒县令大谈京师大学堂，又说到升允改建的陕西师范学堂，自然谈到鲁斋书院，然后话锋一转，直言声称，要改鲁斋为新式学堂，这是大势所趋。

舒县令瞅一眼牛梦周，说："全国兴办新学堂，四大著名书院之一的关中书院都已改了，陕西师范学堂难道你们不知，鲁斋书院必须改，你们得做好准备！"山长瞅舒县令，又瞅瞅牛蓝川先生，一脸无奈。蓝川先生没有言语，却是一脸的威严。舒县令用眼睛的余光扫视二人，接着说，"梦周先生，黄观察称你为鲁斋书院的脊梁，大家也尊你横渠后关中第一大儒，书院改学后，打算聘你为总教习，为新式学堂继续效力！"

蓝川先生说："舒大人，咸宁这个地儿，你就是天，你说要改鲁斋为学堂，兆濂自知不能螳臂当车，也知和大人争自不量力，但是你忘了，梦周要争所当争，不计得失地去争，我还要在这里争它一争！"他眼里放射着剑一样的光芒，瞅着舒令继续说："你手中握着权柄，何必在这里问我等，要改你就去问黄观察，去问省教育总会！至于总教习吗，兆濂能辞去陕西师范学堂总教习，想必舒大人也有耳闻呀？"

舒县令一脸尴尬，半天说不出话来，看看鲁斋山长，山长满脸严峻，又望望牛梦周，神态刚毅果决，舒县令说："改办新学，乃国家时势使然，牛先生被誉为圣人，应当识察时务，若能出任新学堂总教习，我可以考虑多与薪酬，先生何不再细思之？"

蓝川先生"忽"地站了起来，说："哈哈哈，舒大人，牛梦周愚陋，总是不识时务，只识周程张朱为正学，大人还是早早另请高明，别耽误了前程！"舒县令说："梦周先生说话如此决绝，看来绝不肯就聘了？"蓝川先生说："随意就聘了，那就不是蓝田牛梦周！哼，舒大人，你若用官势胁迫，则且夺之矣，吾如彼何哉！"蓝川先生站着，目光炯炯如箭，径直出门走了，众人面面相觑。

为正学争一席之地，蓝川先生争得面红耳赤，还是无力回天。回到住处后，深感此事非同小可，恩师小鲁先生可知，鲁斋书院复兴以来，致力程朱之学，始终传承学宗，一旦改为新式学堂，道脉何存呢？蓝川先生觉得需要禀报恩师，让他出面协商，或许能挽回于万一。当即磨墨取出纸笔，给小鲁恩师写下《上小鲁师禀》："书院一席，久为上游所注意，盖亦气运使然。前令刘某改垂成，以端帅一电而止。本年舒令复以借为名，不日开办，兼欲强濂就该学教习。濂时以事难擅主，即肃禀浼其转呈请示，璧还关聘，往返再四……"

梦周停笔细思之，言尤未尽，接着写道："因念知时识劳，学易之大方，时不可违，势不可犯。道之兴废，在天而不在人；学之存亡，在人而不在地。唯有伏处穷山，闭门却扫，一二同志日抱程朱遗编，晨夕讲贯，力求寡过，以勉副我夫子继往开来、教思无穷之至意于万分之一，则此学一线之延，其不能得之寻尺之地，而或可得之人人之心者，未必非吾夫子所甚愿也……"写毕，收拾书籍行李，启程回蓝田去了。

丁未年七月半，陈尚礼县令聘牛梦周出任本邑劝学总董，兼任县高小学堂堂长，筹划本邑学务，阎儒林、邵泽南也县邑兼任职务。蓝川先生这次再回蓝田，兴学的初衷不改，遵孟子教育思想不改，尊孝悌默化潜移不改，兴起苏胡安定学风不变，像一股徐徐春风，在蓝田地面浩荡。不长时间，蓝田县邑成德达材者甚多，芸阁学舍会讲历久弥盛，县邑贤达集养正仓，及时为他的兴学弥补了经费。

戊申年开春，梦周辑成的《芸阁礼记传》十余卷，全部书稿已几次校审，适逢临潼张瑞玑县令派人送来钱款，在芸阁学舍正式开印。这是几个月来感觉最惬意舒畅的一件事儿，每日里翻朱子临漳本，翻阅通志堂本，又翻阅卫氏集说，义疏芸庄各本，翻阅中不时取笔摘录，整理编校，缮写成帙，工程浩繁。有时候茂陵同学兄果斋前来，拉住让他出手相帮。如今《芸阁礼记传》终于印出来了，了却了一桩心愿，梦周这才感到眼睛严重不适，继而隐隐作痛。他咬着牙忍耐着，但是眼痛日甚。进入八月后，梦周觉得眼痛更加剧烈，实实难以忍受，有时痛得在空地上转圈子，龇牙咧嘴。妻子支蓝玉已到临月，挺着个大肚子行动不便，一下子着了慌。急忙让泽南请医生调治，内服药物，外用药水，把他强制在家里休息静养。

八月末的时候，梦周的眼病渐渐好转，三儿就在芸阁出生了。支家河蓝玉娘家妈送来鸡蛋挂面，在县城小住了一些日子。一日梦周刚要取书来看，妻子支蓝玉问："他大，放下吧，先不要看书，等眼睛完全好了再看吧，我还有话说呢！"梦周说："我就是想试试，看眼睛还疼不，什么事，说吧！"蓝玉说："他大，清渊，清谧，你给三儿取啥名儿？"蓝川先生反问："和才子在一起过了这么久，你说呢？"妻子以为他还眼睛疼，就笑说："他大是牛才子，我操啥闲心！就是起个好名字，他日也说肯定是牛才子的杰作，起不好了人家笑的还是牛才子，算了，我就不费那个心思了，你啥时眼不疼了再取名字不迟！"

蓝川先生把书拿在手里，翻看了几页，竟然不疼了，他一高兴，说："蓝玉，眼睛不疼了！"他双手一拍，说："有了！三儿的名字有了，就叫牛清璋，名雍，字子宜，你看如何？""牛清璋，璋者，美玉也，跟他妈一样，好，好！"蓝玉满心欢喜，这是住到芸阁学舍生的第一个孩子，清璋的到来，使家里的气氛欢乐起来，当然也增加了不少杂务。蓝川先生明白，眼睛刚刚好，暂时还不适宜看书，就在家里教清渊、清谧读书，有空抱抱清璋，对他来说，是难得的天伦之乐。

阴历年后蓝川先生的眼疾痊愈。这天天气晴朗，他在芸阁坐着看书，确定眼睛已经不疼，心中正在暗自得意，存古学堂总教高恩赓先生来访。恩赓先生说："梦周为当今关中第一大儒，为陕西省垣所推崇，眼下西安几个书院被改新式学堂，唯存古学堂，泾阳爱日堂，清麓书院等，仍致程朱之学，恩赓意欲请牛先生与元勋先生兄弟、雷立夫先生等诸位，同来存古，分管存古的教事。"蓝川先生说："高先生既传承关学道脉，同学兄仁斋和学弟果斋既已应允，梦周理当应允，大家同心一志，共守周程张朱之道，路遥而道近也！"送别恩赓先生，梦周叮嘱妻子蓝玉，我受高恩赓先生聘请，与张氏兄弟通掌存古学堂教务，你在家管好孩子！蓝玉说，要去存古学堂，你就去吧，不必操心，眼睛刚好，注意继续疗养和休息。

三月的存古学堂，风和日丽，春风拂面。恩赓先生这日无事，学堂假山旁茂林修竹，置一小桌，一壶新茶，邀诸位先生一处谈诗论文，虽聚在一起闲聊，来的都算是文人雅士。梦周先生、果斋先生、立夫先生应邀欣然前来。恩赓先生说："立政以储才为先，通今以师古为准，时下人们矜奇而吐故，偏重新籍而疏忽旧学，为专精经史之学，必专门设教培才，仿湖北存古学堂制定学法章程。"

西安存古学堂开办时日并不长，地址就在陕西贡院的地方，面对西学东渐的局面，为平抑西洋文化对中国文化教育的冲击，希望存国粹而息乱源，光绪三十三年两湖总督张之洞上奏朝廷，获准设立存古学堂。学堂总办陕西巡抚恩寿，学堂总理陕西布政使钱能训，学堂提学使余坤，学堂提调为西安知府尹昌龄。梦周问："曦亭，存古学堂以何为章程？"恩赓说："崇正学而保国粹，上之则升入专门大学，以蔚通才；次之则养成中学教员，以资传习。"仁斋先生问起课程，恩赓说："经史、国文、中外地理、算术、理化、农田水利等，教课方式，课堂讲授为主。词章第一、史学第二、经学优而免于各种费用。"恩赓先生见大家谈兴正浓，就把拟定的学规章程拿出商议，梦周逐条看完，说："曦亭，章程甚好可行，我建议以此学规约束。"其他几位先生也无异议！

这一天，高恩赓又和各位先生聚在一起谈古论今，恩赓说："各位既学宗张子，关中理学以张载为学宗，宋元明清而代代传承，就咱们关中而言，步其后尘而多有建树者当为何人？愿闻各位先生高见！"雷立夫说："总教习莫非煮茶论英雄乎？牛梦周先生被誉为张子后第一大儒，牛才子在此，哪有我等说话的份儿！"梦周先生说："雷先生过誉了，也过谦了，我哪里担当得起啊。自张载立宗开派，殆八百余年，千古造道之勇，终成一代宗师，这无可非议！"元勋先生接着说："今天由宗横渠而宗关闽濂洛，奉天杨奂，高陵杨天德；元末萧氏维斗，同氏榘庵，笃程朱主敬穷理，尚张载礼教躬行，也为共同识见！"立夫先生接着说："明代河东薛瑄之学，关陇段容思、周小泉而传薛敬之、吕泾野，其学恪守程朱，一时称盛，堪为我辈楷模！"梦周先生说："是啊，泾野先生集诸儒大成，直接横渠之传，王恕、王承裕父子，宗程朱祖孔、颜，自成一家！继有马谿田、韩苑洛、杨斛山、王秦观者，都是关中的魁星泰斗！"果斋先生说："明代渭南之南元善为官绍兴，服膺文成，刊刻《传习录》，后持心学以归，与弟姜泉讲学酒西，此关中有王学之始也！关中东冯西张，双峰并起，少墟与南皋、景逸鼎足相映，关学由此晦而复明也！"立夫先生说："说得对，明清鼎革，天崩地解，朱陆薛王之辩纷然萦庭。"梦周先生说："周至李二曲，会通诸家之学，嫡传王丰川继横渠道统，承二曲心传，本姚江之学，合朱、王之学而一之，也是我辈楷范啊。"

恩赓先生说："经世致用者，实学，三原刘古愚，长安柏子俊，古愚之学导源姚江，汇通闽洛，本于良知，归于经世，穷经以致用，百日维新故有'南康北刘'之誉，哪像三原北塬的贺清麓先生，本是渭南人氏……"牛梦周把茶杯重重地放在桌上，猛地站了起来，说："高总教习，恩庚先生，你刚才说什么，清麓先生怎么了？难道清麓先生所致之学，不是经世致用！清麓是朝邑李桐阁嫡传，惟程朱是守，承横渠宗风，重躬行实践，此关学本色也，岂能任你信口胡诌！"

恩赓先生觉得有点委屈，自己没有贬损清麓先生，也并非有意挑逗梦周，仁斋果斋和梦周的脸色一样阴沉，非常不悦地说："各位先生，你们可知高太常先生'精一辨'乎？师门岂容他人恣意非议！"果斋先生站起来愤愤地问："高先生，既然问到'精一辨'，请问，什么是'精'？什么是'一'啊？"梦周也问："是啊，总教习先生，究竟出自孔孟，还是出自周程张朱，请先生当着面自圆其说，说个透彻明白啊？"紫垣先生说："蓝川先生问得好，要辩就辩个清楚明白才好！"高恩赓先生自知理亏，支支吾吾半天，难以自圆其说，还想强争三分，一时与紫垣先生争辩得面红耳赤。

蓝川先生说："高先生，《圣经》里有句话，说得言简意赅，把一个'精'字和一个'一'字，说得再清白不过了。'精'字和'一'字的究竟出在哪里，也正在此。察者所以'精'之，守者所以'一'之。朱子《戊申封事》言精之一之是也，此就用力言者也。精之而至于不杂，方到'精'字地头，'一'之而至于不离，方到'一'字地头，此以究竟言者也。高先生，你以为然否？"

恩赓先生说："精而益精。"紫垣先生说："要从究竟处说！"于是双方争持不下。蓝川先生镇静地说："请问高先生，何为完备，必如朱子察夫二者之间而不杂，守其本心之正而不离，方为完备。高先生，你以为如何！"

蓝川先生言辞犀利、穷理精密，众位先生无不佩服。高恩赓理屈词穷，无言以对，半天说不出话来，憋得脸红耳赤，最后还是没有反驳出一句话来，大家不欢而散。元勋先生随即向高总教习送交辞呈，各教事先生平时看不起高太常的无理傲慢，平常言语多有不和，随即纷纷交上一份辞馆书，拂袖而去。蓝川先生回到住处，也写下《与存古高太常辞馆书》："濂之来也，何为来？为存古来，实为先生来也。濂之去也，何为去？为存古去、非为濂去也……主存古者先生，而非独先生也，去存古者濂，而不始于濂也。向何为而来，今果何为而去。昔者所进，今日不知其亡，先生应亦悔，始计之不审而代为濂悔矣……"

恩赓先生看到梦周先生辞呈，悔恨万分，正待赶出来阻止，喊道："请各位先生留步！容高某道歉再作商量！"众人怒气冲冲，头也不回，大步径直走了。蓝川、元勋兄弟及诸位先生解馆辞归，径直离开存古学堂，聆听过梦周等讲学的生徒，仰慕梦周先生的学品，定要跟从先生，当下有生徒百十人或去三原清麓，或跟梦周去蓝田投芸阁精舍了。

牛梦周为维护师门，一气之下，与茂陵张氏兄弟愤然离去，学兄仁斋去了清麓，学弟果斋回了兴平，梦周从西安存古回到了芸阁。眼疾已完全康复，梦周不想成天抱着清璋，怕消磨掉宝贵的时间，但不抱一下清璋，心里又极不舒服，就从蓝玉手中接过儿子。抱起清璋他刚坐下来，门生高凤临风尘仆仆从韩城远道而来，连忙喊来清渊，抱着小弟弟去玩。

高凤临这个韩城学生，彭衙时就跟随梦周，他出身于农家，自幼就酷爱读书，他的父亲为供他读书，上山担柴去卖，耕种自家的几亩田外，还经常出去打短工，维持凤临读书费用，真是难能可贵呀。凤临自己好学不倦，学业精进却遇上时局动荡，难以进取仕进。梦周先让凤临坐了一会，支蓝玉弄好了午饭，师生边吃边说。

凤临说："我在渭南听说您去了存古，怕贸然前来恐见不到老师，没想您回来了。"梦周说："你上次走时曾说，闭关三年读书，不把《太极通书》弄通，就不来见我吗？"凤临吃完饭放下饭碗，从包里取出几本书稿，双手呈递给先生。蓝川先生接过一翻，一本是《初赴蓝田记》，一本是《蓝川口训》两册。凤临说："先生，我已经辑成校勘过了，想请您为我写序。再还有，学问上的几个问题向先生请教！"

蓝川先生问："凤临，你已经回家闭关整有三年，现在还有什么问题需要请教呢？"凤临说："凤临遵照先生的教导，用先生的读书治学之法，欲在家乡韩城兴办学堂，以承传先生坚守的道脉，我想问先生，孔孟与周程张朱，哪个更应当宗之？"

蓝川先生一听，立即愠怒起来，他忽地站起来，眼睛射出冷峻的慧光，"啪！"的一声手重重地拍在桌子上。师母支蓝玉见状，急忙跑过来，看见先生的怒气渐消，对丈夫说："你也真是的，凤临跑这么远的路来找你，有什么问题，不能慢慢说嘛，何必动怒呢！"凤临说："先生，我知道你对'学堂'二字十分介怀，我提出的问题也太过幼稚了，凤临没有给先生说清楚，凤临知道错了。"梦周脸色渐渐复原，随即说："锡瑞啊，你气坏我了，老师支持你兴学，传承道脉为学宗，你要记住清麓先生的话，三代以上折衷于孔子，三代以下折衷于朱子，这句对你说过多少遍了。"凤临说："先生，凤临愚陋，凤临记住了。"梦周说："锡瑞呀，想你拿三年光阴读《通书》，读《通书》准能博古通今，本朱子教法可见孔子，孔子所示教法，可得天地万物之欢心，太和元气，可以充塞宇宙。当不避艰险，不恋富贵，不畏权势，用以劝勉学友，笃行此语，殷忧启圣，功力不枉啊。"

凤临在先生家又住了五天，先生让他在芸阁学舍试讲，师母支蓝玉待他如亲生儿子。梦周先生当晚开始，在灯下披阅凤临书稿，一连几天，继之灯下作序，师生畅谈至更深。陈敬修闻凤临来芸

241

阁，先生着他陪凤临游悟真寺，又交流了学问。第五日，凤临告辞先生学友，离开蓝田回韩城，蓝川先生和敬修送至县城东关，赠书十余卷，勉励凤临："锡瑞呀，你和敬修、铭诚，我均寄予了厚望。你要牢牢记住，恪守程朱，不骛夫高远，德纯学粹，持守要严，造道须深，谨记呀！"凤临说："先生，凤临牢牢记住了，恩师您请回吧！"

敬修执凤临手久久不放，"今日之别，不知何时得见……"两人遂洒泪而别。

第二十一章　西府禁烟

　　蓝川先生愠怒地说："哼，问得好，我是陕西巡抚派来，一千名士兵就在门外！告诉你们，凡种烟人户，一经查明，一律铲除，拒而不铲者，就地正法，来人！"铭朝一身官戴，掏出账册，说："全都记录在案，大人请验看！"

　　光绪三十三年秋，北京城传来消息，光绪皇帝病重，朝廷设立资政院，命贝子溥伦、孙家鼐为总裁，岑春煊北上京师，掀起了丁未政潮。光绪三十四年戊申十月，忽传光绪皇帝病危，懿旨醇亲王载沣之子溥仪在宫中教养，载沣为摄政王监国。随之光绪帝逝于瀛台涵元殿，年三十八岁。遂颁下懿旨：溥仪入承大统为嗣皇帝，承继穆宗为嗣，兼承大行皇帝之祧，尊慈禧太后为太皇太后。次日，慈禧逝世，以皇后叶赫那拉氏为皇太后。同年十一月溥仪即位于太和殿，以明年为宣统元年。

　　这年八月，蓝川先生正在芸阁、正谊、鲁斋等处的讲学，增删改定编成《蓝川文钞》十二卷，忽省府公文转自蓝田，他当选省谘议局常驻议员。梦周认为皇帝虽然更替，为民兴利除害的使命没有改变，正好利用这个身份，把这些大量种植的罂粟彻底铲除净尽，铲除以西府为甚的罂粟毒瘤。

蓝川先生只好放不讲学编书的事，他决定由门生陈敬修完成书稿的校勘，此前已让茂陵同学弟果斋和淄川同学兄灵泉分别作书序，也不知他们此时进退如何。梦周正在房间喝茶，有人在门外喊："先生——老师！"蓝川先生起寻声望去，见是学生敬修兴冲冲跑来，就问："敬修，啥事啊，这么高兴？"

敬修说："先生，您的《蓝川文钞》未校勘完的部分，可是交给学生校勘？"梦周说："此话怎说呀，敬修？"陈敬修神秘兮兮地说："先生，还在哄我，刚才在县衙听说，您已被推选为陕西省谘议局常驻议员，省府已经来函催你赴任呢，所以才有此问。"

蓝川先生说："敬修，确真有此事，不仅要你校勘余下书稿，还要为此书写跋，并负责刊印，任务不轻，你看如何？"敬修喜出望外，高兴地说："非常感谢老师的器重和信任，把这么重要的事儿交给敬修，对了，忘了告诉您，张先生、孙先生来函了，二位先生所写的书序，已经都寄来了。"蓝川先生高兴地说："嗬，这么快就寄来了，真行啊！"敬修神秘地说："先生，不瞒您说，我遵嘱作的书跋，反复斟酌了许多日子，生怕把握不准，想读给您听听，先生满意了，您走后就不会影响刊印了……"蓝川先生摸了摸胡须，瞅瞅敬修微微地笑了，说："那好啊，敬修，你就读来听听吧！"

敬修读道："《跋蓝川先生文钞》。人以文传，所传者文也；文以人传，所传者文，而不维其文也。蓝川先生不以文见，此编所录皆其手笔之文，学者爱而慕之，因相与钞而存之。至传写之不易也，乃谋印行以代钞胥。重其文乎？重其人也。今虽正道晦盲，而此心此理之同，自有不可泯灭者。六合之内，四海之外，吾安知读而爱之者遂无其人耶！慕先生之人，因以心先生之心，孔、孟、程、朱之学与其道不由是以昌大矣乎？若夫轻自表暴，急知后世增己之汰示人一薄，长学者躁竞之习，生读者玩亵之心，则修等之过，固先生所不许也。壬戌中秋日受业同邑陈敬修谨跋于芸阁之忠敬堂。"敬修读罢，恭候先生表态。

蓝川先生一边过目二位学兄学弟的书序，已用脸上的神态做了明确的回答。敬修见先生开始阅读书序，便向先生告辞，走到门外，听到先生自言自语："茫茫绝续，传承者何人，同邑门人陈敬修也。"敬修听见，脸上洋溢着一种难以言喻的自豪。

一位一身粗布衣服的读书人，出现在西安城巡抚衙门，守门卫兵见他是个老土，穿戴是十足的关中农民，却气宇轩昂，显然身份不凡，便问道："您站这儿干啥呢，您要找谁？"蓝川先生说："升巡抚。"卫兵瞅了瞅他"扑哧"笑了，大声说："抚台大人忙着，他可不是谁想见就能见的！"蓝川先生瞅了瞅卫兵，不卑不亢地说："并不是我想见他，是他想见我！"卫兵说："嗬呀，你还这么大口气，有什么来头？难道你是蓝田牛圣人不成！"卫兵正在盘问，正巧升允送客，撞到了面前，对卫兵正色道："你们瞎了眼睛，他就是蓝田牛才子啊，真是有眼无珠！"卫兵以为牛圣人多长一双眼睛，还围着他转了几圈，仔细看了又看，见还是两只眼睛。

蓝川先生到谘议局，并不是喜欢这个位子，和在蓝田县衙的赈恤局一样，他是想为百姓做一件实事。中英闹了两次鸦片战争，西方的毛子不只是把自己的鸦片弄来，更是把祸根弄来了。朝廷的国库亏空需要填补，一般百姓看种罂粟的收益大，利欲熏心恶性膨胀，到头来吃大亏的还是农民自己，只有一个办法，查禁，彻底铲除这个毒瘤。升允正好回陕出任巡抚，这人虽系用钱买来的官，还算是个有能力有担当的。

升允和蓝川先生在巡抚衙门坐定，勤务兵给他们送上茶来，梦周对离开师范学堂表达歉意，说："抚台大人，濂承蒙恩师多次抬举，却辞了学堂总教习之任，你不觉得失望吗？"升允摸着一撮胡须，哈哈大笑，说："路遥知马力，日久见人心，牛才子多大的美名，疾风中的劲草，怎么能怪呀，你那牛脾气我早就领教，不怪，不怪啊！"梦周说："老师，恩公总在抬举兆濂，兆濂屡次让恩公失望，惭愧啊惭愧，真是大大逆不道啊！"

升抚台说："梦周，喝茶吧。蓝田推你为谘议局常驻议员，你能爽快答应即刻前来，令人万分高兴。梦周啊，薪传道脉贵于践行，眼下陕西西府罂粟肆虐，需要你前去查禁，此事非同小可，不知你可有此胆气，你能有几分自信？"梦周说："恩公大人，你说的鸦片成灾，我也晓得西府为甚，荼毒生灵广为祸害，查禁鸦片，正是我此来的目的！"

"梦周，"升允说："西府罂粟种植面积大，牵涉千家万户，各种情况都很复杂，比不得你们蓝田小县，刁民冥顽，急切教化不了，你想调多少兵力？"蓝川先生"哈哈"笑了，说："老师，兆濂当年请教过恩师李大人，不带一兵一卒，只带精明干练忠诚书童一人即可！"

升允瞅梦周半天，将信将疑，说："你说的是李用清李大人，哈哈哈，想学诸葛孔明吗，这样也好，需要调动军兵，只管向我开口！"梦周说："行呀，不过您给准备十套军服！"。升允让人给牛梦周续茶，自己喝得很香，说："今年新出的碧螺春，茶味就是正，你要的东西我让备好，给你选的书童武功一流。"梦周喝着茶，笑着说："大人，新茶耐泡，多喝上几遍，喝出来的味道那才叫正呢！"

蓝川先生穿一身粗布衣，升允的贴身侍卫吴铭朝扮作"书童",随从蓝川先生往西府而去。这吴铭朝读过四书,练有一身好功夫,梦周让换上农民装束,自己肩上搭了褡裢,一主一仆,手里夹着一把纸伞,出现在西府的凤翔县。主仆二人深入凤翔周遭,以小贩的身份走村入户,秘密察看各村烟苗种植,暗自画成图本,标上亩数方位,种植户姓名身份,弄清销往何处,销售办法,外地来此商贩的模样身份,落脚地点等,均作了详细记录。梦周问吴铭朝:"铭朝,你来过凤翔吗,可知有什么好的去处?"铭朝看看先生,难为情地说:"先生,距离此地不远,有一座横渠祠,祭祀的是北宋的一位大儒,出城不远即是东湖,那里人多,倒是可以一游!"先生点头,未置可否。

次日早起,蓝川先生沐浴更衣,让铭朝准备了一些祭品,一同来到横渠祠,祭奠学宗张子先师。铭朝跟定蓝川先生,不离左右,并不像先前拘束。蓝川先生教给铭朝祭祀礼节,按先生教给的礼仪,开始铺设祭品,一同屈膝跪拜。施礼毕,先生和铭朝游玩东湖。行至眺亭台,看这里花木极为幽胜,先生浏览了碑亭和名人题咏。又去游东湖旁边的苏公祠,铭朝问苏公何人,先生就讲起东坡趣事,铭朝听得入迷,末了,又背了苏轼的《和子由渑池怀旧》诗:"人生到处知何似,应似飞鸿踏雪泥。泥上偶然留指爪,鸿飞那复计东西。老僧已死成新塔,坏壁无由见旧题。往日崎岖还记否,路长人困蹇驴嘶。"

晚上回到驿馆,铭朝梳洗吃喝完毕,便去房外,先生把白天听到的细细梳理,从中努力发现各种蛛丝马迹,临到熄灯,还作诗《游凤翔东湖》一首。等墨迹干去,读之,辛亥二月,余以公事过凤翔,谒横渠祠。出城至东湖,游眺亭台,花木极为幽胜,名人题咏甚多,美不胜收。旁为苏公祠,遂成一律,以示已雪泥鸿爪之感。

盈盈湖水接城关，积翠亭台画卷新。

为有风流贤太守，凭教春色醉游人。

多情似我空怀古，好句伊谁敢效颦。

回首鸡山正迢递，绿柳郊外几逡巡。

吟罢写于纸上，等墨迹干去，夹进褡裢内的书中。又看一会《易经》，天色不早，解衣准备安歇，见铭朝还在房外转悠，就叫他回房去睡觉歇息。

这一天到了宝鸡阳平县天色已晚，两人就寄宿一处街镇。蓝川先生约了个地方小吏，说是收购罂粟种子，带来几个种烟农民。先生正色问道："鸦片害人害己，英夷用之荼我生灵，你们难道不知？"一个农人说："我们也是生计所迫，出于无奈！"蓝川先生拍了一下桌子，厉声说道："什么出于无奈，英夷坚船利炮，用此辱我家邦，害我同胞，你们能忘了吗！尔等自种罂粟，祸害同胞，你们可有良知？"

一个黑脸后生狡辩道："你个外地客商，不就是个种田的，用得着你来管闲事，我的土地，我爱种什么就种什么，你管得着吗！"

蓝川先生愠怒地说："哼，问得好，我是陕西巡抚派来，一千名士兵就在门外！告诉你们，凡种烟人户，一经查明，一律铲除，拒而不铲者，就地正法，来人！"铭朝一身官戴，掏出账册，说："全都记录在案，大人请验看！"蓝川先生说："悔过自新主动铲除，有规劝他人立功表现者，从轻发落！行动迟滞者，严惩不贷！"话音刚落，外边走进十几个手持武器的兵勇。

"我们错了……"几个人当场表示认错。

"天一明就铲……"一个脸上有几颗麻子的烟农立即表态。

蓝川先生挥挥手，"士兵们"出去了。

第二日，县令雷天裕亲自督兵，众目睽睽之下，把阳平镇方圆暗查到的烟苗悉数铲除。铭朝问："先生，你哪来的士兵？"蓝川先生说："哈哈哈，是你背来的，看看你的行李吧！"铭朝察看行李，那几个兵俑全是假的，先生临行带了军装，可随机应变。铭朝睁圆眼睛瞅着蓝川先生，佩服得五体投地。阳平一带有暴力拒铲烟苗的，蓝川先生与雷县令商量，派人便装暗随，一面派人随先生明察暗访，阳平一举全数铲掉，消除了雷县令心头大患。

蓝川先生依旧身穿粗布短褂，闻着哪里放香，"主仆"就向哪里奔，那里肯定有烟苗。几天时间就了如指掌，先生一声令下，顷刻间几十里以内，不遗一株烟苗。铭朝这才对先生刮目相看，先生和铭朝又深入边远，查毁烟苗，如遇阻碍，先晓以利害，指给生活出路，顽固强抗，采取断然措施。

这是一个大村，天色向晚的时候，村中祠堂坐了上百人，乡约对众人说："陕西抚台下令禁种罂粟，我坚决拥护，禁止吸食鸦片，我举双手赞成，当下铲除地里的烟苗，影响一茬收入我心疼。"有人低声说："咱这地方，哪儿还有来钱的路呢？"说话的是一个黑脸汉子。还有一个脸上有几颗麻子的，对众人说："在陕西地面，我只服一个人，他就是蓝田的牛圣人！我在兴平听过先生讲课，诚服他的才学与人品，若他来咱西府禁止，我当下就铲除地里的烟苗！"

雷天裕县令走上前去，问："小伙子，你说的此话当真？"麻子问："向来一言九鼎，绝无戏言。请问你是谁呀！"县令站到前面去，说："我就是阳平县令雷天裕，这位正是蓝田牛圣人，牛蓝川先生！他已是陕西省咨议员，人称牛才子！祠堂已有军兵把守，今晚就在祠堂对着祖先，把产出烟苗的事说清！"

麻子吐了一下舌头，低下头不敢再说话。雷县令说："牛先生来西府禁烟，为的是你们的生命和你们的家庭，吸食的自动戒掉，已种的立即铲除。下面听牛先生给大家训教！"蓝川先生快步上前，他看看众人，笑着说："我就是牛梦周，不是什么圣人，也非朝廷的官员。鸦片成灾，害人生命，毁人家庭，现在全省查禁，铲除烟苗是救命而不是害命！今晚祠堂里坐的，有种过的，也有吸食的，害人又害己，你们对着先人的牌位，手抚着你自己的胸口，摸一摸做人的那颗良心吧……"

蓝川先生像是给学生讲课，讲了不少家破人亡的实例，言近旨远，语重心长，每个人都凝神静听，无不伸颈侧目。有的垂下头去，一脸懊悔的神情。县令取出一大片黄布，要大家在上面签上名字。麻子第一个走上去，在黄布上写下自己的名字。最后剩下二十七个人，不识字不会写难为情，县令让人问清姓名，写在一张纸上，让他们照着描上去。

西府铲除烟苗历时几个月，升抚台早已闻报，赶到谘议局看望梦周。蓝川先生已留下一封书信，信封只装了几首诗作，人已回蓝田去了。抚台大人哭笑不得，嘴里一边骂着"这头犟牛"，心里涌出难舍的爱意。

蓝川先生一到县邑，先回芸阁抱了一下清璋，饭还没有做好，陈尚礼县令就出现在芸阁精舍。陈县令把赈灾时踏勘的烟苗，逐乡弄出了清册，但凡官员乡约自家，或是亲戚朋友，必须自己亲自动手，趁早铲掉免得官家强行动手。从原上到川道已铲出几片白地。县令说："从西府到西安城里，先生禁烟的故事，被传得神乎其神啊，已经刮起了旋风，我就盼着你赶紧回来啊！"蓝川先生说："陈大人，没有你听到的那么邪乎，你也了解我，铲除罂粟，为生民立命，挽救生命而非祸害，天经地义！"

蓝川先生先到鸣鹤沟。沟里种植罂粟只有几户，守义、守谦说了先生西府禁烟的故事，这几户人家笨鸟先飞，早已自个铲了，他不想给牛先生丢人。上午他来到沟里，给父母、秋菊坟头烧了纸，给四爷、四婆坟里也烧了纸，然后坐在坟地，和他们坐了一个时辰，清渊舅舅跑到坟地找他，跑得上不接下气。先生问："啥事儿，这么急，莫非你也种着罂粟？"清渊舅舅跪在姐姐坟前，说："大姐夫，二亩四分烟苗长势很好，如果全铲了，今年收入就大打折扣了，姐夫你和陈县令有交往，帮我通融一下，缓到收获之后，谁再种是王八……"

先生闻听"哇"的一声，放声大哭："清渊他妈，早死的人啊，你让我教导清渊他舅，教来教去，他还是这样的不明事理呀，你说我该如何是好呀！"清渊舅舅硬把他拉进家门，先生绷着脸说："我还没吃早饭呢！"就一同来到张家坡村。清渊舅舅要老婆赶紧给姐夫弄饭。蓝川先生说："不用了，把牛借给我！"妻弟又问："先生哥，你教学呢，不是犁地的时候，要牛弄啥呀？"蓝川先生说："你给我赶紧套牛去，咋那么多的啰唆！"

妻弟从槽上牵出大犍牛，很快戴上笼嘴，三下五除二套好了犁，问："犁哪块地，给你送鸣鹤沟去？"蓝川先生说："我会犁地，自己来！"蓝川先生吆喝着牛，直接吆到妻弟的烟苗地里，妻弟这才傻了眼，整个村里都炸开了锅。村里有小片种植的罂粟，先生拿眼睛望一望，干脆套牛主动犁掉。附近相邻的村子，听说牛先生套牛犁妻弟的二亩四分罂粟，有的连夜套牛犁掉了烟苗……

蓝川先生套犁犁妻弟烟苗的事，很快传遍了山川岭源，乡民们又听说他深入荒僻之地，来回上千里路，禁烟的故事一个比一个听得玄乎，不等官家上门，就毫不迟疑地自己先解决了。陈尚礼还没有见到梦周，就把一包新出的"龙井"托人从西安弄回来，他要和先生好好地品上一回。

蓝川先生再次走进芸阁精舍，妻子支蓝玉生下四子，已经十几天了，梦周喜出望外，给儿子取名清德，名穆，字子敬。当天晚上，蓝玉在炕边悄悄说："守谦来过县上，说沟里的乾坤新近战死，尸首已送回鸣鹤沟。"他"嗯"了一声，蓝玉继续说："南方几个省都在打仗，恐怕要变天啊……"梦周又"嗯"了一声，还是没有言语，似乎并没有听见，天刚一明，就背起褡裢，匆匆上路了。

蓝玉从衣服里发现一片纸，上面写着：鲁斋祠落成，辞去常驻议员。一本书中还夹着一个纸片，上面写的是两首诗，好像西府禁烟时沿路随写。

一

满川风雨下阳平，鼓角声中放早晴。

闻说鸡山旧令尹，翠烟十里看春耕。

二

一簇耕犁一抹烟，倚楼人语杏花天。

共知鸩酒难成醉，犹觊依稀似去年。

第二十二章　零口司礼

临潼县零口镇零川祠前，瑞玑先生说，王零川先生配享横渠，饮冠礼乃旷世盛典，就要在此如期举行了，临潼令张瑞玑先生主事，特请关中大儒牛兆濂先生为司正，邀请了渭南县、兴平县、三原县、潼关县、频阳县、咸宁县、彭衙县等诸县令为大宾，临潼名儒贤达作为嘉宾，一起参加盛典，此时正陆续抵达零口。

梦周正欲登程上路，忽听门外锣鼓响起，心里好生奇怪，看门朱氏急忙开门一看，哎呀，怎么把这事给忘完了，昨日接到临潼令张瑞玑先生和小鲁恩师书信，一个催促前去鲁斋祠讲学，一个催促前去司礼赶紧成行。

鼓乐停止，一个高丽国的学生和几个外省籍学生修业期满，要离开芸阁回原籍去，硬要送一块牌匾，先生苦口婆心劝告半天，居然劝止不住。先生站在门首，和颜悦色面对他们，还真有些舍不得让他们离去。几位学生依次上前，向先生行了谢师之礼。蓝川先生说，孩子们，我内心里真的舍不得你们离去！许多人把老师称作什么圣人，神神道道的，这几年和你们相处，你们都亲眼见到了，像个圣人吗？我还是那句话，"今所见者乃真我，所闻者非我也!"

围的先生学生已有很多,有听到的都笑起来的,先生自己也在笑。蓝川先生接着说:"人心之好怪而竟以不怪者为怪,遂加予以怪名而不知其非实也,今日之我,非神仙神奇鬼怪闻于远方,为人所掠卖之我也!你们在四吕之家乡,跟着先生传承、坚守、讲习、实践、弘扬周程张朱,道追清麓,薪传邹鲁,善莫大焉这是我华夏思想文化之大幸也。"一群学生把一块木板反过来,上面刻有"薪传邹鲁"四个大字,下面刻着七位学生的姓名、国籍和省籍。大家离开后,梦周让泽南、敬修把牌子正面朝下,放在被褥下面,搭上褡裢,匆匆出门上路了。

梦周当日来到西安讲学之地,却未见到恩师小鲁先生,自那日离开鲁斋书院,时常想起书院是恩师所建,前贤后学,传道续脉会讲的所在。他在《上小鲁师禀》里曾说:"道之兴废,在天而不在人;学之存亡,在人而不在地"。几年来除在芸阁精舍,还到爱日堂和正谊书院,还有仁斋学兄新开的读经书院会讲,为继统守道矢志不移,始终不渝啊。

过了鲁斋书院的一个街口,才见到了恩师的一个门生,他含泪说,小鲁恩师筹措款项无有着落,于宣统二年十月十九日,谢绝宾客捐出馆舍,在后院辟地五楹,修成鲁斋祠,今鲁斋祠落成,恩师大功已经告成,只等四方纯儒前来会讲,可惜先生他,他却积劳成疾已经去了……

梦周眼含热泪,说不出话来,于是和大家商定,八月二十四日,在鲁斋祠奉安鲁斋先生暨诸儒神位,新制恩师小鲁观察神牌,卯时恭行落成祭礼,在位君子,习闻鲁斋之风,或读鲁斋之书的,届时贲临,以光祀事,则吾道不孤,斯文得振。计议妥当,蓝川先生磨墨提笔,写成《重修鲁斋祠落成并祭黄小鲁观察启》,以便周知。

梦周和泪而写，刚写下数行文字，忽听得门响，送来四封信函，只好放下笔来，坐下拆封披览。一封是门生陈敬修书信，蓝田好友张竹轩先生不幸去世；杨克斋兄、张果斋学兄来信，所问皆学问之事；唯有临潼令张瑞玑先生，信上反复申说，乃是零口王零川先生配享横渠一事，要在零口举行旷世盛典，放眼八百里关中，能主持如此举世旷典的鸿儒，省垣以内只有一人，蓝田才子牛梦周先生。张令信中言辞恳切，牛先生名满三秦，饮冠各礼了然在胸，请先生拨冗千万不要推辞，务必请提前到达，以免兄弟西向而翘首也。

每个事情都紧要，蓝川先生写完祭祀之启，再给杨、张二位先生匆匆写了回信，然后拿起张瑞玑县令的信，这才捻着胡须呵呵地笑了，若论崇尚礼节，当推渭南令张世英先生，兴平令朱蕃甫先生，诸位化民成俗，善莫善于礼也，张兄既然看重礼仪，梦周怎敢推托，遂给他写了回信，答应一定按期赴约。只有门生陈敬修的信，让他的心情再次沉重起来，直到晚上，才在灯下写成《祭张竹轩文》，敬修已在来西安的途中，就书张竹轩示陈敬修语后，写完，他的眼睛已潮潮的了。

灞河与零水同属渭水一脉，蓝川和零川，两川溶溶，从西安东城出发到零口去，路程并不多远，蓝川先生身穿蓝色粗布长袍，雇定了一辆驴车。走到城东门口，他发现城里怎么有点异样，许多手执武器的士兵频繁出现，有的在路口严厉盘查行人，一种如临大敌的紧张气氛。

驴车悠悠晃晃，蓝川先生想着零口，南依巍巍零塬，北临滔滔渭河，这零口镇古时叫鸿州城，当年穆桂英大破鸿州，说的其实就是零口，后易其名为零口了。零口街道，长约三四里地，南边是马额，东边是渭南，北边是何寨，西边戏河桥，四邻八乡的乡民赶的都是零口的集会，集上热腾腾的油糕，松软油腻香甜，纯正的羊血，浇上辣子蒜，让人馋涎欲滴，还有蜜汁般的糖枣甄糕，爽滑可口，豆腐脑豆花膨软细腻，汤鲜、味美量足，肉夹馍更是肉汁四溢。当然这回最主要的事，雍正皇帝的老师是零口人，王零川就是敢打皇帝屁股的一位老师。

在零口街上，梦周回想当年和兴平同学弟果斋、渭南朋友杨茂春、临潼史乐田等，在这里结为宗圣学社，讲过张载和王零川的学问，大家定期会文、宣讲、游学，一并著书立说，兴办零川书院，那情景真叫人至今难忘呢。蓝川先生抵达零口镇天色尚早，他想好好看看这个曾经熟悉的地方，就一个人在街上漫无目的地走，他觉得零口这地名奇而不怪，零口零口，街镇正好在零河的出口。梦周望着巍巍零塬，心想灞河之水出自秦岭，零水出此谷口，这还是秦岭之水呢！梦周在零口镇转悠，零口镇南依骊山，北俯渭水，戏水与零水东西环绕，山河形胜风光宜人，真是个出圣人的地方，王零川先生正有"农神""圣人"的美誉，也被百姓称作"王青天"。他任山西王寨县令，教百姓植棉纺织，乾隆朝出任过吏部考功司主事，任过直奉大夫，在广西兴业县兼陆川令时，勤政爱民智断过不少冤狱，令人敬仰。

梦周敬重王零川先生，还有一个更重要原因，正是他著书讲学和立言，尊往圣之道。乾隆皇帝正是看重了先生的学识渊博，品德高洁，才选他做皇太师，教授未来的嘉庆读书。零川先生教太子读书事事从严，一丝一毫从不马虎。太子年幼生性贪玩，零川先生脸色一变，板着面孔，罚太子跪下读书。恰遇太后路过，正好看见，对王零川说："他读书亦天子，不读亦天子，何以跪读？"

先生想，此乃太后怜子心切，便毫不客气地说："读书者尧舜也，不读书者桀纣也"。皇后闻听心里很不舒服，愤愤地说："贵为天子，何以跪臣？"王先生笑着说："'天'字出头为'夫'字，天子跪夫子，非跪臣也。"皇后十分生气，说："我定要参你一本"。零川先生笑着说："参去吧，十本八本都行，得几本参几本，臣我等着受罚！"

太后把这事一直憋在心里，终于有了一个机会，就把此事告知乾隆。皇帝得知此事，思之："真不愧天子之师也！"遂当着太后的面直夸太师。后来乾隆退位做了太上皇，嘉庆正式即位，登基做皇帝始理朝政。嘉庆继续让王零川当太师，教太子读书，太子就是后来的道光帝，零川先生同样从严执教。道光帝即位后，零川先生告老还乡，道光挥笔写下"天子之师"四个大字，命地方官修寺纪念，祠名为"零川寺"，竖碑镌刻"天子之师"，镶嵌寺前。寺前还有两个拴马桩，高有一丈二尺，全是青石雕刻，桩上镌刻"文官落轿，武将下马"，明令官员，进寺参拜先生灵位。

梦周还在零口镇街上优哉游哉，被张瑞玑先生一把拉住，"梦周兄早已来了，还不快到县衙！"两人说说笑笑，先到了临潼县衙。习惯穿粗布短褂的牛梦周，破例穿上粗布长衫，脚上蹬的依然是布鞋，却是一双崭新的布鞋，头戴一顶深黑色帽子，帽圈的白边上，有一块黑色极其方正。瑞玑先生便在临潼县衙接风，梦周今日精神奕奕，瑞玑先生打趣说："嗬，穿粗布衣服，照样穿出关中第一大儒的神采！"酒饭过后，瑞玑先生陪梦周等先看了骊山的秀丽，又看了零河的清澈，广袤的秦川，渭河平原，要他留下墨宝，着人预备好笔墨纸砚，梦周也不客气，提起笔来写道：

登骊山

不登嵩华莫言山，强附攀跻作壮观。

胜境几从忙里过，皇州尽入画图看。

险中要得操心惯，峻处方知进步难。

何日投闲成小憩，一编午月对高寒。

瑞玑先生端详一番："好一个'一编午月对高寒'，快跟我去祠里看看！"临潼县零口镇零川祠前，瑞玑先生说，王零川先生配享横渠，饮冠礼乃旷世盛典，就要在此如期举行了，临潼令张瑞玑先生主事，特请关中大儒牛兆濂先生为司正，邀请了渭南县、兴平县、三原县、潼关县、频阳县、咸宁县、彭衙县等诸县令为大宾，临潼名儒贤达作为嘉宾，一起参加盛典，此时正陆续抵达零口。梦周向瑞玑先生介绍程序，详细交流临潼当地礼俗，饮酒礼规制不变，最终确定盛典大礼仪程。

次日黎明沐浴更衣，执事者具馔于零川祠明伦堂，司正陕西大儒牛兆濂先生就位，临潼令瑞玑先生着人速请各位嘉宾依时依次，到零川祠明伦堂内就位，以主人之礼率众僚属出祠迎接，直至阶前。按照主东宾西，宾主首先互相见礼。三揖三让后正式升堂。主宾东西向立，司礼生赞曰："行两拜礼！"礼毕。引大宾坐于西北，介宾坐于东北，众宾坐于西南，主人坐于东南。司正牛兆濂先生端庄地坐于正南堂。

宾客就位已毕。司礼生赞曰："扬觯！"司正牛兆濂先生由西阶升诣至中堂，北面而立，司礼生赞曰："一揖！"蓝川先生作揖施礼，众宾皆答揖。执事者酌酒授予司正牛兆濂先生，司正兆濂先生举酒祝曰："恭维朝廷，率由旧章，敦崇礼教，举行乡饮，非为饮食，凡我长幼，各相劝勉，为臣尽忠，为子尽孝，长幼有序，兄友弟恭，内睦宗族，外和乡里，毋或废坠，以忝所生。"众皆神情肃然，司正牛兆濂先生又曰："零口地灵，出天子之师，王零川先生，致力理学，配享横渠，今此盛典，当之无愧！"赞颂词毕，司正牛兆濂先生举杯饮酒，深深一揖。众宾尽皆答揖。

稍缓，司正牛兆濂先生复位，就座，众宾亦皆坐。司礼生赞曰："宣读律令！"执事者举律令在桌案，置于正堂，读律令者诣至案前，北面而立，司礼生赞曰："宾介以下皆立行揖，宣读律令。"宣读已毕，众位宾客复位。司礼生赞曰：主人扬觯，送大宾席揖，众宾答揖；次宾、介宾席揖，介宾答揖；次众宾席揖，众宾答揖。

执事者酌酒授予众宾，众宾受酒，诣主人席，揖，主人答揖，宾东向，主人西向。司礼生赞曰："行两拜礼！"各就各位，执事者酌酒请饮。酒宴毕，司礼生赞曰：执事者撤馔，主西向，宾东向，行两拜礼，鼓吹送宾出门，宾主三揖而退。

盛典已毕，临潼令张瑞玑先生盛情，挽留关中第一大儒，设宴款待，渭南、兴平、三原、彭衙诸位县令和几位贤儒作陪。

蓝川先生本想去华清池，想到恩师黄小鲁临终嘱托，心便飞回鲁斋祠，典礼祭祀是否准备就绪，邀请谁参加会讲，茂陵二张、马阳村先生、灵泉先生、克斋先生去信知会，同邑门生陈敬修已出道，需要告知，蓝川先生猛然想到了学生铭诚和凤临，让他们也来参加会讲，岂不甚好。

临潼令张瑞玑先生苦苦挽留，梦周执意辞别要回西安，两人在零口街口拉拉扯扯，好友史乐田上前，对张县令说："张大人，您去忙吧，牛梦周交给我了！"乐田和梦周就近找个茶铺，两人饮茶畅叙。

梦周刚走出零口街口，听到一个熟悉的声音，喊："先生——牛先生——"蓝川先生猛一回头，见是学生杨仁天、刘允臣，已跑得满头大汗，气喘吁吁。蓝川先生十分惊讶，忙问："仁天，你两个怎么会在这儿?"允臣说:"哎呀先生,我俩照您的吩咐,筹集印书巨款,见幼农先生已刊印刘、柏二位先生的书,而清麓先师遗著至今没印,您心里一定很急!"

蓝川先生欣然,微笑着摸着胡须,又不安地说:"能不急吗,贷款都想到了,说吧,你们筹款是不是遇到了麻烦?"仁天说:"先生托付,我们会全力办好,这事你就不必太过操心,等筹齐两千就亲自送到三原!只是……"先生忙问:"只是什么,到底出啥事了?"允臣说:"我俩去鲁斋祠找您,沿路看见西安常驻的守备军,脱掉清军服装,已经换上灰色带红领章的军装,头上已是戴星的大檐帽了……"仁天说:"老师,我看一定是守备军发生了兵变……诚恐西安要起战端,打听出先生来零口了,怕先生贸然返城,路上会有危险,特赶来告知。"

"天要下雨!鸟儿要飞了,只是来得这么快呀!"先生似自言自语,说:"你们两个受煎熬了,筹齐了这笔钱款,我就到三原赎书版,把先生的书印它个二百部,流播北方各省,让清麓之学大放光明,让周程张朱之传,孔曾颜孟之统,在这晦盲的时代,绝而复续,真是快哉!"仁天说:"先生,学生此来,还要告知谘议局去不得了,升巡抚已去了甘省,您还是先到东城鲁斋祠吧!"蓝川先生说:"山雨欲来,西安估计已变天了,哪里还有个谘议局呢,人家变他们的天,咱仍过咱地上的日子!"三人启程上路,坐一辆顺路的马车返回西安。

整个中国都正在变天,西安城确实已经变了天。蓝川先生的同科举人张凤翙,已荣任革命军的陕西总督,升允确实已退到甘肃,重新整顿人马,以便卷土重来。西安街道上十分混乱,到处都是士兵,行人匆匆忙忙,到处张贴着标语……东城墙不远处,有人念着歌谣:"不用掐,不用算,宣统不过二年半……"还有 念

"八月十五杀鞑子……"城里一时流言四起，遍布西安大小坊间，又向四周乡间传播。

梦周打听到，这是同盟会的武装起义。西安府已惊慌异常，一边四处调集旗兵，增强城内的军力，一边抓紧加固工事。十月二十二日，同盟会西安分会、新军、会党首领三十多人，聚合于城南的林家坟，决定武装起义。上午十点，驻防军官放假，护理巡抚、各司道官员及一些参议官，在谘议局开会，来不及作出反应，义军很快攻占军装局，大批武器弹药被夺走，鼓楼等制高点也被迅速占领，又相继攻占巡抚衙门和藩库。

文瑞本钮祜禄氏，满洲镶红旗，世袭男爵，在满洲贵族中也算是条汉子，能文能武，驭下有方，历史没有给他留下更多施展才能的机会。义军如同潮水一般迅猛杀来，文瑞率旗兵大举反攻，立即被新军击败，只好回守城中据城顽抗。十月二十三清晨，张凤翔指挥，打着"秦陇复汉军"大旗，大举进攻，旗兵左翼到都统承燕、克蒙额谋划，准备与义军决一死战。两军合战，守城旗军约有五千人余人，枪械精良，作战勇敢。新军气势更锐，兵不畏死，士兵冒枪林弹雨，奋勇冲杀。西安东城楼，旗兵一百多人全部战死，北城楼上的火药库被炮弹击中，在火药库中顷刻爆炸，数百旗兵顿时化作肉泥……

文瑞在交战之间，多次派人持函与革命军讲和，均遭到严词拒绝。文瑞与新军血战将近一日，满城大部宣告沦陷，旗兵仍然终夕巷战，三千人死于战斗。其余旗兵，无一不成革命军的刀下之鬼。旗人妇孺，皆知道此前太平军的厉害，自忖难免于难，或投井上吊，或集体自焚，死者数千。满城余下的旗人，冲入街巷之中，被激于民族义愤的新军士兵杀死，连同家属死亡两万多人。

巡抚因恩寿已调安徽，布政使钱能训护理代理，提法使得锡桐，光绪三十年十二月由陕西潼商道升任，宣统二年改任此职。此役首当其冲的钱能训，驻陕西安统领将军文瑞，开缺留居的前陕甘总督升允。此三人一汉二旗，文瑞是蒙古正黄旗人，光绪三十四年由成都副都统升任，辛亥年九月初一，趁乱由谘议局微服逃回，次日城破，率全家投井自杀，以死殉清明节。升允是蒙古镶蓝旗人，世代簪缨，承先祖遗泽和举人出身，受到清廷信任不次超迁，历任山西按察使，布政使，光绪二十七年春升任陕西巡抚，三十一年调任闽浙总督，三月正式就任陕甘总督。升允倡设陕西大学堂，创办延长油矿，结交当世大儒、理学名宿。宣统元年抵制君主立宪，参劾巡抚樊增祥而被褫职，后卜居城中东柳巷。闻西安同盟会举事，仓促逸出北门，经草滩渡渭水，远窜甘肃，一面电告"陕乱"情形，一面疏请"平乱勤王"，复受命署理陕抚并督陕军，统辖甘军马安良、陆洪涛诸部，疯狂向西安反扑。

甘陇军与民军血战乾州、礼泉已逾三月。此时南北宣布停战，清帝诏令退位，升允督兵猛攻，民军派出几个议和使者，竟被割耳削鼻挖心，抛尸荒野土窑。升允从平凉率引数十万清军南下，疯狂反攻西安，一路破州陷府，势不可挡，到达乾州城下，正遇秦陇复汉军猛将张云山。张云山是张凤翙麾下兵马都督，率兵据城死守，升允进不能进，退有何甘，两军对峙，形势十分严峻。

甘陇军一时啃不动乾州。绕开这块硬骨头直逼咸阳城下，咸阳守城新军守卫严密，久攻不下，又退回乾州，数十万清军把乾州城围如同铁桶，一时又难以得手。城北有一高地，甘陇军用炮火猛烈轰击。十八里铺、铁佛寺、乾陵园，都驻扎着甘拢军，升允帅府设在十八里铺。城北十几里的梁山，是唐高宗与武则天的合葬墓，两个皇帝合葬独一无二，乾陵是个特别的帝陵。升允让甘陇军在乾陵设置炮台，天天炮声隆隆，轰击乾州城，陵园里不时扬起的土尘烟雾，弥漫着浓重的硝烟味。

西安城兵荒马乱，君已不君，臣已不臣，君臣名分已荡然无存，西安如何还能再搞会讲，朋友们又如何能齐集鲁斋祠？蓝川先生打算暂回蓝田。先生一到蓝田，便和妻子蓝玉领着清渊、清谧、清璋、清德，回到了鸣鹤沟。一住进久违了的土窑，他在想，住进土窑，可以把心暂且安顿下来。土窑里听不见枪炮声，却满耳都是枪炮声，他心烦意乱看不进书，就拿一本《周易》翻看，心里还是乱糟糟的看不进去，他索性拿被子蒙着头睡觉。

蓝川先生在家里烦闷，就到秦岭的谷峪寻访友，一去就是六天，回到鸣鹤沟，泡上一壶茶，喝上一会又添加水，自语道，这茶怎么变味了。他站起身，想另换茶叶，门外走进两个人来，进屋倒身跪拜，蓝川先生还没开口，高个子说："学生刘守中，他名郭希仁，先生忘记了，我们三生有幸，都聆听过先生讲学，先生宗程朱学统，传承张子道脉，是人人崇敬的关中第一大儒！"

先生说："是希仁、守中，记起来了，自你们投笔从戎，有些年头，一直不曾见面，如今兵荒马乱，咋到我这鸣鹤沟来？"守中说："先生，实不相瞒，学生现在张凤翔大帅部下，张大帅与竹轩先生昆仲，和您是同科举人。大帅知您和仁斋先生与升允有旧，恳请二位先生出山，前往乾州，消弭眼前兵祸，挽救生灵于战火……"

茶端上来，两位学生用茶，蓝川先生说："你们难为老师了，我多年只读圣贤，培养后学，不曾过问世事呀！"蓝川先生说着，从书架抽出两幅字来，写了落款按上印章，送与这两位学生，说："凤翔统领大军，改天换地气势如虹，难道怕了升允不成！我们两个老朽，能消弭什么灾祸哪，快拿上字，日后做个念想吧！"

守中看看希仁，希仁说："先生，大帅深知你俩都是当世大儒，心里装着百姓，两军交兵，势必生灵涂炭，两位大儒面见升允，晓以大义，陈以利害，必能说服升允议和罢兵。"守中说："先生，如今清帝逊位，天下大势已定，若继之刀兵，只能生灵涂炭，于事无补呀！"蓝川先生一言不发。希仁说："恩师，劝说升允与新军张帅议和，知道您对此事十分为难，您作为关中大儒，一生信守程朱，又道追清麓，不论孰对孰错只为生民立命，请先生不要再推辞！"

蓝川先生半天无语，起来踱着步子，望着远处的秦岭，双目炯炯冷峻，然后又坐下来喝茶。守中说："恩师，学生已去过兴平，恩师仁斋先生，已答应与您同行……"先生捋了捋胡须，整了整衣冠，神情庄严地说："希仁，守中，我不管你们是谁的部下，也放下帝制与共和不论，眼下只为乾州百姓，就与仁斋兄冒死一行吧！"郭希仁和刘守中急忙起身，给先生隆重鞠躬，谦恭地说："恩师，我先替乾州百姓谢您了！"守中说："恩师，箭在弦上急如星火，此事不宜迟缓，咱们稍事歇息，即刻启程吧！"

清渊、清谧抱着清德玩耍，蓝玉准备了米儿面，几个人吃了，蓝川先生神情肃穆，郑重与家人作别，用手抚摸着清璋、清德的头，说："我儿在家，多听妈的话，好好念书，好好等着大回来！"说完背上褡裢，转身走出门去，妻子蓝玉和四个孩子在门口相送。

蓝川先生神情凝重，向妻子拱了拱手，转身离去。希仁骑马先行，守中与蓝川先生步行，希仁到县城雇好了马车，径往灞河川道，向西边的官路而去。

第二十三章　消灾弭兵

梦周说："两军对阵，军情瞬息万变，兆濂不敢耽搁恩公军务，实为救恩师而来，你若不肯听说，我二人就当即离去。"升允又坐下来，大笑着问道："哈哈哈，哪里哪里，梦周呀，料你们也知道高低深浅，你说你们是来救我，此话从何说起？

乾州城守将张云山，率新军拼死血战，死守城池，终日炮声隆隆，乾州城内外土尘弥漫，硝烟滚滚。甘陇军依仗地势，继续猛烈炮击，总撕不开一个口子，急切难以得手，战事一直处于胶着状态。新军统帅张凤翙，盼望于右任率军驰援，却总是迟迟不见。这日他坐在帅府忧心忡忡，派去几拨能言善辩之士，无一例外地被甘陇军砍下头来，悬挂在城门。刘守中、郭希仁二将，远赴兴平蓝田毫无消息，两位大儒是否会肯前来，也未可知。凤翙左等右盼，望眼欲穿，他想，守中、希仁皆为身边骁勇儒将，智勇和胆识过人，两位大儒守正担当，天下皆知，凭着师生之谊……但这里必定是的沙场，不是你死就是我活，谁能保证两位大儒生命安全？

"报——张大帅，郭、刘二将回营！"卫兵的报告声打断张凤翙沉思，也触动了他紧绷的神经。急忙出营门迎接，只见四个人并行，守中在前，两位先生紧随，郭希仁在后，大踏步走进帅府。

凤翔急忙上前，一把拉住两位先生的手，说："故人哪，我已望穿双眼，总算盼来二位大儒，这里有礼了！"张凤翙亲自沏茶，对梦周说："你我同科举人，家兄竹轩与你至交。升帅当年力荐，凤翙官费留洋，升帅也曾竭力提携梦周。我在东洋加入同盟会，回陕后又在新军，唉，昔日的恩师，如今成了头号政敌……"

仁斋、梦周坐着喝茶，详细打量房间，听张凤翙不断叙旧，没有说话。凤翙瞅梦周先生，身着粗布对襟短褂，肩搭粗布褡裢，脚蹬麻鞋，神情依然肃穆，却是一脸威严，双目放射着冷光。仁斋先生穿一件黑色长衫，脚上却是布鞋，须发花白平和持重。军情紧急，战场情势千变万化，张凤翙不再继续客套，谈话就迅速进入正题，凤翙说："二位先生，昨晚民国政府财政部部长崔叠生君，由礼泉回到西安，面述二十二日同军政部长党自新君、交通部部长南雪亭君，到达了店张驿，商筹与甘军议和之事。"

牛、张二先生不语，仍一脸严肃喝茶静听。凤翙继续说："深知二位先生记着君臣名分，不愿认同共和。新旧博弈演变至今，已搏杀到两军阵前。是正是邪会有史官去写，今为乾州百姓免遭涂炭，已有几位义士赴汤蹈火，殒命甘陇军中，叫人心寒。先生不顾君臣之名，肯为天下生灵担当，如此之大义凛然令人钦佩啊！"

仁斋先生说："打仗为的是'主义'，我和梦周不管你是'主义'，只为生民之命着想，此番再入龙潭虎穴，生死也许系悬一线，生离与死别已无甚区分。"

蓝川先生说："是早定了君臣名分，如今帝制也罢，共和也罢，谁家能把百姓放在心上？且不管它，为今之计先解民之倒悬，如救水火，我和仁斋学兄所执守之道，为生民立命，为万世开太平，甘冒枪林弹雨不惜微躯！"

张凤翙说："说得好啊，难得二位大儒深明大义，安排营中用餐，郭、刘二将军挑选精壮军人护送大儒。"

"不用了！"仁斋说："枪子是长眼睛的，我两个也不怕枪子！"两位先生用过便饭，两个人一高一低，一胖一瘦，一长一短，直奔十八里铺而来。

"咚——""咚咚——"一阵隆隆炮声响过后，土雾还在四散弥漫，乾州城却又暂时平静下来。升允正在营中商议军情，得到一个令他震撼的消息，宣统帝宣布逊位！一生南征北剿临战无数也算朝廷能征惯战之帅，而如今一座乾州城乃弹丸之地却久攻不下，怎么能一拖再拖，难道要等到于右任驰援到达？再者，军中若知皇帝逊位，岂不军心动摇？升允在行营中十分着急，如同热锅上的蚂蚁团团转，骂道："张凤翙，操你娘的，你个忘恩负义的东西，当初不是老子，你能出国留洋，若能拿下乾州，攻克咸阳、西安，活捉你这个逆贼，我要活活地扒了你的皮！"升允满面怒容，叫骂声不断："就不信我三十万大军，啃不动一个小小的乾州城！"

升允万分气恼，想到自己已是个"无君之臣"，在营中不寒而栗，必须在城破之前，把皇帝退位的消息严密封锁。升允遂下令："不得走漏皇帝退位的消息，严密封锁不让它传入军营，违令者，斩！"一面传令，各部加紧攻城，三日内一举给我拿下乾州，进而克复西安、咸阳。

乾州城主将张云山，乃是凤翙麾下一员虎将，深谙兵法韬略，运筹帷幄之中设计布防，冷静应对甘陇军攻击，在城内调兵遣将，亲自督兵血战死守，一面想方设法，千方百计传出清帝退位的消息，喊话并四处张贴文告，让军民人等透过各种途径，向甘陇军营不断渗透，瓦解甘陇军心。一面派人与甘陇军统领马安良等接触，晓以大义，陈说利害，逼马安良接受议和，撕开甘陇军的心理防线。

早有士兵揭下文告，悄悄带入军营，兵士见到顿时哗然，各营纷纷议论，"皇帝都逊位了，升帅还命令围城，我们究竟为谁而战？"有的说："大帅受朝廷隆恩，一意孤忠以尽臣节，我等却在此若作无谓牺牲，岂不悖逆历史潮流？""我等若跟着升允继续玩命，岂不是自寻死路吗！"议论传入马安良耳朵，他越来越坐不住了，在行营里踌躇，有句古训说得好，识时务者为俊杰，就对心腹说："罢了，眼下大势至此，为今之计，咱先暗中议和，方为上策！……"马安良想到这里，双手一摆，下令所部："撤回泾川，准备议和。"马安良所部立即拔营弃寨立即撤离，队伍行至半路，前军哨探回报告，袁世凯部将赵倜率毅军支援陕西，即将到达乾州，这下乾州城更加撼不动了，乾州不破，何谈西安、咸阳，弄不好会全军覆没，自个白白殒命，还落个千古骂名。马安良心一横，休怪安良不义，随即下令，"全速开进，直回泾川！"

从礼泉城到乾州城外，到处旌旗飘飘，十八里铺枪炮声隆隆不绝。官道上刀光剑影，到处都是驻扎的军队，有清军装扮的，有穿新军服装的，帽子后面都垂下一根粗糙的发辫，像一根十分滑稽的狼尾巴。有军队驻扎的地方，均设有岗哨关卡，四下的田野里，不时有零星的枪声。

蓝川先生和同学兄张仁斋先生，走到一条小河边，已是红日西斜，远远望见河那边有零散的兵勇，穿的正是清兵军服。他们走过木板桥，到乾州地界的十八里铺，两人用目光一交换，径直往行营求见升允。卫兵见是农民装束，喝道："你是什么人？分明是两个奸细？"兵勇截住不给让路。仁斋先生回答："升帅的故人，有要事求见，尔等还不快去通报！"梦周、晓山听兵勇吆喝："你们没看见正在打仗吗，不要命了？你们说是故人，可有凭据？"蓝川先生不慌不忙，放下肩头的褡裢，从中取出一方折叠的宣纸，呈递给兵勇。

兵勇展开，见真是升允亲笔，一方宣纸，上写着"学为好人"四字，落款小楷字"升允题"。兵勇瞅瞅牛蓝川先生，客气地说："军事重地，多有得罪，少待！"就跑步进去，呈上字幅。

梦周、仁斋进入行营，左右打量，这不像一座祠庙，也不像是处民房，空荡荡的房间，门口站着二十几个荷枪实弹的卫兵，戒备森严。房间正中放着一张八仙桌，对放着四把椅子，墙上挂着地图，房间东西摆放凌乱。升允面对着地图，似乎看着，又似乎漫不经心。忽然转过身来，脸上阴云密布，嘴角胡须向上微卷，双手背抄，在房间来回踱着碎步。

两位先生气昂昂走进来。蓝川先生把褡裢放在椅子，和元际向升允施礼。升允说："庙堂之高，请之不来，两军阵前，刀光血刃，却不请自到，莫非两位要做说客！"未及两位先生开口，升允又说："乱党为祸，乾坤倒悬，生民涂炭，你们临阵前来，莫非效法苏秦、张仪乎，不然意欲何为啊？"

梦周盯着升允，环视房间，说："恩公，我们不是为了别人而来，实在是为恩公您而来！"升允说："为了我而来，此话咋讲，呃，说说看吧！"升允见二位书生直进军营，仍然气宇轩昂，斯文不减，并无丝毫惧怯，并不提战事，刚才拉紧的脸皮，渐渐松弛下来。

厨房已备好五个小菜，一壶白酒放在中间，由一个卫兵端上来。升允上首坐着，蓝川先生和元际先生两侧相陪。升允说："既然你们不是说客，今日就在这两军阵前，略备薄酒小酌，能与两位大儒战火中相见，人生一大幸事，我升允十分感动。第一杯，我干了！待我平定了乾州，生擒了张凤翙这个逆贼，收复西安、咸阳，那时就在西安和你们设宴痛饮！"蓝川先生接过饮了，摇着头坐着，仍未动筷子。升允问："梦周，为何不动筷子吃菜？"梦周说："见你这身戎装，兆濂十分惧怕，怕得要命吃不下去。"升允问："咱三人的交谊，几十年了，何怕之有？"说罢哈哈大笑："我也算是朝中重臣，自陇西起兵至今，拔城夺寨收复失地，剑指西安咸阳，便衣已全都烧了，准备马革裹尸，报效圣上知遇之恩！"说罢脱下身上戎装。蓝川先生笑说："哈哈，这才像个人样！"

酒过三巡，梦周才算动了筷子，却只捡素菜，不动酒杯。升允放下筷子，皱眉道："梦周老远而来，不喝酒也不吃荤菜，这又是为何呢？"蓝川先生说："吃不下去……"升允说："何事忧心，不思酒肉啊？"蓝川先生说："如今辛亥之年，天下大乱，有愿以死保皇，有想图谋共和，天下攘攘，都忙着逐利，天下熙熙，都为争权，没人体恤百姓，把他们推入水深火热，学生今天来就是求恩师，给百姓一条活路！"升允说："哈哈哈，堂堂关中第一大儒，困拮如此，待我讨贼平叛，重振朝纲，咱们在西安共办学堂，培育天下俊才可好？"仁斋说："相信恩公运筹帷幄，定能平定关中，收复西北，可武昌、湖广各省，谁去平定？"

升允一脸无奈，平静地说："我身为大清的老臣，誓为朝廷尽忠，鞠躬尽瘁死而后已，武昌、湖广非我管辖之地，那就鞭长莫及了。"仁斋冷笑道："老师，衰老腐朽的一棵枯树，树根朽了，树干空了，树股枯了，只有一枝一梢的荣茂，你说还能荣多久呢？"升允顿时"刷"地变了脸色，猛地站起来，说："难道你们真是替叛逆张凤翙来当说客？"蓝川先生平静地说："恩公且请息怒，我是来讨活路的。恕我直言，清廷犹如朽木难以复活，如同井绳难以扶立，纵然你能平复关中，难保不会被再次撵出关中……"

270

升允脸色骤变，忽地站起身来，眼里冒着火喷着血，冷冷地说："免谈！免言！我把你们以清高的大儒待之，想不到连你们也改换门庭，为叛贼来当说客！"话音刚落，冲进八个持械士兵。二位先生依旧吃菜喝酒，坐着纹丝不动。仁斋说："恩师听我坦白。我和梦周以君臣名分为念，并非因认同共和而来，宣统确已宣布退位……"梦周说："张凤翔总督文告二十八条，我俩只接受三条，一为剪辫，一为放足，一为禁烟……"他站起来说："兆濂传道授业解惑，恪守'学为好人'信条，对政治向无兴趣，恩师还是三思吧！"

升允余怒未消，气势汹汹地说："前日我亲自宰了几个说客，雷恒炎这小子已头悬高杆，想必你们二位也该知道，我迟早要割了张凤翔的狗头，砍下这忘恩负义的脑袋！为我大清甘心肝脑涂地，要谈和议，二位就免开尊口！"蓝川先生不以为然地大笑，说："哈哈，一半个不义之徒，用不着恩师劳师动众？"仁斋说："今天师生久别重逢，不愉快之事就不说了，我们也被叫作满清遗民啊！"梦周说："雷恒炎甘当说客，已被恩师割头，我们当然知晓，怎肯去重蹈覆辙，白白丧命吗……"升允摆摆手，八名士兵退了出去。

梦周说："两军对阵，军情瞬息万变，兆濂不敢耽搁恩公军务，实为救恩师而来，你若不肯听说，我二人就当即离去。"升允又坐下来，大笑着问道："哈哈哈，哪里哪里，梦周呀，料你们也知道高低深浅，你说你们是来救我，此话从何说起？"

仁斋捋了一下胡须，笑着说："恩公，岂不闻君臣之道，君为臣纲，君叫臣死，臣不敢不死，自尧舜以来，天下高位，只有贤者据之。"梦周说："恩师，自我大清开国以来，前有康乾盛世，后有同治中兴，然目今之中国，外敌入侵，内忧外患……自鸦片战

大儒牛兆濂

争至今，四方蛮夷，烧杀劫掠，圆明园之大火，焚烧我中华之尊严，虽有北刘南康，意欲变法图强，戊戌六君子，菜市口刑场殒命，接连签下的屈辱条约，把中华的尊严殆尽……如今皇帝逊位，城头大旗变换，只剩你孤军独旅，无君之臣，为谁尽忠又为谁以尽忠义，难道是为全臣节吗？"

升允端坐，半天沉默不语，陷入久久沉思。梦周说："梦周做事向有底线，前有负师恩，但绝不负师义，如今军情紧急，我和仁斋冒死前来，实为搭救与你，以报昔日知遇之大恩，绝非害你背你！"

仁斋说："恩公认为我俩是说客，现在就可以取了我们项上的人头，杀了今日的说客，我两个伸直脖子，绝不眨眼躲一下。若念师生谊厚，冒死图报大恩于万一，恩公自己审时度势吧！"

房间里静悄悄的，没有一丝声音，三人围坐八仙桌，勤务兵换上了热茶，他们已经没工夫喝茶闲扯。仁斋说："恩公，南北共和今已告成，天下大势已然明朗，民国新政优待公眷，您的公眷现在西安，若达成和解，必优加保护，公宜仍回陕省，望恩师三思？"升允曰："晓山，我听说过优待皇室的事，至于保护敝眷，那系私人关系，见面唯有致谢耳。若陕西人能容得下鄙人，就回陕与你们致力关中理学……"

梦周说："恩师，我们不为张某当说客，为乾州生灵当说客，为恩公当说客……请恩师三思！"升允摆摆手，良久不语，说："你们纯属好意，纯属好意！我悉知清帝退位，因怕军队哗变，即便攻下乾州、咸阳，夺了西安，已无君可事……"升允眼眶潮湿，陷入沉思久久无语，梦周走上前去，一把拉住升允的手，说："留得有用之身，定能有所作为……"牛梦周拾起褡裢，与仁斋起身告辞。升允挽着两人的手，说："你们涌泉来军中相报，差点被我误读误解，你们容我细思，明日午时即见回话。"

梦周起身，说："恩师常言'顺时利世'，您在陕为政多年，深得人心。今挟刃统兵，外边谣传恩师要血洗城池。战端一起，满城百姓遭害，您的清名也就毁于一旦了。"蓝川先生背起褡裢，和仁斋先生告辞离去，升允再三挽留，说："路上不太平，天明再行吧。"蓝川先生笑着说："恩师，我这一身粗布衣服，匪贼看不上，囊中羞涩，没一文钱，杀了划不着！"说罢哈哈大笑。

牛蓝川先生把褡裢往背上一搭，双手一揖："恩师保重！"升允把二位先生送至营门，说："我很快定夺，至于议和条约，悉听彭、马二位将军主持。""后会有期！"牛蓝川先生和张仁斋先生急急出营门，升允派军士送出十八里铺，他们迈开大步，径往张凤翙帅府而来。

升允独自在军营苦思，煎熬一两个时辰，只见天上浓云滚滚，星稀月暗，升允遂下令，先撤军至乾州城外陵后十八里铺。次日天明，张凤翙所部收复礼泉城。张云山派人告知，马、彭二将军同意议和，担心升允反复无常，若变必然掣肘，放在乾州城中进行。凤翙见梦周和仁斋平安回营，嗟叹不已，约定二十四日在乾州城，与彭、马二将军衣裳之会，克日罢兵息战。二十五日，赵司令居中，周人君居间，偕郭希仁及南雪亭等，同赴乾州，与甘陇军升允敲定和议条款。双方对面而坐，观见升允进退失据，彷徨无措，一脸无奈的样子，只说了几句客套话，起身离席而去，和议事宜悉数交给马、彭二位将军主持。

张凤翙都统绿灯大开，梦周、仁斋顺利回到西安。到了鲁斋祠，见各项祭祀事项已经安排就绪，只等二位先生到来，因是会祭会讲，各位贤儒已先期到达，听说梦周、仁斋出生入死，前去乾州消弭兵灾，个个嗟叹不已。

会祭的黄小鲁先生，地位特殊，邀请的名公巨卿，此时也已翩然莅止，兴平同学弟元勋因惦记家兄与梦周安危，已提前到了。鲁斋祠铺排果蔬祭品，仪式非常隆重，既祭奠前辈关中名儒，又祭奠小鲁恩师，又是鲁斋书院重振，关学道脉复兴之机，蓝川先生又遇会讲，不禁感慨万端。

祭祀持续整整一天，凤临、铭诚皆没有等到，梦周司礼主持祭祀，因小鲁先生的突然离去，大家心情都很沉重。会讲约持续三天，梦周无法赶回蓝田，托敬修给长子清渊带信，他听敬修说道，老三清璋读书用功，知书更加懂礼。敬修还说，清渊要给鸣鹤沟窑门前扎个围墙，征求父亲意思。蓝川先生思量，小小沟岔，围墙影响他人出入，当即作书，让敬修捎回蓝田，带给儿子："山儿、潭儿、雍儿，你们记住，不要扎全围墙，免得引起麻烦。咱本来就是穷人，住的是土窑，别让兵匪以为我们是大户，要来打劫，担惊受怕，没有安宁日子过了。潭儿，知儿莫过父，及早停止。须知，良心就是天理，念我就衰之年，须听我说，天须保佑尔也。"

蓝川先生放下笔，心里咯噔一下，尽写些布道之语，他们不谙世事的孩子，有点过火了吧。再一思量又笑了，还是未作改动。这话说给成人，定能醍醐灌顶，孩子不明事理，也须慢慢琢磨内中道理。蓝川先生想，写信不只是说事儿，是个精神引领，给娃娃主立个心主骨。提笔依照老规矩，在重要之处特意画上圆圈警示，这些画圆圈之处，便是警示最强之处，画双排圆圈的地方，就是他们不敢马虎之处。蓝川先生拿起笔，在"不读书，就不会有出息，就会俗气入骨"旁，郑重地画上了双排圆圈。

会讲还没有完全结束，蓝川先生又翻出三儿清璋写的信，他觉得三儿清璋没说清读书情况，就提笔给他单独写几句："字谕雍儿：尔前读《大学章句》已十余页，远道闻之，喜可知已。所虑尔向来性情不常，无一事能坚持到底。此无恒病根实起于不诚，故《汤盘》首句开口便说'苟'字，章句即以'诚'释之。尔自问即此一句一字便做不到，安问其他？见字即当梦省，接续做去，便是日新之要，就此便是功夫所在也。此功若能上心，以至于上身，则一切皆可得力矣，他不足问也。尔兄来此，气质变化甚是可喜，唯不能读《集注》，便于学问无益也……"

蓝川先生在信的末尾，还问了用粪上地和锄麦之事，他对家人的勤俭和睦感到欣然。放下笔后，仔细看了一遍这两篇短信，不由得哑然失笑了。

第二十四章　赎版续脉

秦川大地冬天到来时，《清麓丛书》带着淡淡墨香，凝结着诸多门人的心血，终于与世人见面。果斋先生作为正谊山长，当日领诸多弟子前往藏书阁，请梦周、灵泉、幹卿讲瑞麟先生毕生藏书事迹，梦周讲先师正谊弘道事迹，正谊持守道脉空前明朗坚定，精研理学空前活跃。

蓝川先生重回芸阁精舍，有先生和学生问他，现今"中华民国"，芸阁精舍所致学问，往后倒究讲些什么？先生明白告诉，学宗朱子脉系横渠，以天下为己任，以践履为根本，以程朱为学宗，脉系正学而道追清麓，这不会改变，芸阁精舍如此，正谊书院也仍正其谊也。先生和学生不再多问。

四子清德已经五岁，手里拿着一本书读，好家伙，读得有板有眼，梦周看见偷偷笑了。摇手招引清德，问他："四儿，你名字叫啥呀？"清德噔噔噔跑过来，十分响亮地叫了一声："大！"然后说："四儿字子敬！"梦周问："子敬，谁教给你的？"清德大声答："我妈！大哥清渊，还有三哥，牛清璋！"清德说完，又跑过去读了起来。

梦周喊："四儿子敬，过来！"清德又跑过来，梦周问："你读的什么书，能背过吗？"清德说："子敬读《弟子规》！"梦周说："四儿子敬，背一段《弟子规》，让大听听！"清德就大声背起来。蓝川先生听后，一下子乐了，抚摸着他的头说："嗯，不错，四儿子敬好样的！"

晚上梦周问起大儿清渊和二子清谧，牛支氏告诉他，清渊和清谧两个留在鸣鹤沟。见先生迟疑，支氏解释说："他两个都会做饭，清渊要干一些地里的活儿，清璋可以帮着，我又有身孕了，不便照顾他们。"梦周说："盼你这回能生个女儿！"支氏说："有个女儿，是我最大的心愿，守义哥家的三嫂，一辈子都在盼女儿，最后就生了女儿。"

"生个女儿好！我也喜欢女儿，那两个在沟里可好，别把你累着了，也别把他们饿了。"蓝川先生收拾桌子的时候，发现支家河又送来了鸡蛋、挂面，唉，好长时间没给家里捎钱，跟着他过这么多年了，还是挺亏欠她娘家人，实在觉得过意不去。每次问家里开销的钱，妻子总是说："不用管，我娘们有钱花呢！"哪有钱花呢，原来总在亏欠支家人呢，唉。

牛支氏不知什么时候已经睡着了，梦周还在桌子上忙碌，记得救灾那会儿，家里的几个钱和一点粮，能捐的都拿出来捐了。那场灾难过后，屋里一度日子过得真有点难场，后来还是支家送来几斗粮食，好歹熬过去了。挪动砚台的声响惊醒了牛支氏，支氏问："他大，你咋还不睡呀？"梦周说："没瞌睡，我问你，清渊个碎怂打围墙了没有？"支氏说："没有，敬修捎回来的信让他当面看了，再没提过扎围墙的事！"蓝川先生说："那就好，娃娃们都长大了，做人要以立德为要。你睡吧！"

梦周把清麓先生在世时刻的书，列出了一个清单，又把筹集到的款子列出一个清单，他此刻已经满脑子都是清麓遗著，满脑子都是先生的面容，自从学兄王幼农刻印了刘光蕡、柏景伟二位先生的遗著，一支无形的鞭子时刻都在无情地抽打着，抽打自己的脊梁骨，抽打自己的良心。临睡觉梦周的主意改变了，他要回到鸣鹤沟住几天，帮清渊忙完地里的紧活，得赶紧到三原去。

清德开始说梦话，把正收拾行李的牛梦周逗笑了，他翻了一个身，一只手打在他妈牛支氏的耳朵上，牛支氏又一次醒来了。"他大，还不睡，小心劳出毛病了！"梦周笑着说："后夫人，你管好孩子，也管好自己，我明天要去三原……"一阵细如丝雨的说话声，灯被很快吹灭了，芸阁的夜里真静。

马车一路"吱嘎"颠簸，蓝川先生在车上越摇越觉得清醒，越清醒心里的火苗越呼呼燃烧，恩师去世几十年中，每年重阳佳节，他都准时出现在清麓书院，在书院的后山上祭拜先生，即使再忙从未间断。梦周隐隐觉得，从清麓书院到芸阁精舍，先生的英灵似乎始终跟随着自己，时刻都不曾离开过，让他不敢稍有懈怠。清麓同门茂陵张氏兄弟，灵泉学长，幹卿学弟，和自己共同撑着正谊的天，一起维护着清麓师门，老师着力推崇的学宗，在这时移世易的变革中，才能严实地守道而不动摇。距离今年重阳佳节还早，梦周要赶到三原去，刘光蕡和柏子俊先生的遗著已见天日，自己若再不拼尽浑身的力气，定会被幼农学兄及天下人耻笑了。

天色已经大明，梦周发现路边有位老人挡车，就让车夫把车靠在路边停稳，把挡车的老汉拉上车。梦周笑问："老人家，你头上那大辫子呢？"老者笑着说："哈哈，现在民国了，辫子都'咔嚓咔嚓'了！"老者伸出食指、中指，一开一合就像一把剪刀，反过来问道："你一身布衣，却像个读过书的先生，您的辫子呢？"两个男人都开怀大笑。梦周说："老者，家里把女人的脚缠成啥了，男人留那玩意儿，狗尾巴一般也怪难看的，现在缠脚的绽了，大辫子剪了，以后的丫头就长成大脚片儿，野头野脑的能看习惯吗，不习惯时间一长也就习惯了。"到了！"老者在泾河附近一个村子前说。蓝川先生让停下车来，老者抱拳说："多谢先生，你是好人！""老人家慢走！"老者下车离去，车子继续向前走。

蓝川先生往三原走，脚下踏的不再是大清国的土地，已成为"中华民国"的土地。朝廷再不是之前的皇帝，叫什么大总统……刚进入民国，梦周总感到云云雾雾的，还看不明白除过《论语》，拿什么治理国家，孙文的"三民主义"到底是什么……总统这个词儿挺新鲜的，说到底还是个"洋货"。不管谁来当政，心中若没有百姓，肯定走不了多远。

车子一过西安，路慢慢平坦起来，马车比先前稳也快多了，先生在车上感觉困乏，摇摇晃晃中闭上了眼睛。他猛然看见清麓师母林氏站在面前，林师母显得非常精神，和在家里时穿戴一模一样。"牛梦周，你在正谊求学日子忘了吗，时日不长，你却是先生的关门弟子！先生把他的学问精髓全部传授于你，你是他的关门弟子——"梦周说："林师娘，那些个日日夜夜，您对我如对亲生儿子，先生的言传身教，先生的学问人品，永远让梦周高山仰止，先生的才学，梦周永世拜服……"清麓林师母"唰"的满脸怒气，问道："牛梦周，师母问你，幼农把刘、柏二先生的书印出来了，你，你牛梦周不脸红吗——""我——林师母——"路上一个大水坑，车子晃动了一下停住，梦周被惊醒过来，头上身上大汗淋漓。

梦周一到清麓，见过同学弟百箴，才知道师母林氏已经不在了，难道她刚才到半路上去接梦周……"梦周学兄，"百箴说："元际学兄年事已高，正谊书院由果斋学兄任山长，一应大事决断于牛学兄，乃琨、幹卿都是柱石，家父有你们这些贤徒，该含笑九泉了……"百箴说："阳村和米岩几位，都是好样的，对正谊功不可没。"学兄学弟久别重逢，被百箴拉去喝茶，梦周说："我要先到后山去祭拜！"就拿了准备好的冥币、纸幡、果蔬，一个人默默先行了。

清麓先生的坟茔旁果然有一个新坟，牛梦周心情沉重地铺排祭品，然后点燃了纸钱，双膝重重地跪了下去。梦周按着师生之礼，三跪九拜泪流满面，然后坐在坟前说："恩师，师母，梦周来迟了，对不起你们！这些年来，梦周践行着老师坚守的道脉，一力维护师门，坚守正学，如今大清已亡而道不能亡，我定要和同仁一起，把老师的学问发扬光大，让老师承传的绝学大放光明，梦周此来，不了却这一心愿，誓不回蓝田！"

衣服好像被人拉扯了一下，蓝川先生抬起头来，阎幹卿站在面前，幹卿说："学兄节哀吧，梦周学兄，乃琨学兄从山东赶来了，咱们回去坐着慢慢聊吧！"幹卿和灵泉坟前行了跪拜之礼，梦周站起身再拜，然后跟随学兄学弟往回走。北塬的路畔上金菊盛开，幽幽的清香在田野里弥漫着，把这块地方的秋一步一步地酿浓。

百箴已经准备了菜蔬小酌，梦周说："学兄学弟，时不我待，梦周此番前来，一要在正谊主讲一段时间，二当竭全力整理刊印先生遗著，来三原之前，已给杨克斋、韩翕堂先生去过信了，也给我的学生希仁、守中、雅健他们写了信……这笔钱款很快就能凑够，学弟联络赎版，我与灵泉学兄、幹卿学弟加紧整理编辑，大家以为如何？"大家均赞同，梦周端起酒来，说："既然如此，端起酒来，干！"

蓝川先生到清麓的第二天就开始讲学，他手不释卷地计算着时间，校勘先生的书稿，常常晚上忙到夜深。元际听说梦周到了三原，顾不得孩子们的劝告，雇了一辆驴车就来了，他与元勋也憋足劲儿，反复推敲校斠整理，想为老师争一口气儿。校斠完厚厚一沓书稿，梦周放下笔长舒了一口气，临潼友人捎来史乐田先生的一封信。梦周赶紧打开信，乐田在信中说，"梦周先生整理先师遗著，听到后十分高兴，我们从灰烬中得到一件清麓先师遗墨，看看对整理遗著是否有所裨益……"蓝川先生高兴得一拍桌子，说："史乐田，有心人哪。"让大家都吃了一惊，问蓝川先生，他说："明日一早我就去临潼，找史乐田先生。"

"好你个牛梦周，关中第一大儒，零口一别，就把这片地方给忘了！"临潼县城，史乐田等到从三原过来的蓝川先生，一见面就大叫起来。梦周说："老兄有心人啊，快领我去看看吧！"好朋友见面分外高兴，雨田先生领梦周到了家里，喝茶闲谈中，史乐田取出那些遗墨。梦周一看，正是清麓先师手书的朱子白鹿洞赋文，说："老兄啊，这可是太宝贵了。"问乐田，乐田说："哎呀，差点给烧毁了，是从煨烬中得到的，已经首尾都没有了，也看不出款识。但一望可知，这就是清麓先生的手笔，文字灵动得很啊！"

梦周仔仔细细再看，说："以此中文字推断，可能是光绪十年前后所写，实在十分的稀珍。奇怪的是怎么会在朱子祠的壁间，难道先生用此语来昭示学者。"蓝川先生再仔细看了一遍，看到前面仅缺"请姑诵其昔"五字，以后的文字便与壁间的所揭没有差异，又多"记日"以下四语。梦周擦拭一番，如同新写的一般，琴书已渺，两人抚之无不慨然。乐田硬要留梦周明日去华清池，梦周执意要走，和上次零口一样，就近找了一个茶铺，两人尽意方散。

蓝川先生灯下继续研究先师遗墨，他发现文末没有落款，但有一个"贺"字能清晰地分辨出来。梦周仔细再看,"光绪十年"四个字也能辨别出来。蓝川先生悉心整理并作了序,刚坐下来,学生赵宝珊、赵古如进来,先生问:"宝珊、古如两个有事啊?"古如说:"先生,'人能弘道'一章,《集注》说'人外无道',夫道无物不有,无时不然,不知注意何在?"蓝川先生说:"'人外无道',乃道不远人之意。如父子外无孝,君臣外无义之类,谓无物不有,无时不然,乃指道体而言。人能行道,则人在道中,否则便在道外,所谓非道远人,人自远尔是也。"古如点点头。宝珊问:"先生,训蒙诗'性外初非更有心,只于理内别虚灵',是心即性之虚灵,而非人体有形之心,未知在否?"蓝川先生瞅了两个学生一眼,说:"宝珊,性字从心从生,盖有生之初,此理即具于心。张子'心统性情'之说最确,朱子常称之。心只是血气有形之心,其能统性情者,即其虚灵者也。实的是理,虚灵的是心,恐人误以虚灵为性,故于理内别其虚灵者为心,盖虚灵属气故也。"两个学生得到满意解答,高高兴兴的离去,学生做学问肯扎实用功,梦周感到十分满意。

天已经全黑了,元勋进来说:"同学兄,幼农学兄捎来几本书,你和孙学兄每人两本!"梦周接过一看,《柏子俊先生文集》和《刘古愚先生全书》,说:"两条无形的鞭子无情地抽打,你不疼吗!"元勋说:"是疼,幼农先生,笃定,躬行,我等之楷模!"蓝川先生说:"同学弟,恩师之学不独关中,在世之日,曾刊刻洛闽若干,你能记得都是哪些吗?"元勋说:"记得,可是同学兄,我可说不全呀!"

"我能说全!"推门进来的正是孙灵泉,同学兄灵泉先生远道而来,贺门四弟子就到齐了。灵泉说:"我在正谊之日,凡老师刊刻,记了一个单子在此!"说着掏出一份清单。梦周站起来,从自己的褡裢中也掏出一个清单。幹卿说："学兄歇息用餐，我和果斋老弟核对。"

灵泉说："梦周，清麓恩师墓表已校勘，学弟为之序吧！"梦周说："恩师在日，觉得仅凭自己刻书，效果有限，鼓动很多人都参与刻书！"果斋和幹卿都过来了，说："核对完了，一点不差，在恩师倡导支持下，刘映菁、刘升之父子先后刻了《养蒙书》《居业录》《朱子语类》《朱子文集》《朱子遗书》《仪礼经传通解》《名臣言行录》《小学》《近思录》《四书》周、程、张之全书；还刻了先儒绝学孤本不下四十余种，可谓大功臣一个。刘质慧刻了《朱子纲目》《复斋录》《四忠集》；岐山武文炳刻了《朱子家礼》《朱子行状总论简注》《箴铭辑要》；乾州王梦棠刻了《朱子大学或问》；泾阳柏森刻了《大学衍义》《松阳讲义》《三鱼堂文集》《翰苑集》《唐鉴》《损斋文集》《读书录》；凤翔周宗钊刻了《朱许年谱》；富平强济川刻清麓先生所辑的《诲儿编》。"幹卿说："这些书虽为先生门生校正，但都是先生亲自鉴定，先生为之作序。"

梦周说："恩师曾说，'书也者，亦即圣人体，所以尽事物之情，达伦常之理，发人心之奥，阐天命之微。如日月经天，如江河行地，如陶冶耒耜之不可阙，如布帛菽粟之不可离。'他节约开支，购书千余卷，募捐修藏书阁，没有书架，以壁为厨，先生学体兼用，精研程朱，集理学之大成，编辑、刊刻图书一百七十八种，计七百一十六册，刊印精良清晰，何等之严谨！现如今所刊诸经传及宋五子书，近代纯儒文集，书板皆藏于各家，这些书皆道脉所关、薪传所系，必须尽早筹款二千金，将书版一概赎回！"

果斋说："学弟，能说得更具体一些吗?"梦周说："刘吉六同学以所刻各板捐存精舍，已经二十余年了，约定以二千金为酬，我确实因拿不出钱为难，请求杨克斋先生，他说先贷款赎版，后慢慢想法子归还。先生的女婿贺景尧认捐五百金用于归还贷款，剩下的贷款由刘乐山承担还贷；韩翕堂也捐了和贺君差不多一个数目，我的学生希仁和守中，送来陈督军所捐的千金，总算把借贷钱款还清。至于说开印费吗，三原令李翰亭筹得开印费七百五十金，学生张雅健用自己讲学所得捐来十金，此外，先师所订如柏经正、刘述荆等各刻，也都借来为用，汇为丛书分布行之，可谓洋洋大观也。"

几位听闻十分震惊，幹卿说："若非蓝川先生将板赎回，安得成此巨功？牛学兄，你乃师门第一大功臣也！"灵泉说："蓝川学弟此举，不独为师门之功臣，真宋贤儒之功臣，也是前代圣人之功臣也，难怪升中丞曾称，蓝川为师门第一功臣，刘督军称蓝川为关中第一名儒，这些原来都不是溢美之词啊。"

果斋先生说："下来刊印我来负责，墓表孙学兄尽快校斠，书序，同学兄牛蓝川先生操笔，下面刻印清麓门人'牛兆濂等辑'？"众位皆把目光投向梦周。梦周说："不妥，刊行清麓辑成之书，是我辈天赋之使命，责无旁贷，一为往圣继绝学，一为纪念先生，依我之见，就以先生名义，统筹名之《清麓文丛》，署'（清）贺瑞麟辑'，大家以为可好？"众人都说："就按梦周所言最妥。"

商议停当，众皆喜不自胜，百箴已让内人再备家宴，盛情款待贺门四弟子，四位学兄学弟欣喜万分，大家开怀畅饮，先按年龄相互敬酒，再按功劳，蓝川先生被称功劳最大，直推不胜酒力，大家直到夜深才散，这是梦周自到正谊以来，最开心的一次。

癸丑中秋佳节，三原北塬金风飒飒，泾河岸上送来丝丝爽意，天气晴和宜人，清麓书院之内，蓝川先生、元际先生、灵泉先生、幹卿先生、克斋先生、元勋先生、鉴源先生、米岩先生等，百箴和家人，闻讯赶来的学者生徒共计五十余人，笙箫吹奏，鼓乐鸣响，元际在前，蓝川先生紧随其后，其他各位先生紧随，百箴及众生徒等携带祭品，纸幡飘飘，向书院后山复斋先生墓园走去。

笙箫鼓乐声中，早已安排香案，铺排果蔬祭品，安放清麓先生画像，司礼蓝川先生身着深蓝色长袍，与百箴点蜡，燃香，作揖，搭躬屈膝，跪拜，蓝川先生说："各位先生，各位同道，亲属及清麓弟子，时值癸丑中秋，我等在此祭拜先师，缅怀先师品学，传承先师学宗道脉，发扬光大，先生英灵有知，当会欣然。"先生神情肃穆严正，说完背过身去，三扣九拜，再行大礼，奠酒，长跪，起，长揖。

蓝川先生转过身来，对着众人说："恩师离开正谊二十余载，先师教诲时刻铭刻心中，言犹在耳，值此大祭之年，金秋送爽之时，请同学兄张仁斋，敬致祭辞。"仁斋白发苍苍，已是步履蹒跚的老者，迈着沉重的双腿走上前去，后山一时鼓乐齐鸣，依照司礼蓝川先生所定礼数，仁斋奠酒，再跪拜，行礼毕，立于坟前，乐止。祭辞由仁斋先生亲撰，灵泉字斟句酌推敲，又与蓝川先生、张元勋及幹卿先生仔细推敲，字字动心，句句动容，在场众人莫不动情。祭辞已毕，背过身站立，蓝川先生说："祭拜清麓恩师祭礼，请各位先生、家人、生徒，依次具礼！"笙箫齐奏，鼓乐又起，百箴及其家人、灵泉先生、克斋先生、幹卿先生、元勋先生、鉴源先生、米岩先生，学者弟子共三十余人，逐一行礼毕，乐止。祭礼仪式已毕，众人依次陆续离去，百箴等过来，挽扶仁斋兄长坐下，大家想起师母林氏往日好处，无不感伤落泪。

秋风给墓园增添了肃穆气氛，梦周、幹卿、元际、元勋、灵泉先生等，还在墓园静静地坐着。天上升起了一轮圆月，傻乎乎的，悬挂在高远的蓝天苍穹，清麓书院后山，清风明月，树影婆娑，一股秋凉的意绪袭来，学兄学弟们畅谈先生的过往，慨叹岁月之流逝，说起清麓讲学的逸闻趣事，一个个不忍离开。月亮已升至头顶，像天地之间一轮的明镜，大家沐浴着圣洁的月光，更加毫无睡意。说到赎回的书版，蓝川先生说："各位尽知，清麓先师所以有洛、闽学派各书之刻，传经堂版才能风行海内，朱子之外的周、程、张子、许、薛、胡、陆各书版，是先师门徒刘东初所刻，板片之键闭于刘氏廿有余年，才致使道之不明，异说蜂起啊。感谢支持刊刻正学之书的每位，'俾读者耳目为之一扩，潜心逊志，而有得焉'。"

清风翻动着墓园周围的青竹，发出沙沙的声响，也翻动蓝川先生的头发，脱落得稀疏的头发里，他仰起头对着清风明月，说："由清末进入民国，西学东渐，新教育的发展，只有保存中华国粹，才能平抑西洋文化对我中华文化教育的冲击。当年在存古学堂，存国粹而息乱源的倡导，我还是欣赏的。"大家也都望着圆月，侧耳静听蓝川先生的高论："钱款数额较大，加上借贷利息，总算足够了。感谢贤德的原三原县令，感谢李翰亭先生，感谢每一个人，如今万事齐备，咱们就冬月正式开印了吧！"

"哈哈哈……"一阵爽朗的笑声从坟前传来，一轮普照大地的圆月，也被大家的笑声所陶醉，一下子惊呆了，瞪着圆圆的眼睛。半天没说一句话的元勋，一激动起来，拉住梦周的手，说："孙学兄称你关中第一大儒，你又是大功臣，当之无愧啊！"。灵泉也站了起来，执定牛蓝川先生的手，说："梦周，这次筹款真是难为你了，你牛蓝川可真牛啊！"幹卿说："先生有你这样的关门弟子，周程张朱之传、孔曾颜孟之统，可以绝而复续了，梦周，你有大功于师门啊！"

蓝川先生拊掌，呵呵笑了，说："各位学兄学弟莫再夸奖，梦周真的愧不敢当，等弟子仁天、允臣把二千金巨款送到，就多刷印二百部，流播北方各省！"

夜深人静，清麓后山已有凉意，贺门四弟子还在墓园坐着，直至三星偏西，明月开始下沉，才被百篛硬拽回房歇息。

冬月的秦中三原，微微的冷意来到鲁桥北塬，梦周和灵泉、元际、元勋受邀，往眉县横渠书院会讲。横渠镇张载祠举行大型祭祀，祭拜关中理学祖师横渠先师，特邀请各位大儒举行会讲。

祭祀活动规模盛大，会讲一直持续五天，关中各大书院名贤巨儒齐集，讲学活动方兴未艾。从横渠书院回来的路上，梦周对灵泉、果斋说："离此不远鄠邑明道先生祠堂，供奉先儒程颢，《清麓丛书》印行之时，我等若到仁斋学兄爱日堂会讲，可往祭拜岂不甚好，程颢曾在鄠邑任过主簿，在西郊留下不少诗作，《春日偶成》曰："云淡风轻近午天，傍花随柳过前川。时人不识余心乐，将谓偷闲学少年。"多么脍炙人口的诗篇。

果斋说："是啊，是啊，程明道先生祠堂建在鄠邑学宫之东，明弘治乙酉年，巡按李瀚命有司创建，后过了八年，乙卯李瀚再次莅临鄠邑，命有司改建。乾隆己丑年改祠堂为火神庙，把祠堂移到了鄠邑西街新建的明道书院，可惜辛亥之后，明道祠堂已久废了。"灵泉说："既如此，咱们就等先生之书早日印成，一同前往！"

冬月初八，灵泉、幹卿、果斋一同来找梦周，对梦周说："你昨晚彻夜灯火通明，想必《清麓丛书》总序已经撰就，何不拿出来，让我等先睹为快呢？"蓝川先生捻着胡须，从方桌拿出一叠纸来，说："尚为草稿，各位学兄弟斟酌！"就递给灵泉先生。孙灵泉先生展纸，眼前立即一亮，先师《清麓文丛》总序，激动地说："恩师的夙愿，虽历千辛万苦，今大事已定矣！"果斋接过来展开细览，只见工笔正楷，字字方正有力，笔笔动心动情，笔法灵秀飘逸，朗声诵读：

载天地万物而终始之者，道也。顺之则治，逆之则乱，非圣人不能尽之，非几于圣者不足以知之。三代之上，有孔子集群圣之大成，删定六经以垂教万世，而尧舜以来相传之道明；三代之下，有朱子集群贤之大成，阐明经义俾孔子之道如日月中天，而百家纷纷之论熄。故言道而不衷孔子，乱道也，言孔子之道而求异于朱子，妄言也。学者欲求孔子之道，舍朱子之书何以哉？"

果斋读于此处，交于幹卿，幹卿接在手中，自顾读来："顾其书之得也不易，则其道也传之不广，此先师清麓先生所以有洛、闽学派各书之刻……汇为丛书而分布行之，可谓洋洋大观也。濂垂老无闻，嘅大道之将废，自恨无一援手之力，斯役也幸得及身见之，唯有藉简册之流布，代笔舌之所传，用绍我先师之志，俾薄海内外人人得闻孔孟程朱之言，义理薰聒，久久成为风气，安在无聪明睿智者出乎其间，有以统一环球之学说，则世道人心所得赖以取正，而大道之行或庶几一遇之也，斯则所厚望于读此书者尔。"

众位读着梦周所撰总序，眼前浮现出清麓书院一幕幕情景，往事历历在目，先生熟悉的身影再现，音容笑貌顷刻灵动起来，记忆回到从前……灵泉初到清麓，拜瑞麟恩师研学，三年不出书院之门。梦周三原拜师，几个月光阴，倏忽先生遽尔病逝，清麓教诲言犹在耳。果斋、幹卿等都是先生门生，养之、米岩也是四大高足之一，清麓先师教诲言不在多，都是做人的楷模和指归，光大复斋先生所宗，光大程朱之学，是毕生职志，作为弟子立誓为师门、为先生做几件实事，时至今日，抱愧在怀……梦周拿着书序，对着瑞麟先生的画像久久端详，恩师的话又响在耳边，"程朱是孔孟嫡派，合于程朱即合于孔孟，不合于程朱即不合于孔孟，朱子之学明，然后孔子之道尊。"声声震动心志。

秦川大地冬天到来时，《清麓丛书》带着淡淡墨香，凝结着诸多门人的心血，终于与世人见面。果斋先生作为正谊山长，当日领诸多弟子前往藏书阁，请梦周、灵泉、幹卿讲瑞麟先生毕生藏书事迹，梦周讲先师正谊弘道事迹，正谊持守道脉空前明朗坚定，精研理学空前活跃。

新印《清麓丛书》数套，郑重藏于藏书阁，共计二十三卷，《清麓日记》五卷，《清麓问答》四卷，《学生书院杂文》二十卷。另外，《朱子五书》《信好录》《诲儿编》《养蒙书》《女儿经》《清麓文钞》《清麓年谱》等，共计一百六十九种七百一十六册。正谊清麓丛书刊布之日，梦周取来一套，郑重装于书袋，提笔写了"为往圣继绝学"条幅，置于袋中，着人送与王幼农先生。

外地清麓同门，不少闻知来函祝贺，灵泉对梦周说："《清麓丛书》刊布，先生集理学之大成，如今心愿已了，地下可以安息了，先生多年学体兼用，精研程朱的心血，也可以大放光明了！"梦周说："校斟刊行《清麓丛书》，除供正谊生徒，遵照恩师遗愿，可当广泛发行！"果斋说："我等就谨遵恩师遗愿，把这套丛书发至省外，流布北方各省！"

年龄最长的张元际先生，不顾孩子们的劝阻，再次从兴平一路赶来，拿起一本新刊印的丛书，看着清晰的图文秀娟的字迹，一时激动万分，对灵泉、梦周说："恩师在世身无官气，只有'儒'

为人需，恩师讲求济世致用，历来反对故弄玄虚华而不实，先生的文章都是有感而发，态度鲜明，用笔信马由缰，读之游目骋怀！"灵泉说："刊刻周敦颐、程颐、张载全书和先儒绝学孤本，仰赖刘映菁、刘升之父子，刊刻贤儒经典三十余种，持三原刘质慧、岐山武文炳、乾州王梦堂、泾阳柏森、凤翔周宗钊、富平强济川等位尽力！"

梦周说："这些世之绝学，刊刻过程中，先生奔波劳顿点校刻板，撰写出精彩的序文，可谓画龙点睛。只有《贺瑞麟年谱》是同学兄灵泉先生编写，先生平日言行，有各位弟子追记，编成《清麓问答遗语》，学兄看看怎么样？"

鲁桥北塬清麓书院，长时间沉浸在《清麓丛书》刊行带来的喜庆氛围里，一桩多少人的心愿终于满足，梦周和学兄学弟一样，也兴奋了好多日子，遂吟成绝句两首，诗前有小序云："先师校刻传经堂藏书一百六十九种，扃钥已久。今刘君绍棠捐置清麓，约以二千金为谢，赋长句告诸同志。"诗曰：

一

洛闽宝藏发琅嬛，蒸照殚心数十年。
过客几时将鼎问，汗牛此日看珠还。

二

为酬刘向传经志，权借君平卖卜钱。
功在斯文天假手，谁能大美让人先。

贺百箴写生回来，对家父遗著印行感激诸位学兄，为庆祝《清麓丛书》刊印，着家人再次郑重设家宴，盛情款待各位学兄。酒过三巡，蓝川先生提议，恩师文丛刊印盛典，就在清麓书院会讲三日，为志纪念会讲之后，各位学兄弟吟诗作文，或绘画书法，各显神通，效法恩师白鹿洞会讲，灵泉学兄编辑成册，我来作序，大家齐声赞同。

这日会讲已毕，元际先生因年龄身体原因，便及早告别诸位学弟，离开三原回茂陵去了。也有学生索要墨宝，梦周、斡卿、果斋，诸位先生拿出两副，送予学生。同学兄孙灵泉先生来陕日久，家中捎信称家兄病危，需暂回山东前来辞行，蓝川先生、元勋先生和百箴至路口相送，学兄学弟依依不舍。灵泉见诸位学兄学弟不肯离开，抱拳长长一揖，说："诸位学兄学弟，都请回吧，家里一点小事，我人在淄川，不会忘记清麓，过不多久就即来，你们有事来信，清麓还是我的家！"果斋说："路途遥远，学兄多保重吧！"蓝川先生也拉住灵泉的手，说："兄长下次来，一起去明道祠祭拜，一言为定！""留步吧，保重！"

灵泉先生的马车，辚辚而进，最后消失在众位学弟的视线里，阳光洒在鲁桥上，给三原北原镀上灿烂的金色。

第二十五章　辋川鹤鸣

子鹤先生对终南山赞不绝口，由终南山水回到人文历史，从蔡文姬说到王维的山水诗，又由四吕说到柳宗元，从韩愈的雪拥蓝关又说到王秦关……聊至夜深才吹熄灯盏安眠。

灞河川道孕穗的麦子正在扬花，南风微微的一吹，层层麦浪便翻滚起来，像庄稼人粗糙的脸上露出的笑靥。庚申年的春天很快过去，春夏交接，西安的东门外的一家庭院，各色花儿艳丽动人，这里的气温比川道高了许多。牛梦周和同学弟元勋聚在鲁斋祠会讲。大家好不容易聚在一起，会讲刚一结束，便坐在一起聊叙别情，感叹时政。这时，一封民国教育厅的信札被送到梦周先生手上，他急忙拆信一看，竟是学生郭希仁来信，希仁当年是张凤翙部下一员儒将，又是张的重要幕僚，前面听说留学东洋，后来反对袁世凯称帝，如今居然在民国政府，当起陕西教育厅厅长来了！

厅长有请蓝田总学董，因关中大儒牛兆濂，曾经是厅长的老师。此前听说郭厅长要求西安所有学校，一律到孔庙参拜，有个姓王的女教师公开反对，遭到教育厅彻查，此事影响巨大，几乎无人不晓。辛亥后，梦周也听说希仁与井勿幕主张裁兵简政，以修养民力恢复元气，对于清末的积弊，想一举廓清，可惜当时，多有地位权利的纷扰相争，内部政见分歧，难有进展！

梦周仍然一身布衣，来到陕西教育厅，他想听听自己的厅长学生，对当下民国教育有何见解，对传承关中理学是何态度，教育对一个新的国体，也很紧要啊。一番周折，终于找到陕西教育厅，也就很快见到郭希仁厅长。希仁说："老师啊，想不到上次一别，真如恍然隔世，一番天翻地覆。早想拜访老师，今天在西安终于见到先生，时斋不胜高兴，自从在我家乡零口聊叙，后来见面于两军阵前，老师今是大家公认的关中大儒，乾州止战一事，当年誉满全国，世所敬仰哪！"梦周说："时斋啊，刊行清麓先师遗著，多亏你和守中出手帮忙，当年匆匆一别，后来又战事频仍，诚恐先师遗愿落空！"希仁拿出最好的新茶，说："难得与先生在一起畅谈，我对先生崇敬如前，能和先生喝茶叙谈，是时斋莫大的荣幸。"

蓝川先生问："时斋，如今你是民国政府教育厅长，想听听你对国民教育有何想法，程朱理学还有承续吗？"希仁说："老师，肯定是要承续，你也可能听说，我虽然留学东洋，我还是主张要读孔孟，有人公开对抗这一主张，已被查处。弘扬国学国粹，还是要循序渐进。"蓝川先生说："时斋好定力，先在军政府有'郭丞相'之称，后有泾惠渠首功之誉，陕西教育必能大有作为！"希仁说："老师，孔孟程朱，理学传统不能丢，这是中华文化之精髓啊！"

先生谈兴正浓，不觉谈了两个时辰，由程朱理学谈到民国教育，这时门帘被揭起，进来一位长者。梦周忙起身告辞，希仁说："忘了告诉先生，我给您介绍一下，这位是卢子鹤先生，专门研究教育的学者，我俩是忘年之交。"又对年长者说："这位就是我老师，关中大儒牛兆濂先生。"未等梦周搭话，卢子鹤迎上来，握住梦周的手，笑着说：“久仰关中第一大儒牛才子大名，想不到今天能在省府遇见牛梦周先生啊！”梦周说：“不敢，卢先生是教育专家，幸会！”

蓝川先生又坐下来，子鹤先生说：“帝制被打破，教育文化不能也打破，国民教育应该传承孔孟程朱，弘扬我中华博大精深的传统，必须见到大儒共同重振教育啊。”梦周说：“卢先生，你专门研究国学教育，学养必然渊源深厚，朱子言：‘后觉者必效先觉之所为，乃可以明善而复其初也。’能与先生交谈，实濂之幸也。”卢子鹤说：“先生以布衣之身，大儒之气节，赶赴乾州拟止戈矛，早已名满天下享誉三秦，您的所学、所教、所为，持身之严，守道之坚，造诣之深醇，践履之笃实，品性之高洁，教泽之广被，正应了横渠之语，无人能敌啊！”

希仁见两位先生交谈默契，越谈越深入透析，就推辞说：“二位老师只管交谈，时斋出去一下就回。”梦周和卢子鹤先生越谈越深入，交谈周程张朱，谈到国子监学正，很快就谈到瑞麟先生、古愚先生、景伟先生，子鹤十分仔细地听，又不时插话，由衷佩服牛先生的学识。

看看天色不早，梦周正要起身告辞，希仁走进来，留二位先生用饭。临别，梦周邀请卢子鹤先生方便时到蓝田调研，一起游玩辋川，卢先生畅快地答应了，于是约定本年四月，春末夏初温热适宜，邀请几位同道，一起去蓝田辋川。

梦周和妻子蓝玉领孩子回到了鸣鹤沟老家。三哥守义已经卧病在床，守谦让奉孝把街上的药铺门关了，可是一些知根知底的乡亲，还是撵到沟里来让他号脉治病。奉孝结婚仍住在窑里，他给村人看病从来不取分文。梦周和蓝玉对守义宽心一番，让他安心养病，临走，奉孝把几本药书交给他，说："清渊、清谧都说你家老三要读药书，拿了几本你带去吧！"

新鲜，他还是第一次听说，就问蓝玉："他妈，我咋就从没听说过，这货还爱读药书，他能读得通？"牛支氏笑一笑，说："他大，你的娃子你都不知道，还问我呢！"梦周感到成天东奔西跑，没能和孩子好好交流，深感自责，就没有言语，把几本书装进了随身的褡裢。

庚申年四月十二，蓝川先生在芸阁讲完课，拿着一本没有校勘的书稿翻，老朱跑来说，芸阁学舍门外，来了一位省城来的先生，言说要找蓝川先生。梦周急忙出来一看，来的是卢子鹤先生。梦周急忙迎出门外，双手一揖，说："卢先生信守时间，今天正是四月十二，先生准时到达！"子鹤先生说："在笃实的大儒面前，岂敢不笃实啊！"两人手挽着手进入芸阁庭堂。泽南、敬修预备了茶水、果品，招待卢子鹤先生。

梦周在芸阁学舍陪卢先生用过午饭，喝茶闲聊中说到了柳宗元、韩愈和王维，一个做过一任县丞，一个路过古蓝关，一个在辋川吟诗作画。吃过晚饭又谈三国的蔡文姬，梦周告诉他，文姬对中华文化贡献巨大，文姬墓就在芸阁附近，只是尚不知确切地方。谈至夜深，梦周让泽南安排了住处，临睡觉卢先生非要把床榻并在一处，两人便躺着继续聊天。话题又回到终南山辋川，子鹤先生对终南山赞不绝口，由终南山水回到人文历史，从蔡文姬说到王维的山水诗，又由四吕说到柳宗元，从韩愈的雪拥蓝关又说到王秦关……聊至夜深才吹熄灯盏安眠。

第二天用过早餐，子鹤说："咱今天先往四吕祠，祭奠先贤大儒吧！"梦周便陪先生前往"吕氏祠"。一行人刚走出芸阁门，蓝田李县长迎面而来。民国首任县长李维人，字允升，热衷蓝田教育，欣然陪同卢专家往吕氏祠。梦周让泽南、敬修也陪同前去。泽南司礼，子鹤先生燃香行礼，鞠躬拜揖，说："沧桑几易，丘垄依然，贤儒也。"李县长感叹："是啊，时移世易，县邑代有贤儒啊！"梦周说："四吕祠，同治中期专为吕候修，吕氏昆仲四位大儒，江山总有不朽的人在啊！"

拜祭已毕，众人瞻仰祠堂，墓前有四棵柏树，梦周说："这是李县长到县邑亲手栽植！"见其中一棵已经枯萎，不胜感叹。继续往南走，有十几个墓园，子鹤问："是吕氏的家人吗？"梦周说："非也。这是县邑一个孝子，姓田，义务在此看守墓园，死后就葬在这里了！"大家看那墓园，柏树翁翁郁郁，一棵棵蔚然向荣。梦周先生说："你看那墓园，柏树常青，表率着人伦，李县长弘扬孝道，县长有功哪。"

陪子鹤从墓园回来，大家坐于芸阁正庭，一丛玫瑰花正在舒瓣，怒放着的已有好几朵，顿觉芳香袭人。梦周对子鹤说："蓝田地方话里，'瑰'读如'桂'的音，谓之桂花，王右丞诗云：'人闲桂花落，夜静春山空'，春天不可能有桂花，应该正是此花啊。"众皆啧啧叹服。次日陪子鹤先生去悟真祠，诗人白居易丁忧渭滨，曾游悟真祠，留下脍炙人口的五言诗，杜工部也到过悟真祠，杜子美先生也留下诗作。子鹤游兴正浓，顺道又游了六朝古刹水陆庵。

午饭由李县长安排，饭后，梦周陪卢先生看了县城高小，向他介绍蓝田的玉石，《乡约》传习民风，子鹤十分感兴趣。在城东北十里的秦关祠停下脚步，卢先生问起明代的秦关先生，梦周说："秦关先生字欲立，号秦关，世称秦关先生，是县城西关人。明嘉靖三十八年乡试中举，后屡试未第，遂放弃仕途，潜心钻研孔孟之学，以修身养性定气为座右铭，闭户九年不出。秦关以蒿草为床，俭朴为尚，约己厚人，一时间如吕氏复出，慕名学经问道者甚多，为树立良好风尚，订立《乡约》十二条，宣传讲解，规劝履行，率宗族人等先行实施，立下行操楷模，良操美德遂在县邑复兴。"

子鹤又问："王秦关大儒也，他在学问方面的建树呢？"梦周说："明万历二年秦关母亲病逝，他孝满入京讲学于都门，亲赴东鲁拜谒圣贤，回来仍旧习礼。秦关乐善好施济贫乡里，置了义仓义田。万历十三年，受许敬庵先生聘请，到正学书院讲学，后出武关，南游武昌、江西，东渡浙水，跟从他游的人甚多。秦关先生去世后，朝廷下诏，追授他为国子监博士，秦关著述甚丰，有《理学续言》《信学私言》《大易图象》《道学考源录》《易传》《正世要言》《正俗乡约》《王氏族谱》《正学签蹄》《阙里瞻思》《关洛集》《京途集》《南游稿》等几十种，为世立言，为天地立心，贤儒也。"子鹤先生赞叹道："秦关先生流芳后世，德泽乡里，真不愧一代贤儒！"当晚，县长和梦周又陪子鹤聊至更深，维人县长看看月亮，已挂上灞河边的柳梢，便起身告辞，临走时说："县城到辋川，往来六七十里山路，我派人找了七匹马，牛先生的朋友就是蓝田的朋友，我与你们都不善骑，勉为其难吧！二位先生早点安歇，明早县政府用餐！"

梦周送走李县长，问道："卢先生，累了就早点安歇吧！"子鹤说："牛先生，近来有一种谬说，'蔑理尊欲'，你可曾听说？居然有主持教育的人倡导，一时后生小子们跟风，实在是危险啊，此事只一两个钜公名儒站出维持！"梦周说："卢先生所说，梦周也有耳闻。天理自在人心者，不可得而亡也，省县虽受此影响，乡下不会改变！"子鹤说："近古的法制有可取之处，终究不如周代的礼制，牵一发而全身动，自与圣贤的本源不同，学者有志于当世，须修炼得全身本领，大用大效，小用小效，这才是圣贤的功用啊！"梦周说："卢先生，自古没有不近人情的大理，也没有不通事务的圣贤！"夜已渐深，川道有了凉意，敬修、泽南也先后离去，几位芸阁先生也起身告辞。梦周先生陪卢子鹤闲聊，直谈到深更夜半，仍旧并床而眠。

次日早起梳洗已毕，梦周和卢子鹤先生同乘一辆马车，来到蓝田县府，维人县长早已在大门口迎候，闻得见蓝田"葱花油饼"的香气袭人，早餐已经备好，梦周陪子鹤品尝了蓝田风味。泽南、敬修陪同卢子鹤先生、梦周先生和李维人县长等骑马前行，从南面出县城，很快听见哗哗的水声。

子鹤骑马到河边，勒住马缰，回头问梦周："前日所说的贤儒王秦关，令人难忘啊！"蓝川先生勒住马，说："是的。秦关先生已入乡贤祠，文庙戟门外偏右，里面祭祀有汉代李广将军，唐代李玄通、苏王向、卢钧，宋代四吕，元代张讷、明代李淑芳、荣华、李廷实、荣察、李东、王旌……冯从吾先生说过，'王秦关先生，理学醇儒也！'卢先生，请抓紧马缰绳！"两人拉紧缰绳，那马越过灞河，回头看李县长，也涉过了灞河。大家都过了河，子鹤又问："牛先生，灞河源头何在啊？"梦周笑笑，说："卢先生，这条河俗名南河，按志书上所说，灞水出自倒沟峪，图上画的却是出悟真峪的蓝水为灞水正源，语相矛盾！故而封禅书上灞水即蓝水的说法是有谬误的。当以志书之说为正，应该是辋川与蓝水合流，才是灞水的正源！"

一行人进入峪道，见到地里种着不甚大的兰蕙苗儿，已经分钟成畦，望去绿莹莹的，梦周说："卢先生，《大戴礼记》夏小正五月所谓'启灌蓝蓼'，就是这种香草啊！"子鹤问："牛先生，乡人种此做何用啊？"梦周说："此兰长大状如红蓼，可做燃料，乡人是遵古训分栽尔。"不觉已有近十里路程，隐隐出现了山峪人家，屋顶已经冒起了袅袅炊烟。维人问："这是何村？"梦周说："这是辋川口庄呀！"维人对大家说："大家下马歇息等候！"

一行人下马，来到路边歇息。从这儿向西望去，有座高峻山脊，子鹤问："此山好险峻，山为何名？"梦周说："此乃蒉山，史载汉高帝绕峣关、逾蒉山、破秦军于蓝田，正是这里。"后边的人都赶上来了，大家看蓝川先生说得津津有味，都围上来。子鹤问："峣山何在哪？"梦周说："你们看，东边那山正是峣山，七盘十二？就是这儿！"子鹤又问："先生，四皓采灵芝可是此山否？"梦周笑了，说："秦岭山系，一山连着一山，直到商州，都是商山啊，随地域名字变化尔！这里人用拳菜招待客人，名之曰'芝菜'，实则是释草中的蕨虌啊！"大家听了正笑得合不拢嘴，维人说："上马，进山！"马蹄踏踏，敲击着辋川山路，大家开始进入谷峪。

一行人进入谷峪开阔地带，并辔徐徐而行。沿着谷溪的流向南行，折而往东，有一条极窄的石径，只能一个人通过。维人回头问先生："这是哪里？"蓝川先生说："这是七里碥。"悬崖插在半天里，大家不再说话，但见穹石峥嵘，石崿悬峭，岭横崒崒，像要随时掉入谷中，无不触目惊心。往下面谷中一看，急湍的水流奔泻，发出摇荡山谷的声响，震耳欲聋。见那水中横卧着一个巨大的石头，足有几间房屋大小，急流冲在石上，激荡起一堆堆白雪。水深处青碧颜色，甚至是黑色。大家都下了马，踏着石级，一个跟着一个，按辔缓步徐行。崎岖的石径弯来绕去，走一步，山崖改变一个形状，画面变幻出另一种景致，山势奇险，景致幽胜，又变幻无穷，实在叫人莫可名状呢。梦周对子鹤先生说："卢先生，这儿是辋川的绝佳处！"维人说："到了黄杜碥，大家歇息，放松一下！"

约又前行三里路程，眼前一片颓垣破屋，像是旧时的野店。大家走近细看，里面早已无人居住，凋敝得让人感伤。从峪口一路行来，看天只有一条细线，恍恍然如行走在武夷山的九曲，或是秦岭函谷关中。七里碥终于走到头了，一下子豁然开朗，像是来到了另一个世界。村庄鸡鸣犬吠，田野有庄稼桑麻，村中老人闲谈，小孩子在场院玩闹，好不快乐！子鹤说："李县长，牛先生，这儿有人间烟火气息，也有点桃花源的感觉，可惜咱不是陶渊明啊！"梦周说："这叫新庄村！"大家继续前行，路虽曲折迂回，却相互沟通，回望来时路径，茫茫一片难以分辨。上到关上，村庄人家慢慢多起来，还有几家店铺，梦周告诉大家："按照志书上所说，这里应该叫'孟城坳'！"大家继续行进，到了白家坪，蓝川先生让泽南和敬修去找景涛，景涛是先生的一个学生。

正是夏初时节，满坡黄花盛开，灿烂如散落在漫山遍野的金子，蓝川先生高兴地说："多像杜老夫子九日蓝田崔氏庄呀！"大家想折一束黄花，可是马走得太快，始终折不到一支。眼看到了"母塔坟"，见路两旁的金银花多起来，支支蔓蔓，蓬蓬勃勃，缠来绕去，煞是可爱。大家"走马看花"，到达鹿苑寺村子，众皆下马，步行到寺前。有一株金银花生得非常茂盛，支蔓蓬勃缠绕，占地足有一亩地大，子鹤走上前去，伸开双臂度量，梦周也走过来，说："能够合抱吗，哎呀，这株金银花至少五百年，这儿应该是文杏馆旧址无疑！"

众人走近寺门细看，只见堂前后各有三间，面南，东边有侧门可以入内，面东有两间低矮的屋子，维人问："这是何所在？"蓝川先生笑答："此乃守门人的居所！"正对着寺门有桌案烛台，上面供奉着王右丞木刻雕像，两旁刻有一联："渊明递去伦加厚；工部离长国所忧。"蓝川先生说："时任蓝田知县濮斗衡题写此联，他是同治元年壬戌科的进士，曾任三原知县。"子鹤说："以我观之，这个联语暗含讽意，王右丞为安禄山所逼，任伪职实属迫不得已，况已归依禅宗也。"梦周说："卢先生，右丞隐居此山，与野老以话桑麻，同友朋饮酒赋诗，与山僧谈经论道，然靖节之耻时常萦绕在胸中，读书之人都讲究气节，他怎比得杜少陵之忠爱哪！"大家听二位大儒高论，敬修和泽南领着同学弟白景涛，见过二位先生和县长，与大家一一相见，然后继续领着行进，直走到再看不见人迹，方才停下来。维人让随行的拿出所带食品，原地歇息用饭。饭后在就近又转悠好长时间，维人说："新家孟城口！"子鹤喊："牛先生——这寺不像右丞住的地方，恐怕是孟城坳吧！"蓝川先生笑着说："县长，卢先生，这祠所在正是亭馆所在地，光绪乙巳我和诸位同学游过这里，走进祠门正准备给王右丞下拜，迟疑未决，又不能不决，想那远在唐朝的王佑丞，诗画才名何其昭彰，只因大节有亏，故见择于后生小子，不能不慎重啊！"

转眼间到了白家坪，一行人与白景涛及村人作别，找到来时的路径，原路返回。众人骑在马上，只见一水环绕如同玉带，曲折缭绕，回环道边，于路无不撩起衣裳，默默祈祷平安返回。到了新庄村，大家下马步行，行不到一里，回头一看，呀，逼仄的石径在石崖上，往下一望万丈深渊，两腿打颤。好容易出了谷峪，到了来时歇息的地方，都感到人乏马困，就坐在石板上坐着歇一会儿。

走出峪口天色已晚，耳听流水声"哗哗哗"地响，敬修、泽南高叫："啊，我们到灞河了——"几位县府官员点着灯烛，摸黑前来到河边寻找迎接。一行人到达县城西门，守门士兵盘问："干啊的?"早有李县长上前搭话。再走一段，又有人盘问，接着又有几次盘问。再行一段路程，门已关闭。维人随行官员上前叫门，子鹤打趣说："今将军且不得夜行，李候之谓也。"一会儿，门打开了，大家骑着马，一拥而进，马蹄踏踏之声，十几步以内听得清晰。街上的居民和店铺还没有熄灯，听到马蹄声也不觉得惊恐，还伸出头来观望。

第二日清早子鹤早起，梳洗毕吃过早餐，车已停在县府正堂檐下，子鹤辞别李县长准备回西安，维人说："子鹤先生少待!"维人从房间取出一幅画轴递给子鹤，说："卢先生首次来蓝田，也是省中大儒教育专家，蓝田小县无以为赠，送一幅画儿，权且留作纪念!"卢先生绽开一看，乃是新拓"辋川山水图"一幅。问梦周："蓝川先生可识此图?"梦周说："此画乃三原来阳伯家藏，郭忠恕临本，沈国华知县重摹者也。"众皆望着蓝川先生深表叹服。子鹤先生既已上车，要离开蓝田，梦周说："卢先生乃教育专家，适看得习斋议论，切实就事体上去学，颇得古人为学之真意，但不应主张太过，便一向抹煞了，人谓其空谈无用，试看程朱教人，何尝不从事上学? 祇此气象胸襟，已自然与圣贤不同。"维人说："天下事须天下人做，须办得休休有容，一副心肠，人之所见，不必尽同。取人者决不能强人从己，但要得所存正，便同是君子路上之人，便可引而进之，多以同类便少一劲敌矣!"

子鹤说："大人和大儒都言之有理。人不患无作用，唯自私自利一关打不过，虽有壮士之勇，亦无所用其勇矣!"梦周说："教千百庸人，不若转移一二高人。中道而立，能者从之。……让天下非议圣贤蔑视天理的人，引以为戒!"

子鹤说："牛先生真是高见，不知今天一别，何时得见县长和贤儒?"。梦周握子鹤手说："卢先生，正式邀请你下次来芸阁会讲！""牛先生一言为定！"蓝川先生说："卢先生执意要走，梦周无以为赠，读吕与叔先生诗一首如何？"子鹤说："如此甚好，甚好！"梦周念道："村北硗田久废耕，试投嘉谷望秋成。天时地利虽前料，万粒须期一粒生。"

卢子鹤先生拱拱手，便上车离开蓝田，车子渐渐驶出蓝川先生视线，先生转身回芸阁精舍，磨墨展纸，写下一首七言律诗："斜阳片石久嵯峨，到此行人唤奈何。前志有基难考信，断碑无字易传讹。秦关一去乡贤少，荆岘不来野寺多。千古辋川名胜地，从教诗画说维摩。"

先生还来不及仔细斟酌，只觉得浑身困倦不堪，一头倒在自家炕上，昏昏沉沉睡去，妻子蓝玉进来看见，忙给他盖上被子。

第二十六章　动心忍性

梦周说："我牛梦周这一生中遇到最好的人，生命中最重要的人，却一个个离我而去了……你们在这儿享受着人间的香火，我给你们说，九月初六，我亲自卜定的吉日，要给儿子清渊完婚，重阳重吉利九，你们在天之灵保佑儿子，婚姻长长久久、和和美美吧！"

梦周一头倒了下去，昏昏沉沉，足足昏睡了两个时辰，混混沌沌，迷迷糊糊中，似有一群鹤在鸣叫。这一阵紧似一阵的鹤鸣之声，好像有许多只鹤也在跟着鸣叫，但仔细听起来，又好像只有一只，叫声十分凄厉苍凉。牛梦周读过文章里的鹤鸣，那鹤鸣不叫"鸣"，而叫"鹤唳"，这种叫声是不祥的预兆。听着又是一声，两声，三声……这叫声让他心里木乱，捂上一个耳朵，听得还是非常清晰，"什么声音？什么叫声——"一只雌鹤，长长的嘴巴，红红的头顶，应该是一只丹顶鹤一头扑到他的怀里。他一把抱住，这只鹤漂亮极了，他正在欣喜若狂，被挣脱了。另一只鹤一翅冲天，直入云霄去了……梦周使劲一喊，却喊不出声来，像有人用手捂了他的嘴。猛一用劲大喊，"啊——"的一声喊出了声，猛地一咕噜坐了起来，惊出一身冷汗，居然完全惊醒了，原来是做了一个怪梦。

自己烧了一壶茶喝，甚觉刚才的梦确实奇怪，究竟主何吉凶呢，他从不轻易卜卦，只是《周公解梦》中梦鹤入怀，主生慧女，难道妻子蓝玉要真生一个女儿。那这只鹤飞入云天，又主何吉凶呢？梦周的意识里只有一件事，妻子蓝玉快生了。在《梦林玄解》里梦鹤飞去，那可是个凶兆啊，主家内将有女子暴卒……梦周强烈地意识到，自己前一段根本就没有把这事放在心上。"清德他妈——"无人应声。"雍儿——穆儿——"屋里静悄悄的，没有一个人回应。梦周急了，跑到精舍门口问老朱，老朱说："早回老家了，您还不知道啊！"他"呀——"了一声，跑回去收拾行李，他必须尽快赶回鸣鹤沟，只有见到支氏蓝玉，他才能彻底放心。

屋子里已经乱成了一窝麻。梦周刚走到鸣鹤沟"歪把"，就被打发来叫他的邻居挡住了。三嫂子接的生，妻子支蓝玉生下了一个女孩。梦周跟着邻家小子心急火燎地往回赶，只听到"昏迷不醒"四个字，也不知道是大人还是孩子。回到鸣鹤沟土窑，他怔住了，孩子安然无恙，由三嫂子抚弄照管着。支蓝玉产后大出血，身体已极度虚弱。守义用尽自己的看家本领，还是止不住出血，奉孝在沟里已算是名医，这时间也一筹莫展。所有人束手无策，高度昏迷的支蓝玉，生命的气息十分微弱，几乎是奄奄一息。六姑被叫来管着孩子，三嫂扑前扑后，一副惊慌失措的样子，都等着梦周回来。

梦周让奉孝抄小路去了支川河，去请支蓝玉娘家的兄嫂，又让人到县城去请王大夫，清璋和清德"哇哇"大哭。县城的王大夫被一辆驴车拉着，这位方圆几十里最好的名医，看妇女的病最出名，他的药铺叫"回春堂"，梦周在县城也听说过。王大夫开了单子，奉孝按着要求抓回来煎熬，大半天时间过去，还是治不住大出血。见病人嘴唇发紫，一摸支蓝玉的脉搏，王大夫惊慌失措地收拾东西，牛三嫂忙问："王大夫，病人有救吗?"王大夫摇摇头，"唉，我无能，恐怕华佗来，也不行了……"说罢，背起行李，一句话再没说，就匆匆走了。

牛奉孝从支川河匆匆离去，支蓝玉娘家也乱了章法，蓝玉的哥嫂收拾行李准备出发，躺在火炕上的父亲喊着也要去，母亲是个"三寸金莲"，根本翻不了那一道深沟。她闹着骂着："这就叫'血崩'，'血崩'你知道吗，要人命的——"不由分说，挂着拐杖前头走了。

这已经是支蓝玉生孩子的第三天，孩子饿得"哇哇"直哭，清璋、清德"呜呜"地哭，仍然是一片混乱。支家兄嫂搀扶着老太太进门的时候，蓝玉已经呼吸急促，清渊和二柱用驴车请来了沈大夫。大夫见支氏的气息微弱，摇摇头不想下药，梦周拉住妻子的手，泪如雨下，在场的人无不落泪。守谦招呼着蓝玉的母亲和兄嫂，邻居妇女赶紧烧水做饭。沈大夫在众人的劝说下摸了脉，说："脉若游丝，准备后事吧!"说完就匆忙坐驴车离开了。

土窑里乱糟糟的，梦周自己也乱了方寸，显得忙而无智，所有人都手忙脚乱，屋子里传来了哭声，这是支蓝玉母亲和兄嫂的哭声。梦周紧紧攥着蓝玉的手，由泣不成声变成了牛一样的哭声。清渊、清谧、清璋、清德四个孩子都放声大哭，六姑怀中的孩子嗓子已经嘶哑。牛支氏蓝玉连一句话也没留下，她慢慢闭上了眼睛，终止了呼吸。蓝玉生于同治十年，终于"中华民国"三年闰五月二十七日子时，卒于新街村鸣鹤沟，年仅四十四岁。娘家嫂子把梦周叫到旁边窑里，小声对他说，在你鸣鹤沟，妇女生孩子大出血要命，在川道和鹿塬也不罕见，看在你们夫妻恩爱多年的情分上，蓝玉的葬礼能办得体面一些，老父母的心里才不会疙瘩，若是缺钱缺粮，支家仍会一如既往地帮助你……梦周点点头允诺。

刚从屋里出来，梦周被三嫂一把拉到旁边，小声对他说："梦周，你憋在肚子里不行，就放开哭几声吧，憋出毛病咋弄，咱们都尽了力，怪就怪蓝玉福薄命浅，如今她人已经没有了，日子还得由你支撑着往前过啊！"三嫂子擦着眼泪，说："兆濂，你还有五个孩子呢，大小的事儿都得你做主，挺起来给孩子仗个胆吧，别把孩子们都吓着了！"梦周大哭几声，点点头止住哭声。三嫂说："你守义哥来不了，让守谦帮着你料理，让蓝玉妹子早些以土为安吧！"三嫂说着又泪流满面，梦周也擦着眼泪，说："我已着人去买棺板，墓穴先生择定了，明早未时破土，让人买些布料，你找人赶紧缝制吧……"梦周说着就话不成句，哽咽着说不下去。

三嫂说："兆濂，三嫂不是这个意思……"梦周一脸茫然。三嫂说："梦周，你信不信命硬我不管，我从来不信谁命硬把谁克死了，富贵由命，生死在天啊！你看这个女儿多么心疼，一个劲地哭，那是饿成这样的，刚才我挤了点羊奶，给她喂了，这阵就不哭了，兆濂，但这不是长宜之计，你在外边事多，嫂子给你说，找个人家给了，你没有女儿了，她可是你和蓝玉唯一的女儿……"

三嫂见梦周哭得更加伤心，就说："兆濂啊，嫂子想，只有一个办法，给孩子找一个奶妈，过上一年半载，你缓过这个坎，再把孩子再接回来……这是个没办法的法子……"梦周说："三嫂，你看有合适的人家吗？"三嫂说："人家倒是有一个，离咱鸣鹤沟也不远，那家媳妇生的孩子没有成活，至今奶水还很汪实，我让人去和人家讲一下费用，你看咋样？"梦周泪流满面，说："就依三嫂说的……"

支蓝玉下葬这天，支蓝玉的兄嫂都来了，父母也被用驴车拉来了，蓝玉父母几次哭得背过气去，他们怎么能经受这么沉重的打击，放到谁也受不了，被蓝玉兄嫂提前送回去了。清渊、清谧、清璋、清德，一个个哭得死去活来，被几个大人硬拉硬拽，梦周也被守谦拉回去了。蓝玉兄嫂没有怪怨梦周，蓝玉在娘家曾说，闺女跟梦周过日子，觉得很幸福，她喜欢有学问的人，在乡下在鸣鹤沟，她就是最幸福的女人。

牛支氏蓝玉安葬在牛家祖坟，鸣鹤沟后面的松柏林中，清渊、清谧、清璋、清德穿白戴孝，恸哭声声悲戚，所有抬灵下葬的牛家人、鸣鹤沟人闻听哀哭，无不落泪。支蓝玉安葬入坟茔。几个孩子又一次扑倒坟上，再次大放悲声。牛支氏虽不是清渊的亲生母，牛清渊自己也心里明白，清渊是支氏一手抚养，他记不得生母长什么模样，继母支氏待他，比亲生母亲还要亲，他在昆仲四人中居长，现在已一十九岁，清谧也十六岁了，民国不再科考，清渊在学堂教书。三伯三婶，几位长辈，终于絮絮叨叨劝导，把几个孩子硬劝住拉走了。

牛支氏蓝玉五七忌日，牛三嫂对梦周说："你三哥过来不了，你走时见他一面。"梦周见到守义，两人拉着手痛哭流涕。守义说："兄弟，咱老弟兄们无话不说，哥知道你在沟里坐不住，清渊也大了，屋里的日子还得过，给娃把媳妇接过来吧！"梦周说："三哥，叫守谦抽空跑一下，过了他妈百天，就接回来。"

土窑的老木门再次上了锁，在"歪把葫芦"里静静地待着，牛梦周领着几个孩子回到芸阁，清渊去了王家小学，他决定给清渊完婚，清谧管着清璋和清德。

阎幹卿先生再次生病，把正谊的事情压在了果斋一个人肩上，他在三原等牛梦周，左等右等还是等不来。总不能让清麓书院皋座久虚，张果斋不由得着急起来，学董几次找他协商酌量，只好给淄川孙学兄去信。

孙学兄的信回得很快，也十分地直截了当，言说接信即刻就来，这就奇了，时至今日怎么还不见他的影子。正谊是进入民国仍传承程朱的书院，有像蓝川先生、灵泉先生这样的当世大儒，依然保持或超过先师在世时的名望。张果斋并不知晓梦周家里的天塌地陷，他那里知晓军阀打仗，东去西来的道路无法畅通。

蓝川先生离开鸣鹤沟，在芸阁精舍又开始了讲学。专心讲学不是有意麻痹自己尚很脆弱的神经，他也不敢完全说弘扬先师学宗，到底为了啥，他不需要去进一步深究。牛梦周明显感觉到，全身心投入到学问当中，这种状态已经忘我。而一旦吃饭的时候，或者是清德在睡梦中哭喊"妈——妈——"，他的心就会一阵一阵地抽搐。那个一出世就离开妈妈的女儿，此刻还在他人家里，他甚至连她长什么样儿也没来得及看清，连名字也没有起上……每当这些情绪像潮水，一股一股冲击着心底里那一块磐石，他隐隐有一种心碎的感觉。梦周竭力从圣贤的话里找到答案，这就是孟子说的"动心忍性……"这就是……他决定下次回鸣鹤沟，必须尽快去看看这个唯一的女儿。

老朱拿来淄川孙学兄、杨省三先生的书信，"家兄之事已毕，东道不通无法成行。"杨省三先生信里也说"道路遇阻。"梦周想，一定是正谊那边等不到自己，写信求救于孙学兄和杨省三先生。道路暂时不通，那就是暂时的事么，东来路途阻滞总会想出别的办法。自从清麓先师离世，不管谁担任书院山长，正谊书院大事的决断，求决于蓝川先生，这好像多年来已成了一个规矩，他最担心同学弟行事急躁，可不要弄出什么事儿来。

梦周最担心的事儿还是发生了，正谊的经理和值年等发生争执，值年几位坚持干脆就近另聘请先生，经理则主张继续等灵泉和杨先生他们。双方争执不下，果斋也没有办法，便到蓝田芸阁精舍，求蓝川先生早做决断。梦周在芸阁接待经理、值年他们，几位这才知道，原来梦周家里遭遇天大的不幸，他们心里很不是滋味，连连陪着不是。梦周说："梦周的事是自己的私事，清麓的事再小，也是梦周的大事，你们不用自责。"蓝川先生心想，孙学兄和杨省山，从来都是一言九鼎，他们是何等样人，难道自己还能不知！正谊有了事不论大小，总得解决。为今之计，只有也必须好好劝劝诸生，蓝川先生对经理和值年说："你们既然求决于梦周，梦周出一言，你们得好好掂量。你们坐着喝茶，我这就去写封信，你们带回去好生读给学生听，我敢保证此法一定奏效！"梦周提起笔来又想，东边的道路一旦畅通，灵泉兄自然就会赶到清麓，还是先安抚诸生，让他们少安勿躁，静待灵泉先生：

经理和值年坐不住，站在梦周身边看写信，梦周提起笔来写道："……杨君省三及灵泉先生南来敬悉，诸友以皋座久虚，欲令经理、值年诸人会商临时办法，维持现状，足纫笃志劬学雅意，敬佩奚如！惟是有不得已于言者，则以精舍为讲学之地，一言一动，均须推究义理到至极处，庶乎外可对人，内可自问，若稍存疑义，则清麓安用此援手之人以维持之乎？夫孙先生之不来，非不肯来，不得来也；今日不得来，非长此不得来也。东道之通与否，呼吸间事耳，子能保其必不能通乎？朝通午发，孙先生之言炳若丹青，诸君在此，非素慕孙先生之德学，守候经时以至今日乎？孙先生言不肯来，则此间暂谋办法，未为不可，今既自言必来，心急如火，立待东道之开，则孙先生虽未来而不啻日坐敬义之堂，日拜先师之洞矣，诸君何妨少安毋躁，以表素心向往之诚乎？"

蓝川先生放下笔，经理和值年坐着喝茶，不知对先生说什么好。蓝川先生在房间转着，转着，脸上忽然露出了惬意的笑容，他回到桌前提笔濡墨，继续写道："家君利害毁誉有所不避，而惟鄙人之言是从，灵泉先生西来之意，未尝少改，然则诸君独不能少待须臾乎？果尔，则即孙先生来，恐亦不能为诸君师矣。清麓之所聘者，孙先生也，经理诸人之所公认也；诸君所欲从者不必孙先生也，经理诸人之所不敢知也！刻下学绝道丧，圣庙且不敢保，况清麓第一穷山乎？诸君果有维持正学之心，则愿俯察鄙言，以俟吾道之转机；否则，士各有志，鄙人不敢复哓哓矣！"

信写好了，蓝川先生封起书信交给经理，说："你们吃饭后就上路，此信虽不比灵丹妙药，管保带回去能见奇效！"经理、值年接信在手，说："梦周先生所写，我们都看到了，可谓言辞恳切，劝谕之情溢于言表，众生一定会被感动！"梦周说："但求清麓先生在天之灵，安宁无虞，梦周才能心安啊！"伙房给二人准备了便饭，经理、值年等人收拾了书信，径直回三原去了。

牛清渊的婚房仍旧在北边的土窑，随着大婚的日子临近，清渊请舅舅、四叔守谦、清璋、奉孝帮忙，窑里窑外都已经收拾停当，一应准备就绪。这天清渊赶到芸阁给父亲告知。进门清德正在背书、习字，梦周自己闲着无事，正在修补一本残书。这本书封皮内文都已残缺，梦周不光有修补的习惯，更有修补残书的招数。工夫不大，经过一番仔细修补，这本书终于完好，简直就像一本刚印出的新书。清德跑进来说："大，我把书背熟了！""是吗，让大检查一下。"梦周绷着脸故意逗孩子，拿起书来正襟危坐，清德开始背书。"嗬，穆儿不赖么，还真背过了，好，可以玩一会了！"清璋听说让清德玩，就跑进来，说："大，我写好了！"看见清璋的字又有进步，说："可以，就在院子里玩吧！"蓝川先生又坐下来，端详着刚才修补好的书，平平整整，已基本晾干，跟新书没有

大儒牛兆濂

二致，磨墨展纸，欣然命笔，写下："断简残篇忍弃之，髫年书癖老尤痴。旧恩契阔恒心念，岂但寻常一字师。"

梦周看着自己刚写下的诗，立即又想起妻子支蓝玉，往常在家里，偶尔得句写出来时，蓝玉总会在旁边品评一番，比如补书写的诗，想到此他的鼻子又是一阵酸涩。这首七言绝句题名《补残书》，诗意不自觉地竟有些感伤。是啊，书破了，可以修补完好如初，一个家庭如此残缺能修补吗，修补得再好，也无法修补人心上的伤痕。如今改朝换代，国家多难，强虏欺凌，山河破碎，这些更难修补啊。好比李鸿章，一辈子像个修补匠，为皇帝修补江山，可是补来补去，把清朝修补成了民国，自己屁股上还在日本挨了一枪……梦周拿起笔，又在纸上又写道："遗编莫漫委灰尘，手泽若翁几度新。果使苦心天不负，龙光待启后来人。"

梦周在门口又转了一圈，提笔给诗前加上一个小序："予儿时嗜书成癖，厄于家贫，凡残编孤本无首尾者，率于亲旧处及故纸中得之，今所记忆者多出其中，其贶（kuàng）我良不薄也。每偷闲展玩，补缀完好，并题七绝二章以示子孙。"他想，有了这样一个小序，把感伤话语尽数删去，作为一个父亲，要为孩子遮挡心中的风雨，不能让孩子也跟着一道伤感。

梦周准备离开芸阁回鸣鹤沟，老朱拿来学兄果斋书信，果斋闻知梦周家中不幸，在信中一番安慰，让梦周感到舒坦熨帖，果斋说，同学兄的一封信，胜过灵丹妙药，正谊先生和学生听了信，个个心悦诚服，不再闹腾，东来的道路总算畅通，孙学兄灵泉已至三原，杨君省山先生也已到达。蓝川先生心里说，孙学兄向来炳若丹青，一言九鼎从不曾失信，正谊之事好歹总算放下心来。

秋风用一把金色的刷子，给灞河川道里的山、川、塬、岭着色，刷成或浓或淡的黄色，塬坡，山、川、塬、岭地势不平，着刷有轻有重，与山相接的地方，大片大片的野菊一嘟噜一串串，散发着幽幽清香。一条鸣鹤沟和整个横岭，野菊花连成一大片，整个儿看去，像是谁蘸着黄色颜料，匀称地涂过一样。牛支氏蓝玉的百天忌日在九月初七，距离重阳佳节只有两天，漫山遍野金黄的秋菊景致，反而徒增了梦周的伤感情绪。鸣鹤沟的柏树林里，梦周在初三这天，坐在一丛金黄的野菊里，雍儿、穆儿被外婆带去支家村，亲戚先后离去，梦周一个人坐着，点上了三炷香，烧化了剩下的纸钱，眼前不断出现妻子秋菊、蓝玉的影子，久久挥之不去。

梦周说："我牛梦周这一生中遇到最好的人，生命中最重要的人，却一个个离我而去了……你们在这儿享受着人间的香火，我给你们说，九月初六，我亲自卜定的吉日，要给儿子清渊完婚，重阳重吉利九，你们在天之灵保佑儿子，婚姻长长久久、和和美美吧！"蓝川先生涌出了两股热泪，听到脚步声响，掏出手巾赶紧擦去。

"大——你在这儿！"梦周抬起头，见清渊站在面前，用手巾擦干盈眶的泪水。父子俩默默地站立了一会，就转过身往回走。清渊说："大，咱回吧！""回。""大，我想给你说件事！""说吧，这娃，你现在就要结婚了，都成大人了，有啥话就说吧！"清渊瞅着父亲，说："大，刚才我三婶过来，说该去看看妹子了，这么多日子了，连名字还没取，也不知长啥样子！"梦周看着儿子，觉得他真的懂事了，就用手巾擦擦眼睛，说："清渊，你不说我倒真忘了，我从蓝田买了一节花布，礼品，再给人家带上钱……""大，妹子的名字取好了吗？"梦周说："她奶奶叫牛佩申，咱们就叫牛佩申，另取名字反而不好！"

清渊和父亲接回了佩申，婚礼依鸣鹤沟礼俗进行，梦周秉持简单隆重的原则，体体面面地接回来。新婚的前一天，清渊由四叔守谦领着，去鸣鹤沟里，给爷、婆和两位母亲坟前烧纸，请回灵牌供奉在土窑的正堂，晚上郑重祭祀，梦周对儿子说："祖上奉行'学做好人'，明天清渊完婚，我把这四个字郑重送给你们，这是咱牛家的祖训！完婚就标志着成人，成人了就要担家里的担子，且全面地担起来，你妈妈才会安心……"清渊、清谧神情肃穆地点着头。

一位面容清癯精瘦的先生，坐在清麓书院的一棵大柳树下，手里拿着一本《嵩阳书院志》，双目紧盯着书前面的《序》，这是牛梦周读书的一个习惯。孙学兄灵泉走过来，他精神突然为之一振。"牛蓝川先生！"蓝川先生站起来，他还是那身装束,，对襟的粗布短褂，这是妻子支蓝玉亲手做的，一针一线做得匀称细密，她在娘家从来不学女红，这都是三嫂子的功劳。"孙学兄，快来坐会儿！"灵泉虽长了梦周六岁，个头是山东大汉，时常走起路来，总会昂首挺胸，双臂摆动时特别好看。

灵泉坐下来，梦周说："西琨兄，你已经是灵泉先生，这里有段记载，嵩阳书院是宋藏经处，二程夫子的讲学地。"灵泉先生说："二程的著述甚丰，朱熹编有《遗书》和《外书》，程颢自己也编有《文集》，明道先生又在鄠邑做过主薄，他们讲学之地绝不至于一处！"

"学兄识广，说得对极了！"梦周说："仁宗嘉祐二年，程颢得中进士第，翌年，出任京兆府鄠邑主簿三年，程颢尽心公务决断诉讼，断案狱机智果断，明察秋毫，不愧对每一个百姓。"梦周指着书中一段念道："民有借其兄宅以居者，偶然发地中藏钱。兄之子诉曰：'父所藏也。'令曰：'此无证佐，何以决之？'先生（程颢）曰：'此易辨尔。'问兄之子曰：'尔父藏钱几何时矣？'曰：'四十年矣。''彼借宅居几何时矣？''二十年矣。'即遣吏取钱十千视之，谓借宅者曰：'今官所铸钱，不五六年即遍天下。此钱皆尔未居前数十年所铸，何也？'其人遂服。"

"清官啊，他就是个神断！"灵泉说："判明案情虚实，须以物证为据，地下钱币是谁所藏？铸造的时间与借居的时间，一看便知，钱是借居前铸造，肯定不是借居者所藏。这个判决有理有据，原、被告心服口服啊！"梦周说："学兄，《折狱龟鉴》中，把此案当作民事财产争讼范例，编入其中以正风俗，据说县南山寺中有一尊石佛，石佛头部放射光芒，远近善男信女前去观看，日夜杂居伤风败俗，历任知县均都惧怕神灵，未敢予以禁止。程颢到此向寺僧告诫，再现佛光时告知，再把佛头取下观之，从此以后，再未见佛光之事……"

灵泉说："梦周啊，我这儿还有个程颢的故事！""说来听听。"灵泉说："有年，京兆府发水灾，诸县调集民工抢险，因管理不善民工时有伤亡，程颢带领鄠邑民工，注意饮食、住宿卫生，则没有死亡。人都说程颢管理有方，治役如同治军。"梦周说："程颢有首《春日偶成》的诗，'云淡风轻近午天，傍花随柳过前川。时人不识余心乐，将谓偷闲学少年。'从这诗中能看出来，他在鄠县这个主薄，当得蛮潇洒的啊！"

"蓝川先生——"二人正在谈论程子，忽然一个熟悉的声音。回头一看，是学弟张果斋。"听说梦周来了，赶紧赶过来看看。"梦周起身，问："怎么你一个呢，仁斋兄咋没见来啊？"

果斋说："梦周，你是知道的，大嫂去世将近三载，二哥、三哥乃武职官员，仁斋长兄也很挂念你，他在家伺奉老母，不能脱身啊！"果斋说着掏出一个纸包交给梦周。梦周问："又有新作？"
"非也。"果斋说："往岁芸阁校印《蓝川文钞》，铭诚搜集续编，嘱我为序，能给关中第一大儒为序，吾之幸也！"

梦周立即展开细看，开首写道："……维吾友蓝川先生所重者人也，非文也。自学绝道丧以来，蓝川息邪说、辟异端，守先圣之学以待后之学者。当淫辞行之秋，使孔、孟、程、朱之道绝而复续，障狂澜之既倒，作砥柱于中流。其见于言行之实，喜怒哀乐必求中节，视听言动必思合礼，子臣弟友必谋其道，蓝川文章萃于斯矣……"梦周读着读着，不觉眼眶湿润，掏出手巾擦之，说："知我者，茂陵张果斋也！"

果斋说："能让学弟为之动容的书序，说明牛蓝川先生认可了。"他接过来，最后加上一句，"乙亥重九会后教弟张元勋识于清麓。"然后说："学兄，这是《《蓝川文钞》》续一，这续二吗，自然轮到孙学兄灵泉先生你了，你说对吧！"梦周对灵泉说："孙学兄，续二铭诚已经动手编了，那你就当仁不让赶紧动笔吧！"灵泉说："哼，肯定是当仁不让。给关中第一大儒的书作序，我还要洗手沐浴，然后敬书！""哈哈哈……"清麓书院传出一阵爽朗的笑声。

第二十七章　矢志守道

梦周对诸先生说："正谊书院，严守'正其谊不谋其利，明其道不计其功'宗旨，专研程朱义理之学，我必'待后守先'，力维先师门户，'远接紫阳之续，近恢清麓之传'，使孔孟程朱之学绝而复续，意如磐石！"

甲戌中秋之后，又到了清麓书院会讲时间，会讲兼祭奠清麓先生，日期临近，却秋雨连绵。碰到这样的鬼天气，梦周已等了十余天，连一丝云缝也没有等到，索性卜上一卦，从卦象上看不出天晴，连住雨的迹象也找不到。

梦周一连三次梦见清麓先生，老师俨然道貌地立在他面前，让他心里惴惴不安。无论如何，他不能再等下去，收拾行李决意西行，二十八日一早，把家里孩子交给老二清璋照料，叮咛了一番就匆匆上路了。

蓝川先生赶到西安天色已晚，他心里想，自己年纪大了，不如今晚住下，明日再行吧。他打听到了立如的住处，这才知道铭诚的病情已经减轻，遂放下心来。次日天明，梦周先到克兴的印字馆，克兴说："先生要去三原，恐怕渭河难过去！河里已涨水多日，已多时没车来渡口了！"这时，雨越下越大，蓝川先生抬头望望天，遂决定到子年的住处，反正急也无益，褡裢中有的是书，住下来再说吧，说不定子年会有过河的办法！

梦周在子年家一直等了三天，老人常说，晴，下不过初一，现在到了九月初一，还是没等到天气放晴，却等来了立志的车。立志说："先生，我在路上听人说，草滩那里可以渡河！"先生眼前立即一亮。草滩能有多远，他二话不说把书装进褡裢，收拾上路，让立志把他和执中送了一段。还没有出发，雨又大起来，出城十余里雨渐渐小了，小雨下下停停一直没断。到达渭河草滩渡口时，才知道渡口东移了十几里，顺渭河岸往东走十来里，见一处渡口泊着几个小舟，走近才知是"道口庙"。

梦周站在河岸上看，河水并不是浩渺无际，一叶小小的渔舟泊在那里，晃晃悠悠。船确实太小，只容纳四五辆车，雨天船板溜滑，实在难以立足站稳，梦周不免有些不安。艄公轻轻一点，小船迅速离岸，在汪洋一样的河中犁开一道口子。梦周手扶车子勉强立站着，他不敢看水，眼睛远望着对岸，拉回视线再看脚下浑浊的河水，心中不免自忖："唉，想我牛梦周，为了坚守道脉，成天东奔西忙，今日上此小舟，若我命当死，此时心里害怕又有何益？若我命不当绝，又何必如此胆怯害怕呢！"

小舟颠颠簸簸，不大工夫总算泊岸，梦周这才完全放下心来，看看天色不早，抓紧时间赶路，到永乐店时天色已晚，镇上只有一家车马店。蓝川先生一脚踏进店门，客店已无插足之地，这又如何是好？梦周对执中说："不行就算了吧，还是再跑跑，另撞撞运气，或者有奇迹出现，或者另想办法！"执中说："先生您先别愁，我在这里驻军团局有个熟人！"不一会儿，执中领着团长罗万有出来迎接。团长把他们领到一座小学校，学校的先生刘锡甫是厚甫的学生，他早听说过关中大儒牛兆濂，一见如故，热茶也送来了。刘锡甫领来不少村人，来见关中大儒。

梦周到达清麓书院，已是正午时分，总算没有误事。诸位学兄弟已在山下迎接，果斋、仁安、大本都来了，乐山随后也到。会讲四日结束，议定本任来年分教，确定下次会讲主旨，梦周对诸先生说："正谊书院，严守'正其谊不谋其利，明其道不计其功'宗旨，专研程朱义理之学，我必'待后守先'，力维先师门户，'远接紫阳之续，近恢清麓之传'，使孔孟程朱之学绝而复续，意如磐石！"

诸位先生离去，果斋、灵泉、幹卿等拉梦周进房间，坐下喝茶说话，梦周问："几位学兄学弟有话说？"果斋说："是的。富阳来书，意甚殷执！"梦周问："是有人非议清麓先师吗？"果斋掏出一封信递给梦周。灵泉说："贬损者乃夏灵峰先生，他的言下之意，是说《清麓文集》'多陈言少心得，于汉学、西学盛行之日，不能出一言救正，亦异程朱之学矣！'"梦周说："学兄知道，先师不尚文辞，不矜著述，非孔孟程朱之言不言，笔札所流皆其躬行心得者也！"

灵泉说："学弟说得对，先师主张陈言务去之，曾子、子思之大学、朱子小学书，可议之处很多。"梦周说："一留心文辞便有求工求胜之心，夏灵峰作为理学中人，怎么能如此非议清麓先师呢？"果斋说："学兄、学弟，三十年来关中道脉延续不绝，是谁之力？清麓先师！"梦周说："先师道德在天壤如日月光明，初不以一言为增减，为于人不相知。我看这样吧，夏灵峰先生，我亲自给他写回信，和他理论理论。"灵泉说："二位学弟，年底我要回山东，明年开春一同到东鲁祭圣，索性南下讲学，光大清麓先师的学问，你们以为如何？"果斋说："笃定师门，严守道脉，我看这个主意甚好，请同学兄蓝川先生酌定吧！"

鲁桥北塬清麓书院，梦周在这里转眼又是一年，自从与学兄灵泉看望仁斋，这么多日子过去，常常萦绕于怀。看同学兄的气色确实还是不错，自己偌大的年纪，非要亲自经管老娘，吃饭喂药睡床卧枕，扶着在院子转悠，不要孙子们插手。老二、老三指望不上，四弟果斋事头繁多，自己的亲娘只有自己懂得珍惜，一个人一肩承当，没有老婆给他打下手，真是难为老兄了。

前番有事回到蓝田，一次无意的闲聊中，给同学兄物色了一个对象，梦周至今尚不知学兄的主意。若续弦的话他就促成这桩美事，若无此考虑，也就死了这心，给人家一个回话。梦周拿定主意，打算亲自往茂陵走一遭，外面有人喊："蓝川先生，省府来信！"

怎么会有省府来信？他和民国政府素无瓜葛，何来书信，谁会给我写信呢！梦周上前接过信一看，陕西省政府教育厅，这才想到学生郭希仁，他可是民国政府教育厅的厅长。梦周快速拆开郭希仁的信，信写得并不长，希仁一是告诉老师，那位卢子鹤先生对咱蓝田芸阁的印象还不错，尤其敬仰先儒秦关先生和蓝田四吕，对辋川山水印象极佳，对老师您的学养仰止溢于言表。另一个意思是说，卢先生回去后，又去省垣其他地方，调研新学和老式书院，老师对道脉的矢志坚守，对清麓师门的贡献，先前被升巡抚赞为关中大儒，今日又被省主席称作第一大儒，你的学生李铭诚的学堂在省内值得提倡。希仁说，已给省府写了文章，新学旧学都得读孔子，读孟子，读论语，读程朱，省督对他写的文章高度重视。

民国政府这位教育大员不简单，从"华山聚义"共商倒袁大计看，时斋就有一股子韧劲，敢做敢当，民国五年任禁烟局长，雷厉风行禁烟，为百姓所称道；六年，担任水利局局长兼林务专员，修成经纬渠，完成灞河蓄水工程，关中才具备储存能力；民国七年，出任陕西教育厅厅长，仍兼职水利局局长，主张传播孔子文化，写出了《儒教纲要》《水利谭》，难道没有人强烈批评，难道没有反对声浪……希仁既然很在乎老师的意见，就得给希仁厅长一个明确的回答。

鲁桥北塬下凉风送爽，高远的蓝天上，掠过一群南飞的雁阵，一树一树的柿子红艳艳，像满树的红灯笼。风把天刮得万里无云，也把蓝川先生的心情刮得十分晴朗。磨好了墨铺上纸，他郑重写下"覆郭希仁"四个字，然后"哗哗哗"地写下去："……省长提倡关学，吾道之光微，独吾秦之幸。二曲极力推重朱子，非专主王学者可比。唐镜海学案列入守道，不为无见，以视孙、黄，有过之而无不及，岂颜、李之比乎？今诸贤已以此生祧，则此次陈情自不至以不应致疑。承示呈稿，援据确当，笔力亦足以副，区区浅劣，何能望其仿佛？乃犹问道于盲，益叹冲怀若谷，真得力于学者，所存自不同也……"

蓝川先生写到此处，放下笔来，长长出了一口气，打开门遥望北塬，后山，仿佛看见了清麓先生冷峻的目光，提起笔来接着写道："值异言喧豗之日，尼山大圣几至日月晦暝，故尊孔一义为目今救时之急，至一切门户之争，则始不具论。盖外辱方棘，自不暇于阋墙也。但论人宜宽，辩学宜严，善固兼收，道无二是，则程朱正传自须揭日月而行之。俾学者得所宗主，不至漫无适从，如行者之望门投止，尤主持名教者第一义也。"

蓝川先生写完信觉得轻松了许多，明白自己是在给教育厅厅长建言，希仁有敢作敢为的勇气，也有来自各个方面的掣肘，不能因师生之谊，说话的语气过了头。梦周从头到尾再看一遍，觉得言已尽意，这才放下心来。他想只要上下一心，同志一力，何愁吾道不兴，何愁宗脉不传！于是，他开始收拾笔墨纸砚，刚把信封起来，听到外边有人喊他："梦周——学弟——"蓝川先生应了一声，小跑着出去。

来的不是别人，兴平同学兄张元际、学弟果斋。元际是久盼的学兄，赶紧迎上前去，他感到十分意外，又非常高兴，拿出新到的龙井沏上，有好些日子不见了，想在书院正庭喝茶叙旧。两人一见面就讲论起了文章，梦周说："老兄是咱同学当中的老大，兄弟我正要去找你呢，你倒好自己找上门来了，真是寻人不如等人啊！"梦周说着把一叠纸递给果斋，说："同学弟，你先在一边看这个，斟酌斟酌！"仁斋问："学弟，看的啥东西呀？"梦周说："与你们张家有关，给果斋学弟作的'张氏宗谱序'，咱俩只管说话，让他看去！"

元际说："学弟家中遭遇不幸，我实实知道得太迟。老兄深怕你经受不了连番打击，一蹶不振，看到你现在的刚强，为兄我就安心了！"元际起身给梦周斟茶，梦周说："你坐，我来吧！"就给学兄随便说了希仁的来信，省长厅长力倡正学，让二人都十分振奋，只是近年省垣周遭，城头变幻大王旗，不知后边又会如何变幻。梦周说："同学兄，张嫂过世已过世三载，上次我去你家，见老兄偌大年纪，仍孝行可嘉，以身躬示教，只是你也年龄已高，恐长此下去累坏你有用之身，如何是好？况目下，正学遭遇空前式微之际，你我同志一心，力推正学，才可光大清麓恩师之学！"

仁斋说："你我弟兄相交几十年了，乾州城外同见升允，生死都置之度外，多少回患难与共，兄弟有话直说不妨！"梦周说："那梦周就开门见山，直说了。学兄，《后汉书·列女传》载，右扶风梁鸿妻故事，同县孟氏有女，状肥丑而黑，力举石臼，择对不嫁，至年三十。父母问其故，女曰：'欲得贤如梁伯鸾者。'鸿闻而聘之。及嫁，始盛装，鸿不答。乃更为椎髻，著布衣，操作而前。鸿大喜曰：'此真梁鸿妻也。'仁斋兄可知此故事乎?"

仁斋说："梦周学弟，你别给老兄卖关子，有话就直说吧！"梦周说："梦周家乡蓝田杜氏有个女儿，择配多年而不偶，今且长于梁鸿妻三岁，村里人都说其父愚陋，再没有人愿意上门提亲。我看这女子，此生必成老姑娘了！"梦周用眼睛细察学兄，见学兄认真听着，就说："虽然距芸阁精舍很近，梦周从未见过一面，我想她肯定不是个普通女子。碍于世间俗伦，不敢贸然推置可否！"梦周再看仁斋，继续说："兄长家中眼前实际，不可没有主妇，未与兄长商量自作主张，欲将此女物色与兄为续，兄长若真有此意，自当找个媒妁撮合就下聘礼吧！"

爱日堂讲学结束梦周即回蓝田，力邀同学兄仁斋同往蓝田，仁斋欣然答应，便一同来到蓝田。当晚在芸阁免不了讲论学问，次日，梦周同仁斋找到杜家。梦周以前虽未上门，却与杜掌柜早是旧识，牛才子主动登门造访，杜掌柜深感荣幸，沏了好茶盛情招待。梦周向杜掌柜介绍了元际，正谊书院当过山长，多次来过蓝田，并在芸阁讲过学，杜掌柜连连拱手。梦周开门见山说明来意，杜掌柜即命女子出来相见。女子仪度大方，走出来见过仁斋先生，也见过牛才子先生，见她生得倒也体貌端庄，娴静儒雅，像个大家闺秀，非一般乡下女子可比。梦周心中暗自窃喜："杜家这个女子，真是梁鸿妻也！"

梦周问女子："可读过书?"女子说："在芸阁听过二位先生讲学，家中读书较杂，微不足道！"告辞回到芸阁，仁斋先生说："梦周帮我修补家室，此乃善事一桩。兄弟只管放心，为兄回去即找媒妁撮合，随后即下聘礼"两人在芸阁聊至深夜，仁斋说："眼下虽是民国，为兄我还在筹办学校，我看芸阁生徒甚众，学舍明显不足，有些房舍年久须得修缮。为兄我帮你筹措钱款，就在这'四献祠'再行扩建，以传承吾师程朱之道，可好？"梦周说："学兄如此美意，梦周感激还来不及呢！"

时隔两日，梦周再去杜家说和，杜掌柜说只要女子高兴，决然不要聘礼，当下遂择定黄道吉日，与元际成就大礼。学弟果斋张罗车仗人马，一行人同到蓝田杜家迎娶。蓝田乃《乡约》之乡，有人提议说："牛梦周成就一段美好姻缘，作为蓝田才子关中大儒，你必须现场说上几句！"梦周今个格外神采奕奕，就说："天地所以立，纲常而已；纲常之所以存，廉耻而已……古梁鸿之得妻，孟光良足贺。从兹霸陵山中获瞻齐眉风范，长此闻高贤琴书之声，固蓝田人数世之福也。窃为吾学贺矣。"迎娶婚礼已毕，张杜氏陪元际登霸陵游玩几天，果斋先生在芸阁等候。

仁斋放心不下家中老母，夫妇游玩霸陵数日，感觉足已尽兴，便由果斋陪同，拜别杜家亲人，梦周作为大媒，一同前往茂陵。淄川孙灵泉在三原听说，约了幹卿、养之、米岩、百箴诸位学弟，一同前往茂陵道贺。当日学弟果斋在家中设下酒宴，盛情款待各位学兄学弟。酒至三巡菜尝五味，大家对学兄仁斋效梁鸿娶妻表示祝贺，从里屋请出妻子杜氏。杜氏落落大方，一一见礼致谢，又亲自给师弟们斟酒，大家于是开怀畅饮。

正饮酒间，灵泉先生怀中取出《蓝川先生文钞》续二的序文，郑重交于梦周，说："梦周学弟，向你道贺了！"梦周说："同学兄娶了个新嫂子，孙学兄给我贺什么呢？"灵泉说："我说的道这么个贺吗，肯定大有来头，你牛才子作为大媒人，该不该贺？"有人提议让元勋过来谢媒人。梦周说："不可不可。姻缘姻缘，那是上天注定，一物等一主，就像孟氏等梁鸿，我只是做了个顺水人情呀！"灵泉说："梦周，现在与张学兄同郡了，该不该贺啊！"梦周说："孙学兄，此话咋说呀？"

灵泉说："仁斋学长，梦周学弟，梁鸿与孟光同郡，杜女今嫁茂陵，茂陵汉属扶风，今归西安，岂不与蓝田同郡！"仁斋说："言之有理呀！"灵泉说："蓝田乡贤吕与叔远婚到扶风，是张子的女婿，尽人皆知，是也不是？"百箴说："学兄，你说的是呀！"灵泉接着说："元勋昆弟为横渠之后，岂不天祺有丝萝之托乎！梦周是当世鸿儒，又与吕氏的同乡，学兴芸阁精舍于其祠，又与仁斋交谊笃厚，不是兄弟，胜过亲兄弟，岂不荣幸乎！仁斋夫妇遁迹霸陵，诵书弹琴，真是令人慕之。梦周啊，哈哈哈——喝酒吧，众位陪梦周喝一个，共同谢过大媒！"

仁斋听学弟灵泉一番宏论，端起酒杯，拉住蓝川先生的手哈哈大笑，说："我把乃琨为梦周文集之序，酌改一字祝贺二位学弟，喝了！"梦周喝罢，也仔细看了，说："孙学兄，过了！"灵泉问："醉了吧，你说什么过了？"梦周用手一指，大家一齐围上来看："然则蓝川此举，不独为师门之功臣，真宋贤之功臣，亦前圣之功臣也。升中丞称蓝川为'师门第一'，刘督军也称蓝川为'关中第一名儒'，均非溢美矣。"仁斋先生说："乃琨此语恰如其分，一点也不过啊，今天我做主，这句就这么定了！"酒喝出了一种前所未有的境界，开怀的笑声冲出了仁斋家院子，在整个茂陵的上空久久回荡。

守义家三嫂再次催促，梦周于民国六年八月中秋之前，抽出时间去看女儿。女儿已在奶妈家长到三岁，且养得白白胖胖，非常可爱。就是见了梦周，胆怯的不敢上前，梦周问到可给女儿取个名字，奶妈说，已经取了个名字，不过没有学问，诚恐取得不好，她的先生大既然来了，可给她另取一个。

梦周问："叫啥名字？"大人还在笑得咂舌，女子眼睛一迷，笑着说："牛佩申！"梦周说："牛佩申，这名字不俗气，已经起了名字，就'牛佩申'吧！"奶妈还没有说话，牛佩申蹦跳起来，拍着手说："奥——就牛佩申，就牛佩申——"梦周让牛佩申叫大，牛佩申扭扭捏捏，半天不叫，奶妈走过来说："快叫大，他是你的亲大啊，咱蓝田人都叫你大'牛才子'牛先生呢！"

牛佩申又蹦跳起来，喊道："我亲大，牛才子——牛先生——"梦周上前一步，抱起佩申，半天说不出话来，眼睛潮潮的，滚出了一颗颗晶莹的泪珠。牛佩申伸出小手，把蓝川先生涌出来的眼泪擦掉了。离开的时候，梦周向奶妈一家表示了感谢，也向奶妈委婉表达，想把佩申年底领回去……

民国六年秋季，秋雨连绵终日不见放晴，孙学兄的离陕回鲁，幹卿学弟身染多疾，梦周在清麓书院难以脱身。直到九月初六，算是暂时住雨，天气并无向晴的意思。蓝川先生离家日久，十分惦念宝贝女儿佩申，也很牵挂雍儿、穆儿。这几个孩子年龄尚小，就过早离开娘亲，每想到这里，心里老是觉得空落落的，对不住亡妻支蓝玉。这天下午，有人捎来一封家书，他急忙打开书信。

信是装在同一个信封里，封得严严实实。清渊、清谧分写合装。这两个儿子长大了，已经知道挂念父亲，体贴自己保重身体，几句挂念父亲、心疼小妹妹的话，让蓝川先生眼眶潮潮的，半天说不出话来。清渊在信中说起学堂的事，交友的事儿，地里活儿和庄稼，媳妇兀良仆如何贤惠。两个儿子的信里都提到，要把新街镇改为"小咸阳村"。"镇"改"村"惹得村人不乐意，村人要求自己替他们出头，不知在西安还是三原……

这一夜又是个不眠之夜，蓝川先生辗转反侧睡不着觉，他想给清渊、清谧分别回信，好好教育他们一番，这是他当大的责任。第一封写给老大清渊：

示长子清渊

不得乎亲，不可以为人；不顺乎亲，不可以为子。平日讲多大学问，祗这一步都做不到，更讲什么中庸！说思事亲，不可以不知人，夫天性之亲，吾尽吾心，何藉于人？而以为非此不可，何哉？要知人之一生，德业成否，全视其所与友者。近华州汪平儿听张书常讲'舜往于田'章，便大感动，卒为孝子。向使不遇此人，则终于悖逆，不齿于人类，尚何望有转移之一哉？自天子以至于庶人，未有不需友以成者，惟圣人知朋友之取益为多，故乐得朋友之来正为此也。君子之自处也，入则孝，出则弟，守先王之道，以待后之学者。故其居是国也，其子弟从之，则孝弟忠信。朋友讲习，更莫如'相观而善'功夫多。'居移气，养移体'。芝兰之室，鲍鱼之肆，其变化有莫知其然而然者矣。子弟宁可终岁不读书，不可一日近小人。此要语也，记之。

蓝川先生一口气写完，自己觉得教育孩子做人，必须下笔心要狠，情要实，理要明，让他有所适从，妥帖了，先装入信封，濡墨，另纸再给清谧写信：

示仲子清谧

清谧吾儿，前谆谆嘱汝学礼者，一则我家系诗礼之家，人人便以此责备你，凡事取法你，有疑便质问于你。若不认真讲求，不惟惹人笑，自己也一步行不去。其实这礼是人生日用，无一时、无一处、无一人、无一事可以离得他底。有礼则安，无礼则危；有礼则生，无礼则死。诗曰"'相鼠有体，人而无礼。人而无礼，胡不遄死。'夫无礼者多矣，何尝人人皆死？要知人之所以异于禽兽者，祗在这些子。曲礼日：'使人以有礼，知自别于禽兽。'又曰：'夫人而无礼，虽能言，不亦禽兽之心乎！'虽然面目犹存，实则衣冠禽兽。是生亦死也，而反不如死之为安，何者？不亏体，不辱亲也。况而今纲常扫地，正礼教昌明之几及，今不学，到了用着时节，便来不及矣。

先柔而后刚，给清谧讲"礼"，蓝川先生觉得就要这样用力，他感觉后面这几句话，言辞绝对是够分量的，就装进信封里，把信封给封了。放下信封提笔要写封皮，忽然看到泽南、敬修多日前的来信，芸阁会讲的日子眼看到了，却迟迟不见天晴，真令他着急。蓝川先生推开门，出去看看天，回来坐在桌前一推断，遭了，距离天晴还有十几天。

等不到雨住天晴，蓝川先生决定冒雨东行。这天他先看望了阁君幹卿，雇车出三原北门，与世兄相别，饭后赶到了泾干村。睁眼一望泾河，好家伙汪汪洋洋，泾河水流湍急，等着过河的人多，渡口船只太少，只好耐着性子老等。好不容易才坐上渡船，总算渡到泾河对岸，抬头看天，哎呀！已到晚上掌灯时分，才打问到子年的住处。

芸阁讲学不能没有牛梦周，就是下刀子也要赶回去，蓝川先生已经下了狠心。半夜时分大雨依旧滂沱，梦周走到古如家门口，古如要先生留下，等到雨住了再回蓝田，蓝川先生已经归心似箭，他必须参加会讲，当晚早点安歇，次日一早古如苦留不住，古如送了一段就和先生作别。第二日才走到毛家湾，看看河中水势更大，梦周在岸上思忖，如此大水如何渡过河去，看看天色已晚，梦周只好住在一位学友家中。晚上学友好茶相待，闲聊当中言语相激，梦周就起了一卦。一看卦象梦周喜出望外，众人开门一看，呀，真个云散天晴，大叫："梦周，牛圣人也！"

次日天明起来梳洗已毕，已是丽日高照，学堂和村中听说昨晚牛才子留宿，二三十人赶来送行。大家说说笑笑正在前行，十几辆军车驶到了跟前，不料久雨浸泡路基塌斜，所有车子全都侧翻，一块石头压在先生身上。毛家湾河水咆哮，车子东倒西歪情势危急，说时迟那时快，梦周大喊："快来人哪——大石头压住我了——"立即来了七八个小伙子，七手八脚一齐鼓劲，抬起石头快速拉出梦周。梦周向小伙子们抱拳道声谢，总算是有惊无险，心下泰然。

渡过灞河回到芸阁家里，梦周脱去湿透了的衣服，发现刚才被压住的患处，已经红紫扎疼，校内余先生深恐夜晚伤寒，遂就近取来童便、白糖温酒，取葱白剁成数节，反复擦洗患处。梦周蒙头大睡，一觉醒来居然安然无恙，舒和一下筋骨，下床散步并无不适，就带领孩子祭奠家祠。祭奠已毕，领着雍儿、穆儿、佩申出去玩耍，攀崖登高，并无大碍，就没给孩子讲说。清渊让媳妇牛兀良氏，为父亲准备几个小菜，温酒一壶，梦周和孩子围成一圈，犹如天上一轮满月。一向威严的梦周，和蔼地对孩子说："清渊、清谧，年后淄川你灵泉伯伯相请，大我要到东鲁去多日，你要好生管好弟、妹！"

清渊说："大，你就放心去吧！"雍儿、穆儿、佩申都说，"大，我一定会听大哥大嫂的话！"看着孩子们都很知礼，蓝川先生想到清渊母亲张秋菊，想到牛支氏蓝玉，鼻子酸酸的眼睛潮潮的。

芸阁会讲还未结束，梦周又收到教育厅厅长郭希仁书信，希仁把自己扶病讲述伏枕秉笔的文章，辑成《近思记》和《五声辩难》，要老师为他作个书序。信中说："学当论是非而不当论新旧，善学旧者，旧可以得新，必不至于顽固；善学新者，新不厌旧，不至于流于迷鹜。关键在于有真知灼见，所谓温故知新，不可不知"。随信还赋诗一首::"历尽千重险，方知太华尊。谁为仰止者，原作导游人"。

梦周打算先给希仁回个信，以免挂念，提起笔来又不禁叹息，唉，希仁作为省府大员，和自己一个脾性，这样的敢仗义执言不畏强权，敢讲真话不怕引火烧身，把教育当作己任，他心里实在担心，怕迟早会遭到各方的为难呀。

第二十八章　东游祭圣

渐近孔府大门，梦周想，令人敬仰的至圣先师，他生前也是身世特殊，一生栖栖惶惶，不由得心里一阵辛酸。家住陕西韩城的汉太史令司马迁，虽非至圣也算史圣，生前不也一样啊！所有执拗的读书人，也许都与富贵是无缘的。

灵泉从三原出发，兄长孙伯琴已整昏迷了十一天，孙家全乱了方寸，虽见天团团围着他转，大夫已断言，最多也熬不过三天。族中有人说，他是在等候乃琨回来，四路打听灵泉回鲁的消息，音信杳然。第六日午时许，伯琴的气息更微弱，猛然睁开眼睛，视线从在场的每一个人脸上扫过，像在搜寻什么。有人取来一本弟弟乃琨所著《通书说略集义》，书前是蓝田牛兆濂作序，就在他的耳畔琅琅诵读一段书序。

伯琴似乎听得诵读之声，又似乎未听出来，家人看他在侧耳细听，急忙灌了几勺水，"咔咔"咳了几声后，大喊数声："乃琨——梦周——乃琨——"随即气绝而终。儿女们顿时哭作一团，有说他感觉到了兄弟的气息，族中有懂医道者一摸脉，确已溘然长逝了。几位老者即让家人取寿衣来穿了，族中主事的长者商议，等乃琨回来再行盛殓。于是以淄川风俗，着人请了吹鼓手，抬出棺木，一应盛殓所需之物准备停当，只等待灵泉进门，等待吉时盛殓。

院中席棚已搭起，吹鼓手正在席棚喝茶歇息，一切预备就绪，家中重孝男女披麻戴孝，族中晚辈也尽数穿上孝服，主事便安顿人手，在厨房预备饭菜。门口忽有人喊"老爷回府——"重孝男一齐跪在灵前号哭，几把唢呐吹出悲哀曲调。孙乃琨一步跨到家门口，见门上挂起一白幡，族中长者示意乐止，又见屋里屋外出出进进的人，孝男孝女身穿孝服。他一步跨到兄长跟前，见兄长紧紧闭上眼睛，便一把抓住兄长的手，捶胸顿足，继而"哇"的恸哭不止："兄长——乃琨回来得晚了……没能见上你最后一面……没有听你说的只言片语……"

灵泉家人知道他的秉性，急忙上前劝止，哪知他突然又"哥呀——"一声大嚎，仰面向后倒去，四肢僵硬，倒在了灵前。灵泉妻子急忙掐住人中，几个孩子大喊大叫，许久他才清醒过来，仍然痛哭流涕不止。几个侄子把他扶起，妻子让人给灵前放把椅子，灵泉坐着泣不成声，诉说兄长生前之事，内心十分地伤感，兄长才五十七岁，兄弟一道从学灵峰学堂，兄长生性耿直不肯为官，一直在灵泉精舍讲学，不想突染病疾，不等兄弟从陕西回来，就匆匆走了……兄长曾随弟弟到过陕西，见过关中几位大儒，牛梦周、张氏兄弟、幹卿、克斋等，和他们都有过亲密的交往。

孙灵泉既已赶回淄川老家，要把兄长丧事好生安排，让兄长体体面面离开家里的亲人，入土为安。当天夜里哭祭于孙伯琴灵堂，灵泉先生亲笔，为亡兄郑重撰写祭文，他写着哭，又哭着写，泪滴和着墨点，把一张纸氤氲得看不清楚，祭文写好了，只好让侄子拿去重新誊抄。灵泉守在灵堂三日三夜，不曾离开半步，妻、儿、侄子都怕他累出毛病，硬把他拉去歇息。

一觉醒来，他忽然想起了一件事情，兄长不幸病逝，依照当地礼仪，丧葬颇需时日，须告知梦周他们，以便几位关中大儒知晓，重新择定来鲁的时间。灵泉取来笔墨纸砚，连夜给牛梦周写信。

这天正午，梦周讲学结束，正坐着校勘《灵泉文集》。文集共三卷，已校勘完两卷，第三卷昨日已经开始，他打算东去前校勘就绪，并把孙学兄《周易辑说讲义》校勘中录了一些文句，需要和学兄当面说道。刚翻看了几页，忽觉困倦不堪，便伏在桌子，迷迷糊糊睡去。朦胧中他领孙伯琴游玩辋川。他喊："乃琨——"灵泉笑而不语，他喊"伯琴兄——"伯琴也笑而不答。奇怪，他大声喊道："孙—伯—琴——"猛然惊醒过来，惊出一身冷汗，梦周大叫："不好，孙伯琴老兄休矣——"老朱送来学兄灵泉书信，梦周拆开书信，一下子跌坐在椅子上，学兄灵泉刚回淄川，家兄就不幸去世了，伯琴兄才五十又七！

淄川孙伯琴的突然去世，让梦周好多日没精打采，又一个与世无争的好人，就这么突然地走了，不光孙学兄离不开他，灵泉精舍也离不开他，每一个亲朋好友都舍不得他。梦周同样无法接受这个事实。但这已经是事实了，他想到和伯琴交往的那些日子，禁不住泪流满面。梦周放下书信，叹伯琴在陕游学的旧事，也感叹世事的无常。本打算借去鲁祭圣，顺路在淄川看望老兄，拜会拜会仲璞兄长，不料那次陕西一别，竟成了永别。梦周放下书稿久坐，感叹不已，遂研磨取笔，作诗一首，以寄哀思。墨既磨好，梦周提笔落下"挽孙伯琴"四字，思想了一下，加上几句小序："伯琴，山东淄川人，仲玉兄也。从学灵峯精舍，竟以疾殂，时年已五十余矣。仲玉返其樱，讣至，诗以哀之。"随即挥笔写下：

人生自古谁无死，好道如君得所归。

末路难抛将母泪，登山犹荐望兄薇。

十年契结同心久，并世缘嗟一面希。

千仞灵峯七里濑，客星夜夜仰光辉。

　　八百里秦川大地，自西向东绿色渐浓，春风在沃野平畴上尽情涂抹，灞河川道和灞河两岸鹿塬、横岭，春色也被逐渐酿浓。河岸上的垂柳先是鹅黄嫩绿，时间不久，随着桃花杏花的先后怒放，远远望去，紫色的桐花，淡紫的楸树花都毫不迟疑地舒瓣了。向阳坡上的油菜花开得较早，接着一片一片地泛出了金黄色，把川道和塬坡、岭上打扮一新。塬畔、山根、岭头上的春天，却总是姗姗来迟，山凹的背阴处，最后一片积雪融化时，片片麦田洋溢着绿意，连绵的秦岭却还是一派苍茫，终南山依旧深沉含蓄。梦周一有空就坐在芸阁的屋门口，计算着日子，规划着行程，为传承程朱弘扬道脉做着各种准备。

　　芸阁精舍所在的向阳坡下，暖融融地进入了春天，应该说，这片地方已经是春回大地了。梦周把那卷《灵泉文集》再次拿起，又重新放了下来，他开了屋门，到院子里转悠转悠。自妻子牛支氏蓝玉去世以来，不幸一个接着一个，每一个都煎熬着他的心，孩子们过早的没有了母爱，没有女人滋润的家，是多么的破碎和凌乱，是多么的空洞和单调。许多宝贵的东西，只有在真正失去之后，才能深深地感觉到珍贵。

　　让谁去参加东鲁祭圣，外出讲学带上谁更加适合，梦周一遍又一遍地思量，一次又一次地权衡。这么多年以来，结交理学大儒，到各个书院讲学，心里还惦记着弘扬乃师的道脉，在整理校对文稿，在刊印弘道书籍的过程中，儒林、泽南、敬修、铭诚、风临几个学生真尽力不少。遗憾的是与挚友聚少分多，聚聚散散中，一年又一年，失去了太多金贵的东西，永远无法弥补。就说这个宝贝女儿"佩申"吧，出世之前当作金蛋蛋期盼，一出生就没有了母亲，连这个名字也是她奶妈给起的，有的损失已无法补回，有的只能弥补于万一了。他希望敬修、铭诚、凤临几个，这次能跟随一起去东鲁，让他们参加讲学，增广见识，经见世面，把自己的学问，做得更有新的高度。梦周回到房间，所写的挽诗已经干了，他小心地收起，装在一个信袋里，装进随身的褡裢。

阴历年期间邀请讲学的学堂甚多，他只到宋濂学堂和爱知堂，决然婉言推掉了一些。另外，在三嫂子的苦口婆心劝说下，总算做通了佩申奶妈的工作，接回了女儿佩申。这女子被奶妈彻底惯坏了，娇气十足，连一点起码的礼仪也不懂，说话毛脚毛手的，与大人说话没高没低没大没小的。唉，这也难怪呢，要不是人家媳妇弄到了偏方，总算怀上了孩子，要把佩申要回来，得很费一番唇舌呢。

距离清明还有十六天，是牛清璋完婚的日子，二儿媳妇姓于，希望她和兀良仆能撑起牛家的天，牛梦周办完了这件大事情，感到舒坦了许多。临近清明节，他决定领着雍儿、穆儿、女儿佩申，回一次鸣鹤沟祭祖，然后，把他们暂且交给清渊和媳妇，无论如何，他得到兴平和三原走一趟。仁斋学长曾说过，也要东去南下，他年已七十出头，舟车劳顿，能吃得消么，梦周想劝止他去，若万一老兄执意要去，劝止不住咋办？祭圣和讲学都要有所准备，祭文谁来写，讲学序次咋编排，正谊事务谁来掌舵，这一切，他都得和果斋、幹卿二位学弟计较清楚。

梦周随意拿起一本《朱子大学或问》翻，又到芸阁院子里转悠了一会，回来又坐下来拿起书。翻了几页发现书里夹了一片纸，纸上是一首七言绝句，看时间是己酉年春日所写，差点忘了，那是眼疾发作疼痛缓解后写下的，"收得年前旧雪花，瓦盆寒冻玉槎岈。一窗嫩日明如许，对客敲冰自煮茶。"梦周把这首诗重新抄写，交给敬修编进《蓝川诗钞》里去。看一会又放下来，他发现围墙边一株山桃树开得粉红粉红的，这株自生自长上来的桃树，居然也能开得这么灿烂。他走近围墙静下心来留意，这棵可爱的小桃树，都长得茶缸粗了。蓝川先生经过桃树边，继续往前走，他要到生舍察看一遍。生舍确实不满足了，这回东鲁回来，要尽快想法增扩芸阁，他已经把这个想法告诉陈铭诚了。

梦周漫无目地走到灞河边，在空地上伸伸胳膊，蹬蹬腿，舒展舒展筋骨。河边已觉不到一丝冷，梦周脑子里萦绕着一个问题，过去放弃会试在家奉母，后来放弃内阁中书衔，放弃经济特科，到手的荣华富贵，一个个都放得下，许多亲戚朋友和村人，至今不理解，而今天，又把孩子完全放下，究竟是进还是退，是出世还是入世？梦周眼望着眼前的平川、滋水、鹿塬和北岭，望着秦岭远山和近处的浅山，脑子里翻腾着回旋着思虑着，自父亲去世母亲失明，他早就打消了"出仕"的念头，那一年清麓拜师，走入了圣学，那一个神圣的时刻，标志着他正在践行一个信念，这种践行的坚定是不容辩驳和置疑的。

梦周想，难道不爱自己的儿子，那是因为爱，才让他们到圣贤书中去解悟人生，才让他们在磨难中去动心忍性！难道不爱唯一的女儿佩申，领着她回鸣鹤沟祭祖，就是要让她知道自己的根，要遵从祖训学做好人。此时他站在黄土崖畔仰望星空，沉沉地俯察大地，细细地思索人生。他是不是已然洞穿了生命的真相，他没有淡然也没有欣然，可以在这沟里平静地过自己的农家日子，他却偏要去东鲁，偏要去南方，这一切为的就是一个"人"字，一个正写的"人"字。

梦周想到这里，才明白要洞穿心中的一个谜团，不是轻而易举的，他知道，自己一旦明白了这一切，就走进了一个更广阔的世界，就不会再为"进"与"退"煎心，就不会再为"出"与"入"去纠结。梦周此刻的心里清楚，人的生命会有诸多的无常，像淄川的孙伯琴兄突然就去世了。他早已不再羡慕虚荣，但他却绝反感虚无，恰恰相反，他会义无反顾地去直面眼前的一切，直面这个既苦难深重又温暖无比的人生！然后从容而坦然地去面对自己将要面对的，研究程朱，潜心程朱之学，传承四吕之风，推究自然物理，习学周易推理宇宙，遍读兵、农、钱、谷、水利、算术之书。不仅要学为好人，还要把这个大大的"人"字写，端写正写大，写得顶天立地，写得方正浩然！梦周在沟里小路上慢慢地走，走到了自己的土窑前停住脚步，他又一遍问自己，你还是一个大清遗民吗，你还消极出世吗？"哼"，他从鼻腔里发出来的声音，他才不是呢，他是东方式的积极入世者，他会超越世俗而逸世独立呢！

梦周回到芸阁很迟，再次拿起瑞麟先生的《朱子大学或问》，就着微弱的灯光，读着先师的话："夫古人于亲也，无美而称之，是诬也；有善弗知，不明也；知而弗传，不仁也"。回到家里，老朱悄悄把一封信放在他的桌上，信是临安杨韧斋先生写的，这已是他的第四封书札。信的内容大致一样，仰慕关中大儒，崇尚张子学问云云……盼能早日下临安一聚，讲学交流。如此甚好！好，确实是好，南北学界早就该沟通，正好理清宗脉经络，正好把清麓先生师的正学传播开去，从而发扬光大。遂决定再回一信也无妨，于是写道："先师言，书也者，亦即圣人体，所以尽事物之情，达伦常之理，发人心之奥，阐天命之微。如日月经天，如江河行地，如陶冶耒耜之不可阙，如布帛菽粟之不可离……"

大儒牛兆濂

　　天气暖和起来了，东去、南下的日子渐渐临近，茂陵张元勋就坐不住了，他天天盼着牛梦周学兄来。每次向官道张望时，心里都回旋着讲学之事，果斋想，只有和梦周商议妥了才踏实，都带谁去、讲什么，祭祀之礼，祭文，都必须提前准备。还有动身时间，坐车还是舟船，行止路线如何筹划？周程张朱，濂洛关闽，南方学者如何看待，清麓先师之学，经世致用，躬行礼教……学宗明道，在南北交流中，弘扬清麓先生之学，把他发扬光大……

　　茂陵人张果斋这日与幹卿坐着喝茶，看到阎学兄身体康健起来，此刻真有点小小的激动，要和梦周一同东游南下，全赖阎兄长掌管清麓书院啊。果斋和仁斋一样，同受业于关中几位宿儒门下，算得上学识渊博著述丰硕，又一样倔强耿直，才辞职归乡办学，致力于理学，成为牛梦周的同道。这次东行，他已经和兄长谈论几次，长兄年龄已过七十，执拗得偏要随行。为此，本乡马杨村前来劝过，仁斋倔强出奇，谁劝也不听。果斋自个笑着对幹卿说："学兄，东去这段时间清麓之事，完全托付与你，只是家兄不想错过！我们弟兄二人至今计议未决，今日回去再和他理论。"

　　"不用了，已经商量妥当了！"进来的是蒲城县贾曲北堡村人氏米岩先生，蓝川牛梦周先生。"同学兄，"果斋、幹卿急忙起身倒茶，果斋说："昨晚梦见一头老黄牛，斯斯文文向我走来，果然牛梦周就来了，正应了我的梦啊！"幹卿说："都是瑞麟先师的高足！"梦周说："米岩学兄自幼苦读经史，才华卓而出众，无意仕途教书为业。有人举荐两次任命知县，均被拒绝，他也是个犟牛呀！"米岩说："也是一头牛！我就是个教书的，脾性与梦周、果斋相投，学问却相差甚远啊！"梦周说："我和米岩学兄从三原而来，仁斋老兄与梦周的私交，你们知道不多，你们劝说不得要领也，我只说了几句话，仁兄即决定不去了。"果斋说："哈哈哈……你有法宝呢!"

桃花渡的桃花已开得灼灼艳艳,清凌凌的河水流成一首无韵诗,把绵延的秦岭吟成一幅水墨画。果斋先生穿一件藏蓝色细布长袍,最先出现在渡口,身后跟着马养之先生。因为一路同行,米岩先生穿一件浅蓝色细布长袍,早在一棵桃树下等候。果斋先生说:"大家都到了,咋不见同学兄梦周呀!""我在这儿,哈哈哈!"众人回头,见牛梦周穿一件干净的粗布长衫,和他的学生敬修从茶社门口的茶棚下出来。几位学生向先生施礼,果斋说:"梦周啊,你咋不穿件细布衣服,穿粗布长袍!让南人笑咱秦人老土啊!再说……"蓝川先生说:"宁让南人笑咱老土,绝不让'洋人'贱视咱啊!""哈哈哈,好你个牛梦周就是牛!虽是粗布,倒也像个关中大儒啊,平平正正,感觉还挺不错!"

一行地道的关中秦人,伴着三月的春风,从八百里秦川腹地出发,沿着既定的路线,向鲁地进发。顺水行舟,两岸的村庄树木迎面而来,又飞快向船尾移去。船经零口、临潼、渭南、华州、华山,一出潼关,沿着黄河古道而走,别是一番景象,因面前有几位大儒,学生不敢轻易说话。潼关古战场很勾人神思,恍惚中,战国风云依旧在此演义。已经过了恩师的故里渭南,果斋先生说:"不能总沉闷着,船行呢,就让蓝川先生讲个秦与鲁的故事,如何?"大家一致赞成。

蓝川先生说,咱们都是秦人,要往鲁境去,可知鲁国的土地肥沃,那边的人物重礼仪,而咱们的秦国,那时却被看成狼虎之邦。秦之崛起,扫灭六合,扫平天下,由"封"到"建",虽一十五年,却一直延续两千多年,那是何等的气象啊!今天我等秦人,是为祭祀圣贤而去鲁国,鲁国肯定会接纳我等!一阵沉沉的胡琴声,从一簇有蓝瓦黄墙的村庄传来，尾音托的悠长悠长，一条不知道名字的河流，在暮色苍茫里弥散着，蜿蜒而来，又蜿蜒而去，如麦田上化不开的雾气。果斋说："哈哈，是泗水岸上！"梦周说："是'逝者如斯夫'的声音，从春秋一直延伸到了现在。"大家沉浸在蓝川先生一个一个的故事里，滔滔的讲述把大家迷住了。到潼关见到了黄河时，有的人还是平生第一次，感到黄河水势浩渺，但这里的风沙刚硬。果斋说，神话里不周山被触，地不满东南，才有了这广袤辽阔的平原，才使黄河远上白云间啊。

舍舟登车，车轮"咕噜咕噜"，响动在齐鲁的土地上，撩起帘子看车外，圆天之下，是铅色的低云，方地之上却是深绿的麦田，一片紫色的桐花，那一定是一个村庄，看那粗糙的土坯墙，砖雕的门楼，农民走路脚步沉缓，看他们面色黑红，后脖子的褶纹深刻，一开口吆喝，吆喝的声音简直如同豹吼，跟秦人吼的秦腔没什么两样。进入鲁地，仔细瞧这儿的自然风光，也有山、岭、塬，竟与秦地关中何其相似！

相似的只是一种印象，新奇才是真实的感觉，没有一个人感到困乏，也没有人打盹，终于有个学生问："先生，我想问，为什么圣人出在山东呢？"养之先生笑着说："哈，山东人吃大饼，葱卷大饼，就产生了孔子这样的圣人。"笑声盈满车子。一学生说："古书上讲，泰山在中原独高，才出了孔子这样的圣人。"敬修说："听说圣人吃简单粗糙的食品，但孔子的一部《论语》却能治理天下。"车子终于停下来，大家坐在路边休息，蓝川先生问："儒家的文化何以产生鲁地，而不是秦地呢？谁能说出来，我就回答你们提出的任何问题。"望着广袤的大平原，几个学生互相盯着，却没有足够的自信，半天说不出来。果斋先生说："大平原不同于关中平原，大平原是皇天后土，深沉博大而又平坦辽阔，它比较正规，但也保守滞积，儒家文化就是大平原的产物。"敬修问："先生，那老庄的哲学呢，哈哈，你忘了秦岭终南山，那不是产生于山地和沼泽吧。"众人哈哈大笑，梦周瞅了一下敬修。果斋先生说："不错，儒学发展到关中平原，就成了横渠先生的关中理学，所以，我们就推崇他的学问为正学了！"大家点点头，表示诚服。

车子开始重新上路，话题就又回到秦与鲁，果斋先生说，咱到底是地道的秦人，我们的祖先嬴政，曾经焚书坑儒，在来时的路上，渭南酒河沟口有个灰堆村，咸阳也有焚书的遗迹，其实焚书和坑儒并不是一回事。梦周说，嬴政居山高为秦城，秦城已坏，凿池深为秦坑，自坑其国。江海可以枯竭，乾坤可以倾侧，唯斯文用之不息。如今清朝已然结束，"封建"不再延续，军阀却在争权夺利。作为秦人的后人，我等千里迢迢来此鲁国，祭拜往圣孔孟。嬴政在统一天下"封建"之时，也曾来过鲁国祭圣，他在泰山上祀天封禅，祭祀往圣！我们此来，光大先师之学，严守道脉，才不虚此行。

山东淄川县董家村，孙灵泉手中拿着一叠纸，毛笔写得密密麻麻，这是他自己编辑的《孟子集义》，学生已经校勘，他在做最后的校订。灵泉对于每一个字都十分严谨，这部书已在三原与梦周、果斋交换过意见，想在他们东来前校勘完毕，由梦周利用东游之机为之作序。灵泉看完了最后一页，放下书稿。今日，他家里除了刻意留下的学生，还有许多村民，他们听说关中大儒牛梦周要来，想一睹大儒的风采。

一辆马拉车出现在董家村村口。听到有人在打问"孙灵泉"，便有热心村民引路，孙灵泉先生门前围了不少人。牛蓝川先生最后一个走下车子，"孙学兄！""学兄，学弟，可把大家盼来了！"

梦周说："学兄，终于从秦进鲁了，东鲁风光不错啊！"果斋说："孙学兄，我们已经人困马乏，得好好地歇息一下！""进屋，进屋，歇息处已经安顿！"灵泉转过身对众人说，"都是我在陕西的朋友，也都是学富五车的关中大儒，那位穿蓝长衫的，正是关中大儒牛兆濂先生！""牛圣人！"人群中发出这样的声音。灵泉继续说："另外两位，名儒张元勋先生，米岩先生，马杨村先生……来山东祭拜至圣、讲学。一路鞍马劳顿，让他们好好歇息，改日来见吧！"

人群慢慢散去。孙先生准备饭菜，给北方的朋友接风洗尘。饭后歇息，蓝川先生躺在床上，回想刚才进村时的情景，心里还有点激动，但很快又平静下来。心里想，我们是来了，我们都是孔门弟子，三千弟子，名字后面再加上我，不就是三千零一名么？只可惜自己此来，没给伟大的先师带来一束干肉。西汉的苏武，可以唱"执瓢从之，忽焉在后"，我带来的是什么呢，难不成是这一颗头颅吗？哼，我定要用此头在孔圣人灵位前，磕一个非常有力的重响！蓝川先生这样想着的时候，看见孙学兄十分得意地走进来，不禁哑然失笑了。

祭拜至圣孔子，孙灵泉先生择定的祭日，所用祭品也是孙学兄置办，一切准备就绪。时值民国六年，吉日在丁巳三月二十四卯时，灵泉先生邀请山东同道一并陪祭。清晨早起，沐浴更衣，立即便有庄严肃穆的气氛，打点吃饭，一行人乘车前行，快到曲阜，下车步行至孔府祭拜至圣。渐近孔府大门，梦周想，令人敬仰的至圣先师，他生前也是身世特殊，一生恓恓惶惶，不由得心里一阵辛酸。家住陕西韩城的汉太史令司马迁，虽非至圣也算史圣，生前不也一样啊！所有执拗的读书人，也许都与富贵是无缘的。

大家满怀庄严与崇敬，一步一步走进孔庙。庙里大大小小的石碑有不少，一看文字才知，是历代帝王为孔子树立的。大家对着一面藏书的墙，默立良久。孔子牌位供奉在文庙，心中的至圣孔老夫子，当周之衰则否，属鲁之乱则晦，及秦之暴则废，遇汉之王则兴，乾坤不可久否，日月不可久晦，文籍不可久废！大家庄重地跪拜在圣人塑像前，然后默然肃立，司礼宣布，关中大儒牛兆濂先生宣读祭文！蓝川先生小步上前，以周礼最高礼节拜祭，宣读祭文《曲阜告至圣文》：

斯文兴丧关乎天，群言淯衰诸圣。际此天下孰宗之日，益思生民未有之人。兆濂等关西下士，周余遗民，幸依日月之光，时切渊冰之惧。束发就傅，既祈向之有年；垂老无闻，敢陶成之自外。虽朽木之不可雕，终瓢瓜之焉能击。有友五人，兴平张元勋、马阳村，富平米养纯，暨门人陈敬修，蒲城陈嘉谋。不远千里，藉舟车之所至，仰宫墙以匪遥，伏祈金声玉振，示以条理之攸归。江汉秋阳，涤此尘汙之旧染，终其身于名教之中，策其惰于颠沛之际，惟自暴自弃之不敢居，实先圣先师之所佑启。仰山虽不能至，然向往则已久之。习礼夙有此心，终低回不能去也。敢告。

蓝川先生读罢祭文，众皆依礼跪拜，肃立齐声诵读：大哉孔子！伟哉至圣，孔子以前，既无孔子；孔子之后，更无孔子。孔子孔子，大哉孔子！祭祀礼成。梦周把一份祭文交于文庙保存。祭礼已经结束，大家依次退出孔府。回望门上所镶石刻对联，乃为清代纪晓岚先生亲笔，联曰："与国咸休安富尊荣公府第；同天并老文章道德圣人家"。一名学生返身过去细看，回来问先生："先生，联为纪先生所书，'安富尊荣'之'富'字，宝盖头缺了一点，是个'冨'字。下联中'文章道德'的'章'字，早字中间露了头。'里'字没有底横，圣人门口，不会是故意写错吧，这却是为何呢？"

蓝川先生走出一段，回过头来捻着胡须，笑呵呵地说："敬修，嘉谋呀，'富'字没这一点，此言富贵不可封顶也，'章'字中间出头，是说文章乃可以通天。做人是不是伟大，先前姑且不论，死后能福及子孙后代的，就是伟大的人了，孔子被尊为圣人，难道不是伟大的人吗！"

学生闻听高兴起来，走到前面去了。祭完至圣，还要祭拜亚圣孟子，回到灵泉精舍，安排吃饭歇息。三月的东鲁，白天比关中还要炎热，夜晚却有点微微凉意。有山东同道来访，谈论了一些儒学及秦鲁两地礼仪和风俗，自然也说到了关中推崇的周程张朱之学。梦周说，程朱发展了孔孟，儒学在关中传承中发展成为实学，经世致用，濂洛关闽，朱子集大成，他就被供奉在大成殿里，关中学人视为学宗，勇于担当是他的风骨。

泉灵先生依旧备好了车子、祭品，大家神情依然庄重，早起沐浴更衣，打点吃饭，即动身前往邹城，去孟子庙，隆重祭拜亚圣孟子。鲁地叶绿花红，一派滨海风光，道旁松柏清秀，向行人展示卓尔不群的菁华。一路行来师生们想，平日对至圣、亚圣仰止之忱，神情顿然庄严肃穆起来。于路果斋提议，让灵泉学兄讲说庙宇。灵泉说，鲁地邹城的孟子庙，建于宋仁宗景佑四年，至今已有九百余年，是全国、全世界唯一的孟庙，为专门祭祀孟子的庙宇。历经近千年沧桑，孟庙曾遭水灾、兵燹，多次倾圮，又几经复修，几处已面目全非了。前朝植下的千余株古树，领了数代风骚，仍生发着一片欣欣向荣。车子走走停停，不敢稍有耽误，忽然，一片茂盛的松柏，灵泉说，亚圣庙到了。

大家下车徒步缓行。只见一大片松柏，透着凛凛阳刚之气，一行人都感觉到震撼。米岩说，见过许多古寺名刹，合抱之木有之，老气横秋者亦有之，其他地方的古松翠柏，实难与孟庙的古树媲美，梦周、果斋说也有同感。屏息静气，都不敢再多说话，径向庙宇走去。近看那些松柏，有的势单力薄，有的纤细柔弱，有的古树爆放的蓊郁之美。千余株竟成合抱的古树，看上去树根虬结咬定沃土，木丝遒劲又豪气干云，很有一种超拔向上的力感。看那树冠有的舒展奔放，宛如绿秀悬空；有的铁枝凌云，枝柯横斜。柏树的侧枝倒垂下来，有不屈不挠的品格，在一株树丫上面，又有一木劲崛出来，直插云表。灵泉告诉大家，这叫凌霄松。

大家静静地瞻仰孟庙的松柏，梦周说："松柏有高雅的风骨，冬夏常青凌霜不凋，和咱秦地松柏有何不同啊？"大家定睛观看，那形如巨伞的侧柏，老气横秋的古桧，势如蟠龙的劲松，都对古树心生敬畏。灵泉说："这些古树，已在这里已站立千年了。"几位先生和学生都很惊讶。梦周说："这是孟夫子富贵不能淫，贫贱不能移，威武不能屈的物化呀！"大家欣悦诚服。

忽然一棵银杏出现眼前，大家小心走过"亚圣石坊"，有一条砖铺的甬道，直通三进院落，有两株古银杏比肩连理，姿态翩然。灵泉说："这银杏又名公孙树，是古生代树木，当春勃发春风化雨，枝丫慢慢抽出一枚枚叶柄，像玲珑剔透的扇子随风摇曳。"梦周说，孟庙致严堂还有两棵银杏，风华正茂呢。

第二十九章　薪传邹鲁

　　蓝川先生正襟危坐，用秦地方言开场，进行抵达鲁地第一次讲学，蓝川先生说完这段话，正要正式开讲，台下却一阵哄笑之声，让他感觉很不自在，要是放在彭衙书院、芸阁精舍、鲁斋书院或是正谊书院……他从来不会遇到这种刺耳的笑声。

　　东鲁的太阳放出缕缕金线，从银杏罅隙间筛出片片光斑，地上星星点点，像苍穹之星在大地浮沉跳跃，扑朔迷离而又妙趣横生。众人细瞅那树，银杏树与松柏树根系相通，吐纳宇宙之气，好似互相抬举，又互为谦让，呈现着一种积极向上的情境。灵泉走过来，口中诵读："银杏栽为梁，香茅结为宇，不知栋里云，去做人间雨。"蓝川先生捋着胡须，笑着说："学兄所读之诗，乃是王维在辋川吟的，你说是也不是？咱们在辋川看到的王维手植银杏树，比不上这树年代久远啊！"灵泉说："看到，当然看到了，不过那是释家的银杏，这棵是儒家银杏啊！"米岩念道："四壁峰山，满目清秀如画。一树擎天，圈圈点点文章。"果斋笑说："哈哈哈，东坡先生之句，银杏有苍劲的体魄，独特的性格，清奇的风骨，其实就是东坡先生！"众人在银杏树前站住，啧啧赞叹一番。

　　亚圣庙东墙外有四十余棵苍松，最南边一棵是"柏抱槐"，秦地多有"槐抱柏",且不止一处,而少华山祠的那棵柏树看起来娇气,其实却势不可挡,和这棵一样,就成"柏抱槐"了!大家定睛细看,见那柏树好大好粗,一棵巨槐从柏树心中长出,二木相融,已经你中有我、我中有你,实难分清纹理木质。正像千年好合的夫妻,相濡以沫又休戚与共。学生嘉谋惊叫:"好一棵连理树,天长地久、地久天长,它们相拥相抱了多少年啊!"蓝川先生笑呵呵地说:"柏树是常青树,槐树是一岁一枯荣,春风吹又生,二树合一,荣枯与共,本末并发,许是一对九死不悔的恋人所托化啊!"众人都说,先生神思绝妙,无人能敌。

殿后有一株古桧树,数株枸杞从树干洞中长出,飘逸娇娟,丰姿隽爽,枸杞吮吸古桧的营养,枝条拳曲虬离,凌空摇风,飘逸若仙。"致严堂"有数百年寿龄的紫藤,形如蟠龙,热情奔放,已经攀缘上松柏的树冠,它们耳鬓厮磨长相厮守。大家齐聚细观,古藤迎风取势,铁枝繁花,叶翠如碧。大家仰止圣贤,感叹造化的神奇,蓝川先生兴趣盎然,众皆瞅他,他竟然朗声诵道:"孟子曰,我知言,吾善养吾浩然之气,其为气也,至大至刚,以直养而无害,则塞于天地之间。其为气也,配义与道;无是,馁也……"大家跟先生来到正殿。

灵泉在前,梦周、果斋、养之、米岩等徐徐而行,在庙宇正殿亚圣牌位前,排成两行,灵泉说,祭祀亚圣本在冬至,夏历四月初二则是孟子诞辰纪念,几位关中大儒,东鲁祭拜亚圣,也以周礼最高礼节祭祀。亚圣诞于公元前三百七十二年,名轲,字子舆,邹城人氏。本为孔子之孙孔伋再传弟子,以思想、教育、文章和政治才华,尊为亚圣。孟母三迁地而教子,三断机杼,留下千古美谈。那个百家争鸣的时代,杨朱墨翟之言盈天下,作成《孟子》七篇流世。今正值农历四月初二,亚圣孟子诞辰纪念之日,灵泉先生对梦周、果斋说："祭祀开始吧！"灵泉亲任司礼，宣布："祭祀开始！"依照鲁地祭祀规制，铺排祭品果蔬，点燃蜡烛檀香，奏祭祀礼乐，众人依照礼仪，行跪拜之礼，三叩九拜，灵泉宣布，陕西大儒牛梦周先生宣读祭文。蓝川先生缓步上前，燃香，施礼，祭奠，然后宣读祭文《邹县告孟子文》：

> 自孔子之道不著，功利之害中于人心，洪水猛兽至是极矣。我夫子以"知言""养气"之学，赓守先带后之任，陈王道，明仁义，论治必法尧、舜，言学必宗孔子，发明性善之旨，息邪距诐，举凡惑世诬民、充塞仁义者，靡不辞而辟之，俾天下万世晓然于吾道之有宗主，功不在禹下，"无间然矣"。今又千数百年，大道晦盲，百倍于往昔，能言距杨、墨者，复不多见其人。世道人心之尤，古今有同慨矣。兆濂等辄不自量，窃有志焉，而力莫能与也。伏祈牖启愚衷，俾勿懈于末路，庶或杯水车薪，不无少有补助，当亦我夫子所不弃也。敢告。四月十一日。

祭文礼仪已毕，众人鞠躬再拜，焚香，跪拜，三跪九拜，拜祭已毕，在殿内各处尽行瞻仰，看看天色不早，徐徐退出正殿。

蓝川先生正襟危坐，用秦地方言开场，进行抵达鲁地第一次讲学，蓝川先生说完这段话，正要正式开讲，台下却一阵哄笑之声，让他感觉很不自在，要是放在彭衙书院、芸阁精舍、鲁斋书院或是正谊书院……他从来不会遇到这种刺耳的笑声。梦周停下讲学不再出声，下边依然有私语之声，不像是窃窃私语，而能听得很清楚："都'民国'了，这位先生还穿长袍，还是粗布长袍，真是好笑呀！"又有一个刺耳的声音："看那先生的头型，真是笑死人了，还有长长的胡须……"有一个说："还都是关中大儒呢……穿得像个乡巴佬……""……"梦周的情绪一下子糟糕到了极点。古代圣贤的故里，这些孩子竟然这等非"礼"，文明礼仪起源之邦，咋就教养出如此的礼仪……哈哈，先从容地宽容吧，毕竟自己讲的是秦地的方言，也许是这个缘故吧。

蓝川先生还是只能操秦腔开讲："大家笑我狰狞还是笑我土气？哈哈哈，我从秦国来，你们会在乎吗？古代的鲁国是你们这儿，我的家乡是在秦国，古代的秦国被称为虎狼之邦，但在我们那里，却诞生了中华文明！我的家乡华胥，华胥之华，就是中华之华！"刚才的窃窃私语立时没有了。先生说："难道你们觉得秦人可怕吗？鲁是古圣贤的家乡！至圣先师孔子和亚圣孟子，就诞生在这片风水宝地，我们为祭祀圣人而来……"学堂顿时彻底安静。蓝川先生这时站起身，扫视了一眼讲堂，面容瘦削却身材魁梧，脸略黑却一双慧眸炯炯，放出犀利的亮光，长须飘飘却面容和善，又透着几分威严。学堂已然鸦雀无声。

"不要怕，也用不着怕！"蓝川先生笑呵呵地开讲。先是孔孟为儒学的奠基，儒学的经国济世，《小学》《集注》《中庸》，宋明理学，周程张朱，庆历之际的申颜、侯可，及至大儒张载先生，蓝田四吕……牛蓝川先生终于找到了讲学的美妙感觉。濂洛关闽中的"关"，就是张载先生的学问！张子之学以《易》为宗，以《中庸》为体，以《礼》为用，以孔、孟为法，以"气"为本。气本论与一般的理学学派不同，张子之学，特别强调的是经世致用，躬行礼教，重视《礼》学，陕西蓝田吕氏四兄弟，四人登科及第，成为闻名遐迩的名门望族……

蓝川先生讲学渐入佳境，不觉太阳已经西斜，学堂里秩序井然，再没听到过"叽叽喳喳"的说话声，本想接着再讲下去，敬修走近前给他耳语，他才结束了本次讲学。晚上回到灵泉书院，见面闲谈中才知道，果斋、养之、米岩、嘉谋也遇到同样的尴尬，起初感觉还真有点扫兴呢。第四日傍晚，灵泉先生拿来一封信，梦周拆阅，说："还是杭州那个杨先生，他又在催行了。"蓝川先生一看，果然是杭州朋友杨先生的亲笔，大意是说，仰慕牛圣人对关中理学的独到见解，也仰慕几位大儒的杰出成就，切切盼望早日雅至。梦周把信交几位传阅，都觉得杨先生作为同道和朋友，信确实写得文字简约，笔力遒劲，言恳意切，实在是盛情相邀，希望南行交流愉快，南北学界有更多沟通……

第五日讲学结束，梦周、果斋、养之、米岩商议，干脆乘兴继续南去游学，弘扬清麓先生的理学宗脉，梦周说："明白杨先生和大家的心思，这几天讲学中我们都遇到了什么，也应该心中清楚，凡事要有预见。"果斋说："秦地方言是个障碍，咱们的服饰也是个诟病。不管那么多了，弘扬理学道脉，传承恩师之学，不必顾虑太多，咱们作为清麓门人，必须一肩承当！"养之说："多少年来刻苦攻读程朱，昼夜吟诵，孤守书案，就是要传承清麓学宗！"米岩也点点头表示赞同。梦周说："各位学兄学弟，既然如此，我等若要学界刮目相看，得充分阐释恩师学问的精髓，要讲清楚清麓与张子、朱子学问关联之处，传承上的脉系。今晚大家好好睡上一觉，明日清晨启程南下！"

议定明日一早启程南下，前往杭州开始游学，蓝川先生自己却睡不着觉。唉，咋搞的？他翻了几个身，眼睛得圆圆的，点灯看会书，又怕影响敬修。以前见到的杭州，不是一首诗，就是一幅画，明天就走进诗中画中了，杭州是个好地方，素有"人间天堂"之誉，他不是因此激动，而是因此忧虑。南方和北方学界推重的理学脉系有别，服饰语言差异也大，他更担心的是已经接纳西方文化的南方，对张子之学、对清麓先生之学问，持何观念，学术风气是不是经世致用，躬行礼教？该不会也出现万人翘首，年轻一代不懂礼数，讲堂上大声喧嚣……他有过人的定力，什么力量也冲不垮，蓝川先生披上衣服来到院子，东南刮来的风凉凉的，潮潮的，这究竟算是啥风向？"同学兄也没睡着啊，是不是小有激动了？""果斋，你也没睡着么！"看到果斋也在外边转悠，两人就坐着聊了起来。果斋说："孙学弟今晚上说，让咱继续讲学呢？"梦周说："乃琨兄执意要留，咱就执意要走，要讲就是最后一天！"于是就又逗留一日。

孙灵泉得知蓝川先生一行去意已决，定要离鲁南下，即穿上衣服，急忙赶过来，敬修、嘉谋等已收拾好了书籍行李，忙问："兄弟执意要走？我等同为清麓弟子，弘扬先师正学宗脉，庶竭驽钝不遗余力，匆匆而来又匆匆而去，叫为兄我心里何安呢？"梦周说："同学兄想多了，孙学兄六进陕西清麓，可谓竭忠尽力，已经令我等深感肺腑！咱同为师门四大弟子，学兄弟交谊非至一日，日久见人心，此行薪传邹鲁，弘扬理学宗脉，兄长已经尽善尽美，让老弟过意不去了……"元勋说："什么也别说了，咱都是清麓同门，让先生之学如日中天，既然梦周他们主意已定，就来日方长吧！"

蓝川先生取来随行的行李，取出装裱漂亮的条幅，是梦周书写的"张子四句"，递给灵泉先生。果斋也拿出一幅"学宗朱子"斗方，说："学兄，我等去意已决，你就不必苦留了，兄弟这字虽比不得学兄，权且留作个纪念吧……"灵泉当晚没有回家，几个学兄弟并床而眠，也不知说话到什么时候。

次日清晨，灵泉在书院设便宴饯行。书院外面的灵泉弟子闻讯赶来，他们中有聆听过几位关中大儒讲学，也有社会贤达、附近民众，一时间道路拥堵，争相一睹关中大儒风采。未时宴罢，蓝川先生一行频频向众人拱手，收拾行李启程上路，灵泉领弟子相送，走出十余里，蓝川先生催促快回去，灵泉只是不肯："自此一别，何日才见面啊！"又到一个岔路口，众人皆下车来苦劝，灵泉先生方才停下，大家抱拳作别，灵泉又停了一个时辰，一行人走出他的视线方回。

蓝川先生长途跋涉，坐车乘舟，路途虽多劳顿，一路上行走在诗情画意之中，看不尽的江南美丽风光，一行人又说又笑、欢欢喜喜，几位先生常常幽默一下，惹得大家开怀大笑。迷人的江南春景中，嘉谟、敬修几个诵读起了白居易《忆江南·江南好》，读到"春来江水绿如蓝"一句，有人问，"白居易先生是咱陕西渭南人，在杭州做过什么官，留下过什么政绩？"蓝川先生捋着胡须，说："上有天堂，下有苏杭，这位老陕诗人与杭州、江南有缘，担任两年杭州刺史，任过一年多苏州刺史，青年时还漫游江南。不只留下了诗篇，还留下了非常好的官声，留下不俗的政绩，你们说，苏堤为什么叫白堤？"敬修说："诗圣白居易，苏堤因之改为白堤！"梦周说："不仅如此，他为修苏堤捐出自己的廉奉啊……"

张元勋接着说："对啊，还有一位大儒，也是渭南人，南大吉南元善，明嘉靖二年以部郎出任绍兴知府，锄奸兴利，政尚严猛，修禹庙，立大禹陵碑，兴建碑亭，亲自题写'大禹陵'三字，更有关中理学学人的风骨！"大家一听，立即来了兴致，一个个揉揉眼睛，仔细观赏着江南春景。

第三十章　踏云攀岳

蓝川先生目光犀利，连日来的不满一齐发作，向前紧走两步，对众人说："各位先生，读圣贤之书，岂不闻君子慎独。此乃学人修身之基本。如此表里不一，岂能正人正世乎！"

杭州西湖出现在众位关中大儒的视线里，湖山书院是他们南下讲学的第一站。费了好大的周折，找到湖山书院时才知道，这里已经不是书院，早就是新式学堂。和静斋先生一起来的两位先生，他们的头型很新式，这是南方正流行的大"中分"，白色的或黑色的中山装笔挺，脚上是皮鞋擦得锃亮。几位学人的服饰和发型让关中大儒们吃了一惊，与他们站在一起，总觉得非常别扭。

寒暄一番是必不可少的，杨先生说，受韧斋先生委托，为几位大儒接风。便宴设在杭州一家饭馆，宴席开始，静斋先生和邀请来的学人作陪，静斋端起酒杯，开始致辞："我们久仰牛梦周先生和几位关中大儒，今日远道来到杭州，我们不胜荣幸，在此表示热烈欢迎！"梦周说："静斋先生，我们秦人不习惯坐船，身体多有不适，感谢南方朋友的盛情款待！"酒过三巡，菜尝五味，静斋只礼貌性地问及西安的名胜古迹，几位南方先生只顾饮酒，压根儿不提学术之事。

牛梦周也只礼貌性地饮了两杯，说实话，他对南方学人的第一印象不好，对这些做派甚至很讨厌。饭后回到住处歇息，梦周一言不发，果斋说："牛学兄，如今到达杭州了，发现咱们的穿着还在大清，对他们来说太不合时宜！"养之说："你看他们那副德行，像个做学问的吗！"蓝川先生瞅瞅几位，说："不知他们敬仰学宗，还是敬仰酒肉，哎呀，哪有这样的学者，真是的！"舟车劳累，当夜无话，大家闷闷不乐睡去。

杭州的黎明在几位秦人的酣梦中苏醒。太阳刚升起来，静斋、韧斋领着两位朋友，一进旅馆，就大声寒暄："哎呀，蓝川先生，几位大儒，路上舟车颠簸，昨晚睡得还好吗？"梦周说："有劳先生费心，都歇得很好！""让杨先生费心了，歇得很好啊！"果斋说。静斋介绍说："这位姓朱，字琼仁，这位与我同姓杨，韧斋，请几位大儒多多指教！"蓝川先生也一一作了介绍，说："杨先生，指教谈不上，这次南北学界交流，共同弘扬正学学宗，发扬光大啊！"梦周侧目看这位朱琼仁先生，瘦高个儿，脸略长，年龄五十上下，长得斯文白净未见留须。杨韧斋中等身材，也是西式中分头型，留八字须。几位先生开口多谈洋务，有洋货经营，偶尔也提到学堂教育。果斋多次提及程朱理学，廉洛关闽，静斋先生却岔话说："江南水乡，南北风物习俗多有差异，明天就陪大家游玩西湖……"

两位杨先生说完就走了，并没有讲学的日程安排，而且，一提到"周程张朱""廉洛关闽"，总是躲躲闪闪，避而不谈，"真是怪哉！"梦周瞅着几位离去的背影说。他叮咛道："人有敬意必当领之，都没有来过，就破例玩一天杭州西湖，记住此来的使命，做好讲学的准备，也许南北差异正在于此吧。"

图画一般的西湖胜景出现在眼前，几位大儒今日身临其境，都感到特别新鲜，也有点小小的激动。西湖水像一面明亮的镜子，堤岸的垂柳宛若优雅端庄的少女，亭亭玉立，正在用一把神奇的梳子梳理着柔软的秀发，微风一吹，柔丝随风盈盈起舞，仪态万方。嘉谋说："若把西湖比西子，浓妆淡抹总相宜！"敬修说："真是人间天堂！"一位果斋的学生读："水光潋滟晴方好，山色空蒙雨亦奇……"果斋瞅了学生一眼，后边两句没有读出来。盈盈湖水碧绿清澈，看得清水中游鱼，绿色似碧玉，又比碧玉的绿纯正。微风乍起，湖面鳞波微微，涟漪层层，一圈一圈地荡漾开去，像北方学人此刻的情绪。

敬斋先生领着几位关中大儒随处驻足，他滔滔不绝地介绍着，三潭印月，雷峰塔，岳湖，内湖，外湖，小南湖……正午仍在饭馆用餐，南方特色菜肴谱系，在这里应有尽有。湖山相连相依，山南的云山间有泓泓清泉道道溪涧，杨敬斋先领到大慈山下，说："杭州名泉中，'虎跑泉'最有名气。"一个学生问："为啥叫虎跑泉？"杨先生右手一指，众人看时，见地下之水从岩石节理间隙汩汩渗出。静斋说："它与龙井泉、玉泉称为西湖三大名泉。"梦周说："苏大学士曾在这里品茗吟诗，留下'人言山佳水亦佳，下有万苦蛟龙潭'的诗句。乾隆皇帝采茶种茶，题有一匾，叫'天下第一佳'。将过溪亭、涤心池、一片云、凤凰岭、方圆庵、龙泓涧、神运石、翠峰阁定为龙井八景。"众人惊叹先生知识渊博，虽未到过地方，看书却过目不忘，十分敬服。到了九溪十八涧，路上层峦叠嶂，峰回路转，流水潺潺，山鸟嘤嘤，烟云缥缈，真是秀色可餐。果斋说："明诗人张立有诗，'春山缥缈白云低，万壑争流下九溪。'"梦周说："清代学者俞樾赋诗，'重重叠叠山，曲曲弯弯路，叮叮咚咚泉，高高下下树。'全妙用叠词！"大家惊叹不已，连称奇妙。

　　梦周第二天要求安排讲学进程，静斋先生执意要几位大儒再玩两天，梦周应允。已经整整玩了三天。这天晚饭后，蓝川先生对静斋说："杨先生，已经玩了数日，非常尽兴了，明天开始讲学吧！"杨先生连连点头，说："几位大儒只管玩乐，难得到杭州一次，讲学嘛不急，不急！"第五日的太阳升起来，静斋先生又来，果斋问："今日开始讲学吗？"静斋先生说："讲学，哎呀不急，讲学不急，不急，到了杭州不看泉，等于没到杭州来呀，先看泉再说！"蓝川先生不高兴，也没有言语。果斋说："杨先生，今日游玩最后一天，既然先生如此盛情，那就先看泉吧！"梦周没有支声，他对南方学人的忍耐，已经快到了极限。

　　第六天一大早，敬斋先生早早来，要领着大家继续游玩，蓝川先生不说话，脸上有了愠怒之色。米岩说："感谢江南朋友如此盛情，这样游下去，恐怕我等快'暖风吹的游人醉'了！"梦周说："静斋，你是怎么搞的，我们此来难道仅仅是游山玩水，还是准备开讲吧！"养之和元勋也极力主张，"难得几位大儒南来，今天再游最后一天，机会难得，免得留下遗憾！"杨先生执意要大家游岳庙，说："来杭州岳庙不能不去，今天最后一天，只去岳庙别处就不去了。"

　　岳庙坐落在栖霞岭的南麓，大门正对着岳湖，杨先生说，岳庙建于南宋嘉定十四年，褒忠衍福禅寺，明朝天顺年间改额忠烈庙。墓园坐西朝东，忠烈祠和启忠祠坐北朝南，中间隔着一座石坊，上刻"碧血丹心""浩气长存"。正殿有"精忠报国"四个字，明代莆田人洪珠题写。大家来到岳庙，见殿前的庭院空旷，古木森森，岳飞塑像威风凛凛。只见他头戴帅盔，身披战袍，匾额上有"还我河山"四个草书大字，蓝川先生和果斋都说，确为岳飞手迹，不谬。后殿的两旁是"岳母刺字"巨幅壁画，天花板上有百鹤图，鹤的形态各异，生动逼真。庭园中间有一"精忠桥"，过了桥就是墓阙、墓园的望柱有一副对联："正邪自古同冰炭；毁誉于今判伪真。"墓阙后重门也有一副对联："青山有幸埋忠古，白铁无辜铸奸臣"。元勋先生止住脚步，大家在岳飞像前肃穆地鞠躬，献上祭祀之礼。杨先生对主持说："这几位都是关中来的大儒，这位就是著名的牛梦周先生！""那就请各位大儒留下墨宝。"果斋先上前濡墨润笔，一挥而就，"壮志饥餐胡虏肉，笑谈渴饮匈奴血！"主持早给予座位。米岩、养之每人只写四字斗方，乃是"精忠报国""还我河山"。主持让牛梦周先生也留下墨迹。蓝川先生神情凝重，濡墨提笔在手，挥洒写下四句《题岳忠武庙》：

> 将军忠义动天地，日月明光万古馨。
>
> 冤杀铁人埋不得，黄流何日洗余腥。

梦周题罢掷笔在案，向岳武穆墓园恭敬地三鞠躬，然后头也不回，急急出了园门，匆匆离去。静斋忙问米岩、果斋、养之，不知梦周何故突然离去。果斋说："岳武穆一生忠肝义胆，为国为民敢于担当，神魂必为之所动也！"杨先生想领着大家继续游玩，见敬修、嘉谋已经追先生去了，果斋说："梦周南来之意，本不在乎山水之间，而在乎天地之心，唯为天地立心，唯为往圣继绝学……故而见岳武穆内心触动！"蓝川先生一个人在房间里喝茶，后面一行人匆匆赶回来，梦周说："明天若不安排讲学进程，咱们就离开杭州北上吧！"米岩说："如此吃喝玩乐，能做什么学问？"果斋也愤愤地说："哼，南方这样的学者也称学人，对孔孟程朱根本就不感兴趣，真是让斯文扫地……"

梦周的生活习惯被彻底打乱，时间对他来说是多么的宝贵。他看大家都回来了，站起身在房间踱着步，心想，白天游山玩水，晚上饮宴喝酒，整整七天了，一说到周程张朱，濂洛关闽，一说到经世致用，地脉人脉，几位南方学者故意岔开了话题，真是岂有此理……"难道来杭州本是一个错误！"几位先生正在谈论，门响了，进来的是两位杨先生和另外两位先生，他们是陪同吃喝陪玩的，杨先生说："梦周先生，几位大儒饭后好好歇息，杭州各界仰慕几位关中大儒的德才学品，想尽早一睹诸位先生的风采，聆听教诲，明天就安排讲学……"

坐在讲堂里，梦周才感到心静下来，可南方的气温实在热辣，他要马上开始讲学，索性脱掉了长袍，露出对襟粗布短褂，粗布裤子，布袜布鞋，浑身上下，找不到一片细布。如此南方的大热天，南人自然穿的杭州当地的丝绸……果斋几位虽细布衣服，样式也不相上下。坐在下边的南方学者、学生，穿绸挂缎，手里轻摇着纸扇，一副绅士模样。一个学生模样的说："陕西来的关中大儒，穿着像个乡巴佬……"蓝川先生气昂昂地走上去，用秦腔说："在东鲁，有人说我太土气像个乡巴佬，不够斯文，斯文到底是什么？怎样才算是俗气？我从关中来，今天就讲关中张载的理学。中华理学中最脊梁最坚挺的就是张子，这是扎根民众为生民立命的学派，是最讲究格致、最讲究践行的学派……"

关中方言无法改变，声量和气度可以营造，讲堂里顿时静到鸦雀无声，许多摇扇子的人合了扇子，放在身边。南方的文化人终究经不住秦腔的震撼，他们感觉秦人的讲话，简直就是嚷仗吵闹。蓝川先生浑厚纯正、原汁原味的秦腔，使得听讲的南方学子，终于不堪忍受，讲堂上第一次出现蜜蜂一样嗡嗡，嗡嗡发展为吵闹声，由小渐渐变大。蓝川先生耐着性子，最大限度地放快了语速，他觉得，如此下去真正有辱斯文，他讲张子讲清麓先生，"就大大对不起张子，也对不起清麓先生了，对不起……梦周说，"你们杭州埋着一位岳飞，世世代代的人们祭拜他，不仅因为一腔忠义和超群的武艺，他是国家的栋梁，他为生民立命他勇于担当，从岳母刺字到风波亭遭害，他挺起的是民族的脊梁。陕西的蓝田埋着一位三国的多难才女蔡文姬，十几岁起生逢乱世，遭尽磨难，还把她父蔡邕的四百多册宝贵的书籍，能全部默写出来，这就是一位学者传承文化，拯救苍生应有的担当！"

有的学者又摇起了纸扇，一晌午时间很快过去，讲堂始终复归安静，可惜先生的课已经讲结束了。

第四天晚上，韧斋先生又要宴请，蓝川先生说："不必了吧，我们此行已给大家添了不少麻烦，不能总是饮酒作乐啊！"他已经很生气，或者说已经彻底愤怒，把"饮酒作乐"四个字说得非常响。

"几位大儒远道而来，为了学术非常辛苦，我们尽点地主之谊，理所应当，理所应当！"静斋、韧斋和南方几位先生执意邀请，梦周、果斋几位实在推辞不掉，只好应约前往。这回作陪的先生更多，席间还出现了歌妓。她们打扮得妖妖艳艳，扭动着腰肢给主客唱歌，还穿行在席间，陪每个客人喝酒。有一位来到蓝川先生面前，先生愤怒地摇摇手，那个歌妓离开了。一位穿着笔挺西装的先生，居然与歌妓风言浪语，口无遮拦，甚至动手动脚，动作简直有点下作。"这哪像学者？这哪像文化人所为？有辱斯文！"蓝川先生瞅瞅米岩、养之，又瞅瞅果斋，重重地掷下酒杯正欲离席。静斋和一位先生领着歌妓过来劝酒，蓝川先生大发雷霆，说："静斋先生，这场合本不该说你，可是你不觉得，斯文扫地了吗？为人师表，传道授业解惑，而今世风日下，人心不古，本应责无旁贷于道，著书立说以传道脉，大声疾呼以正世风，怎能整天游山玩水饮酒作乐，寻花问柳而梦死醉生呢？"

蓝川先生目光犀利，连日来的不满一齐发作，向前紧走两步，对众人说："各位先生，读圣贤之书，岂不闻君子慎独。此乃学人修身之基本。如此表里不一，岂能正人正世乎？"梦周说完，迈开大步就往外走，韧斋过来连忙拉住他。但见这些人走出酒店朝西，来到一个"怡香楼"的去处，门口几位分明就是风尘女子。梦周、果斋、养之、米岩见四五个"先生"已率先进去。问："这是什么去处？"静斋说："'怡香楼'，杭州最好的，专为几位大儒安排的。"果斋说："哈哈，还真没看出，江南的才子，个个都是风流才子呀！"梦周说："哼，如此有辱斯文，道已丧矣！"蓝川先生甩开杨先生伸过来的手，起身率先离开，几位先生和弟子随后跟出来，径直往住处去。

还有六天的讲学安排，梦周一刻也不能再在这里待，愤然决定立即离开杭州。敬斋、韧斋赶来苦苦挽留，先生去意已决，行李收拾妥当，只等天明启程。江南三月惠风和畅，梦周却没有了最初的兴致，那种新奇感也在一顿酒席之后一扫而光。梦周主张直接回陕，在果斋坚持下，一行人往上海，梦周说："杭州学者游山玩水，饮酒作乐，甚至寻花问柳，梦死醉生，真是一言难尽哪！"果斋说："学兄，这些人毕竟代表不了江南学者，咱不想那些烦心事了，我知道你坚守的德操，也知道你的学问建树，你一生不慕荣利，布衣自足，看不惯这些龌龊，你生性恬淡，沉默寡言，这些人是根本做不到的！"

米岩说："学不为世所用，叫什么致学，更不明白经世致用，根本不配称作学者！"果斋说："梦周当初是十亩薄田，一度春风一度雨，数椽茅屋，半藏农具半藏书。你老兄耿介廉洁、冰雪之操，江南学者做不到啊。"养之说："江南好地方，可惜道之不兴，可惜啊！"

蓝川先生被几位逗笑了，说："哈哈哈，大家还记得吧，世长势短，不以势处世；人多仁少，须择仁交人。那里也许有真儒，哈哈，什么也别怪怨，都怪我当初交友不当。各位学兄学弟，回去到达华阴，咱们一块登华山，如何？""好——登华山！"敬修、嘉谋几个先乐了。

从杭州到达上海，沿长江逆水而行，又到武汉，一行人未作停留，一出荆州地面，又经潼关进入了秦地。

一行人夜宿晓行，非一日来到华山脚下，雨后初晴，风景宜人，正好登山。梦周让敬修、嘉谋检查钱袋的盘缠，两人一检查，不巧没钱了。梦周让每个人捏捏腰包，几个人捏遍了全身，盘费几乎花光了，所有人一脸无奈。"上华山！"蓝川先生瞅瞅大家说。

来到玉泉院，香钱尚够。买了香烛，先在玉泉院上香，拜揖许愿。梦周想，既然路过不上华山，回去岂不遗憾！遂小声许愿道："老祖佑护，我等众人上山佑护我们平安吉祥！"大眼对小眼，盘缠用完了，上山吃住奈何？大家看梦周只顾往前走，又瞅果斋，说："梦周上山，你们就只管跟着，不行就'化缘'么，哈哈哈！"于是，众人硬着头皮，跟在先生身后，向山上爬去。

这真是一个清幽的仙山。树木葱茏，云山雾海，举目环视，但见群山起伏，苍苍茫茫，云雾飘动，似在梳理着山脉的青丝。忽然间，像滔滔白浪，淹没了深山巨谷，只露大小山峰，如一座座海上沉浮的危岛。一瞬间又浪花飞溅，惊涛拍岸，如此壮观的人间盛景，令大家看得目眩。敬修说："江南风景太纤柔，哪有这种奇伟的景象呢！""震撼！"大家说。

　　众人一边赏景一边议论，猛抬头见一道长迎面而来，翩然已到面前。果斋、梦周看那道长，鹤发童颜，健步如飞，飘飘然若仙人。蓝川先生等慌忙上前施礼搭话："道长，稽首了。"

　　道长微笑还礼，说："几位想必从南方游学而归，腰里没有分文盘缠了，还要硬着头皮上西岳华山？"

　　"老神仙说得太准了，我等南下游学，不巧遇到天雨，路上耽误了时日，求老道长借钱相助吧。"米岩上前去搭话。

　　梦周上前一步，说："我看道长也像翰林出身，无奈壮怀激烈，却仕途坎坷，才上了这座仙山而出的家吧！"

　　道长呵呵笑着，仔细打量这位先生，虽则个头不是最高，略显清瘦，衣着朴素，却谈吐不凡，目光犀利，透着睿智的亮光，定然是个饱学之士，年少时也一定是风流倜傥，于是心中暗喜。便向牛蓝川先生道："贫道虽无万贯财资，但身上也有几个零星银两，足够尔等三五日用度。"

　　道长捻着长长的花白胡须，继续说："不过，我得出个题目考考，如果答对了解囊相助，银子全给你们，也不用归还了；如若答不上来，咱们萍水相逢，各自西东，休怪贫道我爱莫能助了。"

　　大家当下面面相觑，蓝川先生再上前一步，一口答应下来："道长请出题目吧，我就来撞撞运气！"

　　道长说道："啥啥喜？啥啥恼？啥啥多？啥啥少？"几个学生听到笑了："就这问题？"叽叽喳喳了半天，却答不上来。再看元勋先生，再看看米先生、马先生，仍然无言以对，目光集中在蓝川先生身上。

　　蓝川先生并未苦思冥想，急忙上前再施礼，不慌不忙走近两步，不紧不慢地说："借钱喜，还钱恼，小人多，君子少。"说罢仰面抚须而笑。

老道听了，拊掌大笑道："先生答得好，答得妙啊！"他一边赞不绝口，从腰间拿出一个袋子，里面有数十枚铜钱，赠给梦周，说："你一定是蓝田的才子牛梦周，牛兆濂先生！"大家顿时惊呆了，还要问话，道长已经哈哈笑着，瞬间，飘然去远了。

一行人的游兴一下子被逗浓了，大家觉得口渴，一口气登上华山顶峰。到一座道观前，见有一池碧水，一位道长出现在眼前，问他，答道："天池也。"便有弟子小心服侍，几位先生进去上香，施礼毕。道长铺纸磨墨，取来狼毫，笑着言道："师傅三天前嘱咐过，今日有贵客到来，请留下墨宝，果真……"说罢，端上香茶。

大家瞅蓝川先生。蓝川先生也不谦让，提起笔来，一口气写出一首诗来，众人围拢上来看时，乃是一首七言绝句：

踏破白云万千重，仰天池上水溶溶。

横空大气排山去，砥柱人间是此峰。

"'横空大气排山去，砥柱人间是此峰'，真有气势，好诗，好诗啊！"道长看见落款，写下的是"牛蓝川先生"，这位牛先生气度不凡，正是师傅所说的贵人，惊叹不已，意欲上前搭话，牛先生已和一行人去远了。

大家游遍了华山五峰，尽情尽意，兴致勃勃地游玩中，把南方的不快事体遗落在山路上，抛洒得无影无踪了。

第三十一章　心归芸阁

> 水墨秦岭依然是一幅十分耐看的山水画，画面生动而又含蓄，始终忠贞不渝地挂在横岭的东南。蓝川先生南归前，他的心早就回归芸阁了，他竭力摆脱从南方带回来的不快。

牛梦周回到蓝田灞河川道，川道的春天已然去远，川、原和岭上的酸杏、毛桃都即将熟透，梅李也由青变黄发红，又由红变成紫色。桑树底下落下黑刷刷的桑葚豆儿，柿子花儿开了，有孩子在树下拾桑葚，有的则把柿子花拾起，用麦秆串成串儿，没有落下来的柿子花儿，干成一个个干瘪瘪的壳儿，像戴了个小小的帽子，青果则隐藏在浓密的树叶里，也有零落到地上的，微风中偶尔发出"乒——"的一声。除了柿子树、核桃树，槐树楸树桐树等杂木，扯起大片大片的浓荫，一派夏日的风光。

水墨秦岭依然是一幅十分耐看的山水画，画面生动而又含蓄，始终忠贞不渝地挂在横岭的东南。蓝川先生南归前，他的心早就回归芸阁了，他竭力摆脱从南方带回来的不快。这天在秦岭脚下的玉山书院会讲，会讲一结束，梦周没有在玉山书院吃饭，急忙忙地赶回芸阁精舍。从南方回来后第一次会讲，让他的心境彻底好了起来，那些在南方惹下的晦浊之气烟消云散了。清璋媳妇从娘家来，带了一些蓝田的"神仙凉粉"，先生吃了不断夸"香"，清璋说："大，这段脾气温和多了！"于是他对清璋说："清璋，大极想回一趟鸣鹤沟。"清璋说："行么，我正好有空！"

蓝川先生换了一身干净的粗布衣服，这是一件粗布对襟汗褂儿，牛支氏蓝玉做的，比南方先生穿的西服顺眼多了，衣服旧了，但穿上还很平整，他穿好了，对着镜子说："粗布咋了，照样也能穿出关中大儒的斯文！"蓝川先生穿好衣服就准备出发，走过川道里的一段平路，拐了两个慢弯，刚上到半岭的坡上，一个小伙子冒冒失失迎面走来，见到他话不搭话，趴在地上就磕头。梦周忙问："小伙子快起来，你磕的哪一门的头嘛？"小伙子说："牛先生叔，我大叫我来找你，你快救救我！"蓝川先生莫名其妙，问："娃，你是哪个村的，快起来给我说，你大叫个啥？慢慢说，究竟是咋回事，不说清叫叔咋搭救你呢？"小伙子站起来，毕恭毕敬地说："我是新街西边宋家寨村的，我大叫宋栓虎，他叫我到县城书院寻鸣鹤沟的牛圣人，我家的牛丢了，您给掐算一下，看能不能找回来！"

小伙子把丢牛经过详细讲说一遍。梦周说："原来如此，你确定牛是半后晌被偷走的？"小伙子说："先生叔，我敢确定，是半后晌！"蓝川先生沉思片刻，从褡裢里拿出纸笔，开了一药单方，嘱咐道："小伙子，你拿去抓药，熬了服用。"小伙子挠着头直纳闷，丢了牛又不是看病，开单方干啥用呢？想再问，牛先生已背着褡裢走远了。憨小子百思不得其解，赶紧回到家，一五一十地对他大栓虎说了。栓虎骂道："牛圣人说的话，你狗日的敢不听！他老人家咋说你就咋弄，不听，小心我砸坏你的腿……"牛是一半子家当呢，靠牛给结婚呢，小伙子咋敢怠慢，赶紧照方抓药，回到家后，按先生的嘱咐，晚饭后将药服下。

哎呀，先生开的那是极猛的泻药，服下后没多长时间，肚子开始不得安生，一次紧似一次，不断地往后院茅厕跑。半夜时，小伙子又入茅厕，忽然听见自家牛的叫声，真的好熟悉，没错，就是自己家的耕牛。小伙子提着裤子急追出去，大呼小叫，四处乱喊。偷牛贼心怯，听到小伙子的喊叫，把牛扔在栓虎的后墙外，自己走为上策，偷牛贼迈开步子跑了。

蓝川先生当晚住在鸣鹤沟，天刚亮就起床在路边转悠，眼前不时出现南方几位先生的蹩脚神气，只见一个小伙子提着一包礼物跑来。蓝川先生问："小伙子，是不是没找到耕牛，还吃了极猛的泻药？"小伙子说："先生叔，你真是圣人，牛找到了，我大叫我来谢你！"先生笑着说："你大太多心，好吧，叔收下礼物就是了，我娃赶快忙去吧！"蓝川先生接过礼物，是一包点心。小伙子却不肯走，手摸着脑门支吾了半天："先生叔，能不能告诉娃，找牛为啥叫娃吃泻药呢……"蓝川先生笑了，说："瓜娃，你想想，丢牛在大白天，又是半后晌，偷牛贼敢偷，却不敢带牛走远。牛体形高大颜色明显，容易被人发现，又走得很慢，此贼一定把牛窝藏在谁家，待夜静人睡之后才弄走。吃泻药，哈哈，就是让娃晚上不要睡懒觉，频频出来乱跑，不就容易发现牛了。娃呀，叔也是据理推断，我哪是能掐会算，以后再不敢'牛圣人'着叫！"小伙子把先生佩服得五体投地，又要下拜，被牛先生挡住了。这小子嘴上没有把门的，出了门逢人便说，到处乱讲，把吃泻药寻牛的事传得沸沸扬扬。

川道里进入夏季，不长的时间里，一连降了几次雨，灞河连涨过两次水，水势虽都不是很大，却在好长时间声威赫赫。水势渐渐退去后，河水又清澈见底，像一曲美妙的曲儿。蓝川先生仍在筹谋重修芸阁的事儿，敬修辑成的《蓝川文钞》续四，已放在桌上许多日子，他都顾不上去看，再剩下最后一遍校勘，就可以拿去刊印了。

　　"蓝川先生在吗？"声音咋这么熟悉，会是谁呢？蓝川先生慢慢放下笔，来的正是茂陵张氏兄弟。他们直接往家里走，蓝川先生迎上去："呵，哪阵风把你们两个吹来的？"果斋说："那还用说呀，当然是西风么！"梦周说："指不定是仁斋兄去拜丈人，路过这里吧！"仁斋说："哪敢啊，至今还没谢媒人呢！"梦周说："学兄学弟都是兄弟，一别数月又远道而来，让人好想念呀！"一把拉住仁斋、果斋的手说："自家人就别站着了，快到里间喝茶吧！"

　　清璋媳妇牛于氏端茶出来，见过张家两位叔、伯。元勋问："听长兄说，芸阁精舍近年求学者增多，生舍不足，难以容纳，蓝川先生可想好应对之策？"梦周说："哪有啊，近来外地求学者骤增，生舍已经不堪容纳，南行之前就和仁斋兄计较过了，至今尚无着落。"元勋说："学兄啊，芸阁学舍，乃兴学之地，咱们力倡正学，弘清麓先师学宗，果斋愿为学兄再度奔走！"仁斋说："《诗·小雅·南山有台》言，'乐只君子，邦家之基'，你我兄弟，自关中书院相遇，大你一十六岁，交往不是一日两日，到今天已是生死之交了，就共同想想办法！"

　　"梦周先谢过兄长和学弟，谢过二位自始至终鼎襄相助！"梦周让清璋媳妇在家里准备便饭，张氏昆仲就在家中用饭，畅谈了一些南北学界的差异，西安城里谁又当了督军，又回到修缮芸阁的事上，梦周说："县城朋友陈铭诚愿意捐助，扩修芸阁所需资金尚多，还没有仔细计较。南归以来，四方求学之士，与日俱增，各省籍都有，还有朝鲜、日本的生徒。有的求学者，年龄比梦周都大，大老远的前来，循循虔敬，执弟子之礼，让我内心十分感动！"果斋说："学兄不必忧虑，我和兄长大力支持，笃定亲躬，诚心会感动上帝的!"

梦周领仁斋、果斋在"四献祠"周围看了一遍,就修改房舍计划了一番,午后又谈论了一通文章。看看天色不早,张氏昆仲才起身告辞,门房朱氏送来鲁斋一封书信,拆开乃是杨克斋、刘时轩两位先生故去,三人不胜感叹。

张氏兄弟执意要回去,梦周也不便多留,送至蓝田县城西关,一轮红日已经西斜,仁斋、果斋昆仲拱手,启程回茂陵去了。

夕阳从地平线上落下去,溅起了满天的红霞,晕染着夏日的鹿塬和横岭,也晕染着秦岭和灞河川道,自从南归芸阁以来,增扩芸阁之事让梦周早晚筹思,他在房间里算来算去仍然没有头绪。正在一筹莫展时,芸阁的门被再次敲开,梦周问:"您找谁?"来人说:"先生,我是来专门找您的!"梦周看着对方浓眉大眼,文雅干练,忙问:"找我有事?"来人笑了,说:"牛先生,您可能忘记我了,我们见过面,也说过话啊!"梦周眼睛一转,说:"陈铭诚!嗬,看我这记性,想起来了,竹轩先生的外甥,陈铭诚!"铭诚说:"正是的。我曾给你说过,学问上的事只管问您牛先生;办学舍的事,尽管找我陈铭诚!"梦周说:"对对对,你和我的一个河南学生同名,上次给你舅写的悼词,正是你来西安鲁斋祠取的!"铭诚说:"是的是的,先生增扩芸阁,我想还是和上次一样,小弟拿出启动资金,再号召捐资,不足部分由小弟包圆,先生你看如何!"梦周说:"当然甚好啊,只是让你老弟破费太多,往后我拿啥补偿你呢?"

铭诚笑说:"铭诚现在改做木材生意,盖房所用木材,全部由我提供,我舅临终嘱咐,交人就交牛梦周先生这样的人,'学做好人'。先生,您马上就拟写一个《蓝田吕氏四献祠增广学舍募启》,

我提前给各处张贴。"牛于氏端上茶来，梦周和铭诚坐下喝茶深谈，直至满天星斗，银河闪闪。

蓝田县长李惟人，从陈铭诚处闻知芸阁精舍增扩修缮，即到芸阁找到牛蓝川先生。李县长说："先生虽非县府中人，但我在蓝田主政，效仿焦雨田的慨然，也以兴学为先务，你和县府素有瓜葛，渊源至深是割不断的呀！"梦周说："我只说焦云龙之后，怕再无雨田了，李县长支持兴学，让我不胜感激涕零！"县长说："不不不，蓝川先生过誉了，我哪敢跟这位贤令比，增扩芸阁精舍，兴办我县邑教育，理所当然，本人自愿捐两个月廉俸，先生务必收下，仪式要举办得隆重，到时告知本县！"

民国九年七月，计划增扩芸阁典礼日益临近，蓝川先生正校勘《蓝川文钞续四》，忽然又想起了李县长，自语道："也是一位贤侯！"先生放下书稿在房间感叹，老朱告知，兴平张氏兄弟到了，梦周即喊来泽南、儒林，在芸阁备茶，仔细商量增扩兴教盛典的细节。忽听门外有人声，"牛先生，恭喜了！"大家急忙看时，进来的又是陈铭诚。梦周问："嗬，铭诚，先说说喜从何来呀？"铭诚说："先生，维人县长把此事电告陕西督军，陈树藩也要来参加典礼。督军的钱款已经下拨，新任陕西省省长刘镇华也为此拨来款项，听说数目不小！几位先生都在这儿，典礼一应招待应酬，一切费用包在铭诚身上！"

芸阁增扩捐资仪式和开工典礼午时开始，规制比上次更加隆重热烈，时间为一个时辰。蓝川先生、张氏昆仲、陈铭诚、儒林、润生等，学舍增扩做了周详考虑，增建庠舍草图，加扩式廊崇基，修缮围墙，正规门楼，并作长远打算。本次修缮由泽南、敬修负责，陈铭诚代替舅舅为总监工，张氏昆仲协助监工。

这一天，蓝川先生校勘完《蓝川文钞续四》，在房间静坐品茶，门里忽然闯进一个小伙子，进门就趴在地上磕头。先生问："小伙子，你这唱的是哪出呀，是不是想来上学？等学堂修好了再来，保证把你收下！"小伙子摇摇头。先生说："那你是哪里人，寻我有啥事呀？"小伙子说："我是尚家凹村的来宝，舅家在鸣鹤沟。只因弟弟放牛时贪玩，把牛弄丢了……我大指望卖了牛给我娶媳妇呢，日子都定好了……我大叫我来找牛圣人！"小伙子说着，眼泪都流出来了，爬下又要磕头。

蓝川先生连忙拦住，说："既然你是鸣鹤沟的外甥，小伙子别哭，实话告诉我，谁让你来找我的？"小伙子说："我姑家的邻居栓虎的儿子。我大说，先生是牛圣人，没有不知道的事情，寻到他肯定有办法。"先生打趣说："牛都拴不住，还能拴住个虎，把丢牛的情形细细说来！"来宝破涕为笑，就把昨日丢牛的情形一五一十详述一遍。

蓝川先生听完忍不住笑了。拉住小伙子的手进入房间，取来纸笔，写下几句话。来宝以为和栓虎儿子一样，也是要喝泻药。他认识几个字，一看不是让喝泻药，放下心来。再看，是几句顺口溜，与寻牛没任何关系。心里想，老先生不会开玩笑吧！蓝川先生看来宝还在迟疑，郑重其事地给他念了一遍："进南门，向北走，看见两个人手拉手，你撞开她们的手，你的牛就有，撞不开她们的手，你的牛就早已被弄走。"来宝听了傻笑着，蓝川先生说："来宝，先生帮你，只能帮到这里了，你就按着上面说的去做，接下来就看你的造化了。"说完呵呵笑着到施工工地察看去了。

来宝将信将疑，回家告诉他大，他大说："瓜蛋子，牛圣人说的，赶紧照先生说的去做，肯定不会错！"来宝将信将疑，又不敢怠慢，进了县城南门向北走，两只眼睛滴溜溜瞅着前方。忽见两个花枝招展的女学生，正手拉着手说说笑笑迎面走来。敢撞人家女孩子的手吗？来宝犹豫了。为了寻回牛早些娶媳妇，豁出去了！来宝把心一横，鼓足勇气，从两个女学生中间撞了过去。两个学生猝不及防，被撞得东倒西歪，踉踉跄跄差点摔倒。一个大声喊："臭流氓，快来抓流氓！""快拽，快拉，抓住他，抓住他——""快抓流氓——别让那小子跑了！"

来宝闻听，一下子慌了手脚。四下里喊声大起，来宝撒腿就跑。县城街道不宽，街上的行人并不多，喊声一起，许多人从店铺里涌出来，看热闹的抓人的都有。大白天敢在县城街上耍流氓，贼胆不小！激于义愤的民众群起而追。来宝成了丧家之犬，慌急之下逃入一个死巷子内，前有短墙，后有追来的人群。看看无路可走，心里埋怨道，什么狗屁圣人，出的这馊主意！容不得他多想，来宝就来一个狗急跳墙，一纵身从短墙上越过，双脚轻轻落入一个园内，落在一堆软软的肉嚷嚷的东西上，低头一看："啊呀！我的妈呀，这不是我家的牛嘛！"

来宝喜出望外。追赶的人这时从巷道涌出来，来宝他大和来宝姐夫领着亲戚乡邻，急急而来，他们拿出先生那张纸，忙给众人解释，来宝红着脸牵着牛，向刚才那位女学生道歉。大家问明了原委，也不生气，只哈哈大笑，大家都夸蓝川先生"真乃神人"！这件事被越传越神乎，许多人增枝加叶添盐加醋，在川道里传说成几个版本，又从蓝田川道传到很远很远。

芸阁添建庠舍数楹，眼看着工程已近尾声，蓝川先生甚为惬意。芸阁精舍内有泽南、敬修，外有铭诚鼎力协作，张家昆仲、宋子嘉、王海山、杨仁山等人，朝夕巡视，不辞辛劳，一切修缮工程进展顺利。蓝川先生想，芸阁当初开启之时，房子盖成就招收生徒，聘了先生就开办了，如今经过这么多年，生徒已有数百，增扩修缮惊动县府、省府，修成之日庆典必不可少，如何别开生面，不落俗套呢？梦周思来想去，尚无一个主意，就在心里念叨，三原二张咋还不来呀。

"蓝川先生——"大清早门口有人喊，他急忙开门出来。"哈哈，真是陕西地方邪，果斋学弟，正在念叨你，你就来了！"果斋说："遵长兄之命，坐了个三原东来的顺车，兄长知道你在想啥！"梦周摆出小桌，取出茶叶沏茶，说："学弟督修芸阁，扩建生舍，劳苦功高！"果斋说："兄长知你要搞个落成典礼，别具一格，还要不落俗套，对不对呀！"梦周说："知我者二张也，正为此大伤脑筋呢！"

果斋说"学兄还记得吗？芸阁扩修之初，'盖闻崇先哲之宫墙，原以起后人之钦仰，而培一时之风化，实有赖众正之扶持。'这是你写的《募启》的开头一句话吗？"梦周说："对呀，正是开篇，学弟有何高见？"果斋笑了，说："当时是开首的初建，现今是增广扩大，目的都是一致，钦仰先哲培育风华，而动起工以来，则有赖众人扶持，你说对不？"梦周说："对呀，学弟说得极是！"果斋喝着茶，说："这就对了。家兄之意，和前次一样，'劝善规过、化民成俗'正是吕氏祠。当以讲《乡约》为庆典，使弦诵之声，不绝于道，从而昌明正学，可拭目而俟也！"梦周说："知我者莫过于兴平二张也，好好好，就依兄长之言。"

果斋用过午饭，一同到学舍各处看施工，又坐在新修的花坛，果斋说："学兄，如今《吕与叔芸阁礼记传》《吕氏遗书辑略》《秦关先生拾遗录》均已编印，流布很广！"梦周说："梦周不敢一个人居功。自张子宣道关中，吕氏昆季继而光大，故少墟《关学编》，即次三吕二张之后。"果斋说："是啊，三吕和秦关都出在蓝川，续理学应始于伏羲，那就更在蓝田！伏羲开启千古文明，学兄作为清麓弟子，始终恪守程朱，不维承洛闽，严守恩师学宗，实蓝田之学也！"梦周说："学兄夸我还是羞我！茫茫坠绪，时断时续，今我等垂垂老矣，尚仍重任在身，夙兴夜寐，这是难以承受之重呀！"

不知不觉太阳西斜，蓝川先生取出《芸阁学舍记》初稿，说："学弟帮着斟酌斟酌，字句再加推敲！"果斋细看，见梦周此篇笔法恭谨，文字动心，立即吸引了他：

芸阁学舍记

天地之心，寄乎人者也，然必其人之学，有以深得乎天地之心，斯其人足重，即其所居之地亦与之俱重，天地之心且因是而传之。此芸阁学舍所以至今存也。

芸阁者，乡贤宋吕与叔先生号也。吕氏昆仲，祀乡贤者四人，而与叔光绪中且升祀孔庭，其学渊源程张，深见许于朱子，不可谓非得天地之心者矣。……

元际只读开篇两段，就大为震撼，击掌叫好。梦周说："学弟仔细读来，斟酌文句，莫叫贻笑大方！"果斋继续读下去：

……吾友茂陵张元际会讲过此，谓此祠乃关学所系，不可缓。偕弟元勋倡捐督修，即祠为兴学地，美哉！始基之矣。己未岁，兆濂伴读其中，而李知事惟人莅止，慨然以兴学为先务，乃自捐廉俸，请之上台陈督军树藩，为拨巨款。未及兴工，刘省长镇华继之，先后拨款，数又倍焉。于是添建庠舍，式廓崇基，而芸阁学舍，于焉托始。逊书院之名，谦也。又将大辟门堂，为谋经久，未及讫工而解组以去，今且十余年矣。

果斋读到此处，停了下来，看看梦周目光坚定自信，又十分期待，就继续读下去：

……孔子之言，为司教育者所不敢道，学舍一椽，赖先贤在天之灵，岿然如故，俾来学于此者，有所藉以诵法孔子，而存天地之心，夫非其厚幸欤？则且进诸生而告之曰："学者，所以学为人也。人道非圣人不能尽，为圣非孔子不能至其极，天生孔子以明人道，此天地之心也。今孔子之学为世诟病，天地之心几乎息矣。意者留此先贤读书、讲约寻丈之地，为中原绵一线人道之传，慎勿谓一二书生无与于国家存亡之故也！尚其抱孔子之经，日夕熟诵而身体之，以淑诸身，以教诸人，期不失圣人立言之本意，庶经存斯道存，天地之心于是乎立焉。此吕氏之灵所默佑，亦肇事、增新诸贤达所祷祀而不敢必者尔，诸生勉乎哉！

元际兄弟读罢，不禁拍案叫绝，随手还给蓝川先生，说："蓝川先生已经心归云阁，乃涵养天地之心也，不用改一字，好了。"

浏览《芸阁学舍记》记述简约，气韵流畅，果斋称是妙文一篇，学兄用生花之妙笔，记学舍重修之盛事，实则明道而励志也，恣情挥洒。遂嘱咐梦周多抄一份，送与仁斋长兄，便起身告辞，回茂陵去了。

俗世中有俗事，意想不到的是佩申的奶妈来找，说是给女子瞅了一门亲，说的是宋家河的人家，也不是大户财东，更不是书香门第，连个耕读传家都谈不上。奶妈说的亲事，女儿佩申居然没有拨茬，三下五除二就订了，年底就把佩申打发出去了。梦周把自己的几本书，算作是陪嫁给了孩子。

第三十二章　白菊高洁

陈车夫眼含泪花，趁蓝川先生没注意，"扑腾"跪了下去。先生把他拉起来，说："这娃，叔平生最恨的就是仗势欺人，真是这样你别怕，赶紧起来，叔马上就给你写！"先生从褡裢里取出一个小砚台，说："快磨墨！"

灞河川道进入九月，秋风开始给川原着色，也给横岭涂抹上斑驳的色彩，东川的水田里，稻子弯腰微微泛黄，正在一天天走向成熟。今年这里的冷水稻子长势不错，一穗穗籽粒饱满。鹿塬上，横岭和山根下的坡地，谷子糜子与大多秋杂粮，已经基本收获，回茬苞谷的壳儿多数发白，金黄的颗粒情不自禁地露出脸来。坡地里的黄豆，这时候叶子片片泛黄，在秋风中纷纷飘落，圆鼓鼓的豆角儿，如待产的孕妇，想开"口"说话。今年难得的风调雨顺，对蓝田各处的庄稼人来说，盼的就是个好收成。

蓝川先生从宏仁书院会讲回来，放下正校勘的《蓝川文钞续五》，顾不上劳累乏困，想往清麓书院走一趟，然后到茂陵去看望一下学兄仁斋。同学兄身体不好有些日子了，无论如何，也得腾出手去看望他。辛亥之后，关中的书院剩下的寥寥无几，正谊书院乃道脉所系，会讲当值是刻不容缓的事。梦周进屋正换衣服，老朱送来了一封书信，他打开一看，跌坐在板凳上，一阵头晕目眩，半天说不出话来。当然是个不好的消息，刘吉六、张藩臣二位先生相继去世，来日无多，干啥事都必须抢抓时间……

蓝川先生坐了片刻才缓过神来，换好布鞋扣好衣服的纽扣，取下柱子上的褡裢，往脊背一搭，准备动身上路，学生李铭诚风尘仆仆地赶来，和他迎面撞了个满怀。铭诚问："先生，您准备外出吗？"先生点头说："铭诚这么远来了，我就不能走了。"铭诚递上带给先生的茶叶，显出惋惜的神情，说："铭诚耽误了老师。"梦周说："铭诚啊，你从河南老家来的？我上次东去南下，很想让你也去，可惜不知你的落脚之处。南归后常念叨你和凤临几个，你来了就好！铭诚，你办的书院如何呀？"铭诚说："先生，子慊这段时间心里很郁闷，中原战事频仍，民国政府注重新学，我看道脉传承，应在关中西府，子慊想去西府，以承继先生之学！"

梦周说："铭诚呀，如今天下攘攘，老师还是那句话，孔子集群贤之大成，朱子集群圣之大成，言道而不衷朱孔，此为乱道也；言孔道而求异于朱，此为妄言也。欲学孔孟，非由程朱入门不可！"铭诚说："先生，子慊谨记于心了！"敬修听说铭诚来，急忙赶了过来，把先生沏好的茶端上来。梦周和铭诚喝茶，先生说："你们两个都记住，修德为学，论人宜宽，办学宜严，差之毫厘谬以千里，为害甚大，不可不慎！"铭诚、敬修都点点头。梦周接着说："我给你们两个说过，读书重《小学》《集注》，为什么？"敬修摇摇头。先生说："《小学》是朱子所编，是读四书的阶梯；《集注》是孔孟程朱的合一，你们想想，孔孟之经朱子注之，字字句句都是垂世立教之大法，他不只是解经之书，非熟读精思不可！"铭诚、敬修点点头说："学生记住了。"

好久未见，蓝川先生留铭诚吃过早饭，铭诚要去凤翔，就嘱敬修替他去送铭诚，铭诚离开后，就拿起行李和敬修往三原去了。

刚出蓝田县城，一个小伙子匆匆赶来，一把将他拉住，口称"牛圣人"，急忙倒头便拜。蓝川先生连忙拦住，说："你到底是哪个村的，起来说话，到底有啥事？我要出远门，急着赶路呢！"小伙子说："我是个吆车的车夫！"梦周说："娃呀，我只是个教书的先生，无职无权，仅凭一颗良心教学，给你办不了啥事！"小伙子急了，说："你就是牛圣人牛才子先生，我家在蓝关镇，姓陈。"车夫又要下跪，被蓝川先生死死拦住，说："好，照直说吧！"两人在路边坐下来，梦周放下褡裢。车夫委屈地说："先生叔啊，我靠赶车养家糊口，今出蓝关镇下陡坡，一个劣绅的家犬突然跑到路上，车子刹不住砸死他家一只狗。这财东常拿畜牲赖人，说他的狗是什么名贵狗种，人比狗还刁！我只是一个穷人，拙嘴笨舌说不了话，一百张嘴也说不过他……就是倾家荡产，也赔不起他的狗。我舅家在鸣鹤沟，我舅给我大出主意，让我找牛圣人写一个申冤大状……您千万要答应我啊！"

陈车夫眼含泪花，趁蓝川先生没注意，"扑腾"跪了下去。先生把他拉起来，说："这娃，叔平生最恨的就是仗势欺人，真是这样你别怕，赶紧起来，叔马上就给你写！"先生从褡裢里取出一个小砚台，说："快磨墨！"就铺开纸，取笔在手，写下打官司的状子："路滑坡陡，车下如雷吼，压死死狗赖活狗，既是活狗为何不走！"陈车夫拿着状子，找到县长李维人。李县长接状一看字迹，知道必是牛才子写状无疑，全蓝田只有他，能写出这样的申冤大状。车夫赢了官司，分文未赔，这消息在川道里一时传开，把先生写状子情状越传越玄，也传成了好几个版本。

梦周和敬修二人到西安后，已是午后，要办的事情头绪繁多，蓝川先生与敬修只好分路，敬修遵照先生吩咐，到鲁斋祠去参加会讲，他自己先去刘吉六、张藩臣两位先生府上，祭奠两位先生，先生已入土为安，在家属的引领下，梦周在坟前凭吊了吉六先生，祭奠了藩臣先生，安慰了两家的亲属，就匆匆离开去了茂陵。

张仁斋先生这回是耳疾发作，视力严重下降，交谈比前费劲多了。梦周放下重新抄写的《芸阁学舍记》，对学兄说："同学兄，现在该称你老哥，东西给你放着，等你视力恢复再慢慢看吧！芸阁从头到尾都有你的功劳，专门给你抄了一份！"仁斋说："你我至交，老兄不敢给大儒摆功，惺惺相惜相互支持吧！"仁斋半开着玩笑。当下唤来张杜氏，要她亲自入厨，给娘家来的大媒人梦周做饭，梦周执意要去清麓，就告别学兄，匆匆出门欲往三原而去。

仁斋在内屋大声喊："梦周——梦周——"梦周已把褡裢背上，又返身回来，问："学兄唤我回来，还有话说吗？"元际说："是的。差点忘了一件事。"梦周问："学兄，何事啊？"元际说："重印芮城薛仁斋先生文集，你不说几句话吗？"梦周说："孙光祖先生也曾有嘱，书前已有清麓先师所作之序，先师的文字、德行，已将精旨发挥到了极致，我还敢再乱说什么呢？"

元际说："梦周，你非说几句不可，不然，我可饶不了你！薛先生独开圣学门厅，抛弃功名利禄，这种过人的见识，就很不一般，你一定得写一篇！"梦周说："他的县邑重印此书，目的是表彰先贤勉励后人，让人深知中华文脉，此种见识也很不一般啊！"元际说："你说得对呀，梦周，正因为如此，我才把你叫回来，他的县邑的范公也是大贤，而你，作为关中第一大儒，不能也不许你再推辞！"

梦周听仁斋老兄把话说到这份上，笑了笑，说："仁斋老兄，既然如此，我就依学兄之言，再作一序，但不能算作书序，加在清麓先师书序之后，充作小引，也就是了。"仁斋说："梦周错了。不是一序，而是两序，一个《芮城重印小学浅解》，一个《重印薛仁斋先生遗集》！"梦周说："哈哈哈，同学兄只管放心，梦周应下的事，绝不会让你失望，你只管放心养好耳疾吧！"

　　蓝川先生讲学地点是在西安孔庙。讲学还没有过半，黄军长就带人在外面等着。刚走出大门，就被军长挡住了，军长已等了几个时辰，见先生走出来，毕恭毕敬地掏出便函，说是陈树藩督军亲笔写的，上面说："牛梦周先生，我是督军部下，想请你到我军部坐坐！"蓝川先生问："将军请我个教学先生，只教书可不问政治，更不懂军事，不知将军请我何益呀？"军长说："先生，前面三番五次托人相请，先生以不喝酒推辞，今个请先生一定得赏光！"梦周说："我一向不饮酒，还是算了吧！"黄军长连忙拉住，说："不饮酒也不要紧，请你到军中给军士讲书？"

　　蓝川先生说："将军，你搞错了，我一向都是面对学生，对军人从没讲过，该讲些什么呢？"军长说："先生，就讲军人保国的大义，就讲军人为民之担当，就讲……可好？"蓝川先生看看军长较了真，就说："黄军长，既然如此，我跟你去，也就是了！"

　　蓝川先生在西安给军人讲学，很快在各个军营中传开，也有了不同的版本，传遍省城西安的大街小巷，也传到督军陈树藩、省长刘振华的耳朵。牛梦周真有那么神乎，军官都听得热血沸腾，督军和省长对此事非常上心，督军嘴里念叨着："牛才子，牛梦周！"他想，这样通晓天文地理、熟读兵书战策的人，能留在身边参赞军机，出谋划策，那就攻无不克战无不胜了！

　　刘省长对"牛圣人"这个词兴趣愈浓厚，就愈想把先生笼络到自己身边，有朝一日能叱咤风云，这样的人物在治世当中，那可是大有用处的啊。

《蓝川文钞续四》校勘完毕时，川道里已十分凉快，蓝川先生磨好了墨，拿起笔的时候，忽然感到眼睛有些不适。他知道自己生过眼疾，眼疼的毛病根深蒂固，以往只是感觉微痛，也就是休息一两天就过去了。于是，他放下笔来，喊来学生敬修，用了药水，然后自己口述让敬修书写，序文终于写完了，敬修把稿子收拾起来。先生决定带上药，回鸣鹤沟老家住上几天，让眼睛好好休息一下。

这天他自觉眼疼缓解，就一个人上到了梁上，视线停在了鸣鹤沟口，哎呀！这整个沟真像个"歪把葫芦"。他观察整个沟里的风水，觉得这沟真的连通了地脉，而且脉气还相当的不错，地形上至少可以避开了西北风，又避免了土匪的眷顾。蓝川先生望着沟里边，松柏密密麻麻的，茂密的树林四季常青，这里有自己几代的先人，父母长眠在哪儿，秋菊和蓝玉也在哪。等眼疼缓解了，他想拿些纸去树丛中祭奠，坐在坟茔间，默默地陪陪他们。

梦周住在土窑里减少用眼，不再看书写字，外用药水和内服中药，第四天就在路上转悠，中午用上药水后在土炕上午睡，眼睛完全闭合，避免风吹日晒，他感觉眼睛居然轻松了许多。这一天，清渊买了火纸，梦周领着清德和孙子瑶田，终于如愿以偿来到坟地，夹着纸走进树林中，逐个烧完了纸，清德领瑶田回去了，他在那两个毗连的坟茔旁，足足坐了一个时辰。

喝完最后一剂中药，感觉眼睛已彻底舒服，就从书架上抽出一本书来，想翻一翻，试试眼睛是不是真好了，忽然听见窑门被敲响。"谁？"蓝川先生语气有点生硬。

"牛先生，我是，陈督军的副官张新胜。"随着说话声，走进一位年轻军官，穿一身崭新的灰色军服，穿戴得十分整齐，看起来挺精干。"有事？"牛蓝川先生倒了一碗水，递给张新胜副官，直截了当地问："张副官，陈督军管军，叫你跑到这沟里，有何见教啊？"

张副官说："牛先生给军官们讲课，我也亲耳聆听，讲得非常精彩，督军也钦慕先生的才华。"蓝川先生说："乡间教学的先生，能有啥精彩可言，有所受教就不错了。到底啥事，副官？"张新胜说："牛先生，先生可能有所不知，督军得到重要军报，山西阎锡山亲率大军，要来攻打西安，阎军人多势大，陈督军非正规行伍出身，闻讯忙而无措，想恳请先生到军中谋划军事，共保古都西安的安全。"

蓝川先生淡淡地笑了，问道："张副官，军国之事重大，我是个教学的先生怎么懂得！军中自有专职的高参谋划，何不问问他们计将安出？"张新胜说："不瞒先生，军中参谋哪里比得先生啊，他们只懂行军打仗，排兵布阵的谋划，哪有决胜千里之外，不战而屈人之兵的胆略？督军对我说，您是当世才子，卓见谋略可比诸葛孔明！"

蓝川先生惋惜道："呵呵呵，陈督军太看得起我了，山沟乡野土窑，一个乡下先生，陈参谋，你回去告诉督军，千万别误了军国大计。"张副官说："先生，督军说鸣鹤沟就是隆中，他决定亲来蓝田，求教于牛才子，已两次登门未能见到。今天我来只是向您通报一声……改日督军亲自来请！"说罢起身告辞了。

一位不速之客走进了鸣鹤沟，此人身材高大魁梧，方脸浓眉，络腮胡子，穿一身黑色中山装，身后跟着八个卫兵。梦周心想，这位一定是陈督军了。唉，增扩芸阁精舍，督军曾拨过巨款，西安城辛亥之后，他也算得上个风云人物。不管算一路神仙，还是以礼相待。

陈督军下马，急忙握梦周手，说："蓝川先生，我十分久仰牛先生！"梦周迎上前去，说："陈督军，我区区一介乡间教学先生，何劳督军屈驾，劳师枉顾！"陈督军说："当初升允看重你，刘省长也说你是关中第一大儒，你不仅是第一大儒，就是当世的诸葛孔明啊！"

蓝川先生说："不敢当不敢当啊，督军和省长都言重了，我就是一个乡间教书先生，承蒙督军如此抬举，让我诚惶诚恐，既到了鸣鹤沟这个穷地方，就到家里坐坐吧！"卫兵站在外面，督军与张副官进到窑里，清渊媳妇搬来椅子，准备了茶水。梦周说："陈督军，请喝茶吧，穷乡僻壤，我这家无长物，真正的陋室，实在是有点寒酸，让你屈驾枉顾，真是委屈你了！"

陈督军说："牛先生，哪里哪里，南阳诸葛庐，西蜀子云亭，鸣鹤沟土窑，唯才子德馨，何陋之有呢？"两人喝着茶，陈督军问到了华胥、伏羲，又问到四吕祠，自然说到增扩芸阁，梦周说："督军和省长都拨款支持，真是感激不尽呀！"督军说："先生办学兴教，移风易俗，名望满关中，小事一件不必言谢，今天登门只为求教，副官给你说过？"

两人正在说话，儿媳兀良璞过来，对蓝川先生说："大，饭做好了！"梦周就岔开话题，说："督军鞍马劳顿，亲来土窑看望梦周，乡下没啥好吃的，家人准备了便饭，督军不要嫌弃，凑合吃点吧。""行，先生盛情，怎好推辞，就吃一回乡下饭吧。"

一张小方桌，端上辣子盐酱醋葱花，即刻端上饭来，蓝川先生说："鸣鹤沟在蓝田也算僻壤，粗茶淡饭招待督军，千万莫怪。"确实家常便饭，陈树蕃端起碗，用筷子夹菜要吃，一尝，菜里没有盐，抬头看看副官，又瞅瞅蓝川先生，有点不好意思，说："先生，今天这菜好像未放盐?"先生看了一眼督军，微微一笑，说："噢，最近眼疾发作，只是些昨日的陈菜，陈菜怕盐呀!"陈树蕃自己放了一些盐，端起碗一气吃完，放下筷子，说："香!农家饭有味道。谢谢先生管待，赐教了，先生有眼疾不便多扰，改日再来拜访。"一行人骑马出沟去了。

陈树蕃一路琢磨着先生说的话，"陈菜怕盐"，自己不是姓"陈"吗，阎锡山姓"阎"，心想："蓝川先生莫非暗示我，自己还没见阎锡山，先吓破胆了，屁滚尿流!"斟酌再三，"孔明先生"说得有道理，遂决定调兵遣将，加强西安城防，军队频繁调动，对外界弄出点动静来，然后放出风去，"让阎老西来吧，陈某人不怕，在西安等着!"阎老西派人探听到西安方面的动静，遂决定不再出兵攻打西安了。

三日后，蓝川先生回到蓝田芸阁，得知西安城平静如常，并未突起战端，一个人在房间里不由"哈哈哈……"窃笑了。

第三十三章　拒奉南海

梦周说："康南海来西安，刘省长让我去作陪，我没有去，还在生康南海的气呢！"泽南说："没去还生啥气呢，你和他又没有打过交道，就把他的丑事说给我听听。"

西安书院几位先生相继离世，让牛梦周感到了时不我待，悄悄生出来的白发，如同鞭子警策他不能懈怠，《清麓文丛》行世并没有解脱牛梦周，反而，一种强烈的使命感催促着他。梦周把敬修辑成的《蓝川文钞续五》校勘时，眼睛再次感到针扎一般疼痛，用药还未见起效，又接连感冒几次，发烧不退，他不得不停下正校勘的书稿。

梦周躺在芸阁土炕上，忽然想到三儿清璋，这家伙不是正学中医呢么，自从完婚以后，更加书不离手，现在也能出去坐堂应诊，何不叫他开个单方试试。让清谧媳妇找到清璋。清璋听说后急忙赶到芸阁。

清璋进门的时候，梦周正好睡着了，就坐在身边等他醒来。梦周猛然听到说话声，睁开眼睛见是清璋，就说："听说你都给人家坐堂呢？"清璋说："大，你平时不大看好我，其实药理一样，全凭灵活用药，用药一个人一个思路，万变不离其宗。"蓝川先生说："大不管你用药之道，治得了病才称得起本事！"清璋先给父亲诊脉，同样望闻问切一丝不苟，然后开了方子，自己拿到药铺抓药。清璋把药煎好，一副分作三剂，嘱咐多喝开水多休息，就走了。

蓝川先生吃了两副中药，感到浑身不再乏力，一摸额头已不烧了，感冒基本好转。儿子清德回来，又跑到清璋坐堂的药铺述说病情，清璋听说再行诊脉，调整了单子又抓了两副，梦周觉得感冒彻底好了。清璋说："这三副药专治眼睛，服法是一样的。"蓝川先生又喝了三副，眼睛居然不大疼了。心里笑说，清璋这小子还有两下子！浑身有了劲，眼睛觉得不怎么疼了，清璋再回来看他，梦周说："清璋出息还真大呢，学医学得有了门道儿，开的方子还真管用！"清璋说："好大呢，我都给人家坐堂呢，看病可绝非儿戏！"蓝川先生说："清璋，大明天要到兴平去，看你仁斋大伯。"清璋说："大，你歇上几天再去吧，眼睛还没好净爽，等好零干了再去也不迟么！"蓝川先生没有言语，清璋就不再说什么了。

蓝川先生收拾好行李，褡裢在肩上一搭，临出门时，和女儿女婿迎面撞上。牛佩申甜甜地问："大呃，你又要出去，听说你病了，赶紧跑来看你，娃来了咋可走呀！"梦周说："我娃来了，大就不出去了，其实大也没啥紧事，就是想去清麓书院看看，再就是想念茂陵你仁斋大伯！"

佩申一进门就闲不下来，一边帮父亲洗衣服，整理床铺被褥，一边说东说西。奶妈瞅的人家，虽算不上殷实人家，也就坡里的薄地多点，平日不用操心饿着。佩申在娘家时，兄嫂多有宠惯，认的字却还不少，也读了好多书。只是在她正上学的年纪，偏偏遇到那场灾荒，乡下也不提倡女子念书，也就只能顺其自然了。佩申的女婿宋继昌，为人老实厚道，念书也认得几个字儿，做庄稼却是一把好手。宋家河村的地多半在岭上，一部分在川道，村子紧靠着横岭。继昌在家里排行老三，和父母一起过日子，父母殷勤日子算过得去。佩申嫁过去懂得过日子，先生就省去了许多心思。继昌把佩申送到，没说几句话，只喝了口水，就起身回宋家河去了。

佩申给父亲做了新棉鞋，从篮子取出来炫耀，让父亲试穿。先生拿在手中，把脚拍打拍打就放进去，说："啊呀，我娃做这棉窝窝，合脚得很！佩申有出息，没人指教做得这么好。离冬天还远着，给大把新棉鞋做好了，有个女子真好！"蓝川先生破例夸奖女儿，一句暖心贴己的话，说得她心里挺舒坦。佩申坐在土炕上，咯哒咯哒说个没完："一听人说大病了，我就放心不下，赶紧跑来看大！"蓝川先生笑说："我娃孝顺，大感冒已经好了，眼睛也不疼了。"佩申说，"明个开始，给你拆洗棉衣和被褥，洗净槌光，让大盖上舒服，没有我妈陪着，真怕你一个人太孤清！"佩申真懂事，学会体贴人了，几句贴己话，说得蓝川先生眼睛潮潮的。

佩申拆洗完芸阁的被褥，和父亲回到鸣鹤沟老家，在母亲坟前烧了纸，见过几位嫂子，又和父亲相跟回到蓝田。佩申说："大，你歇着，今天我给你做饭。"蓝川先生就拿出一本书，坐在门口的凳子上翻看。佩申说："大，你又看书，眼睛刚好转！"蓝川先生就放下书，取出他的文房四宝，准备磨墨写字，佩申又说："大，你又写啥呀，太伤眼睛！"先生笑着，还是没有消停下来。佩申和二嫂做午饭时，他倒在圈椅上睡着了。佩申过来给他换茶水，见他已经睡着，就让他睡到炕上去，喊了几声没有应，就把他的长衫拿来，盖在身上。

牛蓝川先生还是在蒙眬中被唤醒，唤醒他的不是女儿牛佩申，也不是孙子瑶田，而是一位年轻的政府官员，问："请问，您就是牛先生吧？"蓝川先生打量着来人，迟疑了一下，问："你是……"年轻人说："牛先生，忘了告诉您，我姓罗，是刘镇华省长的秘书，省长公务繁忙，不能亲自前来，派我带着亲笔书信。"罗秘书掏出信，恭敬地交给蓝川先生。

蓝川先生拆阅，信上说："名士康南海康有为先生临秦，游学古都。鄙人主政陕西，自当高接远迎。省府要员、社会名流如郑子屏维翰君、毛昌杰君等，尽皆出席。"省长说，"康氏如日在天，莅陕令许多达官显贵、文人学士激动不已，愿先生见信如见雪亚，万勿推托。雪亚事繁绪杂，不能亲往蓝田，请先生拨冗偕道省府。切切专等关中第一大儒牛蓝川先生，专等专等。"

蓝川先生说："罗秘书，康南海先生乃是当世名士，同属孔教，理当奉陪，刘省长如此抬举梦周，我定会到省奉陪，请省长放心。"罗秘书起身告辞："如此甚好，我还有公务在身，咱们就同行吧！"蓝川先生迟疑了一下，说："罗秘书，你有公务在身，我还有点事要亲自处理，我先修书一封，你带给刘省长，我随后准时到省。"

罗参谋装了书信跨马回西安去了。蓝川先生想，让我去陪康有为，让我去西安陪他吃喝游玩，作为孔教中人，我牛梦周绝对办不到。刘省长是为芸阁精舍增扩拨款，支持过芸阁兴学，作为一省之长，称过"关中第一大儒"，赞过"师门第一功臣"，这又怎么样呢？省长权倾一省也罢，个人私交也罢，各人有信守的做人做事原则，信守原则就是守道！蓝川先生终于想出了一个主意，不想得罪刘省长，只有托病不出。

牛先生不想见康南海，是不欣赏康的为人，不想奉陪康南海，就势必驳回刘省长的面子，到时候还是得罪了刘省长。梦周坐着喝茶的时候，脑子里冒出一句诗，"秦人尚气节，关学重反省。"本不愿得罪一省之长刘振华，但着实瞧不起康有为的人品，在做人问题上，守道同样要严！梦周记得的几件事，足论康南海人品不佳，丁巳复辟时有耳闻，康和他的学生梁启超关系弄僵，师徒二人甚至一时弄成敌对，启超曾说，"康之为人，无足取也。"启超还说，"老师之为人行事，愈到后来愈恶劣"。启超先生都这样看他的老师，说明一个致力孔程周朱的人，须执品格之高、操守之严、学术之纯、存心之虚，像康南海这副德行立足儒林，让人如何心存敬佩？

刘镇华省长在省府见到罗秘书，却没有见到关中第一大儒牛梦周，只带回了牛梦周的一封书信。省长还没拆封读信，心里就有十二分的恼火，他把罗秘书当面臭骂了一顿。省长转念一想，关中第一大儒牛蓝川先生不来，或许也有他的道理，看看信上咋说。不管理长理短，哼，第一大儒是自己说的，狗屁，也太不给刘某人面子了！省长刘镇华脸上无光，心里十分窝火，仍打开了牛梦周的书信，哼，关中第一大儒牛梦周对自己还心存感激，这牛梦周眼疾卧床，肯定是在借故托病。也罢，当年也不给皇帝的面子么，升中丞面子也被屡屡驳回么！哈哈哈，也罢，一省之长气量要大度，何必和他较一时之短长呢！

刘镇华没生蓝川先生的气，反而对蓝川先生的骨气十分佩服。省长不生牛梦周的气，梦周却在家里继续生康南海的气，女儿佩申叫他吃饭，见他并没有看书，一个人如痴如呆地坐着，一句话也没有说。佩申问："咋啦，大，又生佩申的气呢？"梦周说："没生我娃的气呀！谁的气也没生，我在生自己的闷气，哈哈哈，吃饭。"午饭后，梦周还感到烦闷，一个人默默地走出芸阁，出县城南关，一步步向灞河走去。

康南海究竟长啥样子，他并没有见过面，只知道比他大九岁，由光绪到宣统再到"中华民国"，他始终是风云人物。记得他原名叫祖诒字广厦，家住广东南海县丹灶苏村人，故而人称康南海。"先生，怎么一个人在这儿？"先生听见有人问，回过头来，说："润生，你怎么来了？"泽南说："听老朱说你一个人去了河边，就寻着来了。"梦周说："碰到了一件不愉快的事儿，出来散散心。"泽南说："老师，什么事儿？说来听听。"梦周说："康南海来西安，刘省长让我去作陪，我没有去，还在生康南海的气呢！"泽南说："没去还生啥气呢，你和他又没有打过交道，就把他的丑事说给我听听。"

梦周说："道不同也，南海是官僚家庭出身，咱们都是穷苦出身。光绪五年南海接触西方文化，十四年，参加顺天乡试，上书皇帝请求变法，十七年在广州设万木草堂，收徒讲学，二十一年《马关条约》签订，联合一千三百多举人公车上书。二十四年变法，失败后逃往日本，这些经历本无可非议。他自称持皇帝衣带诏，组织保皇，辛亥之后，他又反对共和，谋划拥立溥仪复位。民国六年，和张勋一起发动复辟，拥立溥仪登基，再后来被段祺瑞的讨伐，流产。"泽南问："先生是说他的人品极不地道！""正是的。"

梦周又说了一件事。光绪二十三年初，康南海第二次来到桂林讲学，春三月到达桂林，由唐景崧、岑春煊介绍，在明秀园拜会陆荣廷。唐、岑二位均是荣廷的师爷、老上司。在明秀园的"别有洞天"亭中举行私人宴会。酒过三巡，他见亭子的一块牌匾，上书"别有洞天"字样，就打趣地问："'洞天福地'是道教徒的热门熟语，您是信道教，还是佛教？"陆荣廷也望了望那块牌匾，摆摆手笑道："我既不信道，也不信佛，就是师公我也不信！我只信牛教！"康南海大感奇怪，忙问："世界上哪有什么牛教？这到底是什么宗教呀？"陆荣廷郑重其事地回答："牛教吗，是我陆荣廷在龙州时创立的。"他更加诧异，用广东话问道："您创造这牛教，咋解呢？"陆荣廷听了，哈哈大笑起来，喃了一首壮语山歌做解释。康南海洗耳恭听，甚觉莫名其妙，又用广东话说道："唔知！唔知！"陆荣廷接着也用不甚标准的广东话说："有乜嘢难知嘅！"然后马上用柳州话接着说："这首山歌说：牛有四个胃，体壮力强，干生全咬碎，消化不慌忙嘛！"康南海哈哈大笑起来，说："这是民间歌谣，哪是什么宗教嘛！"

陆荣廷的脸严肃起来，一本正经地说："说实话，我陆荣廷是个大老粗，世界上的事懂得少，什么宗教不宗教，我一窍不通，我只看到农民养的耕牛本事大，干草、枯草、嫩草、老根一起吞下肚子里去，饱了就蹲在树荫下慢慢再吐出来，七咬八嚼，再吞下肚里消化它，不也有力得很吗？"他停了停接着说，"孙中山先生派人来找我，教我实行三民主义；梁启超前不久也来找我，叫我搞什么造反主义；现在您来找我，教我大搞什么改良主义。"泽南说："先生，你是说他卖弄时遭到了奚落？"

梦周说，"是的"，然后又讲了另外一件事。"衣带诏"本是光绪会见杨锐时，写给杨锐的，上面有"尔其与林旭、刘光第、谭嗣同及诸同志妥速筹商"等语。康南海说他受了"衣带诏"，康南海认为诏书上的人已死，死无对证。可是他万万想不到，杨锐被杀后，他儿子杨庆昶扶枢回四川，趁机将其缝在四川举人黄尚毅的衣领中，带回了老家，又拿出皇帝的手书。泽南说："铁证是伪造不了的。"梦周说："哼，这人逃到海外后，就拿这衣带诏欺世盗名，不知敛了多少横财呢！"

泽南又问："先生，您是说他欺世盗名的臭事，还有吗?"
"有，一个读书人，卖弄学识，欺世盗名，这样的事还多着呢！"
蓝川先生愤愤地讲起了另外一件事。康南海落魄到了上海，天天
狎妓，却无钱偿还嫖资。久而久之，妓家知道了，一群妓女到他的
客栈索取嫖资，读书人康南海甚觉没有面子，赶紧往广东逃。上
船时各路妓家都找到船上，搜了半天找不到他。船开了，有水手
看见船板内有个人，大惊，忙唤众人来看，正是大名鼎鼎的康南
海先生。有人写诗讽之："避债无台却有舟，一钱不值莫风流"。
民国七年春夏之际，康南海游玩杭州，这位"圣人"竟挟妓游湖，
在湖上乘兴作诗一首，开头是"南妆西子泛西湖，我亦飘然范大
夫"。他把妓女比作西施，把自己比作范蠡，真是斯文扫地，已被
传为笑柄了。他在湖上泛舟闲游，见一位妙龄女郎浣纱，疑是西
施再世。一打听此女原来名叫张光，年仅一十八岁，尚未婚配。康
南海居然托人赶紧提亲，张家人见他年逾花甲，婉言相拒。南海
坚决要求，媒人尽力撮合，家境贫寒的张家最终点了头。民国八
年，康有为在上海举办婚礼，亲朋好友尽皆道贺，唯独妻妾儿女
缺席抵制。

蓝川先生讲到这里，不由自主笑了，说："润生哪，你说康南
海算是什么读书人，他算是什么孔孟传人！真是有辱斯文。要我
到西安去陪这种人，下辈子也休想！"天上已经有了闪烁的星斗，
一阵凉爽的晚风吹来，梦周抬头望望天河，泽南说："先生，咱们
回吧，您感冒刚好，小心着凉了。"

蓝川先生从灞河岸边往回走，一路留意天河星象，无意间从天
河里发现了一个秘密，根据天象判断，预计今年雨水充足，岭塬

地适宜种豆。梦周第一念想到的不是自己家几亩薄地，也不是宝贝女儿佩申，更不是自己的族人和亲戚，是鸣鹤沟，横岭，乃至川道里的斯世斯民。那些年，在年馑中面黄肌瘦的身影，那些活活饿死的凄惨场景，给他留下的记忆是刻骨铭心的，永远也不会忘记。

如何把这个重要发现不露声色地传递出去？这是研读《易经》人的忌讳，焉能不知，左想右想他犯难了。不能大张旗鼓地去给乡约们说，他极不乐意人称"牛圣人"，这样做只能适得其反，肯定不行，肯定不行！走到家门口，办法还没有想好，"大——喝汤（吃晚饭）！"佩申喊他吃晚饭。听到女儿甜甜的叫声，点点头笑了，蓝川先生登时有了主意。

蓝川先生对佩申收拾的晚饭，赞不绝口。佩申说："大，今年我家准备栽二亩稻子，到时候碾上新米，先给大送些来！"蓝川先生没有应，吃喝完毕，他对女儿说："佩申，你晚上睡你妈的火炕上，我娃早点睡。大睡东边的书房里去，晚上要写点东西，睡得迟。"佩申应了一声，蓝川先生就过东边的书房里去了。

没有去西安奉陪名人康南海，蓝川先生反而特别兴奋，他从书架上拿下白寿庭先生和灵泉学兄的书信，今晚上就着明月清风，先给二位学兄写封回信。两封信还没写完，忽听到窑门"吱"的一声，他知道一定是女儿去如厕，就放下笔出来，站在门外继续观星。装出没看见女儿佩申的样子，望着满天的星斗眨眼，自言自语道："天河南北，夏凉割麦，大灌小能吃饱，秋后家家户户能把豆儿炒，哎呀，今年豆儿要成了！"

"我大说今年'豆要成了'！"佩申说，她以为父亲在给自己说，返身站住。回头见父亲仍仰观天河，似在自说自念，并不是给自己说话，就径直进里屋去了。蓝川先生回到书房，写完了第二封书信，吹熄灯安歇，这一夜，蓝川先生睡得特别香甜。

第二天，女婿继昌拉驴来接佩申，新媳妇回娘家，女婿要送来再接回去，祖上兴下的规矩，有高腿骡马骑上更体面，没有骡马拉头毛驴也成，最差的相跟着走路。佩申属于中下流的，她也很满足，就把自己无意间听到的秘密，一五一十地说给继昌。继昌平时话少，干活时无意间说给了父亲。父亲是个老农民，听过先生讲《吕氏乡约》，他平时最信服亲家公，别人称牛圣人，他也称牛圣人。从置办农忙赶集上会，到收麦种秋，一传十十传百，佩申家的所有亲戚，亲戚的亲戚，一个亲戚就是一村，各种曲曲弯弯的途径，都得到一个重要信息，把自家的土地，麦收后尽数回种了豆子。

康南海在西安受到规格极高的礼遇，整个接待过程的排场自不用说，详细情形传到牛蓝川先生的耳朵，牛先生只是淡淡的一笑。让他感到高兴的是，这一年秋季的豆子果然大获丰收。岭原的许多村子，以及相邻的村子，不管是得到了信息，还是盲目跟风，往年的秋杂粮少，而改种豆子的人家特别多，庄稼院都大喜过望。他心里也暗暗高兴，又暗暗忧虑，如果让人们觉得"准"，自己岂不成了"圣人"，正好弄巧成拙，事与愿违，怎么把这股风收回来呢？蓝川先生又苦苦思索。

秋收后一天，继昌拉着毛驴陪着佩申，拿着半袋子新米和黄豆，到蓝田看望父亲。佩申一进门就嚷嚷："大嗳，今年多亏我大！"梦周说："这娃，刚进门就说疯话，没底没面的，啥多亏我，乱说啥呢嘛？"先生装出一副生气的样子。佩申却不生气，高兴地说："大，是你叫娃给地里多种豆子呢，打得仓满囤流。"梦周愈发生气，说："你这女子，胡说些啥疯话，大几时给你说过这样的话，叫你全种豆子？"蓝川先生板着脸，十分生气的样子。

牛佩申见父亲真生气了，就把自己那晚起夜，看见父亲夜观天象，看着天河时说的话，全说了出来。还说，亲戚说给亲戚，亲戚再传给亲戚，一人说就是给一村说……蓝川先生真的生气了，他冲着女儿大发脾气，说："贼女子，翻了，别人说大是什么'牛圣人'，你也跟着胡说！你是看大活得旺了，真气死大了！"佩申说："大，就那么大个事么，你打我一顿，也收不回来了呀！"梦周怒气冲冲，骂道："把米拿回去，大不吃你的米，你们两个马上离开，三年内不许上门来……"

牛梦周大发雷霆之怒，让女儿佩申大感意外，继昌硬放下了米和黄豆，牵着毛驴和牛佩申回宋家河去了。佩申对继昌说："咱大最疼的就是佩申，从来没发过这么大的火，他的脾气我最清楚，从来说到做到……"继昌默不作声，快出村时，说："咱大也许是故意的。"佩申惊讶地骂："你说我大是故意的，你这个大木头……"清璋媳妇、清德闻听，赶紧追上去劝解，佩申和继昌已经走远了。

蓝川先生骂女儿佩申，实际上是他故意的，他生怕此事再被到处传扬，把自己又传成"牛圣人""牛神仙"。蓝川先生拿着一本书，气呼呼地出去了。清璋媳妇和清德见父亲赶走佩申小两口，万万没有料到父亲会这样绝情，看到佩申远远地来了还拿着米，饭也没吃流着眼泪回去了，悄悄埋怨太不近人情。

牛蓝川先生骂跑牛佩申的事儿，很快在川道里传开，而且越传越神，传成了几个版本，传到蓝川先生耳朵里，先生一言不发，背过身却淡淡地笑了。

第三十四章　自警明道

一叠书底下还有个玉石砚台，蓝川先生小心地挪去书，取出砚台来，把黑碗里的墨水倒进去，接着再磨墨。墨磨好了，先生拿起笔，写下"砚穿志感"几个字……

民国十七年入夏，蓝川先生从清麓讲学刚回到蓝田，灞河川道及周围又落下了一场难得的透雨。起初是雷雨，随后又不紧不慢地下了一天两夜，灞河两岸的庄稼得到雨水的滋润，可着劲儿往上猛蹿，叶子一天比一天绿。庄稼人心情好，蓝川先生的心情就好。这一天，蓝川先生正坐着喝茶，三子清璋一进门就喊："大，你这一段到处讲学，我心里真有点放心不下，让我摸一下你的脉！"

蓝川先生笑着说："这娃，学医看病，不能给没病的人看病呀，大这不是好好的吗，你还有啥不放心的，中医讲究望闻问切，你观一下大的气色，就可知有病没病了！"牛蓝川一边说，一边把手腕子伸出来。

清璋摸着梦周的手腕，说："大吔，你今年都六十二了，看你头上都多少白头发了！"蓝川先生高兴地对清璋说："娃呀，有白头发很正常啊，我都几个孙子了！清璋，中医我也多少懂点！"清璋说："大吔，没什么事就好，没事我就放心了。"清璋坐了一会，说："大吔，你年纪也大了，尽量少在路上奔波，要多注意休息饮水！"清璋起身要走。蓝川先生叫住他，说："清璋，你有空的话，陪大回一次鸣鹤沟，大这几天想回去转转。"清璋说："大，前晚上我也梦见我妈了，那好吧，我陪你回去散散心，心里敞亮一下！"清璋出门时，回过头说："大吔，我同学说过，要去鸣鹤沟的话，他可以用驴车送咱！"先生点点头应允了。

新街村虽在横岭上，距离灞桥却至多二十几里，到蓝田县城也不过二十几里，驴车比步行当然快多了，先到街上想去奉孝的药铺，药铺的门却锁着。先生告诉清璋，自从你三伯去世，奉孝没给药铺雇人，一个人忙不过来，你看药铺又锁门了。清璋见新街冷冷清清的，就问："大，这街现在没生意，奉孝怕雇个人包不住！街上清代也冷清吧！"梦周说："娃呀，过去哪是这样，它可是蓝田有名的古镇，是蓝关驿道的必经之地，西边的灞桥村落有个燎原村，东边是华胥侯家铺村，正北边有个东邓村，隔河的塬坡是东李村。"

晌午饭是荞面饸饹，这是清谥媳妇的主意，她在蓝田时知道父亲的喜好，别出心裁做的，蓝川先生吃了直说筋道。饭后，清璋陪父亲上到后岭上，父子俩放眼大自然的造化，秦岭一脉，灞河一条，白鹿台塬，脚下横岭一道，风光不错。先生告诉清璋，娃呀，你看这青山绿水，是根脉相连地脉相通的，川、塬、沟、岭，地形多种多样，这黄土的沉积多么厚实，村村落落这么错杂，都是因势赋形随其自然，气候暖温适宜又四季分明。清璋问："大吔，你知道这些村庄的有何来历啊？"先生说，新街村有三次迁移，最早的村落沿灞河，后因河水暴涨冲垮了河岸，村落就不断向北迁；清朝早期就迁移到了北崖上，在这儿挖窑洞居住，咱家的那七孔窑洞，就是你爷爷的爷爷不同时期挖的。这窑洞虽土，住进去冬暖夏凉，不过，年深日久阴雨连绵，住在里面心里就不怎么踏实。清璋说："大，你说得对，就是有些操心，我想好好干，早早给咱家拱一院子瓦房呢！"

蓝川先生瞅瞅清璋笑了，说："水往低处流，人往高处走，你爷爷何曾不想，大何曾不想，就是至今还是土窑啊！"清璋又问："大，几次都想问你，咱这新街村为啥有这个'新'字呢？难道还有个老街？"先生说："清璋，这你就不懂了，《西安通览》有记载，咱这村原名叫古城子，明洪武年间，连降暴雨灞水聚涨，村舍被洪水冲毁，雨后重建了街市，从此就更名新街了。也有人说是明末李自成义军路过灞桥，到了燎原村东边的李村街，放火烧街，村民迁到了这里，战乱过后，村民建起的新街市，取名新街村！"

从半岭上往回走，清璋说："大，我咋从来没听你说过这些？"先生说："光绪年间，蓝田吕懋勋编修《蓝田县志》，新街镇就是这个名字，大家都叫新街，说因新建街市得此名，可见这一点没有问题。后来还要改成小咸阳村，让大给改村名作文呢。"父子俩说着话就进了鸣鹤沟。路口一大片楸树，叶子茂密浓厚，阴凉遮住了进沟的小路。清璋见父亲大汗淋漓，就说："大，咱到楸树底下歇会儿，看你热成啥了！"两人就在一棵大楸树下的石头坐下来。清璋问："大，咱新街牛姓多不？"先生笑笑，说："当然多，这是咱的根。"

蓝川先生说："新街共有十五个姓，牛、陈、支、古、张、宋、罗、魏、姚、吕、王、余、李、赵、许等，牛、陈两姓人最多，可以说是大姓。""那为啥呢？"清璋又问。先生说："新街的牛氏家族，本不是这里的原住民。""啊……"清璋吐了一下舌头。先生说："咱们牛氏一脉，是山西'打锅牛'的后裔，明朝时候，咱牛氏的先祖从洪洞县大槐树下迁来，先迁到河南巩县，后又迁至商洛，其中一支又从商洛迁到蓝田的古城子。到了古城子后，牛氏先后将祖先埋葬在牛氏祖坟，这就是沟里边的'牛家坟'，你爷爷，以及爷爷的爷爷，都在那里埋着，牛氏的后人每年清明都在这祭祀，寻根问祖。"

"那陈姓的人呢？"清璋问。先生说："陈姓人从豫、晋、陕等各处地方迁来，其他姓氏是新街有集市后，云集到街市上做生意的，后来做着生意就定居下来了。至于古姓，是清末从周至迁来的，侯、吕两姓，是从河南迁来，魏、张、支、宋、王等姓人均从本县邑别处迁来的。从清末到民国初年，村里有里、甲两层管制，蓝田有二十二个里，咱新街是县西北故景里的第三甲。"

"大吔，咱村改小咸阳村，你觉得新街富庶吗？"清璋问。先生说："历史上曾经富庶繁荣，哪像现在这样，现在太不景气，太荒凉萧条了！新街自古是县邑的西大门，往西到长安，往东到县城，往北是临潼县，都是四十里路，六条官马大道！那时候蓝关古驿道穿村而过，地理条件够便利吧。那些肩挑背驮、马拉骡运到新街来的商家、差旅，就在街上歇脚。公馆和驿铺带动交流和手工业、食堂餐饮，集市兴旺繁荣，成为蓝田八镇之首。"

清璋问："有那么鼎盛？""哈哈哈，我娃不信！何止是有，相当繁华！"蓝川先生也来了兴致，滔滔不绝地讲说，"娃呀，你想想，新街在古驿道上，临街两面店铺林立，商贾云集。商号、商贩、店铺、行旅、官员，来这里赶集的，人来人往，是何等的繁华热闹，街内商号聚集，养生堂药铺、俊发活杂货店、新街民立生盐店等，满街都是商铺。逢双日集会，农历二月集会规模最大，会期长达半月之久，从二月二十二，一直到三月初八，市场繁荣非常啊。"

先生接着说："市场数骡马市宏大，骡马市牲口交易，其他如盐店、金店、粮店、肉店、药铺、日用百货等等，可谓生意兴隆通四海。有河南的商贩，有安康的茶客，有西安东关的大车，蓝田本邑的马车，南北经商人交汇新街，人流潮涌，摩肩接踵，四面八方来上集赶会的，周围的香客、艺人演戏杂耍的，迎神赛会，有摆摊卖货的，街道两旁有卖日用百货的、手工艺品的，也有卖熟食小吃的，通宵达旦，方圆几十里哪里敢比哪！你爷爷在镇上做小生意，那时候街上已萧条冷落，最后生意做不下去，店铺转让其他人……"忽然觉得好热，阴凉早过去了，父子俩已在太阳底下晒多时了。

蓝川先生叫清璋和清德陪伴，拿着纸到树林深处的祖坟祭奠。他们都跪着，烧化了纸钱，磕头，默哀。从坟地往回走，先生对儿子说："为父一生躬行礼仪、经世致用，心血全花在了芸阁上，吕与叔先生的《中庸解》，得武夷三先生教导，警厉奋发，方有寸进。咱家祖传'学为好人'。先前让清璋读《大学章句》，后来让读《四书集注》，自己功夫不到，喜欢学医，那你就好好学医吧，命中没有'文殊'。记住，医有医道，'道'是无所不在的，行医就必须遵医道，明白吗？"

蓝川先生在鸣鹤沟只待了两天，第三天一大早，清璋就收拾行李，陪着父亲回蓝田了。

蓝川先生从鸣鹤沟回到蓝田，《蓝川诗钞续五》书稿还放着，有几个外地学生写信求教，先回答学生的疑问吧。零零碎碎写了几封回信，翻找信封，无意间翻出几首诗，斟酌一下字句和韵律，再推敲平仄也毫不含糊："往圣有开先，绝思启后面。声灵壮河岳，光辉射牛斗。""塑以明道泥，坐之横渠牖，无以谢陶成，敬尽一杯酒。"他想起来了，这是十二年前，寿亭先生经过蓝田来访，那时他年已七十有四，却精神矍铄，看起来像四五十岁。几个学生让他为老师画像，寿亭先生就画了一幅画像，顺便还为画像赋诗七首，当时步其韵写成七首。这几年找不到以为丢失，想不到竟夹在书中。

蓝川先生翻出寿亭先生给自己的画像，画出了精气神，画得好啊！记得寿亭先生走后，曾在芸阁还写了一首《五十自警》的七言诗，这首诗倒和画像保管在一起，诗曰："四十年前一老翁，神昏头眩眼蒙眬。齿将几瓣零如栗，须有数茎白似葱。膂力渐从愁后长，襟期不减少时雄。无多岁月难抛掷，提命还须比幼童。"一十二年过去了，如今六十挂零了，人生就是这样，常常在匆忙中白驹过隙了。

第二日早起，蓝川先生背上褡裢，叫上陈敬修相伴，从蓝田上路走临潼马恩，一路马不停蹄赶到了高陵，找到白悟斋先生的家，亲自拜见先生。次日一早起来，就和敬修分路，敬修赴西安到鲁斋祠会讲，自己和悟斋先生前往三原清麓。清麓这次会讲邀请的人多，梦周与老师悟斋先生到达时，学友已十八九人都到了，二张还有张西轩先生也已到达，不大时晌，敬修从西安也赶过来了，好不热闹。梦周感叹，能有这么多同道在一起，汇聚在清麓会讲程朱，实在是多年来绝无仅有之事！人就怕无志，一个人志行弥坚，任他东西南北风，都是不可动摇的，志行不坚，稍有一丝挫折就一撞百碎了。

三原会讲结束，蓝川先生一回到蓝田，就先给渭南的贺象贤写信。给砚台加水磨墨时，他发现砚台的底部已非常薄了，这砚台跟随他已有几十年了，是他心爱的"宏农泥砚宝"。这还是他在鲁斋书院主讲时，和果斋、灵泉在西安城南门外买的。它一直如影随形，始终陪伴着自己，唉，滴水穿石柔能克刚，砚台是石头质地，底部却被墨锭一次又一次地磨，终于磨得很薄很薄了。

"宏农泥砚宝"时常置于书桌，很少有闲人去触碰它，就是自己，无事绝不轻易挪动。蓝川先生从箱子里取出最好的墨锭，墨锭还是升巡抚送给的，是"御制龙纹墨"，在箱子放了好些年头。墨锭一共六枚，用去两枚还剩四枚，他轻易不使用这宝贝。人常说轻磨墨重写字，蓝川先生磨墨手很轻，他要轻点再轻点，滴上了清水，开始轻轻地磨墨，"沙沙"声几乎听不出来。

害怕磨穿，砚台还是被磨穿了。墨水渗漏出来，淫浸在桌面上，那片铺了多年的桌布，本已颜色灰黑，如今成了一幅水墨画儿。砚台上只透了一个细小眼儿，蓝川先生赶紧拿来一个黑碗，把剩下的倒进碗里，移去"宏农泥砚宝"，取下桌布，铺上了一张厚纸，小心翼翼地把它放好。

一叠书底下还有个玉石砚台，蓝川先生小心地挪去书，取出砚台来，把黑碗里的墨水倒进去，接着再磨墨。墨磨好了，先生拿起笔，写下"砚穿志感"几个字，接着写道："宏农泥砚宝用有年，一旦磨穿，可胜叹惜。以厚纸补之，可备他用。呜呼！学不彻底，忽焉耄老。赋诗四章，用自警省。"然后挥笔写下一首诗："砚铁磨残已自穿，案头片瓦况多年。泰山巖溜真成钻，一缕新红出旧毡。"写完，放下笔来默诵，意犹未尽，铺纸还要再写，忽觉天旋地转，头晕目眩，两眼昏花，浑身一阵发冷。这又是怎么了？他像在问自己，脚底下站立不稳，执意放下笔来，躺倒在土炕上。他觉得自己的意识还清楚，这是"中华民国"十七年戊辰年六月初八，他年龄刚满六十二岁。

蓝川先生偶感风寒，卧病在炕上，清渊和媳妇兀良仆寸步不离，清谧也和媳妇从鸣鹤沟赶来，在床前伺候，清璋媳妇叫从贤，是刚刚过门的，她和清德争着要照料父亲。蓝川先生吃的是清璋开的中药，昏昏沉沉睡了近一个月。这一天他喝过了中药，自感已经轻松，让清渊扶他坐起。他睁眼细瞅，发现佩申和继昌也站在跟前。先生摇手让其他人离开，他有话要和佩申单独聊。佩申说："大，你有病睡这么多日子，咋不给我捎个话说一下？"先生说："佩申，你哥和嫂子都忙，大只问你一句话，你不生大的气了？大把你和继昌撵出门去，三年不准上门，你不觉得大太不近人情了吗？"

"大，你别再说了，我当时都气哭了，后来仔细一想，这不是大的真想法，你心里装的斯民斯世，装的天下百姓，你想让大家不至于歉收饿饭，故意通过我传出消息，再通过骂我把消息再收回去……大呀，我知道你是精明人，你骂得很有理，回去就想明白了！"蓝川先生坐在炕上笑了，说："佩申，都说你瓜女子一个，你精灵得很哪，不比你那几个哥差，大，就是这个意思，我娃知道了就好，知道就好！"奉孝也从鸣鹤沟赶来看望先生，后头还跟了几个村中的相好。

蓝川先生病情一天天好起来，他已经能下炕活动。清谧从鸣鹤沟送来鸡蛋，还有他打的野鸡，看到父亲下炕活动了，心里很高兴，说："大，你气色好多了！"先生问："潭儿，你跑啥呢，大已经没事了！"清谧说："大，咱家里养了几个鸡，给你送些鸡蛋。"先生说："秋社近了，种麦不能耽搁；花拾了多少？今年红苕咋样？"清谧说："都准备好了，一过秋社就种麦！花拾了四拨，红苕今年还好！"先生说："日间少出门，见闲人管闲事，说闲话看闲书，最是不好。我时常为你担心，你要好好长记性，《小学》和《四书》，每日加力读，那是养命之源！"清谧点点头，父亲让他吃了饭就回鸣鹤沟去。

这天天气晴朗，蓝川先生到门外转悠，孙女跑来叫他："爷，二大家又添了个小子！"他坐在圈椅上喝茶，一下子乐了，兀良仆端来水，给里面加进两勺蜂蜜，双手递给他："大，吃中药喝点蜂糖水，别喝茶。"他端起来尝了一口，烫。就放下来，望着兀良仆的背影他笑了，这孩子初到牛家大咧咧，做事总毛手毛脚的，现在懂礼数了，真是近朱者赤近墨者黑呀。

蓝川先生喝完蜂糖水又继续喝茶，继续在院子转悠，过了一会，就坐在圈椅上，清渊回来，说："大，老二媳妇又生个小子，老大叫瑶田，老二就按这个'田'字，叫新田，你看行不？"先生摸了一下胡须，笑着说："行么，名字挺好的，就叫新田吧！"蓝川先生站起来，对清渊说："给清谧说，啥时抱过来让大看一下，大最爱孙子！"清渊说："对，大！"先生说："你今咋还在家里？做事要勤谨，对人要诚恳，不敢自以为是！"清渊说："大，我记下了。"先生说："我日读《无逸》《蔡传》，这些书殊有味道！《大学衍义》《言行录》，要好好去读！"清渊说："记下了，大。"

蓝川先生病倒一个月，芸阁诸位先生天天探望，儒林、润生、敬修常来看望，他感觉这几天精神不错，躺了一会就起来，想到芸阁那边去看看。先给砚台里加了水，磨墨，铺纸，把怀陇州赫明轩的诗抄录一下，附个短信寄过去，为他的家人留个念想，诗题是《病中怀陇州赫明轩》，诗曰："寥落晨星隔远天，应求千里讵徒然。每怀礼教开秦陇，岂为诗名重辋川。尚友莫忘天下善，立身肯让古人贤。别来精进知何许，寄语春风又一年。"

诗共写两首，他只抄了其中一首，晾干了收拾起来，信还没来得及写，听见房门响，"先生——我是凤临！"应声进来的是韩城学生高凤临。先生问："凤临，你比铭诚路还要远，专程来还是顺道，这几天我心里还念叨你呢！"凤临说："敬修来信，说你病了许多日子，本来和铭诚约好一起来看望你，铭诚家里出了点事，我就一个人先来了！"

蓝川先生说："凤临，我已经没事了，人生在世，谁能没病没灾的，你们路途那么远，天下也不甚太平，真不容易啊！"凤临说："锡瑞知先生卧病在床，心急如火，恨不得一步就到蓝田！"先生问："'芝溪岗书院'办得如何啊？"凤临说："先生，《大同》已经编成，《检身集》也致力校勘，教育方面跟先生学，欲德惠桑梓，桃李遍关中，可家中财力不逮，虽以割柴读书，守道之心不移，牢记先生言'三代而上折衷于孔子，三代而下折衷于朱子。'笃行此语路径不差，死守此语功力不枉。"先生问："课程呢？"凤临说："先生，'倡明孔教，救正人心'是学宗，但凡诚心孔教之人，不论年龄大小均可就学，课目设有《弟子规》《小儿语》《朱子小学》《近思录》《四书五经》等。"

先生问："制定学规了吗？兴学布道，宗关中理学以明道，不能没有学规！"

凤临说："先生，也立了学规，'芝溪岗书院'的学规是：父子有亲，君臣有义，夫妇有别，长幼有序，朋友有信，这是五教之目。言忠信，行笃敬，惩忿窒欲，迁善改过，为修身之要。正其谊不谋其利，明其道不计其功，己所不欲，勿施于人，行有不得，反求诸己，为接物之要。还有乡约：德业相劝，过失相规，礼俗相交，患难相恤。这都是模仿清麓书院和芸阁精舍的，以后逐步完善。"

蓝川先生听罢，很感欣慰，敬修为凤临安排了午饭。饭后，梦周让敬修和凤临相陪，他在家里待了一个月，想到灞河边转转。

敬修和凤临陪蓝川先生坐在河边石头上，交谈着学问上的事，忽听西安方向响了几枪。先生问："咋还有枪声呢？"敬修说："先生，你还不知道呢，近来县城过回好几次队伍，有穿灰色军装，有穿黑色军装，也不知咋回事。对了，当过省长的刘振华，带了十万大军正住在东郊，离咱蓝田很近。"先生问："凤临，你路远来趟不易，古如、宝珊、鼎臣和你们几个，都对'气质之性'理解深刻，还有疑问吗？"凤临说："先生，凤临想问，遇艰难困苦之事，处之以镇静，出之以公心，徐察其曲折，以义裁之，如何呢？"

　　先生说："急来缓受，则不至仓皇失措。且静则生明，平心观理，力求是处，而勇以为之，就可以了。"凤临说："凤临于利欲之私，亦觉其非礼，复舍不得，而曲意寻之。而师友责善，心不能喜，亦不甚怒，物而不化，有且试行之意。这是凤临的两个老毛病，请先生给凤临下猛药吧！"先生说："锡瑞啊，没有讨厌恶臭之心，没有闻过则喜之心，这都不切实是自己的毛病。朱子说：'自治不勇，则恶日常。'程子说：'学问之道无他，知其不善，则速改以从善而已。'圣人言：'闻义不能徙，不善不能改，是吾忧也。'《近思录》引'晋其角'传说：'严厉非安和之道，而于自治则有功也。'锡瑞啊，这没有什么可商量的，只有勉力为之而已！"凤临点点头，说："先生，还有一个重大问题。世乱国危，豺狼当道，身属草莽，欲拨乱反正者，养精蓄锐，相时而举，志存天经地义者，修德明道宜之若何？"

　　先生说："锡瑞啊，这个问题问得好。人伦不明，是无人道。存人道即所以存中国也。此须以孔孟之经，身任其重，深思实体，丝毫不可放过，则人道自我而存，成己成物，只是一事。未有己不正而能正人者，己正则身修之谓也，修其身则天下国家之本立矣。倘一旦天心悔祸，安知圣道无昌明之日乎！"

先生的话刚刚说完，忽然西安方向枪声密集起来，县城一带，也有人声嚷嚷。先生说："这大白天不会是土匪吧！"敬修说："不管是不是土匪，或者是军阀行动，子弹不长眼睛，咱们还是回去吧！"

大儒牛兆濂

第三十五章　门犬阻刘

　　他喜出望外，忙问："您就是牛才子先生？我奉刘督军之命特来相请！"老者笑着说："先生已看了书信，刘督军资助过芸阁，先生又外出讲学，留给督军的礼物在此，还有锦囊妙计你可带回。"老者说着，把一个蓝布包裹递给参谋。

　　芸阁精舍门外，敬修正送凤临回韩城，刚迈出芸阁大门，一个人急匆匆地跑进来，和先生撞了个满怀。"铭诚！"凤临和敬修都回过头来，见先生正和来人说话，便转身离去。先生问："铭诚哪，何事慌成这样？"铭诚说："先生，出大事了，咱蓝田要出人命了！"梦周忙问："铭诚呀，县里到底出了什么事，连你也惊慌成这样？"铭诚压低声音说："不瞒先生，大事不妙，刘镇华的三十万军队围困西安城，二虎共守长安，刘振华统领的镇嵩军，就驻扎在西安东郊，镇嵩军和咱县的乡绅团发生了冲突，乡绅团已被包围，双方的子弹都顶上了膛……只有你出面才能制止！"

　　先生说："只有我出面？"铭诚说："是的，你和刘振华有过交往，这回是刘振华亲自来！"先生问："铭诚，你慢慢说，到底咋回事？"铭诚说："先生，事情是这样的，昨天有十几个镇嵩军的兵痞窜进附近村里，抢掠财物，奸淫妇女……乡绅团抓了两个，以为他们冒充刘镇华的队伍，结结实实地打了一顿。当晚没有看好，那两个家伙挣断绳子跑了……刘振华大怒，亲自带了一个团的正规军，把乡绅团给团团围住，双方互不相让，已经剑拔弩张，流血冲突只在眼下！"

蓝川先生觉得情况确实危急，就对铭诚说："铭诚，秀才碰着兵有理说不清，这些兵痞根本不讲理。刘镇华亲自来了事还好办，事情紧迫，咱们马上就走！"蓝川先生跟着铭诚，来到县城西关。乡绅团百十个人手里都端着枪，拉开了枪栓，子弹已顶上了枪膛。队伍的兵也是真枪实弹，机头大开，子弹也上了膛，已经对峙了近一个时辰。

蓝川先生一身粗布衣服，来到当兵的面前，一脸威严地问："你们的长官呢？"一个头儿气势汹汹地问："闪开，你是个干什么的？"先生不慌不忙地说："哼，你要问我，告诉你们长官，我就是蓝田牛梦周！"

有士兵赶紧跑进去禀报。蓝川先生分开众人，跟着这个士兵走进房间。房门"吱"的一声被推开。"哈哈，关中第一大儒，真人不露相，蓝川先生，别来无恙啊！"刘镇华的军帽放在桌子上，谢了顶的头发稀疏且已花白，他起身为蓝川先生倒水让座。梦周说："刘省长，不对，应该称刘大帅才对，这里又不是你的公馆，我也不是专门来品茶的。我有几句话说出来，你若服了就撤围，若不服就请连我牛梦周一块枪崩了吧！"

"哎呀呀，咋敢毙你牛梦周呢，你是关中第一大儒，全省响当当的牛才子，你这一来，我的气已消一大半了，立客难打发，还是坐了说话！"刘镇华从桌后走出来，拉牛蓝川先生坐到他跟前去。蓝川先生说："刘省长，你为芸阁增扩费心尽力的事，梦周时刻铭记在心。邀我陪康南海，也是在抬举梦周，我不是不识相，但兵有兵道，天有天道。今天这个事，分明是士兵违规犯纪、胡作非为在先，乡绅团也真不知道是你的兵，也是个天大的误会哪！"蓝川先生瞅着刘镇华，刘镇华说不出话来，对外面摇摇手，一个当官的进来。刘振华命令："收队，撤围！"一声哨子响，队伍的兵收起枪，撤出了包围，乡绅团也收起枪，到一边列队，双方对峙方才停止。

蓝川先生对刘镇华说："多谢省长给了梦周的面子！"刘镇华说："误会，敢不给你关中第一大儒的面子，今天事情特殊，就不多说了，日后还多向你讨教呢！"蓝川先生说："讨教不敢当。乡绅团是防范土匪的民团，咋敢和咱正规军硬磕硬碰，不要命了。小小的误会，不值得流血，反坏了你大帅的名声，那不是赔本买卖吗！你乃将帅之才，胸怀天下，鸿鹄不与燕雀争一时之高下，你取了兵法的上上策啊！"

"哈哈哈，牛才子见识卓越，深谋远虑，将来要成就大事，姓刘的离不开诸葛孔明呀，在下佩服，佩服！"刘镇华露出了笑容，回身对蓝川先生说："日后一定当面讨教，哈，一定讨教。今天军务在身，我回西安去了，咱们后会有期！"

队伍"哗"的撤走，刘镇华带着卫兵离开蓝田，一场血光之灾免除，蓝川先生劝退刘镇华的事，被乡绅团官兵当传奇故事，迅速传扬了出去，也传成好几种版本，尤其先生面见刘镇华，说话的神态，刘镇华的反应，被传得神乎其神，三十万镇嵩军首领刘镇华被吓得"屁滚尿流"云云。

蓝川先生完全病好之后，应了李荃堂、赵汝笃、赵琢之等先生之邀，前往会讲，借机看望一下学兄仁斋先生。先生背上褡裢，出蓝田县城往西不远，见到处都驻扎着队伍，还是被清渊、清璋赶来硬劝回去了。

镇嵩军围困西安城，很快过去了四五个月，蓝田县城周围平时偶尔还响着零星的枪声，从未间断。蓝川先生听说守城的"二虎"，其中一个叫杨虎城，此人绿林刀客出身，不通文墨却精于韬略，极善用兵，比当年守乾州城的张将军大有过之，让镇嵩军刘镇华一筹莫展。三十万大军把西安围如铁桶，二虎却在城内调兵遣将，运筹帷幄，军民人等同舟共济，战事处于胶着。刘镇华本想迅速拿下西安，不料遇上"姜维"，挖空心思急难撕开口子。再也想不出什么妙计，久拖下去，诚恐士气衰落，若于右任援军到来，内外夹攻，后果不堪设想……

刘振华似乎已黔驴技穷，一个人在房间喝酒，闷闷不乐。一位参谋献计："听说蓝田有个高人，人称牛圣人，此人上通天文，下晓地理，学富五车，兵法战策，可比孔明，能掐会算，胜过姜尚，排兵布阵，堪比吴用，知前朝晓后事，无所不能，将军若得此人，何愁西安城不破。将军宜枉驾亲往拜访，若得此人，如虎添翼，何怕二虎守这个破城？"

"你说的是蓝田牛才子，对对对，不只是听说，还拨过款助其兴学，在蓝田也有过一面之缘，此人果然有将帅之才！"刘镇华连忙修书，次日天明，令参谋带人即往蓝田。三人马上加鞭，不大工夫问到芸阁门前，问老朱："贵校蓝川先生可在？"老朱回答："先生外出讲学，至今未归！"参谋又问："先生几时回来？""不大清楚啊！"参谋一行在县城转悠了两晌，跑来又问："牛先生可回来？"老朱答："没有。"又问："今天能回来吗？"答道："先生从不向我通报，难说！"太阳已经落下西山，参谋看看天色已晚，放下书信，回西安复命去了。

刘镇华得到"没见牛才子人影"的报告，怒从心中起，火往头顶冒，把参谋臭骂一顿，断定牛才子其人必在蓝田，令参谋明日再去，务必找到。参谋领着亲兵，再次来到蓝田，下马直接进芸阁大门，逐个房间寻找，确实没人。参谋又去了县府打听，看看天色不早，又回到芸阁，门口坐着一位老者，面容清瘦，一身粗布衣服，很符合大帅描述的特征。他喜出望外，忙问："您就是牛才子先生，奉刘督军之命特来相请！"老者笑着说："先生已看了书信，刘督军资助过芸阁，先生又外出讲学，留给督军的礼物在此，还有锦囊妙计……你可带回。"老者说着，把一个蓝布包裹递给参谋。

刘镇华等到天色已晚，见参谋自己回来，并没有带回牛才子，刚要发作，参谋双手递上一个蓝布包裹，说这是牛才子送给督军的贵重礼物。刘镇华急忙解开袋子，里面有两个纸包，果然是锦囊妙计。赶紧拆开，只见几骨兜大蒜，约二斤生牛肉。刘镇华大骂参谋："本以为破城之策，送这啥玩意儿，西安没有牛肉和大蒜吗？难道他要羞辱与我？"刘振华冷静一想，牛才子人称圣人，这礼物没这么简单，一个人绞尽脑汁，在房间苦思冥想。

参谋又献计："将军看得起一个教书先生，先生能送礼给将军，说明有知遇之恩，定会前来，应该再等！"时间又过去许多日子，"二虎"严防死守，镇嵩军粮草不济，士气衰落，军心不稳，刘镇华寝食难安。他盼望牛才子快点前来，给他出谋献策，以图早破城池，可就是不见牛才子影子。转眼就到了后半年，一日，刘镇华问参谋："牛才子礼物送来这么久，何以不见人影？"

参谋恍然大悟，说："司令啊，我仔细推究，牛才子这礼物另有含意！"刘镇华说："就是两样普通东西，能有啥深意，故弄玄虚，戏弄本司令而已！"参谋说："司令，以我推断，牛才子不会来了！你想想，送蒜的意思是说'算了'，'生牛肉'吗，那是需要文火慢慢去熬！"参谋不无得意地说。刘镇华一拍桌子，说：

"奶奶的，我咋没想到这一层呢！妈妈的。"想起上次请他陪康南海，居然托病不出，刘振华气不打一处来，忙喊传令兵，说："备马，我要亲自到蓝田，把这个牛梦周抓着来。"

参谋一听，忙说："司令，使不得，千万使不得，关、张陪刘备请诸葛亮，是不是抓来的？这牛先生是抓不得的，你说他是关中第一大儒，小心弄出人命，那可是要遗臭万年的。""这……"参谋说："将军，'礼贤下士'你听说过吗？文王访贤遇到姜子牙，亲自拉车一百零八步；刘皇叔三顾茅庐，真心诚意所致，诸葛亮才肯出山！"

刘镇华说："那都是戏台上演的！"参谋说："将军，如今军阀称雄，势若汉末，将军真有谋西北之大志，要学姬昌和刘备，听说这位牛才子学识，不在姜尚、孔明之下，乃是王佐之才。当初皇上颁诏，朝廷降旨，陕西巡抚亲荐，他都不肯出仕，正说明此人志不在小。若司令亲往蓝田，以礼相请，以诚动心，必能感动牛才子相助，则大业成矣！"刘镇华马上兴奋起来，一拍大腿，从椅子上跳起来，说："你何不早说，今我就学一回文王、皇叔，把那个牛鼻子给请回来。"刘振华遂备上厚礼，亲自往蓝田去了。

蓝川先生确实回了鸣鹤沟。他自己也不知道为什么，清谧从丈人家领回一只黄狗，就蹲在自家窑门口，这只黄狗体型不小，毛色金黄发亮，见了他干"汪汪"了几声，又去卧在门口。他进门一放下褡裢，就拿着镢头上到半岭，看看清渊给地里粪上得怎样，红苕挖得净不净。他发现棉秆已落叶子，秆上的花桃开完也拾净了。可以挖花秆就先挖。挖了一锄头地太瓷，一会儿就挖得两眼冒火，汗流浃背。抬头看见守谦正给地里担粪，在地头喊："梦周哥，啥时回来的？"他说："守谦兄弟，刚回来的。你年纪也不轻了，还担粪呢？"守谦说："唉，做庄稼的命，不干活弄啥呀！"梦周说："一回少担些，种麦还有几天呢，不着急！"守谦又说："刚才看见你窑门口有几个当兵的，还骑的马，被你家的黄狗禁在门口了！"梦周说："守谦，我知道了。"

梦周从地里回来太阳已很高了。不出他的所料，他到窑背上就看见了刘镇华。梦周躬身一下："哈哈，刘将军，让将军屈尊来这穷地方，有失远迎啊！"刘镇华也拱手还礼说："牛才子，我是来学周文王、刘皇叔的！"梦周说："哈哈，我却不是姜尚和孔明！既然来了，就请到寒窑用茶吧！"

刘镇华跟着梦周要进窑门，黄狗却从鼻腔发出"哼——"的一声。他站在了窑门口，不敢挪动脚步。先生问："土窑虽是简陋，却冬暖夏凉，将军何以止步啊？"刘镇华道："牛先生，贵府大门，有黄犬把守甚严，我不敢入啊！"先生笑道："哈哈哈，将军这么胆小，梦周实在不知，海涵，海涵！"牛先生出去，把黄狗挡到一边去，领刘镇华进屋，几个士兵在外面站着，只有参谋一个人跟了进去。

刘镇华端起茶杯，抿了一小口就迫不及待地说："久闻先生神人，当地人称牛圣人，镇华奉命克复西安古城，不料遭遇城中'二虎'拼死守城，杨虎城又极能用兵，极难得手。闻听先生深通韬略，料事如神，今特来请教，算算我军何日攻克西安？"

先生说："哎呀，刚才一只黄犬，就把将军挡在门外，破旧土窑都不能进来！西安城墙高大坚固，又有两只猛虎坚守，将军如何能破城啊？"刘镇华大为懊恼，一脸怒气地站了起来。参谋招手示意，他又坐下去，脸上堆出笑容，说："刘某重金诚聘先生相助，到军中谋划军事，有先生的奇谋妙计，何愁西安城不破？"

先生说："我是个普通教书先生，哪里懂得军事？承蒙将军器重，实在诚惶诚恐。将军屈驾，远道而来，就在寒舍用过便饭再说。"刘镇华说："先生通晓天文地理，兵法战策，若能助我收复西安，定当重金酬谢，日后跟我共谋天下，同享荣华富贵，岂不甚好！"

先生说："将军，我没有经天纬地之才，也无起死回生之术，无力扶助将军成就大业。只从书本上略知，民为邦本，本固邦宁！"刘镇华见先生毫不为所动，说："外面都说，先生先知先觉，眼前西安一座孤城久攻不下，不知后面吉凶祸福如何？"先生说："不足为信，不足为信！将军若果真非听不可，我这里设有一策，不过……""先生，不过什么？"刘镇华见先生肯献计策，便急不可待地问。

"将军不到天降大雪之时，千万不可拆看，否则就不灵了，谨记，谨记。"先生从衣袋里摸出一个蜡丸，已经用蜡密封，双手呈交刘镇华。刘镇华说："先生真有锦囊妙计！"先生笑说："哪是锦囊妙计，只是应对之策而已。将军就在我这土窑里吃点农家便饭吧！"清谧媳妇把饭端上来，是蓝田横岭上常见的"米儿面"。先生说："乡野简陋，家常便饭，刘将军屈尊将就点，慢用。"说着自己也端起碗，呼噜呼噜地吃起来。蓝川先生说："今日真是慢待将军了，不过我们这鸣鹤沟'米儿面'也不是常吃，是给将军特意准备的。"

刘镇华说："这饭真好吃，农家饭，这饭好！"先生说："那就请将军少坐，我去去就回。"说着，双手一抱拳，出窑门往东去了。

蓝川先生一去不回，刘镇华左等右等，不见牛蓝川先生回来。对参谋说："先生去这么久还不回来！"参谋说："先生不会回来了！"刘镇华忙问："先生知礼之人，何以见得？"参谋说："司令在陕西主政八年，难道不知蓝田的风俗，乡村孩子念，'糁糁面，大家饭；米儿面，大家散。'"刘镇华听完气急败坏，喊道："去把牛先生给我追回来！"年轻参谋拦住，说："将军欲成大事，当延揽贤士，收买人心为上，牛先生省内外都有名气，断然不可造次！"

一行人撤出了鸣鹤沟，蓝川先生的身影又出现在土窑前，家人放下心来。有邻居问："你和这位军爷相熟？"

"他就是围困西安城的刘镇华，主政陕西时打过交道。"蓝川先生说："他差点在县城动粗，血洗蓝田，我出面劝止，还算给了点薄面。扩修芸阁时拨过钱款，邀请我作陪康南海，我未去。这人在陕主政八年，沽名钓誉的事多，真正尊贤礼士的动机不纯。"窑门重新闭上，黄犬静静地在门口卧着，农人开始劳作，蓝川先生离开鸣鹤沟，回蓝田去了。

农历九月十六日，天降下入冬的第一场大雪，城里城外飘飘扬扬，忽传于右任、冯玉祥军队前锋已至西安西门。一筹莫展的刘镇华，忽然想到牛先生的"锦囊妙计"。他急忙打开蜡丸，取出一个纸片，展开看时，纸上并无一字，只画了九个石榴，一个大枣和一枚桃子，立即叫来参谋。参谋看了，说："此乃一幅画，画中说了一个意思。现在是九月，九个石榴代表九月十六，大枣表示早上，桃子谐音表示'逃之'。连起来念，正好是'九月十六早逃'。"刘镇华说："原来牛先生早就知道今日之结局，真是孔明在世！"转念一想，"哼！牛梦周。"他忽然觉得，自己还是让牛才子戏耍了，气急败坏，破口大骂，立即派人去抓牛才子。参谋说："牛才子你不敢抓，快想撤退之策吧！"

于右任军在城外向刘镇华发起猛攻，城中"二虎"趁机率军大肆反攻，镇嵩军受到里外夹击，不战自乱溃不成军，刘镇华引大军向东撤走，西安城终于解围。

镇嵩军溃散撤走后，东西道路畅通，蓝川先生立即背了褡裢，前往宗铭书院、宗圣书院讲学。

第三十六章　秉笔续志

修志局在县府宣布设立，天气转凉时，慕庭县长拨下第一笔专款，蓝川先生作为总纂，他的学生邵泽南出任副总纂，阎儒林、王福寿等修志班子，以与先生共修县志深感荣幸，已按着先生的吩咐开始访查踏勘。

蓝川先生从宗铭到宗圣书院，前后会讲多日，果斋说，一起到清麓去，又在清麓逗留数日，当即回到蓝田。清璋蔫踏踏地来找，说："大，二哥病重。"先生一惊，忙问："咋啦？"清璋说："老毛病频繁复发，这次比较厉害……"清璋是大夫，他说厉害，那就是病情真正严重，先生喝了一口水，赶紧跟着清璋到清谧家去。

清谧是四个儿子中读书最多的一个，还善于思索，时常提出自个的见解。蓝川先生踏进清谧家门，清谧在炕上躺着，病恹恹的样子，方脸瘦成了长脸，胳膊腿屈伸少了灵活，身体瘦弱缺乏了弹性，面色煞白蜡黄。见到父亲进来，清谧吃力地坐起来，问："大，你回来了！"先生说："大刚回来，咋能病成这样？"

清谧说："大，听说你又出去讲学了，年纪大了，身体能吃得消么？"先生说："大能行的，这次是会讲，讲课的先生多，你几个伯伯比大年龄大，没事儿，大最操心的就是你，病情咋样？"清谧说："大，你年纪大了，整天都忙正事情，你要多保重！"

"娃呀，大是小病小灾，早就没事了，看你年轻轻的成天病恹恹的，都瘦成啥了，风都能吹倒！清璋，你给你哥看过吗？"先生问清璋。清谧媳妇闻声过来，看到是父亲说话，赶紧取凳子让坐下。清璋说："看过了，还叫县里几位大夫都看过，吃的药也不少，但总是不见起色……"先生说："换个医生继续看，大给你留点钱！"就从衣袋里掏出一卷纸币，交给清谧媳妇。清谧媳妇推让，先生脸色一沉，说："你兄弟四人，都是我的心头之肉，你妈去世得早，大成天又不在家里，啥话都别说，寻医生抓紧好好看病！"先生还要说什么，又没有再说，就出去了。

从家里出来往生舍走，一位陌生的中年人站在面前，彬彬有礼地问："先生，请问您就是牛梦周先生吧？"蓝川先生打量着来人，穿一身黑色中山装，瘦高个儿，留着大中分头，鼻梁架一副圆框眼镜，操一口浓重北方腔调。先生问道："你是……"

"先生，我是新任的蓝田县县长，名叫范慕庭，河北保定人氏，今日特来拜见先生！"梦周说："原来是范县长，失敬，请到里边坐吧！"范县长说："不敢不敢，在您面前，我就是个学生，一到蓝田，芸阁拜访您三次了，不巧，您都出去讲学不在精舍！"

梦周问："范县长年轻有为，前程无量啊，不知县长前来可有见教？"范县长说："先生不必客气，大儒面前不敢言教，自民国以来，军阀争霸势同水火，打打杀杀十有余年，如今虽不能算天下太平，社会总归相对安宁，各地俱请名人修志，鄙人身为一县之长，续修蓝田史志重任在身，四吕之后，幸有关中第一大儒，修志重任非你莫属啊！"

梦周说："范县长，《蓝田县志》屡有修撰，最末尚属清朝体例，但不知本次是为续修，还是重新编撰？"范县长说："以先生高见呢?"梦周说:"青史不可割裂,以我愚见,还是沿用旧有体例,下限时间止于宣统三年,民国仅十余年,人事尚无定论……"

"好好好,就依先生,也正合我意!"范县长来时心有忐忑,续修工程浩繁,担心先生不肯出山,听先生并未推托,范县长高兴地站起来,说:"牛先生,未到县邑就敬佩先生品学,今日一见,愈加欣赏先生的这份担当!"梦周说:"续修史志,当对前志阙者补之,略者详之,误者正之,工程浩繁非一日之功,语言表述尽量干净典雅,竭力追求完美!"范县长说:"先生不推辞重责,愿为史志付出心血,令我感激不尽,我现在就正式聘您为修志总纂,续修蓝田县志。其余未尽事宜,改日请您到县府详谈。蓝田县邑多儒林高士,先生门下不乏高才弟子,先生从中挑选组成修志班子,今日就不多打扰,告辞了!"

"范县长走好!"蓝川先生送范慕庭县长出门,县长回头双手深深一揖,离开芸阁回县府去了。

"又是一位好县长啊!"梦周目送范慕庭离去,心里尚不能平静,蓝田县邑自李维人县长之后,他感觉这位范县长谈吐不凡,做事比较务实,为官一任,能做几件实实在在的实事就算好县长,这位范县长刚到蓝田,就把修志提上日程,让蓝川先生心动。

修志是千头万绪的事儿,蓝川先生觉得,敬修辑成的《蓝川文钞续六》,必须尽快校勘,修志一开始就腾不出手了。他拿起书稿翻看,脑子已开始酝酿修志人选。忽然心情又沉重下来,想到清谥的病,蓝川先生作为生身父亲,怎能忘怀呢?他放下书稿和笔,起身向清谥家走去。清谥还在炕上躺着,刚喝过中药,一问病情,并不见有所好转,眉毛一下子拧成了疙瘩,一种失望的情绪,让他越来越容易莫名其妙地发火。

急有什么用呢?发无名火又能有啥用呢?先生回到自己的房

间，把拿在手中的书稿，又一次放下来。书稿的校勘困扰着他，儿子清谧的病煎熬着他，修志的事又重上心头。梦周坐下来的时候，已开始梳理蓝田的史志，据他了解，民国只有十九年，范慕庭已是蓝田的第二十三任县长，县长换得比走马灯还快，不知这位范县长能在任多久。《水经注》和《元和郡县志》均有记述，从清光绪至民国十余年间，县城四次修复城门、城墙……此次县志重修，理应内容丰富、记载更加周详，更兼圣学发祥于蓝田华胥之渚，四吕为程、张的大宗嫡嗣，明有王之士，与四献祠一脉递传，源既犁然，流也不息，不能不记……

川道和横岭收秋回种，一年里最忙碌的一个季节结束，山岭川塬的颜色一天天淡化下去，终南山弯弯的石径，早没了霜叶红花，远望去一片苍茫。川道里绿色褪尽之后，西南风开始冷飕飕的，岭上农人便开始穿上了棉衣。

修志局在县府宣布设立，天气转凉时，慕庭县长拨下第一笔专款，蓝川先生作为总纂，他的学生邵泽南出任副总纂，阎儒林、王福寿等修志班子，以与先生共修县志深感荣幸，已按着先生的吩咐开始访查踏勘。这天晚上，先生正在对当天访查记录进行梳理，门被沉沉地敲开了，进来的正是倡导修志的范县长。范县长脸上露出愧疚的神情，梦周说："父母官，款子已到，大家都很能吃苦！"县长说："先生，不瞒你说，经费已经捉襟见肘，现在根本就拨不出费用了，修志的事……哎，恐怕要食言了……"

蓝川先生说："范县长，只要你没有调任别处，经费暂时未到也不要紧，修志组正常开展访查，绝不为难县长！"范县长说："梦周先生快人快语，痛快！"一个月很快过去，街上纷纷传说，范慕庭县长防共剿匪效力不彰，致使几股"共匪"过境蓝田，遭到严厉训斥，陕西十区行政督察专员十分恼火，要让他卷铺盖走人。

这天晚上慕庭县长又到芸阁，范慕庭说："先生，我是来向你辞行的，说实话修志开端良好，鄙人实在不甘心就此搁置，正在苦无良策，不料竟被免职。原因你也耳闻，一个月内几支山里边的队伍，秘密过境蓝田，有的可能在山里边驻留。"梦周这才明白坊间传言，并非空穴来风。范县长一脸无奈地说："梦周先生，以后的经费也许更加艰难，但愿你们最终修成史志，流传后世。"

河北保定人范慕庭离开蓝田一个月，接替的继任县长叫曹汉英，山西铜鞮人氏，算是民国第二十四任县长。曹县长到任蓝田，上任也接受军政当局训示，要他以前任为戒，全力"剿匪防共"，不能让山里的一只苍蝇从蓝田飞过去，切不可掉以轻心。曹县长哪有心思顾及修志，所有的财力用在"剿匪防共"，加强地方民团，从西安调集军队，呕心沥血于"防共"大计。

农历十月二十，阴云密布气温骤降，入冬的第一场雪铺天盖地，降落到关中大地。秦岭和鹿塬裹上了银装，巍巍的山和莽莽的塬融为一体，淹没了山、川、原、岭的界限，悄没声息的灞河，被织进白茫茫的银白里，分不清往日的眉目。这场大雪使修志的野外踏勘暂时停止，大雪一直持续了两天一夜，十月二十二晚上才渐渐停下来。

漫天大雪滋润了干旱的庄稼，而对牛梦周却不是个祥瑞之兆，他放下手里正在勾勒的河流图解，随意占了一卜，却是极其险恶的凶兆。先生立即打开屋门，泽南正和几个学生推雪，打通了芸阁所有通道，先生没有加入其中，而是端直走到清谧家门口。

清谧媳妇牛于氏正在屋里抽泣，看见先生走来，便是号啕大

421

哭。先生走进屋里，两个孩子也在失声地恸哭。清渊媳妇良仆在劝说他们，儿子瑶田和新田、女儿蓁卿和蓁怡哭作一团。先生走到炕沿前，清璋和清德在身边守着，他问清璋，清璋放下清谧的手，摇摇头，对父亲说："大，二哥脉息衰竭，气息衰如游丝，怕是……"

先生问："你说啥？难道真的就无药可救了……"清璋说："是的，大。"先生转过身问清德："窑里收拾了吗？"清德说："大，我来时已拾掇好了……"牛佩申和继昌进门了。先生拉起清谧的手，已经绵软无一丝力气，清谧的嘴张了几张，鼓着劲想说话，干燥的嘴唇动了半天，没有说出一句连贯的话。蓝川先生流出了眼泪……神情凝重得可怕，眼睛瞪大头往后一仰，失声地哭出了声："清谧——父的儿呀——"先生牙关紧咬昏了过去。

佩申和清德赶紧扶先生过去。大家围着他一个劲地喊："大，——你醒醒！大——你醒醒呀！"清璋走过来，取出银针扎了一下，父亲醒了，蓝川先生才放声哭了……几个孩子都哭。清渊对父亲说："大，清谧还有微弱气息，车已雇好，咱赶紧回鸣鹤沟，慢了恐怕不行！"先生擦干眼泪，点了点头。良仆、佩申做早饭，清德收拾好行李，清渊去叫车子，清璋守在清谧身边。饭刚吃毕车子来了。

车子吃力地在雪路上前行，车后留下两道模糊的辙印，佩申和瑶田扶着先生，继昌、清德几个在后面掀车，大人小孩谁也不说话，只有牛于氏一路抽泣着。大家陪伴着气息奄奄的清谧，回到生他养他的鸣鹤沟。

第二天天气放晴，太阳照在雪地上，耀眼的光芒逼得人睁不开眼睛，未时许，牛清谧就停止了呼吸，土窑里传来一阵撕心裂肺的哭声。牛清谧生于光绪十四年八月，到"中华民国"十九年十月二十三日，年仅四十二岁。

盛殓清谧前，蓝川先生已经泪流不止，由于过度的悲伤，还没埋葬清谧，先生自己就病倒了。先生睡在窑洞土炕上，不思饮食，茶也不想喝一口，大家一下子着了慌，守谦来安慰他，人死不能复生，大夫治得了病治不了命，就让清谧趁早以土为安……所有的说辞都显得苍白无力，先生也是血肉之躯，他的心空布满了阴霾，情感的世界容不下这么多的悲伤……

清璋找清渊、清德商量："咱大的身体不好，经受不了这么重大的打击，咱以天冷为由，趁早把他送回芸阁，让佩申和瑶田陪着。"清渊、清德认为老三考虑周全，就让佩申和继昌、清德送父亲去蓝田。

鸣鹤沟后的牛家祖坟里，多了一个土堆，牛清谧走完了自己逼仄短暂的人生，静静地安葬在母亲身边。牛佩申在芸阁照管父亲，清璋办完丧事提前到蓝田，给父亲号过脉，嘱咐说："大，你的病在心里，三分在调治，七分在习养。你是个明白事理的人，清谧得的是治不好的病，愁死也是白搭，你还有更重要的事做，要换一个思路去想。大，不用清璋多说，听起来让悲伤尽快离去！"

清璋的几服中药还真管用，蓝川先生在芸阁调理十余天，精神慢慢地好起来，这一天居然拿起了书看。听清渊、清璋、清德几个叽叽咕咕，好像在商议着什么，一会儿就把清谧媳妇叫来了。先生放下书本，想过去听个明白，就问清璋："你们几个在叽咕什么，还想瞒住你大！"清璋说："大，是这样，二哥孩子多，二哥如今不在了，恐怕二嫂管起来吃力，大哥家只有一个女儿，商量把二哥家的新田，让大哥领回去抚养，算作过继，将来顶门立户。"

蓝川先生听明白了，问清渊媳妇，兀良仆点头表示同意，又问清谧媳妇，于氏流着泪，点头表示没有意见。先生叫来孙子新田，说："新田哪，你几个大大让你过继到大伯家，以后管大伯叫大，你可愿意？"新田很干脆地说："行，叫大就叫大！"正说着话，就"大——"叫了一声。清渊赶紧答应了一声，把孩子紧紧抱在怀里，泪流满面，清谧媳妇在一边小声抽泣。

蓝川先生觉得清璋考虑周全，这个事情解决得好，便点头同意，回头对清璋说："清璋，你给大哥和二哥立个字据吧。"清璋干脆地允诺。

续修县志并没因经费问题完全停顿，修志经费拨不来，却等来日本驻兵东北的消息，并不断传来了坏消息，令修志人员义愤填膺。日本兵在东北奴役同胞，开采矿山……蓝川先生听后满面怒容，几天都没说一句话。阎儒林、润生还说了一个消息，先前守西安城的杨虎城，已就任民国政府的陕西省主席，对日本驻军东北，杨主席满腔怒火。

这一天正午，县长曹汉英和随从来到芸阁，拜见到蓝川先生。县长一见面就说："啊，牛先生，恭喜恭喜！"梦周说："曹县长，你到蓝田有些时日，是不是送来修志的经费？"县长说："梦周先生，实在惭愧得很，天天'剿匪防共'，已捉襟见肘，没有钱了！"梦周说："那请问县长，梦周喜从何来呀？"县长说："哈哈，就从这来！"

曹县长说着拿出一份聘书和聘礼，说："我来蓝田是有些时日，手里公事头绪太多，没顾上拜访先生，真是失礼，失礼！这聘书和聘礼嘛，那是省府杨主席所送！"蓝川先生说："一县之长乃民之父母官啊，保境安民当然公务繁忙，不知杨主席聘我这个教书先生能干啥呀？"曹汉英说："杨主席仰慕先生的品学，诚挚邀请您去省府给他当顾问，还请先生万勿推辞！"

蓝川先生心想，治理州县和治理国家入出一理，这位杨主席系绿林义士，守西安城也许能行。未读圣贤之书何以明道？不明其道何以治其国？素不相识的杨主席，绿林刀客一个，想这等草莽出身的粗人，民国政府居然用他治理陕西，恐怕难逃买官卖官之嫌！先生这样想着，就对曹县长说："恐怕要让杨主席和曹县长失望了，梦周敢对天发誓，今生只安贫乐道，不打算再进入官场！"

曹县长眼睛翻了两番，心想，有这聘书就一步登天了，将来曹某人若要升迁，还得一番卧薪尝胆，若梦周先生能到省府，日后官职升迁，岂不多了一条门路。县长满面堆笑，说："牛先生就不要再推辞了，杨主席一荣任省垣，就如此器重先生，先生前程无量啊，还是择日赴任吧！"

蓝川先生收敛了笑容，眼睛射出烁目的亮光，对曹汉英说："感谢省府杨主席厚爱，梦周实难受聘，曹县长不必再费唇舌，礼品和聘书请务必带回吧！"曹县长看先生决绝，再说下去自讨没趣，为避免尴尬自找台阶，说："先生为人耿介如同白玉，汉英今天领教了，梦周先生，聘书我自带走，礼物你还是留下，给我留个面子吧！哈哈。"

曹汉英县长走出芸阁大门，顺着街道往东走，听见后面"啪啪"数声，回头看，几瓶洋酒和几样洋货，已被先生从门里扔了出去，摔在当街上四散开花，蓝川先生愤愤地说："哼，天朝大国，岂用倭寇的洋货！我终身不穿洋布，也不会用洋货！"曹汉英一行听见看见，加快了脚步。

曹汉英一直扛到旧历年底，没有拨下一个铜子，所有的钱全用在"剿匪防共"的事业，结果共党陈先瑞部在流峪灞龙庙一带活动，陕西十区行政督察署侦知，督察署专员立即大怒，派人叫来曹汉英骂道："哼，你这个县长咋当的，"防共剿匪"如此不力，你身为县长难脱干系！"未过阴历年，曹汉英即遭到再次训示后，就被革职撤换。阴历年后，浙江人罗锦受命出任蓝田县县长，同样也被十区专署陕西督局叫去，一番更加严厉的训示。

灞河川道和鹿原坡塄，到处萌生出绿意，天气一天比一天暖和，蓝川先生校勘完《蓝川文钞续六》最后一页，收拾笔墨纸砚时，看到了茂陵仁斋学兄的字，立即产生了一个强烈的冲动，先去一趟清麓再去茂陵，而且必须是尽快去，他想看望一下同学兄仁斋。从芸阁精舍出来，找到西去的车子，蓝川先生心又变了，遂决定先去茂陵，再到清麓书院，他心里太惦记仁斋学兄了。

距离过正月十五只剩下一天，蓝川先生往褡裢里塞了两本刚刊印的《蓝川文钞续五》，就急匆匆上路往茂陵去了。梦周一路上胡思乱想，首先民国十九年冬杨虎城开始主陕，没有聘到蓝田牛梦周，转而亲到茂陵聘请张元际晓山，晓山先生也未能应聘到省府襄助。他怎么能去呢？元际兄曾回信婉拒道："杨主席乃是吾省人，于桑梓必有硕划！"想到这里他不由得哑然失笑了，老兄对这个大老粗省长讲话，还挺客气的呀！

蓝川先生往茂陵继续赶，一路心事重重，回想与仁斋学兄的交谊，从在味经书院相识至今，已经过去几十年了。那次在"关洛学社"会讲，可真是明星荟萃啊，陕西的刘镜湖、寇立如、许世衡和张鸿山等，还有河南白寿庭和山东孙灵泉，浙江夏灵峰与青岛张范卿，更有来自朝鲜的李习斋……各位同道共守清麓师门，意何其坚、守道何其严啊！后来拜师于正谊书院，历年鲁斋及各处会讲，致程朱之学维护师门，为守正道四处奔走，同赴乾州弭兵，两度芸阁兴学……已经你中有我，我中有你，无法分清彼此了。

马车到达茂陵庄子头村，在张家门楼前停了车，梦周一下车即给车夫付费，加快脚步飞也似的就往张家大门奔。

仁斋先生的屋门怎么大开着，屋子里的气氛有点异样，炕前站立着好些同道，果斋和儿子、侄子都在面前，看不见仁斋兄也没听到他的声音。张元勋走过来拉住他，直接拉到老兄起居的炕前。梦周一把抓住仁斋消瘦如柴的手，已是说不出话来，眼角涌出了滚烫的泪水。梦周含着热泪说："咱弟兄分别才几天时间，老兄咋就成了这般光景！"果斋坐在身边，拉着长兄的另一只手，三人同时流着泪默默无语，张仁斋一双瘦弱无力的手微弱地动了几动。

梦周叫了一声："仁斋老兄……"早已泣不成声了。只见张仁斋嘴角又动了几下，显出极兴奋的样子，似乎有千言万语、万语千言，但一句也没有说出来，头往右边重重地跌了下去。

民国二十年正月十五日，张元际先生在家乡茂陵庄子头村逝世，终年八十又一岁。仁斋先生安详地闭上了眼睛，屋子里传出了嚎啕的哭声，所有亲人神情哀伤，房间的气氛凝滞。果斋把梦周拉到另一个房间，悲戚地告诉他，长兄这几天不断地喊"牛梦周……牛梦周！"因知你家里刚遭过丧子之痛，就没有告诉你病重之事。元勋说着递过一张纸，梦周接过纸片，元勋说："这是长兄自撰的墓志铭……"蓝川先生擦着泪仔细看，见纸上写着："志欲为学而气不锐，学欲希圣而功不逮，慨坠绪之茫茫，独潸然而出涕，尼山何远，紫阳何逝，午夜灯光，恒矻矻以自励。不克展其学修，不克光其施济，抱一腔存古维道之心，弗随俗以泄泻泄。深愧上未能承，中未能成己，下未能贻善于后世。虚度光阴八十一岁，此何人哉，是乃兴平庄子头张晓山元际。"

蓝川先生看罢，恸哭不止痛不欲生，果斋说："大哥临终前嘱咐……说他生平自愧德学未成，殁后切勿请人为志表，遗笑当世贤儒也。一切丧事须从礼，不用酒肉、音乐、纸幡，七七，屏去俗所禁忌。并亲书对联两副。”果斋说着从书架抽出两副对联，交于梦周。梦周看那两副对联，其一联曰：“嘱弟丧葬须从礼；愧我道德未裕身。”另一联曰：“与奢宁俭，与易宁戚；从礼则是，从俗则非。”

张元勋主持长兄丧事。他嘱咐儿女亲朋，丧事遵照长兄意愿，以礼简约，不用酒肉、音乐、纸幡，七七屏去俗所禁忌。送葬之时，有各地自发前来吊唁的送葬者达千余人，整个庄子头村，想不到会这么隆重简约，哀辞诔挽，累幅连篇，祭文约有三十余篇，挽诗四十余首，挽联二百二十八副，称赞先生的学问道德，怀念先生育才济世功绩。陕西省主席杨虎城也派人送来匾额，赠予名儒张元际“关学薪传”匾，并撰挽联：

先生近师中阿，远绍洛闽，况更寿登大耄，福乐康宁，自当期颐百年，为彼士林作坊表。

鄙人忝权陕政，幸莅梓乡，方思河道响风，泽躬化雨，胡竟不遗一老，使我关辅失儒宗。

清麓同门宋伯鲁先生挽联：“请业记同堂，幸道义相摩，三益当年称畏友；吞声成永诀，痛斯文将丧，百川谁与挽狂澜。”赵宝珊先生撰挽联：“沣西之峻，烟霞之宏，清麓之纯，先生无弗承续；泰山其颓，梁木其坏，哲人其萎，门下何所瞻依。”冯光裕先生挽联：“梁木圮槐里；弦诵辍横渠。”刘锡纯撰挽联：“到处最喜读书，立会文社，筑爱日堂，正好教育英才，培满园桃李，及是时化雨均沾，何期寿享八旬，驾鹤仙游，一朝茂陵丧元老；晚年益身尊孔，入履礼门，出由义路，每逢春秋朔望，率多数师儒，极其诚释菜致奠，无奈月值孟春，修文应诏，四海同声哭先生。潛溪唫帅。"

蓝川先生在兴平茂陵庄子头村，送走好兄长元际先生，在果斋先生家逗留数日，忽一日，见一树梅花正艳，他疾步回到屋子，在书案前磨墨铺纸，握笔在手，写下《咏蜡梅寄张鸿山先生》七绝：未识黄冠修到无，几曾濯魄向冰壶。清芬谬托梅兄弟，从此孤山总不孤。墨迹干了折叠好，郑重交于果斋收藏，当日午后，二人径往清麓书院。

蓝川先生从三原回到芸阁，泽楠、儒林等修志还在有条不紊，先生说到仁斋先生不幸去世，芸阁诸位先生无不悲伤，连门房老朱都用手巾擦泪。

这一日也是个午后，润生拿着一份民国报纸，对各位先生大声说道："我等此时还在这里修志，岂不知东瀛岛国小日本，已经攻陷我们东三省了！"众人听闻十分震惊，儒林骂道："倭寇早怀狼子野心！"其他几位先生闻听，也怒不可遏，梦周泫然流涕。第二日讲课，即用攘夷之说教导学生，启发诸生抗敌救国，又铺纸挥笔写下一首《我明告你》的四言诗，诗曰：

> 今日中国，唯你与我。今日中国，非你即我。
>
> 外人借口，亦唯你我。外人利用，还是你我。
>
> 你认得你，我认得我。我不管你，你不管我。
>
> 我想并你，你想并我。同一中国，何分你我？
>
> 你也非你，我也非我。有我有你，无你无我。
>
> 我能爱你，你能爱我。我不谋你，你不谋我。
>
> 以我保你，以你保我。你为了你，我为了我。
>
> 你我不分，中国一人。中国有人，中国其存。

大敌当前，各界团结相处，停止内讧，止诤秉诚，则党国并存，怀一党之私，实难图存矣！必须攥成一个拳头，打出去才有力！先生放下笔，对各位先生说："堂堂东方大国，岂能被一个东瀛岛国欺负，是可忍孰不可忍！"牛蓝川先生写完，掷笔在地，握紧拳头，说："让省主席杨虎城借给我一支枪，我要上战场，我要去杀豺狼！"

大规模的户外访查告一段落，修志组好多天没有再下去，也没听说哪里发生水灾、旱灾，县邑的街上怎么会出现了这么多饥民，川道里也随处可见，一拨刚过去，又是一拨。这些人都面黄肌瘦，进村都是乞讨要饭的，官道和小路上到处都是……

修志组几个人从街上回来，蓝川先生这才知道，蓝田发生的是虫灾，除了漫天飞蝗为害，饥民无所顾忌地从嘴里崩出一个"烟"字。修志工作时断时续，时隔不到一月，蓝田县城以西川道，突然出现了霍乱，一时间，整个蓝田人心惶惶。霍乱病传染极快，迅速蔓延了整个川道，大有向横岭、鹿塬蔓延之势。

蓝川先生这时还在清麓讲学，他一收到清璋的书信就心急火燎，接到泽南写来的书信，就更加坐不住了。梦周先生赶回蓝田时，陕西禁烟委员杨俊茹正在蓝田县督察，民众希望这位省府官员能挺身担当，把县邑再度滋生蔓延的罂粟彻底清除。先生回到芸阁，一打听到这位杨委员的官声，便彻底失望了。

杨俊茹到达蓝田县府，并没有去各保、各甲查禁烟苗，一直待在县府几天都没有露面，他不来禁烟却在干什么呢？县府里一位朋友透露，在与县长罗锦讨价还价，罗锦县长在蓝田推行烟亩变税价，遇到了麻烦。这位相貌堂堂的省府大员一到县邑，所有关注此事的人都认为，罗锦的县长当到头了，他可能要倒台。罗锦到蓝田任职，一上任就推行烟亩变税价，通过在田亩数字上的捣鬼，搜刮了更多民脂民膏，官德扫地不说，已经在县邑怨声载道了。

罗县长的公馆比前几任县长都气派，正墙上悬挂着国父中山先生的画像，青天白日的标识。个头高大的杨俊茹坐在上首位子，他的黑呢大衣挂在衣架上，黑色的中山装笔挺，黑脸绷着气势逼人。两人谈话的气氛不甚融洽，也算不上是僵持，极像雷雨前的天空，风起云涌，却又显得风诡云谲。

杨俊茹微微抬起眼问："罗县长，蓝田种植的烟苗，怎能不是一万亩呢？"罗县长眼睛得滴溜溜圆，说："杨委员，蓝田哪来的一万亩，连三千三百亩都不到！"杨俊茹怒气冲冲，一拍桌子说："胡扯，你简直是放狗臭屁，光天化日竟敢欺下瞒上！这么平坦的川道，这么大的土地面积，除过川道还有塬上、岭上和山里边……"

"杨爷爷，好我的杨大人，蓝田确实没有那么多，顶多也就三千亩！"杨俊茹怒目圆睁，说："哼，你这县长是怎么当的，当初你是怎么答应的，这么一点点小事，你都办不好……"罗县长说："现在……灾情出来了，瞒着还没有上报，你说咋弄就咋弄，还不行吗！"杨俊茹说："行是行，肯定能行，那就按三万亩的基数，硬性往下摊派，款项硬性收取，不然你这县长就当到头了，争着当县长的人，身后还有很多！"

死寂，房间的空气凝固。杨俊茹说完，并不去各村查看，而带着人一溜烟回省城去了。罗锦县长的手确实特硬，许多想借种烟捞一把的烟农，做梦也没有想到，种烟实际亩数没有变，而账面上的地亩却增大了，征税的地亩却成十倍地增加，又硬性按这个地亩数摊税……烟农们一个个倾家荡产，算是倒了血霉，有的连

431

地都卖了，还不够交税，从而沦为乞丐了。

　　"哼，这些当政者视民如草芥，真是罄竹难书！"蓝川先生用史家之笔，记录下一段文字，想以后再续修蓝田县志，就毫不客气地编进去。蓝川先生想，编进去也不过是一件"民国记事"，难道自己要做的仅仅是这些吗？这该如何是好呢？直接去找省府，恐人微言轻无济于事……他忽然有了主意，幼农不是在民国政府当厅长么，郭希仁不也在省府公干吗！蓝川先生马上磨墨修书："……吾县今年烟苗全境已无一茎。而省禁烟局与县长密令，内云亦不存科，亦不使绅知，立要烟款洋捌万圆，急如星火……"先生又给希仁写信，他着重申说派粮一事："……蓝田粮赋自国朝以来为害甚巨……沿河一带，灞水淹没田地何止千顷，民因之卖子鬻妻，倾家不知几数百户……"

　　蓝川先生还拿出自己的一点钱物救济，把节衣缩食积攒的几个钱用来修了一座便桥，自拟简章十二条，静待一个开明的县长到来，为民请命就是为生民立命。信已送出月余，省府忽然传来消息，陕西省府已罢免罗锦蓝田县县长职务，免除蓝田粮三千余石，烟款数万元，支持加固河道，修桥便民。河工竣工之日，四方百姓感谢蓝川先生恩德，非要在此桥边修一块碑子，感激蓝川先生的恩德，被先生坚决挡定。许多为繁重粮税烟款逼得走投无路的乡民，劝止不下非要感谢，蓝川先生只收四样糕点，算是领了乡民的心意。

　　浙江人罗锦为了一己私利，被省府免去官职，从蓝田彻底滚蛋。继任蓝田县县长说一口秦腔，据说他是陕西蒲城人氏，姓王名文伯。

　　王文伯县长到任，先到芸阁精舍拜访蓝川先生，商谈续修县志事宜，县长说："梦周先生乃关中第一大儒，主持续修蓝田县志，一定能秉笔著成信史！"梦周说："王县长，实不相瞒，自范县长成立修志局至今，几任县长只拨过一次经费，大家访查踏勘，收集、搜集资料，早已开始采编，后来县长更迭，经费停拨，修志之事举步维艰。诸位同仁节衣缩食，为续县志恪尽职守，有的陶醉于故纸堆中，有的跋涉于山野之间。他们无不甘受清苦，以随梦周修志为荣，而日夜竭力！"

王县长听完竖起拇指，说："真是难为了各位大儒，但不知道如今进展如何？"蓝川先生说："起初没有经费，大家并没停下，后来日军占领东北三省，蓝田境内虫灾、霍乱、前任县长的烟苗税，弄得人心惶惶，编编停停，弄了好几个月！"王县长说："先生放心，我已采取了得力举措，迅速缓解县邑境内的疫病，请专家帮忙尽快灭虫减灾，省府已减免粮税烟款，我将加大督查落实！"

蓝川先生第一次见到王文伯县长，感觉他就是自己要等的县长，就把拟定的十二条简章，全部拿出来递给王县长。文伯县长看了十二条简章，条条都简明准确，操作起来又简便可行，更加佩服先生，就当即表示："先生只管放心，我回县府就安排立即实施，下次见面我会带来修志经费。"

王文伯县长第二次来到芸阁，青竹园的几株山桃树已散乱地从竹园伸出，盛开着一片粉白的山桃花。泽南把王县长领进房间，蓝川先生这才仔细打量这位关中秦人，只见他中等身材，略显黑瘦，方脸粗眉，口音是绝对的北方秦腔，发音浑厚响亮。先生说："王县长仙乡蒲城，与省长可是乡党啊！"文伯笑着说："咱可是个读书做官，并非买来的县长！"先生说："不管读书不读书，读多少书，只要心里装着蓝田百姓，那就是个好官，不像老朽我百无一用啊！哈哈哈。"

县长说："先生呀，这话可不对呀，不读书不能明道，何以治理县邑，我读的书比不得先生，您可是关中第一大儒，来之前已如雷贯耳，您和四吕、王秦关一样，都是蓝田人的荣耀呀！"王县长拉住蓝川先生的手，礼节性地摇了摇。

梦周说："我第一眼就看得出，王县长做事实在，又雷厉风行，今日来访，不会专程来夸我吧！"茶端上来，蓝川先生笑着请县长喝茶。王县长说："今天只说修志的事，先生知道，泾阳、三原、蒲城等县，按照民国政府要求，均请名人修志，都由您的师尊或学兄学弟，蓝田县邑已聘先生任总纂，只是经费停拨，修修停停，难以持之以恒！"

梦周说："是的，拖延太久，恐影响史志的缜密和周全！"王县长放下茶缸，说："目下疫病已经可控，饥民生活已安置妥当，修志工作必须步入正轨，今天我给你把话说定，十日内下拨经费，你十日为限，物色再充实得力人员，如何……"蓝川先生痛快站起身来，说："王县长，咱就以十日为限，一言为定。"王文伯县长又拉住蓝川先生的手摇了几摇。

县府修志局重新运作起来，续修县志就有了头绪，总纂蓝川先生统筹编撰，副总纂邵泽南负责具体续修事宜，阎儒林、王福寿、杨茂珊等为五个成员全力以赴，《蓝田县志》续修正在进入状态。大家仍然和先前一样，觉得和先生在一起修志，是件十分荣幸的事，前面没发薪水，也没有完全停顿下来。文伯县长在县府设了便宴，招待各位修志组先生，蓝川先生说："本届县长想在任内有所作为，修志已重新提上日程，司马子长作《史记》，那时面临困难有多大，他还是秉笔著成了信史，留下史家之绝唱，有王县长大力支持，有各位先生共同担当，完成重修县志使命，大家可有此勇气？"大家齐声称好。

王县长说："各位大儒先生，史志乃为秉笔直书，张子说'为天地立心'，修志秉持的博爱济众之心，廓然大公之心，为生民立命之心，还是梦周先生说吧！"梦周说："县长说得对，考证起来，语出自《孟子·尽心上》，张载先生的为天地立心，我们修志组秉持天地之心，秉持博爱济众之心，廓然大公之心，为生民立命之心。"

"受教了。以后还要多向先生讨教。续修县志工程浩大，功在千秋，我下拨的仅仅是修志的第一笔专款，即日起，就按照梦周先生吩咐，有什么难处，只管来修志局找我，我会全力以赴支持！"

蓝川先生问："王县长济众大公，雷厉风行，作风严谨，令人钦佩。蓝田县志的修撰，光绪元年为最末一次，本次既为续修，仍当以吕志为基，我已说过，阙者补之，略者详之，误者正之，时间遵循续之光绪以来，讫宣统三年而止，续自吕志以后，并非是吕志的重修，其名称不能循用，体例亦不能变更。王县长以为如何？"

王县长说："蓝川先生之言，就遵从先生。"先生说："史志是要留给后人传于后世的，责任重大，我已邀请到蓝田名儒阎儒林、邵泽南、王福寿、杨茂珊等位先生，韩城学生高凤临，也可参与编修，并让他兼管账务！"县长说："先生慧眼识珠，续修一事全赖先生，事无巨细，都由先生裁定，修志局为大家服务，就这样吧！"

蓝川先生让泽南从芸阁腾出生舍，作为续修县志专用地方，按照体例分门别类，做了详细分工，福寿、茂珊先生负责《志》

《传》部分，《志》计九卷，从六卷始：土地志、建置志、物产志、田赋志、学校志、风俗志、祠祀志、艺文志、金石志，至第十四卷终。《传》分五卷：循良传、列传、忠孝传、文学传、质行传、寓公传、列女传、节义传、叙传。二人表示尽职尽责，绝不辜负先生重托。

阎儒林和邵泽南先生负责采访绘志图，《图》和《表》两个门类，《图》有：县境舆地全图、二十里图、五卫图、水利图、名胜古迹图、附郭形势图、县城图、县政府图、学宫图、玉山书院图、教育局图、关岳庙图、宋四献祠图、石门汤泉图、乡试会馆图。《表》为四卷：经纬高弧表、沿革表、职官表、选举表、毕业表、户口表等。

主纂牛蓝川先生提出，本次县志续修，增加一个门类，即"圣学渊源"。收录《河图》《洛书》等，文、武、周公，周、程、张、朱理学家的传略与学说，本县宋代理学家"四吕"的文章，陕西各地方志绝无仅有。追溯圣趾之所自，发祥于蓝田华胥之渚，虽蕞尔小邑，却系圣学之渊源者深矣。中国文化之祖开于伏羲，而文、周两圣实产吾秦，衍羲圣之绪而光大之，此固他邑所未有也。杂录一门，包括文征录、辋川志和拾遗录，蓝川先生交给两个弟子完成。

从修志局到芸阁学舍，有了匆忙的脚步，有商讨议论之声，有时争论还挺热烈。修志房间彻夜灯光通明，有时通宵达旦，激烈争论声不绝于耳。有上塬的，有进峪的，有上岭的，也有上次访查存疑者，再次核实印证之，下川奔忙的……蓝川先生也陪大家风餐露宿，足迹频频出现在各个地方。常对大家一番辛苦，整理出来比较满意的资料，非常开心。有一个问题搞不准确，大家聚在一起讨论，最后求决于蓝川先生，先生指正决断，从不拖泥带水，各位先生更加诚服。

夜已经很深了，蓝田川道已能觉出了风的凉意，蓝川先生的灯还亮着，他对成稿的《圣学渊源》人物传进行审定。根据编制的纲目，《圣学渊源》列全志书的第五门，总目卷二十一。《圣学渊源》在史志中独一无二，设有图、列传、文征三个目，《图》分渊源图、河图、先天图、卦次图，西铭图、长安图记、考古图、大易图象。《列传》为《伏羲传》《文王传》《周公传》《程颢传》《程颐传》《张载传》《吕大忠传》《吕大防传》《吕大均传》《吕大临传》《王之士传》。《文征》则收程颐《答吕进伯简》《与吕大均论中书》《雍行录》，吕大忠《荐苏学士奏状》《书乡约后》，吕大防《请置经略副使判官参谋》《吊弟与叔文》，吕大均《吊说》，吕大临《中庸讲义》《禘祫议》《宗子议》《程明道先生哀词》《记仲将军事》，吕大均《天一家赋》，及吕大临的《拟招》《克己铭》和《北郊》等。

儒林问先生："所绘各图是否已审定？"先生说："审图较慢，还未最后确定。"儒林说："先生，人物传里，文王、周公，二程、张子，有人提出异议，说这几个人物非为县邑，跨出了蓝田县域，如何？"先生说："圣学起源于蕞尔小邑，却系圣学之渊源者深矣，跨境就跨境，不能隔断脉系呀！"儒林遂放下心来。

持续紧张了几个月的时间，耗费了大量的纸张和心血，修志组夜以继日，《圣学渊源》初稿基本成形，蓝川先生手握笔杆，坐在灯下为这一门类起草释言。他对释言甚为谨慎，已经三易其稿。回过头再仔细推敲，圈圈点点，勾勾画画，最后用工笔小楷再重抄一遍。

泽南给先生送饭过来时，看到先生又在灯下亲自抄誊，很有些过意不去，就说："先生，你把稿子改定，我们来抄誊缮写吧！"先生瞅着泽南，笑一笑说："润生哪，志书是要流传后世的，每一个字都不能轻易放过，抄誊好了宜再仔细斟酌！"泽南看着先生抄写好的稿子：

盖自伏羲以一画天而后，三统以建，人极以立，而道之大源出焉。溯其圣趾之所自，实发祥于蓝田华胥之渚，则蕞尔小邑，故所以系圣学之渊源者深矣。宋五子兴，横渠以礼教倡明关中，学者率知敦礼让、崇节义，道学之名遂显于世。吾邑则有吕氏伯仲受学于程、张之门，讲约善俗，然后讲学之士如明之王秦关辈，踵相接也。兹特立《圣学渊源》一卷，俾后之论世之人者有所考镜焉。

夜静更深，蓝川先生放下稿子，正准备熄灯睡觉，听见"嘭嘭嘭……"的敲门声。这么晚了谁还敲门，肯定是修志组的人，就问："谁呀，进来吧。"进来的是阎儒林。儒林按先生的意思修改志图，一连熬了三个晚上，眼睛分明挂上了红丝。儒林走近蓝川先生，小声说："先生也没睡呢，我想让先生再审小序，圣学《渊源图》和其他图已作了再次校订，我作的小序您能抽空审一下吗？"

蓝川先生坐起身，两人就在炕上坐着，拨亮灯再仔仔细细看，先生说："儒林，你这毛笔小楷如此娟秀，看起来实在是漂亮，序文改后，读起来很顺畅，也意脉贯通，成了！"蓝川先生拿起笔，只改动了一个字：

志之所重非以名也。人者天地之心，而圣贤又为代天敷化之人。中国文化之祖开于伏羲，而文、周两圣实产吾秦，衍羲圣之绪而光大之，此固他邑所未有也。后越千余年，程、张再起，以开洛学，一恢关学，宗仰师法，四献实两先生之大宗嫡嗣也。一脉递传，下逮明季之秦关，涓涓不息，故天心之寄而人道之赖以常存者，三辅之琳琅，邑乘之精华也。故敢表而出之，以为继生斯土者劝。

先生对儒林说："'中国文化之祖，开于伏羲，而文、周两圣实产吾秦地，衍羲圣之绪而光大之，此固他邑所未有也。'这句话甚合我意。程、张再起，而宋之蓝邑四吕为程、张大宗嫡嗣，明王之士又与此四献一脉递传，源既犁然，流也不息，确为三辅之琳琅，邑乘之精华也，不但应该入志，而且应该大书特书，纵'越境而书'，亦在所不忌，必须让后人知道，圣学源于蓝田，蓝田为圣学之重镇。"

儒林先生点点头，说："先生所言极是，斯志所载，不仅是在蓝田，在天下也是最大之事，绝不能小觑，先生，前日有人曾对我说，圣学一门类与方志无关，编进方志不妥。"

先生说："哼，这话纯属谬说。这才正是蓝田县邑最耀眼的大事，如若都上不得方志，那什么能上方志，方志编些什么呢？出此言者必不懂方志。"儒林兴奋地说："先生说得对，我和先生也想到一块了！"牛蓝川先生此时睡意全无，就和儒林坐着谈了一会儿，方才熄灯安睡。

大儒牛兆濂

第三十七章　疗耳明目

　　随着眼病逐渐地向好，蓝川先生对西医的偏见悄悄改变，也初步改变了对杨虎城主席的看法。五月初十，他感觉眼部的不适已完全消除，耳朵也彻底好了。他穿一身粗布衣服，需要尽量少说话，没有人能认出他就是蒲城人说的关中大儒牛兆濂。

　　民国二十一年正月，川道里寒风呼啸，灞河结成厚冰，被坚冰固定的顽石像熟睡了一样毫无生机。土路上的小石头，使劲踢一下都不动，脚却生疼生疼的。能听得见坚冰下细微的水流，柳条儿和田里的麦苗在告诉人们，虽冷得出奇但春天已在路上。初九这天，泽南从邵家寨步行到县城，手里拿着一包点心，到芸阁去找先生，一个布包里塞着厚厚的一叠纸。

　　蓝川先生坐在清漳家的热炕上，孙子孙女围坐炕上，要爷爷讲故事。灶上做饭炕正热着，先生一把拉过新田，说："来，和爷坐一块。"新田说："爷，是妈妈叫我过来的。"先生说："好啊，妈妈叫新田过来挺好，在你三大家，咥美！"刚吃毕饭泽南就进门了。几个孩子一边问候："伯伯好"，一边赶紧穿鞋下炕，知趣地跑开了。先生对泽南说："润生，干脆脱鞋上炕，两人坐在炕上喝茶！”

邵泽南也不客气，两人坐在热乎乎的火炕上，清璋媳妇把茶壶递上来，两人就喝着茶聊起了民国。聊到续修县志历时数年，感慨一番。说话间泽南打开纸包，是县邑各地收集的史志资料，有掌故、疆域、建置、田赋、户口、土地、山川、风俗、物产……有的可入编续志，有的还有待取舍，他有个初步意见，让先生最终定夺。先生说："润生啊，这么冷的天也没闲着，续修一个像样的史志，全赖大家之力！你们几个去年不惮险远，四境所及，几乎无所不到，好样的！"

泽南说："跟先生编修史志，是润生的荣幸，何敢言苦！非徒侈参稽之勤，哪得矜搜访之富哪！只是苦于难得可靠详实的史料，全仰仗先生权衡，裁量取舍斟酌编选。"润生续上茶喝着，先生说："修志组个个都能吃苦，这段时日把蓝田的角角落落都跑到了，干得十分出色！"

泽南说："先生，比起原志书，新增了山名、水系，有的是境外之水发源县邑之境；续增山里村名、物产，还有山脉水道若干，宜仔细比对审核，最终定稿！"泽南翻开图志，一页一页指给先生看。先生放下茶杯，高兴地说："绘得很合规范，山川河流均犁然可指，足以弥补前志缺漏，咱慢慢审对吧！"

两人忙了一整天，先生留泽南吃过午饭，夜幕降临方才离开，先生送出门外，问："润生，听说你老师邵力子任甘肃省主席，委员长要他回陕主政，别人都托关系，你年上咋没去找找？"泽南说："先生，我的脾性你摸得最清，无意做官就没去拜望。""哈哈哈，和我一个偏样！"

正月初九、初十，修志组的儒林、英珊、福寿诸先生、学生敬修陆续来访，给先生拜年，也谈修志的事，拿捏不准的请教先生酌量。徐耀增问："先生，'民国记事'栏内有几段记述红军在县邑过境或活动的文字，因本志止于宣统三年，编还是删之？"先生说："编！"耀增又问："里边叙述红军'蹿'和'匪'字，咱用不用？"先生说："就学韩城司马子长，秉笔著信史，直笔陈其事吧，不加褒贬才更可信！"耀增说："先生，有表述当政者劣迹的文字，请先生把握一下分寸！"先生严肃地说："重修县志著写信史，就要有所敬畏，陈其事就直言不讳，不加遮掩才对得住历史！"

正月二十四早饭后，阎儒林先生又来，先生对儒林说："你已是我家常客，来了就不要客气，动手泡茶喝吧！"儒林说："先生，我几个去了水陆庵，烧炷香许个愿，愿咱的志书早日大功告成！"蓝川先生笑着说："求菩萨保佑，哈，好兆头么！"儒林说："昨日审'新增民国记事'栏文稿，对匪寇类的表述，国军以外的军队，起义军、土匪或其他武装，前志皆冠以'匪''寇''盗''贼'之类，对中共的红军咋措辞恰当？"先生翻到民国记事栏，见有这样几句记述，"徐向前等数万人出汤库等峪，中央派刘恩茂、萧之楚两师出七盘，绕白鹿原尾击"；"刘志丹部由临潼经横岭入留峪散败"；"陕西独立旅许权中部驻县，红军徐海东部驻乡"等，全部记述未出现"匪"字。蓝川先生沉吟片刻，说道："叙述恰当，明白直接，挺好！"儒林先生问："先生，要不要把'共军'之'军'字换成'匪'字？"先生摇摇头说："不用改了！"儒林问："先生，同在'民国记事'卷，前边用'匪'字，后边用'军'字，体例不统一会给后人造成误解！"蓝川先生说："哈哈哈，不统一就不统一吧！给后人留一点悬念，也挺好喀……"儒林先生点点头笑了。

灞河川道的四月，不知不觉中热了起来，节气已过了"小满"，从春天进入了夏天，山川塬岭即成一幅崭新的画儿，处处绿意莹莹，谷峪口的山桃花盛开，写着满满的诗意。修志组的人无暇他顾，均进入了图、文的最后审定，蓝川先生忙得吃饭睡觉已无定时，这时候了，大部分人还没有吃饭。

泽南进来找先生时，先生正微闭着眼，他感觉这几天眼睛雾得厉害，连毛笔写的小字都看不清晰。不知怎么耳朵也疼，先是左耳朵吼，像知了一样鸣叫，过了一段时间，就开始疼，扎心扎肺地疼，疼得让他难以忍受。阴历年后，韩城学生高凤临来县邑的时候，他已两个耳朵都疼，疼得越来越无法奈何。蓝川先生让叫来泽南、儒林、凤临和敬修，对他们说："叫你们几个来，我有要事相托，我这眼和耳同样地不作美，偏在这时疼得无法忍受……"

泽南说："老师，你必须停下手头之事，抓紧时间治疗眼、耳！"儒林、敬修和凤临都劝先生，先生说："唉，《图》《表》泽南已做最后的审定，凤临也来了，就和敬修协助儒林，对前四目统稿校勘！"

眼、耳疼痛困扰着蓝川先生，修志组已两个月没有经费，让先生无比恼火。这么多人跟着自己辛劳，过阴历年都没拿到薪酬，谁家里没有老婆娃娃？都要过日子，先生觉得对大家多有亏欠。他想找王县长催问一下，为啥只拨了两次经费，再没有下文了？说话到底还算不算数？做事这样虎头蛇尾，算什么县长呢？

心里一急，蓝川先生的倔劲就上来了，耳朵就阵阵作疼，眼睛也更疼了。清璋让他服药治病，修志的事儿不要着急。先生狠狠瞪了儿子一眼，中药刚喝下喉咙，就不管不顾地去了县府。嘴里嚷嚷，家家都要过日子，谁不是一大家子人，张口都要吃饭，是我牛梦周把人叫来的，作为主纂，没有理由不管不顾！

王县长的门被重重地敲开了。"王县长，我是来讨账的！"梦周说。王文伯说："牛先生，我知道对不住大家，我王文伯是不得已而食言！"蒲城人王文伯说完，跌坐在圈椅上，强装的笑容十分难看，难掩一副忧心忡忡的样子，本就黝黑的脸此时更黑。他的中山装已经很脏，领口上的几颗纽子没扣住，本不抽烟的他破例抽着一根烟卷。文伯给蓝川先生倒了一杯茶，坐下来再不说话。蓝川先生问："王县长，人都病了，难不成你也病了？"

王文伯声音低沉沙哑，说："牛先生，文伯我没有病，是这个国家病了，是党国政府彻底地病了，最近共军在蓝田屡次过境，十区督查和省党部，训令防共不力，正要查办我呢。先生呀，料我这个县长当不了不久。续修蓝田史志是个大事，拨不出经费是我无能，愧对先生愧对修志组的每一个人，钱都用在防共上了，我也不想给蓝田的百姓乱摊乱派一个子儿，先生，实话说我手里啥钱也没有了，拿啥拨呢……"

蓝川先生为难地说："王县长，不瞒你说，我正在生你的气，也为此事忍着眼、耳疼痛而来的，修志组的人都有家小，你真的就一点办法都没有？"王文伯耷拉着脑袋，说："先生，你是个明白事理之人，才学人品无人能及，我现在泥菩萨过河，这个钱，只能待下一任来个好县长了，修志之业千秋万载，希望你们不要半途而废！"王县长拉住先生的手，无力地摇了摇，茫然无助又失魂落魄。

"完——了……"蓝川先生起身向王县长告辞，嘴里蹦出了两个字，自己也不知道所说的"完了"究竟是什么完了。

民国二十二年四月二十一日，新任蓝田县县长房向离到任。蓝川先生忍着剧烈的眼疼耳痛，去找新到任的房县长，交涉修志拨款的事宜。先生很客气说明情由，房县长不冷不热地告知："牛先生，鄙人不想重蹈前任的覆辙，十区督查交代过，蓝田地理位置特殊，当下最紧迫的事不是续修县志，而是防共剿共，等县境的匪患肃清了，我就立马给你们拨款！"

蓝川先生的左耳已疼得彻夜难眠，儒林、泽南、敬修、凤临轮番催促，他们说，杨主席在西安新设立了一个大医院，应该赶紧去看看眼耳，清渊、清璋、清德也极力主张马上去西安治疗。蓝川先生拗不过，把修志组全叫来，拨不来款的事儿要说明白，泽南说："先生，你治疗眼耳不能再耽搁，没给修志拨钱就没拨，各位先硬撑着点，咬紧牙关也不能让修志停下来。"几位先生都表示，绝不辜负先生信任，蓝川先生听了心里热热的。

先生要动身去西安疗眼医耳，修志组暂由泽南、儒林负责，儒林却拿着一封书信来见先生，儒林说："先生，我来雪上加霜，适值陕西教育参观团往东南各省，名字列在其中，我有诺在先，得离开一段时间。""君子一言重于千金，儒林，你就去吧！"先生说："儒林啊，教育参观团你务必偕行，做人不能践言啊。"

省立医院是杨虎城省长主政陕西建成，也是西安最大的新式医院，医治眼耳疾病首屈一指，只是"西医""西药"的"西"字更加刺耳。清璋问过父亲的学生，就毫不迟疑地决定进省立医院。清璋担心父亲反感西医，怕他不打针不吃西药片，他曾说打针是西洋人哄咱中国人，一点点药水，根本就治不了病。清璋对父亲说："大，打针、服药片、做手术都是西医疗法，行与不行疗效说话，你会慢慢明白，中西医学各有所长，各有所短，两相结合许是疗效最佳。"

蓝川先生被诊断为中耳炎，要打针、灌药水、服药片。清璋一番说辞，先生不再拒绝打针，眼里滴上眼药水，眯上眼睛再服药片，再给耳朵灌药水。他不想看到那有色有气味的药水，不愿看见那令人恶心的西洋药片。

蓝川先生的左耳四天后疼痛明显缓解，情绪也随之慢慢转好，只留清璋一个陪着。到第七天就让清璋也回蓝田了，他对清璋说："我娃回去吧，大的耳朵已好多了，回去给家里说不要操心！"清璋第二天离开。这天晚上几个病友谝《水浒》，一个说，水浒里说的是一群好汉，真正的好汉能有几个？晁盖、吴用见财起意，抢劫了生辰纲案发逃走。宋江杀了姘妇犯事逃跑，卢俊义的小老婆和仆人通奸，武松心狠手硬，林冲老婆被人看上，自己差点被整死，真正的好汉只有鲁智深一个！

这样谝水浒还真新鲜，蓝川先生还真第一次听到，他不插嘴只继续静听。这个人说，鲁智深流落江湖义救林冲，打死了镇关西，又同情卖唱的金氏父女。本来做个衣食无忧的军官，日子倒也好过，他是个真正的好汉。另一个病友插话，我看咱省主席杨虎城就是这样的一条好汉。

"此话怎讲？"有人追问。蓝川先生此前不待见杨省长，曾经拒受省长之聘，认为他只是个绿林好汉，草莽英雄，这种出身倒也没有什么，没读过《论语》没读过圣贤之书，如何当省主席治理陕西？杨省长的人品究竟如何，他想继续听下去。听故事用耳朵，为防止耳疼起来，他破例先给耳朵灌进药水，又主动服下药片，然后背靠墙坐着，问道："朋友，你能把杨省长说得详细些吗？"

床与床距离并不远，说故事的是个中年人，看上去五官端正，相貌堂堂，像一个读书人。这人回头瞅了一眼蓝川先生，说："我看你是个读书人，更像个教书的先生，你也想听听？"说话口音像蒲城人，和王文伯县长一个腔调。蓝川先生点头说："是的，朋友是蒲城人吧！"那人点了一下头，就高喉咙大嗓门地讲开了。

杨虎城杀死了一个叫李桢的恶霸，跟鲁智深一样，他和李桢并没有个人恩怨，只是路见不平拔刀相助，用合法的手段根本对付不了李桢这种横人，杨虎城也算是一条好汉。不过，他这一杀，做守法百姓的安宁日子就过到头了，逃出来后，一个叫李子高的朋友冒险收留了他，两人相见恨晚，义结金兰。官兵搜捕甚急，杨虎城被迫流落绿林，带着李子高和中秋会的哥们当了刀客。一次被近百名军警包围，弟兄们大都受伤，杨虎城手臂中弹，幸遇一个懂医道的和尚，给他草草包扎治疗。后来杨虎城的人马发展到几百人，官府便不敢轻视，区长孙梅臣代表县长与他谈判，收编了他的弟兄作民团。

讨袁战争不久，袁世凯在一片讨伐声中病死，民国五年，陕西的第四混成旅旅长陈树藩宣布起义。段祺瑞一当政，即命陈树藩为陕西省省长，陈树藩倒向了皖系。杨虎城本来受陈树藩指挥，此时转入靖国军麾下，成为第三路一支队司令，他打了几场硬仗，几百人的队伍一下子扩编到一千人，他从营长一下子变为一个支队的司令。

靖国军和皖军旗鼓相当，双方的对峙旷日持久，有个领袖人物名叫郭坚，一心要为他的好友李桢报仇，暗中对杨虎城无比仇恨。靖国军时期遇上了张勋复辟，省长陈树藩畏惧郭坚的军力和威望，谎称打击复辟军余孽，命令郭坚率部挺进山西，然后密报给山西的阎锡山，说郭坚想争夺阎的地盘，想借阎锡山之手灭了他。这阎锡山闻言大怒，立即出兵偷袭郭坚所部，晋军熟悉地形，兵多将广，郭坚毫无准备，所部人马几乎被灭。陈树藩知道杨虎城和郭坚有仇，宣布郭坚是叛军，下令要杨虎城武力阻止郭坚渡黄河。阎锡山追兵逼近，杨虎城驻守黄河，郭坚认为杨虎城肯定会趁火打劫，只带着五十多人，改装渡过黄河逃回陕西。杨虎城认为郭坚是靖国军的朋友，保住了郭坚的一些实力，化敌为友。唉，军阀混战中原逐鹿，天下大乱，民不聊生啊。

蒲城人出去上了一回厕所，回来长叹一声，躺下接着继续讲：民国九年，皖系军阀倒了，直系军阀派出冯玉祥等部主力两个师数万人入陕，将陈树藩等皖系陕军轻松打垮。刘镇华在陈树藩的部下，见势不妙，厚颜无耻地出卖了陈树藩，带着他的家眷逃出西安，总算捡回了一条小命。杨虎城主动向皖系残部进攻，夺取武功、凤翔县城，把队伍扩大到两个团三千人的规模，冯钦哉、孙蔚如都是他手下的营长。虽有队伍，装备没有得到补充，两个人一杆枪，几发子弹……杨虎城的一个参谋名张澍报告，说甘肃军阀陆洪涛购买了一大批军火，途经西安要运回甘肃。杨虎城率军突然出击，击溃甘军护卫营，夺取了枪支弹药。

第一次直奉战争，十万多奉军入关，吴佩孚急调直军各部参战，冯玉祥部离开陕西回中原作战，直系军队一部和任陕西省省长的刘镇华驻守。此时靖国军各部几乎都投靠了直军，比较坚毅的第一路司令郭坚，被冯玉祥以赴宴之名诱杀，所率的各部全部投降。第六路卢占魁部离开陕西，躲避直系去了四川。之后第二路樊钟秀，第四路胡景翼，第五路高峻，第七路王钰，全部投降直系或者镇嵩军。杨虎城的上级，第三路军总指挥曹士英也率领主力投靠直系去了。直军猛追狠打，势头凶猛，杨虎城见大势已去，急令后撤，又在马嵬附近被直军截击，于是放弃武功、凤翔，北上陕北投靠井岳秀暂求生路去了。

还真像刘备失败投靠刘表，杨虎城的队伍徒步行军两千里，到达榆林总算摆脱直军追兵，没有粮食没有兵员补充，非常的困苦。从延安到榆林，经过安塞、保安、靖边等县，荒芜辽阔，不见村落，几天找不到食物，饥饿难耐。走在前边的还可找到一些红苕之类，中秋会起家的老弟兄，同生共死十年之久，兄弟义气形成的凝聚力，帮助杨虎城支撑大局，虽仅剩一千人，饭都吃不上，仍然没有散伙。榆林王井岳秀心里明白，杨虎城和刘表一样不过是暂且栖身，迟早都会离开，还是照样给与补给，顶住直系压力保住了杨虎城。杨虎城得了严重疟疾离开部队养病，开始思考自己的出路。他深知自己虽有勇气、眼光和手腕，却没有文化，和新野败兵的刘备一样，部下有如冯钦哉、孙蔚如这样的猛将，也有如李子高一般的文官，缺乏的是像诸葛亮、庞统这样的谋略之士，终究难成大业，一个草头王而已。

民国十三年，杨虎城在陕北宣布归顺冯玉祥的国民军，结束了靖国军时代。民国十五年五月，国民政府从南方北伐，一路势如破竹击溃直系军阀。冯玉祥九月从苏联回国，五原誓师后进军西北，解围西安。稳定后方后，兵出潼关策应北伐，下令在甘肃的西北军全面东进，由孙良诚任支援陕西的总指挥，率两万余人进军陕西。刘镇华部兵强马壮，孙良诚出师不利，苦战半月损失惨重。后绕至镇嵩军侧后，突袭东郊十里铺总司令部，刘镇华军大部被歼，全线溃退，败回豫西老巢去了，杨虎城和李虎臣居功至伟。

"杨虎城主陕如何？"蓝川先生听到这里，插话故意问道。"你想知道？先生。"先生说："是啊，极想听听，乡党！"有人图他编得热闹，跟着极力纵容，蒲城人见大家急切等待，更来了兴致，接着往下说："民国十九年，杨虎城就任陕西省主席，其间你也知道，军阀混战，兵荒马乱，民不聊生。杨虎城有八大施政方针，着力救济灾荒，肃清土匪，澄清吏治，振兴教育，整顿交通，兴办水利，免除苛捐杂税，完成了他的地方自治。

杨虎城从改善医疗条件遏制疾病蔓延入手，咱现在住的医院，就是他支持创办的省立医院。他还请准设立西安助产学校，聘请医疗人才来陕或回陕从业。前几年防治陕北鼠疫，筹备西北制药厂……杨虎城没有文化，深知教育的重要，压缩军费、裁减开支充实教育经费，设立教育基金专款专用，整顿各级学校。他资助创办了蒲城孙镇高小、甘北村初小、尧山中学，还有阎良镇小等。他聘请宋联奎为陕西通志馆馆长，聘请武念堂、吴廷锡等为通志馆编导，听说聘请关中第一大儒、蓝田才子牛兆濂，来省垣做他的高级顾问，一起兴办教育，可惜因面子太小，未能请得动这位大儒啊。杨虎城拨发赈济粮款，裁减兵员，联系省外社团、慈善机构及华侨，捐助钱粮财物，遍设粥厂、收容所，以工代赈……广有善政，看到干旱缺水，百姓无粮，聘请水利专家李仪祉任建设厅厅长，兴修水利，亲为渭惠渠通水典礼题词，泾、洛、渭、梅、沣、黑、泔、涝，堪称关中八惠……"

医院查房，医生在门口喊："熄灯！有眼病还敢开灯！"没等病人起来关灯，医生已关灭了电灯。

四月十四住进医院，随着眼病逐渐地向好，蓝川先生对西医的偏见悄悄改变，也初步改变了对杨虎城主席的看法。五月初十，他感觉眼部的不适已完全消除，耳朵也彻底好了。他穿一身粗布衣服，需要尽量少说话，没有人能认出他就是蒲城人说的关中大儒牛兆濂。

五月十七，蓝川先生眼耳疾病完全康复，医院准许出院，他愉快地坐车回到蓝田。眼耳病虽好，医院特意给他带了一些药水。他拿起书，感觉比先前看得清楚多了，其实他心里明白，那个蒲城病人很不一般，让他对一个没多少文化的民国省主席改变看法，他绝不是个简单的草莽英雄，是一个极有眼光有见识有作为的高人，更为重要的，这个杨省长不论是当年共守西安城，还是现在当政主陕，看起来是个有思想有担当的好人！

第三十八章　壮怀激烈

　　一个接着一个的坏消息，让文人们义愤填膺，蓝川先生肺都要气炸了，对大家说："奇耻大辱，简直是奇耻大辱！天下兴亡匹夫有责，我们有什么理由坐在这里，续修县志从今天起暂时停止。"

　　灞河川道的九月，是庄稼人一年中最开心的时月，一片片即将成熟的稻子，渐渐泛出金黄，一张张布满皱褶的脸上，绽放微微的笑意。正常年景下，横岭上没有水田，鹿塬和山根下有小片的稻地，大部分坡地种着谷、糜子之类的秋杂粮。黄豆还没落叶，妇女把谷穗子掐回去，倒在席上晾晒，苞谷掰完了，黄豆就该收割了，这些地大多要回种麦子，冬季不能闲置，后坡上的荞麦一年就收那么一茬，收的迟了就掉落颗粒。

　　风调雨顺的年景，岭上人用自己的五谷杂粮兑换川道人的白米，那是奢侈的事情，各家各户多少兑换那么一点，香香地吃一顿两顿白米干饭，让孩子们有了盼头。苞谷壳儿发白的时候，豆子还不到收割的成色，蓝川先生坐在芸阁院子，他从省城回来第一次看书。眼睛、耳朵没感到不适，他一高兴放下书本，微闭眼睛双手合十，为农人默祈上苍。

一场秋雨一场凉，一连下了几次雨，天气变得更凉，早晚得加一件夹袄。泽南来找先生，说："老师，你没在的时日，修志没有停下，《圣学渊源》一目全部成稿，整个《续志》基本大功告成，先生要审的很多，是否请兴平张先生来帮着审？"先生想，泽南说得有道理，自己年纪大了，眼睛和耳朵不好使，叫个得力的人帮忙审，也是个好主意，同学兄元际不在了，灵泉学兄远在山东，该叫谁呢？

先生思来想去，脑子里蹦出一个人：同学弟张元勋果斋。修志开始时他曾给果斋提到过，他说修志凡用得着的地方，牛学兄只管开口，对，就是他了！梦周问泽南："润生，儒林南下参观，可有回程的消息？"泽南说："来过信了，已往东南各省，估计重阳节前后可望来。"先生又叹了一口气，一分钱薪酬没给，当励其志、明其行，这是修志的灵魂和血脉啊！就对泽南说："润生读儒学经典，《大学》开宗明义之句'大学之道，在明明德，在亲民，在止于至善'，大家的精神情怀深得这句的精髓啊！"泽南说："老师，你有人选了，谁呀？""就是你说的张元勋，也只能是同学弟了！"先生当天背上褡裢，就往清麓书院去了。

同学弟张元勋痛快地答应了。蓝川先生一路心花怒放，快进蓝田县城，又想到修志拨款的事，脚步慢了下来。他决定再找一下房县长，就径直走向县府大门。守门卫兵问道："牛先生，你是去找房县长的，不用进去了！"先生问："我找他有要事，不进去咋问呀？"卫兵说："牛先生，您老不就是去找房大老爷吗？他已经不是蓝田县太爷了！"蓝川先生问："他高升了，还是调走了？"卫兵压低声音说："开销了，饭碗已给凉了！"卫兵见蓝川先生迟疑，对着他的耳朵说："房大老爷防共剿匪不力，十区督查专员说他有通共嫌疑，不排除他本人就是共党，查证确凿绝不轻饶！"蓝川先生往回走，心里说，活该！从不过问续修县志，钱不拨一个子儿，财力全用在剿共上，还落了个通共嫌疑……

蓝川先生正待往回走，卫兵拉住他，神秘兮兮地告诉他："牛先生，你明天来，新任县长明天就到，听说新县长叫王绍沂，是个安徽人！"卫兵说完哈哈笑了，一边自语着，"蓝田换县长，比艾（我）大换木头楔子还勤呢！"卫兵说着钻进岗楼里去了。

一场不甚大的秋雨，气温迅速下降，横岭上搭镰割黄豆时，吆牛套耧子回种麦子随之开始，庄稼人又在忙碌中盘算下一料庄稼。蓝川先生心里盘算的，是这位新来的安徽籍王县长，他到底是个什么样的县长呢？

又过了五天先生就坐不住了，心里越想越觉得亏欠，愧疚对不住大家。蓝川先生头戴了一顶草帽，跑到县府去找这个安徽蛋县长。走到芸阁门口，迎面一个陌生人挡住去路，个儿还挺高的，一张方脸倒挺白净，没有胡须，走路大步流星。来人见到先生开口问道："您是关中大儒牛兆濂先生吧？"一口安徽腔让先生想到了新任县长，先生忙问："您莫非是新到蓝田主政的王县长？"来人说："正是，正是，我叫王绍沂！"

蓝川先生把王县长让到屋里，一边沏茶一边说："王县长，你初到蓝田即来找我，有要事呀？"王县长说："要事，确实有要事，续修蓝田县志的要事！我都听说过了，非常钦佩先生，非常钦佩修志组，没拨一文钱经费，修志没有半途而废，已非常令人敬佩了！"

前一个"敬佩"先生没听清，茶就端上来了，王县长接着说："敬佩！向修志的先生深表歉意，我给你带来了一包安徽产的茶叶。"王县长喝了一口茶，说："牛先生，我今天当面答应，三日后拨出一些钱，先解燃眉之急！"蓝川先生这一回完全听明白了。

　　王县长喝着茶，两人还谈了蓝田的民情、《吕氏乡约》等，看看天色不早，王绍沂起身告辞回县府去了。

　　邵力子出任陕西省主席由先前的传闻，变成铁的事实，蓝川先生得知这消息，是泽南亲自告诉他的。那天下午收拾完已抄誊的志稿，大部分人休息去了，泽南没有走，一副心事重重的样子。先生问："润生，你有什么事吗？"泽南支支吾吾，说："我老师真回陕西主政了！"先生问："你说的是邵力子？"泽南点点头。

　　民国二十二年，蒋中正借在黄埔的人脉，在国民政府里逐步军政大权独揽。他突然发现绿林出身的杨虎城能耐不小，陕西省主席居然政绩卓著，影响深广，显示出叱咤风云的气象。中正承认自己先前小看了此人的能力，低估了他潜藏的巨大能量，不能让他的势力无限度膨胀，不能等他羽翼丰满，必须先缚其一翼。是年一到三月，蒋某人在政府里提出军政分治，这个主意明白不过，就是削弱杨虎城的实力。于是他免去杨虎城陕西省主席，让他专任陕西绥靖公署主任专管军事。谁来出任陕西省主席一职，中正想到了时任甘肃省主席的邵力子。邵力子是光绪科举人，纯粹一个文人，让这人任陕西省主席，他才能彻底安心。

　　癸巳年春三月，邵力子携夫人傅学文从甘肃来陕西上任。他一进西安，对这个十三朝古都并不陌生，古城墙、钟鼓楼、大小雁塔、曲江池，都令他记忆犹新。早在光绪二十三年，他和于右任在上海创办《神州日报》，就经常听于右任讲西安的文物古迹，关中的风土人情，常听得他心潮澎湃。宣统二年，二十九岁的邵力子经于右任介绍，受聘于陕西高等学堂，就住在菊花园的学校里。时隔不久，他接受共产主义思想，向学生宣传新思想、新文化，被当局查出来驱逐出境……

一脚踏进西安古城，邵力子有点激动，二十多年过去了，峰回路转柳暗花明，举人出身的邵力子，这回是以省主席的身份重回西安。坐在国民政府省主席的位子上，邵力子不禁感慨万端，陕西情形远比他想象的复杂，西安有杨虎城指挥的西北军，张学良指挥的东北军，军统有不小的势力，中统根深蒂固。一个文人省主席，如何应对军政各方？前几任省主席均拥有兵权，他虽没有军队可调用，却有敏锐的洞察和准确的判断力，有了定力不至于轻易冲动，正常的思维就不会被情绪左右，不至于在陕西难以立足。邵力子严守军政分治这条红线，从不逾越雷池半步。应付好张、杨二位将军，不过问军事上的事情，只做好自己分内之事，履行好省主席的职责，然后静观其变。

夜深了，蓝川先生点上了眼药，准备熄灯睡觉，泽南走了进来，说："先生，给你说个事儿！"先生说："又是《圣学渊源》，说吧！"泽南说："不是，我老师来过蓝田！"先生问："邵力子，现任的陕西省主席，公事？""是的。"泽南说："老师来蓝田视察公王岭一带，这是他的公事，私事是要我到省府去做他的秘书……"蓝川先生感到惊讶，问："你答应老师了？"泽南说："没有。江湖凶险，我没有答应，故而被老师臭骂了一顿……"先生迟疑了一下，又问："尊师也是一片苦心，邵力子官声如何？"

"还不错。"泽南告诉他，老师主要精力在做实事上，健全了各地的行政机构，切实整顿吏治，主要精力在陕西经济发展。有个水利专家李仪祉，杨主席时聘为厅长，邵力子更尊敬有加，再聘请李仪祉先生，完成杨主席任内未完成的泾惠渠、洛惠渠、龙门闸、风陵渡等工程，已经开花结果了。先生问："尊师可清楚蒋某人的心思？"泽南笑了，说："清得像水，明得像镜，启用恩师这个文人当省主席，实行军政分治，无非为削弱杨主席的势力……老师是前清举人，为官一任有自己的担当，有自己秉持的操守！"蓝川先生问起政绩，泽南说，老师说要让陕西政局稳定，百姓不为吃粮发愁，督促各县凿井十万眼，大力开荒造林，创办武功农林学校，师母傅学文想创办陕西助产士学校，以便推动科学接生……

邵泽南没有答应师尊去省府当秘书，成为编志组休息时的谈资，有称赞泽南的骨气，也称赞老师知心，泽南只是笑笑。邵力子抓住了主政陕西的机会，把握住了陕西事情的症结，很快赢得了三秦民众的拥戴。阎儒林从西安回来，讲了一个新任省主席的故事：邵力子收到上海朋友的信函，沪上"梅花少女歌舞团"想来西北淘金，首站选定西安，想请邵主席给予关照。答应为省政府官员赠送一场，请邵主席务必赏光。邵力子在上海时风闻这歌舞团的名声不彰，虽未亲眼看见，但知道这个歌舞团以表演的艳舞著称以博人眼球。他们以为西北是落后的地方，西安也同样落后，人们还没见过这种时髦的演出，肯定会大感兴趣。邵力子看着信哈哈大笑，把西安人当成乡巴佬了，不就是袒胸露腿么。不过在古城西安举办这样的演出，会污染西安纯朴的民风。邵力子喊来秘书，指着手中的书信说："按这个地址回函，就说：西北社会清苦，民众收入有限，如来西安演出，恐将入不敷出，希能慎重考虑。"几天后，上海"梅花少女歌舞团"回函，西北实在苦焦，演出只好作罢。在当天西安各大报纸的一角，都不约而同地刊登出花边新闻："新任陕西省主席邵力子，婉拒大上海粉腿入陕。"一时间西安街谈巷议，妇孺皆知。

儒林讲的故事引起一阵笑声。耀增也说了一个邵主席的故事：邵主席书法功底深厚，加上他本人勤奋，书法渐入佳境。他一到西安前来求字的人不少，邵主席从不拒绝。东大街新开一主营淮扬菜的大华饭店，掌柜请他题写店名，邵主席欣然答应，挥笔题写"大华饭店"四个正楷字，并且郑重其事，一笔一画地署上自己的大名。"不管大家在夸恩师，还是调侃，泽南总是淡淡一笑。

审核与校勘同步，修志组夜以继日加快进度，已审定和校勘过的书稿，缮写人员开始抄誊，蓝川先生不间断地督促、叮咛，不让有任何字迹潦草之处，作为史志一字之差，对事件和人物的臧否就会偏差。大家谨遵先生教诲，不敢麻痹大意。休息的时候，儒林又给大家讲南方教育的种种逸闻趣事，讲着讲着，自然又讲到邵力子。

不好的消息接二连三到来。三月初四日十一时五十分，日本军队占领了热河省会承德。日军川原旅团先头部队一百二十三骑率先攻入，从日军开始进攻到承德城彻底失陷，仅仅十余天时间。

编志的所有人大为震惊，不约而同地放下了手中的活儿，一个个咬着钢牙，握紧拳头，一腔忠义的热血在胸中沸腾。蓝川先生甩掉手里的笔，眉毛拧成了疙瘩，上午饭都没有吃。短短十天时间，国家就失地千里，这是中国战争史上的奇耻大辱。有人拍着桌子，养兵千日用在一时，咱中国的军队难道就这么不堪一击……你一言我一语，人人气愤难平，有人拿来当天的日报，报上的新闻称为"震惊世界的十天"。

大家完全停止了手中的活儿，到底是中国兵微将寡，还是兵不精将不良，或是装备太落后，大家议论纷纷，儒林说："之所以造成这种局面，一是蒋委员长根本无抗日之心，二是热河驻军主将汤玉麟毫无抗日之志，三是阵地将领临阵降敌……"

大家还能再安心修志吗？蓝川先生转出转进，一副怒发冲冠的样子。日军进犯热河的消息不断传来，从二月二十一就已开始，日军十余万人、六十余架作战飞机、百余辆装甲车，从锦州基地出发，分成三路向热河进犯。朝阳、北票、凌源、平泉相继失陷，通往承德的东、西、北三面大门完全敞开，热河省会承德危在旦夕。三月四日午前十一时五十分，日军完全占领了承德……

一个接着一个的坏消息，让文人们义愤填膺，蓝川先生肺都要气炸了，对大家说："奇耻大辱，简直是奇耻大辱！天下兴亡匹夫有责，我们有什么理由坐在这里，续修县志从今天起暂时停止。"先生握毛笔在手，铺开纸写下四个大字："还我河山！"大家围上来看，这不是先生以往骨感的字，以往工笔正楷，而这回是苍劲的行书。他写完扔了笔，久久地站在那里，像一尊雕像，字的每一个笔锋都像一把刚出鞘的青峰宝剑。几位先生都站在先生身旁，和蓝川先生站成同一个姿势，一个要冲锋陷阵的姿势！

兴平同学弟张果斋寄来书信，两个年过七十的老书生心有灵犀，已有两天不吃饭了，两位大儒一生肝胆相照，这回又一拍即合。于是在蓝田和兴平两地，很快招募了一支五百人的义勇，内有两个黑脸大汉，正是孟诚的两个侄儿，孟诚听说牛圣人组织义勇，他那两个侄儿二话没说，一人背了一个马刀就来了，孟诚拿了一支土枪，也在队伍中。

蓝川和元勋先生即组织操练，先生眉棱紧锁，端起了棍棒，挑选会打枪的来教练，教大家学习打枪，约定三日后前往西安，再开往承德前线。一支五百人的义勇，汇集在陕西省府门前，他们年龄不一，文武不齐，全都是我中华的热血男儿，一个个紧握着拳头，一派壮士赴死、以殉国难的英雄气概。"陕西义勇队"一进入西安，蓝川先生和元勋先生一直站在队伍的最前边，立即通电全国，电文如下：

全国的同胞们：

　　一群拿枪拿炮的强盗，闯进了我们的家园，日寇侵我家帮，占我东北，践踏国土，辱我同胞，如今又闯进山海关，占我热河承德，其罪行罄竹难书！我等虽不是军人，但有一腔热血，誓死效忠国家，保卫国土，赶走强盗，不让日寇占我一寸土地。我们决心誓师抗日，效命疆场，虽死无憾。我们要以牙还牙，以血还血，血债血偿……

　　穿戴不一的义勇队，手持棍棒大刀长矛，整齐地壮行，立即惊动了省府和西安驻军。省主席邵力子立即走出公馆亲切召见，绥靖公署杨主任也到省府门口，邵力子夫人傅学文闻讯赶来，东北军张少帅也在人群中。邵主席看见，队伍前边站着两个摩拳擦掌的老头，和自己一样留着胡须，须发花白，面容清癯，棱角却很分明，目光炯炯发亮。另一位须发全白，容颜健朗，圆脸大眼，眼睛也放出亮光。

　　邵力子见队伍的周边已经围了很多人，人群中也有军人，也有记者。不时有人喊："我们也要上战场，把小日本打回老家去！"几位新闻记者围拢上来，选择角度拍照。邵力子和杨主任迎上去，拉住蓝川先生和元勋先生的手，"如果没有认错，你们就是我日思夜念、十分敬仰的关中大儒蓝田牛梦周先生、兴平张元勋先生？"杨虎城也拉住两位先生的手："您就是我心目中的孔明，可惜当年我当省主席没有请得动您，想不到我们在这里见面！"

　　邵主席和杨主任拉住牛、张二位先生，站在台阶上，邵主席说："同胞们，乡亲们，热血男儿们，这两位老先生组织了五百义勇，要上战场杀日寇，壮怀激烈，怒发冲冠，血气尚勇，令我十分钦佩！"他说完，向牛、张二位先生和五百人深深鞠躬。

杨主任说："乡亲们，我作为一名军人，今天却站在这里，没有在前线杀敌，十分惭愧。但是，军人要执行命令，我和张少帅一定会和委员长谈，让他尽快下达命令。面对装备精良驯养有素的日军，单凭血气之勇，是不行的，我不能看着你们白白去送死，那是不值得的。我和汉卿保证，一定要用我们的实际行动，说服蒋委员长，派我们率军上战场杀敌，派更精锐的部队去前线，去效命疆场杀敌报国，还我河山！"

蓝川先生和元勋先生，以及他们五百人的"陕西义勇队"被劝住了。他们怒发冲冠的形象和通电全文，连同这五百义勇的队伍，被刊登在全国各大报纸上的头版。没有上承德前线，五百义勇就地解散，但爱国的壮举、沸腾的热血，振奋了全国军民抗战之志，鼓舞了抗日将士高涨的士气。

第三十九章　老骥伏枥

> 修志组在做最后的细活，先生不顾清璋和敬修的劝阻，一
> 连熬了三个半夜，又一连三个晚上失眠。晚上睡不好觉，白天
> 感到精神困倦，从正月初七开始，断断续续对《圣学渊源》的
> 人物传，几处文字做反复推敲订正，为往圣立传，为关中理学
> 大儒立传，每一个字眼要下得准。

丙子十月二十五，修志人员开始重新忙碌，蓝川先生拿着一封
山西的书信看。邵泽南进来，带来一个重要消息：省主席邵力子
到药王洞拜访了杨主任。大家立即聚在一处，不约而同地停下手
中的活儿，仔细听泽南谈论时局。

杨主任正在止园公馆下棋，卫兵报告省主席邵力子到访。他首
先是十分惊讶，接着又很欣慰。其他人知趣地离开后，杨主任在
客厅隆重接待邵主席。两人谈话很快切入正题，邵主席清楚，张、
杨屡次规劝总裁抗日，屡次都碰了硬钉子，出于民族大义，能在
西安给老蒋来点硬的醒醒神，可这话他不便明说。"邵主席主陕一
向不问军事，不知今天怎么有了兴致？"邵主席说："主陕这么久，
还没拜访过杨主任，将军敢担天下道义，理应拜访将军哪！"杨主
任增加了岗哨，嘱咐卫兵："没有我的召唤谁也不准进来！"

两杯清亮的竹叶青端上来，杨主任想试探一下邵主席的来意，就说："邵兄啊，当年我大老粗一个，当政时捉襟见肘，想请牛梦周当我的'诸葛'，只可惜面子太小没有请到。老兄世事洞明，善察秋毫，不知有何高论？"

邵力子说："杨老弟高看我了，比起牛梦周我可差远了，牛先生精通《周易》，有先见之明。我欲请兴平张元勋谋划政务，也不曾请到，这些大儒都秉性耿介！一个脾气啊！"杨主任说："邵兄，咱们在陕也不是一年半载了，算得上是至交好友，你有话就请直言，但说无妨，但说无妨啊！"邵力子说："老弟愿闻，我就直接说了，我担心眼下中国时局，类似于日本的二二六事变前夕！"

杨主任吃了一惊。作为军中将领，难道不知日本的"二二六事变"，那是日本少壮派军人发动的一次未遂政变，难道邵力子能看到人的心脏……邵力子不紧不慢地说："你不觉得这与西安目前的情况相似吗？""什么情况？"虎城大吃一惊。难道他与汉卿谋事不密，留下了什么破绽，难道是老蒋看出了某种纰漏……刀客出身的杨虎城胆大心细，手中的半截纸烟掉在了地上。

邵力子见杨虎城半天不语，举止有点失态，感觉刚才的言语有点过了火，就换了一个轻松的话题，说："杨主任，你这竹叶青从哪弄的，味道不错啊！"杨主任笑了，说："产地。"另取出一支卷烟接着抽着。

蓝川先生放下书信问："蒋先生何以不派精兵抵抗日军？"儒林说："先生有所不知，蒋中正是'攘外必先安内'，他要先消灭共产党，再去打日本人！"泽南说："张、杨劝不醒老蒋，恩师邵力子鼓动来点硬的，是不是这个理儿！"先生说："有这种可能！"泽南说，还有一件事。十月二十五日晚，中央大员在励行社剧院看戏，杨主任一个人在公馆，苦思邵力子的话，忽听剧院方向几声枪响，立即想到了张少帅，难道汉卿的东北军会瞒着自己提前动手？

杨虎城下令，警卫营立即团团包围了剧院，连张汉卿也在里面。命令已经下达，他才知道是一场误会，必须消除他人的疑虑。杨主任知道这是自己的疑心造成的误会，赶紧换了一身衣服，带上夫人和随从，赶过去看戏。大戏散场的时候，中央大员们坐着看完戏，看见周围全是荷枪实弹的西北军官兵，纷纷夸赞杨主任能干，十七路军布置的警戒真是漂亮。杨主任一面谦虚，心里说，哼，废话，这是准备抓你们的阵势，能不漂亮吗？

一晃到了七月，邵主席再到蓝田公王视察汛情，泽南在家里招待昔日的老师。大胡子老师毫不客气地斥责道："吾来陕主政有些日子，诸生皆来拜谒，唯尔不来，何故？"邵泽南低头不语。邵主席又问："你不来为陕西百姓做点事，何故？"邵泽南跪倒于地，说："恩师，我心里崇敬恩师，但我厌恶官场的'高处不胜寒'！"邵力子当晚没有离开，泽南和老师谈了一个晚上。临行时，邵主席说："润生，我看中你的品学，位子始终给你留着，想通了快点来！"第二天临走时邵力子又惋惜了一番，摇着头离开了蓝田。泽南告诉先生，先生替泽南惋叹，说："泽南耿介，秉性和我一个样！"先生说话间，对邵主席的爱才和杨主任的肝胆又多了一层认识。

九月的灞河川道，早已有了秋凉的意绪，山、川、岭、塬山水画一样，浸染着斑驳的色彩。蓝川先生决定去正谦书院，任正卿的正谦书院朱子祠落成，祭祀大典举行会讲。他与正卿的交往是从毁淫辞开始的，那时他在一怒之下，把那些淫辞秽作一把火给全烧了。蓝川先生痛快之余，为任正卿毁淫辞作诗一首："一心万欲苦相干，定性无如远色难。拔去终愁山易撼，填来孰信海能干。秽词竟尔狂澜助，快意凭将一炬残。吟罢周南闲矫首，静房琴瑟有余欢。"

正卿曾把两个爱子送到芸阁受学，孰料两个儿子才资平平，两年过去均无成就，无可奈何之余，作诗两首以道心中悔恨，其中一首："路穷河华见终南，只道心传得晦菴。那识青青伤佻达，子衿毕竟出于蓝。"

癸酉九月望日，古冀太平守谦精舍祭拜朱子，祭祀礼节准备就绪，陈设馔于阼（zuò）阶下，西面洗设于馔南，水在洗南，巾在洗北，篚（fěi）在洗西，南肆等务均已就绪，主祭人宣布：祭礼开始。蓝川先生和参加祭祀的各位先生，按照晋地的礼制开始祭拜。祭礼结束安排歇息，次日到临汾祭拜尧庙。次日早起到达临汾尧庙，见前有山门内有围廊、牌坊，尧庙前有东西朝房、光天阁、尧井亭，庙后是尧宫、舜宫、禹宫、万寿宫、寝宫。正卿先生告诉梦周，尧庙现在只剩下五凤楼、广运殿、尧井亭及寝宫了。摆上祭品，行礼毕，直到五凤楼，同行者问："为啥称五凤楼呢？"正卿说："问梦周先生！"蓝川先生说："尧王和四大臣在此议政。四大臣和尧帝五人共理朝政，故称'五凤楼'！此乃一凤升天，四凤共鸣啊！"大家看那五凤楼屹立于尧庙之内，六丈多高，三层一十二檐，建造精巧，气象雄浑。正卿说，五凤楼建于唐代，历代重建、维修，才有如此的气象。

六角形的尧井亭有一丈五尺高，高憬楼阁，亭中有井，问正卿，说："传说尧王所凿，井中有铁隔，井口有石板，井内水波荡漾，清冽可饮。"广运大殿内有六尺高通顶立柱四十二根，殿外立柱七十六根，轮廓秀美，气势不凡。四周环廊，柱础刻有石雕，金柱云盘龙绕直通上檐。神龛内有尧王及侍从塑像，栩栩如生，寝宫供奉着帝尧及夫人鹿仙女的塑像。问蓝川先生，先生说："传说帝尧定都平阳不久，去仙洞体察民情，巧遇鹿仙女，两情相爱择日在鹿仙洞成婚。是夜对面山峰红光照射如同蜡烛，山洞便称之为'洞房'，婚房叫作'洞房'，才有洞房花烛夜之说！"大家无不欣然。

第二天祭拜伯益庙，大家把目光落在《烧荒狩猎图》上：山上正放火烧荒打猎，山下一官吏向伯益报告，山间火势凶猛，受惊野兽跃下山崖，涉水过河，河对岸有两只麋鹿正回头张望。远处山涧有几只猴子，正在嬉戏玩耍。一对猛虎正在斗殴，一猛士拉弓欲射，几个武士手执刀剑，准备厮杀。下方绘的是耕获场面，后稷正教民耕稼，一妇女肩挑饭篮、水罐正去田间送饭，小心谨慎地通过小桥；一孩童手捧水碗、食物走在妇人前，有农夫头戴斗笠辛勤劳作，一老夫似乎听见小儿的喊声，张望送饭的母子。麦田中两个农夫正在割麦，年长者一手握镰刀、一手捉麦子，回头向另一农夫说话；道路有担挑、推车往来搬运的，麦场有上垛、打场的，一头牛拉着石头碌碡碾压麦子。农夫手执鞭子吆牛，有拿扫帚扫场的，有肩扛木杈准备翻场的，一小儿手拿簸箕在牛后拾粪。麦粒儿金黄耀眼，堆积如山。麦堆插面小旗，两人正装袋子，放上驴背准备驮运，一穿绿裙的女子抱着小孩在张望……

内中有人问："壁画是何人所绘？"正卿说："山西翼城县画士常儒和他的两个儿子常耕、常粗，还有门徒张捆，绛州画师陈圆和他侄子陈文、门徒刘崇德。壁画经年累月，最后完成时间是明正德二年九月十五日。"蓝川先生说："从蓝田华胥的始母庙，到桥山黄陵，再到尧庙、稷益庙，是我中华的根脉所系。"

守谦精舍会讲五天，正卿邀蓝川先生祭拜文公庙，先生欣然前往。文公庙建于元代大德年间，天启三年重修，韩文公是八仙中韩湘子的三叔父，在朝官居一品宰相，居官修行积德感应了上天，全家得道成仙，可谓神仙的"全家福"。蓝川先生问正卿："韩文公庙宇何以建在此处？"正卿说，韩文公升天诏封，侄孙韩湘子随往天庭，行至南天门，举目观望，见那紫楼琼阁仙云缥缈，湘子对叔父说："天庭甚好！"文公说："天庭虽好，只是本家婶娘仍在凡间遭受劳耕之苦！"此言恰被镇守南天门的文恋老祖听见，心中勃然大怒，此人红尘未了凡心未净，恐难担当天庭重任，便用黑虎鞭只一鞭，将韩家众人打落凡间。一家仙翁又落红尘，无处落脚，无奈之下就定居在村子西北角，被敕封为当地的"土地神"。韩文公代官修行，品德清高，感其盛德才在此处建此文公庙，塑了他的神像。梦周看那像，只见韩文公头戴官帽，身着朝服，神闲气定，享受着俗世的香火。

离开文公庙，正卿陪蓝川先生游转，说："昌黎先生当年被贬潮州，曾经过贵县，在古蓝关作诗'云横秦岭家何在，雪拥蓝关马不前。'湘子苦劝他礼佛，他还是决然去了潮州。这样的人为政有担当，居庙堂替斯民担忧，敢进忠谏之言，处江湖心系社稷，退而有所作为，不料一旦成仙，却弄成了这个样子啊！"

梦周转过身，问正卿："昌黎先生官声人品如何？文章又怎样？"正卿说："当然高啊！"梦周说："东坡先生说他，文起八代之衰，道济天下之弱，刘禹锡说他手持文柄，高视寰海，三十余年声名塞天，依我看，他继承儒学道统，开宋明理学之先，是文章之巨公，百代之文宗也！昌黎先生敢为风气之先，为文为诗气势磅礴，作为一个生命个体，作为一个大写的'人'，刚直敢任，人格伟岸，诚伟丈夫也！"正卿连声佩服。

蓝川先生在守谦精舍轮流会讲两个多月，守谦总不让走先生从朱子的"孝"讲起：夫子的生平知与行全在《孝经》，故而除却"孝"，便不是圣人之道。《论语》当中，孟懿子和武伯子交游，子夏先后问过孝的道理。把孝内化为实实在在的行为和操守，对待亲人尽到爱敬的诚心，尤其只有操守礼仪，身体力行，才能算得上对亲人的孝敬，这种礼仪是不可以半途而废的。历代的圣人推演出了礼，他们在爱敬方面都超出常人，所制的天理节文，便是画出一个活的孝子，教人照着样子学，三千三百不是一句话可以说得完的。只有《朱子小学》当中，刊载的《明伦》篇，夫子之亲条，将"礼"字说得简明完备，所谓生事之以礼也。

蓝川先生讲：至于亲人们去世之后，安葬和后来的祭祀，所有的礼节，均散见于外篇之中。尹氏谓所说的："一个人对待自己的亲人，自始至终，一切依礼而行，一丝不苟，他的尊亲也算完备了。"所以《明伦篇》末，备载了《孝经》的全文，把它作为对待亲人的原则，在下面列举不少实例，用这些不孝之罪的事实来警戒所有做人子的。一个人能践履《小学》中道理，则天理灿熟，虽大成之圣，亦不外乎如此。孝字的知识很丰富，一个人深爱为本，和气愉色婉容，都是由此而出。一个人有了自己喜欢的东西，他的性情就会变得和善，有和善性情的人，一定会表情变得愉悦。有了愉悦表情的人，一定会自然流露出美丽，自然有执玉奉盈之意，所以《明伦》必本于敬身也。

《小学》《论语》《孟子》原是一脉，看《滕文公》篇，引此为曾子之言，可知渊源之有自矣。为人者果能尽爱敬之诚，心以事亲，又能守礼以谨其身。如果做到了这些，便是得朱子之心，便是得孔子之心，何愁不得父母之心呢？便不枉生到列圣制礼之地，来此孔圣人教孝之门。老夫虽耄，亦不虚此番讲论矣。蓝川先生的讲解，深得学生喜欢。先生往往讲着讲着，举出一个实例，又善于激发学生也举出实例，和学生一互动《孝经》读起来就不觉枯燥，反而变得愈加生动起来……

蓝川先生乙亥年底才回到蓝田。川道、鹿塬、横岭，沿途的庄稼人，已经开始准备过年，偶尔有断断续续的鞭炮声，空气中弥散着硝烟味，一些沿河的村子想搭台子唱戏，也有小村子想演个灯影子，或跑竹马、摇旱船之类的娱乐，这也是乡下人穷乐呵。乡下的孩子，也就只有在这个时候，兴高采烈地疯玩几天。

蓝川先生没心思去看戏，偶尔和小孙子们玩一会儿，一年到头总忙忙碌碌，只有在年节里，才享一下天伦之乐。过了正月十五，有些村子的戏还正演在兴头上，蓝川先生就坐不住了。他接到鄠邑、周至、正谊、爱日堂多处的会讲邀请，每一处都不可或缺，学兄灵泉要来陕西，几年前就约定和他去明道祠祭祀。让蓝川先生感到意外的，走后的这段时间里，县邑居然换了两任县长，安徽人王绍沂给修志局拨了两次款子，任职不足一年，就换给了乾县人李书亭。李县长一门心思搞防共剿匪，蓝田境内有学生游行要求抗日，十区督查让他抓捕领头的学生，也许是他心生恻隐，因行动迟缓，阴历年还没过就从蓝田卷铺盖走人了。

修志经费又一直没有着落，年后更又无从说起。正月二十三，先生正一筹莫展之时，新来的县长郝兆先走马上任。其实这位郝县长，阴历年前就轻车简从，几次来过芸阁找先生，问了几次先生远在守谦精舍。郝县长没有带行李，也没有进县府大门，而在县城周边、鹿塬广泛接触民众，最后才到芸阁去找先生。

郝兆先到蓝田上任的第一件事，是阴历年前务必见先生一面，直到腊月二十四才等到先生回陕。郝县长一听说蓝川先生回到县邑，立即给修志组拨出了第一笔款子。正式见到蓝川先生，是来芸阁精舍给修志组送钱款。蓝川先生二话没说，先给路途遥远的学生凤临开了薪水，凤临得拿上钱赶紧回韩城过年。紧接着先生叫来泽南和敬修，说："郝县长拨来了经费，叫你两个来，就是给大家逐个送去。年关年关，年是一个'关'，人人都等着用钱，钱虽不是万能的，没有它谁的年都不好过！"

泽南和敬修拿上钱跑了整整两晌，给修志组几个人挨个送去，大家见到发到薪水，心里非常感激先生。先生心想，同仁和门生一个个都是有精神追求的人，没有立心立命的担当，能这样跟着自己玩命吗？能为修志跑那么多路，翻那么多故纸堆，用毛笔一点一画地写那么多的文稿吗？他们跑了那么多路，翻了那么多书，绘了那么多图，夜以继日，没一个人叫过苦，快过年了没发一文钱，没一个人发一句牢骚……不管咋样，只有一个愿望，过年后，尽快作最后审定，把大家的心血变成续修的志书。

修志组在做最后的细活，先生不顾清璋和敬修的劝阻，一连熬了三个半夜，又一连三个晚上失眠。晚上睡不好觉，白天感到精神困倦，从正月初七开始，断断续续对《圣学渊源》的人物传，几处文字做反复推敲订正，为往圣立传，为关中理学大儒立传，每一个字眼要下得准。《伏羲传》《文王传》《周公传》《程颢传》《程颐传》《张载传》《吕大忠传》《吕大防传》《吕大均传》《吕大临传》《王之士传》，蓝川先生已亲自审了五遍，这时他趴在桌子上昏昏睡去。

孙子新田来喊他用饭，孩子叫不应，就趴在他的耳朵喊："爷——"他猛抬头见是孙子新田，才知道太阳已经老高，自己把时间白白浪费了，实在是可惜了。吃过饭取出毛笔，给自己写下一个条幅"自警"，挂在眼前："荏苒年华逝水流，儒生事业竟悠悠。

黑甜渐觉劳思忆，甘腴才知用讲求。玩久挨将书有味，睡余赢得枕无忧。眼看弃井真成恨，鞭影长途敢自休。"

正月十七泽南、儒林赶到芸阁，一到就开始审定书稿。泽南刚要打开书稿，无意中瞟见先生瘦削的脸上，布满了忧虑的疑云，他在房间里踱着步，儒林问："润生，你邵老师那边可有新的消息？"泽南说："有啊！青年学子强烈要求抗日，北平、上海，还有西安等地，学生们已经拉着横幅，走上街头游行，要求委员长和国民政府，停止内战共同抗日！""唉，那可是好消息啊！"先生又插了一句。泽南说："大家都知道，去年十二月十二，张、杨在临潼扣蒋，两人发动兵谏，委员长接受了'停止内战，联共抗日'的主张，兵谏之事得到和平解决。"蓝川先生听到这里，放下手里的毛笔，脸上有了少有的笑意，说："啊，这样好，国家和民族这下有望了！"

又过了四天，先生从清麓会讲回来，正遇到郝兆先县长，梦周对郝县长雪中送炭当面表达了谢意。先生对县长说："郝县长，志书历时数载，将在您的任内完成，作为一县之长，为志书要作个书序；还有一个问题，后续的印刷经费问题。""行，没问题！"郝兆先县长对作书序一事，痛快地应承下来，说到印刷经费，县长却为难了，对先生说："先生放心吧，我积极想办法，力争在我任内把它印出来！"

告别郝兆先县长，先生一路上想，县长既然话已说到这份上，肯定有他的难处，走着看吧。没过几天，连续会讲时在爱日堂遇到学弟张元勋。果斋问："学兄续修县志可曾完工？"梦周说："前边经费困扰，修修停停拖延至今，老弟若能助我一臂之力，就大功告成了。"果斋说："哈哈，你牛梦周有需要，兄弟我赴汤蹈火，乐于效劳！"梦周说："赴汤蹈火倒不用，爱日堂会讲一毕，跟我到蓝田走一趟!"两人正在说话,鄠邑明道祠来人,有请关中大儒牛梦周参加祭祀。梦周眼疼复发,讲学还没有结束,随题对联一副让来人带回,对联是:"当年甘雨和风如伤想见平生志;到北地傍花随柳寻乐依然佐令时。——牛蓝川"

先生和学弟元勋回到芸阁,正遇到垂头丧气的儒林,便问:"儒林,碰到了什么事呀?"儒林说:"先生,《圣学渊源》有长安图记、考古图、大易图象三种,至今还查不到一些原图,这以后咋印呀?"蓝川先生看了儒林一脸,略一思考,说:"儒林,那就干脆算了,咱已尽了最大努力,只能标为'佚'了!"

蓝川先生进屋,对元勋说:"学弟,你也算是当今关中理学巨子,这回把你请来,续修县志中《圣学渊源》一目里'圣学'一词,前志有点含混,申说不很准确明了。留给后世的史志,对这点必须说清!"元勋说:"以我之见,所谓圣学,就是儒学、程朱之学。韩愈也把佛老僧道视为异端,须把志稿中佛老僧道的文字,悉数删去,以嘉惠后学!"蓝川先生说:"既为《圣学渊源》一册,佛老僧道内容,那就依学弟悉数删之吧。"果斋说:"恩师当年也持此论,周程张朱是对儒学之传承,关中学人远接紫阳之绪。"蓝川先生说:"先师之文中也有释、道之学,如何申说!"果斋说:"既然是'圣学',必须维护道统,守道就要严谨,梦周学兄,你咋也糊涂了?"蓝川先生说:"好吧,删就删吧,删了定稿!收录《河图》《洛书》,文、武、周公;周、程、张、朱理学家的传略,你再细细核对一下,四吕文章也要细细比照,不得出现疏漏,学兄既已来了,就辛苦一下吧!"

修志组又度过一个不眠之夜,抄写人员继续抄写,西安方向突然响起了枪声,大家慌忙细听,枪声响了一阵又听不见了。修志组连续鏖战了几个日夜,《续修蓝田县志》全书定稿,终于大功告成，果斋即辞别梦周，匆匆回兴平去了。

《续修蓝田县志》成书，蓝川先生要撰一篇全书的总序，就算彻底地结束，但他必须放下手中的活儿，到二曲书院去参加一次会讲。

大儒牛兆濂

第四十章　鹤鸣芸阁

十月初三一早，有人看见有三只仙鹤，一个在前，两个在后，从芸阁精舍后面的土岗子上，一直飞向空中，在芸阁精舍的上空，久久盘桓，盘桓，最后一转头，面向北面的横岭，背面的沟里，一路鸣叫着，向北飞去，向鸣鹤沟飞去，飞去……

民国二十一年四月之朔，七十多岁的淄川人孙灵泉来陕，有一个未了的心愿，和梦周早有约定一起去鄠县明道祠拜祭。灵泉先生赶到学弟果斋住处，果斋刚从蓝田回来，问到梦周，说去二曲书院会讲去了。时间紧，灵泉先生不能再等，就随鄠县各界人士，先祭拜明道先生去了。

四月五日下午，灵泉先生带着两个人，一个渭南人杨仁安，一个是梦周的门生，河南卢氏县的李铭诚。泾阳柏厚甫也带着一个学生，陪灵泉先生同至鄠县。一位七十多岁的鲁人，年轻时在三原拜师求学，结识至交牛梦周和茂陵二张，清麓讲学六进六出，几乎在秦鲁奔波一生，如今面对尊师程颢先师的灵位，深深感到自己的渺小。程颢先生神采飞扬，气象万千，当年在鄠县审案是何等的从容镇定。如今瞻仰先生尊容，明道先师作为理学大师，世间万物有道，月亮的阴晴圆缺，自然的春夏秋冬，莫不是先生心灵的感悟，发挥定性自有定律。灵泉感叹先师的一生，四海飘零却孜孜以求，始终在寻找着人生最高境界，高山仰止，永世的典范。

鄠县县长亲自陪同先生祭祀，祭礼已毕，鄠县学界及明道祠管事，要灵泉先生题写一联。灵泉想，鄠县为程颢先师奉职之地，也是自己崇拜的梦中圣地，便濡墨润笔，提笔写下对联一副："气象从容瞻道范；发挥定性是心传。——山东 孙灵泉"。灵泉先生放下笔来，猛抬起头来见粉壁墙上挂有一副对联，字迹分外眼熟，走近几步细看："呀，同学弟牛梦周！"他惊得差点喊出声来。鄠县陪同的先生问："孙先生，您怎么啦？"灵泉先生指着对联说："牛才子来过？"管事的先生说："牛先生没能来，他在二曲书院会讲，题了这副对联送给祠里了！"

灵泉笑了笑，说："这个牛梦周，是我的好学弟好朋友，与我约好同来明道祠，以为他食言，原来题联送来了！"另一位先生说："差点冤枉牛先生了，上次祭祀，他的眼疾发作，没能前来参加，这次祭祀，又去了二曲书院会讲，他是蓝田人，会有机会参加！"灵泉先生细观这副楹联，"当年甘雨和风如伤想见平生志；到北地傍花随柳寻乐依然佐令时。——牛蓝川"，说："好联，赞扬先师为官善政，惠民施仁，先师从河南来到关中鄠县，有水有山环境优美，当年杜甫、李白、白居易都曾荡舟！梦周题联意境绝佳，平仄相偕，对仗工整，无愧于牛才子啊。"

明道祠祭祀完毕，灵泉本想再赶到蓝田，再看一回灞河风光，见学弟聊叙别情，再同到清麓书院，一起寻访往日足迹，只是感到身体不适，只在西安停留了一天，就坐车回淄川去了。

蓝川先生回到芸阁，想尽快写就《序》，忽然觉得四肢发麻，头昏脑涨，乏困无力，想必是休息不好累了吧，就在芸阁沉沉地睡去。梦周一倒下去，睡了一天一夜，第三天早起，感到右胳膊和右腿麻木，敬修来看他，让他继续休息，又歇息了一天。醒来始觉神清气明，饮食如常，只是右半身仍然麻木，似乎没有知觉。

一想到修志就着急，这么多人耗费多年工夫，决不能再睡再等下去，得花点心思把这篇序文作好，整个志书就等这篇序文了。敬修、泽南进来，先生刚要开口问，觉得嘴巴极不听使唤，嘴巴动了半天，说不出成句的话来。泽南说："先生，张、杨西安兵谏，得到和平解决，最终促成联合抗日，已有国军部队开赴前线！不过……"先生说："那……就好！不过……什么……啊？"泽南见先生嘴撬得话不成句，说："恩师邵力子的省主席被免了，杨主任也不再主督军了，张少帅送蒋回南京遭到软禁，恩师邵力子给汉卿的当陪读……郝兆先县长也被带走了，县长临走把《序》稿交给我，让我向先生转达问好和谢忱！"

清璋给父亲开了中药，已经连吃几服，先生感觉吃药后似乎有了精神，他想让清璋陪自己回一趟鸣鹤沟，极想看看几个孙子，尤其是想看看清谧家的瑶田和两个孙女，更想在自家的土窑里，找到作文的灵感，他的许多文思就来自这个土窑。步行十几里坡路，他已经气喘吁吁，蓝川先生感觉腿脚不听使唤，岁月真的不饶人，自己年龄才过七十，看来不服老真不行啊。清璋说："大，你年纪大了，来回几十里路，你肯定吃不消，咱们就走慢点。"他没有反对，说："清璋，大的事还多着呢，大心里明白。"就放慢了脚步。

蓝川先生的身影又出现在鸣鹤沟。他在自家的土窑看看、摸摸，在窑门前的小径上流连忘返，像是刚刚认识这个地方，这儿曾被称作"歪把葫芦"，他对这儿每一片黄土，每一块坡地，每一个沟坎，每一棵松树和柏树，都有着一种莫名的情愫。

从东边的土窑到西边土窑，又从西边走到沟里边，不知道他在寻找什么，寻找丢失在土窑中童年的欢乐吗？寻找那些曾经的苦难与艰辛吗？寻找那些个亲密无间的同龄和长者吗？"梦……周……"梦周回过头一看，他认出来了，急忙迎上去说："守……谦……你也老了，还拄个棍！"守谦比他小半岁，跌了一跤，四肢不灵便，嘴里流口水，说话也不清楚了。

孩子都到齐了，梦周取出一张有孙文头像的纸币，翻来覆去看了几遍，又把它放回衣袋里，重新掏出一枚光绪时的银圆。他在地上铺开一叠火纸，把银圆放在火纸上，用手重重地按着，一个印花，连着又是一个印花地打印，恭恭敬敬地打印。他要祭奠一下自己的先人，还有长眠在这里的亲人。清璋拿着纸，领着孙子瑶田、新田和宝田，来到鸣鹤沟的祖坟，给亲人们逐个烧了纸。

孩子们跪在他的身后，在先人坟前磕头，儿子和孙子也磕头，然后让清璋给二位母亲烧化了纸钱，清璋与瑶田、新田和宝田磕头，先生静静地站立了一会。他在想，一个人的生命到了七十，要增加一个年轮真难哪，其中的酸甜苦辣，全在"歪把葫芦"这些土窑洞，多少事儿还没有做完，多少事还等待着他去做，他不能也不想留下任何遗憾，蓝川先生在土窑里只住了一夜，就和清璋回蓝田去了。

先生返回蓝田的当天晚上，敬修和泽南放心不下，又跑过来看他，却见他谈笑如常。蓝川先生让敬修磨墨，泽南铺纸，他对着纸端详半天，取笔濡墨，挥笔写下《兴平文庙会讲即事》："危乎今日之神州，性命须凭道教留。率土无宫朝万寿，配天有庙缮千秋。尊亲岂必殊中外，风雨行看化美欧。方策未亡遗训在，愿将择守变愚柔。""好诗!"泽南赞叹道。

敬修问:"先生,啥时作的这首诗?"先生说:"哈哈哈,敬修啊,前几天在兴平文庙会讲,随便写下这几句,一直放着!"先生放下笔,要敬修自己弄茶喝。敬修开始烧茶,泽南盯着墙上挂的一幅画像,问:"先生,谁给你画的?跟真的一样,这么传神,功夫了得!"先生开怀大笑,说:"寿亭先生画的,二十几个年头了,润生呀,别小看这素描功夫,也是一种伟大的语言啊!"

敬修把茶端上来,师徒三人聚在一起喝茶聊天,真是难得消闲一下。敬修仍仔细端详画像,说:"先生,你咋不照一张相片呢?"泽南说:"敬修,这你就不了解先生了,中国人还不会造照相机,现在的相机全是洋货,先生不用洋人那玩意儿!"敬修说:"也是的,先生,你就给这幅画像配首诗吧!"先生说:"哈哈,敬修啊,以前配过诗了!"泽南说:"先生,就另作一首新的吧!我来磨墨!"泽南说着就给砚台加水磨墨,敬修铺好纸,蓝川先生提起笔来,先写下"自题塑像"四个字,然后一气呵成:"先生此日尚安居,面目独留煨烬余。有酒难浇真块垒,无灵徒抱古襟裾。乡人误下群仙拜,朝命叨陪六部除。千载黄河西岸土,不随瓦砾上邱墟。"

敬修和泽南要离开,泽南说:"有件事情,本不想告诉先生,还是说了好。"先生说:"既然大局已定,你就但说不妨。"泽南说:"先生,郝县长受到恩师邵力子的牵连,要不是许权中独立团拼死保护,差点走不出蓝田,就被杀害了……"敬修说:"民族危亡之际,张、杨果敢兵谏,促成团结抗日大局,为全民族和国家挺身担当,个人却做出了牺牲,令人敬佩!"泽南说:"委员长回到南京,说翻脸就翻脸,张将军被软禁奉化溪口,杨主任解除军职出国考察,恩师邵力子说是给张将军伴读,实则也被软禁了!"先生说："亏老蒋想得出来，这不是对你的恩师变相处分吗？党国也不知咋搞的！"

蓝川先生让敬修取来一张大纸，挥笔写下"留取丹心照汗青"两行大字。这时阎儒林先生走进来，说："你两个都在先生这儿，我报告一个新闻，接替你恩师的是谁？新任省主席是孙蔚如！"

修志组最后审酌续志的《凡例》，先生一如既往的一丝不苟，他叮咛大家："志书是留给后人的，越到最后越容易麻痹大意，大意就容易出现差错，我们必须对历史负责。"大家校勘《凡例》，不时拿来一条大家讨论酌定，紧张而又热烈。

没派来新的蓝田县县长，修志组又断了经费，续修已历时数载，因经费险遭搁置，因人手不敷遭遇拖拉，续修过程时修时辍，到了这个节骨眼上，修志组不用先生鞭策，自个先下了狠心。没经费就没经费，先生这一回不再去找，再艰难也要如期修成，哪怕到时没钱印，就迟一点印刷……

接连有几个人都累垮了，邵泽南拖着病体工作，王福寿因劳致疾，竟至于病倒不能起床了。蓝川先生本已遭病年余，右半身麻木缠绵无期，时轻时重，他喝着中药，不得不带病坚持，可右手指头僵硬不能屈伸，已经握不住笔管。这是最后关头，抱着对后人负责的态度，剩下的几个更加勤勉。谬误之处予以纠正，语言务必干净典雅，蓝川先生超常运转，身体早已严重透支，这时，只能躺在炕上口授，由敬修在身边代笔。

先生口中流水，嘴巴越来越不听使唤，口授的字也越来越不清晰，有时一句话要反复问几遍。他的口诉也越来越困难，一个字一个字地说，终于说完了最后一个字，被称作《牛志》的序文，也随之最终写成。泽南和敬修读着《民国续修蓝田县志序》，读到

"濂耄年昏聩，动多遗忘，承诸友之公推，谬膺总纂。赖同事诸君，不惮险远，四境所及，几乎无所不到。非徒侈参稽之勤，矜搜访之富也……牛兆濂序。"眼睛潮潮的，几个人都落下泪来。

还有一处修改，仍由先生口授，敬修记录到"则不胜幸甚"的"甚"字。这时，有人急匆匆跑进来，高声嚷道："哎呀不好了，日寇大举入侵，我平津危矣！"只见蓝川先生"哎呀"一声，顿觉天旋地转，头晕目眩，两眼瞪圆，向前倒在了芸阁炕上。

儒林、泽南大惊，敬修慌忙叫来清渊和媳妇，大家急看时，只见先生浑身抽搐、战栗，已口不能言，双眼圆瞪着，目光似痴似呆，欲要下炕，右半体已完全不能动了，只觉得乾坤混沌，眼前黑暗，不知不觉昏昏沉沉睡去。

后梁上和灞川有"布谷——"的叫声，这个夜晚静得可怕。天刚明，清渊对媳妇和清璋、清德说："夜里我梦到了鹤鸣，不知是吉是凶？"清璋说："大哥，奇怪了，昨晚三更时分，我像住在老家沟里，也梦见了鹤鸣之声……"清德说："真是奇了怪了，我昨晚一晚上都似醒非醒，梦见鹤鸣并被惊醒！"兄弟三人在炕前小心伺候。

蓝川先生倒在炕上，昏昏沉沉，迷迷糊糊，听到了鹤鸣之声，他听得真真切切，鹤鸣之声竟然在芸阁精舍，那声音和前几次的不同，听得清清楚楚："哦哦——""哦哦——""哦哦哦——"这声音却与在鸣鹤沟听到的一模一样，凄厉、悲切、压抑……

不一会儿，听不见仙鹤鸣叫了，他清楚地看见了四叔牛必信、父亲约斋公，他们笑呵呵的，背着自己的袋子，好像是从远处赶集回来。母亲周氏居然眼睛没有病，什么都看得见，他们正笑着向自己走来，张秋菊、支蓝玉和儿子清谧都来了，他想大声喊，却喊不出声来，一忽儿，这些人全都不见了……却只有支蓝玉一个还不走，她领着儿子牛清谧……笑着向他一步步走来，他正要迎上前去，又都不见了……

又是一阵凄厉的鹤鸣，"哦哦——""哦哦——""哦哦哦——"停了一阵，鹤鸣声又鸣叫起来，声音比先前鸣叫得更响亮。过了一会儿，鹤鸣声又停下来，再鸣叫时，愈发地清晰，就像在跟前一样，蓝川先生感觉，自己已经不是身在蓝田，也不是身在芸阁精舍，而是在新街村鸣鹤沟……

先生长睡不醒，清渊一家顿时慌了手脚，芸阁的诸位先生也一筹莫展，儒林、泽南、敬修六神无主，清渊、清璋、清德大声叫着："大——大！"瑶田、新田、宝田一个劲叫："爷——爷！"芸阁先生喊："牛先生——先生！"泽南、敬修大声喊："老师——老师！"

一个时辰过去，蓝川先生终于慢慢地睁开眼睛。他好像做了一个噩梦，终于醒过来了，大家都用急切的目光望着。他用微弱的手势示意，清渊、清璋意会，立即便拿来纸笔，先生捉笔的手却一个劲地颤抖，墨洒在了炕沿上……清渊用一根削尖的细棍儿，蘸了墨递给父亲，先生用颤巍巍的左手，写下了他生平的最后一段文字。

牛佩申和女婿宋继昌昨晚上梦见了鹤鸣，都觉得奇怪，便带了孩子赶到鸣鹤沟，父亲不在老家，所有的窑门都挂着锁子，就带着孩子直奔蓝田芸阁。一声声的哭喊着"大——""爷——""……"蓝川先生写完最后一个字，那根细棍儿掉落到地上，清渊和三弟、四弟商量，清璋、清德请医生治疗，清渊准备各种后事。几个儿媳、女儿佩申、女婿轮流守护。

泽南和敬修也在先生身边，帮着灌下药汤，并不见有起色，呼吸愈来愈急促。清璋摸了一下脉搏，抽泣着对清渊说："咱大是积劳成疾，中风偏瘫，恐已无力回天了……"大家急看时，先生已安详地闭上了眼睛，永恒地闭上了那双会说话的眼睛。

芸阁精舍传来一阵悲痛欲绝的哭声。这是"中华民国"二十六年丁丑夏历六月二十一日辰时，蓝川先生走完自己的人生旅程，在他终生讲学之地，溘然与世长辞，寿终芸阁精舍，享年七十又一岁。

先生既已经停止了呼吸，清渊着人挡回医生。孙子、孙女有的在跟前站着，有的给爷爷跪着，先生已然长逝，儿子、女儿顿感天塌地陷，一个个六神无主。四儿清德哭着说，咱大一醒过来……似乎预料到了什么，写了临终的遗嘱，牛清璋拿起来看时，见上面写着：

牛蓝川先生遗嘱

我生平疚心太多，千万勿请入乡贤，以重我之耻。

我生平只不敢为非，不可铺张太过，以为吾之羞。

我一生重力行而未有实得，不可自欺欺人。

丁丑夏五月十一日

同学兄王幼农第一个赶赴蓝田，到达芸阁精舍时已一片哀泣，只见梦周的儿孙们跪倒两行，点着了冥纸，清渊、清璋、清德跪在最前面放声大哭，屋里一片悲声。幼农拉住先生清瘦的手说："学弟呀，幼农来迟了……"早有泽南、敬修、儒林在旁扶住王幼农先生，叫了清渊、清璋到一旁说话。幼农先生说："辛亥清廷覆亡，帝制崩毁，共和肇建，西方思想赓续东渐，新文化蓬勃激荡，传统遭遇空前的清算，孔子儒学一落千丈，唯蓝川兆濂先生、哂琨灵泉先生和兴平张仁斋、果斋昆仲，领一班同道，坚守尊孔读经、讲学论道、传续关中理学宗脉，而从不稍辍，仁斋之后梦周又去了……"说罢泪如雨下。

幼农先生言罢，老泪纵横被劝止，他擦泪命泽南磨墨，敬修拿来纸笔，王幼农先生亲自提笔写下《牛蓝川先生讣告》，全文如下：

牛蓝川先生讣告

牛蓝川先生于本年夏历六月二十一日辰时寿终芸阁学舍，距生于清同治六年九月二十七日戌时，享年七十有一。谨择于国（夏）历十一（十）月初五（三）日巳时，诣学舍后冈新茔安葬，丑山未向。肃此奉闻。

同学弟王典章署签

孤哀子牛清璋、渊、（谥）、德泣血稽颡
齐衰期服孙新田、瑶田、宝田泣血稽首
小功服侄清溪、藻、源、泉、淮拭泪稽首
缌麻服孙新地、大地扻泪稽首

王幼农先生又以省府名义，拟定《牛蓝川先生治丧处名单》，所拟人员如下：刘守中、赵玉玺、黄维翰、赵振灿、牟文卿、穆含英、任忠恕、孙汝钧、王延寿、任希洛、杨茂春、刘仁、杨仁天、李铭诚、张维浚、王大本、张义智、李养初、举士衡、张维涵、赵又新、胡敬明、韩象离、韩法孟、张廷玉、王万治、白复隆、邵泽南、王宗武、杨中天、田伯农、阎儒林、陈敬修、张应考、刘树钦、刘树庸、王执中、王元忠、樊兴汉、雷在乾、韩振虎、杨大乾等，共计四十二人。

幼农从怀中掏出一幅图画，交于清渊。画名《风雨鸡鸣》图，为本省范紫东先生绘就，画上并附有题赠。幼农先生说："淄川孙灵泉先生与蓝田牛梦周先生，皆三原清麓高弟子，皤皤耆老之时，仍以明经存道为己任，灵泉先生辛未冬由东入关，主讲清麓书院，爰赴芸阁精舍，与梦周晤谈经义。长山焦君东溟赠以诗，诗云：'画本流传景色殊，辋川胜迹未榛芜；谁从美雨欧风里，为写谈经二老图？'又云：'芸阁白云深复深，故人千里叩荒林；蓝田居士灵泉叟，风雨鸡鸣万古心。'"幼农先生说："东溟奉此诗复嘱紫东先生为作《二老谈经》暨《风雨鸡鸣》二图，分别赠予两位先生，以志卫道之盛心，亦千载一时矣。灵泉先生已得此图，唯梦周先生来去匆匆，至今未送到先生手中，真是怅惜啊！"

　　蓝川先生辞世讣告尚未传至茂陵，果斋先生夜来一梦，梦见一双仙鹤一个在前，一个在后，凄厉地鸣叫着，鸣叫着，从芸阁精舍飞鸣而出，径向新街村鸣鹤沟，一路鸣叫而去。他大叫一声："梦周——"惊醒出了一身冷汗，坐起来惊叫："梦周危矣！"立即叫醒孩子，要连夜雇车前往蓝田芸阁。孩子见他年近七十，终日奔波劳累，肯定是休息不好，日有所思夜有所梦，惦记同学兄牛伯伯心切，自在情理之中，不管怎样熬到天明再说。天还未明果斋自己雇车，径往蓝田，孰知刚要出发，竟得到的蓝川先生去世的确讯。

　　元勋先生走上前去，一把抓住同学兄的手，大放悲声，恸哭得呼天抢地："呜呼！元勋与梦周交往，四十余年谊虽朋友，情义实同兄弟，一旦木坏山颓，是乃斯世斯文之不幸耶，岂仅予一二人悲悼于不已耶！"敬修、泽南、清渊、清璋等，都知道他兄弟和父亲的交情，连忙上前搀扶，灵前放一把椅子，让他先坐下歇息。元勋依然悲哭如前："张横渠先生之后，我至敬重梦周先生，造诣之深，精微之蕴，非浅学者所能及也！"众人又来相劝，只是劝止不住，元勋先生无限伤情，乃大哭道："嗟乎！少微星陨，太华峰摧，同仁更不能不为关中之学痛也。关中理学自横渠后，代不乏人，综其本末，惟蓝田为盛，自伏羲肇娠华胥，进伯、微仲、和叔、与叔诸先生继起，而少墟之编，丰川之续，独以羲圣、秦关为始终，而集关中之学大成者，其惟蓝川先生乎！"

同学弟果斋与梦周生死至交，患难的挚友，在蓝川先生遗体前，他直哭得死去活来，痛不欲生，众人几次三番劝止不住，只是哭诉。幸得同学弟王幼农先生过来，苦苦相劝，方才劝止得稍停。屋内牛家本族儿孙，早已身着孝服，哭声连天。鸣鹤沟本家、亲戚、邻居，蓝田及校内师生，均感念先生人品才学，往日恩德，莫不前来拜别。讣告所传，识与不识，莫不震悼。

当日，同学兄王典章哭祭，痛悼先生为蓝田斯民减税禁烟事，不胜感慨。对同学弟元勋说："果斋兄弟与梦周老弟交往最多，交谊最笃，可撰《蓝川先生行状》一篇，兹于公祭！"元勋先生也不推辞，当即点头应允。幼农先生遂贴出亲笔签署的讣告，讣告县邑以内外省垣内外同道周知。

蓝川先生不幸去世，灞河为之呜咽，秦岭为之肃立，整个蓝田一片哀恸，同时震动陕西，陕西失去了一位关中巨儒。新任陕西省主席孙蔚如闻讯，面对灞河秦岭肃立默哀，即令致送奠仪丧葬费伍佰元，又从省库筹赠治丧费贰仟元，函嘱蓝田县府新任县长史伯桥，务必按照蓝田最高礼仪，隆重举办丧仪安葬牛梦周先生，并将先生之灵移入乡贤祠，不得差池。新任蓝田县长史伯桥，即日由牛先生的学生刘守中、邵泽南主持，由四十二人"牛蓝川先生治丧处"，具体筹办举丧仪式事宜。

先生之魂在芸阁精舍，蓝川先生的墓穴，按照他生前的嘱托，以生砖坯箍成，没有在鸣鹤沟的松柏林祖茔，而是芸阁学舍后面的土岗，新置坟茔安葬，葬礼日期已经择定，葬礼之前举哀吊唁。

省内外知晓先生去世的关中学人、学界同行、各界人士，纷纷前来吊唁，先生的朋友、学生、官员也来吊唁。先生的三儿清璋，含泪泣述写下《先父蓝川先生事略》，张元勋先生悲悲戚戚，哭得死去活来，在灵前含泪撰写《牛蓝川先生行状》，恸哭着写，捉着笔恸哭，几次哭泣中断，擦泪接着又写。各地学人、士子、官员、普通百姓，也撰写悼诗计四百三十七首，祭文一百一十四篇，挽联若干，牛蓝川先生的学生李铭诚，一千多里路赶到蓝田，哭拜于先生灵前，含泪撰写《先师牛蓝川先生行状》，全文如下：

先生资秉粹美，而学养兼充，藏聪明于浑厚，寓严厉于和平。明诚并进，功切于下学，而不骛夫高远；恪契其纯正，而不杂乎异说。闇然潜修，身粹而盎背为实效；践履笃实，，以主敬行恕为依归。和而有节，恭而能尸也，整齐严肃，涵养于未发之前；其接物也，惠风和畅，蔼然春阳之温。事亲务养志，以善养不以禄养；教以德化而不言化。亲戚故旧，虽极疏远而不失其爱敬；诸生问难，虽极困顿而不厌其训诲。平居布衣粝食不精殚思不辞其苦。

清末，当道延聘都教青门，为三秦士子端学术之本。继而退讲芸阁，为四献词扩未有之局。小知才疏能任重，沉潜若鲁顿，而精明不昧于毫芒。休休之量，激之不浊；渊渊之度，澄之不清。虽曰天资之美，亦也。先生不讲事功，衔恩者不啻感再造之德。是以识与不识，闻其名，莫不起敬起爱；聆其言，莫不首肯心士，受甄陶之教，潜移默化而不自觉；被花雨之泽，发荣滋长而莫名其妙。王公大人造其庐者，先生肃静对之拜于公庭；穷乡僻壤来受学者，先生谆谆告诫，未尝见厌倦于容色。凡此数者，非盛德之至，何克臻此！

其他艺事，若音韵、训诂、考据、诗文、书法，无不精通。故往往诵其诗，观其字，皆疑有专门之功，盖不知先功修敏，不经心而一见能喻，稍著手则可法可传。其穷居坐诵，慨时局之不振，常以为忧。当废经灭伦之日，大孔道以为保教存国之基；值辽阳被噬之时，痛心疾首，明人伦以为恢复失地之资。感时诸什，以忠义励人心，数言，以公恕激民族。五十年圣学不绝，古道犹存，先生维持之力居多也。况有清讲学之风，清献、杨园、义封而杨三先生崛起西北，清麓博大精深，独得其宗。先生则师承清麓，德纯学粹，其克集诸先生之大成而未坠也。

铭诚从游日久，伏念无行不与之教，备述盛德难忘之忱，私以先生德泽可与河岳并寿。惜言之不文，不足一也。愧痛曷极！兹适国难当头，葬期在即，谨书其荦荦大端，以敬求誌于大君子而表彰之，无任感戴之至！

丁丑秋七月望日，授业庐氏李铭诚挥

铭诚手扶棺木，哭得几次读不下去，所有在场的人无不动容……悲夫，横渠后关中第一大儒牛蓝川先生，真的驾鹤游仙去了，世上最好的一位先生，永久地安息了……

先生另一高徒韩城高凤临，接到讣告时，病体刚刚痊愈，学舍风潮也刚平息，家中生活饥寒交迫，得闻先生去世噩耗，当即泣不成声，命学生在其校园设立香案，当即率众拜祭，红肿着双眼写下《祭蓝川牛夫子文》，从几百里之外的韩城哭泣而来，祭文略曰：

维丁丑年七月二十四日韩城学生高凤临，谨以香烛、酒、果食、米饭仪致祭于蓝川夫子之神，曰：临初见夫子，夫子即以"三代以上折中于孔子，三代以下折中于朱子之语"告之。临读其书，体之于身，准诸古今，确信本朱子所示教法，可见孔子。孔子所示教法可得天地万物之欢心，太和元气，可以充塞宇宙。故临不避艰险，不恋富贵，不畏疾病，不怕饥寒，颠沛必于是，造次必于是。以此劝勉学友，开发学子，而正路榛芜，圣门闭塞，斩除不遗余力，盘结依然，似固欲以此意，正于夫子。

而谢世讣文，竟至学舍，临泣涕命学子设位祭拜，敬告尊孔学舍摧残风潮已平息。舍下家人幸有野菜、绿豆充饥，临病日见瘥。可夫子教临，殷忧启圣，大任将降，保教保国之命，中心一刻不忘。只是舍中热心实心向学者，固不乏人。而真好学，照如见善如不及，见不善如探汤者，尚未见其人。我夫子在日，人多称为有形体之神灵，殁后依然是无形体之圣贤。在世谢世，胞民物与，依然在怀。临阅历世事，细心考察，每于纷乱危机之大义小节，茫无主意，恳祈默佑，潜运指示，相当大人，得为依赖，同心协力，共襄盛举。如夫子所云："休哉大道行，民物蕃昌，一尊自兹定，圣泽万灵长。"我夫子望之俨然，即之也温，听其言也厉，孰谓夫子谢世哉？反顾临身着白衣白履对镜泪眼自冠。孰谓夫子在世哉？确也否也，何以祭也？临必到蓝田芸阁，夫子依然清明在躬，志气如身的与临告语。临今迷也，发讣人迷也，设祭人迷也。呜呼哀哉！

尚飨

一脉清流滋生出一袭轻盈，细瘦的水流出山，汇聚成灞河，灞河曾叫滋水，枯水季节里河道的卵石横陈，"歪把葫芦"里蒹葭苍苍，任一线瘦水缓缓涌动，流进滋水里去滋润万物。滋水十分从容而又不失活泼，在凹凸忐忑的河道里，不时地制造出小小的激流旋涡，河南岸深厚的黄土台塬静默，北岭上华胥镇新街村和村后沟叉里的鸣鹤沟，一个令世人痴迷的"歪把葫芦"。从横岭上任何一个方位，能清楚地望见一片塬，由东向西起伏跌宕，近前的是铜人原、白鹿原，远处的狄寨原、神禾原，西边的到底是洪庆塬还是洪庆山呢？

牛蓝川先生的葬仪定于十月初二丑时举行，阳光在冬天的寒风里洗礼，明媚光鲜，两岸塬坡的麦苗已经破土，道旁的杨柳随风飘拂，萌动似有似无的绿意。一群为亡父披麻戴孝的子孙和学生，要在这个土岗安葬一位先生，一位父亲、爷爷。这位父亲是他父亲的孝子，那个将纸盆轻轻端起又重重摔下尘埃的儿子，如今成为他们的"显考"，当悲伤的泪水又一次划过他年轻的面颊，他曾含着泪光的双目，是怎样由迷茫而变得坚定，由空虚而变为充实，由飘忽而变得气定神闲！正是这位父亲的儿子，子孙们的"显考"，用一种坚定、坚韧和坚守，才让脚下弯曲的黄土小路，一下子变得豁朗变得开阔起来，让"歪把葫芦"的小山沟，变得深邃起来丰茂起来。司礼高喊："跪！"齐刷刷地跪倒了一片，最前面跪着的是牛清渊、牛清璋、牛清德，"燃香，点纸！""有请'显妣'牛张氏、牛支氏之灵，孝子孝女叩头！"

这是"中华民国"二十五年夏历十月初二之丑时，孝男孝女到鸣鹤沟请回母亲牛张氏、牛支氏之灵，十月初三日巳时出殡，诣芸阁学舍后冈新茔安葬，丑山，未向。一位最孝顺的儿子、最严教的父亲走了，蓝田东川最好的一位先生走了，送葬的除了子孙、亲朋，不知有多少从四面八方赶来的人，他们看见一位先生，在人生的最关键时刻，没有颓废没有平庸，他洞穿了人间世相，明白了世界的本真，从浩瀚的儒家经典里看见了一道生命之灵光，这就是修身齐家，格物济世，找到一生前行的方向，坚定地辞官奉母，学为好人，从张子和清麓的学问中，找到了为学的路径，成为张载后关中第一大儒。

十月初三一早，有人看见有三只仙鹤，一个在前，两个在后，从芸阁精舍后面的土岗子上，一直飞向空中，在芸阁精舍的上空，久久盘桓，盘桓，最后一转头，面向北面的横岭，背面的沟里，一路鸣叫着，向北飞去，向鸣鹤沟飞去，飞去……

己亥夏改定于渭南

跋

　　年少时家里有一副装裱讲究的对联，过年祭祖，每见父亲庄重地拿出来，张挂在先祖"神轴"的两边。问他对联谁写的，他不无自豪地说："蓝田牛才子，牛圣人！"说话的语气崇敬神情庄严，吐露出对这位贤者的无限敬仰。对联字数不多："高文又简又仄；美行如璀如璋"。十四岁遇到了"文革"，对联被当作"四旧"毁掉了，我却记住了"蓝田牛圣人"是个大才子，也记住了对联的内容。

　　让我对牛先生再次产生浓厚兴趣的，是读陈忠实先生的《白鹿原》，小说中的"朱先生"以牛兆濂先生为原型，正是写这副对联的"牛才子"。小时对牛先生的点滴印象在脑海里全面复活，牛先生的影子像一颗种子，在脑海里膨胀着。我的家乡紧邻灞河川道，牛圣人的故事在乡间流传很广，我想他肯定不是传说中能掐会算的牛神仙，到底是怎样一个人？先生自己说："今所见者乃真我，所闻者非我也"，"今日之我，非神仙神奇鬼怪闻于远方为人所掠卖之我也"。我逐渐明白了，广泛流布的传说是被神仙化了牛先生，先生真正弥足珍贵、足以载于史册的价值，在于他对关学的传承、坚守、讲习、实践和弘扬。

　　又想到这副对联，上联的"又简又仄"说作文，下联的"如

490

璀如璋"说做人，于是我有了一种冲动，如何摆脱传说，用小故事还原一个真实的牛兆濂，让他血肉丰满。他幼时聪颖好学，读书过目不忘，二十一岁是人生最美好的时光，牛兆濂青春年少血气方刚，清光绪十四年科举金榜题名，可谓春风得意的鸿志少年。可偏偏上天把一个严肃的人生命题抛在了他面前。父亲去世母亲失明，无常使他的人生突发逆转。儒家的道义已融进牛才子的血脉，他追崇的正是儒家的孝道。认真读书，求取功名，金榜题名，光宗耀祖……在现实和儒道面前，这一切猝然间显得不足挂齿，牛才子一下子洞穿了世相，明白了生命的真谛。

常站我的分水岭上，眼望着蓝田华胥那个沟塬痴痴地想，那个为亡父披麻戴孝的新科牛举人，是怎样将纸盆轻轻地端起，又怎样重重地摔下尘埃？悲伤的泪水怎样划过他年轻的面颊，他含泪的目光又是怎样由迷茫而变得坚定。一定是浩繁的儒家经典，让他看到了一道生命之光，那就是修身齐家格物济世，让他坚定了一个方向："辞官奉母，学为好人！"牛才子的选择是果决而不轻易有所动，认定一条淡泊名利、不慕虚荣、耿介廉洁、学为好人的学人之路！

牛才子何以能如此坚定？他是不是走进人生更广阔的一个世界？知道生命会有诸多无常，人生会有许多不可预测，不再羡慕虚荣却从不虚无，他找到了生命的大自在，更加义无反顾地直面人生，显得从容而欣然。牛才子研究程朱潜心关学，传承四吕之宗风；研究理学周易推理宇宙，遍读兵、农、钱、谷、水利、算术之书，毕生所致之学皆"学为好人"，要把一个"人"写得堂堂正正，顶天立地又方正浩然，走向自我精神的完全独立，你能简单地说清他是"出世"还是"入世"？他是"积极入世"又超越世俗荣华富贵的遗世独立。

跋

大儒牛飞廉

　　我的故事写到二十二个，秦岭书院的"关学天地"栏目陆续刊出，编辑张娟等不断给我普及关学知识，建议我写成长篇作品。一种重使命、崇道德、求实用、尚气节、贵兼容的精神感召着我，关中学人浑厚、坚实、耿直、质朴的文化性格，勤奋、求实、严谨和有责任心、正义感的精神品格督促着我。我先后三次去蓝田拜访牛氏后人牛锐先生。多次的深入交谈拓展了我的思路，增强了我的信心，我撇开已成文的小故事，竭力想象牛兆濂先生的形象，他的言谈举止、外貌肖像、精神气质、行为习惯等，在他的人生经历和关学精神之间找到最佳契合点。牛兆濂的故事围绕着立心、立命、继绝学、开太平的使命担当。一个清末大儒的形象始终占据着我的头脑和心胸，他的音容笑貌、喜怒哀乐、悲欢离合、阴晴圆缺，无时无刻不在我的眼前萦绕，挥之不去。

　　全书初稿于丁酉闰六月写成，共四十四章，三年时间我家里也发生过几件事情，是牛先生的精神在砥砺着我，鼓舞和鞭策着我，和牛锐先生通过几次电话，先后对稿子进行过六次大的修改。坦率地说，行文中散文化的倾向与我的写作习惯有关，关学薪火相传八九百年，未知的东西还很多。牛先生作为关学最后一位大儒是当之无愧的，我敬重他的后人牛锐先生，他和他的曾祖一样担当有为，不计名利，承传祖业继续"芸阁书院"事业，赓续关学精神之志，令人着实钦佩。

　　牛兆濂先生对程朱理学的坚守，使人仰止而又深感悲壮，在理学文化奄奄衰亡之际，牛蓝川先生没有丝毫的犹豫和动摇，直至他生命的凋谢，始终不渝地坚守和实践着他的文化理念，他的一生都显示出笃实无华的极接地气的济世精神，是非常令人敬仰的。我想用先生的诗句作为我这篇《跋》的结尾："踏破白云千万重，仰天池上水溶溶。横空大气排山去，砥柱人间是此峰。"并对为本书出版付出心血的西大王美凤老师、魏冬先生、文友杭盖先生、张娟女士及责编何岸先生顺致谢意。

王晓飞

丁酉闰六月 于雅园

关学大儒系列

大儒牛飞廉

牛兆濂简明年谱

丁卯（1867），皇清同治六年九月二十七日戌时出生。

乙亥（1875），光绪元年，九岁始上学。

丙子（1876），二年，十岁，从潘云章夫子受读。孝经、大学由此读起。

丁丑（1877），三年，十一岁，灾荒中读如故。

壬午（1882），八年，十六岁，应县考。

癸未（1883），九年，十七岁，补郡养博士弟子员。

甲申（1884），十年，十八岁，居关中书院习举业。

乙酉（1885），十一年，十九岁，始教读省中，补廪膳生，八月后辞馆。

丙戌（1886），十二年，二十岁，自去年秋至今仍居书院。

丁亥（1887），十三年，二十一岁，柏沣西先生主讲关中书院，始得闻濂、洛、关、闽之学。

戊子（1888），十四年，二十二岁，中第二十八名举人。

己丑（1889），十五年，二十三岁，馆钱氏。腊月二十七日，父约斋公见背。

庚寅（1890），十六年，二十四岁，主讲白水彭衙书院二年。

壬辰（1892），十八年，二十六岁，馆东关王氏。

癸巳（1893），十九年，二十七岁，三月，谒清麓先生。九月五日清麓卒。

甲午（1894），二十年，二十八岁，仍馆王氏。

乙未（1895），二十一年，二十九岁，馆黄老师家，移位鲁斋书院。九月长子清渊（名山，字伯时）生。

丁酉（1897），二十三年，三十一岁，仍居鲁斋书院。妻张氏四月卒。十月先母周孺人卒。

戊戌（1898），二十四年，三十二岁，管里衙局。八月，次子清谧（名潭）生。

己亥（1899），二十五年，三十三岁，馆薛家河。

庚子（1900），二十六年，三十四岁，仍馆薛氏，九月后筹赈。

辛丑（1901），二十七年，三十五岁，春劝捐。三月辞归，九月与诸友共学四献祠。巡抚端方奏加内阁中书衔，坚辞。

壬寅（1902），二十八年，三十六岁，移学舍于犠母庙。

癸卯（1903），二十九年，三十七岁，应师范学堂之聘，四月告归。仍住犠母庙。

甲辰（1904），三十年，三十八岁，主讲鲁斋书院，旋以改学堂东归。

乙巳（1905），三十一年，三十九岁，居药王洞。八月至清麓，居五月而归。

丙午（1906），三十二年，四十岁，游太华，仍居药王洞。

丁未（1907），三十三年，四十一岁，筹本邑学务。

戊申（1908），三十四年，四十二岁，八月目疾作，三子清璋（名雍，字子宜）生。

己酉（1909），宣统元年，四十三岁，五月，应存古学堂之聘。六月，辞去。因至爱日学堂。十一月，四子清德（名穆，字子敬）生。

庚戌（1910），二年，四十四岁，九月应谘议局常驻议员。

辛亥（1911），三年，四十五岁，八月辞谘议局，修鲁斋祠，九月一日，常备军变。

壬子（1912），"中华民国"元年，四十六岁，四月至清麓，与果斋共学。升允率兵攻咸阳，与张仁斋诣劝罢兵息战。

癸丑（1913），二年，四十七岁，主讲正谊书院，连任五年。筹二千金，赎回清麓传经堂所刊诸书刻本六十九种，清麓丛书得以广布。

甲寅（1914），三年，四十八岁，闰五月二十七日继室支氏殂。仍在清麓。仁斋修芸阁。

乙卯（1915），四年，四十九岁，自此至丁巳皆在清麓。

丁巳（1917），六年，五十一岁，三月与果斋诸友谒孔林，遂南游至上海，过汉口而归。

戊午（1918），七年，五十二岁，归讲芸阁。

己未（1919），八年，五十三岁，稍靖，始居芸阁。杨克斋、刘时轩先后卒。

庚申（1920），九年，五十四岁，一返清麓，刘吉六、张藩臣相继卒。

癸亥（1923），十二年，五十七岁，孙仲玉来。

甲子（1924）十三年，五十八岁，蓝田绅团与刘镇华军冲突，先生劝，祸解。正月至清麓。十四日夜，孙瑶田（名云桥）生。

丙寅（1926），十五年，六十岁，东军围省城。

戊辰（1928），十七年，六十二岁，六月大病。七月八日孙新田（名心田）生。

己巳（1929），十八年，六十三岁。

庚午（1930），十九年，六十四岁，冬十月二十三日，次子清谧殂。

辛未（1931），二十年，六十五岁，张仁斋卒，二月至兴平，四月还，葬仁斋也。

壬申（1932），二十一年，六十七岁，四月十四日入省医耳目，五月七日还，九月至清麓即归。

癸酉（1933），二十二年，六十八岁，秋赴晋谒尧庙、伯益庙、作望岳怀古四绝、文公祠咨告文。

甲戌（1934），二十三年，六十九岁，山西任正卿建守谦精舍，延会讲，由秋徂冬，有讲语汇集，王海珊、李铭三先后卒。

丙子（1936），二十四年，七十岁。

丁丑（1937），二十五年，七十一岁，六月二十一日辰时卒于芸阁学舍，十月初三葬。